선금술의
방법론

신채호의
문학을 넘어

김주현(金宙鉉, Kim Ju-hyeon)
밤하늘에 별이 하늘 가득 빛나는 소백산 자락 부석에서 태어났다. 자라면서 가통을 적실히 지켜나가라는 가친의 뜻에 따라 학문의 길로 접어들었다. 이상 김동리 최인훈 등에 깊은 관심을 갖고 연구하였으며, 최근 신채호를 비롯한 애국계몽기 문인들에 대해 집중 연구를 하고 있다. 저서로는『이상 소설 연구』(1999),『정본 이상문학전집』(전3권, 2005),『신채호문학연구초』(2012),『김동리 소설 연구』(2013),『실험과 해체—이상 문학 연구』(2014),『계몽과 혁명—신채호의 삶과 문학』(2015),『화두를 찾아서—문학의 화두, 삶의 화두』(2017),『신채호 문학 주해』(2018) 등이 있으며, 편저로는『백세 노승의 미인담』(2004),『이상단편선—날개』(2005),『단재신채호전집』(2008) 등이 있다. 현재 경북대학교 국어국문학과 교수로 재직하고 있다.

선금술의 방법론 신채호의 문학을 넘어

초판인쇄 2020년 12월 20일 **초판발행** 2020년 12월 30일
지은이 김주현 **펴낸이** 박성모 **펴낸곳** 소명출판 **출판등록** 제13-522호
주소 06643 서울시 서초구 서초중앙로6길 15, 2층
전화 02-585-7840 **팩스** 02-585-7848 **전자우편** somyungbooks@daum.net **홈페이지** www.somyong.co.kr

값 29,000원 ⓒ 김주현, 2020
ISBN 979-11-5905-577-5 93810

선금술의 방법론

The Methodology of Selecting Gold
Beyond Shin Chaeho's Literature

김주현

신채호의
문학을
넘어

내가 「선금술의 방법론」을 쓴 것은 2010년의 일이니 벌써 10년의 세월이 흘렀다. 그러나 실질적으로 이러한 방법으로 책을 낸 것은 『이상소설연구』(1999)로 거슬러 올라가니 20여 년을 이 방법론을 구체화하고 연구하며 적용해 온 셈이다. 이번에 내는 이 저서는 '선금술'을 앞세웠다. 원래 『신채호문학연구초』(2012)에 '선금술'을 내세워 제목으로 삼으려고 하다가 그 용어가 낯설다는 주위의 의견에 따라 그냥 『신채호문학연구초』라고 하였다. 그래도 이번 저서에서는 '선금술'을 제대로 표기하려고 한다.

단재 신채호에 관해 연구해오면서 줄곧 이 방법으로 했는데, 어느 사이 그것이 단재의 역사, 언어 연구방법이기도 하다는 것을 깨닫게 되었다. 신채호 연구의 첫 단계는 『신채호문학연구초』였다. 이번 저서는 '재고' '상고'라는 제목에서도 보여주듯 그러한 방법론을 좀 더 다듬고 실천 및 체계화한 것들이다. 단재를 연구하면서 나는 연구 방법을 구체화하고 시야를 더 넓힐 수 있었다. 단재는 "사대주의자들의 안공眼孔이 좁기가 한정 없이 밤낮 사료를 반도 안에서만 찾으려고 헤매고 일보一步도 그 밖을 나가본 적이 없"다고 비판했다. 나 역시 그러한 사람 가운데 하나였음을 나중에 알게 되었다. 중국에서의 자료 조사는 내게 문학연구의 스펙트럼을 넓힐 수 있는 계기를 마련해 주었다.

사실 이 저서는 『신채호문학연구초』의 후속편이라고 할 만하다. 왜냐하면 그때 이후의 논의이자 그곳에서 제기한 문제를 보완한 것이기 때문이다. 이전 논의에서 부족한 것은 더하여 강화했고, 미진한 것은 보완하고 복원했으며, 논란이 되는 것은 고증하여 확정하였다. 전체 체제를 분명히 하기 위해 원래 발표한 논문들의 제목을 조금 수정하기도 했다. 13편의 논문 가운데 첫 글인 「선금술의 방법론」은 2011년 8월에, 마지막 고증 논문 2편은 2020년 9월에 학술지에 각각 발표한 것들이다. 처음부터 책을 계획하고 쓴 것이 아니지만, 이번에 두 편의 논문을 마무리하면서 단재 논의를 정리할 필요성을 느꼈고, 아울러 전체적인 구도가 잡혀서 저서를 내게 되었다. 내가 단재에 대해 쓰고 싶었던 것을 맘껏 썼다. 그러나 아직 부족한 것이 적지 않다. 연구자들이 그러한 부분을 깁고 다듬어서 보다 완전한 단재 연구를 이룩했으면 한다. 가야 할 길은 멀고, 또 다시 길을 나서야 하기에 여기서 매듭을 짓는다.

2020.10.10
김주현

머리말   3

제1부
**이론의
접근**

01 선금술의 방법론   11
　1. 텍스트의 구경究竟   11
　2. 텍스트의 발굴 수집   14
　3. 텍스트의 선별   17
　4. 분석과 종합 - 계보학적 체계화   24
　5. 본질적 가치 탐색   29
　6. 연금술과 선금술選金術   36

02 선금술의 문제에 대한 재고   38
　1. 토론의 장을 위해   38
　2. '천합소문'의 문제   39
　3. 단재의 문체   43
　4. '기자 자손'의 문제   48
　5. 박은식과 기독교   53
　6. 「청년학우회취지서」의 저자   58
　7. 심습 제거를 위해   61

03 선금술의 문제에 대한 상고   65
　1. 들어가는 말   65
　2. 『신대한』의 필명 고마의 저자 논증   66
　3. 『천고』의 필명 아관의 논란   78
　4. 『대한매일신보』 무서명 논설의 저자 검토   91
　5. 남은 과제   99

제2부 **실천의 문제**	01 신채호와 『황성신문』 활동	105
	1. 들어가는 말	105
	2. 단재의 『황성신문』 활동 기간	107
	3. '대동고사'란의 글과 단재 글의 내용 비교	109
	4. '대동고사'란의 글과 단재 글의 문체 비교	137
	5. '대동고사'란의 글과 단재의 전기 비교	142
	6. 『황성신문』 '대동고사'란의 외적 검토	145
	7. 마무리	148
	02 신채호와 『권업신문』 활동	150
	1. 문제 제기	150
	2. 「루령 거류 조선인의 문제」의 정확성 문제	155
	3. 역사 관련 글의 맥락	161
	4. 주필의 삶과 글의 흔적들	173
	5. 1913년 권업신문 주필은?	182
	03 신채호와 『가정잡지』 활동	189
	1. 서론	189
	2. 『가정잡지』와 단재의 글쓰기	191
	3. 『가정잡지』에서 단재 글쓰기의 의미	208
	4. 마무리	216

제3부
**재구와
복원**

01 「백세 노승의 미인담」의 재구와 복원   221
  1. 들어가는 말   221
  2. 텍스트의 문제 – 두 텍스트의 비교   223
  3. 북한의 텍스트 재구 및 복원   227
  4. 텍스트의 서사 복원   237
  5. 텍스트 복원이 갖는 의미   245

02 「꿈하늘」의 다시 읽기   247
  1. 들어가는 말   247
  2. 서언과 글쓰기 방법론   249
  3. 잃어버린 고대 강역 탐구   252
  4. 주체적 민족정신의 계통화와 '순국順局' 회복   261
  5. 마무리   273

03 「용과 용의 대격전」의 다시 읽기   275
  1. 들어가는 말   275
  2. 무진년과 '드래곤의 출현'   276
  3. '×××', '×××'와 고문 악형의 고발   281
  4. '기독 참살'과 혁명의 주문   289
  5. '건지둔괘乾之遯卦'와 참언   297
  6. 마무리   302

04 「천희당시화」의 의미   304
  1. 「천희당시화」의 저자   304
  2. 「천희당시화」에 이르는 과정   306
  3. 「천희당시화」의 내용   311
  4. 「천희당시화」의 의의   320
  5. 마무리   328

제4부	01 「신단공안」의 저자 규명	333
논란과	1. 들어가는 말	333
확정	2. 필명 '계항'의 탐색	334
	3. 번역 능력	338
	4. 원천 탐색	340
	5. 언어 표현	344
	6. 문체 특성	356
	7. 협비 평어	363
	8. 형상화 방식	374
	9. 게재지 측면	378
	10. 마무리	380
	02 신채호의 서찰로 알려진 한시의 진위 고증	382
	1. 들어가는 말	382
	2. 자료의 입수 및 전파 경위	383
	3. 한시의 내용	387
	4. 한시의 형식	399
	5. 한시의 서체	407
	6. 마무리	411
	03 신채호 유묵으로 알려진 서예의 진위 고증	413
	1. 들어가는 말	413
	2. 8폭 병풍과 10폭 족자, 5언 시구의 저자	414
	3. 주자 문과 왕유 시 서예의 출처	424
	4. 단재와 주자, 그리고 왕유와의 사상적 거리	430
	5. 단재 필적과 주자, 왕유 시문의 서체	435
	6. 호와 낙관, 기타	442
	7. 마무리	448
	참고문헌	450

제1부 이론의 접근

01 선금술의 방법론
02 선금술의 문제에 대한 재고
03 선금술의 문제에 대한 상고

선금술의 방법론

1. 텍스트의 구경究竟

모든 연구는 텍스트로부터 비롯되고 텍스트에서 출발한다. 그런데 텍스트는 열려 있다.[1] 오독이 단순히 연구자의 주관에 기인한 것도 있지만 상당수는 텍스트의 개방성에 기인한다. 그것은 문학 연구에만 한정되는 것이 아니라 역사 및 철학 연구에서도 마찬가지이다. 문학 연구에서 텍스트는 단순한 대상의 의미를 넘어선다. 그런데 우리 근대문학 연구에서 대상으로서의 텍스트는 여전히 불완전하다. 우리는 텍스트의 불완전성을 곳곳에서 목격할 수 있다. 이상화의 「빼앗긴 들에도 봄은 오는가」는 초기 텍스트들이 적지 않은 문제를 안고 있었다. 일부 기억에 의존해 만든 『상화와 고월』(1951)에서는 바로 한 연

---

1   여기에서 텍스트라는 말은 '기호'처럼, 문학작품뿐만 아니라 편지 · 일기 · 광고 · 사진, 심지어는 각종 문서 등을 포괄할 수 있는 광의의 개념으로 사용하고자 한다. 또한 그것은 고정된 의미체계를 의미하는 것이 아니다. 바르트에 따르면, "'작품'이 단일하고도 안정된 의미를 드러내는 기호체계라면, '텍스트'는 이런 고정된 의미로 환원할 수 없는 무한한 시니피앙들의 짜임"이다. 곧 텍스트는 "그것을 이루고 있는 시니피앙의 다각적이고 물질적 · 감각적인 성격에 의해 무한한 의미생산이 가능한 열린 공간"인 것이다. 김희영의 「텍스트 · 즐거움 · 권력 · 도덕성」(Roland Barthes, 김희영 역, 『텍스트의 즐거움』, 동문선, 1997, 8~9면)을 참조.

이 유실될 정도로 현저한 오류가 있었다. 어디 그것뿐이겠는가?

이상의 전집 역시 오류가 적지 않다. 특히 「종생기」의 텍스트 오류로 인해 우리는 적지 않은 오독을 보아왔다. 더불어 김동리는 개작의 명수였다. 수많은 작품들이 개작되었고, 그리하여 현재 전집에 실린 작품들은 상당수가 개작된 텍스트들이다. 「무녀도」만 3회, 『을화』까지 친다면 4회 정도의 개작이 된 셈이다. 그런데 연구자들은 1963년 개작 「무녀도」를 통해 1930년대 김동리의 문학 세계를 논의한다. 텍스트의 가변성을 전혀 의식하지 못하기 때문이다.

텍스트의 문제는 단재전집에서 더욱 극명하게 드러난다. 단재전집은 몇 차례에 걸쳐 발간되었으나 여전히 논란이 많다. 1972년 형설출판사에서 『단재신채호전집』(상·하)이 나온 이후 1975년에 보유편이 나오기에 이른다. 그러나 그것들은 자료의 수집 및 수록 과정에서 무수한 문제를 안고 있어서 1977년 개정판 상·중·하·『별집』등 총 4권이 나오기에 이른다. 그러나 그것 역시 텍스트에 대한 확정이 제대로 이뤄지지 않은 상태에서 나와 적지 않은 문제를 야기하였다. 2007~2008년에 나온 단재전집도 예외는 아니다.

이 글에서 본 연구자는 이전 연구를 바탕으로 텍스트 연구 방법론을 제시해 보고자 한다. 대부분의 텍스트는 아래와 같은 방법론에 입각해 연구할 수 있다.

텍스트 발굴 수집 → 텍스트 선별 확정 → 텍스트 분석 종합 → 텍스트 가치 및 의의 규명

이러한 방법과 절차는 공산품 가공에 있어서도 마찬가지이다. 즉 원재료 입수 → 재료 선별→ 재료의 조직/가공→제품 완성(가치 추

구)이 그것이다. 오늘날처럼 분화된 산업에서는 수집 및 선별이 생략되기도 하지만, 그것은 여전히 전통적인 생산 방식으로 자리한다. 가마에 도자기를 구워내는 도공들의 작업은 이러한 과정, 아니 더 복잡한 수순을 밟게 된다. 단재의 역사 연구에서도 이 방법들은 잘 드러나 있다. 단재는 역사 연구에 대한 자신의 방법론을 제시하였다.

4. 史料의 蒐集과 選擇에 대한 商確

① 古碑의 參照, ② 各書의 互證, ③ 各種 名詞의 解釋, ④ 僞書의 辨別과 選擇

5. 史의 改造에 對한 愚見

① 系統 구하기, ② 會通 구하기, ③ 心習 제거, ④ 本色 추구[2]

단재는 사료의 수집과 선택에 특별히 관심을 쏟고 역사 연구를 하였다. 그의 연구는 사료의 수집과 선택, 계통 및 회통 구하기, 심습 제거 및 본색 추구의 과정을 잘 보여준다. 단재는 방문·조사·실측 등 실증적인 방법을 통해 사료를 수집하였고, 고증학을 통해 사료를 감별하였다. 그는 사료의 수집과 선택에 누구보다 관심을 기울였고, 그 분야에 독보적인 성과를 낳았다. 단재는 나아가 사료의 계통과 회통 구하고, 심습을 제거함과 더불어 본색을 구할 것을 천명했다. 그것은 텍스트의 수집과 선택, 그리고 그것을 정리, 조직, 재구함으로써 텍스트의 본질적 가치를 탐색하는 것이다.

2 　신채호, 「조선상고사」, 『단재신채호전집』 1, 독립기념관 한국독립운동사연구소, 2007, 613~631면. 이 글에서 단재 작품의 인용은 독립기념관 발간 단재전집(제1~4권, 2007, 제5~9권, 2008)을 대상으로 하며, 그 권수를 밝혀 제시하기로 한다.

텍스트를 어떻게 할 것인가? 단재는 사료 연구의 방법론 모색을 통해 역사학을 개척하였다. 문학 연구도 그러한 방법과 무관하지 않다. 본 논의에서는 단재의 역사 연구 방법론과 본 연구자의 단재 연구 방법론을 접목하여 텍스트 연구 방법론을 세워보고자 한다. 이것은 단재 연구를 위한 방법론이지만, 달리 텍스트 전반에 대한 방법론에 해당된다. 그래서 학문 연구를 위한 방법론 모색으로서의 의미가 있다.

2. 텍스트의 발굴 수집

일반적으로 문학 연구는 텍스트를 분석하여 평가하는 것으로 이해된다. 그러나 사실 본격적 연구 이전에 여러 단계를 거치게 된다. 굳이 원전비평이라는 말을 언급하지 않더라도 모든 연구는 그것을 기반으로 할 수밖에 없다. 텍스트는 현전하는 것이 아니라 발견하는 것이다. 역사가에게 있어서 사료의 수집과 선택이 아주 중요하듯 문학 연구가에게 텍스트의 발굴 수집도 그러하다. 텍스트의 수집에 있어서 고고학적 발굴은 의미를 갖는다. 단재는 "天下의 書籍을 搜集하며 地中의 遺物을 撥屈하야 參考의 材料를 삼고"[3]라고 하였다. 사료는 직접 관찰과 상기, 언어・문자・회화를 통한 전승, 유물 등(베른하임), 또는 문자로 기록된 것과 문자 기록 이외의 것(양계초) 등 다양하다.[4] 단재는 서적과 유물, 고비古碑뿐만 아니라 각종 전승에 대해서도 참조할

---

3   신채호, 「조선상고문화사」, 『단재신채호전집』 3, 370면.
4   Ernst Bernheim, 박광순 역, 『역사학입문』, 범우사, 1985, 102~135면; 梁啓超, 「中國歷史硏究法」, 『飮氷室合集 10』, 上海: 中華書局, 1936, 36~67면.

것을 제안했다. 이러한 것은 고고학적 발굴 또는 실증적 탐색을 통해 이뤄진다.

> 내가 俄領方面과 滿洲方面에 있었을 때에는 우리의 史蹟을 찾기에 거의 專力을 다하다싶이 하였는데 여간 많은 것이 아닙니다 (…중략…) 北京 東郊에도 훌륭한 조선 古蹟이 있건마는 누가 그것을 찾아볼 생각이나 둡니까. 그리고 이왕 事大主義者들의 眼孔이 좁기가 한정 없이 밤낮 史料를 半島안에서만 찾으려고 헤매고 一步도 그 밖을 나가본 적이 없었습니다.[5]

단재는 답사 및 자료 발굴의 중요성을 강조했다. 그래서 "輯安縣의 一覽이 金富軾의 高句麗史를 萬讀함보다 낫다"[6]고 외쳤다. 단재는 사료를 찾아 곳곳을 누비고 다녔다. 그것은 "文獻의 不足을 깁"는 방법이다. 단재 사학의 가치는 먼저 그러한 답사를 통한 사료 확보에 있다. 그것은 문헌 텍스트를 보완하는 중요한 의미를 갖는다. 문학 연구에서 텍스트는 의존적이며, 불완전하다. 그것은 다른 텍스트와의 관계 속에서 온전한 의미를 얻는다. 그러므로 육필원고, 모든 판본, 기타 각종 기록물을 수집해야 한다. 윤동주의 「참회록」의 경우 자필 원고가 존재한다. 그것은 선집, 전집에 수록된 시 텍스트와 내용에서는 차이가 없지만, 자필 원고는 그 밖의 여러 정보를 제공해준다. 시 아래에는 "詩人의 告白, 渡証, 渡航, 上級, 힘, 生, 生存, 生活, 文學, 詩란? 不知道, 古鏡, 悲哀, 禁物"[7] 등의 낙서가 포함되어 있기 때문이다. 그가 이 시를 쓴 날이

---

5   이윤재, 「북경 시절의 단재」, 『단재신채호전집』 9, 313면.
6   신채호, 「조선상고사」, 앞의 책, 614면.
7   왕신영 외, 『윤동주 자필 시고전집』, 민음사, 1999, 176면.

1942년 1월 24일이었으며, 히라누마 도오쥬우平沼東柱라는 이름으로 창씨개명 서류를 학교에 제출한 날이 1942년 1월 29일[8]이라는 점에서 시의 낙서들은 당시 시인의 심경을 보여준다. 문학, 시, 삶에 대한 고뇌와 도항증명서를 얻기 위해 창씨를 할 수밖에 없는 식민지 지식인의 부끄러운 자의식 등이 시와 낙서에 여실히 나타나 있다.

텍스트는 표면이고, 조각이며, 흔적일 뿐이다. 그것을 완전하거나 전체인 것으로 생각하면 문제가 된다. 그것들은 고증을 통한 재구가 필요하다. 그러기 위해 보다 광범위한 자료들을 모을 필요가 있다. 작가의 출생기록, 족보, 성장환경, 교우관계, 성적표, 각종 독서물, 주변 인물의 회고담 등이 그러한 것이다. 현재 문학전집은 대부분 작가의 문학 작품만 싣고 있다. 그러나 독립운동가의 경우는 다르다. 단재전집편찬위원회에서는 단재전집(2007~2008)을 간행하면서 각종 판본을 영인하여 실었을 뿐만 아니라 단재가 만든 신문 잡지, 그의 활동과 관련된 각종 문서 및 정보들, 체포·공판·순국과 관련된 각종 보도, 심지어 지인들의 회고담 등을 포함시켰다. 그것은 보다 광범위한 정보를 제공하는 것이다.

자료 수집을 위해서는 단행본, 전집 등의 텍스트에만 갇혀선 안 된다. 본 연구자는 단재의 해외 자료를 수집하기 위해 중국을 여러 차례 방문하여 단재가 만든 『천고』 3호를 필사 등의 방법으로 입수하였으며, 중국 근대신문 20여 종을 뒤졌다.[9] 또한 『황성신문』, 『대한매일신보』, 『권업신문』, 『신대한』, 『독립신문』(상해판) 등의 신문에서 단재의

---

8   송우혜, 『윤동주평전』, 열음사, 1992, 254~257면 참조.
9   『천고』 3호는 단재가 북경에서 만든 잡지로 현재 북경대 도서관에 유일본이 존재한다.
      북경대학 도서관 측에서는 이 자료를 금고에 보관하고 있으며, 현재 도서관 홈페이지에
      소장처를 "未知"로 표기해놓고, 한국 연구자들의 접근을 막고 있다.

텍스트를 찾아내었다. 텍스트 발굴 및 수집을 위해 발품을 아끼지 않을 필요가 있다. 풍부하고 다양한 자료는 보다 풍성한 해석을 낳을 뿐만 아니라 새로운 자료의 발굴은 이전 연구를 허물 수 있는 또 다른 실증으로 작용하기 때문이다.

3. 텍스트의 선별

텍스트는 무엇보다 믿을 수 있어야 한다. 신뢰할 수 있는 텍스트가 신뢰할 수 있는 연구를 낳기 때문이다. 그런데 텍스트는 훼손되거나 잘못된 것들이 적지 않다. 그래서 텍스트의 확정이 필요하다. 역사학은 물론이겠거니와 문학에서도 잘못된 텍스트로 인해 잘못된 연구 결과를 빚어낸 경우가 허다하다. 텍스트를 발굴하고 수집하는 것도 중요하지만, 연구에 있어서 무엇보다 자료의 고증과 선택이 중요한 것이다. 텍스트는 고증을 통해서 진정한 텍스트로 거듭나게 된다. 특히 이때 텍스트 확정은 중요성을 갖게 된다. 단재는 사료 선택의 중요성을 언급했다. 그것은 고증과 감별을 통해서 이뤄지는 것이다.

歷史를 研究하랴면 史的 材料의 搜集도 必要하거니와 그 材料에 對한 選擇이 더욱 必要한 者라. 古物이 山가티 싸엿슬지라도 古物에 對한 學識이 업스면 日本의 寬永通寶가 箕子의 遺物도 되며, 十萬 冊의 藏書樓 속에서 坐臥할지라도 書籍의 眞僞와 그 內容의 價値를 判定할 眼目이 업스면 後人 僞造의 天符經 等도 檀君 王儉의 聖言이 되는 것이다.[10]

단재는 무엇보다 사료 고증에 앞장섰다. 그는 치밀한 분석을 통해 고증학을 폈던 것이다. 양계초 역시 "사상 비평은 반드시 사실의 기초 위에서 이룩되어야 하며 그렇지 않으면 그 사상은 장차 그릇 이용되고 그 비평은 헛되이 된다"[11]라고 하여 고증학의 중요성을 강조하였다. 그것은 정화한 사료를 추구하라는 전언이다. 단재는 "選擇 업는 博學은 博學 안인 選擇만도 못하다"[12]고 결론지었다. 역사 연구에서 박학이 중요하지만, 그것보다 선택이 중요함을 설파한 것이다. 그리고 그는 "僞書 만 키로는 支那 가튼 나라가 업슬 것이다. 僞書를 辨認치 못하면 引證치 안 홀 記錄을 我史에 引證하는 錯誤가 잇다"[13]라고 경고했다. 나라마다 각종 위서가 존재하고, 심지어 그것으로 인해 역사가 오도된 적이 적지 않다. 특히 중국에는 위서가 많아 양계초도 중국역사를 연구하면서 위서 감별에 대단히 주의하였다. 칼그렌 역시 중국의 위서에 대해 논의한 바 있다.[14]

고증을 통한 역사 연구는 『조선사연구초』에 실린 여러 논문들에 잘 드러나 있다. 단재는 「古史上吏讀文名詞解釋法」에서 (一) 본문本文의 자증自證, (二) 동류同類의 방증傍證, (三) 전명前名의 소증溯證, (四) 후명後名의 연증沿證, (五) 동명이자同名異字의 호증互證, (六) 이신동명異身同名의 분증分證" 등 6가지 방식을 내세웠다. 그리고 「조선상고문화사」에

<hr />

10 신채호, 「삼국지 동이열전 교정」, 『단재신채호전집』 2, 351면.
11 梁啓超, 「中國歷史硏究法」, 앞의 책, 99면. 思想批評必須建設於實事之上 而非然者 其思想將爲枉用 評將爲虛發.
12 신채호, 「삼국지 동이열전 교정」, 『단재신채호전집』 2, 352면.
13 신채호, 「조선상고사」, 앞의 책, 619면.
14 중국 고대 서적의 진위에 대해서는 姚際恒의 『古今僞書考』(1736)와 더불어 梁啓超의 『古書眞僞及其年代』(1927)가 있으며, 이 밖에도 Bernhard Karlgren의 "The Authenticity of Ancient Chinese Texts"(*The Museum of Far Eastern Antiquities*, Stockholm: Museum of Far Eastern Antiquities, 1929, pp.165~183)가 있다.

서 '(一) 유증類證, (二) 호증互證, (三) 추증追證, (四) 반증反證, (五) 변증辨證' 등의 고증 방법을 제시했다. 특히 전자는 이두문의 명사 해석을 위한 방법론으로 단재의 엄정한 고증학을 잘 보여준다. 단재는 "細瑣한 考證이 (…중략…) 古代의 文學부터 一切 生活狀態까지 硏究하는 열쇠가 될 것"[15]이라고 역설했다. 언어 고증은 문학 연구에 매우 유용한 방법이다.

　㉮ 쌈도모르고 싯도업시 닷는 내혼아

이것은 「빼앗긴 들에도 봄은 오는가」의 구절이다. 여기에서 '쌈'을 이전 연구자들은 '셈', '짧은 시간', '철' 등 다양하게 해석했다. 그런데 이상화가 다른 작품에서도 '쌈'을 썼다.

　㉯ 우물에비초이는별과달을보라고 아모쌈모르는 아린아해를 우물가에다 둠이나다름이업다(「출가자의 유서」, 『개벽』, 1925.3)

　㉰ 그러타구두 한개식가진눈을 세개네개나 가지라든지 한아샌인머리를 둘식셋식가지라는 쌈업는 要案은 아니다.(「文壇側面觀」, 『개벽』, 1925.4)

　㉱ 밋친개소리도밟는 어린애의쌈업는그마음이되야(「詩人에게」, 『개벽』, 1926.4)

15　신채호, 「조선상고사」, 앞의 책, 618면.

㉺ 갓없는생각 쌈모를꿈이 그만 하나둘 자자지려는가(「病的 季節」, 『조선 문단』, 1935.5)

육근웅은 ㉯, ㉰, ㉱의 예문을 들어 "'쌈없는'이나 '쌈모르는', '쌈도 없이'는 각각 '철없는', '철모르는', '철도 없이'로 해석해야 바르게 된다"고 지적했다. 그의 해석이 일견 타당해 보이지만, 적절하지 못하다. 왜냐하면 이상화는 "아 철없이 뒤따라 잡으려 마라",(「반딧불」, 『신가정』, 1933.7) "철모르는 나의 마음 홀아비자식 아비를 따리듯"(「역천」, 『시원』, 1935.4) 등 '철'이라는 표현을 따로 쓰고 있기 때문이다. 이들은 각각 "쌈(① 멋 / ② 철 / ③ 겁)도 모르고 싯도 업시 닷는 내혼아", "우물에 비초이는 별과 달을 보라고 아모 쌈(철/멋/겁) 모르는 아린아해를 우물가에다 둠이나 다름이 업다", "하나쑨인 머리를 둘식 셋식 가지라는 쌈(턱/철) 업는 要案은 아니다", "밋친 개소리도 밟는 어린애의 쌈(겁/철)업는 그 마음이 되야", "갓없는 생각 쌈(멋)모를 꿈이 그만 하나둘 자자지려는가"를 뜻한다.[16] 대구 지역어로서 '쌈'은 이처럼 '철', '멋', '겁', '턱'의 의미를 지닌 상황어인 것이다. 이러한 것들은 언어 고증을 통해 분명히 드러난다.[17]

---

16 이상화의 용례 말고도 본 연구자는 "쌈없이 덤빈다"(구미 할머니), "쌈없이 행동한다"· "(너는 일을 그렇게 막 하다니) 쌈도 없냐?"(진주 할아버지)라는 표현 용례를 얻어 들을 수 있었다. 후자는 "요령없거나 계획없이" 무슨 일을 하거나 했을 때 사용했다고 한다. 전자는 '겁없이'에 해당되는 말이고, 후자(1)은 '턱/철없이(무턱대고)'라는 말에 가까우며, 후자(2)는 '철'이라는 의미에 가깝다. 그러므로 '쌈'의 의미망을 살펴보면 아래와 같다. 한편 「車夫當局談」, (『대한민보』 '풍림'란 당선작, 1909.7.17)에도 "아모쌈 도모르는놈은말도마라"라는 구절이 있는데, 이 '쌈'역시 같은 의미로 볼 수 있다.

	모르다	없다
없다	철	턱
모르다	멋	겁

唐太宗이 高句麗를 侵하다가 安市城에서 활에 마저 눈을 傷하얏다는 傳說
이 잇서 後人이 매양 史에 올리며, 李穡의 貞觀(唐太宗의 年號)吟에도 『那知
玄花(目)落白羽(矢)』라 하야 그 實然함을 證하엿스나[18]

이제 唐書에는 곳 使臣을 보내여 이 塔을 혼 줄로 써고 "唐書에 唐太宗觀二年遣
使猷高麗京觀"이라 하니 (京觀은 支那人이 戰勝紀念塔을 가리치는 말) 그 後人
들이 거진말을 더 보태여 이 塔을 唐將尉遲敬德의 塔이라 하는대 우리나라
사람들은 분변치 못할 뿐 안이라 꼭 그런 것인 줄 아니 엇지 싹하지 안한가.[19]

단재는 위 예문에서 보여주듯 당태종이 안시성 싸움에서 눈에 화살
맞은 사실을 재구해낸다. 단재는 그러한 사실을 『양산묵담兩山墨談』, 『송
사宋史』, 『요사遼史』, 『당서』(「태종본기」, 「劉泊傳」), 『강목綱目』, 『자치통감自
治通鑑』 등 '각서各書의 호증互證'을 통해 밝혀내었는데, 이는 고증학의
장관을 이룬다.[20] 뿐만 아니라 아래 예문은 『구당서』「태종본기」의 "五

---

17 또한 "맨드램이 들마꽃에도 인사를 해야지"에서 '들마꽃'에 대한 논란도 최근 논의에서
   말끔히 해소되었다. 「버들과 들마꽃(菫花)」(『신통』1, 1925.7)에서 綠星은 들마꽃을
   菫花(제비꽃, 씀바귀꽃, 무궁화) 등을 의미)로 표기했으며, 괴테의 「DER ABSCHIED」
   의 "so erfreuet uns ein Veilchen"을 박용철은 "이른 봄 씌은 들마꽃 하나도"(『문예월
   간』, 1932.3)라고 하여 Veilchen(제비꽃)을 '들마꽃'으로 번역하였다. 이상화는 봄에
   지천으로 피는 민들레, 제비꽃을 맨드래미, 들마꽃으로 표현한 것이다.
   육근웅, 「「「빼앗긴 들에도 봄은 오는가」에 대한 한 이해」, 『한민족문화연구』 3, 한민족문화학
   회, 1998.8; 김권동, 「이상화의 '빼앗긴 들에도 봄은 오는가'에 대한 문학적 해석의 재고」,
   『어문학』 93, 한국어문학회, 2006.9. 한편 "석근 별"(정지용, 「향수」), "막덕이라더냐"(채만
   식, 「치숙」) 등에서 '석근', '막덕'도 고증을 통해 의미를 확정할 수 있었다. 김주현, 「문학작품
   의 원전 오독과 오류에 대한 비판적 해독」, 『안동어문학』 8, 안동어문학회, 2003.12.
18 신채호, 「조선상고사」, 앞의 책, 615면.
19 신채호, 「꿈하늘」, 『단재신채호전집』 7, 531면. 이 글에서 "唐太宗觀二年"는 "唐太宗
   貞觀二年"의 오류이다. 아마도 필사 과정에서 한 글자 누락된 것이 아닌가 한다. '정관'은
   당나라 태종 때의 연호이며, '정관 2년'은 628년을 가리킨다.
20 단재가 당태종이 화살 맞은 사건을 고증해낸 것은 『동인시화』에 힘입은 바 크다.

年……秋八月甲辰, 遣使毀高麗京觀, 收隋人骸骨, 祭而葬之"를 언급한
것이다. 그것이『신당서』「태종본기」에 "八月甲辰, 遣使高麗, 祭隋人戰
亡者"로 고쳐졌다. 말하자면 "自家 理想에 符合하는 事實만을 收拾하고",
"孔丘氏의 筆削主義를 써 그 事實을 加減 或 改作"하였던 것이다. 단재는
'춘추필법春秋筆法'의 벽견僻見이 중국역사가의 습심習心이 되었음을 비판
하였는데, 특히 중국 사서 비판에서 그 정밀성을 더해주고 있다.

단재가 고증학으로 필봉을 드날린 것은 「惜乎라 禹龍澤氏의 國民 大
韓 兩魔報의 鷹犬됨이여」(『대한매일신보』, 1909.6.27)에서 비롯된다. 이 글
에서 그는 '如喪考妣'에 대한 해박한 고증을 통해 "그의 深奧한 學識과
그 不世出의 文才를 世上에 알리게"[21] 되었다. 게다가 「천희당시화」,
「만리장성고」, 「조선 고래의 문자와 시가의 변천」, 「전후삼한고」, 「연
개소문의 사년」 등에서도 뛰어난 고증적 글쓰기를 보여주었다. 그래
서 홍기문은 "丹齋는 巨大한 史料學者요 巨大한 考證學者다. 아조 分
明히 말하야 巨大한 史料考證學者다"[22]라고 하였다.

사료의 수집과 선택은 문헌학의 일종이다. 그것은 단재의 말처럼
"서적의 진위와 그 내용의 가치를 판정할 안목"이 요구된다. 단재는 "史
學이란 것은 個別을 搜集하여 誤傳을 校正"[23]한다고 하였는데, 그것은
역사학자의 기본 임무이다. 그러나 그것은 모든 학문의 기본이자 토대
이다. 단재는 무엇보다 실증과 고증을 통해 역사학의 토대를 견실히 하
였다는 점, 나아가 근대 학문의 토대를 제대로 마련했다는 점에서 높이

서거정은 이색의 「貞觀吟」에서 "謂是囊中一物耳/那知玄花落白羽" 두 구절을 명쾌하
게 해석했다. 단재는 그 구절을 「국한문의 경중」(『대한매일신보』, 1908.3.17~18)
에서부터 「조선사」(『조선일보』, 1931.9.17)에 이르기까지 누누이 언급했다.

21 서세충, 「단재의 천재와 礙滯 없는 성격」, 『단재신채호전집』 9, 293면.
22 홍기문, 「단재학설비판」, 위의 책, 351면.
23 신채호, 「조선상고사」, 앞의 책, 617면.

평가될 수 있다. 이에 대해 홍기문은 "그의 史料學은 오즉 考證에 偏重되야 잇"다고 비판하기도 하였다. 그가 보기에 단재는 巨大한 文獻學者에 지나지 않는 것이었다. 한편 베른하임은 사료학에서 사료비판을 거쳐 해석으로 나아가는 방법론을 제시하였는데, 그것은 곧 사료학에서 해석학으로 넘어가는 것과 마찬가지이다. 문학 연구도 문헌학에서 해석학으로 나아가게 된다.

문학 연구에서 실증주의의 금자탑은 단연 김윤식의 『한국 근대 문예 비평사 연구』일 것이다.[24] 최원식의 『한국 근대소설사론』, 호테이 토시히로의 「일제 말기 일본어소설 연구」, 그리고 최수일의 『개벽 연구』도 국문학계에서 실증주의 연구의 성과로 평가된다.[25] 이 가운데 최원식의 저서는 실증주의적 토대를 보여주면서도 그 한계를 실감하게 해준다. 고증을 통한 재구에 미흡했다는 말이다. 그는 당시 이해조 소설의 '서지적 고찰'을 통해서 실증적 연구 토대를 갖추었다. 그러나 1908년 이후 『제국신문』의 소설 연재 상황을 고려하지 않았다.[26] 그는 「고목화」, 「빈

24　김윤식, 『한국 근대문예 비평사 연구』, 일지사, 1976.
25　최원식, 『한국 근대소설사론』, 창작과비평사, 1986; 布袋敏博, 「일제 말기 일본어 소설 연구」, 서울대 석사논문, 1996.2; 최수일, 『개벽 연구』, 소명출판, 2008. 한편 김병철의 『한국 근대 번역문학사 연구』(을유문화사, 1975) 역시 번역문학 연구의 실증적 연구 성과라 할 만하다.
26　당시 『제국신문』은 1898년 8월 10일부터 1907년 5월 14일까지 총 10권으로 영인되어 나왔다. 그는 이후 소설 「고목화」(1907.6.5~10.4), 「빈상설」(1907.10.5~?)을 확인했지만, 그것들을 『제국신문』 소재 이해조 소설 전체로 파악하고 말았다. 그의 연구가 실증에서 비롯되었지만 고증을 통한 재구에 이르지 못했다는 것을 말해준다. 이후 본 연구자는 1907년 5월 15일에서 1909년 2월 28일까지 『제국신문』을 확인할 수 있었다.(김주현, 「개화기 토론체 양식 연구」, 서울대 석사논문, 1989) 그리고 여전히 1909년 3월 1일에서 이 신문이 폐간된 1910년 8월 2일까지 신문은 소실되어 작품의 수록 정보를 제대로 알 수 없다. 현재 연세대 도서관에 소장되었던 『제국신문』(1907.5.17~1909.2.28)은 2019년 소명출판에서 영인되어 나왔다.

상설」을『제국신문』 소재 이해조 소설 전체로 파악했다. 그러나 이해조
는『제국신문』 기자로 이후 「원앙도」, 「구마검」, 「홍도화」, 「만월디」,
「쌍옥적」, 「모란병」 등을 계속 연재하였다. 만일 그가 「빈상설」 이후에
도 여전히 소설을 발표했을 가능성이 있고, 그 신문이 1910년 8월 2일
폐간되었다는 사실을 고려했다면, 연구 결과는 달라졌으리라 추측된다.
한편 이어령은 이상의 「오감도 시제 4호, 5호, 6호」의 자필원고를 소개
했다. 그러나 그것들과『조선중앙일보』 발표본의 판본을 비교해보면 이
상의 자필 원고가 아님이 쉽게 드러난다. 그것들은 김기림이 1948년
김규동에게 보낸 편지,(『김기림전집』 1, 심설당, 1988) 육사에게 보낸 엽서
(『원전주해 이육사 시전집』, 예옥, 2008, 259면)와 비교해보면 필체가 똑같다.
특히 '然', '第', '李'의 한자 표기 형태와 'ㄹ', 'ㅎ', '는' 등의 한글 삐침
또는 흘림이 영락없다. 그것들은 1948년 경 김기림이 필사한 것이다.
김기림이『이상선집』을 꾸리기 위해 위 시들을 필사하였다는 사실을
알 수 있다. 자료는 수집이 되었지만 충분한 고증을 거치지 않아 오류가
발생한 것이다.[27]

4. 분석과 종합—계보학적 체계화

텍스트는 하나의 점으로 존재하는 것이 아니다. 그것은 전후 텍스
트와 연쇄 고리로 연결되어 있다. 그것은 한편으로 직선 위에 존재하
는 하나의 점이지만, 다른 한편으로 서로 거미줄처럼 연결된 그물망

---

27   김주현, 「이상 '육필 원고'의 진위 여부 고증(考證)—「오감도」를 중심으로」,『한국현대
     문학연구』 58, 한국현대문학회, 2019.8, 267~294면.

같은 존재이다. 그러므로 그것은 그런 관계 속에서 제대로 이해된다.

　이 가튼 誤錄을 辨論하야 그 正確함을 求함이 可하니, 以上의 五者로써 方
法을 삼아, 四千年 동안의 闕失을 채오며 訛誤를 발우잡고, 이에 그 가온데
서 精하게 因果를 차즈며 公하게 是非를 가리면, 朝鮮의 價値 잇는 歷史를
萬의 一 或 千의 一이라도 多勿(恢復하는 쯧)할가 하노라.[28]

　유증, 호증, 추증, 반증, 변증 등 단재의 고증학은 "闕失을 채우며, 訛誤
를 바로잡는" 방법이었다. 역사 연구에 있어서 그것은 연구의 토대일
뿐이다. 단재는 거기에서 나아가 인과를 찾아야 한다고 말했다. 곧 계통
과 회통으로 나아가는 것이다. 본격적인 연구는 확정된 텍스트를 분석
하고 종합해야 한다. 양계초 역시 역사 연구자가 "고증 방면에서 정력을
절약하고 오로지 사상 비평 방면에 힘써야 한다"[29]고 하였는데, 그것은
고증에서 그치는 것을 경계한 것이다. 오히려 연구에 더욱 정력을 쏟아
야 한다는 말이다.

　歷史는 因果關係로 請求하자는 것인데, 만일 이와 갓혼 因果 以外에 일이
잇다 하면 歷史는 하여 무엇하랴만은, 그러나 이는 지은 사람에 不注意요
本實이 그런 것은 아니다.[30]

　會通은 前後 彼此의 關係를 類聚한다는 말이니, 舊史에도 會通이란 名稱

28　신채호, 「조선상고문화사」, 『단재신채호전집』 3, 370면.
29　梁啓超, 「中國歷史硏究法」, 『飮氷室合集 10』, 中華書局, 1936, 99~100면. 從此得絶嗇其
　　精力於考證方面 而專用其精力於思想批評方面.
30　신채호, 「조선상고사」, 앞의 책, 623면.

은 잇스나 오직 禮志, 科目志 等 — 이것도 會通의 方法이 完美하지 못하지만 — 이외에는 이 名稱은 應用한 곳이 업다. 그럼으로 무슨 事件이던지 忽然히 모엿다가 허터지는 彩雲도 갓고 突然히 불다가 긋치는 旋風도 갓해서 到底히 摸捉할 수가 업다.[31]

단재는 중국으로 망명하면서 안정복의 『동사강목』을 싸들고 갓다. 안정복은 그 책의 서문에서 "무릇 역사가의 대법은 계통을 밝히는 것이라(大抵 歷史家大法 明統系也)"고 규정했다. 계통이라는 것은 사실의 선후를 밝혀내고 인과의 영향을 따져 묻는 것이라 할 수 있다. 이만열은 계통과 회통이 인과관계를 중시한다는 측면에서 체계성과 종합성이라 설명했다.[32] 단재는 계통의 예로 조의선인, 즉 화랑의 역사를 들었다. 화랑을 역사적 존재로 파악하고 고구려, 신라, 고려에 이르기까지 그 실체를 사적으로 체계화한 것이다. 하나의 작품은 돌출적 존재가 아니라 전대의 문학과 관계를 가지며, 또한 후대에 영향을 줌은 주지의 사실이다. 문학, 문학론 역시 그러한 측면에서 파악이 가능하다. 특히 「천희당시화」와 관련하여 그런 시화가 어떤 맥락에서 형성되었고, 당대 또는 이후 시화에 어떤 영향을 주었는지를 사적으로 체계화할 필요가 있다. 그러한 계보학적 접근을 통해 문학사적 위치가 드러나는 것이다.

그러나 회통은 전후 피차의 관계를 유취한다는 측면에서 하나의 사건에 대한 종합적 이해라 할 수 있다. 각 사건과의 관련을 종합적으로 판단하는 것이 된다. 단재는 회통의 예로 묘청의 '서경전역西京戰役'을

---

31 위의 글, 624면.
32 이만열, 『단재 신채호의 역사학 연구』, 문학과지성사, 1990, 153면.

들었다. 「조선역사상 일천년래 제일대사건」은 서경전역을 보다 입체적으로 조명해주었다. 하나의 사건을 역사적 점으로 간주하고 그것과 연결된 모든 전후 상황들을 복잡한 인과의 선으로 연결시킴으로써 서경전역을 종합적으로 파악한 것이다. 이처럼 계통은 선후의 질서를 구하고, 회통은 다른 것들과의 종합적인 체계를 구하는 것이다.

風流道 問題에 대해서는 四證 以外에 말하자면 文證이나 物證, 口證이나 事證 以外에 또 한 가지 좋은 資料가 있어요. 그 자료는 우리들 自身들이 가지고 있는 血脈 즉 말하자면 살아있는 피라고 말하겠는데, 이것은 네 가지 證外에 우리의 心情, 우리의 精神 속에서 찾아볼 수가 있는 것입니다.[33]

단재의 낭가 연구에 이어 김정설은 화랑을 연구하면서 '혈맥계통血脈系統'을 추구할 것을 주장했다. 그는 현대에 들어 화랑을 최초로 문제삼은 이로 단재를 들었다. 그리고 화랑정신, 즉 풍류도 연구를 위한 방안을 제시했다. 일단 화랑과 관련해서는 문헌文證이 부족하기 때문에 고적古蹟과 같은 물증物證, 구비 자료를 통한 구증口證, 유습遺習이라든지 유풍遺風・유속遺俗・풍속風俗 또는 습속習俗 등을 통한 사증史證을 통해 연구할 것을 제안했다. 그것은 문헌의 결핍을 보완하는 방법이다. 이외에도 우리의 혈맥, 즉, 심정과 정신 속에 살아 있는 것을 제시했다. 문헌이 턱없이 부족한 현실에서 물증, 구증, 사증, 그리고 혈맥계통을 통한 연구는 화랑 내지 풍류정신을 밝혀내고 재구해내는 데 좋은 방법이 될 수 있다. 물론 마지막 방법은 자칫 주관(심습)에 빠질 수 있겠지만,

---

33   김정설, 『화랑외사』, 이문사, 1981, 228면.

문증, 물증, 구증, 사증과 상호 보완 및 충족의 관계로 활용된다면 그 가치가 충분하다. 김정설은 풍류정신의 재구를 위해 노력하였지만, 그 것의 계통화로 나아가지 못했다. 그것은 그가 고고학적 발견을 통한 신라 화랑의 재구에 그치고, 계보학적 체계화를 통한 역사적 자리매김에 이르지 못했기 때문이다. 그래서 풍류도는 신라인들의 정신세계에 귀속될 수밖에 없었던 것이다.

계통, 또는 회통과 관련된 연구는 대상을 선후 관계 속에서, 인과적 계통 속에서 파악하는 것이다. 이를테면, 요의了義가 국문을 창제했다는 설을 주장한 단재의 「국문의 기원」(『대매』, 1909.12.29)이 있다. 이것은 앞서 「국문학교의 일증」(1908.1.26)-「국한문의 경중」(1908.3.17~19)-「국문 연구회 위원 제씨에게 권고함」(1908.11.14)-「천희당시화」(1909.11.9~12.4) 등 단재의 다른 글과 서로 연결되어 있으며, 이후 이 설은 황현으로, 김택영으로, 다시 박은식으로 옮아가지만, 1920년대에 이르러서는 극복된다.[34] 그리고 계몽기 단재의 문학개량론은 「警告律社觀者」(『황성신문』, 1906.4.18), 「詔勅已下而協律社何不革罷」(『황성신문』, 1906.4.30), 「近今國文小說著者의 注意」(『대한매일신보』, 1908.7.8), 「論學校用歌」(1908.7.11), 「劇界改良論」(『대한매일신보』, 1908.7.12), 「演劇界之李人稙」(『대한매일신보』, 1908.11.8), 「天喜堂詩話」(『대한매일신보』, 1909.11.9~12.4), 「小說家의 趨勢」(『대한매일신보』, 1909.12.2) 등으로 이어진다. 그러나 이것들은 계통을 구했지만, 회통에는 이르지 못했다. 왜냐하면 계몽기 박은식이나 이인직 등의 연극개량론, 그리고 일본에서 진행된 연극개량론 등 서로의 관계 속에서 파악하고 영향과 의의를 논하지 못했기 때문이다.[35] 아울러 「천희당시화」도 고전 시화의

---

34 김주현, 「국문 창제 요의설(了義說)을 통한 「천희당시화」의 저자 규명」, 『어문학』 87, 한국어문학회, 2005.3.

계통 속에서, 그리고 당대 양계초의 시화나 최남선의 시론, 후대 여러 시인들의 시론과의 관계의 유취 속에서 파악해야 그 가치가 제대로 드러난다.[36]

5. 본질적 가치 탐색

텍스트의 선후 관계, 즉 계통이 파악되면 그것의 가치를 파악하고 추구할 필요가 있다. 그러므로 본질적 가치 탐색은 가치의 판단 및 평가뿐만 아니라 나아가 그 의의의 실천 영역과 결부되기도 한다. 단재는 인과의 계통을 파악하고, 이어서 "公하게 是非를 가"릴 것을 주문했는데, 그것이 바로 심습 제거 및 본색 추구이다. 단재가 심습 제거를 외친 것은 객관성 확보 이상의 의미를 지닌다. 그것은 사물의 본질을 흐리게 만드는 주관의 개입을 차단하기 위한 방편이다. 우리는 늘 주관화의 위험에 직면해 있다. 그것은 때로 자신의 이데올로기적 태도로 인해, 때로는 부족하고 제한된 지식으로 인해 빚어진다. 연구에 있어서 본색 추구만 언급해도 충분할 터인데, 단재는 심습의 제거를 강조하고 나섰다. 그가 심습으로 인한 과오를 적잖이 저질렀고, 또한 그것의 위험을 누구보다 잘 알았기 때문이다. 단재는 자신

---

35 김주현, 「계몽기 연극개량론과 단재 신채호」, 『어문학』 103, 한국어문학회, 2009.3. 일본과 한국의 연극개량론에 대한 논의로는 田尻浩幸, 「李人稙의 演劇改良과 日本 演劇改良—『佐倉義民傳』과 『銀世界』를 중심으로」, (『민족문화연구』 34, 고려대 민족문화연구원, 2001.6), 박태규의 「이인직의 연극개량 의지와 『은세계』에 미친 일본연극의 영향에 관한 연구」, (『일본학보』 47, 한국일본학회, 2001.6) 등이 있다.

36 김주현, 「「천희당시화」의 성격과 위상」, (『어문학』 91, 한국어문학회, 2006.3) 및 「「천희당시화」의 의미」, (본서의 제3부 제4장) 참조.

의 오류를 극복하면서 심습 제거의 중요성을 터득한 것이다.

단재는 심습 제거에서 거북선의 장갑선 설을 거론했다. 당시 누구나 자랑스럽게 여기던, 거북선이 세계 최초의 철갑선이라는 설을 스스로 부정한 것이다. 단재는 1908년 "鐵甲船을 創造한 李舜臣"(「대한의 희망」), "鐵甲船의 神製",(「국한문의 경중」) "世界 鐵甲船의 鼻祖", "鐵甲船 首創", "鐵甲船 創造에 鼻祖"(「이순신전」)라고 하여 거북선의 철갑선 설을 누누이 강조하지 않았던가. 이후 그는 "李舜臣을 裝甲船의 鼻祖라 함은 可하나 鐵甲船의 鼻祖라 함은 不可"[37]하다는 단정을 내렸다.

其中에 國文의 起源을 說ᄒ 一段이 有ᄒᄃᆡ 倡造ᄒ 人氏ᄂᆫ 高僧 了義라 ᄒ엿스니 了義가 何時人인지 不知ᄒ나 世宗 以前人 됨은 無疑ᄒ더라[38]

諺文은 李朝 世宗大王의 著作으로 今日에 쓰는 글이라 本編의 範圍가 아니므로 이는 後日에 讓하고 이제 吏讀와 口訣을 論하노라.[39]

韓國이 自來로 自國國文이 非無언마ᄂᆫ 此ᄂᆫ 壹閣置ᄒ야 女子及 勞動界에만 行用되고[40]

朝鮮 上古에 朝鮮 글이 있었다는 사람이 있으나, 그러나 이는 아무 證據가 없는 말이니 最初에 漢字를 썼을 것은 사실이다.[41]

---

37 신채호, 「조선상고사」, 앞의 책, 625면.
38 「국문의 기원」, 『대한매일신보』, 1909.12.29. '담총' 란.
39 신채호, 「조선 고래의 문자와 시가의 변천」, 『동아일보』, 1924.1.1.
40 신채호, 「文法을 宜統一」, 『기호흥학회월보』 5, 1908.12, 8면.
41 신채호, 「조선상고사」, 앞의 책, 639면.

단재의 또 다른 심습으로 우리 고대에 국문이 있었다는 설이다. 그것은 '요의'의 국문 창제설과 관련된다. 세계 최초 철갑선 설은 "英國海軍省 報告"[42]에 따른 것이라면, 요의설은 『진언집』에 따른 것이다. 그런데 이는 단재가 『진언집』의 내용을 잘못 이해한 결과이다. 여기에는 무엇보다 한글이 일본 출운족의 문자(신대문자)에서 기원했다는 설을 반박하기 위한 심습이 강하게 작용한 것으로 보인다. 그가 자신의 초기 설을 부정하게 된 것은 역사 연구와 더불어 얻게 된 향찰, 이두 등 우리 문자에 대한 깊은 이해에서 비롯되었다.[43] 그의 심습 제거론은 연구의 객관적 태도를 의미하는 것이다. 그러나 그것은 연구자가 주관적 오류에서 벗어나기 힘들다는 사정을 잘 대변해준다. 여기에서 주관적인 오류는 자신의 이념이나 세계관, 또는 지적 한계로부터 자유롭지 못하다. 전자에서는 국수주의적 편향성을 띨 가능성이 농후하며, 후자는 자신의 지식 세계를 전적으로 신뢰할 때 빚어진다. 경우에 따라서는 이 두 가지가 복합적으로 작용하기도 한다.

이는 儒敎徒의 春秋筆法과 外交主義가 偏見을 逞하야 傳來하는 古記 文字를 마음대로 塗改하야 各 該時代에 相當한 思想을 흘이게 한 까닭이라.[44]

단재는 역사를 연구하면서 우리 선조 사가들의 문제점들을 역력히

---

42 위의 글, 625면.
43 이와는 반대로 처음 주장이 옳았는데 나중에 그것을 부정한 경우도 있다. 그는 1909년에 "崔都統 鄭圃隱의 丹心歌"라고 하였다가 「조선상고사」에서 "「丹心歌」는 由來로 鄭圃隱의 作이라 하나, 右의 記述한 바로 보면, 대개 古人의 所作 곧 韓林의 作을 鄭圃隱이 唱하야 李朝 太宗의 唱을 答한 것이요, 圃隱의 自作이 아닌가 하노라" 하여 자신의 견해를 수정하고 있다. 이는 또 다른 심습의 오류로 파악할 수 있다.
44 신채호, 「조선상고사」, 앞의 책, 626면.

목도했다. 특히 김부식을 위시한 사대주의 역사가들의 오류를 여실히 보았다. 그들은 춘추필법과 외교주의의 편견으로 말미암아 사실을 개작, 도개하는 과오를 범했던 것이다. 노예 사가의 심습으로 인해 사대주의를 양산하고, 독립사상을 지워버려 역사를 오도한 예는 무수히 많았다. 게다가 "支那人이나 日本이 업는 事蹟을 맨들"[45]어 역사를 호도하는 사례 또한 보았다. 그래서 그는 심습의 제거를 주장했다. 심습의 제거는 본색을 추구하는 데뿐만 아니라 자료를 고증하는 데에도 필요한 덕목이다. 이러한 심습은 사실 쉽게 제거되지 않는다.

> 언론인으로서 애국계몽운동에 선두에 서서 격렬한 抗日의 필봉을 휘둘렀던 그가 '愛國啓蒙'이 아닌 '賣國愚民'에 앞장 섰던 『매일신보』에 '客卿'이라는 이름의 고정 필자로 등장하였던 사실을 우리는 어떻게 설명할 것인가? 나아가 그가 남긴 논설·만필·시 등에서 '親日'의 자취를 발견해낼 수 있다는 사실을 우리는 또 어떻게 처리할 것인가?[46]

강명관은 1910년대 총독부 기관지 『매일신보』에서 700여 편을 상회하는 장지연의 글을 찾아내어 그의 친일 실상을 밝혔다. 애국계몽운동가였던 그가 친일의 늪에 빠진 사실을 두고 강명관은 '좌절', '변질'이라는 용어를 썼다. 장지연에 대한 기대가 컸기에 그의 절개를 기대했던 것이고, 그의 친일의 사실 앞에 변절을 얘기하게 된다. 우리는 애국계몽운동가들에게 신성성을 부여하고픈 심습이 있다. 그러

---

45 위의 글, 610면.
46 강명관, 「장지연 시세계의 변모와 사상」, 『한국한문학연구』 9·10, 한국한문학회, 1987.12, 378면.

나 그 괴리를 보았을 때 당황스러움을 감출 수 없다.

한편 「대한독립선언서」는 일명 「무오독립선언서」라고도 불리는데, 그 발표 시기가 1918년 11월, 1919년 2월, 1919년 3월 등으로 논의된다. 조소앙이 기초한 이 선언문은 그동안 여러 논자에 의해 「2·8선언서」, 「3·1선언서」 작성에 적지 않은 영향을 준 것으로 거론되었다.[47] 그러나 1918년 11월에 썼다 하여 「무오독립선언서」로 부른다든가, 이것이 「2·8선언서」, 「3·1선언서」에 영향을 주었다고 하는 것은 은연중 이상용, 박은식, 신채호, 조소앙, 안창호 등 해외 독립운동가들에게 독립운동의 정통성을 부여하려는 심습의 결과로 풀이된다. 이것이 발표된 시기는 1919년 2월로 이 시기가 음력이냐 양력이냐 하는 것은 여전히 논란이 된다.[48] 그러나 이 선언서는 「2·8선언서」, 「3·1선언서」와는 무관하게 이뤄졌음은 그 내용이 말해주고 있다. 오히려 「대한독립선언서」는 1917년 조소앙이 기초한 「대동단결선언」의 연장선에 있을 뿐이다. 「2·8선언서」, 「3·1선언서」와의 영향의 수수관계를 고려하다 보면, 자칫 심습으로 인해 본말이 전도된 결론에 이를 수 있다.

심습은 단재전집의 텍스트 확정에도 영향을 미쳤다. 먼저 성균관 박사였던 단재가 '천희당'이라는 당호를 썼을 리 만무하다 하여, 「천희당시화」를 단재의 글이 아니라고 간주한 이들이 적지 않다. 그리고 「是日에 又放聲大哭」(『대한매일신보』, 1905.12.28)을 단재의 작품으로 규

---

47 송우혜에 따르면, 박영석, 신용하, 김준엽·김창순, 채근식, 애국동지원호회 등이 그렇다. 송우혜, 「「대한독립선언서」(세칭 「무오독립선언서」)의 실체−발표시기의 규명과 내용 분석」, 『역사비평』 3, 역사비평사, 1988.6.

48 발표 시기에 대한 논쟁은 송우혜, 조항래, 김기승, 신운용의 글을 참고할 만하다. 조항래, 「대한독립선언서 발표시기와 경위」, 『삼균주의연구논집』 13, 삼균학회, 1993.2; 김기승, 『조소앙이 꿈꾼 세계』, 지영사, 2003; 신운용, 「「대한독립선언서」의 발표시기와 서명자에 대한 분석」, 『국학연구』 22, 국학연구소, 2018.12.

정함으로써 그것을 「是日也放聲大哭」(『황성신문』, 1905.11.20)에 버금가는 것으로 간주하는 것은 장지연의 친일에 대한 일종의 보상심리가 작동된 것은 아닐까? 「신민회취지서」를 단재의 작으로 성급히 규정한 것은 신민회의 성립에 주체적 의미를 부여하기 위한 또 다른 심습의 결과가 아닐까? 연구자가 대상에 대해 편견을 갖는 순간 실체는 멀어지고 사실은 호도되고 만다. 「단기고사 중간서」의 조작은 사료고증학자 단재의 위명을 빌려 사료를 정전화시키려는 국수주의자의 조급한 행동에서 비롯되었다. 심습을 제거했을 때 대상을 객관적으로 판단하고 평가할 수 있다.

본색은 사실 그대로의 서술을 의미한다. 랑케는 편견, 이해관계를 벗어나 과거 '사실을 있는 그대로 기술할 것'을 주장하였는데, 그것은 역사가 "진사실을 추구한다(求得眞事實)"는 양계초의 말과 다르지 않다.[49] 단재는 "訛를 正하며 眞을 求하여, 朝鮮史學의 標準을 세움이 急務"[50]라고 하였는데, 오류의 교정 이후 진(본색)을 추구하는 것이 중요함을 지적한 말이다. 단재는 또한 크롬웰의 "나를 그리려면 나의 本面대로 그리라"는 말을 인용했는데, 이는 양계초의 저서에서 인용한 것이다. 이것은 본색 추구의 중요성을 말한 것이다.[51] 이처럼 단재는 양계초 등과 우리 선대 역사가들의 방법론을 참조하여 자신의 방

---

49 양계초는 역사의 목적을 '진사실을 추구'하는 것 외에도 '새로운 의의를 부여'(予以新意義)하고, '새로운 가치를 부여'(予以新價値)하고, '우리들의 활동에 자감을 제공'(供吾人活動之資鑑)하는 것으로 설명했다. 梁啓超, 「中國歷史硏究法(補編)」, 『飮氷室合集 12』, 中華書局, 1936, 5~11면.

50 신채호, 「조선상고사」, 앞의 책, 754면.

51 한편으론 단재는 베른하임이 언급한 '자신이 집필하던 세계사를 불태운 월터 로울리의 일화'도 소개했다. 그것은 달리 본색 추구의 어려움을 말해준다. E. Bernheim, 박광순 역, 『역사학입문』, 범우사, 1992, 103~104면.

법론을 수립하였다. 그것은 양계초가 베른하임 등의 서양 역사가와 중국 역대 사가들의 방법론을 바탕으로『중국역사연구법』이라고 하는 자신의 방법론을 제시한 것과 다를 바 없다.[52] 그들은 그러한 방법론의 모색을 통해 역사학을 근대 학문의 지평 위에 올려놓은 것이다.

분석 및 종합은 본질적 가치 탐색과 무관한 것이 아니라 그것을 통해 제대로 드러나는 것이다. 우리는 분석과 종합을 통해 텍스트를 정당하게 가치매김한다. 계통과 회통을 통해 자리매김함으로써 텍스트의 본질적 가치는 완성된다. 불완전한 텍스트를 재구해내고, 또한 텍스트의 선후관계, 영향관계를 파악하고, 텍스트가 만들어낸 파동과 자장을 밝혀내면 그것이 바로 본색 추구가 되는 것이다. 특히 단재의『중화보』 논설 발표는 그러한 문제와 결부되어 있다. 그가 중국의 '조고계操觚界' 에 관여함을 밝혀냄으로써 그가 중국에서 만난 인물망을 그려낼 수 있다. 사실 그가 중국에서 어떻게 아나키스트로 변신하게 되었으며, 또한 이석증, 양가락, 주세朱洗 등 중국 쪽 지식인들이 왜 신채호학사 발기에 참여하였는지는 여전히 밝혀야 할 과제이다. 그러므로 단재의 중화보 논설 집필은 중국 문인들과의 교유망을 밝힐 수 있는 관건이 된다.[53]

---

52 도상범은 양계초가 베른하임 이 외에도 Charles-Victor Langlios와 Charles Seigonobos 의『사학원론』의 영향을 받은 것으로 보인다고 주장했다. 도상범, 「양계초의 사론에 관한 연구」, 충남대 박사논문, 1992.8.

53 김주현, 「중국신문 소재 신채호 논설의 발굴 연구」,『중원문화연구』15, 충북대 중원문화 연구소, 2010.12; 김주현, 「『중화보』 소재 신채호 논설의 발굴 연구 보론」,『한국근현대사 연구』, 한국근현대사학회, 2012.3. 이 부분은 앞으로 더욱 명쾌하게 밝혀야 할 과제이다.

6. 연금술과 선금술選金術

텍스트는 미정형의 것으로 끊임없이 변화에 노출되어 있다. 삭제되거나 과장되기도 하고, 망실되거나 위조되기도 한다. 단재는 김부식이 "事大主義를 根據하야 三國史記를 作할새, 그 主義에 合하는 史料는 敷演讚嘆 或 改作하며 不合하는 史料는 論貶塗改 或 刪除하얏다."[54]고 했다. 두찬杜撰, 산삭刪削, 부연敷衍, 도개塗改, 변개變改, 위조僞造, 개찬改撰, 오전誤傳, 와전訛傳, 조작造作, 개작改作, 위서僞書 등 조작된 텍스트가 나중에는 정전으로 자리해버릴 우려가 있다. 이것은 바로 연금술이 아니던가. 연금술은 화학적 반응을 통한 위조술이다. 가짜를 통해 진짜를 만들려 하지만 결국 가짜일 뿐이다. 그래서 진짜인 금보다도 화려할 순 있지만 결코 금은 될 수 없다. 오로지 화려한 수사만으로 얼룩진 허상일 뿐이다.

> 沙金을 니는 者ㅣ 一斗의 沙를 닐면 一粒의 金을 엇거나 或 엇지 못하거나 하나니, 우리의 文籍에서 史料를 求함이 이가티 어려운 바라 (…중략…) 現今에는 爲先 救急의 方法으로 存在한 史冊을 가지고 得失을 評하며 眞僞를 校하야 朝鮮史의 前途를 開拓함이 急務인가 하노라.[55]

단재는 흙덩이에서 사금을 얻는 방법을 말했다. 그것은 모래 속에서 물리적 작용을 통해 금을 선별해내는 기술이다.[56] 진짜는 가짜들

---

54 신채호, 「조선역사상 일천년래 제일대사건」, 『단재신채호전집』 2, 406면.
55 신채호, 「조선상고사」, 앞의 책, 606면.
56 선금술은 먼저 사금을 함유한 토사(土砂)를 쟁반에 담아서 물속에서 흔들어 토사를 경사진 빨래판이나 가마니 위로 흘려보냄으로써 그 홈이나 올 사이에 금속성 물질을 멈추게 한다. 그리고 자철석·타이타늄철석·석영·석류석·모나자이트·

속에 묻혀 가짜처럼 보이는 위장술을 갖고 있다. 그러나 냉철한 직관과 부단한 노력으로 진짜 금을 찾아내는 작업, 그것이 선금술의 방법이다.[57] 가짜들 속에서 진짜 실체를 규명하는 것, 그것은 흙덩이 속에서 금조각을 찾는 방법이다.

"卒本을 써다가 成川 或 寧邊에 노흐며, 安市城을 써다가 龍岡 或 安州에 놓"[58]는 등 사대주의자들처럼 역사를 폄하시킨다거나 거북선을 최초의 철갑선으로 규정하는 등 국수주의자들처럼 역사를 과장할 필요가 없다. 노예적 사대주의가 잘못인 것처럼 오도된 국수주의도 바람직하지 않다. 심습을 제거하지 못하고 잘못된 근거를 통해 화려한 수사를 펼친 연금술에 불과하기 때문이다. 참된 학문은 텍스트의 수집과 선별, 고증과 감별, 계통과 회통 등의 방법을 통해서 나온다. 텍스트 하나하나에도 심사와 숙고를 거쳐 계통을 구하고 본색을 추구해야 한다. 그것은 선금술을 통해서 정제된 순금을 얻는 진정한 텍스트학이다.

지르콘 등 비중이 높은 금속성 물질 속에서 사금을 분리해내고 정제하여 순금을 얻는 기술을 말한다.

57 서거정은 「進東文選箋」,(『속동문선』11)에서 "모래를 헤쳐 금을 가려내는(揀金於披沙)"을 썼다. 『동문선』에서는 "披沙揀金"을 여러 군데에서 발견할 수 있다. 이는 수많은 작품들 가운데 좋은 작품을 가려내는 것을 뜻한다. 한편 중국에서는 "沙里淘金"을 사용하는데, 이 역시 같은 의미로 사용된다. 선금술 역시 그런 것을 일컫지만, 가짜들 가운데서 진짜도 찾아낸다는 의미에서 새로운 조어로 사용한 것임을 밝힌다.

58 신채호, 「조선상고사」, 앞의 책, 605면.

선금술의 문제에 대한 재고

1. 토론의 장을 위해

이 논의는 「'선금술'의 의의와 몇 가지 문제」[1]에 대한 해명을 위해 쓰여졌다. 이를 통해 보다 생산적인 논의의 장이 마련되었으면 하는 생각에서이다. 본 연구자는 저서에 대한 호평과 더불어 그 존재를 알려준 논자에게 고마움을 느끼고 있다. 그러나 논쟁을 통해 얻은 결론이 보다 객관성을 담보하기 때문에 토론의 장이 필요함을 절감한다.

논자는 수많은 문제 중에 몇 개만 언급했을지도 모른다. 본 연구자 역시 기존 단재 연구에 여러 문제가 있음을 보았다. 그러한 문제를 최소화하기 위해 연구를 시작했으며, 시행착오도 적지 않았다. 책을 낸 것은 그러한 문제의식을 공유하고 싶었기 때문이다. 사실 단재를 연구하면서 선학들의 연구에 많은 도움을 받았으며, 그들의 노력이 있었기에 본 연구자의 연구 또한 가능했다. 그러나 풀어야 할 문제들이 산적해 있으며, 그래서 논의를 펼치고자 한다.

1　황재문, 「'선금술'의 의의와 몇 가지 문제」, 『민족문학사연구』 50, 민족문학사연구소, 2012.12.

2. '천합소문'의 문제

먼저 글에서 가장 비중 있게 다룬 부분부터 석명해야겠다. 곧 단재가 1912년 '천합소문'이라는 표현을 썼겠는가 하는 부분이다.

(가) 按 泉蓋蘇文은 我東 四千載 以來로 第壹指를 可屈홀 英雄이라[2]

(나) 東洋 古今에 一大武功英雄 淵蓋蘇文의 事는 記ᄒᆞ는 者ㅣ 殆無ᄒᆞ니 吁라 可悲로다.(「淵蓋蘇文」, 『대매』, 1910.1.21)

(다) 천합소문이나 대조영이나 항우 픠공이나 와싱톤 나폴네온이나 네나 내나 큰 이나 젹은 이나 죽은 후에는 갓치 말은 뼈뿐이니라(「발칸반도에 새로 흥하는 세 나라」, 『권업신문』, 1912.12.1)

(라) 淵蓋蘇文은 高句麗 西部에 世族이요, 西部의 名稱이 淵那인 고로 姓이 淵이니, 三國史記에 성을 泉씨라 함은, 唐人이 唐高祖의 名 淵을 避하야 泉으로 淵을 代한 것을 그대로 抄錄한 까닭이니라.(「조선사」, 『조선일보』, 1931.8.28)

논자는 위 글들을 근거로 단재가 泉蓋蘇文(가)-淵蓋蘇文(나) 순으로 썼으며, (다)는 단재의 글이 아닐 가능성을 제기했다. 그러니까 (라)를 전제로 1910년 1월 (나) 이후에는 '연개소문'으로 쓰기 시작

2 　壹片丹生, 「讀史新論」, 『大韓每日申報』, 1908.11.18. 이 글에서 국한문판 『大韓每日申報』는 '대매', 국문판 『대한매일신보』는 '대매국'로 줄여서 표기함.

했다는 것이다. 단재는 1931년 발표된 글 (라)에서 연개소문에 대해 확실히 알고 있었다. 그래서 표기체계를 보면 泉蓋蘇文-淵蓋蘇文 순이 되며, 만일 (다)가 단재의 글이라면 泉蓋蘇文-淵蓋蘇文-천합소문으로 표기된 셈인데, 이 경우 (나)와 (다)에 대한 해명이 필요하다는 것이다. (나) 이후 「대동제국사서언」(1915)에서도 "淵蓋蘇文의 外征", "淵蓋蘇文의 征唐" 등 두 군데나 淵蓋蘇文을 쓰고 있기 때문이다. 물론 논자는 "어느 시점까지는 신채호가 (라)에서와 같은 사실을 알지 못한 채로 두 가지 표기를 통용했을 가능성"도 언급했다. 그러나 단재가 글 (라)의 내용을 안 시점을 정확히 알기 어렵다. 아래는 단재가 연개소문에 대해 언급한 내용들이다.

(마) 乙支文德 蓋蘇文이 隋唐 巨寇를 鏖退ᄒ고(「역사와 애국심의 관계」, 『大韓協會會報』2, 1908.5)

(바) 洪耳溪가 燕京에 使ᄒ다가 遼陽 鷄冠山에 一碑가 有ᄒ되 唐太宗 李世民이 淵蓋蘇文에게 大敗ᄒ야 單騎로 走ᄒ다가 此山에 留宿ᄒ엿다고 記載ᄒ 것을 親見ᄒ엿다 ᄒ며(「國史의 逸事」, 『대매』, 1909.12.15)

(사) 太武王 廣開土王 乙支文德 淵蓋蘇文이 繼ᄒ야 夫餘族의 光燄을 發ᄒ야 滿洲의 霸權을 握ᄒ고(「滿洲問題에 就ᄒ야 再論홈」, 『대매』, 1910.1.19)

(아) 絶代 英雄 泉蓋蘇文이 作ᄒ야 其 移山倒海의 雄畧으로 東西 各族을 征服ᄒ며 龍光燭天의 五大刀를 揮ᄒ야(「최도통전」, 『대매』, 1909.12.18)

(자) 是故로 泉蓋蘇文이 外賊을 伐ᄒᆞᆷᄋᆡ(「최도통전」, 『대매』, 1910.5.25)

단재는 1908년 「역사와 애국심의 관계」에서 '蓋蘇文'이라고 썼으며, 「여우인절교서」(『대매』, 1908.4.12), 『을지문덕』(1908.5) 등에서도 그렇게 썼다. 「대아와 소아」에서는 '泉蓋蘇文'(『대한협회회보』, 1908.8)을 썼고, 「독사신론」(1908.8.27~1908.12.13)에서도 '泉蓋蘇文'을 17차례, 이후 많은 논설에 그렇게 표기했다.[3] 그리고 「최도통전」(1909.12.10~1910.5.27)에도 총 3차례(1909.12.18, 1910.4.24, 1910.5.25) '泉蓋蘇文'을 썼다. '淵蓋蘇文'은 「국사의 일사」(1909.12.15), 「淵蓋蘇文」(1910.1.21), 「滿洲問題에 就ᄒᆞ야 再論흠」(1910.1.19) 등 '담총'란과 논설에 나타난다.

이로 볼 때 '蓋蘇文'을 주로 쓰다가 '泉蓋蘇文'을 썼으며, 이후 '泉蓋蘇文', '淵蓋蘇文'을 같이 쓰다가 나중에 '淵蓋蘇文'·'蓋蘇文'으로 나아간 게 아닌가 한다.[4] 그렇지만 국문은 "泉蓋씨"→"천합씨"(『대매국』, 1908.3.22), 淵蓋蘇文 → 합소문(『대매국』, 1909.12.15), 淵蓋蘇文 → 천합소문(『대매국』, 1910.1.19, 1910.1.21)으로 표기했으며, 국문판 「최도통전」에서는 '泉蓋蘇文'을 "합소문"(1910.3.9), "천합소문"(1910.3.18, 4.8)으로 썼다. 「독사신론」의 "泉蓋蘇文"을 『신한국보』(1911.1.3), 『독사신론』(재미한인 소년서회, 1911.10)에서는 모두 "천합소문"으로 옮겼다.[5]

---

3 이 밖에도 단재전집에 실린 글 가운데 '泉蓋蘇文'이 보이고 있는 것은 「近今 國文小說 著者의 注意」(『대매』, 1908.7.8), 「한국과 만주」(『대매』, 1908.7.25), 「許多古人之罪惡審判」(『대매』, 1908.8.8), 「동양이태리」(『대매』, 1909.1.29), 「論麗史誣筆」(『대매』, 1909.10.6) 등이다. 그리고 「국한문의 경중」에서는 "泉蓋씨"(천합씨, 『대매』, 1908.3.18), 「구서간행론」에서는 "泉蓋"(천합소문, 『대매』, 1908.12.20) 등으로 썼다.

4 「대동제국사서언」, 「꿈하늘」, 『조선사연구초』에는 '淵蓋蘇文'이 보이지만, 「이해」(1919년경), 「고고편」(1921)에는 '蓋蘇文'이 보이고, 「조선사」(1931)에는 두 가지 표현이 모두 나타난다.

5 한편, 「독사신론」의 "泉蓋蘇文"을 「국사신론」(『소년』, 1909.8)에서는 '蓋蘇文', '泉蓋

"唐人이 唐高祖의 名 淵을 避하야 泉으로 淵을 代한 것"을 안 이후 단재는 더 이상 泉蓋蘇文을 쓰지 않았을 것이다. 현재로선 그 시기가 「대동제국사서언」(1915) 이후가 아닌가 추정된다.[6] 1910년경에 이미 '淵蓋蘇文'으로 굳어졌다면 「최도통전」도 단재의 작품에서 배제해야 한다. 1908~1911년 '蓋蘇文', '泉蓋蘇文', '淵蓋蘇文'을 썼으며, 국문으로는 '합소문', '천합소문'으로 표기했다. '泉蓋蘇文 → 淵蓋蘇文 → 천합소문'이 아니라 '泉蓋蘇文+淵蓋蘇文=천합소문'이다. 泉蓋蘇文과 淵蓋蘇文의 한글 표기는 천합소문이었으며, 이것은 1912년 『권업신문』에도 마찬가지였을 것이다.[7] 만일 "泉으로 淵을 代한 것"(「조선사」)을 안 이후 '泉蓋

公', '泉蓋蘇文'으로 쓰고 있다.

6 「대동제국사서언」은 『無涯散稿』(1915)에 실렸는데, 이 책에 실린 또 다른 글 「역사와 애국심의 관계」·「을지문덕」과 「대아 소아」에는 여전히 1908년 원문처럼 蓋蘇文/泉蓋蘇文으로 표현되어 있다. 한편 2012년 연세대 도서관에서 대동제국사의 또 다른 판본인 단재의 『大東歷史』가 발굴되었다. 이 저서에는 「대동제국사서언」에서 '淵蓋蘇文'으로 표기된 부분이 '泉蓋'(329면), '泉蓋蘇文'(331면)으로 각각 표기되었으며, 또한 이 책에 포함된 「발해기」에는 '泉蓋蘇文'(379면)이 2군데, '蓋蘇文'(379면)이 3군데 나온다. 『大東歷史』는 1914년 필사된 것으로 알려졌는데, 『무애산고』와 일부 표기 차이를 보여준다. 그런데 「꿈하늘」(1916)에는 두 군데 모두 '淵蓋蘇文'으로 표기된다. 김종복·박준형, 「『大東歷史(古代史)』를 통해본 신채호 초기 역사학」, 『동방학지』162, 2013.6. 283~389면.

7 단재는 '泉蓋蘇文' '淵蓋蘇文'을 한글로는 '천합소문'으로 썼다. 「아방윤리경」(김병민 편, 『신채호문학유고선집』, 연변대 출판사, 1994)에는 총 5회의 "연개소문"이 나오는데, 내용을 보건대 단재가 '淵蓋蘇文'으로 표기했던 것을 국문으로 그렇게 옮긴 것으로 보인다. 김병민은 "본 원고는 김대도서관 필사본에 근거하여 정리함. 도서관 관계부문 이령순 선생의 구술에 의하면 김대 철학박사 선생이었던 정××선생이 가지고 있던 단행본을 도서관 일군이 베껴두었다고 함. 그런데 단행본 자체가 원 면모를 보존치 못하였다고 함"이라 주석을 달았다. 그리고 "사화 「아방윤리경」은 지금 조선인민대학 습당에 두 개의 유고본이 있는데, 하나는 초고본이고 또 하나는 정서본"이라고 말하며, "유고집에 실린 「아방윤리경」은 정서자가 한문을 국문으로 옮겨놓았고, 국문표기를 일정한 정도 규범화해놓았는데 지금 김대도서관에 보관되어 있다"(김병민, 「해설」, 같은 책, 246면)고 했다. 당시 '도서관 일군'이 베끼면서 한문 표기를 한글로 바꾼 것이다. 그리고 「백세 노승의 미인담」에는 '여개소문(女蓋蘇文)', '개소문'이 등장한다. 전자에 대해 북한본에는 '녀합소문(女蓋蘇文)'(73면), 김병민본은 '녀개소문(女蓋蘇文)'(83면)으로 표기했으며, 후자는 김병민본에만 "고려 개소문이 당태종과 싸우던

蘇文'이란 표현이 나왔다면 단재의 글이 아니라고 할 수 있겠지만, 그 잣대로 그 이전의 글을 재단하는 것은 곤란하다. '泉蓋蘇文'이라는 이름과 관련하여 문제를 제기한다면 차라리 '담총'란에 실린 '검심'의 글들을 단재의 글이 아닌 것으로 규정하는 것이 더 쉬울 것이다.

3. 단재의 문체

다음으로 「독의대리건국삼걸전讀意大利建國三傑傳」의 저자와 관련된 것이다. 아래의 부분을 보건대 동일 저자로 논할 수 있겠는가 하는 것이 논자의 이의 제기이다.

(가) 加將軍이 乃長歎曰已矣乎라 吾其爲'卜菩列拉'島之一老農乎 니져[8]

(가-1) 加里波的ㅣ乃長歎曰已矣乎라 吾가 卜菩列拉島의 一老農이나 復作홀진져[9]

이 부분에서 본 연구자는 (가)와 (가-1)의 '…이…라…인져'와 같은

곳"으로 나올 뿐 북한본에서는 생략되었다. 그리고 북한본에서 「고려영」에 "나는 서생이라 개소문(蓋蘇文)을 그리랴만"(232면)이 제시되었다. 아마 뒤의 것(개소문)은 단재가 '蓋蘇文'으로 쓴 것을 한글로 그렇게 옮긴 것이 아닌가 추측된다. 실지로 먼저 나온 「고려영」(『조광』, 1936.4)에서는 "나는 書生이라 蓋蘇文을 그리랴만"으로 표기되었다.

8 「讀意大利建國三傑傳」, 『皇城新聞』, 1906.12.27. 이 글의 본문에서 『황성신문』의 인용은 '황성'으로 줄여서 표기함.

9 신채호 역술, 『伊太利建國三傑傳』, 광학서포, 1907, 65면. 이 글의 본문에서 『이태리건국삼걸전』은 '이태리전'으로 줄여서 표기함.

접속사 연결어미의 동일성에 주목했다. 물론 (가)와 (나)는 차이가 존재한다. "吾其爲 '卞菩列拉'島之一老農乎ㄴᆝ져"와 "吾가 卞菩列拉島의 一老農이나 復作홀진져"에서 후자가 한글 문체에 보다 가까워졌고, 게다가 '復作홀'이라는 내용이 추가되었다. 그러나 번역이든 창작이든 다시 하게 되면 저자의 손질이 가해져 약간의 차이가 있을 수 있다.[10] 축약 번역에서 전체 번역으로 확장되는 경우는 더욱 그러하다. 겉보기에는 차이가 있어 보이지만, 접속조사 내지 연결어미의 동일성은 번역에서 다른 사람이 모방하기 어려운 부분이기에 동일 저자의 가능성을 담보하게 된다.

(나) 瑪志尼以爲호디 欲成大事者ᄂᆞᆫ 當先實成敗利鈍於度外ᄒᆞ야 今日不成이어던 期以明日ᄒᆞ며 今年不成이어던 期以來年ᄒᆞ야 如是而至於十年二十年百年數百年도 吾不辭也오 及身不成이어던 期之於子ᄒᆞ며 子猶不成이어던 期之於孫ᄒᆞ야 如是而至於曾孫玄孫來孫도 吾不辭也오 (『황성』, 1906.12.19)

(나-1) 瑪志尼ᄂᆞᆫ 以爲호디 大事를 成코ᄌ ᄒᆞᄂᆞᆫ 者ᄂᆞᆫ 利害成敗ᄂᆞᆫ 度外에 實ᄒᆞ야 今日不成커던 期以明日ᄒᆞ며 今年不成커던 期以明年ᄒᆞ야 或十年二十年百年數百年ᄭᅡ지 至홈도 可也오 及身不成이어던 期之於子ᄒᆞ며 子猶不成이어던 期之於孫ᄒᆞ야 或曾孫玄孫來孫ᄭᅡ지 至홈도 可也오(『이태리전』, 10면)

두 글에서 동일한 연결어미와 접속사가 쓰여졌다. 단재의 문체는 시

---

10 현대문학의 경우 수많은 시와 소설이 그러하다. 특히 이해조에서부터 염상섭, 김동리, 황순원, 최인훈에 이르기까지 수많은 소설가에게 있어서 자구 수정에서 전체 줄거리 수정까지 작품의 변개 내지 변화를 볼 수 있다. 특히 『광장』 개작의 경우 문체 차이가 여실하다.

기에 따라서 차이를 보이는데, 『황성신문』과 『대한매일신보』에 실린 글이 더욱 그러하다. 문체의 차이가 같은 작가에게서도 있을 수 있다는 점을 감안한다면 오히려 특정한 동일성에 주목하게 된다. 「독의대리건국삼걸전」(1906.12.18~28)과 『이태리건국삼걸전』(1907.10.25) 사이에는 10개월 정도의 시간적 차이가 있으며, 또한 단재는 『황성신문』 주필에서 대한매일신보 주필(1907.11.6~)로 막 건너오는 시기였고 문체적 변화는 심했다.[11] 논자가 제기한 (나)의 경우, 양계초의 원문(不可不先置成敗利鈍於度外)에서는 '置'를 썼으나 (나) 「독의대리건국삼걸전」에서는 '寘'로 쓰고 있다. 그것은 동일한 의미이긴 하지만, 置를 구태여 寘로 쓴 것이다. 그런데 단재는 (나-1) 「이태리건국삼걸전」에서 "利害成敗ᄂᆞᆫ 度外에 寘ᄒᆞ야"로 썼다.[12] 그것은 한자에 대한 단재의 독특한 사용법을 보

---

11 단재의 문체 변화를 제대로 파악하려면 『황성신문』 논설과 『대한매일신보』 논설을 비교해볼 필요가 있다. 그것은 『황성신문』이 지향하는 문체와 『대한매일신보』가 지향하는 문체가 다르기 때문이다. 단재는 1908년 「시해축사」(『가정잡지』, 1908.1), 「세계삼괴물서」(1908.3), 「몽견제갈량서」(1908.5)에서 각기 국문체, 국한문체, 한문체를 사용했다. 그리고 『대한매일신보』 논설에서는 국문체로 많이 나아온 국한문체를 구사했지만, 「여우인절교서」와 같은 작품에서는 여전히 『황성신문』처럼 한문체에 가까운 국한문체를 썼다. 이는 문체적 혼란상이라기보다 독자와 지면을 고려한 글쓰기로 볼 수 있으며, 달리 단재가 다양한 문체를 구사했음을 알 수 있다. 「독의대리건국삼걸전」과 『이태리건국삼걸전』을 비교해보면 단재 문체의 미세한 변화를 목도할 수 있다. 전자는 『황성신문』의 문체에 가깝지만, 후자는 『황성신문』과 『대한매일신보』의 중간적 단계를 보여준다. 그리고 『이태리건국삼걸전』과 대한매일신보의 논설 또는 『을지문덕』(1908.2)을 비교해도 문체 변화는 역연하다. 단재는 애국계몽기 한문체에서 국한문체 및 국문체로 나아가는데, 국한문체도 다양한 층위를 갖고 있다. 단재가 「문법을 의통일」(1908.11.7)에서 문법 통일의 필요성을 역설한 것도 당시 문법(문체)의 혼란스러움을 경험했기 때문이다. 일제강점기 단재는 역사 연구 등에서 국한문체 중심의 글을 썼지만, 『천고』에서는 중국 독자를 고려해 한문체로, 그리고 일부 유고는 국문체로 썼다. 이처럼 단재의 문체적 스펙트럼은 넓고 다양하다.

12 이 밖에도 "自處置也"(『의대리건국삼걸전』, 7면)를 "自處寘也"(『이태리건국삼걸전』, 13면)로, "一旦投閑散於故鄕萬里之外"(『의대리건국삼걸전』, 14면)를 "一朝 萬里他鄕에 投閑寘散ᄒᆞ야"(『이태리건국삼걸전』, 24면)로 쓰고 있다. 「독의대리건국삼걸전」(『황성』, 1906.12.22)에서는 "一朝에 投閑置散於故鄕萬里之外"로 썼다. 한편 단재는

여준다.

논자는 위의 사례가 "수많은 용례 가운데 일부"일지라도 같은 저자로 수긍하기 어렵다고 하였는데, 동일한 논의를 두고 다른 논자는 상반된 결론을 내리고 있다. 다른 논자는 "그 추정의 근거로 특히 문체를 주목하고 있으며 필자는 김주현의 추정이 상당한 타당성을 지닌 것"으로 간주했다.[13]

(다) 將軍이 必欲以此相脅인던 余雖抛千百王冠以爭之라도 所不辭라 我父가 旣以是誓於我民ᄒ니 我父之誓言이 卽余之誓言也니라 將軍이 必欲戰乎아 余振臂一呼ᄒ야 集我老弱ᄒ리니 蜂蠆도 有毒이어늘 將軍이 敢謂取此數百萬撒的尼亞人民을 如縛鷄乎아 余以是死면 榮莫大焉이니 將軍乎여 余家에 有死王이오 無降王이니라(『황성』, 1906.12.25)

(다-1) 將軍이 必以此相脅인던 余雖王冠을 抛擲ᄒ더라도 不敢聞命이로라 我父가 以此로 誓於民ᄒ니 父之誓言이 卽余之誓言也니라 將軍이 必欲戰乎아 撒國이 雖小나 余가 振臂一呼ᄒ야 集我老弱ᄒ리니 此數百萬撒國人을 將軍이 其將如縛鷄乎아 將軍乎여 余以是死ᄒ면 榮莫甚焉이니라 將軍乎여 吾家에는 有死王이오 無降王이니 將軍乎여 其圖之ᄒ라(『이태리전』, 44면)

저자(번역자)의 모습을 잘 보여주는 것이 윗부분이다. 저서에서 밝힌

「대한의 희망」에서도 "千金 財産을 此에 實하고"(『대한협회회보』 1, 1908.4, 17면)라 하여 '實'를 썼다. 그러나 저서에서 말한 "국문 문세로도 '利害成敗는 度外에 置ᄒ야'라고 했을 것"(313면)이라는 구절은 오히려 "成敗利鈍은 度外에 置ᄒ야' 정도가 적합할 것이다.

13 양진오, 「영웅 개념의 주체적 모색과 신채호 문학」, 『어문론총』 55, 한국문학언어학회, 2011.12, 311면 9번 주석 참조.

것처럼 서술어 연결어미, 접속조사는 무엇보다 강한 문체적 특징과 표지를 갖고 있다. 이것은 저자에 관해 상당한 것들을 대변해준다. 강조한 연결어미 및 접속사를 보면 「독의대리건국삼걸전」과 「이태리건국삼걸전」이 너무나 같으며, 그래서 「독의대리건국삼걸전」이 단재 작품이라는 것을 확정할 수 있다. 주시경이 번역한 것으로 알려진 『의태리국삼걸전』(박문서관, 1906)과 문체를 비교해보면 그것은 더욱 확연해진다. 두 작품을 같이 검토한 다른 논자가 본 연구자와 같은 의견이었다는 것은 본 연구자의 주장이 타당하다고 여겼기 때문이다.

「독의대리건국삼걸전」은 『황성신문』 '논설'란에 10회에 걸쳐 연재된, 아주 비중 있는 글이다. 1907년 11월 6일 작성한 마루야마丸山重俊의 문서 "皇城新聞二主筆記者タル申采浩ハ有名ナル能文家ナルヲ以テ同人カ朴殷植二代ツテ毎日申報社二筆ヲ執ルコトゝナリ本日ヨリ同社二出務セリ"에서 보듯 「독의대리건국삼걸전」 연재 당시 『황성신문』 주필은 단재였다.[14] 아울러 단재의 『이태리건국삼걸전』이 발간(1907.10.25)되자 『황성신문』에는 두 차례 광고(1907.11.3, 1908.1.9)와 더불어 논설 「독의대리삼걸전유감」(1907.11.16)을 통해 그 저서를 적극 소개 및 홍보했다. 그러한 것은 궁극적으로 『이태리건국삼걸전』과 『황성신문』의 관련성, 단재와 『황성신문』의 밀접성을 보여주는 예라 하겠다.[15] 그리고 '논설'란에 연재된

---

14 「警秘第十七號」, 『통감부문서』 2, 국사편찬위원회, 1998, 149면; 김주현, 『신채호문학연구초』, 소명출판, 2012, 569면.

15 한편 『대한매일신보』에서 1907년 11월 14일부터 12월 18일까지 한 달여에 걸쳐 『이태리건국삼걸전』을 홍보한 것은 흥미로운 일이다. 단재는 1907년 11월 6일부터 『대한매일신보』에 주필로 근무를 시작했으니 근무 1주 후부터 광고가 실린 것이다. 1907년 11월 초까지만 해도 『대한매일신보』 광고란에는 안국선의 『정치원론』, 박은식의 『서사건국지』, 장지연의 『애국부인전』, 현채의 『정치원론』 등이 소개되었다. 그러나 1907년 11월 13일부터 『애국부인전』은 광고란에서 사라지고, 11월 14일부터 『이태리건국삼걸전』이 추가되었으며, 이후 한 달여간 『이태리건국

글을 주필이 아니고 누가 쓰겠는가. 만일 주필이 아닌 다른 사람이 썼다면 당연히 '기서'란에 실리고, 또한 기서자의 이름이나 호를 밝히는 것이 당시 신문사의 관례였다. 수긍이 어려운 것은 본 연구자의 논의가 성글기 때문이기도 하겠지만, 문체적 변화를 고려하지 않은 탓도 있을 것이다. 저자는 본 연구자 논의와 상관없이 존재하는 것이니 우선 두 작품의 문체를 면밀히 검토해보길 요청한다.

4. '기자 자손'의 문제

다음으로 「위국민대한신문초혼爲國民大韓新聞招魂」(1907.12.17)의 저자 문제이다.

> 魂아魂아 歸來ᄒ소 嗟이國民 新報魂아
>
> 이亦檀君 箕子子孫으로 何處에셔 魔惑들여 이곳치 妄跳ᄒ나(『대매』, 1907.12.17)

이 작품을 단재의 작품으로 규정할 수 없는 까닭은 논설 중에 삽입된 가사에 '기자 자손'이라는 구절이 들어있기 때문이라는 것이다.

1907년 12월 17일 자의 『대한매일신보』는 "爲國民大韓兩新聞招魂"이란 논설을 게재하고 있는데, 문체로 보아 이 논설은 당시에 새로 입사한 신채

삼결전』이 가장 비중 있게 소개되었다.

호의 글이었을 것으로 짐작되는 것이다.[16]

단재가 집필한 논설인 "爲國民大韓兩新聞招魂"은 당시 『국민신보』와 『대한신문』에 대해 매국적인 행위를 규탄하는 내용으로 이 논설 말미에 시가를 싣고 있다.[17]

이미 본 연구자의 논의 이전에 이 글에 대한 저자 확정이 있었다. 권오만은 「위국민대한신문초혼」을 단재의 글로 규정하였으며, 이후 박정규도 같은 결론에 이르고 있다. 그것은 이들이 대한매일신보 시가 및 논설을 꼼꼼히 분석한 끝에 내린 결론이다. 그러나 "箕子 子孫"이라는 구절만으로도 단재의 글에서 배제되어야 한다는 논자의 의견도 결코 무시할 수 없는, 무시되어서는 안 될 주장이다. 논자의 주장은 다음 글을 바탕으로 한다.

(가) 第壹章을 閱ᄒ면 我民族이 支那族의 壹部分인 듯ᄒ며, 第二章을 閱ᄒ면 我民族이 鮮卑族의 壹部分인 듯ᄒ며 (…중략…) 果然 如此ᄒ진된 我 幾萬方里의 土地가 是 南蠻北狄의 修羅場이며, 我 四千餘載의 産業이 是 朝梁暮楚의 競賣物이라 ᄒ지니, 其然가 豈其然乎리오. (「독사신론」, 『대매』, 1908.8.27)

(나) 況 失德이 無ᄒ 扶餘王朝의 正統을 엇지 箕子로 遞代ᄒ리오. (「독사

---

16 권오만, 『개화기시가연구』, 새문사, 1989, 367면.
17 박정규, 「단재 신채호의 시가의 발굴과 검증」, 『제15회 단재문화예술제전 학술세미나 −단재 신채호의 시』, 단재문화예술제전추진위원회, 2010.11, 21면.

신론」, 『대매』, 1908.9.8)

(다) 或曰 他 鮮卑族 蒙古族 等은 我 祖先으로 不認홀지라도, 最初 南北韓의 土族과 後來 多數 混雜의 支那族은 不得不 我 祖先으로 認홀지며, 他 衛滿 崔理 等은 我 歷代에 不入홀지라도, 千年 箕氏 王朝는 不得不 我 歷史에 入홀지니라 著者 曰 否否라, 不然하다.(「독사신론」, 『대매』, 1908.10.29)

「독사신론」에서 단재가 보여주는 입장은 단호한 듯하다. 차례로 지나족 선비족 등이 우리 역사에 일부분인 듯 기술되어서는 안 되고, 부여 왕조의 정통을 기자가 대신할 수 없으며, 그리고 기씨 왕조를 우리 역사에 넣어서도 안 된다는 것이다. 이러한 입장에서 보면 우리 민족을 '기자 자손' 운운하는 것은 어림없는 이야기이다. 그러나 우리는 또한 다음 단락을 놓쳐서도 안 된다.

(라) 扶餘族은 即 我 神聖 種族 檀君 子孫이 是也니, 四千載 東土의 主人翁이 된 者오, 支那族은 韓漢 兩國의 壤地가 接近한 所以로 箕子 東渡하던 時부터 勝朝에 至하기선지, 支那의 壹次 革命을 經하면 其 前朝 忠臣과 避亂 人民이 續續 出來한 故로, 扶餘族 以外에 最多數를 占有한 者오(「독사신론」, 『대매』, 1908.8.29)

(마) 乃者 箕子子孫이 千餘年 平壤을 據하야 侯라 稱하며 王이라 稱하엿스니, 此가 果然 何故인가.(「독사신론」, 『대매』, 1908.9.10)

단재는 우리나라 '인종人種'을 언급하면서 단군 자손인 부여족과

"前朝 忠臣과 避亂 人民이 續續 出來흔 故로, 扶餘族 以外에 最多數를 占有"한 지나족에 대해 언급하였다. 만일 이 내용이 무서명 논설에서 나왔다면 과연 단재 글로 인정할 수 있겠는가? 단재는『독사신론』에서 "檀君王朝 中葉에 箕子가 其徒 五千人을 率ㅎ고 東來하야 我에 封爵을 受ㅎ야 平壤 壹部를 主治ㅎ니 此가 支那族 東遷의 第(壹)期"(『대매』, 1908.11.17)라고 했다. 그는 우리나라 사람 가운데 기자 자손이 단군 자손 다음으로 많으며, "箕子 子孫이 千餘年 平壤을 據"하였다는 역사적 사실을 인정했다.

> (바) 檀君이 在位ㅎ시고 箕子가 爲相ㅎㅅ(「국한문의 경중」, 『대매』, 1908.3.17)

> (사) 我國으로 論ㅎ야도 檀君時代와 扶餘時代와 箕子時代는 뎨一期 第二期時代에 宜屬홀지오 高句麗 百濟 新羅가 起ㅎ미 뎨二期時代가 漸過ㅎ고 뎨三期 卽 專制時代가 漸固ㅎ야 高麗時代를 經ㅎ고 本朝 初葉을 沿ㅎ미(「진화와 퇴화」, 『대매』, 1910.1.8)

단재는 기자가 우리나라 재상이 되었다고 했다. 그러한 논리는 「독사신론」의 입장과 어울린다. 또한 그는 우리나라의 초기 역사를 '단군시대檀君時代와 부여시대扶餘時代와 기자시대箕子時代'로 나누고 있다. 「독사신론」과 견주어 볼 때, 「진화와 퇴화」도 단재의 글로 보기 어려운 측면이 있다고 할 수 있을 것이다. 그러나 사실을 기록하는 것과 주관을 서술하는 것은 다르다. 그래서 본 연구자는 다음 상황을 가정한다. 우선 「爲國民大韓兩新聞招魂」(1907.12.17)은 「독사신론」(1908.8.27～1908.12.13) 이전에 쓴 글이라는 점이다. 앞에서도 보았듯 '淵蓋蘇文'에 대한 의식적인 사용 이전에는

蓋蘇文, 泉蓋蘇文, 淵蓋蘇文을 혼란스럽게 썼다. 만일 「爲國民大韓兩新聞招魂」이 「독사신론」 이후에 나왔다면 단재의 글이 아닐 개연성이 충분하다. 그러나 기자箕子에 대한 인식이 확고히 수립되기 이전이라면 그렇게 썼을 가능성도 전연 배제할 수 없다. 당시 장지연도 「시일야방성대곡」에서 "檀箕 以來 四千年 國民精神이 一夜之間에 猝然滅亡而止乎아"(『황성』, 1905.11.20)라고 썼으며, 박은식의 글로 보이는 「賀利原遮湖父老」(『서북학회월보』13, 1909.6)에서도 "檀箕后裔"라 했으며,[18] 1910년대 一齋의 「警告官憲文」에도 "檀君箕子禮義之血族"(『독립신문』, 1919.10.25)이라 하였는데, 그러한 것은 당시 일반적인 표현이었다.[19] 「독사신론」을 잣대로 그 이전 글을 판단한다면 여전히 또 다른 오류를 낳을 수 있다. 마루야마의 문서에 따르면, 박은식이 퇴사한 다음날인 1907년 11월 6일부터 단재가 대한매일신보에서 붓을 잡았다고 했다. 당시 논설은 주필이 담당했으며, 「爲國民大韓兩新聞招魂」은 단재 입사 한 달여 후에 나온 논설이라는 점, 그리고 이 글은 「國民魔報記者야」(1909.5.21 · 22), 「國民大韓 兩魔頭上 各一棒」

18　「賀利原遮湖父老」는 『서북학회월보』13호(1009.6)에 실린 무서명 논설이다. 당시 논설은 주필이 담당했다. 만일 다른 사람이 집필한 경우 당연히 그의 이름을 올렸다. 박은식은 『서우』에서부터 『서북학회월보』에 이르기까지 줄곧 주필을 맡았으며, 당시 잡지의 논설은 신문의 그것처럼 대부분 주필이 썼다. 논설 가운데에는 박은식의 이름이나 필명이 드러난 경우도 있지만, 무서명의 논설도 여러 편이 있다. 주필 아닌 사람이 쓴 경우는 그 사람의 이름을 붙였기에, 「賀利原遮湖父老」 역시 박은식의 글로 보인다. 그래서 『백암박은식전집』5(동방미디어, 2002)에 수록되었다. 한편 백암은 「祝賀大成學校」(『서북학회월보』6, 1908.11)에서도 "粤昔檀箕 啓我大東 綿歷四千 遺澤無窮……"라고 노래하였다.

19　「淸國婦人의 國恥會」(『황성신문』, 1908.4.11)에서도 "我檀君箕子의 神聖種族", 「高靈申氏의 學契影響」(『황성신문』, 1908.5.14)에서도 "檀君箕子의 神聖后裔" 등이 산견된다. 이 두 편의 논설은 박은식이 『황성신문』에 복귀(「박은식의 친일」, 『경성신보』, 1908.4.9)한 이후에 나온 논설들이다. 류근은 1907년 9월 17일부터 1910년 6월까지 『황성신문』 사장을 맡았다. 그는 간혹 논설도 쓴 것으로 보이지만, 두 논설은 내용이나 문체면에서 박은식의 저작으로 추정된다.

(1909.5.23), 「惜乎라 우용탁 씨의 國民大韓兩魔報의 鷹犬됨이여」(1909.6.27)
등과 한 계열을 이루고 있으며, 강고하고 준열한 문체와 사상으로 이전
논설과는 차이가 있다는 점도 단재의 글일 가능성을 뒷받침한다.

5. 박은식과 기독교

다음으로 「서호문답」의 저자 문제이다. 이미 김윤재, 조동걸, 임상석
등에 의해 그것이 단재의 글이 아닐 것이라는 주장이 제기되었다.[20] 그
들은 ① 일본에 대한 우호적인 태도, ② 기독교에 대한 적극적 입장, ③
문체 등을 그 근거로 내세웠다. 본 연구자는 더 나아가 문체, 사상, 구
조의 측면에서 「서호문답」을 박은식의 글로 규정했다.

> 客曰 德育을 務홀진대 基督敎를 崇信ᄒᄂ 거시 可乎잇가.
>
> 曰 然ᄒ다. 基督耶蘇ᄂ 卽上帝의 子오 卽 萬國 帝王의 王이신대 救世贖罪
> ᄒ시랴고 降生ᄒ샤 天下 後世의 萬民의 罪를 代ᄒ야 十字架에 釘ᄒ시니 (…
> 중략…) 只願 同胞ᄂ 擧皆 救主를 篤信ᄒ여야 一身의 罪와 一國의 罪를 贖ᄒ
> 고 主恩을 感服ᄒ야 能히 殺身成仁도 하며 能히 救濟蒼生도 ᄒ리니 同胞를
> 愛하ᄂ 範圍가 此에 不外ᄒ니라. (「서호문답」, 『대매』, 1908.3.12)

논자는 이 부분을 들어 「서호문답」이 박은식의 글이 아닐 가능성

---

20 김윤재, 「신채호 문학관-서양문화의 수용의 한 양상」, 『한국어문학연구』 6, 한국외대
한국어교육학과, 1994.12; 조동걸, 「단재 신채호의 삶과 유훈」, 『한국사학사학보』
3, 한국사학사학회, 2001.3; 임상석, 「근대계몽기 신채호의 글쓰기 방식-한문의 그늘
아래 모색된 새로운 논리와 사상」, 고려대 석사논문, 2002.2.

을 제기하였다. "조금 거칠게 말한다면 '덕육'이란 기독교를 믿는 것
과 같다는 주장이 되는 셈인데, 신채호와 박은식이 이런 발언을 했으
리라는 믿을 만한 증거가 잘 보이지 않는 듯"(544면)하며, 그러므로 박
은식 저작설을 제기하는 것은 "무리"라고 결론지었다. 유학자인 박은
식이 그렇게 친기독교적일 리 없다는 생각이 작용한 듯하다.

(가) 所謂 一條 生路者는 何也오 耶蘇教 一門이 是耳라 何以言之오 (…중
략…) 全國 二千萬 人衆으로 호야금 一致同道로 於此(耶蘇教-인용자)歸依
호면 社會團合과 敎育殖産의 事業에 對호야 可히 障碍를 不被호고 着々 進就
홀 機關이 自지홀지라(「보종책」, 『대매』, 1907.7.31)

(나) 果然 客有詰之者호야 曰 吾子가 秉春秋之筆호야 天下之公論이 今旣
有年矣라 (…중략…) 特其保種之策호야 告我同胞하되 社會團合과 敎育과
殖産 等 事業을 勉勵홈에 지호다 홈은 惟我 一般人士가 孰不同聲讚美리오
至若此等事業의 發達이 耶蘇教를 崇信호는대 지호다 홈은 竊有滋惑焉이라
(…중략…) 記者曰 對此敎育하야 何敢欲進耶敎而代儒敎哉아 蓋敎界之宗主
는 無論東西洋호고 以救世爲心法은 一也라 夫大韓 舊時代에 禮義修明호고
倫理整齊호야 蔚然爲東方之名國은 卽儒敎之功德이니 焉敢誣哉아 然而 世級
이 變遷하고 人文이 改新호야 時措之宜를 不可執일 而論이라 (…중략…) 且
大韓儒敎가 지於往昔에는 固彬彬之矣어니와 晚近以來로 衰削이 已甚호고
分裂이 多端호야 一言不合이 動成楚越호고 同至相爭에 互尋戈戟호니 以此
規模로 其能성全國之大團體乎아 (…중략…) 團合도 他人의 妨害가 有호면
不能이오 敎育도 他人의 沮戲가 有호면 不能이오 殖産도 他人의 箝制가 有
호면 不能이라 惟是耶敎 一門에 歸依호야 壹半分 自由權을 占得훈 然後에

此 三種 事業의 目的을 得達홀지라 故로 曰 崇信耶教가 爲韓人保種之策이라 ᄒ노니 對証投藥에 不得不爾라 使貳千萬家으로 一致信教ᄒ야 成壹大團體ᄒ고 諸般 事業이 着着 進步ᄒ면 國權의 回復을 指日可覩어니와 若其膠守往轍ᄒ야 不求變通之方이면 全國 同胞 生命이 將不知其陷於何境이니 子其思之ᄒ라 客이 唯唯而退어눌 乃述其言ᄒ야 申此揭示ᄒ노라(「보종책의 속론」, 『대매』, 1907.8.1)

(가)는 「보종책」이고, (나)는 「보종책의 속론」으로, 두 글 모두 박은식이 썼음은 이미 본 연구자가 밝혔다.[21] 그는 「보종책」(1907.7.31)에서 "所謂 一條 生路者ᄂ 何也오 耶蘇教 一門이 是耳라"고 천명했다. 그리고 "全國 二千萬 人衆으로 ᄒ야금 一致同道로 於此(耶蘇教–인용자)歸依ᄒ면 社會團合과 敎育殖産의 事業에 對ᄒ야 可히 障碍를 不被ᄒ고 着々進就"할 것이라고 했다. 대한 이천만인의 기독교 귀의를 주장한 것이다. 그는 다음날 「보종책의 속론」 서두에서 "昨日 本紙上에 論說이 大韓人民의 保種之策은 社會團合과 敎育과 殖産 等이 事業을 勉勵홈에 지하다 ᄒ얏고 右三種 事業이 障碍가 無히 進就ᄒ기ᄂ 耶蘇教에 在ᄒ다 ᄒ얏스니 一般 人사가 對此論說ᄒ야 一致 翕受에 同聲 讚美ᄂ 固不易得이라"고 하여 「보종책」을 언급하며 글을 시작했다. "吾ᄌ가 秉春秋之筆ᄒ야 天下之公論이 今旣有年"이라는 표현을 통해서 대한매일신보 국한문판 창간부터 논설을 써온 논설 기자 박은식의 모습을 확인할 수 있다. 당시 대한매일신보에는 "총무에 양기탁, 박은식, 이장훈" 등이 있었지만 주필로는 박은식이 활동했다.[22] 이 글은 박은식의 글답게 단체, 교

---

21 김주현, 『신채호문학연구초』, 소명출판, 2012, 65~67면.
22 위의 책, 568~570면. 한편 황현은 "英人裵說, 設新聞社於京中, 名曰每日申報, 聘朴

육, 식산을 통한 구국방법론이 제시되었다.

박은식은 「보종책의 속론」에서 유교가 귀자貴者/천자賤子, 남자/여자 가운데 전자를 중심으로 시행되어 완전한 교육이 되지 못했음을 지적했다. 그것은 유교파의 정신이 제왕측에 있어서 인민 사회에 보급되지 못했다는 「유교구신론」(『서북학회월보』 10, 1909.3)의 일단을 보여준다. 「유교구신론」에서는 「서호문답」에서 언급한 '기독의 구세주의적 성격'도 잘 드러나 있다. 그리고 "大韓儒教가……晩近以來로 衰削이 已甚ᄒ고 分裂이 多端ᄒ야"라고 지적했는데, 그것은 이전 "挽近儒林이 衰削이 已甚ᄒ고 決裂이 多端ᄒ야"(「舊習改良論」, 『서우』, 1907.1)라는 주장과 같다. 그는 유교가 "坐談蒼古ᄒ고", "現世界 實學新法은 一切 排斥ᄒ"고, "動稱獨善其신ᄒ고 國家安危와 生民休戚과 時局形便은 괄若相忘ᄒ"는 등 문제가 많음을 지적했다. 그리고 종교계의 신진대사가 필요함을 역설하고, 예수교를 중심으로 "使貳千萬衆으로 一致信敎ᄒ야 成壹團體ᄒ고 諸般 事業이 着着 進步ᄒ면" 국권을 회복하리라고 주장했다. 그것은 「서호문답」의 주장과 다를 바 없다. 또한 구조적인 측면에서도 동일성을 드러낸다. 「보종책의 속론」에서 "客有詰之者ᄒ야 曰……客이 唯唯而退어ᄂᆞᆯ 乃述其言ᄒ야 申此 揭示ᄒ노라"고 하였는데, 그것은 박은식의 「自强能否의 問答」 "客이 有問 於余曰……客이 唯唯而退어ᄂᆞᆯ 乃述其言ᄒ야 告我同胞ᄒ노라"(『서우』, 1906.10), 「團體成否의 問答」 "客이 有問於記者ᄒ야 曰……客이 唯唯而退 어ᄂᆞᆯ 乃述其問答ᄒ야 告我同胞ᄒ노라"(『서우』, 1907.2)의 구조와 일치하며, 「서호문답」의 "東湖之客이 問於主人曰……言罷에 東湖之客이 唯唯而退 ᄒ더라"는 구조와 밀접하다. 더구나 「서호문답」에는 박은식의 글들과

殷植爲主筆, 殷植黃海人, 素好經術, 且富於新學, 論議頗有根抵, 與張志淵伯仲"이라 기록했다. 국사편찬위원회 편, 『매천야록』, 신지사, 1955, 397면.

문체적 동일성이 여실히 드러난다.[23]

박은식이 과연 기독교 수용을 주장했겠는가 하는 논자의 의문은 「보종책의 속론」에서 '객'의 질문을 통해서도 드러나며, 박은식은 그 글에서 자신이 왜 그랬는지를 자세히 석명했다. 한 연구자도 "1908년 3월 5일부터 18일까지 장기간에 걸쳐 연재된 신보의 「서호문답」은 이러한 (「보종책」과「보종책의 속론」-인용자) 지향에 대한 이념적 완결편"[24]이라고 주장하였는데, 이는 「보종책」과 「서호문답」의 일치 내지 연속성을 시사해준다. 박은식은 「보종책」을 썼고, 다음날 객이 자신의 주장에 반박하자 「보종책의 속론」을 써서 자신의 논지를 더욱 구체적으로 서술했다. "기자 왈" 부분은 기독교를 주창하는 박은식의 모습이 고스란히 들어있다. 물론 그는 기독교에 머물지 않고 공자, 맹자, 석가 등의 사상을 수용하여 세계평화사상으로 나아갔음은 주지의 사실이다.[25] 대동교는 그러한 사상의 종교적 실천이라 할 수 있다.

「서호문답」의 저자 문제는 「서호문답」의 성격과 형식, 문체 및 사상, 『대한매일신보』의 매체적 특성 등과 함께 규명되어야 한다. 「서호문답」은 『대한매일신보』에 게재된 당대 최고의 교육론이었다. 박은식은 이율곡, 새무얼 스마일즈, 존 로크 등 광범위하게 교육론을 공부한 당

---

23 김주현, 앞의 책, 625면 주 45번 참조.
24 고미숙, 『비평기계』, 소명출판, 2000, 228면. 그녀는 "기독교를 민족 보존의 원리로 삼는 사유는 계몽 지식인의 전반이 대체적으로 공유했음"도 지적했다. 이만열은 김옥균, 서재필, 윤치호 등 이른바 급진개화파들이 기독교를 개화 구국의 방편으로 인식했음을 지적했다.(이만열, 「한말 기독교 사조의 양면성 시고」, 『한국기독교와 민족의식』, 지식산업사, 1991, 208~21면) 그리고 『독립신문』이나 『그리스도신문』에서 문명개화나 부국강병을 추진하기 위해 기독교 수용을 역설하는 논조가 나타나는 것은 당대 지식인들이 기독교에 대해 우호적이었음을 말해 주는 징표이다.(정선태, 『심연을 탐사하는 고래의 눈』, 소명출판, 2003, 256~262면) 그러나 『대한매일신보』를 중심으로 볼 때 구국의 방편으로서 기독교 수용을 주창한 사람은 극히 제한적일 수밖에 없다.
25 배용일, 『박은식과 신채호 사상의 비교연구』, 경인문화사, 2002, 147~179면.

대 최고의 교육론자였으며, 『대한매일신보』 등 각종 신문·잡지에 끊임없이 교육 관련 글을 지속적으로 발표하였다는 점, 그리고 「서호문답」의 문체·사상·형식이 박은식의 그것과 일치한다는 점 등이 박은식의 「서호문답」 저작설을 더욱 확실히 해준다.

6. 「청년학우회취지서」의 저자

마지막으로 『신채호문학연구초』에 나타난 오류이다. 본 연구자는 청년학우회를 고찰하면서 전집에 누락된 최남선의 (가)「진실정신」을 찾아냈다.

(가)

당시 도산 션싱은 (세부란쓰) 병원 앞에 잇든 조그만 집에 계셧는데 조석으로 만낫고 문 안에 드러오시면 반드시 우리 집에 들르셧다.

한번은 청년운동에 대한 (슬로간) 즉 청년학우회의 취지서를 꾸며보라는 분부이엇다.

그 니용의 말슴은 (…중략…) 그것이 (무실력힝)이다. 리상과 목적을 칙임잇게 실힝할 능력도 기르고 정신도 기르자. 그러한 히 내용으로 청년학우회의 취지서를 초안하라는 명령을 하셧다.

나는 중앙 총무로서 한 달이나 두 달 사이를 두고……[26]

---

26 최남선, 「진실정신」, 『국민보』, 1955.7.6.

(나)

當時 島山先生은 세부란스病院 앞에 있던 조그만 집에 계셨는데 (…중략…) 그러한 內容으로 靑年學友會의 趣旨書를 草案하라는 命令을 하셨다.

그러나 나는 그것을 사양하고 申采浩氏한테 미루었더니 그 流麗한 文章으로 하루밤에 長大한 趣旨書를 썼는데 너무 길어서 주려서 쓰게 되었다. 趣旨書가 된 뒤에 곧 組織에 着手하였는데 當代로서는 社會에서 가장 名望이 높던 尹致昊 先生을 中央委員長으로 推戴하고 내가 中央 總務로 實務를 맡아 보았다. 地方 組織에 있어서는 漢城分會를 中心으로 삼고 黃海道 平安南北道를 發展地盤으로 하여 純粹하고 熱烈한 靑年運動을 展開하였다.

나는 中央 總務로서 한 달이나 두 달 사이를 두고……[27]

최남선은 안창호가 무실역행 등을 내용으로 '취지서를 초안하라고 명령했다'고 했다. 그리고 이어 "나는 중앙 총무로서 한 달이나 두 달 사이를 두고……"라는 내용이 나왔기에 의아스럽긴 했지만, 본 연구자는 그것이 취지서 저자와 관련된 글 전체로 생각하였다. 『국민보』(1955.7.6) 에서는 최남선의 (가)「진실정신」을 게재하면서 "一九一九年 三月 一日 운동에 독립선언문을 세상이 놀니게 지은 최남선 선싱은 셔울 식벽 창간 기념호에 진실정신이란 제목으로 쟈쟈결졀히 우리에게 교훈한 **본문을 그대로 등지한다**"고 소개하지 않았던가.[28] 그래서 위 내용과 더불어 『소년』에 실린 취지서, 그리고 발기인 명단 등을 토대로 「학우회취지서」의 저자를 최남선으로 규정했다.[29]

---

27 최남선, 「진실정신」, 『새벽』, 1954.6, 2~3면.
28 최남선, 「진실정신」, 『국민보』, 1955.7.6. 이 내용은 최남선의 「진실정신」의 서두에 붙인 국민보 편집자의 '소개말'이다.
29 『소년』(3권 7호, 1909.8)에는 「청년학우회」(12~13면)가 실렸고, 이어 "本卷부터

그러나 본 연구자의 판단이 오류라는 것을 한 논자가 일러주었다.[30] 그녀를 통해 『새벽』에 실린 (나) 「진실정신」을 입수했으며, 거기에는 '신채호가 썼다'고 밝혀져 있었다. 본 연구자로서는 자료를 충분히 검토하지 못해 잘못된 결론을 내린 셈이다. (나)를 보았더라면 결론은 달라졌을 것이다. 그런데 여전히 풀리지 않는 의문은 왜 (가)에서 한 단락((나)의 고딕체 부분)이 빠졌으며, 「청년학우회취지서」에는 단재 문체가 제대로 풍겨나지 않는가 하는 점이었다. 전자에 대해서는 실수로 누락한 것인지, 고의로 뺀 것인지 분명하지 않다. 그러나 후자에 대해서는 최남선의 글을 통해 단서를 찾을 수 있었다.

(다) 上으로 先民의 遺緖를 續ᄒ야 其短을 棄ᄒ고 其長을 保ᄒ며 下으로 同胞로 先驅를 作ᄒ야 其險을 越ᄒ고(「청년학우회취지서」, 『대매』, 1909.8.17)

(라) 其短을 棄ᄒ고 其長을 取ᄒ야 靑年으로 ᄒ여곰 先民을 崇拜케 ᄒ며 人民으로 ᄒ여곰 國性을 發輝케 홀지어늘(「국수보전설」, 『대매』, 1908.8.12)

(마) 이에 우으로 天地神明에 質하고 아래로 同胞兄弟에게 謀하여(「신민회취지서」, 전집 별집, 85면)

이전 글에서 본 연구자는 (다)와 (마)의 비교를 통해 문체의 유사

特히 此欄을 두어 우리 靑年界에 未曾有한 福音을 전하려 함"이라고 하여 '청년학우회보' 란이 편성되었다. 당시 『소년』 발행자였던 최남선이 '청년학우회보'란을 만들고, 그 첫머리에 「청년학우회취지서」와 「청년학우회설립위원회의정건(摘要)」을 실었다. 그리고 「청년학우회취지서」(『대매』, 1909.8.17) 발기인 명단에 최남선의 이름이 들어 있다.
30 권두연, 「청년학우회 활동과 참여인물」, 『현대문학의 연구』 48, 한국문학연구학회, 2012.10, 150~157면.

성을 설명했다. 그러나 (다)와 (라)를 비교해보면 문체적인 측면에서
더 닮아있음을 알 수 있다. 즉 「학우회취지서」가 단재의 「국수보전
설」에 연결되어 있음을 볼 수 있다. 아울러 「학우회취지서」에는 "維
新의 靑年으로 維新의 基를 築홀지라"는 내용이 나오는데, 이는 단재
의 "維新을 學ㅎ며"(「기호흥학회는 하유로 기하였는가」), "二拾世紀 新世界
維新主義에 適當흔 人物이 되고"(「국수보전설」) 등에 나타나고 있음을
확인할 수 있었다.

그런데 「조선혁명선언」과 같은 강고한 문체, 반복을 통한 강조, 유
창하면서도 긴 호흡의 문장 등이 「학우회취지서」에 제대로 드러나지
않는 것은 무슨 까닭인가? 「학우회취지서」는 매우 소략하고 건조한,
주장을 전달하기에 급급한 글이다. 그것은 최남선이 단재의 취지서
를 "주려서" 썼기 때문이다. 최남선은 단재의 초안을 과감히 발췌·
축약한 것으로 보인다. 그래서 유려하고 장대한 단재의 문체는 대부
분 사라지고 말았다. 「학우회취지서」는 명목상 단재가 기초한 것이
지, 사실상 최남선이 편집 정리하여 새로 만든 것이나 다름없다. 「학
우회취지서」의 발기인 명단에 최남선의 이름은 보이지만, 신채호의
이름이 보이지 않는 것도 이와 무관하지 않은 것으로 보인다.

7. 심습 제거를 위해

연구에서 심습을 제거하기란 가장 어려운 것 같다. 泉蓋蘇文=천합
소문이지만 淵蓋蘇文≠천합소문이라거나 박은식=유학자이지만 박
은식≠기독주의자라는 것도 일종의 심습의 결과가 아닐까. 논자가

제기한 일부 문제들은 본 연구자 역시 고민했던 것들이다. 본 연구자는 2007년 4월 「「서호문답」의 저자 문제」를 학술지에 투고했다가 마지막 단계에서 논문을 취소했다. 심사 결과와는 상관없이 글을 발표할 자신이 없었기 때문이다. '서호'라는 필명을 더 확인해야 했고, 박은식과 신채호의 전집, 그리고 각종 신문·잡지를 찾아 읽어야 했다. 그 글을 완료하는 데 4년여의 시간이 필요했다. 무서명의 「서호문답」을 단재의 글이 아니라고 말하긴 쉽지만, 박은식의 글이라고 하는 데는 그만큼 위험이 따르기 때문이다. 그렇다고 모든 문제가 해소된 것은 물론 아니다.

처음 『황성신문』을 보면서도 권오만, 박정규 등 초기 연구자들의 주장이 낯설었고, 그들의 주장을 부정하기 위해 논의에 발을 담갔다.[31] 그러나 깊이 들어갈수록 그들의 고민을 함께 하게 되었고, 그들의 결론이 심사숙고를 거듭한 결과라는 것을 새삼 알게 되었다. 「독의대리건국삼걸전」은 『황성신문』과 단재를 연결하는 고리로 찾아낸 것이다. 이것은 『황성신문』 논설을 규명하는 데 관문 역할을 했다. 논자의 문제 제기가 논지를 보강하고 생각을 다듬을 수 있는 기회가 되었으며, 앞으로 이러한 이의 제기가 새로운 논의의 장으로 수렴되길 희망한다. 본 연구자가 『신채호문학연구초』에서 논의한 것은 실로 두드러진 일부에 불과할 뿐이며, 아직도 적지 않은 단재 글이 산재해 있다. 이제 연구자들이 단재의 텍스트 발굴에 나서야 한다. 그리고 본 연구자의 논의에 부족한 것이 있다면 함께 해결해 나가야 할 문제이다.

---

31 본 연구자는 「천희당시화」의 단재 저작설을 부정하기 위해 저자 논의에 나섰지만, 논거를 찾을수록 단재 저작설을 확고히 하는 계기가 되었다. 특히 논자의 문제 제기가 본 연구자의 논지를 분명히 하는 중요한 계기가 되었다.

아울러 본 연구자는 연구자들이 「『중화보』 논설의 저자」에 대해 논의해주길 기대한다.[32] 왜냐하면 본 연구자 논의의 한계를 알기 때문이다. 그 글은 『신채호문학연구초』에서 가장 부족한 부분이며, 그럼에도 불구하고 문제의 중심에 서있는 글이다. 국내 작품의 경우 자료의 발굴이나 수집이 비교적 용이하여 논의하기가 수월하지만 해외의 경우 그렇지 못한 것이 사실이다. 그럼에도 글을 발표한 것은 본 연구자의 논의를 통해 저자 논의가 한 단계 진전될 것이라 생각했기 때문이다. 따라서 가설 수준에 불과한 그 글에 대해 엄격한 논의가 필요하다. 본 연구자가 제시한 자료에 대한 검증과 더불어 새로운 자료의 발굴을 통해 저자 규명에 대한 보다 정치한 논의가 이뤄져야 한다. 비록 본 연구자의 글이 폐기되더라도 저자 규명이 제대로 이뤄지길 바란다. 그것이 진정으로 단재를 연구하는 길이기 때문이다.

부기

2013년 단재 연구자들이 주목할 만한 책이 나왔다. 그것은 『단재 신채호시전집』이다.[33] 편자는 「단재잠」, 「단연보국채」, 「용파수연시」 등 수많은 단재 저작을 지속적으로 찾아 온 연구자이다. 그는 『단재 신채호시집』(단재문화예술제전추진위원회, 1999)을 낸 이래 새롭게 자료를 추가하고 보완하여 시전집을 발간한 것이다. 『단재신채호시

---

32 언급한 김에 "비교 대상이 되는 글에서 앞서 언급한 표현이 몇 번이나 나타나는가를 살필 필요가 있는지"(539면)라는 논자의 의문에 대한 본 연구자의 해명도 덧붙일까 한다. 본 연구자는 문체 비교에서 사용 빈도는 객관성을 보여주는 데 유용할 것이라 생각했다. 특히 잘 쓰는 표현의 경우 그 표현의 사용 유무와 더불어 그 빈도는 저자의 동일성을 가늠하는 잣대가 될 수 있기 때문이다. 한 작가의 작품에서도 표현의 빈도 추출은 작가의 문체적 특성을 고찰하는 하나의 지표가 될 수 있다.
33 박정규 편, 『단재신채호시전집』, 기별미디어, 2013.

집』에 수록된 작품이 50여 수에 불과했던 점을 감안하면『단재신채호시전집』은 100수에 이른다는 점에서 상당수의 작품이 새롭게 추가된 사실을 확인할 수 있다. 특히 이 시집에는『황성신문』과『대한매일신보』에 실린 시가 형태의 무서명 논설, 그리고 무서명 논설에 포함된 시가들이 많이 수록되어 있다. 충분히 논란이 될 만한 것들이고, 그래서 적극적인 논의가 필요하다. 편자의 헌신적인 노력이 헛되지 않으려면『단재신채호시전집』에 실린 작품들에 대한 논의를 서둘러야 한다. 검증이 필요한 것은 제대로 검증하고, 또한 검증된 것들은 과감히 단재 연구에 수용하는 연구자의 지혜가 필요하다.

선금술의 문제에 대한 상고

1. 들어가는 말

이제까지 두 차례에 걸쳐 단재의 전집이 나왔고, 단재의 문학에 대한 수많은 논의가 있었지만, 단재의 작품에 대한 원전 확정, 또는 단재 집필 추정 작품에 대한 저자 확정 논의는 그리 많지 않다.[1] 『대한매일신보』 소재 논설들이 단재 전집에 수록된 이래 저자에 대한 적지 않은 논란이 제기되었음에도 불구하고 이에 대한 철저한 고증은 이뤄지지 못했다. 원전 확정이나 저자 확정은 연구의 토대가 된다. 토대가 견실해야 심층적인 연구가 가능하다는 점에서 저자 확정 논의는 시급하고도 필요한 연구라 할 수 있다.

---

[1] 단재전집편찬위원회에서는 1975년 『단재신채호전집』 보유편을 내면서 『대한매일신보』의 무서명 논설 몇 편을 전집에 포함시켰으며, 1977년 개정판에 『천고』, 『가정잡지』 등에서 보다 많은 무서명 작품들을 찾아내어 단재의 작품으로 편입시켰다. 이후 「서호문답」, 「이십세기 신국민」, 「천희당시화」, 「청년학우회취지서」 등 여러 작품이 저자 논란에 휩싸이게 된다. 그러나 현재 이들 작품들에 대해서는 어느 정도 저자 확정이 이뤄진 상태이다. 2007~2008년 독립기념관에서 새로운 『단재신채호전집』이 나왔지만 무서명 작품은 이전 전집에 포함된 것만 실었고, 이후 새롭게 저자 확정이 이뤄진 작품들은 포함시키지 않았다. 『천고』와 『신대한』은 전체 내용(『천고』 3호의 경우 일부)이 소개되었고, 따로 저자 확정이 이뤄지지 않았다.

이 글에서는 신채호 추정 작품에 대해 저자를 논증해 보려 한다. 최근 이호룡은 『신채호 다시 읽기 - 민족주의자에서 아나키스트로』에서 새롭게 몇 작품을 발굴하여 단재 작품으로 제시하는가 하면, 또한 이전에 단재의 저작으로 규정했던 작품을 단재의 작품에서 배제하였다.[2] 그는 구체적인 저자 확정 작업이 없이 그렇게 규정하였는데, 이에 대해 자세한 논의가 필요하다. 그러므로 이 글은 그의 논의에 대한 비판적 검토 내지 보완의 입장에서 출발한다.

이호룡은 『신대한』 창간호에 실린 고마의 「국제연맹에 대한 감상」과 『대한매일신보』에 실린 몇 편 논설을 단재의 글로 규정했다. 그리고 이전에 단재의 작품으로 간주했던 『천고』 소재 아관의 글을 단재의 작품에서 배제했다. 그의 주장은 새로운 것이므로 구체적인 저자 논증이 요구된다. 그것은 무엇보다 단재의 삶과 저작을 오롯하게 밝혀내기 위한 작업이다. 아울러 저자 확정은 객관성과 엄밀성을 담보로 하기 때문에 구체적이고 정밀한 논의가 필요하다.

2. 『신대한』의 필명 고마의 저자 논증

이호룡은 『신대한』 창간호에 실린 고마의 「국제연맹에 대한 감상」을 단재의 글로 간주했다. 그는 "고마固麻는 신채호의 필명으로 사료된다"고 전제를 하고, "이는 신채호가 사회진화론적 입장에서 강자를 추구하던 1910년대의 국수주의적 사고에서 탈피하여 아나키즘적 세

---

2   이호룡, 『신채호 다시 읽기 - 민족주의자에서 아나키스트로』, 돌베개, 2013.

계관을 가지고 있었음을 보여준다"고 말했다.[3] 그는 글의 구체적 특징을 통해 저자를 확정한 것이 아니라 전체 기조가 단재 사상에 부응한다는 점을 들어 저자를 규정한 것이다. 그것만으로는 충분치 않으며, 보다 상세한 저자 고증이 요구된다.

1) 첫 번째 논거-매몰 위인의 다물의지 발견

사실 「국제연맹에 대한 감상」으로는 저자 고증이 쉽지 않다. 물론 단재가 즐겨 쓰는 표현이 몇몇 있지만, 그것만으로는 저자를 규정하기는 어렵기 때문이다. 그래서 우선 그 글은 뒤에서 자세히 살피기로 하고, 우선 고마의 또 다른 글부터 살피기로 한다. 『신대한』 3호에는 다행하게도 고마의 「난폭」이 실려 있다. 그런데 이것은 「국제연맹에 대한 감상」보다 글의 특성이 더욱 잘 드러난다.

① 百濟와 高句麗가 唐에 亡하매 當時에 머리로 나라를 니며 가슴에 熱血을 품고 三尺의 釖으로써 百萬의 賊과 결운 이는 熊津의 夫餘福信이오 패江의 釖牟쵹이엇도다 故都가 殘破하고 君臣이 俘虜되야 毫末의 憑藉도 업는 판에 오즉 忠憤과 義氣로써 國民을 糾合하야 大小 百餘戰에 賊의 心膽을 부신 偉人의 遺蹟을 後世의 行人들도 憑吊할 만한데 ② 唐史에는 '凶賊福信'이라 '賊臣釖牟쵹'이라 하엿나니 ③ 千古의 是非가 이와 가티 主客觀의 差異를 딸아 顚倒가 되도다 그러나 사람마다 自己의 主觀을 좃나니 唐史야 足히 責멸할 것이 잇스리랴마는 ④ 麗代의 史官들이 三國의 舊事를 쓸 대에 唐史의 筆法을 조차 夫餘福信과 釖牟쵹을 쏘한 賊臣이라 썻도다 ⑤ 내 쌩을 多勿하

---

3 위의 책, 175면 주 99번 및 175면. 이 글에서 이 책을 언급할 때 인용 구절 뒤 괄호 속에 면수만 기입함.

랴 한 이가 果然 뉘 집의 賊臣이뇨 아아 ⑥ 史家의 亂暴한 筆法이 이에서 甚한 者ㅣ 잇나뇨⁴

고마는 「난폭」에서 백제의 복신과 고구려 검모잠의 부흥운동을 언급했다. 이러한 모습은 단재의 글에서 진작부터 모습을 드러내고 있다.

(가) 福信은 萬古의 名將으로 豊王의 새암에 掌心 쒜이는 惡刑을 받어 中興의 事業이 꿈결로 도라가며 劍牟岑은 蓋世의 烈丈夫로 安勝王의 새암에 凶慘한 죽음이 되여 多勿의 壯志가 이슬갓치 살어지고⁵

(나) 夫餘福信이 다시 곰나루城에 이르러, 城의 附近 四面에 木柵을 세워 新唐兵의 內外 交通을 遮斷하니, 百濟 全國이 다 響應하야 新唐 兩國의 任命한 新官吏를 죽이고 百濟 官吏를 내여다 夫餘福信의 指揮 下에 屬하니, 이째에는 百濟의 多勿事業이 이믜 完成하엿다 할 만하더라.⁶

단재는 우리 역사에서 묻혀버리거나 잘못 평가되어 매몰된 위인들에 대해서 깊은 관심을 가졌다. 이미 애국계몽기에도 최영이나 현린에 대해 깊은 관심을 보였고, 일제강점기에는 사법명이나 묘청, 정인홍, 정여립뿐만 아니라 복신과 검모잠에 대해서도 새롭게 평가했다. 그는 기존의 역사가들이 부정적으로 평가했던 인물들에 대해 긍정적으로 평가하며, 적극적인 의미를 부여했던 것이다. 고마가 ① "百濟와

---

4   固麻, 「亂暴」, 『신대한』 제3호, 1919.11.20. 이 글에서 "쏘 設한"은 '쏘한', '쌩을'은 '쌍을'의 오식으로 보인다.

5   신채호, 「꿈하늘」, 『신채호문학유고선집』, 연변대 출판사, 1994, 48면.

6   신채호, 「조선사」, 『조선일보』, 1931.10.11.

高句麗가 唐에 亡하매 當時에 머리로 나라를 니며 가슴에 熱血을 품고 三尺의 釖으로써 百萬의 賊과 결운 이는 熊津의 夫餘福信이오 패江의 釖牟岑"이라 한 부분은 「꿈하늘」에서 "亡國 末葉에 雙手로 하늘을 밧드던 百濟夫餘의 福信, 高句麗의 劍牟岑"(『신채호문학유고선집』, 59면)과 그대로 연결된다. 단재는 이미 「독사신론」에서도 "後來 百濟 將亡에 王子 福信이 日本에 入質하여 其 救兵을 請"하였다고 언급한 바 있으며, 「신대한 창간사」에서도 "夫餘福信의 背城 一戰도 분말이라"하여 언급했다.

그런데 검모잠과 부여복신은 "故都가 殘破하고 君臣이 俘虜되야 毫末의 憑藉도 업는 판에 오즉 忠憤과 義氣로써 國民을 糾合하야 大小 百餘戰에 賊의 心膽을 부신 偉人"이었던 것이다. 그들이 망국 말엽에 "雙手로 하늘을 밧드던" 거사는 '머리로 하늘을 이'고 삼척검으로 적과 겨룬 일이다. 두 표현 모두 떨치고 일어났다는 것을 의미한다. 고마는 "내 땅을 多勿하랴"던 복신과 검모잠의 '다물' 운동을 높이 평가했다. 단재는 「꿈하늘」에서 복신의 백제 "中興의 事業이 쑴결로 도라가며" 검모잠이 "安勝王의 새암에 凶慘한 죽음이 되여 多勿의 壯志가 이슬갓치 살어"졌다고 했다. 복신의 백제 '다물사업'은 (나)에서도 드러난다. 그리고 단재는 『조선사연구초』에서 "高句麗 末葉에 義兵大將 釖牟岑(검모잠)이 義兵을 起하여 唐과 싸우던 곳"이라 하여 검모잠을 언급했고, 또한 『천고』에서 "若以我弱彼强 有疑於最後之勝敗 則是福信 無以敵羅唐 兩國"에서 복신을 언급했다.[7] 한편 '다물' 사업은 고마의 「국제연맹에

7 　大弓, 「祝大朝鮮軍政署之大破倭兵」, 『천고』 1, 북경: 천고사, 1921.1, 7면. 만약 우리가 약하고 저들이 강하여 최후의 승패를 의심했다면 복신(福信)이 나·당 양국과 싸울 수 없었을 것이다.

대한 감상」에서도 "亡國이 獨立을 多勿하고"에서 나타난다.

신채호는 1924년 다물단 선언문을 기초하고 다물단 활동에 직접 참여한 것으로 알려졌는데, '다물'은 그가 가장 즐겨 사용하는 어휘 가운데 하나이다.[8] 특히 (나)에서 보는 것처럼, 「조선사」에서는 백제 복신의 다물 사업이 아주 자세하게 기술되었지만, 검모잠의 다물 사업은 연재 중단으로 실리지 못했다.[9] 고마의 표현과 사상은 단재의 그것과 그대로 일치하고 있다.

2) 두 번째 논거 - 몰주체적 역사가 비판

다음으로 고마는 "唐史에는 '凶賊福信'이라 '賊臣釰牟岑'이라 하엿"으며, ④ "麗代의 史官들이 三國의 舊事를 쓸 대에 唐史의 筆法을 조차 夫餘福信과 釰牟岑을 쏘한 賊臣이라 썻"는데, 이를 ⑥ "史家의 亂暴한 筆法"이라고 했다. 그는 중국의 주관적 역사 기술과 함께 그러한 역사를 그대로 받아쓴 우리나라 사가들을 통렬히 비판했다.

　　(다) 彼 李世民의 仇敵되는 泉蓋蘇文의 歷史를 著홀싀 惟彼 李世民의 遺唾를 捨ᄒᆞ얏스니 泉蓋蘇文이 凶人되고 逆賊됨을 豈免ᄒᆞ리오. 嗚乎라, 彼 盲眼 歷史家가 其 鴻濛筆法으로 我 絕世英雄을 埋殺ᄒᆞ야 我 數千年 後人으로 ᄒᆞ여

8　「연보」, 『단재신채호전집』 9, 442면.

9　「조선사」는 검모잠이 나올 부분에서 연재가 중단되었다. 「조선상고문화사」의 첫회에는 "丹齋申釆浩氏의 『朝鮮史』는 前後 百餘回에 거의 三國時代의 終結을 보고 新羅 統一期로 넘으려 하엿스나 下篇은 著者의 原稿가 旅裝 속에서 錯亂되어 修整 訂補하자면 多少의 時日이 걸리겠고"(『조선일보』, 1931.10.15)라는 편집자의 말이 있고, 또한 홍기문이 "朝鮮史는 그가 抄하다가 던지고 간 原稿를 某氏가 整理하야 本報에 連載하든 것이라는데 그조차 끗을 막지 못하고 말앗다"(「조선역사학의 선구자인 신단재 학설의 비판 (1)」, 『조선일보』, 1936.2.29)고 하는 언급으로 보아 단재의 「조선사」 원고 후편은 있었지만 연재되지 못하고 사라진 것으로 보인다.

금 其 眞面目을 莫覩케 ㅎ얏도다.[10]

(라) 利害가 매양 矛盾이 잇는 고로 是非도 매양 矛盾이 잇나니 마치 高句
麗 사람의 눈에는 蓋蘇文이 護國의 巨物이오 薛仁貴가 叛國의 臣으로 보지
만 唐書에는 薛仁貴를 놉히고 蓋蘇文을 첫나니 이는 高句麗의 害가 唐의 利
되는 까닭이며, 百濟사람의 입에는 夫餘福信을 擎天의 偉人이라 하며 黑齒
常之를 敗戰의 降將이라 불으지만, 中國史에는 黑齒常之를 기리고 夫餘福信
을 헐었나니 이는 百濟의 害가 中國의 利되는 까닭이라.[11]

그런데 ④ "三國의 舊事를 쓸 대에 唐史의 筆法을 조차" 썼다는 고마
의 진술은 『당서』와 『삼국사기』를 같이 비교해보고 얻어낸 결론이
다. 단재는 『조선상고사』에서 『구당서』 백제전의 복신 부분을 직접
언급하며 그의 활동을 세밀히 기록했다. 『구당서』에는 "百濟僧道琛,
舊將福信率衆據周留城以叛"[12]이라 하여 복신을 반란의 주범으로 그렸
으며, 『신당서』에는 "大長鉗牟岑率衆反, 立藏外孫安舜爲王"이라 하여
검모잠(겸모잠) 역시 반란을 일으킨 것으로 기술했다.[13] 김부식은 이를
따라 『삼국사기』에서 복신을 "賊臣"으로, 검모잠을 "叛唐"으로 서술
했다.[14] 단재는 「조선사」에서 "前史에 오즉 唐書의 褒貶을 쌀어 黑齒
常之를 非常히 讚美하엿스니, 이 엇지 癡兒의 붓이 아니냐"[15]고 비난

---

10 일편단생, 「독사신론」, 『대한매일신보』, 1908.11.20.
11 신채호, 「이해」, 『신채호문학유고선집』, 연변대 출판사, 1994, 139면.
12 『舊唐書』 卷 一百九十九 列傳 第一百四十九上 「東夷」, 『舊唐書』(下), 경인문화사,
    1977, 674면. 한편 『新唐書』(下)(경인문화사, 1977, 757면)에서는 "璋從子福信嘗
    將兵, 乃與浮屠道琛據周留城反"이라 했다.
13 『唐書』 卷 二百二十 列傳 第一百四十五 東夷, 『新唐書』(下), 경인문화사, 1997, 756면.
14 김부식, 이병도 역주, 『삼국사기』(상), 을유문화사, 1999, 193·516면.

하였는데, 그것은 ⑥ "史家의 亂暴한 筆法"을 말한다. 그러한 비판은 (다)에서 여실히 드러난다. 단재는 고구려사에서는 항상 연개소문과 검모잠을, 백제사에서는 사법명과 복신을 함께 언급했다. 그런데 당서에서는 "李世民의 遺唾를 捨호얏스니 泉蓋蘇文이 凶人되고 逆賊됨"은 『신당서』의 "殘凶不道", "蓋蘇文殺君擅國"[16]이라는 구절을 뜻한다. 그런데 김부식은 연개소문을 "兇殘不道", "弑君而專國"이라 받아쓰기 하였다.[17] 단재는 이를 "盲眼 歷史家가 其 鴻濛筆法으로 我 絶世英雄을 埋殺호야 我 數千年 後人으로 호여금 其 眞面目을 莫覩"케 하였다고 했는데, 김부식처럼 '난폭亂暴한 필법筆法'을 휘두른 몰주체적 역사가를 비난한 것이다. 단재는 「독사신론」에서도 "後世 歷史家의 癡盲흠"을 비판했고. 심지어 『신대한』 2호에서도 '중세中世 이전以前의 사실事實'은 "愚儒의 塗改한 바 되야 그 眞狀을 볼 수 없"다고 하였는데, 역사를 제대로 기술하지 않은 역사가들을 비판한 것이다.

그리고 ③ "千古의 是非가 이와 가티 主客觀의 差異를 딸아 顚倒가 되도다"라는 부분은 (라) "是非도 매양 矛盾이 잇"다는 내용과 직결된다. 「난폭」에서는 그것이 '自己의 主觀을 좃'기 때문으로, 「이해」에서는 '利'를 좃기 때문으로 설명했다. 그것은 "百濟 사람의 입에는 夫餘福信을 擎天의 偉人이라 하며 黑齒常之를 敗戰의 降將이라 불으지만, 中國史에는 黑齒常之를 기리고 夫餘福信을 헐었나니"로 설명되는데, 이는 '百濟의 害가 中國의 利되는 까닭', 또는 백제와 중국 가운데 기술 주체

---

15 신채호, 「조선사」, 『조선일보』, 1931.10.14.
16 『唐書』卷 二百二十 列傳 第一百四十五 東夷, 『新唐書』(下), 경인문화사, 1997, 754면.
17 김부식, 이병도 역주, 『삼국사기』(하), 을유문화사, 1999, 483면. 『구당서』보다는 『신당서』에 연개소문이 더욱 나쁘게 기술되었으며, 김부식은 두 책을 모두 참조하여 연개소문을 부정적으로 기술하였다.

가 누구이냐에 따라 발생되는 문제이다. 단재는 1916년 「꿈하늘」에서 복신과 검모잠에 대해 적극적인 의미를 부여했고, 그것은 「난폭」, 「이해」, 「조선상고사」 등으로 이어지는 것을 확인할 수 있다.[18]

또한, 「난폭」에는 "義士를 兇漢이라 하며 義兵을 暴徒라 하"는 구절이 있는데, 단재는 「元凶 寺內正毅의 死」에서 "暴徒(彼의 義兵에 加하는 稱)"라 하였다. 게다가 「난폭」의 저자는 우리나라 입장에서 검모잠과 복신이 위인이지만, 당사에서는 '흉적', '적신'으로 표현하였다고 했는데, 단재는 일본 사람이 "伊藤 寺內 兩人을 功臣으로 치나", "兩人은 곳우리 朝鮮 사람이 夢寐에도 닛지 못할 凶賊"이라 서술했다.[19] 두 글 모두 같은 인물이라 하더라도 폭도와 의병, 위인(공신)과 흉적(적신) 등 그 규정이 상반됨을 언급했는데, 단재는 그것을 이해관계에서 비롯된 기술임을 분명히 했다.

3) 해결 과제 1-요구보다 분투

이제 「국제연맹에 대한 감상」을 다룰 차례이다. 고마는 글의 앞 부분에서 폴란드, 핀란드 등이 건설된 것은 평화회의의 산물이지만, 모두 "別般의 作用이 잇서 民族自決을 許함은 그 表面뿐이오 內容의 眞意는 列強國의 利害를 前提"한다고 분석했다. 여기에서 열강국의 이해는 앞 단락에서 언급한 '자국의 이해 관계'를 말한다. 그러한 내용은 「신대한 창간사」에서도 드러난다. 단재는 폴란드, 핀란드 등의 독립이 "列國의 利害關係에 依하야 된 일"이라 규정했다. 「국제연맹에

---

18 단재는 '부여복신'에 대해 「꿈하늘」에서 처음 언급한 이래 「祝大朝鮮軍政署之大破倭兵」·「倭所謂親善者如是」(『천고』 1, 1921.1)에 각각 언급했고, 이후 「조선사」에서는 아주 많은 지면에 걸쳐 기술했다.

19 「元凶 寺內正毅의 死」, 『신대한』 제3호, 1919.11.12.

대한 감상」은 전반적으로 단재의 글과 부합되지만 마지막 부분은 상고를 필요로 한다.

(라) 그러나 우리 조선은 强力者에 대한 要求보다 新氣運에 向하야 춤추며 平和神에 대한 歡迎보다 敵에 向하야 奮鬪함이 神聖至高한 義務라 하노라(『신대한』, 1919.10.28)

(마) 우리가 日本에 對하여야 무슨 要求가 있으리오만은 (…중략…) 오직 하나 곳 合倂取消의 第一義되는 總督府의 撤廢쑨이니라 (…중략…) 그러니 要求라 하여도 ○○로써 苟且로써 殘弱으로써 ○○으로써 할 要求가 아니라 오직 勇敢奮鬪로써 할 要求니라(『혁신공보』, 1919.12.25)

위 글은 고마의 것이고, 아래 글은 단재의 「우리의 유일 요구」이다. 그런데 거의 같은 시기에 나온 고마의 글(라)와 단재의 글(마)는 조금 차이가 있는 것처럼 보인다. 고마는 '강력자에 대한 요구'에 대해 부정적으로 보지만, 단재는 일본에 '총독부 철폐'를 요구해야 한다고 했다. 그러나 앞에서 살핀 것처럼 이 글에서 고마는 민족자결이 열강국의 이해를 전제한다고 말하면서 열강들을 신뢰하지 말라고 했다. 단재는 "國際聯盟이란 語句가 老僧의 阿彌陀佛이 되"었으니 오히려 "新世界 新氣運에 應하야 新國家를 建設"하자고 했다.[20] 여기에서 단재는 신기운에 화답(응)하자고 한 것이며, 고마는 "新氣運에 向하야 춤추"자고 했는데 모두 민족자결주의를 즐겨 맞이하자'는 의미이다.[21]

---

20 「外交問題에 對하야」, 『신대한』 제2호, 1919.11.3.
21 단재에게 "天鼓乎天鼓乎 汝鼓我舞 作我同胞 執彼凶殘 還我山河"(「천고창간사」, 『천고』),

여기에서 강력자는 국제연맹이고, 제국들을 의미하기에 고마는 그들에게 어떤 요구를 할 것이 아니라 '적을 향하여 분투'하는 것이 최상책이라고 본 것이다. 단재가 「신대한 창간사」에서 주장한 것처럼 열강을 믿고 외교에 신뢰해서는 안 된다는 것이다. 그러므로 열강들의 국제연맹에 대해 요구하는 것은 부정적이지만, 적 일본에 대해서는 '총독부 철폐를 요구'해야 한다는 것이다. 그것은 달리 일본에 대한 선전 포고가 아닌가. 단재는 "第一獨立을 못하거던 차라리 死하리라는 決心을 革固케 하며 第二敵에 對한 破壞의 反面이 곳 獨立建設의 터"라고 부르짖는 등 독립운동의 실천적 행동을 제시했다. 그러므로 고마의 주장을 단재의 맥락에서 풀이하면 강력자(제국주의자들의 국제연맹)에게 요구하느니 신기운(민족자결주의)을 적극 받아들이며, 평화신(외교를 통한 평화적 해결)에 대한 환영보다 적에 대항해 끝까지 싸워야 한다는 것이다. 그것은 단재가 「신대한 창간사」, 「외교문제에 대하야」 등의 논설에서 주장한 내용과 일치한다. 그래서 단재는 "二千萬의 骸骨을 太白山갓치 싸흘지라도 日本과 싸호자"(「신대한 창간사」, 『신대한』 창간호)라고 천명했던 것이다. 한편 「난폭」 내용 가운데 '奴隷', '摧殘', '多勿', '업시하고' 등 단재가 즐겨 쓰는 표현이 있다. "敵에 向하야 奮鬪"하는 것은 이후 단재의 「다물단선언」 및 「조선혁명선언」의 작성과 긴밀한 연관을 갖고 있다.

4) 해결 과제 2−필명 고마의 의미

그렇다면 단재는 왜 '고마固瑪'라는 필명을 썼을까? 만일 '고마'가 단

"由今思之 猶不覺手飛足舞 爲同胞獻賀"(「第三回三一節普告同胞」, 『천고』) 등에서 '춤추다'를 사용하였는데, 그것은 고무하다, 기뻐하다 등의 의미를 갖는다.

재의 필명이라면 이를 확인하기 위해 다시 단재의 글에 의거할 필요가 있다.[22]

(가)

監奚卑離는 古莫夫里—卽 固麻城이니 今 公州요[23]

(나)

熊津은 廣開太王의 碑文에 古模那羅니, 兩者가 '곰나루'로 讀할 것이니 前者는 義로 쓴 吏讀字요 後者는 音으로 쓴 吏讀字이니, 今 公州가 當時의 '곰나루'니라.[24]

(다)

夫餘福信이 다시 곰나루城에 이르러, 城의 附近 四面에 木柵을 세워 新唐兵의 內外 交通을 遮斷하니 (…중략…) 百濟의 多勿事業이 이믜 完成하엿다 할 만하더라.[25]

단재의 글에 "固麻城이니 今 公州요"라는 구절이 나온다.[26] '고마'는

---

22 한편『신대한』에는 산문「獨立運動」(『신대한』제2호)의 저자 勢勢甫,「新大韓을 祝함」
(제2호)의 少山,「人의 人되는 要素」(제3호)의 恨生,「靑年의 元氣」(제3호)의 一棹,
「言과 行을 一致하여라!!」(제17호)의 氷觀,「神聖한 獨立軍」(제18호)의 샘, 운문「重陽」
(제2호)의 저자 西湖,「축신대한」(제3호)의 飢熊 등의 필명이 나타난다. 이들에 대해서
도 향후 저자 탐색이 필요하다. 이 가운데 기서로 제시된 글은 '恨生'의「人의 人되는
要素」이다. 그리고『신대한』에는 김두봉, 신규식, 한위건, 신채호, 방효상 등이 참여했던
것으로 알려지고 있다. 최기영,「일제강점기 申采浩의 언론 활동」,『한국사학사학보』
3, 한국사학사학회, 2001.3, 212~219면.
23 신채호,「조선사연구초」,『단재신채호전집』2, 387면.
24 신채호,「조선사」,『조선일보』, 1931.8.8.
25 신채호,「조선사」,『조선일보』, 1931.10.11.

지금의 공주라는 것, 공주는 곰나루, 곧 웅진이라는 것이다. 단재는 "唐
이 곰나루를 熊津都督府라 稱하"였다고 했다.[27] 단재는 부여복신을 추
앙했고, 그래서 「조선사」에서 그에 관해 많은 지면을 할애하여 상세히
기술했다. 그런데 왜 하필 '고마'인가? 그것은 (다)를 통해서 제대로 설
명이 가능하다. 복신에게 곰나루는 다물사업과 관련이 있었던 것, 복신
은 당나라에 빼앗긴 웅진도독부를 되찾는 것이 다물사업을 완성하는
것이었다. 복신에게 고마(웅진도독부)는 다물의 목표였던 것, 그것은 외
세에 빼앗긴 강토를 회복하는 것이었다. 그렇다면 고마는 「난폭」에서
"熊津의 夫餘福信"과 연결된다. 단재는 당의 거점이었던 고마성을 되찾
고자 한 복신의 다물 정신을 닮고 싶었던 것, 이후 「다물단선언문」의
기초와 다물단 활동은 그러한 단재의 모습을 여실히 보여준다. 복신 →
다물 → 고마 ← 다물의지 ← 단재로 연결되는 의미 속에 필명이 존재
한다. 복신에게 그러했듯이 단재에게 고마는 다물의 상징이었던 것이
다. 그가 固麻라는 필명으로 발표한 두 글에 "亡國이 獨立을 多勿하고",
(「국제연맹에 대한 감상」) "⑤ 내 쌩을 多勿하랴"(「난폭」)이라 하여 '多勿'을
쓴 것도 그러한 의미를 더욱 분명히 해준다. 곧 '神志'처럼 글 속에 필명
의 정체를 밝힌 셈이다. 단재는 최영을 추앙해서 일편단생, 단재를 호로
가져왔으며, 또한 단군시대 역사가 神誌에서 神志라는 필명을 가져왔
다.[28] 단재는 고토를 회복하려던 의지를 지녔던 최영의 일편단심을 닮

---

26   신채호, 「조선사연구초」, 앞의 책, 387면.
27   신채호, 「조선사」, 『조선일보』, 1931.10.9.
28   단재는 최영을 숭상하여 「최영전」을 짓기도 했고, 부여복신을 '萬古의 名將'(「꿈하
     늘」, 48면), '百濟 末日의 巨人'(「平壤浿水考」, 『동아일보』, 1925.3.9) 등으로 평가하
     기도 했다. 단재는 "滄海力士之椎"(「謀殺前皇太子之奇聞」, 『천고』 창간호, 43면), "滄
     海力士의 鐵椎"(「문제없는 논문」, 『동아일보』, 1924.10.3) 등에서 필명 '철퇴'를 가져
     오기도 했다. 그리고 '일편단생', '단생', '단재'는 나중의 '赤心'과 통한다.

고 싶어 했고, 또한 웅장한 고대 단군사를 기록하는 신지가 되고 싶었던 것이다. 그래서 「최영전」을 기술했고, 「조선상고사」를 기술한 것이 아니겠는가. 그리고 그는 창해역사의 철퇴에서 혁명의 도구 '철퇴'를 필명으로 삼기도 했다. 이런 사실들은 '고마'가 신채호임을 말해 주는 근거가 된다. 이호룡이 「국제연맹에 대한 감상」 1편만 갖고도 단재의 글로 규정한 것은 단재에 대한 깊은 이해와 통찰의 결과물로 평가된다.

3. 『천고』의 필명 아관의 논란

『천고』 1호에는 아관我觀의 「일본제국주의지말운장지日本帝國主義之末運將至」와 「북간도전란휘보北間島戰亂彙報」가 실려 있다. 후자는 여러 신문의 내용을 "摘出"한 것으로 이렇다 할 특징을 찾아내기 어렵다. 그러나 전자는 일본 제국주의의 종말이 다가오고 있다는 글로 그 의미가 충분하다. 아관에 대해 기왕에 여러 주장이 있었다.

> 단재신채호전집간행위원회 : 아관을 신채호로 보고 아관의 글을 전집에
> 포함 (1977)
> 이호룡 : 아관은 신채호의 필명으로 사료된다.[29]
> 최광식 : 아관이 누구인지는 알 수 없다.[30]
> 김주현 : 아관은 김지섭의 필명으로 보인다.[31]

---

29 이호룡, 『한국의 아나키즘－사상편』, 지식산업사, 2001, 155면 주 206번.
30 최광식 역주, 『단재 신채호의 천고』, 아연출판부, 2004, 25면.
31 김주현, 『신채호문학연구초』, 소명출판, 2012, 271면.

'我觀'에 대한 종래 입장은 몇 가지로 나뉜다. 우선 신채호전집간행위원회에서 아관을 신채호로 본 이래 이호룡 역시 '아관은 신채호의 필명으로 사료된다'고 하여 그러한 견해를 수용했다. 그러나 최광식은 '아관이 누구인지 알 수 없다'고 밝혔다. 그리고 본 연구자는 아관이 김지섭일 가능성을 제기했고, 최근 이호룡은 이전의 견해를 접고 아관이 '누구인지 알 수 없다'고 하였다. 논의라는 것은 늘 새롭게 일어날 수 있고, 그것이 비록 자신의 글에 대한 부정이라 하더라도 유효하다. 이왕 아관의 신채호 가능성을 부정한 마당에 다른 사람의 가능성은 없는가? 이호룡은 아관의 김지섭 가능성을 부정하였다. 그러면 그의 논리를 따라가며 논의의 문제점을 살피기로 한다.

1) 첫 번째 논거―1921년 김지섭의 상해 거주설居住說 검토

『천고』 1호는 1921년 음력 1월 1일 자로 북경에서 발간되었다. 그런데 아관이 김지섭일 가능성이 적다고 본 근거 가운데 하나가 이 시기 김지섭이 북경에 없었다는 것이다.

① 김지섭은 3·1운동 이후 만주로 망명했다가 1920년 상하이로 가서 1921년 가을에 고려공산당에 가입하고, 1922년 여름에 의열단에 가입하여 활동하였다.(「김지섭의 연보」,(김용달, 2011)) ② 김지섭이 1920년 말에 이미 사회주의 사회의 도래를 점칠 만큼 확고한 신념을 가지고 있었다면, 고려공산당의 창당 과정에 참여하거나 그 전신인 한인공산당에 가입하지 않았을까? 그리고 ③ 『천고』 발행지가 베이징인 데 비해 김지섭의 활동 무대가 상하이였다는 점도 아관을 김지섭으로 규정하는 것을 망설이게 만드는 요인의 하나이다.(176면)

김지섭은 3·1운동 이후 만주로 망명했다가 1920년 상하이에서 주로 활동했다는 것이다. ① "1920년 **상하이로** 가서 1921년 **가을**에 **고려공산당에 가입하**"는 등 1920~1921년 당시 상해에서 활동했다면 김지섭이 『천고』에 글을 썼을 가능성이 적다는 것이다. 그것은 곧 ③ "『천고』 발행지가 베이징인 데 비해 김지섭의 활동 무대가 상하이"였기 때문이다. 그런데 1920~1921년 당시 김지섭이 활동한 지역은 여전히 불확실하다. 이호룡은 김용달의 「김지섭 연보」를 인용하고 있다. 거기에는 이호룡의 지적처럼 1920년 "중국 상해로 망명하여 본격적으로 독립운동에 가담", 1921년 "가을 고려 공산당 가입" 등 아주 간단하게 나와 있다.

大正八年國權恢復團金祉燮ノ跡ヲ追ヒ滿洲ニ遁走爾來一定ノ職業ナク大正十一年春頃ヨリ一時京城ニ居テ構ヘタルモ大正十二年二月強盜罪トシテ逮捕サルルテ惧レ上海ニ遁走シタルモノニシテ本人ノ自供ニヨレハ義烈團ニ加盟シタルハ京城在住中李賢俊ノ紹介ニヨリ金始顯ト共ニ入團ヒルモノニシテ義烈團ニ加入スル以前ニ高麗共産黨ニ加盟シ居タリト云フ[32]

삼일운동(三一運動)이 일어난 뒤로 압록강(鴨綠江)을 건너가셔 길림(吉林) 북경(北京) 상해(上海)로 왕복하며 독립운동에 노력하다가 그후 의렬단에 들어가셔 파괴계획을 한 것이라 하며[33]

金祉燮……乙卯以金應燮法律事務所出張員在尙州, 越四年己未陰二月一日, 見獨立萬歲大起, 乃投員而歸, 與金應燮共留在大邱, 庚申五月入北京, 應燮苦

32　「二重橋爆彈事件」, 『추강 김지섭의사 추모학술강연회』, 한빛, 2001, 118면.
33　「略曆과 性格」, 『조선일보』, 1924.4.24, 호외.

勸歸國, 未幾遂歸還, 壬戌復至上海入義烈團(一說曰辛酉入團) 與團長金元鳳
及同志諸人, 往來上海北京間, 以爲獨立運動[34]

    김용달은 김지섭이 "3·1운동이 일어난 뒤로 압록강을 건너 길
림·북경·상해로 왕복하며 독립운동에 노력"했다는 『조선일보』 기
사를 언급했다. 당시 일본 정보에 따르면 김지섭이 처음 만주로 간
것은 1919년이다. 송상도는 경신년(1920) 5월이라고 하였는데, 이는
분명하지 않다. 함께 갔다고 언급한 김응섭이 1919년 4월 이미 상해
에서 임시정부에 참여했으니, 김지섭도 같은 해 북경에 간 것이 아닌
가 생각된다.[35] 아울러 송상도는 김지섭이 형 김응섭의 권유로 귀국
하였다고 하였는데, 그 시기는 1922년(대정 11)이 된다. 이들 자료를
종합하면 김지섭은 1919년경 중국에 건너갔으며, 길림·북경·상해
를 왕래하며 독립운동을 한 것으로 보인다. 그렇다면 김지섭의 활동
범위를 상해로만 한정하는 것은 문제가 있다.
    김용달에 따르면 김응섭은 1919년 4월 중에는 상해에 있었고, 그 뒤
에는 북경에서 주로 활동하였다 한다.[36] 그런데 김용달은 김지섭이 김
응섭과 같이 활동한 기록이 보이지 않는다는 점 때문에 "김지섭이 상해

34   국사편찬위원회 편, 『한국사료총서 제2−기려수필』, 국사편찬위원회, 1971, 338∼
     339면. 김지섭은 을묘(1915)년에 김응섭법률사무소 출장원으로 상주에 있다가 4년이
     되어 기미(1919)년 음력 2월 1일 독립 만세가 크게 일어난 것을 보고 이에 출장원을
     그만두고 돌아와 김응섭과 함께 대구에 머물다가 경신(1920)년 5월 북경에 갔는데
     응섭이 귀국을 간절히 권유하여 오래지 않아 귀환하였고, 임술(1922)년 다시 상해에
     가서 의열단에 가입했고(일설에는 신유(1923)년에 입단했다고 함) 단장 김원봉과
     여러 동지들과 더불어 상해 북경 사이를 오가며 독립운동을 했다.
35   한편 「일본 왕궁에 폭탄 던지고 적 감옥에서 생애 마친 순국의사 조국애의 화신」에
     서는 삼일운동이 난 이듬해(1920) 8월에 상해로 망명한 것으로 언급되었다. 『추강
     김지섭의사 추모학술강연회』, 80면.
36   김용달, 『김지섭』, 지식산업사, 2011, 44면.

나 북경에서 활동하던 김응섭을 찾아가지 않"았다고 했다. 그러나『기려수필』에서는 김응섭이 김지섭에게 귀국을 권유한 것으로 나온다. 만일 김응섭이 1919년 4월 이후 북경에 있었다면 김응섭은 김지섭을 북경에서 만났을 가능성이 크다. 이렇게 볼 때 1920년 5월 이후 김지섭이 북경에 있었을 가능성은 충분해 보인다.[37] 김창숙은 1920년 11월에 북경에 갔을 때 한달 남짓 머무르면서 단재의『천고』발행을 도왔다고 했다.[38] 김지섭이 1920년말에서 1921년초 북경에 잠시 거주했더라도『천고』에 글을 쓸 수 있었다.

2) 두 번째 논거—사회주의 도래설의 허구

이호룡은 글의 내용을 들어 아관이 김지섭일 가능성에 회의를 드러냈다. 그것은 아래 내용에서 드러난다.

> 「일본제국주의의 막다른 운명이 곧 다가올 것이다」의 필자는 제1차 세계대전 이후 인도 정의 자유 평등의 논조가 점차 고창되어 전 지구에서 논의되고 있으며, 그것에 더하여 사회주의가 널리 전파되어 결코 파괴할 수 없는 세력을 가지고자 하였다고 하면서, 사회주의 사회가 도래할 것이라 선언하였다.(176~177면)

곧 아관이 '사회주의 도래를 선언하였다'는 것이다. 그래서 이호룡은 ②"김지섭이 1920년 말에 이미 사회주의 사회의 도래를 점칠 만큼 확

---

37 특히 1919년 4월 김응섭은 신채호와 함께 활동했으므로 자신의 친척 동생인 김지섭을 신채호에게 소개하기는 어렵지 않았을 것이다. 게다가 김지섭은 홍범식이 아끼는 후배였고, 홍명희와 신채호가 지기였다는 점에서 둘 사이의 인연은 수월했을 것이다.
38 성균관대 대동문화연구원 편,『심산유고』, 국역심산유고간행위원회, 1979.

고한 신념을 가지고 있었다면, 고려공산당의 창당 과정에 참여하거나 그 전신인 한인공산당에 가입하지 않았을까?"라고 의혹을 제기했다. 과연 아관은 사회주의의 도래를 확신했던 것인가? 문제가 되는 원문을 살펴보기로 한다.

> 日本國民 本豊富奴隸之根性 奉萬世一系之王統 受一姓支配之權力 已過二千餘年 而曾未聞革命擧動之出現 其爲劣根性之國民 早有世人之譏評 **自歐戰告終 人道正義自由平等之論調 愈唱愈高 喧騰全球 加之而社會主義 漬染多數人之腦根 漸有欲破不能之勢** 彼倭民亦漸覺悟民治精神 爲國民之幸福 而應世界潮流之順舵 蠢蠢欲動 思倒軍閥派之政治[39]

그가 사회주의 운운한 것은 위의 강조한 부분이다.[40] 아관은 "사회주의가 수많은 사람들의 뇌수를 물들여서 점점 깨뜨릴 수 없는 형세가 되었"다고 했다. 사회주의가 그만큼 민중들에게 뿌리 깊이 각인되었음을 말한 것이다. 그러나 이 내용을 갖고 '사회주의 사회의 도래를 확신'했

---

39 아관, 「日本帝國主義之末運將至」, 『천고』 1, 천고사, 1921.1, 16면. 일본 국민은 본래 노예근성이 풍부한데 오랜 세월 한 계통의 왕통을 받들어 한 가문이 지배 권력을 받은 지 이미 이천여 년이 넘었다. 그러나 일찍이 혁명 거동의 출현을 듣지 못했는데, 비열한 국민 근성 때문이라고 일찍이 세상 사람들의 비난이 있었다. 1차 세계대전이 종결을 고함으로부터 인도 정의 자유 평등의 논조가 부르짖을수록 높아가서 전 지구를 들끓게 했다. 거기에 더해 사회주의가 수많은 사람들의 뇌수를 물들여서 점점 깨뜨릴 수 없는 형세가 되었으며, 저 일본 국민 또한 점차 민치정신(民治精神)을 깨닫고 국민의 행복을 위해서 세계 조류의 흐름에 응하기 위해서 꿈틀거리며 군벌파의 정치를 무너뜨리려고 하였다.

40 이 외에도 사회주의에 대해 언급한 구절이 있다. 그것은 다음과 같다. "近有社會主義派 公然集會於通衢大都 而禍伏四處 含有最極度之爆發性 帝國主義派之殘喘 能保幾日乎"(위의 글, 17면). 근래 사회주의파가 있어 공공연히 대도회에서 집회를 하지만 사방에 화가 잠복하고 있고, 극도의 폭발성을 머금고 있는데, 제국주의파의 얼마 남지 않은 목숨이 며칠을 더할 수 있겠는가.

다고 하기는 어렵다. 사회주의의 확산을 언급한 맥락이지 사회주의에 대한 확신을 언급한 것은 아니기 때문이다. 일본 정보에 따르면 김지섭은 1921년 가을에 고려공산당의 당원이 되었으며, 1922년 1월 모스크바에서 열린 극동민족대회에 참여하였다고 한다.[41] 그가 1921년 당시 공산당에 대해 상당히 긍정적으로 인식했고, 그래서 공산당 활동에 참여한 것으로 보인다. 또한 김탁은 "두번째 면회할 째에는 놀랄 만하게 건강하야 우슴을 띄우면서 여러 가지 이야기를 주고 밧고 하얏다. 그 중에는 조선공산당朝鮮共産黨의 경과도 듯고 또 조선의 현상―특별히 생활상태에 대하야도 한두 마듸 이야기를 하얏다"고 하여 김지섭이 옥중에서도 공산당의 활동에 많은 관심을 쏟고 있었음을 말해주고 있다.[42] 사회주의에 대해 긍정적이라 하더라도 형편이나 여건상 "고려공산당의 창당 과정에 참여하거나 그 전신인 한인공산당에 가입하지 않"을 수 있다. 김지섭의 고려공산당 가입 등은 사회주의에 대한 그의 인식을 보여주는데, 그것은 오히려 "사회주의가 수많은 사람들의 뇌수를 물들여서 점점 깨뜨릴 수 없는 형세가 되었"다는 내용을 합리화해줄 수 있는 문맥이기도 하다. 그리고 신채호는 한인사회당과 그 후신인 고려공산당에 관계한 것으로 알려져 있다. 1920년 12월 당시 신채호는 '사회당'과 '국가사회주의당'의 당원이었다고 한다.[43] 한인사회당과 고려공산당으로 이어지는 흐름 속에 『천고』가 자리해 있고, 또한 신채호와 김지섭의 인연이 마련된 게 아닌가 싶다.[44] 한편 추강과 단재의 관련성은 의

---

41 송상도는 "임술년(1922)에 상해에 갔는데 어느 겨를에 이 대회(모스크바 극동민족대회)에 갔겠는가?"하고 의구심을 드러냈다. 국사편찬위원회 편, 『한국사료총서 제2―기려수필』, 338면.

42 설의식, 「鐵窓생활도 忘却 朝鮮 現狀을 各別 注意」, 『동아일보』, 1928.2.25.

43 이호룡, 앞의 책, 176~177면.

44 김지섭과 신채호의 연결고리 가운데 홍명희의 가능성도 존재한다. 김지섭은 홍명

열단을 통해서도 드러나는데 1922년 여름 김지섭의 의열단의 가입과 1922년 겨울 신채호의 의열단 선언서 작성이 그것이다.

3) 해결 과제 1-추강의 참여

저자 확정에 있어서 근거가 충분하다 하여 결론이 옳다고 할 수는 없다. 결론은 누가 썼느냐의 문제인데, 궁극적으로 저자는 이미 존재하고, 연구자는 그 저자에 다가설 뿐이다. 그런데 근거마저 확실하지 않을 경우 그야말로 추정에 그칠 수도 있다. 본 연구자가 아관을 김지섭과 결부시킨 것은 그의 시집에 '아관'이라는 이름을 붙여 그것이 김지섭의 호일 가능성이 컸기 때문이다. 그러나 그 시집이 옥중(1924.1~1928.2) 시들이고, 그러므로 '아관'을 쓴 것은 1921년이 아니며, 또한 단지 시집 이름뿐일 수도 있다. 그러나 김지섭이 그런 필명을 썼고, 또한 그가『천고』에 글을 발표했다면 이야기는 조금 달라진다. 무엇보다『천고』제1집에 추강秋崗의「축천고」가 실렸기 때문이다.

天鼓鳴天鼓鳴 年新世新人道新 新敎化新功德 萬年悠悠萬年新 秋崗[45]

이 짧은「축천고」가 추강의 이름으로 발표되었다. 김지섭은 1924

회 부친 홍범식이 경술국치로 말미암아 자결할 당시 그가 맡긴 유서를 갖고 있다가 나중에 홍명희에게 전달했다. 김지섭이 홍명희에게 보낸 시(「홍벽초 군에게 전하여 보냄(轉寄洪碧初君)」)를 보면 이들의 인연이 있었음을 알 수 있다. 홍명희는 1913년 상해에서, 1918년 북경에서 단재를 만난 이후 지기(知己)가 되었으며, 단재가 타계한 후「곡단재」를 쓰기도 했다. 또한 그는 8·15광복 후 의열단 동지들과 함께 김지섭의 장례를 지낼 때 '장의준비위원장'을 맡기도 했다. 「故金祉燮氏 故鄕서 葬儀 準備」,『자유신문』, 1945.10.19.
45 추강,「축천고」,『천고』1, 북경: 천고사, 1921.1, 43면.

년 당시 '추강秋岡', 또는 '추강秋崗'이라는 호를 갖고 있었다. 『천고』 1호에는 '심산心山'의 「축천고」를 통해 김창숙의 존재를 여실히 파악할 수 있다. 김창숙은 『심산유고』에서 『천고』의 발간을 도왔다고 밝혔다. 그래서 『심산유고』는 『천고』의 '심산'이 김창숙임을 확실히 알려주는 근거가 된다. 그렇다면 추강=김지섭이라고 할 수는 없는가? 그리고 만일 『천고』의 추강이 김지섭이라면, 김지섭의 『천고』 참여는 확실히 밝혀지는 셈이다. 아울러 김지섭이 『천고』에 참여했다면 아관이 김지섭일 가능성 역시 충분하다. 만일 김지섭이 아닌 또 다른 '추강'이 존재한다면 아관도 김지섭이 아닐 가능성이 현저하다. 그러나 현재로서는 1920년대 중국에서 활동한 인물 가운데 또 다른 '추강'은 찾아낼 수 없다.[46] 달리 추강의 「축천고」야말로 김지섭이 『천고』에 참여했을 것으로 보는 근거이다.

4) 해결 과제 2 – 아관의 문제

설령 『천고』의 '추강'이 김지섭이라 해도 아관은 여전히 다른 인물일 수 있다. 이호룡의 지적처럼 '사회주의 도래에 대한 확신?'과 같은

46　秋岡이라는 호 또는 이름을 지닌 국내 인물로 黃柱顯(『매일신보』, 1911.9.21), (『매일신보』, 1933.3.30), 元用喆(『매일신보』, 1934.11.15), 鄭用姬(『동아일보』, 1935.1.1), 金弼秀(『동아일보』, 1947.12.20) 등과 崔養玉(共鳴團 團長, 秋岡), 庾秋岡(『매일신보』, 1936.6.1)이 있으며, 해외 인물로 桂秋岡(일본 문서에는 桂秋剛, 일명 桂聘, 1927년 참의부 법무위원장, 채영국, 『1920년대 후반 만주지역 항일무장투쟁』, 독립기념관 한국독립운동사연구소, 2007, 13면)이 있다. 秋崗으로는 元用廈(『매일신보』, 1931.1.21), 庾秋崗(『매일신보』, 1935.5.6), 鄭用姬(『매일신보』, 1939.1.3), 平山秋崗(유추강의 창씨명, 『매일신보』, 1941.2.3) 등이 있다. 이를 통해 秋岡과 秋崗은 혼용되어 쓰이며(정용희, 유추강), 또한 국내 인물 정용희, 원용철 등은 화가이고, 유추강은 야담가이다. 국내 인물이든 계추강이든 『천고』에 글을 실을 만한 '추강'은 발견되지 않는다. 물론 '추강'이라는 호가 대단히 희귀한 호는 아니기 때문에 또 다른 추강이 있을 여지는 여전히 있다.

부분이 문제되기 때문이다. 달리 아관의 문체를 김지섭과 비교함으로써 이 문제의 실마리를 찾을 수 있다. 그러나 김지섭은 많은 글을 남기지 않았고, 그 대부분이 시이기 때문에 아관의 산문과 비교하기에는 한계가 있다. 그래도 어려움을 무릅쓰고 비교해 보려 한다.

然司馬氏之心路人所知各國早知其奸 而不能破揭 亦一事勢之所不許也[47]

從此以往 侵略主義者之政策 不但不能施行于隣國領域之內 禁抑自家蕭墻之患而亦防不勝防[48]

아관의 「일본제국주의지말운장지」에서 특정한 문체를 발견하기는 쉽지 않다. 그런데 중국의 역사를 바탕으로 한두 가지 비유를 찾을 수 있다. 그 하나는 '사마씨' 곧 사마소의 마음을 언급한 부분이다. 사마소의 심보라는 말은 위나라 황제 조모가 "사마소가 무슨 마음을 품고 있는지는 길 가는 행인들도 다 알고 있소. 이렇게 앉아서 죽기만을 기다릴 수야 없지 않소?"라고 한 말에서 유래한다. 결국 조모는 사마소를 제거하려 했지만, 사마소의 부하에게 죽음을 당한다. 『십팔사략』에 실린 이야기에서 사마소의 심보란 '권력을 빼앗으려는 야심을 비유'한다.[49] 각국이 일본의 제국주의적 침략 의도를 알고 있다는 이야기이다.

---

47 아관, 앞의 글, 14면. 원문은 '司馬民'으로 되어 있으나 최광식은 '司馬氏'로 보고, 사마씨를 司馬昭로 해석하였는데, 매우 적절한 해석이다. '司馬昭之心'은 '路人皆知'를 뜻하는 헐후어(歇後語)이기 때문이다. 사마씨의 속셈을 사람들이 안 것처럼 각국도 그(일본)의 간흉함을 알았지만 드러내놓고 말할 수 없었는데 역시 사세가 허락하지 않았기 때문이다.
48 위의 글, 16면, 이로부터 침략주의자의 정책을 이웃나라 영역에 시행하지 않을 뿐만 아니라 자기 나라 안의 근심거리를 억누르지만 막으려야 막을 수 없다.

일본 제국주의, 일왕을 사마소에 비긴 적절한 비유이다. 그리고 두 번째는 『논어』「계씨」편 및 『한비자』「용인」편과 관련된 내용이다. "나는 계씨季孫의 근심거리가 전유에 있지 않고, 계씨 가문의 담장 안에 있을까 두렵구나",[50] "담장 안의 내분의 근심을 삼가지 않으면서 멀리 국경의 철옹성을 견고하게 하면 (…중략…) 화가 이보다 큰 것이 없다"[51] 라는 내용이다. 계손이 전유를 치려고 하나 오히려 자국 내의 변란으로 무너질까 두렵다는 교훈적이고 풍자적인 표현이다. 곧 일본의 군벌파 역시 침략주의 정책을 펴서 남의 나라를 탐하지만 결국 일본 내부의 난으로 인해 망하게 될 것이라는 말이다. 역사적 사건이나 일화를 적당한 비유로 활용하고 있다. 김지섭 역시 이러한 비유에 탁월하다.

(가)

張椎荊劍胸藏久	장량의 철추와 형가의 검을 가슴에 품은 지 오래
魯海屈湘思入頻	노중련의 동해와 굴원의 상강 죽음을 자주 생각하네
今日腐心潛水客	금일은 절치부심하는 잠수객이지만
昔年臥薪嘗膽人	이전에는 와신상담하는 사람이었네[52]

---

49 曾先之, 진기환 역주, 『十八史略』 中卷 (下), 명문당, 2013, 138~139면.

50 劉寶楠, 「論語正義 卷十九 季氏」, 『諸子集成一』, 北京: 中華書局, 1996, 353면. 吾恐季孫之憂, 不在顓臾, 而在蕭牆之內也.

51 王先愼, 「韓非子集解 卷八 用人」, 『諸子集成五』, 北京: 中華書局, 1996, 154면. 不謹蕭牆之患而固金城於遠境……禍莫大於此.

52 「敵宮城의 義烈爆彈」, 『독립신문』, 1924.1.19. 이 시는 「舟中」이라는 칠언율시의 승구, 전구이다. 그런데 「由滬渡東」은 「舟中」과 승구만 다르다. 원래 "張椎荊劍胸藏久/魯海屈湘思入頻"이었던 것을 「由滬渡東」에서 "崎嶇世路難於蜀/忿憤與情甚矣秦"으로 바꾼 것이 아닌가 한다. 「由滬渡東」은 『俄觀』이라는 시집(1926년 감옥에서 희섭에게 줌)에서 고친 것으로 보이는데, 이는 일경의 눈을 피하기 위한 조처가 아니었겠는가 생각한다. 한편 인터넷에서는 「舟中」을 김택영의 「聞義兵將安重根報國讎事」의 서두에 붙여 마치 소호당의 시로 둔갑을 시키는데 이는 명백한 오류이다. 김택영의

(나)

崎嶇世路難於蜀　　기구한 나라 앞길 촉도보다 험하고

忿憤與情甚矣秦　　분통하는 겨레 마음 진나라인들 더할소냐[53]

(다)

鳴楚三閭瘦　　굴원의 수척함은 초나라를 울게 했고

不周二子飢　　주나라의 백이 숙제는 굶어죽지 않았는가[54]

첫 번째 시는 「舟中」으로 상해로부터 동해를 건너 일본으로 가는 배안에서 지은 시이다. 이 시에 장량의 철퇴와 형가의 검이 나온다. 모두 혁명의 무기인 셈이다. 그리고 노중련은 "그와 같은 진나라 왕이 만약 아무 방해 없이 제왕이 되어 잘못된 정치를 천하에 편다면 나는 차라리 동해에 빠져 죽는 게 낫지, 차마 그의 백성이 될 수는 없습니다"라고 말하며 나중에는 바닷가에 몸을 피해 살았던 사람이다.[55] 그리고 굴원은 추방당해 상강에 투신해 자살했다. 와신상담은 월왕 구천의 이야기이다. 전일에는 나라를 되찾기 위해 동분서주하던 일을 회계의 치욕을 갚고자 온갖 괴로움을 무릅쓴 월왕 구천에 빗대었다. 그렇다면 '잠수객'의 의미는 드러난다. 그것은 절치부심하며 자신의 뜻을 이루기 위해 사지로 들어

「聞義兵將安重根報國讎事」은 "平安壯士目雙張"로 시작하는 총 12행의 한시이다. 민족문화추진회, 『한국문집총간 347 – 韶護堂集』, 헤럴드미디어, 2005, 199면 및 차용주 역, 『한국고전문학전집 9 – 양원유집, 해학유서, 명미당집, 소호당집』, 고려대 민족문화연구소, 1993, 294~295면 참조.

53　『추강 김지섭의사 추모학술강연회』, 한빛, 2001, 58면.

54　김용달, 앞의 책, 45~46면.

55　「노중련추양열전」(『사기열전』 권 83), 정범진 외역, 『사기열전』(상), 까치, 1995, 333~352면. 彼即肆然而爲帝, 過而爲政於天下, 則連有蹈東海而死耳, 吾不忍爲之民也.

가는 자신을 노래한 것이다. 장량과 형가처럼 자신 역시 폭탄을 들고 제국 수도를 향하지 않았던가. 두 번째 시는 「由滬渡東」이다. 우리나라의 기구한 앞날이 촉나라 가는 길만큼 어렵다는 것이다. 이에 대해서는 이백의 「蜀道難」이 있다.[56] 그리고 원통하고 억울한 여정은 진나라보다 더하다고 했다. 그렇기에 장량이나 형가 같은 인물이 진시황을 살해하려고 했던 것이 아닌가. 앞의 시의 혁명성을 뒤에서는 살짝 가리고 있다. 이러한 비유는 중국의 역사적 사건이나 일화를 바탕으로 하고 있다. 두 편의 시 모두 거사를 치르기 전 추강의 내심을 드러낸 작품이다. 그리고 세 번째 시는 1924년 6월 2일 김응섭의 시에 답을 해서 보낸 추강의 시이다. 여기에서 '삼려수三閭瘦'는 굴원을 의미하는데, 이는 『사기』나 「어부사」 등을 통해 알 수 있다.[57] 백이 숙제는 주나라 무왕의 신하이길 거부하며 주나라 곡식을 먹기를 거부하고 굶어죽은 이들이다.[58] 이것은 일본 감옥에서 쓴 시로, 추강 역시 박제상이나 최익현처럼 일제에 굴하지 않겠다는 의지를 표현한 것이다.

이처럼 김지섭은 자신을 장량이나 형가, 노중련이나 백이 숙제 등에 비기어 표현하였다. 아관은 일본을 사마소나 계손에 비유하였는데, 이것들은 중국의 역사에 기대 비유하였다는 공통점이 있다. 한문에 대한 해박한 지식과 중국사에 대한 통찰을 통해 이룩해낸 표현들이다. 그런 점에서 김지섭과 아관의 공통성 내지 유사성이 드러난다. 이러한 특성들이 아관이 김지섭일 가능성을 높인다. 그러나 이것만으로는 여전히 불충분하며, 저자의 최종 확정을 위해서는 보다 충분

---

56 安旗 主編, 『李白全集編年注釋』(上), 成都: 巴蜀書社, 1990, 175~187면.
57 「굴원가생열전」, 『사기열전』 84, 『사기열전(상)』, 353~372면 및 굴평, 「어부사」, 『고문진보』, 을유문화사, 1983, 174~176면.
58 『사기열전』 61 「백이열전」, 『사기열전』(상), 9~14면.

한 근거들이 필요하다. 그러므로 앞으로도 다른 근거들을 지속적으로 찾을 필요가 있다.

4. 『대한매일신보』 무서명 논설의 저자 검토

또한 이호룡은 『대한매일신보』의 논설 몇 편도 단재의 저작으로 규정했다. 여기에서는 논의의 확산이라는 측면에서 그러한 작품들을 살펴보고자 한다.

> 「제국주의와 민족주의」 — 신채호의 저술이라 할 수 있다.[59]
> 「한국 사람의 걱정은 한국에만 있느니라」 — 저자를 신채호로 보아도 무방할 것이다.[60]
> 「한인의 마땅히 지킬 국가주의」 — 신채호의 글로 보아도 무방할 것이다.[61]

이호룡은 「제국주의와 민족주의」(『대한매일신보』, 1909.5.28), 「한국 사람의 걱정은 한국에만 있느니라」(『대한매일신보』, 1909.5.29), 「한인의 마땅히 지킬 국가주의」(『대한매일신보』, 1909.6.18) 등을 단재의 글로 간주했다. 이 가운데 「제국주의와 민족주의」는 이미 『단재신채호전집』 하권(1972)에서부터 단재의 글로 편입되었다. 그런데 또 다시 이호룡이 「제국주의와 민족주의」를 단재의 저술로 주장한 것은 2008년에 나온 『단

---

59 이호룡, 『한국의 아나키즘—사상편』, 지식산업사, 2001, 74면 주 33번.
60 위의 책, 73면 주 34번.
61 위의 책, 62면 주 29번.

재신채호전집—제6권 논설·사론』에 이 작품이 신채호 집필 "추정 작품"으로 분류되었기 때문이다. 맥락상 단재의 저술이 확실하기에 보다 분명히 한 것이다. 그러면 이 논설들의 특성을 살펴보기로 한다.

1) 첫 번째 논거 — 1908년 5월경 논설 기자

1900년대 초반 신문사에서 논설은 논설 기자 한 명이 전담하는 상황이었으므로 거의 모든 논설이 주필에 의해 쓰여졌다. 물론 주필의 사고나 와병 등 불가피한 경우 다른 기자가 논설을 대신하였다. 그리고 중요한 글이 투고되었거나 다른 지면에 발표되었지만 꼭 소개해야 할 글이 있는 경우를 제외하면 '논설'란은 논설 기자가 썼다. 그리고 그런 경우도 투고자의 이름이나 발표된 매체의 이름을 밝히는 것이 관례였다.

論說 : 申采浩[62]

1908년 일본 통감부가 한국의 각종 기관과 단체를 조사하였는데, 여기에는 대한매일신보사의 현황도 포함되어 있다. 그 문서에 대한매일신보 주필이 신채호로 명기되어 있으며, 또한 그것은 같은 해 5월 28일 작성된 경시총감 마루야마(丸山重俊)의 문서에도 마찬가지이다.[63] 신채호는 1907년 11월 6일부터 중국으로 떠나던 1910년 5월경까지 대한매일신보 주필로 활동한 것으로 생각된다.

---

62 이현종, 「구한말 정치·사회·학회·회산·언론단체 조사자료」, 『아세아학보』 2, 아세아학술연구회, 1966, 101면.
63 「警秘第二○二號 大韓每日申報社ノ現況」, 『통감부문서』 2, 국사편찬위원회, 1998, 149면.(http://db.history.go.kr/)

문	申報의 主筆은 누구인가?
답	申采浩라는 사람이다.
문	그대는 어떠한 일을 담당하고 있었는가?
답	특별히 무엇을 담당한다고 정해져 있는 것이 아니고 論說, 飜譯, 雜報 등의 담당자에게 사고가 있을 경우에는 본인이 집필하였다.[64]

그때 신채호 씨가 그 신문사의 논설주필로 있어서 불행히 병에 걸려 출근이 여의치 못하므로 대개 내가 논설을 쓰게 되었는데 (…중략…) 약 1년 후(1909년경 – 인용자)에 신씨가 병이 대강 치료가 되어 신문사에 출근하게 되었는데, 그때부터 일 주일은 신씨가 논문을 쓰고, 일 주일은 내가 논문을 썼다.[65]

양기탁은 『대한매일신보』 주필이 신채호였지만 사고가 있을 경우 자신도 논설을 썼다고 했다. 또한 장도빈은 1909년경 단재가 1주일을, 자신이 1주일을 논설(논문)을 썼다고 했다. 만일 위 논설들이 실린 1909년 5~6월에 단재에게 사고가 있었다면 양기탁이 그것들을 썼을 수도 있다는 말이 되며, 또한 장도빈의 말이 사실이라면 장도빈이 썼을 수도 있다는 말이다. 장도빈이 1910년 5월 배설 묘소 기념비 건설 의연금을 낸 것이나 그 자신의 진술을 보건대, 신보사에 재직하고 논설의 일부를 집필한 것은 사실이겠으나 "정식 주필의 자리에 있었다는 것은 면밀한 검증이 요구"[66]된다. 당시 그가 보성전문학교 학생이었기 때문에 주필

64 「제22회 공판시말서 경성지방법원, 1912.12.20」, 우강양기탁선생전집편찬위원회 편, 『우강양기탁전집 3 – 공판기록』, 동방미디어, 2002, 404면.
65 장도빈, 「암운 짙은 구한말」, 『사상계』, 1962.4, 284~285면.
66 박정규, 「『대한매일신보』의 참여인물과 언론 활동」, 『대한매일신보연구』, 커뮤니케이션북스, 2004, 84면.

로 활동하기는 어려웠을 것이다.[67] 게다가 다른 신문에 주필 경험이 없었던 그가 처음부터 대한매일신보 논설을 맡아 썼을 가능성은 매우 희박하다. 그러므로 그가 주필을 했다는 것은 과장으로 보이며, 잡보, 번역 등을 맡으며, 논설 일부도 썼을 것으로 추측된다. 그래도 가능성을 열어 두고 논설들을 살필 필요가 있다.

2) 두 번째 논거-발표 전후 단재 글

과연 단재에게 1909년 5월 무렵 '사고'가 있었는지가 단재 글의 여부를 밝히는 데 관건이 된다. 만약 그러한 사고가 있었다면 양기탁이나 장도빈이 논설을 대신 썼을 가능성이 있기 때문이다. 그러나 그 무렵 단재의 생애에 별다른 사고는 확인되지 않는다. 그렇다면 당시 『대한매일신보』에 그의 글이 계속하여 발표되었는지를 검토하는 것이 필요하다. 만일 앞의 논설들의 전후에 단재의 글이 발표되었다면 아무래도 그 시기 단재는 별다른 사고 없이 주필직을 수행했을 가능성이 크기 때문이다.

如喪考妣字는 古今 文人史家가 賢相의 喪에도 用ᄒ며 哲人의 喪에도 用ᄒ며 名將의 喪에도 用ᄒ며 循吏의 喪에도 用ᄒ얏스니 不可枚擧오 爲先 其壹貳를 擧컨대 後漢書 段熲傳에 聞熲卒皆哀慟如考妣와 飮氷集 加富爾傳에 伊太利 獨立 大政治家 伯爵 加富爾卒 上自王 下至士大夫 如喪考妣가 是라[68]

---

67 장도빈은 1908년 봄에 보성전문학교에 입학하여 1910년 제4회로 졸업을 한 것으로 알려졌다. 장도빈은 1888년 10월 태어났으니 만 20세에, 그것도 학생 신분으로 대한매일신보에 주필을 했다는 것은 다소 억지의 측면이 있다. 「산운 장도빈 약보」, 『산운 장도빈의 생애와 사상』, 산운학술문화재단, 1988.
68 「惜乎 禹龍澤氏의 國民大韓 兩魔報의 鷹犬됨이여」, 『대한매일신보』, 1909.6.27.

이 '如喪考妣'라 하는 文字는 古昔에 聖君堯帝가 도라간 때에 쓰든 文字라 하야 一般 讀者層에서의 質問과 非難이 不絶하였다. 同申報社에서는 이를 辯解하는 社說 三回를 連載하였으되 一般의 誤解는 조금도 풀리지 못하고 騷亂하였었다. 이 어려운 때를 當하야 丹齋는 問題의 社說에 對한 辯解文을 社說로 쓴 것이니 그의 長한 考證學的 筆鋒은 一般讀者의 懷疑를 氷解케 하였다.[69]

위의 글은 「석호라 우용택씨의 국민대한 양마보의 응견됨이여」(1909.6.17)이요, 두번째는 서세충의 「丹齋의 天才와 礙滯 없는 性格」이다. 서세충의 글을 통해서 「석호라 우용택 씨……」가 단재의 글임을 확인할 수 있다.[70] 그런데 이 글은 「국민대한 양마두상 각일봉國民大韓 兩魔頭上 各一棒」(1909.5.23)에 이어진 글이다. 그래서 단재신채호전집편찬위원회에서는 일찍부터 두 논설을 단재의 전집에 포함했던 것이다.[71] 한편 「국민대한 양마두상 각일봉」은 「역사와 애국심의 관계」(1908)과도 연결된 글로써 단재의 글임을 알 수 있다. 이로써 단재는 1909년 5월과 6월에도 논설을 발표했으며, 달리 일신상 별다른 사고가 없었던 것으로 보인다. 단재는 위 논설 이전에는 「지구성미래몽」(1909.7.15~8.10), 이후에는 「천희당시화」(1909.11.9~12.4)와 같은 연재물을 싣는 등 활발한 글쓰기를 했다. 당시 주필은 엄연히 단재였고, 그에게 사고가 없었다면 논설들은 당연히 단재가 썼을 것이다.

---

69 서세충, 「丹齋의 天才와 礙滯 없는 性格」, 『신동아』, 1936.4, 102면.
70 김주현, 『신채호문학연구초』, 소명출판, 2012, 125면 참조.
71 단재전집편찬위원회에서도 이를 간파하고 「석호라 우용택씨의 국민대한 양마보의 응견됨이여」를 『단재신채호전집』 하권(1972)에 실었고, 이후 「國民大韓 兩魔頭上 各一棒」을 『단재신채호전집』 보유편(1975)에 포함했다.

3) 해결 과제 1 - 글의 문체

단재의 글인가 아닌가를 판별하기 위해서는 주필의 문제가 필요조건 이지 충분조건이 되지 못한다. 단재의 글로 확정하려면 무엇보다 문체 를 따질 필요가 있다.

(가)

風雲이 起ᄒᆞᄂᆞᆫ듯 洪水가 馳ᄒᆞᄂᆞᆫ듯 雷震이 鳴ᄒᆞᄂᆞᆫ듯 潮가 打ᄒᆞᄂᆞᆫ듯 火가 焚ᄒᆞᄂᆞᆫ듯 二拾世紀 帝國主義여[72]

(나)

今日 韓人의 憂가 何에 在ᄒᆞᆫ가 世界에 在ᄒᆞᆫ가 曰 不然ᄒᆞ니라 東洋에 在ᄒᆞᆫ 가 曰 不然ᄒᆞ니라 韓人의 憂ᄂᆞᆫ 只是가 韓國에 在ᄒᆞ나니라[73]

(다)

悲憤이 事業의 方法은 아니나 事業의 原動力은 되며 急進은 贊成치 아니 ᄒᆞᆯ지언뎡 勇進은 贊成홈이 可ᄒᆞ니 試思ᄒᆞ라[74]

(가)는 「제국주의와 국가주의」로 형설출판사 단재전집 하편(1972)에 진작부터 실렸다. 그것은 다른 글보다 단재의 특성이 잘 드러난다는 의 미일 것이다. 첫 구절은 연속적인 반복을 통해 제국주의의 의미를 강조 하였는데, 이는 단재가 즐겨 쓰는 수사법이다. 그리고 '法門', '魔窟' 등

---

72 「제국주의와 국가주의」, 『대한매일신보』, 1909.5.28.
73 「今日 韓人의 憂ᄂᆞᆫ 韓國에가 在ᄒᆞ니라」, 『대한매일신보』, 1909.5.29.
74 「韓人이 當守ᄒᆞᆯ 國家的 主義」, 『대한매일신보』, 1909.6.18.

일부 표현에서 단재의 문체적 특성이 있지만, 다른 글에 비해 그렇게 잘 드러나는 것은 아니다. (나)는 문답과 반복을 통한 의미 강조가 서두를 비롯하여 문중에 드러나고, '試思하라', '惜哉라', '奴隸' 등 단재가 자주 쓰는 표현이 많다. (다)에서도 "幾人이나 有ᄒ며"의 반복적 표현, '…언뎡…이라, …언뎡…하니',(5차례) '試思하라', '迷惑' 등 단재의 문체적 특성이 아주 잘 드러난다. (가)와 (나)는 민족의 보전에, (다)는 국가의 보전에 초점이 있는데, 모두 하나의 맥락으로 연결되어 있다.

4) 해결 과제 2 – 글의 맥락

글은 흔적뿐만 아니라 맥락을 지니고 있다. 그러므로 무서명의 글인 경우 그러한 흔적과 맥락을 살피는 작업이 필요하다. 이미 단재신채호전집간행위원회에서도 이러한 작업을 시도하였다. 그들은 「국민대한 양마두상 각일봉」, 「석호라 우용택씨의 국민대한 양마보의 응견됨이여」를 연결된 글로 인식했다. 아울러 권오만은 이 논설들과 「위국민대한양신문초혼」(1907.12.17)의 연계성도 발견하였다.[75] 이 세 편은 일련의 시리즈로 연결된 동일 저자의 글이다. 아울러 만주 문제와 관련된 세 편의 논설, 즉 「한국과 만주」(1908.7.25), 「만주와 일본」(1910.1.12), 「만주문제에 취하야 재론함」(1910.1.6~8)도 그러한 경우이다. 이 논설들이 단재전집에 포함될 수 있었던 것도 그것들이 전체 맥락으로 이어지는 시리즈적 특성을 지녔기 때문이다. 이런 관점에서 글을 탐색할 경우보다 많은 단재 글을 찾을 수 있다.

「제국주의와 민족주의」는 초창기부터 단재 글로 주목을 받았다. 이

---

75 권오만, 『개화기시가연구』, 새문사, 1989, 367면.

논설은 대한매일신보 논설 가운데 단재전집편찬위원회가 가장 먼저 단재전집에 편입한 경우이다. 그 논조나 사상이 단재와 흡사했기 때문이다. 이호룡은 「제국주의와 민족주의」가 "제국주의를 '영토와 국권을 확장하는 주의'로 규정하는 등 고토쿠 슈스이의 영향을 받은 것으로 보아 신채호의 저술"이라 하였다. 「제국주의와 민족주의」를 단재의 아나키즘적 입장에서 새롭게 읽어낸 것이다. 제국주의에 대한 언급은 『을지문덕』(1908)이나 「금일 대한국민의 목적지」(1908.5.26)에 나타나며, 민족주의에 대한 언급은 「독사신론」(1908.8.8~12.13), 「이십세기 신국민」(1910.2.22~3.3) 등에 여실히 나온다. 단재는 후자에서는 세계의 추세를 제국주의, 민족주의, 자유주의로 설명하기도 했다. 전후 맥락에서 단재의 글과 서로 연결되는 글이라고 할 수 있다. 그리고 「한국 사람의 걱정은 한국에만 있느니라」는 한국을 걱정하지 않고 동양을 걱정하는 사람들에게 비판을 가하고 있다. 이는 이호룡의 언급처럼 「동양주의에 대한 비평」(1909.8.8~10)과 그대로 이어지는 내용이다. 그리고 주체적 국가 인식이라는 측면에서 「제국주의와 민족주의」와 동일한 맥락을 보여준다. 마지막으로 「한인의 마땅히 지킬 국가주의」에서는 국가 정신을 강조하였는데, 이 역시 「독사신론」, 「논여사무필」, 「이십세기 신국민」 등에서 잘 드러나는 맥락이다. 이 논설들은 민족주의적 입장에서 쓰여진 글들로 이전의 「독사신론」에서 이후 「이십세기 신국민」으로 이어지는 맥락 위에 놓인 글들이다. 그 문체적 흔적이나 내용의 맥락으로 볼 때, 앞의 세 논설들은 단재의 글로 보아도 큰 무리가 없을 듯하다.

5. 남은 과제

이 글에서는 단재 신채호가 집필한 것으로 추정되는 몇 작품에 대해 저자를 논증해 보았다. 특히 최근 이호룡이 제시한 작품들을 비판적으로 검토하고 보완하는 입장에서 이 논의를 전개했다. 이호룡은 『신대한』 창간호에 실린 고마의 「국제연맹에 대한 감상」을 단재의 글로 규정했다. 고마의 「난폭」은 『신대한』 3호에도 실렸다. 「국제연맹에 대한 감상」만으로는 저자의 규명이 쉽지 않은데, 두 작품을 단재의 작품과 비교해보면 문체와 사상이 동일하다. 그러므로 단재는 고마라는 필명으로 글을 썼음을 알 수 있다. 그리고 '고마'라는 필명은 '고마성固麻城'에서 왔을 것으로 추정된다. 또한 『천고』에 나온 필명 '아관'의 글은 단재신채호전집간행위원회에 의해 『개정판 단재 신채호전집』(1977)에 편입된 이래 단재의 글로 인식되어 왔다. 이호룡(2001) 역시 처음에는 단재의 글로 주장하였으며, 최광식은 '저자 불명', 그리고 본 연구자는 김지섭 글의 가능성을 제기하였다. 이호룡은 최근 아관이 신채호나 김지섭일 가능성을 부정하고 다시 '저자 불명'의 입장을 취했다. 이 글에서는 김지섭 가능성을 제기하였지만, 향후 충분한 근거들을 통한 저자 확정이 필요하다. 마지막으로 이호룡은 『대한매일신보』 무서명 논설들을 단재의 작품으로 규정하였다. 그는 단재의 사상적 맥락에서 그렇게 규정한 것인데, 본 연구자는 논설 주필, 단재의 집필 시기, 그리고 단재의 사상과 글의 맥락을 살펴 단재의 글일 것으로 결론을 내렸다.

저자 확정 작업은 적지 않은 어려움을 안고 있다. 특히 무서명의 작품이야말로 저자 확정이 쉽지 않다. 이호룡은 이번 저서에서 단재가 『중화신보』에 기고하였다고 하여 본 연구자의 논의에 동의하는 의견을 피력했지만, 그렇다고 『중화신보』에 실린 '박'의 글 119편을 단재의 글로 인정한 것은 아니다. 이제 단순한 수용과 배제를 넘어서 '박'이 과연 단재인지, 아니면 또 다른 누구인지가 제대로 논의될 필요가 있다. 보다 확실한 논거들을 통해 저자 확정이 이뤄져야 한다.[76]

아관과 김지섭을 결부시키는 것은 모험일지도 모른다.[77] 그러나 모험이 없다면 발전 또한 담보하기 어렵다. 단재전집편찬위원회의 수

---

76 중화신보는 『北京中華新報』(북경 발행)와 『中華新報』(상해 발행)가 있다. 신채호의 필명으로 보이는 '博'의 글이 『북경중화신보』에 평론 1편, 시평 101편이, 『중화신보』에 평론 23편이 실려있다. 이전 논의에서 『중화신보』에 실린 글을 17편으로 보고(『신채호 문학연구초』, 144면)했으나, 2016년 다시 세밀하게 조사하면서 『중화신보』에서 「不戒嚴」(1917.8.18), 「異哉昨日之命令」(1917.8.19), 「外援」(1917.8.20), 「防滇總司令」(1917.8.21) 滇粵贊成宣戰(1917.8.22) 浩刼(1917.8.23) 등 6편을 찾아냈다. 박은 『중화신보』에 1918년 8월 1일부터 23일까지 모두 23편의 평론을 쓴 것이다. 한편 본 연구자는 '박'의 실체를 규명하기 위해 2016년부터 2019년까지 수차례 중국을 오가며, 『중화신보』, 『북경중화신보』, 『북경일보』 등 신문과 오치휘전집, 장계란전집, 호정지 저술 등을 뒤졌으나 확실한 근거는 찾지 못했다. 또한 『北京日報』에도 1921년 후반기부터 1923년 전반기까지 '博'이라는 필명이 붙은 몇몇 글이 있다. 향후 두 신문의 '박'이 같은 사람인지, 그리고 '博'이 단재인지 상세한 고찰이 필요하다.

77 사실 저자 확정에 어려움이 있는 것은 김지섭의 행적이 잘 드러나지 않으며, 그의 글도 별로 남아 있지 않기 때문이다. 아관의 「북간도전란휘보」는 여러 신문이나 전보의 내용을 발췌하고, 또한 전해들은 이야기를 소개한 것이다. 당시 김지섭이 이 방대한 자료들을 어떻게 입수했을까 하는 의문도 있다. 이런 이유 때문에 단재신채호전집간행위원회는 다양한 자료들을 접할 수 있었던 단재가 그 글을 집필했을 가능성을 고려한 것으로 보인다. 그런데 이호룡이 다시 검토하면서 아관이 단재일 가능성을 부정하고 '누구인지 모른다'고 했듯, 「日本帝國主義之末運將至」에서는 단재의 사상이나 주의와 어울리지 않는 부분이 있다. 또한 「북간도전란휘보」에서 비록 중국사람 왕지각의 글을 그대로 전한다고는 하나 "한인 김 모 씨는 삼한의 의로운 선비로 옛 나라의 광복을 도모하여 기자가 남긴 땅을 보전하려 했다(韓人有金某者 三韓之義士 力謀光復舊邦 以保全箕子之遺邦者也)"는 구절도 석연치 않다. 「日本帝國主義之末運將至」을 김지섭과 결부시키는 것은 크게 무리가 될 것은 없으나 「북간도전란휘보」는 김지섭 혼자의 힘으로는 어려웠을 것이다. 만약 누군가 수집해준 자료를 갖고 그것을 발췌 정리하는 것은 김지섭으로서는 어려움이 없었을 것으로 보인다. 무엇보다 그는 한학에 밝았으며, 한문실력이 상당했기 때문이다. '아관'이 김지섭일 가능성은 있지만, 현재의 상황에서 확정하기는 어렵다는 점을 밝혀둔다. 이후 보다 명쾌한 논의가 뒤따르길 기대해본다.

고로움이 있었기에 현재 수준의 단재 논의가 가능하게 되었다. 사실 『대한매일신보』에서 단재의 글을 찾아낸다는 것은 그 자체가 모험이며, 그래서 모래에서 금을 찾는, 말하자면 선금술이 필요하다. 단재전집편찬위원회가 단재전집을 꾸릴 당시 그러한 모험을 감행했다. 그리고 그들의 모험과 시행착오가 없었다면 단재 논의는 공전되고 말았을 것이다. 비록 모험적인 논의라 하더라도 그것은 연구의 진척에 커다란 역할을 한다.

이제 단재 작품의 저자 확정에 함께 고민하며 해결해 나가는 지혜를 모을 필요가 있다. 아직도 『황성신문』이나 『대한매일신보』에 수많은 단재 글이 산재하고 있으므로 그의 글을 찾는 노력이 필요하다. 『대양보』를 발굴하는 것도 오롯이 연구자들의 몫이다. 그리고 『중화신보』 시평의 검증 문제도 학계에 던져진 화두이다. 처음 단재전집편찬위원회가 지혜를 모았듯이 연구자들이 힘을 모아 단재 자료를 발굴하고 저자를 확정해야 한다. 그래야 단재 연구가 심화·확산될 것이다.

제2부 실천의 문제

01 신채호와 『황성신문』 활동
02 신채호와 『권업신문』 활동
03 신채호와 『가정잡지』 활동

신채호와『황성신문』활동

1. 들어가는 말

단재가 관여한 신문 가운데 그 활동이 가장 덜 알려진 곳이『황성신문』이다. 일찍이 단재전집편찬위원회에서는 단재의『황성신문』활동을 기록하면서도 그 신문에서 단 한 편의 글도 발굴해내지 못했다. 신영우, 서세충, 안재홍, 변영만 등 수많은 지인들이 단재가『황성신문』에 활동했다는 사실을 언급하였다. 그러나 그동안『황성신문』에서 단재 작품의 발굴은 제대로 이뤄지지 않았다. 그것은 대부분의 글이 무서명인 까닭도 있겠지만, 단재의『황성신문』활동 시기가 잘못 알려진 탓이 크다.[1]

몇몇 연구자에 의해 단재의『황성신문』활동을 밝히려고 했던 시도가 있었다. 권오만은『개화기 시가 연구』(1989)에서『황성신문』에 시가 형태로 구성된 「호남철도」, 「청포곡」, 「만필감흥」 등 7편의 논설에서 '단재의 문체'가 드러난다고 하였다.[2] 그는『황성신문』에서 처음으로 단재

---

[1]   단재신채호전집간행위원회에서는 「연보」(『단재신채호전집』 하권, 형설출판사, 1977) 1906년 항에 "위암 집필의 「시일야방성대곡」으로 황성신문이 폐간됨에, 얼마 뒤 雲岡 양기탁의 천거로 대한매일신보 주필로 초빙됨"(496면)이라 기술하였으며, 2008년에 독립기념관에서 나온 「연보」(『단재신채호전집』 9, 독립기념관 한국독립운동사연구소, 2008, 428면)에도 그 내용을 그대로 따르고 있다.

작품을 찾아냈다는 점에서 의미가 있다. 박정규는 1999년 「고식과 시계」, 「열심」, 「가절감회」 등 7편을 『단재신채호시집』에 포함시키는가 하면, 「춘우비비」, 「희우가」, 「단연보국채」를 단재의 작품으로 규정했다.[3] 또한 『황성신문』에 발표된 시가 형식의 논설 27편가량을 『단재신채호시전집』(2013)에 포함시켰다. 한편 본 연구자는 「경고율사관자」, 「독의대리건국삼걸전」 등 10여 편의 논설을 발굴하였다.[4] 이들에 의해 『황성신문』의 몇몇 논설들이 발굴되기는 했지만, 단재가 황성신문사에서 2년 이상 활동하였다는 점에서 발굴 성과는 미미하다고 할 수 있다.

『황성신문』은 단재가 처음으로 공식적인 글쓰기를 했던 곳이다. 이 신문에서 단재 글을 발굴하는 것은 그의 이후 글쓰기의 면모를 살피는 데도 필요하다. 이번 연구에서는 역사와 관련된 글들을 찾아냄으로써 단재의 역사관 형성 내지 역사 기록의 과정을 살피려고 한다. 이를 통해 정론, 전기, 역사 연구 등 애국계몽기 단재의 글이 어떤 자장을 그리며 형성되는지를 알 수 있을 것이다.

---

2   권오만은 「湖南鐵道」(1907.1.12), 「喚起二千萬民ㅎ야 築八萬二千里之獨立城」(1907.2.16), 「聽布殺」(1907.4.27), 「漫筆感興」(1907.5.11), 「衆老人의 廳蛙劇談」(1907.6.15), 「答呑炭生」(1907.7.1), 「大呼國魂」(1907.7.31) 등을 단재의 글로 주장했다. 권오만, 『개화기시가 연구』, 새문사, 1989.

3   박정규 편, 『단재신채호시집』, 도서출판 한켬, 1999; 박정규, 「국내에서의 신채호 연보와 쓴 글에 대한 고찰」, 『제15회 단재문화예술제전 학술세미나 단재신채호와 시』, 2010.11.11.

4   김주현, 「『황성신문』 논설과 단재 신채호」, 『어문학』 101, 한국어문학회, 2008.9; 「"월남망국사"와 "의대리건국삼걸전"의 첫 번역자」, 『한국현대문학연구』 29, 한국현대문학회, 2009.12.

2. 단재의『황성신문』활동 기간

그동안 단재의『황성신문』활동은 제대로 알려지지 않았다.『대한매일신보』에서 많은 글에 그의 필명이 드러났지만,『황성신문』의 경우 그렇지 않기 때문이다. 그래서 먼저 단재의『황성신문』활동을 살펴보고자 한다.

然至九日夜 乃自吐露事實 又同人於漢學有素養 二十五六歲時代 在皇城新聞 操觚 爲漢文論說記者[5]

이것은 단재가 1928년 4월 23일 일본 수상서원에 체포된 후 5월 9일 대북주臺北州 보안과 산하 경부山下警部에게 심문받을 당시 밝힌 내용이다. 이 심문에서 단재는『황성신문』논설 기자의 활동 시기를 분명히 밝혔다. 당시 심문에서 단재의 나이가 49세로 나왔는데, 그가 1880년 출생인 점을 고려하면 그의 나이는 정확하다. 그는 25, 26세 때『황성신문』논설기자를 했다고 밝혔는데, 곧 1904·1905년 무렵부터 하였다는 것이다. 이후 심문에서도 단재는 '황성신문사에 있을 때' 무정부주의에 공명하였으며,[6]『황성신문』기자로서 생활하였다고 했다.[7] 한편 변영만이 1911년에 쓴「서단생사書丹生事」에서 '일찍이 주필의 책임으로『황성신문』과『대한매일신보』의 양대 신문사를 거쳤다'고 했으며,[8] 변영로 역시 단재가 "皇城新聞(戊戌年 創刊)에 집필하"였다고 밝히고

---

5 「宣傳無政府主義之鮮人逮捕詳報」,『臺灣日日申報』, 1928.5.12; 단재신채호전집편집위원회 편,『단재신채호전집』8, 독립기념관 한국독립운동사연구소, 2008, 905면.
6 「各民族代表 百二十名의 東方無政府聯盟」,『조선일보』, 1928.12.28.
7 「旣成國體를 ○○하고 自由勞動社會建設－申采浩의 前後供述」,『동아일보』, 1929.10.7.
8 변영만,「단재전」,『山康齋文鈔』, 龍溪書堂, 1957. 이 글에서 변영만은 "이것(「단재전」

있다.[9] 또한 신영우는 "그가 曾前 皇城新聞과 大韓每日申報 時代에 主筆로써" 활동했음을 밝히고 있다.[10] 단재의 진술로 볼 때, 그가 1904·1905년 무렵 황성신문사에 입사하여 활동하였음을 알 수 있다.[11]

한편 본 연구자는 단재가 『대한매일신보』에 활동한 시기를 알려주는 문서를 발굴하여 학계에 소개한 적이 있다.[12] 그것은 바로 「警秘第十七號」라는 문서이다.

一.　同社記者朴殷植ハ昨五日限リニテ退社シタリ「ベツセル」ハ朴殷植ノ意中大ニ疑フモノアルモ如何トモ難致ヲ以テ之ヲ許シタリト
　　皇城新聞ニ主筆記者タル申采浩ハ有名ナル能文家ナルヲ以テ同人カ朴殷植ニ代ツテ每日申報社ニ筆ヲ執ルコトヽナリ本日ヨリ同社ニ出務セリ
　　右及報告候也
　　明治四十年十一月六日[13]

앞부분-인용자)은 내가 신해년(1911) 舊稿에 '書丹生事'라고 쓴 것"이라고 했다. 뒷부분 1936년 마무리되었다. 嘗以主筆之任歷勤於皇城每日兩報社.

9　변영로, 「申采浩論」, 『思潮』, 1958.10. 사실 이 내용은 이전의 글 「申丹齋와 紅色內衣」(『동아일보』, 1936.4.12), 「史家 申采浩 先生」(『신천지』, 1954.6)에서는 『대한매일신보』 시절의 일로 기록했다.

10　신영우, 「朝鮮의 歷史大家 丹齋 獄中會見記」, 『조선일보』, 1931.12.19.

11　박정규는 『황성신문』에서 논설을 담당하던 박은식이 1905년 8월 이전 대한매일신보사 국한문판 주필로 자리를 옮겼고, 장지연도 같은 해 7월 15일부터 9월 13일까지 일본사찰단 일원으로 일본을 방문하였기에 황성신문사에서는 논설기자의 보충이 필요했을 것으로 보았다. 그는 1905년 6월 한 달 동안 게재된 논설이 몇 편 되지 않다가 7월 이후 매호 빠짐없이 논설이 실리고 있는 점으로 보아 단재가 1905년 6월 말이나 7월경 황성신문사에 입사했을 것으로 추정했다. 박정규, 「단재와 황성신문」, 『단재신채호』, 단재문화예술추진위원회, 2006, 134면.

12　김주현, 「단재 신채호의 자료 발굴 및 원전 확정 연구-『대한매일신보』 소재 작품을 중심으로(1)」, 『한국현대문학연구』 20, 한국현대문학회, 2006.12.

13　「警秘第十七號」, 『통감부문서』 4, 국사편찬위원회, 1999, 329면.

이 문서에 박은식이 1907년(명치40) 11월 5일 대한매일신문사를 퇴사하고, 『황성신문』의 주필기자인 신채호가 대한매일신보사에 11월 6일부터 출근했다는 것이 밝혀져 있다. 단재는 『황성신문』 주필을 하다가 11월 6일부터 『대한매일신보』 기자로 활동했다는 말이다. 이 자료들을 통해 단재는 1904, 1905년경부터 1907년 10월경까지 『황성신문』의 주필로 활동하였다는 것을 추측해볼 수 있다.

본 연구자는 단재가 『황성신문』에 주필로서 활동한 시기에 실린 글을 살폈다. 그 가운데 관심을 끄는 것이 '대동고사'란의 글이었다. '대동고사'란에는 1906년 4월 2일부터 같은 해 12월 10일까지 8개월여 동안 무려 581편의 글이 실렸다.[14] 그것은 우리나라大東의 옛 사적古事을 기록한 것으로, 역사적 인물이나 지리, 사적에 관한 것들이다. 여기에서는 '대동고사'란에 실린 글과 단재 글의 상관성을 통해 그 저자에 접근하려고 한다.

3. '대동고사'란의 글과 단재 글의 내용 비교

1) 인물 서술의 비교

'대동고사'란에는 무수한 인물들이 기술되어 있다. 이 가운데 먼저 두 명이 함께 등장하는 글부터 살피려고 한다. 먼저 밀우와 유유 부분이다.

---

14 정확히 말하면 1906년 4월 2일에는 '大東古跡'란이 만들어져 「원각사」, 「유응규」, 「명승구거」 등 3편이 실리고 다음날 4월 3일부터 '大東古事'란으로 바뀌어 12월 10일까지 578편이 실렸다.

密友, 紐由는 高句麗人이니 東川王時에 魏國幽州刺史母丘儉이 來陷丸都城이라 王이 奔南沃沮흘시 至竹嶺하니 士卒이 皆散하고 唯東部人密友ㅣ在側하야 謂王曰追兵이 甚急이라 臣當決死하리니 王請速行하소셔 遂募死士하야 赴敵力戰흔딕 王이 得脫間行하야 至南沃沮하니 魏兵이 追之不止어늘 東部人紐由ㅣ進曰勢甚危迫하니 不可徒死라 臣請往犒魏軍하리이다 遂穩刀食器中이라가 進刺魏將하고 與之俱死하니 魏軍이 大亂이어늘 王이 引軍爲三道하야 還逐復國하고 論功에 以密友紐由로 爲第一하니라[15]

위 내용은 『삼국사기』의 「열전」편에 나온 것이다. 이 내용이 『동사강목』, 『동국여지승람』에도 나오지만, 아마도 『삼국사기』를 토대로 했을 것으로 보인다. 단재는 「독사신론」(1908)에서 김부식을 무수하게 비판하였는데, 그가 1908년 이전 『삼국사기』를 열독했음을 알 수 있다. 단재는 「꿈하늘」에서 "强者를 制裁함에는 暗殺이 唯一神聖으로 쌔다른 密友 紐由"[16]라고 하여 밀우와 유유를 함께 기록했다. 그리고 「아방윤리경」에서 다음과 같이 더욱 자세히 기술했다.

고구려 동천왕(東川王) 20년대 위(魏)나라 장군 관구검(關丘儉)이 래침하여 서울 환도성(丸都城)은 함락되고 말았다. 왕은 성을 버리고 추격을 받아가면서 남옥저(南沃沮)로 피난하여 죽령(竹嶺)까지 다다르니 군사는 거의 흩어지고 왕은 매우 위급한 지경에 놓이였다. 이때에 동부출신인 밀우(密友)만이 왕을 호위하고 따라다니다가 왕께

---

15 『황성신문』 '대동고사'란, 1906.6.12. 이 글에서 '대동고사'란 글의 인용은 인용 구절 뒤 괄호 속에 『황성신문』의 게재 날짜만 기입함.

16 김병민 편, 『신채호문학유고선집』, 연변대 출판사, 1994, 60면.

"지금 적병이 매우 가깝게 추격하여 사태가 위급하오니 소신이 죽기를 작정하고 이곳에서 적을 막을 터이오니 대왕은 그 틈을 타서 피신하소서." 하고 결사대를 조직하여 있는 힘을 다하여 싸웠다 (…중략…) 왕은 백계가 무책하야 막다른 골목에서 어찌할 바를 모르고 당황해 할 때 동부사람 뉴유(紐由)가 왕 앞에 나서면서

"사태가 이토록 위급하온데 헛되이 죽어서는 안되겠습니다. 소신이 어리석은 한 꾀가 있사온대 만일에 이 꾀가 성공된다면 대왕은 적을 쳐부서 승리를 걷으소서"

하고 그는 항복을 가장하고 식기 속에 비수를 감추고는 위나라 장수에게 가서

"우리 임금이 곧 바다가에까지 피하여 왔으나 이 세상 몸둘 곳이 없으며 항복코저 하여 우선 소신을 보내어 변변치 않은 음식으로 장군에 딸린 종자들에게 대접코저 합니다"

하면서 공손히 말하니 적장은 지극히 만족해서 그의 뜻을 받아드리려고 할 즈음에 뉴유는 비호같이 달려들어 적장의 가슴을 찌르고 자기도 그 칼로 자기 목을 찔러 자결하였다. 지휘자를 피살당한 위군은 드디어 동요하기 시작하였고, 이를 놓치지 않고 왕은 군사를 삼도로 나누어 적을 재빨리 공격하니 적들은 군용을 정돈할 사이도 없이 락랑(樂浪)방면을 거쳐서 저의 나라로 도망가고 왕은 다시금 서울로 환도하였다. (전집 7권, 662~663면)

이 내용은 단재가 『삼국사기』에 의거해 기술한 내용이다. '대동고사'란보다 더욱 자세하게 기술되어 있다. 위 글에는 '유옥구'에 대해서도 기술되었지만, 인용에서는 '중략' 부분에서 생략했다. '대동고사'란에 '유옥구'가 빠진 것은 분량상, 그리고 밀우와 유유를 더 중요시했기 때문이다. 이를 통해 두 글이 동일한 인용처를 갖고 있고, 두 저자 모두 고구

려 역사를 중시하는 모습을 볼 수 있다. 「아방윤리경」에는 더욱 자세한
데, 단재가 '대동고사'란의 내용을 갖고 쓰지는 않았다는 것을 알 수 있
다. '대동고사'의 저자는 『삼국사기』 부분을 요약하여 제시하였다.

　　乙豆智와 松屋句는 高句麗 大武神王時에 爲左右輔러니 漢遼東太守ㅣ 將兵
來寇어늘 王이 會羣臣問戰守ᄒ딕 屋句曰 恃德者는 昌ᄒ고 恃力者는 亾이라
今漢이 歉荒ᄒ야 盜賊蜂起어늘 兵出無名ᄒ니 憑險出奇면 破之必矣라 ᄒ고
豆智曰 衆寡不敵ᄒ니 不可力勝이라 宜閉城自守ᄒ야 待其師老라 ᄒ니 王이
入尉那岩城ᄒ야 固守旬餘에 力盡兵疲어늘 豆智曰漢軍이 謂我無泉하야 久圍
待疲라 ᄒ고 乃取池魚ᄒ야 裹水艸ᄒ고 以酒致犒漢軍ᄒ니 漢將이 謂城內有
水ᄒ고 解圍以去ᄒ니라(1906.4.16)

　　是故로 大武神王이 卽位 以後로 兵을 籌하야 武의 準備에 汲汲할새 松玉句
에게 治民을 委하며 乙豆智의게 兵事를 委하고 骨句川에서 演習을 屢行하더
니 (…중략…) 大武神王 十一年 秋七月에 劉秀가 兵을 大擧하야 遼東太守를
興하여 入寇하거늘, 大武神王이 群臣으로 禦敵의 策을 講할새 松屋句는 憑險
出奇의 策을 奏하며 乙豆智는 堅壁淸野의 利를 陳하더라. 王이 兩言을 皆從하
야 松屋句를 遣하야 平原에 伏兵케 하고, 人民은 山谷에 入保케 한 後 野를 燒
하야 室廬와 糧穀을 一炬에 付하고, 乙豆智와 共히 尉岩城을 入守하더니 漢兵
이 大至하야 圍한지라, 數旬에 不去하거늘 王曰 彼가 我 城中에 水가 無하다
하야 久圍로 我를 圖코쟈 함이로다 하고, 人을 遣하야 池魚와 水草와 酒를 齎
하야 漢兵을 犒하고 書를 貽하야, 曰寡人이 愚昧獲罪 貴國致令將軍率十萬之
衆 暴露弊境 敢用薄物하야 於左右라 하더라. 漢將이 此를 見하고 曰 城內에 水
가 有하니 卒地에 拔할 슈 없다 하고 引去하거늘, 乙豆智가 其後를 躡하며 松

屋句가 其前을 伴하니 彼가 腹背受敵의 困境에 陷하야 戰한 지 良久에 大敗 散
走하니, 劉는 此를 聞하고 大驚하야 永히 嶺東諸縣을 棄하거늘, 王이 中大人
을 置하고 此를 監領케 하며 租稅는 貂布魚鹽으로 定하니라.[17]

'대동고사'란에는 을두지와 송옥구에 관한 내용이 나온다. 이 역시
『삼국사기』의 내용을 바탕으로 하고 있다. 이름도 비슷한 단재의 『대
동역사』는 1907년에 쓴 것으로 알려져 있다. '대동고사'란에는 난의
규모상 아주 간단히 소개되었지만, 『대동역사』에는 더 자세히 기술
되었음을 확인할 수 있다. 물론 후자 역시 을두지가 왕한테 아뢴 내
용 일부가 빠져 있다. 이 역시 분량을 줄이다 보니 그렇게 된 게 아닌
가 생각된다. 이 두 글은 각각 1906년과 1907년에 쓰여져 시간적으
로 아주 가깝다는 점에서 서로의 연관성을 유추할 수 있다. 단재는
「독사신론」(1908)에서도 대무신왕 때 고구려의 강대함에 대해 서술하
였다. 각각은 같은 인물에 대해 동일한 관점에서 기술된 것이다.

成忠은 百濟國泗沘(卽今之扶餘)郡人이라 義慈王時에 爲佐平이러니 王與
宮人으로 荒淫耽樂이어늘 成忠이 極諫ㅎ디 王이 怒ㅎ야 囚之獄中ㅎ야 忠將
疲死홀식 復上書曰忠臣은 死不忘君ㅎ나니 願一言而死호리이다 臣이 觀時察
變ㅎ니 必有兵革之禍라 若異國兵이 到어는 陸路는 不使過炭峴(在郡東公州
境)ㅎ고 水路는 不使入白江(卽白馬江이니 在郡之西南林川石城界)然後에 可
以保全이니 用兵을 審地勢ㅎ야 據其險要而禦之ㅎ소셔 王이 不省이러니 唐

17 신채호, 『대동역사』 필사본, 연세대 소장. 김종복 · 박준형, 「『大東歷史(古代史)』를
   통해 본 신채호 초기 역사학」, 『동방학지』 162, 2013.6, 35면. 이하 이 글에서
   『대동역사』의 인용은 인용 구절 뒤 괄호 속에 원문 면수를 기입함.

蘇正方이 與新羅兵으로 來伐홀시 兵過炭峴白馬ᄒ야 乘勝薄城ᄒ니 王知不免
ᄒ고 乃嘆曰 悔不用成忠之言이라 ᄒ더라(1906.5.28)

興首난 百濟義慈王時에 爲佐平이라가 以罪로 流古馬彌縣이러니 唐兵이 及
至德物島에 王이 遣人問戰守之宜어날 興首曰白江 (即錦江下流白馬江) 炭峴
은 一夫單鎗이라도 萬人莫當이니 宜簡勇士而往守之ᄒ야 使唐兵으로 不得入
白江ᄒ며 羅兵으로 不得過炭峴ᄒ고 重閉固守ᄒ야 待其粮盡卒疲然後에 奮擊
之ᄒ면 破之必矣이리라 大臣等이 曰興首ㅣ 久在縲絏ᄒ야 怨王甚ᄒ니 其言을
不可用이라ᄒ릭 王이 然之ᄒ야 遂至滅國ᄒ니라(1906.6.28)

‘대동고사’의 저자는 백제의 성충과 흥수에 대해 기록하였다. 이는
분량상 함께 기술하기 어려워 따로 기술한 것으로 보인다. 단재는 「꿈
하늘」(1916)에서 “成忠과 興首의 忠潔은 가비(鬼)를 울닐 만하며”(전집 7
권, 528면)라고 하여 그들을 동시에 언급하였으며, 아울러 「독사신론」에
서도 “炭頓 白江의 天險을 不守ᄒ야 成忠의 遺恨이 空장ᄒ며”(『전집』3
권, 334면)라고 해서 성충을 언급했다. 그가 1908년 이전에 그들의 역사
에 대해 잘 알고 있었다는 것을 알 수 있다. 그리고 이후 그들의 이야기
를 썼다.

백제 의자왕(義慈王)이 궁녀들을 데리고 음란과 향락에 빠져서 술 마시
기를 끝이지 않으므로 좌평(佐平) 성충(成忠)이 극력 말렸더니 왕이 성을
내여 그를 옥에 가두어버리었다. 그 후부터는 옥중에서 단식하고 굶어 죽
었다. 그는 죽기 전에 왕께 글을 올니기를
“충신은 죽어도 임금을 잊지 못하는 것이어늘 소신이 비록 죽어가는 몸

이오나 어찌 감히 상감을 잊으릿까? 이제 국내외 정세를 살펴보건대 불원한 장래에 반드시 외적의 침입이 있을 듯하오니 밝게 동촉하시오. 전략에 있어서 제일 요건은 지리를 잘 리용해야 할 것이니, 만약 적국이 육로로 공격해 온다면 탄현(炭峴)을 넘지 못하게 하고 물을 리용하여 침입하거던 백강(白江)몫을 넘지 못하도록 방어하면 서울은 절대로 안전하고 마침내 우리나라는 승리하게 될 것입니다"

라고 하였으나 왕은 이를 명심하지 않았다.

성충은 다만 충절이 우뜸인 것이 아니라 병법에 익은 명장이다. 애석하게도 그의 옳은 말이 쓰이지 않고 나라만 망하였다. 옥중에 갖이였을망정 단식까지 하면서 충성된 말을 왕께 드리며 혹여나 깨달을가 바랐으나 그의 지극한 정성이 가상하다.

의자왕(義慈王) 20년 여름 6월에 신라와 당나라가 연합하여 수륙 방면으로 백제에 침입하기 시작하였다. 이때야 비로서 왕은 놀래여 조신들을 모아놓고 대책을 의료하였으나 좋은 계책은 나오지 않아 왕은 그때 죄를 주어 고마미지현(古馬彌知縣)에 귀양살이를 보낸 좌평(佐平)벼슬 홍수(興首)에게 사람을 보내여

"사태가 위급하게 되었으니 이 일을 어찌하면 좋으냐?"

고 물었다. 홍수는

"당나라 군사는 그 수가 많을 뿐만 아니라 군사규률도 엄격하고 잘 쩨이여 있으며 더구나 신라와 합세하여 우리들의 압뒤를 견제하고 있으니 만일 평탄한 벌판과 넓은 들에서 적과 싸운다면 승전할 수 없습니다. 백강(白江)과 탄현(炭峴)은 우리나라의 군사 요충으로 한 명의 군사와 한 자루의 창으로도 능히 적을 막아낼 수 있으니 응당 날랜 군사를 뽑아서 그곳을 직히게 하여 당나라 군사로 하여금 백강 어구로 드러서지 못하게 하고 신

라 군사도 탄현을 넘지 못하게 하면서 대왕은 서울 성문을 굳이 닫고 튼튼히 지키다가 그들이 물자와 군량이 떨어지고 군사들이 피곤한 때를 기대리여 반격한다면 단연코 이길 수 있을 것입니다" 하였다.[18]

제법 길게 인용한 위 내용은 「아방윤리경」의 일부이다. 이것 역시 『삼국사기』「백제본기」의 내용을 바탕으로 기술한 것이다. 성충의 간언(의자왕 16년 3월)과 흥수의 진언(의자왕 20년 6월) 이야기만을 떼어 기술하였는데, 그것은 '대동고사'란의 기술과 다르지 않다. 단재는 백제 신하 의직이나 달솔의 이야기는 다루지 않고 성충과 흥수의 부분을 떼어 기술했다. 단재는 성충과 흥수의 이야기에 이어 복신과 흑치상지의 이야기를 기술하였는데, '대동고사'란에는 흑치상지(1906.4.27)에 이어 복신(1906.4.28)의 이야기가 나온다.

張保皐는 新羅人이니 小字는 弓福이라 嘗入唐ᄒᆞ야 爲武寧郡小將이러니 及還國에 告興德王ᄒᆞ디 中國遍土의 爲奴婢者ㅣ 皆是吾人이니 願鎭淸海(即今之莞島)ᄒᆞ야 使賊으로 不得掠人이라 ᄒᆞ니 王이 與萬人ᄒᆞ야 以鎭之ᄒᆞ디 此後로 海上에 無鬻人者러라 後에 神武王之父均貞이 爲金明所殺ᄒᆞ야 神武ㅣ 與妻子로 往投淸海而依保皐러니 及金明이 簒位에 保皐ㅣ 令鄭年閣長張弁等으로 領兵奉神武ᄒᆞ야 討金明誅之ᄒᆞ니 神武卽位에 封保皐ᄒᆞ야 爲感軍恩使ᄒᆞ고 食邑二千戶ᄒᆞ니라(1906.7.8)

---

18 단재신채호전집편찬위원회, 『단재신채호전집』 7, 독립기념관 한국독립운동사연구소, 2008, 673~674면. 이 글에서 이 전집의 인용은 인용 구절 뒤 괄호 속에 전집 권수와 면수만 기입함.

116   제2부 _ 실천의 문제

鄭年은 新羅人이니 與張保皐로 入唐爲武寧小將호야 皆善戰而不相下러니 及保皐ㅣ 鎭淸海에 年은 還國이라가 失職飢餓호야 欲就保皐홀식 或이 素不相能호니 奈何往取死乎아 年이 不聽而往호되 保皐ㅣ 見年호고 歡喜飮酒러니 宴未罷에 傳聞金明이 纂位라 保皐ㅣ 執年手而泣曰非子면 不能牛禍亂이라 호고 分兵五千與之어늘 年이 還國誅金明호고 後에 代保皐호야 鎭淸海호니라(1906.7.14)

아울러 '대동고사'란에는 『삼국사기』「열전」편에 나온 장보고를 제시하고, 또한 그와 관련된 정년을 따로 언급했다. 장보고와 정년은 『삼국사기』「열전」에 함께 기록되어 있다. 아마도 '대동고사'란에는 분량상 나눠 기술한 것으로 보인다. 한편 단재는 그들의 이야기를 「아방윤리경」에 자세히 적는다.

궁복(弓福)…… (장보고라도 함)과 정년(鄭年)은 모두 전투를 잘하였다 (…중략…) 두 사람이 다 같이 당나라로 가서 무령군 소장으로 있을 때에 말을 달리며 창을 쓰는데 그들을 당할 자가 없었다. 궁복은 본국으로 돌아와서 왕에게 말하기를

"중국을 도라다니며 보건대 우리나라 사람들이 많이 노비노릇을 하고 있으니 바라건대 저에게 청해(靑海)를 지키는 책임을 맡기시면 적들로 하여금 우리 사람들을 잡아가지 못하게 하겠습니다"

하였다. 청해는 신라 해상의 요충지대로 지금은 그곳을 완도(莞島)라고 부른다. 왕이 궁복에게 군사 만 명을 주어 청해를 지키게 하였더니 그후부터는 바다 우에서 사람을 노비로 매매하는 일이 없어졌다. 궁복은 이와 같이 부귀한 몸이 되었으나 정년은 벼슬을 버린 뒤에 사수(泗水)의 련수(漣水) 현에서 굶주리고 헐벗은 생활을 하게 되었다. 어느 날 정년이 련수현을 지

키고 있는 장수 풍원규(馮元規)에게

"내가 우리나라로 돌아가서 궁복에게 의탁하겠다"

하니 원규가 말하기를

"그대가 궁복에게 믿는 것이 무엇이기에 자신하여 그의 손으로 들어가서 죽으려 하는가?"

하니 정년이

"굶주리고 얼어서 죽느니보다 차라리 창칼에 맞아 죽는 것이 나을 것이고 더욱이 고향땅에서 죽을 것이니 좋지 않으냐?"

하고 드디어 궁복을 차저가니 궁복은 술을 대접하며 매우 기뻐하였다. 술좌석이 채 끝나기 전에 왕이 살해되고 나라가 어즈러워저서 임금이 없다는 말을 듣고 궁복이 군사 5천 명을 정년에게 나누어 주고 손을 잡고 눈물을 흘리며 말하기를

"그대가 아니면 나라의 화란을 평정할 수가 없다"

하였다. 정년은 드디어 서울로 들어가서 반역자를 죽이였다.(전집 7권, 694~695면)

이것은 궁복과 정년의 활동상을 더욱 자세히 기술한 것이다. '대동고사'란의 내용과 겹치며, 각각의 이야기가 서로 다른 사람이 가져왔다고 하기에는 공통점이 지나치게 많다. 달리 '대동고사'란의 글이 단재의 역사 연구 내지 역사 기술의 자료로 사용되었다면 더욱 설득력을 얻는다. '대동고사'의 글과 단재의 글을 비교해보면 단순 우연이라고 보기엔 일치하는 부분이 지나치게 많다.

向德은 新羅人이니 性이 孝順하야 爲時所稱이라 時에 年荒民飢하고 加以

癘疫하야 父母ㅣ 飢且病而濱死어늘 向德이 日夜不解衣하고 盡誠安慰호되 無
以爲養이라 乃刲髀肉以食之하고 母ㅣ 發癰이어늘 向德이 吮之하야 皆致平安
하니 景德王이 聞之에 賜租三百斛과 宅一區하고 立石紀事하니라(1906.7.2)

　　향덕(向德)은 웅주(熊州) 판적향(板積鄉) 사람이다 (…중략…) 향덕의 부
모는 굶주린데 병까지 들었고 어머니는 또 악성종기까지 나서 모두 죽을
지경에 이르렀다. 향덕은 밤낮으로 자지 않고 정성을 다하여 부모를 위로
하며 병을 간호하였으나 아무것도 대접할 것이 없음으로 자기의 허벅다리
의 살을 베여 부모를 대접하고 또 어머니의 종기를 빨아서 모두 무사하게
하였다. 이런 사실을 마을에서 군에 보고하니 고을 관리는 국왕에게 보고
하였더니 나라에서 벼 3백 석과 집 한 채와 구분전(口分田) 약간을 보내주
고 관원을 시켜 비석에 그 사실을 새겨 그를 표창하였다.(전집 7권, (685면)

　　한두 명 겹치는 것은 우연한 일로 볼 수 있다. 그러나 여러 명이 겹
친다면 그것은 연관성이 있기 마련이다. 앞서 언급한 사람들은 역사
기술에 특별히 필요한 사람들이라 해서 겹칠 가능성이 있다면 '향덕'
의 경우는 예외적이다. '대동고사'란의 위 내용 역시 『삼국사기』「열
전」의 내용을 요약해서 제시한 것이다. 「아방윤리경」의 경우 그 내용
이 더욱 자세하다. 여기에서 하나의 가능성이 생긴다. 그것은 '대동
고사'의 저자는 난의 규모에 맞게 내용을 약술할 수밖에 없었다는 점
이다. 그렇다면 단재가 '대동고사'란의 내용을 보고 자신의 글을 기
술한 것은 아니라는 점이다. 궁극적으로 '대동고사'의 저자도 단재도
글의 원자료인 『삼국사기』를 보고 썼다는 사실이다. 그리고 가져온
내용이 동일하다는 사실은 두 사람의 가치관이 동일하다는 사실을

말해준다. 곧 '대동고사'란의 저자와 단재의 동일성을 두드러지게 보여주는 부분이다.

柳珩은 晉州人이라 性이 慷慨ᄒ고 善騎射ᄒ며 好讀書ᄒ야 通大義러니 宣祖壬辰之亂에 仗劍入江都ᄒ야 從金千鎰이라가 旣而오 西赴行在ᄒ니 上이 命爲宣傳官ᄒ시고 又中武擧ᄒ야 爲海南縣監ᄒ니 乃從李舜臣ᄒ야 擊賊有功으로 擢爲慶尙右水使ᄒ고 累遷至統制使ᄒ니 所到에 皆有聲績이러라 李德馨이 嘗問李舜臣曰誰可代公者오 ᄒ듸 舜臣이 曰 柳珩이 忠義有膽略ᄒ니 官雖卑나 可大用이라 ᄒ니라(1906.10.25)

柳珩은 南海縣監으로 李舜臣을 從ᄒ야 賊을 討ᄒ더니, 右議政 李德馨이 일즉 리슌臣에게 密問ᄒ야 曰 公의 手下諸將이 公의 後任을 繼ᄒᆯ 者 有乎아 ᄒ즉, 答曰 忠義膽略이 柳행의 右에 出ᄒᆯ 者ㅣ 無ᄒ니 可히 大用ᄒᆯ 人器니라 云ᄒ더니, 리슌臣이 旣卒에 리德馨이 朝廷에 薦ᄒ야 統制使를 拜ᄒ니라. (「이순신전」,『대매』, 1908.6.28 / 전집 4권, 527면)[19]

아래 내용은 「이순신전」에 나온 것이다. 다른 것들은 대부분 인용의 출처를 제시했는데, '유형' 부분은 어디서 가져왔는지 밝혀놓지 않았다. '대동고사'란의 내용은 「동의록」의 내용을 요약한 것으로 보인다. 그리고 「이순신전」의 '유형' 역시 「동의록」과 「유형의 신도비명」의 내용을 정리한 것으로 보인다. 이 두 내용은 모두 『이충무공전서』에 실렸다. 단재는 「이순신전」(1908)의 집필을 위해 『이충무공전서』를 탐독했

---

19 이 글에서 국한문판『대한매일신보』의 인용은 인용 구절 괄호 속에『대매』및 게재 날짜를 기입함.

다. 『이충무공전서』를 두고 보면, 두 이야기는 하나의 원천으로 귀속되는 것이다.

李舜臣은 宣廟時에 爲造山萬戶(在慶興東三十五里)하야 廉簡有膽畧이라 時에 北邊이 多事어날 舜臣이 以計致叛胡하야 縛送兵營而斬之하니 虜患遂息하고 巡察使鄭彦信이 設屯田于鹿屯島하야 使舜臣으로 掌其事하니 地絶兵少라 胡騎ㅣ暗來襲寨어날 舜臣이 手射殺賊魁하고 大呼追擊하야 奪還所掠하니라 方戰에 毒矢着身이어날 拔去力戰호듸 顔色不變하야 人無知者러라(1906.6.29)

宣廟 丙戌에 胡亂이 方股흠으로, 朝廷이 公을 擧ㅎ야 造山萬戶를 任ㅎ고, 翌年 丁亥에 鹿屯島 屯田官을 兼任ㅎ더니, 리舜臣이 該島 地形을 詳察ㅎ고 兵使 리鎰에게 累報ㅎ야, 曰島가 孤遠ㅎ고 防守軍이 單寡ㅎ니 胡來면 將奈何오 흔대 리鎰이 不從ㅎ며, 曰太平時代에 增兵何爲오 ㅎ더라. 未久에 蕃胡가 果然 兵을 大擧ㅎ야 島를 圍ㅎ는대, 리舜臣이 其 渠帥로 數人을 射倒ㅎ고 리雲龍 等과 追擊ㅎ야 被擄軍 六拾餘人을 奪還홀ㅅ], 戰酣에 胡矢가 左股를 傷ㅎ얏스되 衆을 驚홀가 念慮ㅎ야 潜自拔去ㅎ얏더라. 此雖 小戰이나 其 先見과 毅力이 可想이니 亦是 리舜臣 歷史에 小小紀念이로다.(『대한매일신보』, 1908.5.6 / 전집 4권, 497면)

한편 '대동고사'란에 이순신의 녹둔도 둔전관 시절 이야기가 나온다. 이것은 『대동야승―재조번방지』의 내용을 약술한 것으로 보인다.[20]

---

20 嘗爲造山萬戶. 時北邊多事 舜臣以計誘致胡酋于乙其乃 縛送兵營斬之 虜患遂息 巡察使鄭彦信令舜臣護鹿屯島屯田. 一日大霧 軍人盡出收禾 木柵中但有十餘人. 俄而虜騎大集 舜臣潛伏柵內. 有賊數人 衣紅氈最著在前 舜臣以柳葉箭 從柵內連射殪之 虜乃驚駭退走. 舜臣開門 乃以單騎 大呼逐之 還奪被擄男婦六十餘人. 方其戰時 流矢中肩潜自拔去 一軍無

녹둔도 시절 오랑캐를 물리친 사실은 「이통제충무공신도비명李統制忠武公神道碑銘」이나 『이충무공전서李忠武公全書』에도 보이지만, 화살을 맞아 스스로 뽑은 내용은 『대동야승』에 전한다.[21] 앞서의 『삼국사기』는 역사연구자들이 흔히 보는 자료이겠지만, 『대동야승』을 보기는 쉽지 않다. '대동고사'란의 내용이 원문에 가깝게 약술한 것이라면 「수군 제일 위인 이순신」은 구체적으로 형상화한 것이다. 단재는 「이순신전」을 1908년 『대한매일신보』 '위인유적'란에 게재했다. 단재는 '대동고사'란의 내용을 참조한 것이 아니라 『대동야승』을 참조하여 「이순신전」을 썼다. 그렇다면 『대동야승』을 본 제3자가 '대동고사'란의 「이순신」을 썼다기보다 단재가 『대동야승』을 본 후 그것을 『황성신문』에 간단히 서술했다가 이후 「이순신전」에서 구체적으로 형상화했다고 보는 편이 더 적절할 것이다.[22]

2) 지리 서술의 비교

역사가에게 지리 인식은 무엇보다 중요하다. '대동고사'란에 지리 관련 글들이 적지 않은데, 지리는 다른 글보다 저자의 관점을 분명히 보여준다는 측면에서 살필 필요가 있다.

有知者. 『再造藩邦志』 「再造藩邦志 1」 한국고전번역DB 참조.

21 단재는 「독사신론」에서 "新歷史를 撰出ᄒ랴 홀진딘 第壹本國文獻에 屬ᄒ 朝史野乘을 畢集ᄒ야 片鱗殘甲의 材料를 採"(『전집』 3, 310면)하라고 했다. 역사 기술에서 『대동야승』과 같은 '야승'의 중요성을 강조한 것이다.

22 한편 강감찬, 솔거, 윤관, 을지문덕, 밀우, 유유, 옥보고, 고흥, 김흠운, 복신, 흑치상지, 성충, 이방실, 홍수, 이순신, 왕가도, 한백겸, 김덕령, 고흥, 지수신, 임경업, 김시민, 을파소, 이이, 최영, 김종서, 단군, 최치원, 윤관, 최춘명, 이규보, 남이, 온달, 계백, 김윤후, 살례탑, 정세운 등 수많은 인물이 '대동고사' 글과 단재의 「꿈하늘」에서 동일하게 나온다.

黃龍國은 即今之龍岡郡이라 高句麗 琉璃王이 移都國內城(在義州)ᄒ고 太子 解明은 留卒本故都(在成川)ᄒ니 太子ㅣ 有力而好勇이라 黃龍國王이 聞之ᄒ고 贈以强弓이어늘 太子ㅣ 對使者ᄒ야 挽而折之ᄒ고 曰 非我有力이라 弓 自不勁이라 ᄒ니 黃龍國王이 慙ᄒ야 謀殺請見이러니 及見에 不敢可害ᄒ고 禮以送之러라 琉璃王이 聞之ᄒ고 以爲結怨鄰國이라 ᄒ야 乃賜釰自裁ᄒ니 太子ㅣ 曰我恐黃龍國王이 輕視我國ᄒ야 故折其弓이러니 不意見責於父王ᄒ 니 父命을 不可逃라 ᄒ고 遂以槍揷紙ᄒ고 走馬觸之而死ᄒ니라(1906.6.7)

黃龍國의(安鼎福氏ㅣ曰 後云 契丹) 密通함을 惡하야 都를 國內에 遷한대 太子 解明(都切이 夭함으로 解明이 爲太子)이 不欲함으로 此를 斥하며 先王 의 舊臣 陜父는 强國의 道로 說하다가 王이 不聽함으로 出奔하며 旣에 黃龍 國이 鐵弓을 送하야 其勁을 誇하거늘 解明이 弓을 挽折하니, 此는 解明이 黃 龍國의 弓을 折함이 안이라 驕心을 折함이어늘 王은 此를 聞하고 黃龍의 怒 를 觸함이라 하야 解明을 執하야 黃龍에 送하야 其誅를 請한대, 黃龍王이 解 明을 見하고 其 英勇함을 大畏하야 敢히 加害치 못하고 反히 禮送하거늘, 王 이 慙怒가 俱發하야 맟음 解明의 死를 賜하니 解明이 歎曰 向에 黃龍王이 我 國을 輕함으로 其弓을 折하얏더니 不意에 父王이 見責하는도다 하고, 平生 에 愛하는 馬를 出하야 礪津東原에(今 未詳) 往하야 此를 一試하고 槍에 伏 하야 死하니 年이 二十一이라.(『대동역사』, 36면)

'대동고사'의 저자는『동국여지승람』의 내용을 그대로 소개하고 있 다. 유리왕이 태자 해명을 죽게 하였다는 것이다. 그러한 내용은『대동 역사』에 그대로 나타난다. 단재의『대동역사』는『삼국사기』및『동사 강목』의 내용도 참조한 것이다. '대동고사'에는 '국내성'이 '의주'로 제시되었는데, 이는 『여지승람』이나 『동사강목』(1778)의 내용을 따랐을 수 있다. 『삼국사기』에는 '국내성'의 위치를 제대로 밝히지 않았으며, 『여지승람』, 『동사강목』, 『만기요람』(1808)에는 '의주'로 소개하고 있다. 『연려실기술』에서는 그곳이 어디인지 잘 알 수 없다고 했다. 단재는 「조선사」에 이르러 "國內城 今 輯安縣"(『전집』 1권, 669면)이라 하여 그곳이 집안현輯安縣임을 밝히고 있다. 「아방윤리경」에도 이 사실을 기록하였다. 위의 두 글을 통해 같은 사건에 대해 관심을 읽을 수 있다.

卒本川은 在成川郡西ᄒ니 即沸流江이라 昔에 扶餘王이 有七子호딕 技能이 皆不及朱蒙ᄒ야 忌而欲殺之어늘 朱蒙이 乃與烏伊摩等으로 奔至卒本川ᄒ야 觀其土壤肥美와 山河險固ᄒ고 遂欲都之홀식 未遑作宮室ᄒ고 結廬于沸流水上ᄒ야 國號를 高句麗[又稱卒本扶餘]라 ᄒ니라(1906.7.4)

九月山은 在文化郡西十里하니[一名阿斯達山이오 又名甑山이오]檀君之自平壤으로 移都白岳이 即此山이라 山勢가 磅礴하고 石峯이 聳拔하야 雄鎭一方이러니 後에 檀君이 隱于此山하야 化爲神故로 有三聖[三聖은 即桓因桓雄檀君이니 世傳호딕 桓因은 檀君以前神人이오 桓雄은 因之子래祠하니라(1906.5.31)

그런데 '대동고사'의 저자는 졸본을 성천으로 설명하였는데, 이는 『여지승람』의 설명을 따른 것이다. 그러한 내용은 위 '졸본천' 설명에도 나온다. 아울러 위의 '구월산' 역시 『여지승람』의 내용을 전한 것이다. 이는 각각 평안도와 황해도의 군읍지에 해당하는 내용인 것이다. 단재는 「각군읍지」(『대매』, 1909.12.17)에서 군읍지들이 "國史의 闕을 補홀 者"라고 하면서도 "數郡의 邑誌를 閱ᄒ건딕 何其魯莽이 如

是흐며, 訛桀흠이 如是흐뇨"라고 했다. 곧 "沿革을 論흠에 安州가 安市城이니, 成川이 卒本이니 흐는 盲談쑨"이라는 것이다. 이러한 그의 말은 이후 「조선사」에서 "卒本을 써다가 成川 或 寧邊에 노흐며, 安市城을 써다가 龍岡 或 安州에 놓으며, 阿斯山을 써다가 黃海道의 九月山을 맨들며"(『전집』 1권, 605면)라는 비판으로 이어진다. 이러한 것은 안정복이 언급한 것처럼 『여지승람』을 상고하면, 평양 외에는 하나도 언급한 것이 없고, 용강龍岡·성천成川·영변寧邊 등에 대한 기록은 모두 틀렸으니, 사실을 취할 수가 없다."라는 내용과 같다.[23] 단재는 그러한 오류를 바로잡기 위해 역사를 연구했다.

> 무릇 九月山에 遷都하다 함은 高句麗史에 抄錄한 魏書의 "壇君王儉 立國阿斯達 國號朝鮮"의 句語를 因하야 阿斯를 音이 아홉(九)에 近하다 하여 達은 音이 달(月)과 同하다 하야 드대여 九月山을 阿斯達이라 함이나, 그러나 九月山은 黃海道 文化縣의 山인 바, 文化의 古名이 弓忽이요, 弓忽은 吏讀文의 『궁골』노 讀할 것이 궁골에 잇는 山인 고로 궁골山이라 함이니, 마치 皆忽(音개골)에 잇는 山인 고로 개골山(今 金剛山)이라 함과 갓거늘, 어제 궁골山을 九月山이라 訛傳하며 九月山을 아홉달山으로 臆解하야 九月山을 阿斯達山으로 妄證하니, 엇지 可笑할 일이 아니냐.(「조선사」, 전집 1권, 643면)

단재는 이후 구월산이 아사달산이라는 설을 오류로 규정한다. 곧 "阿斯를 音이 아홉(九)에 近하다 하여 達은 音이 달(月)과 同하다 하야 드대여 九月山을 阿斯達이라 함"이나 이는 잘못이며, 구월산은 '궁골산'임

---

23 『동사강목』「동사강목 부록 하권」「안동도호부편」, 한국고전번역DB 참조.

을 비정했다. 그것은 그의 말대로 구월산을 언급한 군읍지의 '노망'과 '와결'을 바로잡은 것이다. 이는 고구려에 대한 세간의 잘못된 인식을 바로잡기 위한 인식의 소산이며, 곧 고대사 연구를 추동한 원인이 된 것이다. 한편 단재는 '삼성' 역시 더욱 자세하게 설명했다.

이에 仙敎를 創하야 三位의 義를 立하니, 第一神은 桓因이니 桓因은 萬物을 主宰하는 天神이오, 第二神은 桓雄이니 桓雄은 天神의 靈을 人의게 紹介하는 鬼神이오, 第三神은 自己 卽 王儉을 稱함이니, 王儉은 天神의 命으로 斯世를 統治하며 鬼神의 德으로 斯民을 盛化하는 人神이라 (…중략…) 都는 (一) 妙香에 建하얏다 (二) 平壤에 遷하며 阿斯達山에 奠하니 或曰 是는 後君의 事오 神祖의 跡은 안이라 하나니라. (『대동역사』, 24~25면)

古記에 記호딘 桓因이 子 桓雄을 遣ᄒ야 徒三千을 率ᄒ고 太白山에 降ᄒ니 是가 桓雄天王이라. 桓雄天王이 人間 吉凶禍福을 主宰ᄒ며 子 檀君을 生ᄒ엿다 ᄒ엿스나 紀年覽에ᄂ 曰 桓因은 天이오 桓雄은 神이라 ᄒ엿스니 桓因 桓雄 檀君은 卽 所謂 三神(又曰 三聖)이오 三神은 卽 션敎 創立의 祖라. 然則 桓因 桓雄은 實在의 人이 아니오 卽抽象의 神이니 其義가 大略 耶蘇敎의 三位一體와 佛敎의 三佛如來와 如ᄒ 者어늘 後世 編史者가 往往 檀君의 祖가 桓因이오 父가 桓雄이라 ᄒ니 엇지 可笑치 아니뇨. 至今ᄭ지 兒가 生ᄒ민 三神에 禱흠이 卽 션敎의 遺規됨이 無疑오 (전집 6권, 701면)

전자는 『대동역사』에 기술된 내용이요, 후자는 「동국고대선교고」의 내용이다. '대동고사'의 저자는 「구월산」에서 '三聖'에 대해 언급했다. 우리 고대사를 단군시대까지 거슬러 올라갔음을 볼 수 있다.

단재는 고대사 기술에서 단군시대를 중시하였으며, 또한 선교의 기원을 단군까지 소급하여 설명하였다. 그러한 상황은 「구월산」, 『대동역사』, 「동국고대선교고」를 보면 더욱 분명해진다.

公嶮鎭舊址는 在豆滿江北七百里 先春嶺下하니라 高麗 睿宗朝에 尹瓘 吳延寵이 出征拓地ㅎ고 新築六城ㅎ니 公嶮은 即六城之一이라 乃立碑於先春嶺上ㅎ야 刻曰高麗之境이라 ㅎ고 四面에 皆有書러니 後爲胡人剝去ㅎ니라(1906.4.11)

公嶮鎭[自會寧高嶺鎭으로 渡豆滿江ㅎ고 踰古古羅耳ㅎ야 歷吾童站、英哥站而 至先春嶺下七百里松下江邊ㅎ면 有公嶮古基]ㅎ고 皆徙南民ㅎ야 以實之ㅎ니라 (1906.6.23)

高麗地理志에 豆滿江 外 七百里 先春嶺 下에 "至此爲高麗之境" 七字를 새긴 尹瓘의 碑가 잇다 하니(전집 2권, 400면)

『輿地勝覽』에 가로대, 襄陽에 四仙碑가 잇더니, 胡宗旦의 부신 바가 되여 오즉 그 龜趺만 남엇다 하고, 『海上雜錄』에 가로대, "先春嶺下에 高句麗의 遺碑가 잇는데 胡宗旦이 부시고 오즉 '皇帝相加' 等 十餘字가 남엇스니 皇帝는 高句麗王의 自稱이오, 相加는 高句麗 大臣의 일칼음이러라"(전집 3권, 365면)

「공험진구지」, 「공험진」은 '대동고사'란에 실린 글로 『여지승람』 '공험진'과 '선춘령' 부분의 내용을 가져온 것이다. 그런데 단재의 『조선사연구초』, 『조선상고문화사』 역시 그 내용을 바탕으로 하고 있다.[24]

단재가『여지승람』을 본 이후 쓴 것으로 볼 수 있다. 물론 그는『해상잡록』의 내용을 보탰는데,『해상잡록』은 구체적으로 어떤 책인지 알 수 없다.『가정집』제5권「동유기」에는 "호종단이란 자는 이승李昇으로 당나라 사람인데 우리나라에 와서 벼슬하여 5도道를 순찰하면서, 가는 곳마다 번번이 비갈碑碣을 가져다가 혹은 그 글자를 긁어버리고, 혹은 부수고, 혹은 물속에 넣었"다는 내용이 있는데,[25] 아마도 '선춘령비'에 호종단의 이야기가 끼어든 것이 아닌가 한다. 단재의 언급처럼『여지승람』에는 이곡의「동유기」가 언급되어 있다.

古熊津都督府는 即今之公州니 唐高宗이 遣蘇正方하야 滅百濟而置熊津都督府하고 以左衛郎將王文度로 爲熊津都督하야 撫其餘衆이러니 文度死에 以劉仁軌로 爲帶方州刺史하야 代統其衆하고 鎭守百濟라 百濟故將福信等이 聚衆하야 圖復故國이라가 爲仁軌擊平이러니 後五年에 劉仁軌還唐하니라(1906.6.12)

劉仁軌城은 在南原郡ᄒ니 唐高宗이 旣滅百濟에 分其地ᄒ야置五都督府ᄒ고 並爲帶方州ᄒ야 詔以劉仁軌로 爲帶方州刺史ᄒ니 仁軌ㅣ 留鎭熊州[卽今之公州]ᄒ고 又於此에 築城ᄒ야 因稱帶方城이라 ᄒ니 府之稱帶方이 自此始러라 今其舊基가 在郡 ᄒ니 周回數里오 又邑內里 廛之畫爲九區는 其址井田遺制가 尙存云이러라(1906.7.19)

---

24 위 내용은『고려사』58「지제12」지리 3에 나온 "以平章事尹瓘爲元帥知樞密院事吳延寵副之 率兵擊逐女眞置九城立碑于公嶮鎭之先春嶺以爲界至"를 바탕으로 한 것이다.『고려사』「지리지」에는 "此爲高麗之境"이라는 일곱 자는 보이지 않는다.

25 『가정집』5,「동유기」, 胡宗旦者 李昇唐之人也. 來仕本國 出巡五道 所至輒將碑碣 或刮去其字 或碎或沉. 한국고전번역DB 참조.

한편 웅진도독부는 『여지승람』에, 유인궤성은 『만기요람』에 나온 것이다. 웅진이 공주이고, 또한 웅주 역시 공주라는 것이다. 이러한 내용은 『연려실기술』이나 『여지승람』을 통해서 알 수 있다. 이는 역사 및 지리에 대한 관심에서 비롯되었다. 『연려실기술』에는 공주가 웅천, 웅주, 안절군, 회도 등으로 불렸다고 기술되어 있으며, 아울러 『여지승람』에도 웅천, 웅진, 공주 등으로 불리었음이 언급되었다. 그런데 단재는 더 나아가 그 의미까지 규명하고자 했다.

熊津은 廣開太王의 碑文에 古模那羅니, 兩者가 '곰나루'로 讀할 것이니 前者는 義로 쓴 吏讀字요 後者는 音으로 쓴 吏讀字이니, 今 公州가 當時의 '곰나루' 니라.(전집 1권, 740면)

곧 웅진이 곰나루였다는 것이다. '古模那羅'는 '곰나루'였으며, 그것의 뜻을 빌려 '웅진'으로 썼으며, 나중에 '공주'로 불리게 되었다는 것이다. 단재는 현재의 지리에 머물지 않고 지리의 역사를 중시했다. 그것은 역사 인식에서 비롯되었으며, 그래서 고대의 지리를 현재 지리와 결부시켜 이해하고자 했던 것이다. 지리에 대한 인식은 고대사에서 나라의 강역을 이해하는 데 아주 중요하고도 필수적인 사항이다. 특히 역사를 기술하려면 우선적으로 이해해야 할 부분이다.

抱州ᄂ 卽今之義州니 高麗睿宗十二年에 遼刺史常孝孫이 與都統耶律寧等으로 避金兵하야 泛海以遁홀시 以來遠城[按宋史하니 來遠은 在鴨綠江之西北]及抱州로 歸我라 我兵이 遂入其城하야 收拾兵仗錢穀하니 王이 大悅하야 改稱義州하니라(1906.7.7)

'포주'에 대한 설명은 『여지승람』을 바탕으로 한다. 『여지승람』 53권 '평안도'에는 포주를 의주라 하였다. 그런데 '대동고사'의 저자는 '내원성'을 『송사』에 근거해 "압록강의 서북"이라고 하여 원문에 없는 주석을 달았다. 한치윤의 『해동역사』에 따르면 "왕순이 또 압록강 동쪽에 성을 쌓아 내원성來遠城과 서로 마주 보게 하였다"고 했다.[26] 고려 현종이 내원성과 마주보는 압록강 동쪽에 성을 쌓았다는 것이다. 이는 내원성이 압록강 서쪽에 있었다는 것을 말해준다. 한치윤은 내원성을 의주로 보았지만,[27] '대동고사'의 저자는 압록강의 서북, 곧 대륙에 자리하고 있다고 밝힌 것이다. 이러한 내용은 단재의 글을 보면 더욱 분명하다.

> 來遠城은 本註에 "靜州(義州) 水中의 地인대 狄人이 來投함으로 此城을 築하고 歌를 作하얏다" 하나 靜州로 來遠城의 遺墟라 함은 羅麗 文弱時代에 北方의 古蹟을 옴길 쌔에 僞作한 바라. 高句麗가 隋와 唐과 對峙할 쌔에 隋와 唐은 廣寧縣 或 山海關內에 懷遠鎭을 두어 高句麗人을 招降하며 高句麗는 遼東 或 遼西 等地에 來遠城을 두어 隋唐人을 招降하얏스나 遼史 東京道內의 來遠城이 곳 遺墟라. (「조선 고래의 문자와 시가의 변천」, 전집 6권, 574면)

단재는 '내원성'에 대한 자신의 해석을 단다. 그는 『고려사』에 나온 "靜州(義州) 水中의 地인대 狄人이 來投함으로 此城을 築하고 歌를 作하얏다"는 사실을 부정한다. 그것은 『고려사』「악지」편의 "내원성來遠城은 정주靜州에 있는데 바로 물 가운데의 땅이다. 오랑캐가 귀순해 오면 이곳에 두고는 하여서 그 성城의 이름을 내원來遠이라고 하고 이 노래를

---

26 한치윤, 「고려 1」, 『해동역사』 제12권 「세기 12」, 한국고전번역DB 참조.
27 한치윤, 「지리고 10-고려1」, 『해동역사 속집』 10, 223~224면.

불러서 기념한 것"을 간략히 소개한 것이다.[28] 단재는 내원성을 "遼東 或 遼西 等地"에 두었으며, 곧 그것은 『요사』 「지리지」에서 말하는 '동 경 도내'에 있는 것이라고 밝혔다.[29] 단재는 '내원성'이 '압록강의 서북 쪽에 있다'는 것을 고증한 것이다. 내원성의 위치에 대한 '대동고사'란 저자의 인식은 단재와 닿아 있다.

3) 사적史蹟 기타 서술

한편 단재의 글에서 쉽게 이해가 되지 않지만, '대동고사'란과 함 께 보면 쉽게 이해되는 구절이 적지 않다. 인용은 원천이 있기 마련 인데, 단재가 언급한 것들 가운데 원천을 모르면 이해하기 어려운 것 들이 적지 않다.

> 七佛寺는 在安州北城外하니 世傳호딕 隋兵이 陣于江上하고 欲渡無舟러니 忽 見七僧이 到江邊ㅎ야 褰裳而涉이어늘 隋人이 以爲水淺하고 揮兵爭渡라가 溺尸 滿川하야 水爲不流라 因建寺爲名하고 列置七石하야 以象七僧하니라(1906.6.9)

> 出世한 사람으로 나라일이야 이즐소냐 하던 高麗의 七佛(「꿈하늘」, 전집 7권, 554면)

위 「칠불사」는 『여지승람』의 내용을 거의 그대로 옮겨놓은 것이

다. 단재의 「꿈하늘」에서 '칠불'은 무엇을 의미하는지조차 잘 알기 어렵다. 다만 7불이 애국과 관련되었으리라는 점은 이해할 수 있다. 그런데 「꿈하늘」은 '칠불사'의 이야기를 바탕으로 하고 있다.

申崇謙은 (…중략…) 太祖ㅣ與甄萱으로 大戰於公山桐藪ᄒ야 不利ᄒ니 萱兵이 圍太祖甚急이어늘 時에 崇謙이 爲大將ᄒ니 貌類太祖라 知其事急ᄒ고 代乘御車ᄒ야 力戰死之ᄒ니 太祖ㅣ哀之ᄒ야 賜諡壯節ᄒ니라(1906.10.6)

崔春命은 高麗高宗十八年에 爲慈州 (卽今之慈山) 府使러니 蒙古ㅣ入寇하야 圍攻州城이어날 春命이 率吏民하고 隨機應敵하야 堅守不下ᄒ되 (…중략…) 怡果遣將斬之ᄒᆯ싀 春命이 辭色不變이라 蒙人이 聞知하고 乃曰此人이 於我에 雖拒命이나 在爾에 爲忠臣이라 我且不殺커던 爾殺全城忠臣이 可乎아 乃得釋하야 後에 論功第一하니라(1906.10.12)

麗祖의 桐藪(「대한의 희망」, 전집 6권, 495면)

崔春命氏가 孤城을 獨守하던 氣槪을 仗하고(「대한의 희망」, 전집 6권, 499면)

崔春命이 壹孤城의 殘兵으로 大敵을 擊破ᄒ미(「허다 고인의 죄악심판」, 전집 6권, 644면)

'신숭겸', '최춘명' 관련 내용은 『동사강목』 등을 통해 적은 것이 아닌가 한다. 단재는 "여조의 동수"를 언급하였는데, 그것은 왕건이 팔공산 전투에서 간신히 탈출하여 고려를 세운 이야기를 말한다. 그리고

"孤城을 獨守하던 氣槪을 仗하고"라고 한 것은 최춘명이 성을 굳게 닫고 몽고군을 지켜낸 일을 말한다. 태조는 신숭겸의 '장렬한 죽음'이 있었기에 고려를 세웠으며, 최춘명은 대적을 두고도 항복하지 않았다. 그들을 언급한 것은 모두 위국충절을 강조하고자 함이었다.

> 歆運이 曰大丈夫ㅣ 身旣許國ㅎ니 豈可求名이러오 遂揮劍赴敵而死어늘 於是에 大監穢破와 少監狄得과 幢主寶用那ㅣ 皆赴死라 時 人哀之ㅎ야 作陽山歌而歌之ㅎ니라(1906.8.13)

> 歆運이 陽山에서 殉節하매 樵童이 이를 노래하며(「도덕」, 전집 7권, 631면)

위 내용은 『여지승람』 15권 「옥천군」편에 나온 것으로 「양산가」의 유래가 적혀 있다. 단재는 「도덕」에서 "歆運이 陽山에서 殉節하매 樵童이 이를 노래하며"라고 하여 「양산가」를 언급했다. 또한 그는 「천희당시화」에서 "陽山歌(新羅人이 名將 歆運의 戰死를 慰혼 歌)"(『대한매일신보』, 1909.11.11)라고 하여 흠운의 의로운 죽음을 기리는 노래를 강조했다.

> 金德齡은 (…중략…) 賊人이 甚恐하야 謂之石底飛將이라 하고 不敢近이라 李時言等이 忌其成功하야 誣以謀叛하야 以殺하니 南人이 莫不冤而悲惜이러라 (1906.8.27)

> 驀地鐵繩에 石底壯士(金德齡)의 雄心을 斷送ㅎ니(『을지문덕』, 전집 4권, 483면)

'대동고사'란에는 이시언 등이 석저비장 김덕령을 반역으로 무함하여 죽게 되었다고 했다. 단재는 『을지문덕』에서 '석저장사 김덕령'을 언급했다. 조정에서 서성을 보내 반란 연루 혐의로 김덕령을 느닷없이 쇠사슬로 결박하였는데 그가 한번 힘을 쓰니 줄이 끊어져서 다시 포박하여 한양으로 압송했다는 이야기는 설화(『대동기문』)에 나온다. 그는 나라를 위해 애썼지만 결국 모함으로 인해 죽음을 맞았다. 역사에서 무고하게 희생된 김덕령을 언급한 것이다.

> 金允侯ᄂᆞᆫ 高麗人이라 爲忠州山城防護別監이러니 蒙古兵이 圍城七十餘日
> ᄒᆞ야 糧儲幾盡이어늘 允侯諭勵士卒曰若能効力ᄒᆞ면 無分貴賤ᄒᆞ고 悉除官爵
> ᄒᆞ리라 遂取官奴簿籍ᄒᆞ야 焚之ᄒᆞ고 又分與所獲牛馬ᄒᆞ니 人皆致死赴敵이라
> 蒙兵挫退ᄒᆞ야 遂不復南ᄒᆞ니라(1906.5.29)

> 오늘에 전국의 노예문서를 업시하야 노예라도 공만 일우거던 놉흔 벼살
> 을 줄 것이 제(一) 급무임니다.(「백세 노승의 미인담」, 전집 6권, 573면)

위 내용에서 김윤후는 몽고병을 물리치는 데 공을 이루면 노예라도 벼슬을 주고 노예문서도 불태우겠다 하여 몽고전에 전과를 올렸다고 했다. 단재는 「백세 노승의 미인담」에서 몽고를 물리칠 첫 방도로 노예도 전쟁에 공을 세우면 노예문서를 불태우고 관직을 주는 것을 들었다. 단재가 비록 박지원의 「허생전」을 본떠 몽고를 물리칠 4가지 계책을 제시하였지만, 그 첫 계책이 김윤후의 방식이다. 단재는 「꿈하늘」에서도 "龍仁邑에서 撤禮塔의 가슴을 마추던 金允侯"(선집 60면/전집 7권, 553면)라고 하였는데, 그것은 그가 김윤후를 잘 알고 있었음을 보여준다.

南怡는 太宗外孫이니 十七에 魁武科호야 驍勇絶倫이라 李施愛之亂과 建州虜
之役에 皆先登力戰호야 策功一等호고 拜兵曹判書호니 嘗有詩 "白頭山石磨刀盡
豆滿江波飲馬無 男兒二十未平國 後世誰稱大丈夫" 瀉懷호고 (1906.8.14)

남怡 將軍이 白頭山에 登호야 支那 日本 女眞 靺갈 等 각國을 睥睨호며 我國의
微弱을 回顧호고 少年銳氣를 不勝호야 壹詩를 題호여, 白頭산石磨刀盡, 豆滿江
波飲馬無, 男兒二十未平賊, 後世雖稱大丈夫라 云호고 (「이순신전」, 전집 4권,
496면)

故로 余는 嘗謂호되 我國의 流傳호는 漢詩는 南怡詩 白頭山石磨刀盡, 豆滿江
波飲馬無, 男兒二十未平敵, 後世誰稱大丈夫 (「천희당시화」, 전집 7권, 734면)

위 글은 『연려실기술』 제6권에 실린 「남이의 옥사」 부분을 가져온
것이다. 허균의 「학산초담」(『惺所覆瓿藁』, 1611)에는 '男兒二十未平北'으
로 되어 있지만, 이수광의 『지봉유설』(1614) 이래 대부분 '男兒二十未
平國'으로 되어 있다. 그런데 단재는 「이순신전」에서 '男兒二十未平
賊'으로, 그리고 「천희당시화」에서는 '男兒二十未平敵'으로 쓰고 있
다. 한편 「백세 노승의 미인담」에서는 "두만강 물에 말을 씻고 백두
산 돌에 칼을 갈아 적군을 토평하리라"라고 한 내용으로 보아 '男兒
二十未平敵'으로 이해하고 있음을 보여준다. 이를 통해 단재는 시를
옮기면서 한 글자의 오류 내지 수정이 있었다는 사실을 알 수 있다.
그리고 「이순신전」에서는 敵과 賊에 혼란을 일으킨 것이 아닌가 생
각된다.[30] 그러한 사례는 아래 시에서도 발견이 된다.

淸川江은 古名薩水라 (…중략…) 本朝 趙浚이 有詩 "薩水湯湯漾碧空 隋兵 百萬化爲魚"러라(1906.7.26)

本朝 創業功臣 文忠公 趙浚氏가 明國 使臣 祝孟과 安州 百祥樓에 同登ᄒ야 淸川江(卽 薩水)를 下俯ᄒ고, 一詩로 我 先民의 功烈을 誇張ᄒ며, 隋君臣의 無勇을 冷嘲ᄒ야 曰 薩水湯湯漾碧虛/隋兵百万化爲魚/至今留得漁樵話/不滿 征夫一哂餘라 云ᄒ얏ᄂᄃᆡ(『을지문덕』, 전집 4권, 482면)

위 내용은 『여지승람』 제52권 「안주목」 편에 나온다. 원시의 첫구절은 '薩水湯湯漾碧虛'라는 구절이다. 그런데 虛와 空의 의미상 유사함으로 인해 오류를 일으킨 것으로 보인다. 4구 모두 인용을 했더라면 각운을 통해 오류를 쉽게 파악했겠지만, 두 구만 기술하다 보니 미처 파악하지 못한 것으로 보인다. 그런데 『을지문덕』에는 조준의 시를 제대로 언급했다. 단재는 「이순신전」에서는 남이의 시, 「최도통전」에서는 최영의 시조를 언급하였고, 「천희당시화」에서는 다양한 시가들을 제시했고, 아울러 「꿈하늘」에서는 최영의 시조 1편과 창작시가 8편을 삽입하기도 했다. 이는 단재가 시에 대한 관심과 이해의 수준이 상당했으며, 아울러 창작 능력도 뛰어났음을 보여주는 증거들이다. '대동고사'란에는 짧으면 시 한 구절에서 길면 4구절에 이르기까지 모두 27군데의 시가 수록되어 있다. 저자의 시에 대한 관심과 이해의 수준은 단재와 다르지 않다.

---

30 단재는 시를 인용하면서 적지 않은 오류를 범했다. 이는 「천희당시화」의 주석 참조. 김주현, 『신채호문학주해』, 경북대 출판부, 2018.

4. '대동고사'란의 글과 단재 글의 문체 비교

흔히 '문체는 바로 그 사람'이라고 한다. 이는 문체를 보면 저자를 알 수 있다는 말이다. '대동고사'란의 수많은 글들도 나름의 독특한 문체를 갖고 있다. 국한문체로 된 글에서 문체적 특성이 서술어에 잘 드러난다. 서술어는 다른 글들과 차이를 드러내는데, 이를 통해서 문체적 특성을 살필 수 있다.

1) 하니라/하더라, (이)라/(이)러라
'대동고사'란에는 '하니라'라는 표현이 아주 많이 등장한다. 주로 구어적 표현의 예인데 다음과 같은 것들이다.

> 爲第一하니라(3-1 밀우 유유) 총 174회. ᄒ니라:10, 하니라:164.[31]
> 悔不用成忠之言이라 ᄒ더라(3-3 성충) 총 35회. ᄒ더라:20, 하더라:15.
> 來陷丸都城이라(3-1 밀우 유유) 이라:455회.
> 海上에 無鬻人者러라(3-5 장보고) 총 278회. 이러라:149, 러라:129.

위의 표현들은 발화자의 구어적 표현에 가까운 것이다. 이러한 표현들이 단재의 글에서도 어떻게 드러나는지를 살피기로 한다. 단재의 글은 우선 시기적으로 가깝고 또한 신문에 연재된 작품을 우선순위로 하여 살피기로 한다. 특히 『대한매일신보』 '담총'란의 글은 『황성신문』 '대동고사'란의 글처럼 오랜 기간 여러 편이 발표되었다는

---

[31] 여기에서 "3-1"이라는 표기는 이 구절이 이 글의 3장 1절에 자세하게 언급되었음을 의미함.

측면에서 비교해볼 필요가 있다.

　　羣蠻殺人의 俗을 漸革**ㅎ니라**(담총, 『대매』, 1909.11.25)
　　'담총'란 7회, 이태리전 16회, 을지문덕 4회.

　　그 蜜蜂이 蜜을 釀치 못ㅎ엿다 **ㅎ더라**(담총, 『대매』, 1909.12.4)
　　'담총'란 17회, 이태리전 69회, 을지문덕 4회.

　　余는 四十年 盲人**이라**(담총, 『대매』, 1909.11.23)
　　'담총'란 69회, 이태리전 89회, 을지문덕 39회.

　　國漢字를 交用ㅎ야 著出훈 者**러라**(담총, 『대매』, 1909.12.29)
　　'담총'란 1회, 이태리전 34회, 을지문덕 2회.

　단재의 작품에서 '하니라'는 초창기 작품일수록 많이 나타난다. 특히 단재가 번역 소개한 『이태리건국삼걸전』에 많이 나타나는 것을 볼수 있다. '대동고사'란의 글들도 소개라는 점에서 소개자의 문체가 많이 드러나는데, 『이태리건국삼걸전』도 마찬가지이다. '하더라' 역시 간접 전달의 형태로 『이태리건국삼걸전』에 가장 많이 등장하며, 아울러 각종 이야기를 소개 전달하는 '담총'란에도 적지 않게 나타난다. '이라/러라' 역시 '대동고사'란처럼 많은 것은 아니지만 단재의 글에 적지 않게 나타난다. 『이태리건국삼걸전』은 1907년 10월에 첫발행되었는데, '대동고사'란의 글과 1년의 차이밖에 없고, 표현도 가장 유사한 것으로 나타난다.

2) (이)어놀/ᄒᆞ거놀, (이)라가/(이)러니/ᄒᆞ리니

다음으로 서술어 접속사로 특이하면서도 많이 나타나는 것들로 '이어 놀', '하거놀', '이라가', '이러니', '하리니' 등이 있다.

魏軍이 大亂이어늘(3-1 밀우 유유)
총 409회. 이어늘:159, 어늘:142, 이어날:54, 어날:54.

載之空船而送之라 ᄒᆞ거늘(世宗時에 1906.4.5)
총 4회. ᄒᆞ거늘:1, 하거늘:1 하거날:2.

賊이 必設某器械ᄒᆞ리니(송문갑 1906.6.8)
총 10회. ᄒᆞ리니:5, 하리니:5.

遂穩刀食器中이라가(3-1 밀우 유유)
총 182호. 이라가:101, 라가:81.

爲左右輔러니(3-1 을두지 송옥구)
총 454회, 이러니:224, 러니:230.

'이어날'은 아주 흔히 나타나며, '라가', '러니' 등의 표현도 적지 않다. 통계적으로 보면 '이어날'과 '러니'가 단연 압도적이다. 이 역시 다소 계몽적인 측면에서 내용을 전달하는 느낌을 준다. 이러한 표현은 단재 글에서도 예외가 아니다.

其 氣一餒ᄒ면 難可復振**이어늘**(이태리전, 전집 4권, 616면)

'담총'란 9회(어늘:5, 어날:4), 이태리전 17회, 을지문덕 15회.

他人家에 向ᄒᄂ 것을 出ᄒᄂ다 **ᄒ거늘**(담총, 『대매』, 1909.12.1)

'담총'란 29회(ᄒ거늘:21, ᄒ거날:8), 이태리전 24회, 을지문덕 12회.

此等 廉吏와 同科**ᄒ리니**(담총, 『대매』, 1909.11.26)

'담총'란 1회, 이태리전 10회, 을지문덕 2회.

加將軍도 前往救之**라가**(이태리전, 전집 4권, 580면)

이태리 2회, 천희당시화 2회.[32]

小亞細亞 一隅에 及ᄒᆯ 쑨**이러니**(담총, 『대매』, 1910.4.5)

'담총'란 2회, 이태리전 19회, 을지문덕 3회.

　　'이어날'의 경우 단재의 '담총'란 글, 『이태리건국삼걸전』, 『을지문덕』 등에 골고루 나타난다. 아울러 '(이)러니'의 경우 『이태리건국삼걸전』에 비교적 많이 등장한다. '대동고사'란에 등장하는 서술어 접속형태가 단재의 글에 예외 없이 등장한다는 것은 두 저자의 동일인 가능성을 보여준다. 특히 위와 같은 표현들은 일반적이라고 하기는 어렵기 때문이다.

32　이는 「천희당시화」에 "吾儕가 漠然閒坐라가"·"忽然 肝膽이 斗大ᄒ며 쇼然 疲臥라가"(『대매』, 1909.11.24)처럼 드러난다.

3) 흔디/홀시/호디

한편 '한대', '할새', '호대' 등의 표현도 '대동고사'란에 많이 등장한다. '할새'와 '호대'는 좀 고어적인 표현인대, 이러한 표현들은 저자의 문체적 개성을 여실히 보여준다. 특히 '호대'와 같은 표현은 매우 특이하며, 저자의 개성을 드러내는 표현이라 할 수 있다.

王이 會羣臣問戰守**흔디**(3-1 을두지 송옥구) 총 97회. 흔디:90, 한디:5, 한대:2.

忠將疲死**홀시**(3-3 성충) 총 169회. 홀시:165, 할시:2, 할새:2.

及還國에 告興德王**호디**(3-5 장보고) 총 206회. 호디:204, 호대:2.

島와 半島의 區別를 問**흔디**(담총, 『대매』, 1909.11.20) '담총'란 19회, 이태리전 19회, 을지문덕 6회.

쥬막을 차져 드러가셔 棲宿**홀시**(담총, 『대매』, 1909.11.24) '담총'란 10회, 이태리전 35회, 을지문덕 8회.

瑪志尼가 自忖**호디**(이태리전, 전집 4권, 586면) 이태리전 35회, 을지문덕 1회.

단재의 글에서도 '한대', '할새', '호대' 등이 모두 나타난다. 특히 『이태리건국삼걸전』에서 '한대', '할새', '호대'의 용례를 보면 '대동고사'의 문체와 상당히 근접했다는 사실을 알 수 있다. 이러한 사실들은 단순히 서로 다른 두 사람의 문체적 공통성을 넘어선다. 그것은 달리 단재가 '대동고사'란의 글을 집필했을 가능성을 시사해준다.

5. '대동고사'란의 글과 단재의 전기 비교

단재는 『을지문덕』, 「이순신전」, 「최도통전」 등을 썼다. 그렇다면 '대동고사'란의 글들과 단재의 전기 사이에 관련은 없는가?

乙支文德은 高句麗人이니 資性이 沈鷙ᄒ고 有智能文이라 嬰陽王時에 爲大臣이러니 隋兵이 大擧來寇어늘 文德이 詐降ᄒ야 以觀其軍之饑ᄒ고 欲疲之ᄒ야 還渡鴨綠而每戰輒走ᄒ니 隋軍이 乘勝逐走ᄒ고 至平壤三十里而陣이라 文德이 乃遣使詐降ᄒ니 隋將宇文述等이 見士卒之疲困ᄒ며 城險遽難拔ᄒ고 遂還至薩水어늘 文德이 追擊大破ᄒ니 隋軍이 潰奔ᄒ야 渡遼時三十餘萬衆이 還至遼東者ㅣ 二千七百人이러라(1906.5.6)

먼저 을지문덕은 '대동고사'란에도 소개가 되어 있다. '대동고사'란에는 을지문덕이 두 번에 걸쳐 언급되었는데, 다른 하나는 '살수'와 관련된 것(3-3)이다. '대동고사'란의 내용은 『삼국사기』 「열전」의 내용을 토대로 하고 있다. 단재는 『을지문덕』에서 "乙支文德이 沈鷙ᄒ고 權數가 有ᄒ며 兼ᄒ야 屬文을 善ᄒ더라. 三國史"라고 하였는데, 그것은 『삼국사기』의 "資沈鷙有智數 兼解屬文"을 기술한 것이다.[33] 아울러 살수와 관련된 내용에서 조준의 시도 언급하고 있다. '대동고사'란에서는 을지문덕에 관한 내용을 난의 규모에 맞게 집약적으로 제시했지만, 『을지문덕』에서는 포괄적으로 형상화한 것이다. 이는 '대동고사'란과 『을지문덕』의 긴밀성을 보여준다.

---

33 김부식, 이병도 역주, 『삼국사기』(하), 을유문화사, 2000, 398면.

다음으로 '대동고사'란에 이순신은 총 3회 언급되었다. 이미 앞서 본 것처럼 '녹둔도' 관련 내용과 유형 부분이 그것이다. '대동고사'란에는 '유형'에 대해 기술되었는데, 「이순신전」에서도 그대로 기술되었다. 아울러 '대동고사'란에는 '최영'이 모두 5군데 언급되었다. 그것은 「김장수」(1906.7.19), 「안양사」(1906.8.8), 「慶復興」(1906.8.11), 「이자송」(1906.8.14), 「김봉린」(1906.11.13) 등이다. 최영에 대해 별도로 기술하지 않았지만 언급 횟수에서 중요도를 파악할 수 있다. 그리고 단재의 「최영전」에는 비교적 비중 있게 나오는 인물이 현린(27회) 정세운(15회), 이방실(10회) 등이 있는데, '대동고사'란에는 「이방실」(1906.6.25)에 대해서 나온다. 이방실의 이야기가 연대기 형식으로 기술되었다. 이것은 『여지승람』 32권 「함안군」편에 나온 이방실의 내용을 거의 그대로 소개한 것이다. 그런데 「최영전」에도 1910년 5월 7일부터 25일에 이르는 동안 이방실과 관련한 내용이 나온다. 여기에 언급된 '이방실'은 『여지승람』의 내용을 그대로 따르고 있다. 물론 좀 더 구체적으로 기술하였는데, 아마도 『고려사』의 부분을 참조한 것으로 보인다. 이처럼 '대동고사'의 사적 기술 방식은 『여지승람』처럼 비교적 간단히 되었지만, 단재는 다른 사서들도 참조하여 더 구체적으로 기술하였다.

> 金俊이 我國人으로 獨拳을 將ᄒ고 北方에 入ᄒ야 羣衆을 集ᄒ며 英雄을 駕ᄒ야 東亞一方에 大金國을 建設ᄒ고 英裔가 世出ᄒ야 一起에 支那半幅을 收ᄒ며 再起에 大淸帝國을 開하엿나니 거록ᄒ도다 金俊氏의 光業이여.(전집 6권, 548면)

연개소문(淵蓋蘇文)은 연나부(淵那部) 사리의 아들이다. 나이 열살때 신무대왕(영양왕)이 그가 총명하고 영특하다는 소문을 듣고 궁중으로 불러 보고 총애함이 대단하였다. 나이 점점 들매 수나라가 오만하게 루차 침공 해옴을 보고 분연히 그들을 토벌하여 응증할 포부를 가지고 병법과 무술을 배웠으며 가만이 수나라로 들어가서 그 나라의 중요한 지방을 두루 도라다니며 산천과 요해지들을 비밀히 기록하여 가지고 귀국하였다. (전집 7권, 703면)

이것들은 단재가 김준, 연개소문에 대해 기술한 것이다. 「꿈하늘」에는 "他國에 가 王된 高雲, 李正己, 金俊"(전집 7권, 553면)이라는 구절이 있다. 후자에서 '김준'은 바로 대금국을 건설한 사람임을 알 수 있다. 단재는 신문 독자들에게 역사를 제대로 인식시키기 위해 다양한 인물에 대해 소개했다. 「아방윤리경」에 소개된 '연개소문'도 마찬가지이다. 그러한 인식은 '대동고사'란과 닿아 있다. 『대한매일신보』 '담총'란에는 유수운(진동), 한석봉, 최영, 이원익, 서경덕, 이항, 강감찬, 연개소문, 김준 등이 소개되었다. 단재는 『을지문덕』, 「이순신전」, 「최영전」, 「류화전」, 「이괄」 등의 전을 썼을 뿐만 아니라 심지어 감옥에서도 「정인홍공약전」을 쓰고 싶어 했다. 아울러 「역사와 애국심의 관계」, 「대한의 희망」, 「아방윤리경」 등에는 무수한 역사적 인물들이 소개되어 있다. 그가 「독사신론」, 『대동역사』, 『조선사연구초』, 「조선사」, 「조선상고문화사」를 기술한 것도 궁극적으로는 우리 역사를 제대로 알리기 위해서였을 것이다. '대동고사'란에서 보여주고자 했던 것도 그 제목처럼 우리나라의 옛 사적, 곧 역사가 아니겠는가? '대동고사'의 저자는 신문의 좁은 지면을 통해서나마 우리의 역사를 보여주고자 했던 것이다.

6. 『황성신문』 '대동고사'란의 외적 검토

이제 '대동고사'의 저자에 좀 더 접근하기 위해 당시 신문을 검토하는 것이 필요하다. 우선 1908년경 두 신문의 참여인물을 검토하기로 한다.[34]

1908년 당시 『황성신문』에서는 주로 류근이 글을 썼으며, 탐보원 성선경, 현석구 정도가 신문 제작을 도왔을 것으로 보이며, 『대한매일신보』의 경우 신채호, 양기탁 등이 실질적인 편집을 담당했을 것으로 보인다. 『황성신문』의 경우 1908년의 상황과 1906년의 상황은 크게 다르지 않았을 것으로 보인다. 그렇다면 1906년 『황성신문』에서 주필이었던 단재의 역할은 컸을 것으로 보인다. 당시 『황성신문』의 편집부 상황을 알려주는 자료는 없지만, 역사 관련 글은 단재가 직접 썼을 가능성이 크다. 『황성신문』에는 이전에도 역사 관련 글이 실렸다. 바로 '고

〈표 1〉 황성신문과 대한매일신보사의 조직 및 인적 구성

황성신문	대한매일신보 국한문판
사장 발행 편집 : 류근 회계 : 김재완 기자 : 류근 탐보 : 성선경, 현석구 사무원 : 최장집, 김태선, 정완구 인쇄 : 김병주 채자 : 김구용	편집부-논설 : 신채호, 편집 : 양기탁, 시사평론 : 이장훈 외보번역 : 양인택, 회계 : 임치정 서무회계부-지방접수 : 권중국, 황문수. 경성접수 : 백윤덕, 김영환 광고접수 및 국채보상접수 : 최종악 발송부-배달장 최성환, 발송분장 김덕재 등 탐방자-성선경, 이만직, 이호근

사故事', '국조고사國朝故事'란에 조선시대의 고사故事를 소개한 것이다. 『황성신문』에 '고사'란은 1899년 11월 13일부터 1900년 4월 2일까지

---

34 이현종, 「구한말 정치·사회·학회·언론단체 조사자료」, 『아세아학보』 2, 아세아 학술연구회, 1966. 기타 『통감부문서』 2(국사편찬위원회, 1998) 등 참조.

54개의 글이 실려 있다. 그런데 "전체 54편의 작품들은 대다수 조선조 왕과 명사들의 일화·행적을 기술하며, 선정이나 청렴 등의 교훈성을 전달"하고 있다.[35] 아울러 '국조고사'란은 1903년 1월 16일부터 1월 27일까지 아주 짧은 기간 9편의 글을 제시했다. 이 역시 조선조의 인물을 서술했다.

『황성신문』의 '대동고사'란은 새롭게 편집 구성된 난이다. 이 시기 편집권을 주필이 갖고 있고 주필이 신문의 상당한 부분을 썼다는 점에서 신채호의 역할을 상정할 수 있다. 그러면 그러한 부분을 좀 더 확실히 알 수 있는『대한매일신보』를 살펴보기로 한다.

'위인유적'란	錦頰山人, 「이순신전」, 1908.5.2~8.18.
	錦頰山人, 「최도통전」, 1909.12.5~1910.5.27.
'문단'란	壹片丹生, 「독사신론」, 1908.8.30~1908.12.13.
	天喜堂, 「천희당시화」, 1909.11.9~12.13.
'담총'란	劒心, 「한국의 서적」 등, 1909.11.20~1910.4.7.
'사회등'란	무서명, 가사. 1909.11.17~1910.5.24.
	1907.12.18부터 가사 게재.

단재는 1907년 11월 6일부터『대한매일신보』에 주필로 근무하였

---

35   반재유, 「『황성신문』 소재 서사문학 연구」, 연세대 박사논문, 2017.8, 51면.

다. 그가 입사한 다음 달인 12월 17일부터 가사가 게재된다. 물론 당시에는 따로 '난'은 존재했지만 난의 이름을 얻지 못했다. 그러한 가사란은 1909년 11월 '사회등'란으로 형성되고 단재가 신문사를 떠날 때쯤인 1910년 5월 하순까지 지속된다. 달리 지면의 변화는 입사 1달 후부터 일어났다는 말이다. 그리고 단재는 적지 않은 수의 '사회등' 가사를 직접 쓴 것으로 보인다.[36] 지면의 변화를 통해 단재가 자신의 작품을 적극 게재한 모습은 '위인유적', '문단'란을 통해 확인할 수 있다. 입사 6개월 후인 1908년 5월 '위인유적'란을 만들어 「이순신전」을 싣고, 다시 '문단'란을 만들어 「독사신론」을 싣는다. 그리고 다시 '문단'란에 「천희당시화」를 싣고, 그것이 마무리되기 전 '위인유적'란을 다시 만들어 「최도통전」을 싣는다. 그리고 그러는 사이 '담총'란을 만들어 다양한 글을 싣는다. '담총'란은 1909년 11월 20일부터 1910년 4월 7일까지 다섯 달 가까이 모두 92편의 글이 실렸다. 이것은 '이야기를 모아놓은 것', 곧 이야기 모음집이라는 의미이다. 단재는 이처럼 '담총'란을 만들어 자신이 하고 싶은 이야기를 맘껏 썼던 것이다. 단재는 지면의 개편을 통해 다양한 글들을 지속적으로 발표했다.

이러한 상황을 볼 때 1906년 당시 주필이었던 단재가 우리 역사에 대한 관심으로 '대동고사'란을 만들었던 보인다. 외부인이 관여하여 새로운 난을 개설하기는 더욱 어렵고, 만일 외부인의 투고라면 필자의 이름을 밝히는 것이 상례였다. 무서명으로 제시되었다는 것은 오히려 사내 인물일 가능성을 보여준다. 특히 그렇게 긴 시간 많은 글을 신문사 밖의 인물이 썼으리라는 것은 가정조차 어렵다. 그리고 당

---

36 김주현, 「사회등가사 저자로서의 신채호」, 『어문학』 114, 한국어문학회, 2011.12.

시 신문사 내 역사에 대한 관심을 제대로 갖고 있었던 인물이 편집권을 갖고 있었던 단재이다.

또한 그것은 단재의 다른 글의 원천 속에서 파악할 수 있는 여지는 없는가? 단재는 『을지문덕』을 쓰면서도 하나의 사서를 그대로 옮긴 것이 아니라 다양한 사서를 참조했다. 『을지문덕』에 나타난 인용서만 하더라도 『삼국사기』, 『동국통감』, 『동사강목』, 『동국명장전』, 『성호사설』, 『여지승람』 등 다양하다. 그리고 「이순신전」의 경우 『이충무공전서』를 가장 많이 참조하였지만, 『대동야승』, 『넬슨전』, '해이서解頤書', '이담俚談' 등도 참조하였다. 여기에서 『여지승람』이나 『대동야승』 등은 중요하다. '대동고사'란의 글은 『여지승람』이 가장 많고, 그리고 『삼국사기』, 『동사강목』, 『만기요람』, 『고려사』, 『연려실기술』 등 다양하다. '대동고사'란의 글과 단재 글의 원천은 아주 밀접하다.

7. 마무리

단재는 「조선사」 서문에서 아래와 같이 언급했다.

距今 十六年 前에 國恥에 發憤하야 비로소 東國通鑑을 閱讀하면서 史評體에 갓가운 『讀史新論』을 지어 大韓每日申報 紙上에 發布하며, 이어서 數十學生의 請求에 依하야 支那式의 演義를 본밧은 非歷史 非小說인 『大東四千年史』란 것을 짓다가 兩役이 다 事故로 因하야 中止하고 말하엇섯다. (전집 1권, 613면)

곧 단재가 「독사신론」(1908)뿐 아니라 「대동사천년사」를 썼다는 것이다. 물론 쓰다가 중지했다는 말이다. 그런데 2003년 성균관대 도서관에서『무애산고』가운데 「대동제국사서언」이 발굴되고,[37] 또한 2013년 연세대 도서관에서『大東歷史(古代史)』가 발굴됨으로써 「대동사천년사」의 실체를 제대로 알 수 있게 되었다.[38]『대동역사』는 1907년에 쓰기 시작한 것으로 나오며, 아울러 '짓다가 중단된' 모습을 보인다. 이것을 참고해볼 때 단재가 본격적으로 역사 기술에 나선 것은 1907년부터이다. 그렇다면 단재는 그때 이미 역사에 대해 많이 공부하고 있었다는 말이다. 1907년 이전부터 단재는『황성신문』주필 활동을 했다. 그가 역사를 읽었다면 어디엔가 흔적을 남겼을 것이고, 그러한 흔적들은 이후 활동을 보여주는 징표가 될 것이다.

그런 의미에서 '대동고사'란의 글들은 의미가 있다. 이 글들에서 단순히 단재를 독자로서 이해하기 어려운 측면이 있다. 그것은『황성신문』과의 관련성뿐만 아니라 내용적인 측면에 있다. 을지문덕, 이순신, 내원성, 칠불사 등에서 보여주는 것들은 단재의 역사관과 그대로 일치한다. 이런 점들을 통해 단재는 앞에서 논의한 글들을 포함하여 수많은 글들을 '대동고사'란에 썼으며, 아울러 그것들이 이후 역사 기술에 토대가 되었으리라는 점을 합리적으로 추론할 수 있다. 본 연구자는 이런 점에서 '대동고사'란의 상당수 글들을 단재 저술에 포함해야 하리라고 본다. 물론 앞으로 이에 대해 좀 더 정체한 연구가 뒤따라야 할 것이다.

---

37 임상석, 「신채호 연구의 잃어버린 한 고리―「대동제국사서언」의 발견」,『민족문화연구』 38, 고려대 민족문화연구원, 2003.6.
38 김종복·박준형, 「『大東歷史(古代史)』를 통해 본 신채호의 초기 역사학」,『동방학지』 162, 연세대 국학연구원, 2013.6.

신채호와 『권업신문』 활동

1. 문제 제기

단재가 『권업신문』에 활동한 시기는 지금까지 논란이 지속되고 있다. 이러한 논란의 와중에 본 연구자 역시 존재하고 있다. 다시 글을 전개하는 것은 논란의 수렴을 통해 보다 적확한 결론에 이르고자 하는 것이다. 단재가 『권업신문』을 그만둔 시기는 1912년 9월에서 1914년 8월 폐간 때까지 실로 많은 차이가 있다.

김영호는 처음 「단재의 생애와 활동」에서 단재가 『권업신문』이 폐간된 이후 블라디보스토크를 떠나 상해로 갔다고 기술했다.[1] 그가 그러한 결론을 내린 데에는 "二十四五年前에 中國 上海에서 丹齋를 처음 만났"는데, "丹齋가 露領 海參威에서 故 李鐘浩氏의 經營하든 新聞을 主宰하다가 李氏의 資金이 乏絶되었든지 新聞을 내지 못하게 되고 衣食조차 어렵게 된 것을 故 申圭植氏(睨觀)가 듣고 굶든 먹든 와서 같이 지내자고 上海로 다려 왔"다는 홍명희의 진술 때문이다.[2] 그렇다면 단재는 줄곧 신문사에 몸담고 있다가 신문이 폐간된 1914년 상해

---

1 김영호, 「단재의 생애와 활동」, 『나라사랑』 3, 1971.7, 76면.
2 홍명희, 「上海時代의 丹齋」, 『조광』, 1936.4, 212면.

에 간 것이 된다. 당시만 해도 권업신문의 발간 및 폐간 시점이 제대로 알려지지 않았다.

그런데 이광수는 "癸丑年 上海"에서 신채호와 홍명희를 만났다고 했다.[3] 이광수를 통해 단재가 1913년에 상해에 온 것이 분명해졌다. 정인보 역시 "武昌革命한 지 三年 되던 해 上海서 丹齋를 만낫다. 丹齋가 北滿을 거쳐 그리로 왔다던 것, 路資는 睨觀이 보냇다던 것"이라 하여 상해에서 단재를 만난 시점을 분명히 했다.[4] 아울러 『권업신문』이 1914년에 폐간된 것이 확인되었다. 그래서 단재 「연보」에는 1910년 항에 단재가 『권업신문』을 발행하다가 1913년 상해로 갔으며, 『권업신문』은 1914년 폐간된 것으로 기록하고 있다.[5] 그러나 이후 더욱 자세한 주장들이 나오게 된다.

『권업신문』이 一九一四년 八월 권업회의 해산과 동시에 폐간되었다고 가정할 때, 그가 블라디보스톡을 떠난 것은 一九一三년의 일이었으므로, 이 신문이 폐간되기 전에 그곳을 떠났다고 할 수 있다.[6]

『권업신문』의 주필로서의 임무 등 할 일이 많았던 그가 권유를 받아들인 이유가 무엇이었는지는 알 길이 없으나 1913년 겨울에 신규식이 보내준

---

3 이광수, 「脫出 途中의 丹齋 印象」, 『조광』, 1936.4, 210면.
4 정인보, 「단재와 사학(상)」, 『동아일보』, 1936.2.26, 4면. 여기에서 "무창혁명(1911)을 한 지 3년 되던 해"는 1913년을 의미한다. 그것은 1911년, 1912년, 1913년 식으로 계산되기 때문이다. 실제로 정원택의 일기에 따르면, 정인보는 1913년 5월 18일(양력 6월 22일)에 상해에 왔다가 같은 해 10월 1일(양력 10월 29) 귀국했다. 정원택, 『지산외유일지』, 탐구당, 1983, 71~81면. 단재는 1913년 7월 18일(양력 8월 29일)에 상해에 도착했다.
5 임중빈, 「연보」, 『단재신채호전집』 하권, 형설출판사, 1977, 498면.
6 최홍규, 『단재신채호』, 태극출판사, 1979, 216면.

여비로 북만을 거쳐 상해로 갔다.[7]

신채호가 상해로 떠난 1913년 10월부터 이상설이 신문의 주필을 담당
하였다.[8]

차례로 최홍규, 오세창, 박환의 주장이다. 최홍규는 1911년 12월 19
일 권업회를 창설하고, 그 기관지로 『권업신문』을 창간하게 되었으며,
단재는 주필로 있다가 그 신문이 폐간되기 이전인 1913년 상해로 떠났
다고 했다.[9] 오세창은 1913년 겨울, 박환은 1913년 10월에 단재가 상
해로 떠났으며, 대체로 떠나기 전까지 『권업신문』에서 활동한 것으로
보았다. 박환은 신문을 직접 살피면서 단재의 활동을 제시했지만, 여전
히 권업신문 사직 시기는 불분명한 상태로 있었다. 그리고 2000년대
들어와 새로운 주장들이 나온다.

1912년 9월 15일 자 제21호부터는 신채호의 이름이 빠지고 "편집 듀꼬프,
발행 권업회"만 기재되었다. 신채호는 이때부터 이 신문을 떠난 것이다.[10]

신채호가 1912년 9월경 『권업신문』을 그만둔 것은 그해 11월 일제가 조

---

7   오세창, 「신채호의 해외 언론 활동」, 『단재신채호 선생 순국 50주년 추모논총』, 형설출
     판사, 1986, 342면.
8   박환, 「『권업신문』에 대한 일고찰」, 『사학연구』 46, 한국사학회, 1993.5, 117면.
9   최홍규, 앞의 책, 213면. 사실 1912년 12월 19일은 권업회가 만들어진 날이다. 윤병석은
     일본 문서를 통해 권업신문의 창간일을 "1912년 4월 22일"이라고 밝혔는데, 이는
     러시아력이며, 그날은 기원 1912년 5월 5일에 해당된다. 윤병석, 「권업회의 성립과 권업
     신문의 간행」, 『천관우 선생 환력(還曆) 기념 한국사학논총』, 1985, 정음문화사, 886면.
10   정진석, 『역사와 언론인』, 커뮤니케이션북스, 2001, 187면.

사한 권업회간부진에 신문부 총무 한형권·주필 張斗彬·부원 朴東轅·李瑾鎔으로 나타나고, 신채호가 언급되지 않은 것에서도 확인된다.[11]

정진석과 최기영은 신문과 일제의 정보보고, 그리고 정원택의 일기 등을 통해 보다 구체적인 주장을 내놓는다. 정진석은 1912년 9월 15일자부터 "주필 신채호"가 빠진다는 점에서, 최기영은 나아가 1913년 11월 일본 정보보고에 장두빈(장도빈)이 『권업신문』 주필로 등장한다는 점을 들어 단재가 1912년 9월경 권업신문을 사직한 것으로 주장했다. 한편 최기영은 단재가 1913년 8월 청도를 거쳐 상해로 왔다는 정원택의 언급을 찾아내고, 단재가 "1913년 봄 이후에나 블라디보스토크를 떠나 상해로 가지 않았나 짐작된다"고 했다. 그러나 또 다른 주장이 제출되었다.

단재는 기존 연구가들에 의해 알려진 것과는 달리 1912년 창간호부터 이듬해 7월경까지 『권업신문』에 참여한 것으로 보인다.[12]

본 연구자는 단재가 1913년 7월경까지 『권업신문』에 참여했다는 새로운 주장을 제기했다. 그 근거로 1913년 8월 1일에 나온 "申采浩(京) 齡 五十六, 前記勸業新聞主筆なり"를 내세우고,[13] 실제 단재의 논설 발굴

---

11 최기영, 『식민지 시기 민족지성과 문화운동』, 한울아카데미, 2003, 192면.
12 김주현, 「신채호의 작품 발굴 및 원전 확정을 위한 연구─『권업신문』을 중심으로」, 『우리말글』 39, 우리말글학회, 2007.4, 305면.
13 大庭景秋, 「露領在住朝鮮人問題」, 『外交時報』 210, 동경: 외교시보사, 92면. 이 기록에서 당시 단재의 나이(34세)와 커다란 오차가 난다. 이것은 어쩌면 '三'을 '五'로 잘못 기록했을 수도 있고, 단재의 나이에 대해서는 잘 몰랐을 수도 있다. 이 문서에 나이가 나오는 인물 가운데 이종호 31-2세(29세), 홍범도 46세(45세), 류인석 71세(72세) 등은 별로

에 나섰다. 이 주장이 나온 이후 다시 반박 내지 부정의 주장이 나왔다.

> 그는 그해(1912년 - 인용자) 9월경에 주필직을 사임한 것으로 보이며, 이후 1913년 어느 시기까지 블라디보스토크에 잔류하며 신문사에 조력하였던 것으로 짐작된다.[14]

> 신채호의 권업신문사 사직 시기는 (1912) 9월 하순 무렵이 아닌가 한다. 10월 말 이전에 신채호가 권업신문사를 그만둔 것은 확실해 보인다.[15]

> 결국 신채호가 『권업신문』 주필로 활약한 기간은 1912년 2월부터 9월까지 약 8개월이 되는 셈이다 (…중략…) 신채호는 마침내 블라디보스톡을 떠나 중국의 상해로 떠났다. 빨라도 1913년 1월 말로 보인다.[16]

최기영은 1912년 9월경에 단재가 권업신문사를 사임하였지만, "1913년 어느 시기까지 블라디보스토크에 잔류하며 신문사에 조력"하였다고 하여 이전의 주장에서 한발 물러섰다. 그리고 단재가 블라디보스토크에 머문 시기를 2~3년이라고 하여 1913년 7월경 떠났을 가능성도 열어두

차이가 없으나 윤해 45세(26세), 신채호 56세(34세), 이범윤 49세(58세) 등은 차이가 난다. 일본 문서에 단재의 나이가 거의 정확하게 제시한 것은 1919년에 나온 「上海 佛國租界 不逞鮮人 逮捕方法에 關한 件」(『단재신채호전집』 8, 독립기념관 한국독립운동사연구소, 2008, 648면)으로, 이 문서에서 단재는 39세(40세)로 나온다.

14 최기영, 「단재 신채호의 독립운동」, 『단재 신채호 순국 72주년 기념 심포지엄 자료집 - 단재 신채호의 삶과 투쟁, 그리고 현재적 의의』, 한국언론재단 및 독립기념관 한국독립운동사연구소, 2008.4.10, 68~69면.

15 이호룡, 『신채호 다시 읽기』, 돌베개, 2013, 99면.

16 반병률, 「단재 신채호의 러시아 연해주 독립운동과 유적지 현황」, 『단재 신채호의 국내외 독립운동과 유적지 현황』II, 2014년 단재학술심포지엄 자료집, 단재문화예술추진위원회, 2014.11.26, 18면.

고 있다. 그러나 이호룡은 단재가 1912년 9월 말, 늦어도 10월 말 이전에 신문사를 그만두었다고 확언했다. 반병률 역시 단재가 1912년 9월에 주필을 사임하였으며, 또한 1913년 1월경 블라디보스토크를 떠났다고 하여 이호룡과 같은 주장을 제기했다. 이들의 주장은 정진석, 최옥산 등의 주장과 크게 다를 바 없다.[17] 과연 이들의 주장은 타당한가?

2. 「루령 거류 조선인의 문제」의 정확성 문제

1913년 7월경 단재의 『권업신문』 주필설은 일본 문서에 1차적으로 나온다. 1912년 9월 사임설, 1913년 1월 블라디보스토크 출발설 등은 이 문서의 오류를 전제하고 있다.

김주현은 오바가게아키大庭景秋가 작성한 정보보고서에 신채호가 『권업 신문』 주필로 소개된 것에 의거해 [「러령거류조선인문제」, (譯載) 『권업신문』 1913년 8월 31일 자(이 기사는 일본의 『외교시보』 210호(1913.8.10)에 게재 된 오바가게아키의 기사를 번역한 것임], 신채호가 **1913년 7월 13일까지 블라디보스톡에 있었다는 결정적 증거가 될 수 없다.** 일제의 정보보고서는 그야 말로 첩보를 모은 것으로 그 정확성에는 의문의 여지가 많다.[18]

이호룡은 일본 『외교시보』에 나타난 정보가 "그야말로 첩보를 모

---

17   최옥산 역시 "단재가 1912년 9월 이후로 『권업신문』을 떠난 것은 분명하"다고 언급했
     다. 최옥산, 「문학자 단재 신채호론」, 인하대 박사논문, 2003.8, 34~35면.
18   이호룡, 앞의 책, 101면.

은 것으로 그 정확성에 의문의 여지가 많다"고 했다. 일본의 정보라고 하여 모두 옳다고 말하기는 어렵다. 그렇다면『권업신문』주필과 관련된 일본 정보의 정확성을 살펴보기로 한다.

(가) 신문부장 신채호, 부원 박동원 · 이근용, 주필 신채호[19](1911.12.19)

(나) 신문부 총무 한형권, 주필 장두빈, 부원 박동원 · 이근용[20](1912.11)

(다) 申采浩(京) 齡 五十六, 前記勸業新聞主筆なり[21](1913.7.13)

(라) 오랫동안 주필을 비웠던『권업신문』에 이상설을 추대했고[22](1913.12.16)

(가)는「조선인 근황보고의 건」으로 블라디보스토크 일본 영사가 1912년 2월 9일 만든 문서이다. 이 문서에는 1911년 12월 19일 총회에서 구성된 신문부 구성원을 위와 같이 소개했다. 한편「노령 연해주 이주 한인의 상태」에서는 "신문부 총무 한형권, 부장 겸 주필 신채호, 부원 박동원 · 이근용"이라고 소개했다.[23] 후자는 총회 날짜를 1911년 12월 17일로 잘못 기록했지만 전자의 내용과 같다. 이것이 사실과 부합됨은 다른 문서를 통해서도 확인된다.[24] 그런데 조선주차헌병대사령부에서 만든 (나)「在外朝鮮人結社團體狀況」에는 1912년 11월『권

---

19 「조선인 근황보고의 건」(1912.2.9),『단재신채호전집』8, 독립기념관 한국독립운동사연구소, 2008, 426면.

20 朝鮮駐箚憲兵隊司令部,「大正 元年 11月調 在外朝鮮人結社團體狀況」, 77면, 국사편찬위원회 한국사데이터베이스 자료 참조.

21 외교시보사 편,『外交時報』210, 동경: 외교시보사, 92면.

22 「最近에 있어서 浦潮 朝鮮人 排日의 情況」(朝憲機 제1078호 秘受 0017호), 국사편찬위원회 한국사데이터베이스 자료 참조.

23 조선주차헌병대사령부,「明治45年 6月調 露領沿海洲移住鮮人の狀態」, 94면.

24 「권업회연혁」(『권업신문』, 1912.12.19, 3면)에는 1911년 12월 6일(기원 1911년 12월 19일) 총회에서 신채호가 서적부장을 맡은 것으로 나와 있다.

업신문』주필이 장두빈으로 소개되어 있다. 주필이 신채호에서 장도빈으로 바뀐 것이다. 이것은 권업신문이나 서신 등에서는 전혀 확인되지 않는 첩보이다. 많은 연구자들이 이 정보를 근거로 1912년 9월경 단재의 주필 사임설을 주장했다. 그런데 『권업신문』을 살펴보면 하나의 가능성이 발견된다. 즉 「단군대황조 성탄절」(1912.11.10)에는 "고기란 책에 단군의 사적을 써 있으되 삼위(지금 구월산) 태백(지금 묘향산)을 굽어보시고"라는 구절이 나오는데, 이는 단재의 글이 아니다. 단재는 「독사신론」에서 태백산이 묘향산이라는 설을 부정하고 "長白山의 舊名" 곧 백두산이라고 주장했으며, 그의 주장은 이후에도 일관된다. 그리고 단재는 1912년 11월 1일에 안창호에게 서신을 보냈는데, 그 봉투에 만주에서 보낸 것(From China Manchuria)으로 나와 있다.[25] 이를 통해 1912년 11월경 단재는 만주에 있었을 것으로 보인다. 한편 장도빈은 1912년 4월 블라디보스토크에 도착하여 1914년 봄 그곳을 떠났는데, 스스로 "나는 『권업신문』에 기고하"였다고 밝혔다.[26] 무엇보다 「단군대황조 성탄절」에서 단군과 관련된 기록 또는 주장들이 장도빈의 『국사』(1916)의 그것과 겹치거나 일치한다. 곧 「단군대황조 성탄절」이 장도빈의 글일 가능성이 크며, 이로 인해 일본 정보가 장도빈의 『권업신문』 주필설을 낸 것으로 보인다.[27] 그렇다면 이는 일본의 정보가 매우 치밀했음을 보여주는 증표가 된다.

---

[25] 도산안창호선생전집편찬위원회 편, 『도산안창호선생전집 제2권―서한II』, 동양인쇄주식회사, 2000, 244면.

[26] 장도빈, 「암운 짙은 구한말」, 『사상계』, 1962.4, 289면.

[27] 장도빈은 1912년 11월 1일 블라디보스토크에서 안창호에게 보낸 서신에서 "海外에 散在훈 有爲 靑年이 不少훈데 一個 最適훈 機關報가 有훈 것이 必要훈즉 何處에서던지 國漢文 雜誌 一個를 圖成훔이 可"(『도산안창호선생전집 제2권―서한II』, 539면)하다고 하였는데, 이 시기 신문과 잡지 활동에 대해 지대한 관심을 보여준다.

(라)는 「最近에 있어서 浦潮 朝鮮人 排日의 情況」이며, 1913년 "十二月 十六日 浦潮發情報"로, 같은 달 24일 작성되었다. 이상설은 1913년 10월 19일(러시아력 10월 6일) 신문사장 및 주필로 결정되었고, 그러한 사실은 『권업신문』 81호(1913.10.26; 러시아력 10.13)에 기록되어 사실임을 확인할 수 있다. 일본 정보에서는 "오랫동안 주필을 비웠던"이라 하였는데 『권업신문』의 형편을 정확히 파악하고 있었음을 알 수 있다. 그뿐 아니라 이상설이 주필이 되어 여러 호에 붓을 잡았으나 5주 전부터 주필을 사직했다는 내용이 나온다. 그렇다면 이상설은 1912년 11월 9일부터 주필을 그만두었을 것으로 보인다. 이는 "보재(이상설)가 군중의 추천으로 『권업신문』의 주필로 되었다가 겨우 2장의 논설을 쓰고 인차 사면"했다는 계봉우의 진술과 맞아떨어진다.[28] 실제로 이상설은 「ㅎ여 봅시다 말 마오 사름 업다고」(『권업신문』, 1913.10.26)에서 자신이 "잠시 붓대"를 잡았다고 했으며, 이어 「고기도 거픔을 셔로 불어」(1913.11.2)를 썼다.[29] 그러나 1914년 2월 1일(러시아력 1월 19일) 총회에서 신문부장에 최병숙, 총무에 윤해, 주필에 김하구가 선정된 것을 보면 일본 정보가

---

28 계봉우, 『꿈속의 꿈』(상), 육필 노트, 171면. 독립기념관 한국독립운동사정보시스템 원문 참조.

29 이상설은 1913년 10월 26일 첫 논설에서 「ㅎ여 봅시다 말 마오 사름 업다고」(『권업신문』, 1913.10.26)에서 자신이 "잠시 붓대"를 잡았다고 했으며, 이후 「고기도 거픔을 셔로 불어」(1913.11.2)에서 화합과 단결, 사랑을 부르짖고 있다. 이 두 편의 논설은 논조가 아주 흡사하며, 이상설은 이 두 편의 논설을 쓰고 주필직을 사임한 것으로 보인다. 한편 「회라는 것은 모돌회ㅅㅈ」(1913.11.9), 「얼굴에 비앗혼 침이 스스로 무르게」(1913.11.16)는 단결과 사랑, 존경을 제시했지만, 앞의 두 논설과는 문체가 조금 다르다는 측면에서 이상설이 아닌 누군가가 쓴 것으로 보인다. 특히 「회라는 것은 모돌회ㅅㅈ」에는 이상설의 이름이 세 군데나 제시된다는 측면에서 이상설의 글이 아닐 가능성이 있다. 그렇다면 계봉우의 지적은 옳다. 한편 이 논설들을 통해 권업회 내부의 갈등과 파벌이 만연했음을 알 수 있는데, 일본 정보통들은 그러한 것을 잘 파악하고 있었다.

사실과 부합함을 알 수 있다.[30]

그렇다면 (다) 「露領在住朝鮮人問題」는 과연 정확한가?

> 우리는 여러 가지 관찰보다 몬져 극동 루령과 밋 길림성 방면에 널녀잇는 비일 죠션인 단톄의 두령에 관하야 우리의 됴사흔 디로 그 인명을 뽑아 긔록하야 엇더케 여러 디방에 비일 죠션인의 굴혈이 된 것을 증명코져 흠 곳
>
> 一. 희슴위와 그 부근에 잇는 쟈
>
> 리죵호 리용익의 손즈인디 지금 희삼위에셔 츌판하는 비일파의 긔관신문 「권업신문」을 믿드러노은 쟈인디 비일파 중에 가장 명망이 잇는 쟈
>
> 신치호 권업신문 쥬필이라
>
> 졍직관 가장 극렬흔 비일 의견을 가진 쟈라
>
> 리상셜 일즉 희아평화회의에서 일본이 조선에 디한 졍칙을 텬하에 송수하고져 흔 일이 잇음으로써 유명하니라
>
> 리범셕, 리범윤, 윤일병, 빅남규[31]

위 문서는 1913년 7월 13일 대정경추大庭景秋가 블라디보스토크浦鹽에서 작성한 것으로 노령 지방에 살고 있는 '조선인의 문제'를 다룬 글이다.[32] 이 글의 작성자는 "극동 루령과 밋 길림셩 방면에 널녀잇는 비일 죠션인 단톄의 두령에 관하야 우리의 됴사흔 디로 그 인명을 뽑아 긔록"한 것임을 밝히고 있다. 즉 조사한 내용을 토대로 기록하였다는 사실이

---

30 「포고」, 『권업신문』, 1914.2.8, 3면.

31 「루령 거류 조선인 문제」, 『권업신문』, 1913.8.31, 1면. 이 논문에서 『권업신문』 내용을 인용할 때 원문의 표기는 당대의 표기로 하되 이해의 편의를 위해 현재의 띄어쓰기로 하였다.

32 이 문서는 『외교시보』(1913.8.1)에 실렸으며, 『권업신문』(1913.8.31), 『신한민보』(1913.10.17)에도 번역 소개되었다.

다. 이 글에서 조선인의 굴혈을 ① 해삼위(블라디보스토크)와 그 부근, ②
길림성(지린성) 무림 정거장, ③ 우수리 지방 등으로 나뉘고 그 지역의
조선인 단체 두령을 열거하였다. ② 지역에는 "동청텰도, 할빈, 봉미산
지, 녕고탑 동북방" 등이 포함되는데, 안중근 부인과 이갑 등을 언급했
다. 그러면서 "할빈 총령스 본다는 그 령스관 구역 안에는 비일 죠션인이
업다고 보고"하였다면 그것은 "잘못된 보고"라고 했다. 그리고 ③ 지역
에는 이종성, 홍범도, 윤해, 조창호, 류인석, 한형권, 황병길, 강순기, 강
창동 등을 열거했다. 일제가 아주 광범위하게 조사했음을 보여준다.

그런데 "① 블라디보스톡 및 그 부근에 거주하는 자(浦潮斯德及其附近居
住者)"에서는 첫 번째 『권업신문』 경영자인 이종호를 소개하고, 다음으
로 주필 신채호를 소개했다. 그 밖에도 정재관, 이상설 등을 자세히 소
개했으며, 아울러 이범석, 이범윤, 윤일병, 백남규 등도 언급했다.[33] 이
문서에는 "죠션총독부가 즉금 고등관 二명을 다시 외무셔긔싱이라 칭
ᄒᆞ야 히슴위에 흥샹 픠견ᄒᆞ야 두고 죠션인의 동정을 졍탐"한다고 했는
데, 블라디보스토크 지역에 대한 정탐 활동이 활발했음을 보여준다.[34]
특히 문서의 맨앞에 권업신문 경영자를 내세운 것도 주목할 부분이다.

그런딕 우리는 이러ᄒᆞᆫ 죠션인의 단톄와 밋 그 비일운동으로써 무셔워홀
것은 안이오 그 무리의 일대 근거디 되는 히슴에셔는 긔관신문으로 권업
신문을 믹쥬일에 一ᄎᆞ식 발간ᄒᆞ며 정치단톄로 권업회를 조직ᄒᆞ야 언론과
ᄒᆡᆼ동에 비일쥬의를 쥬챵ᄒᆞ야[35]

---

33 大庭景秋, 「露領在住朝鮮人問題」, 『외교시보』 210, 1913.8.1, 92면.
34 "朝鮮總督府が現に二名の高等官を殊更に外務書記生の名義に於て浦潮斯德に常時派遣
    し置きて, 朝鮮人の動靜を偵察せしめつゝある……" 『외교시보』 210, 동경: 외교시보사,
    93~94면; 「루령 거류 죠션인 문뎨」, 『권업신문』, 1913.8.31.

그러나 요전에 루시아 로마노프 三빅년 긔념에 츅하ㅎ기 위ㅎ야 권업신문샤쥬 리종호와 또 두 사름이 죠선인을 딕표ㅎ야 뻬델불그로 가랴고 ㅎ 는딕 딕ㅎ야 히슘 루시아 관헌이 이것을 거절흔 스실에 니르러셔는 진실로 우리나라에 딕흔 국계샹 됴흔 뜻을 원만히 ㅎ얏다고 ㅎ노라.[36]

위 내용에 『권업신문』, 권업신문사 등이 다시 언급되는데, 일본 영사는 『권업신문』 및 신문사의 활동에 예의주시했음을 알 수 있다. 일제가 블라디보스토크의 조선인 가운데 『권업신문』 사장인 이종호를 가장 먼저 내세우고, 다음으로 주필 신채호를 내세운 것에서도 그러한 사실은 확인된다. 『권업신문』 주필은 일본 영사들이 특별히 주목한 사항인데, 1913년 1월에 블라디보스토크를 떠난 신채호를 여전히 주필로 기록할 수 있을까? 이 문서는 단재가 1913년 7월까지 블라디보스토크에 있었다는 것을 보여준다. 만일 단재가 없었다면 장도빈이든 누구든 다른 사람 이름이 주필에 올라야 한다. 오히려 이 문서는 단재의 체류 사실을 분명히 말해준다.

3. 역사 관련 글의 맥락

단재가 1913년 2월 이후 『권업신문』에 쓴 글을 찾아낸다면 1913년 1월 출발설의 오류를 밝히는 것이 된다. 떠난 사람의 글이 계속해서 『권업신문』에 실릴 수는 없기 때문이다. 사실 『권업신문』 주필란에서

---

35 「루령 거류 조선인 문데」, 『권업신문』, 1913.8.31.
36 위의 글.

단재의 이름이 빠진 때(1913.9.15) 단재가 『권업신문』을 떠났다는 이전 논자들의 주장은 「공과 사를 잘 분간하여야 할 일」(1912.9.22)을 단재가 썼다는 백원보의 편지로 말미암아 그 오류가 드러났다. 만일 1913년 2월 이후 단재의 글을 찾아낸다면 이호룡과 반병률 주장의 오류도 밝혀지는 셈이다. 본 연구자는 이전에 "단재는 「단군시대의 시」와 「사법 명의 무공」을 『권업신문』(1912.2.16)에 싣기도 하였다"고 주장했다.[37] 여기에서는 이들 각각에 대해 상론하기로 한다.

① 고려ㅅ를 거흔즉, 단군때의 사관 신지(神誌)씨가 우리나라 디리를 두고 글 두 귀를 지은 것이 잇는디 如秤錘極器, 秤幹扶疎樑, 錘者五德地, 極器百牙岡 국문으로 히셕흔즉 저울디와 저울츄와 저울머리에 비ㅎ면 우리나라의 부소량은 저울디요 오덕디는 저울츄오 빅아강은 저울머리라 흠이러라 ② 김위뎨씨는 이 글에 주셕ㅎ야 부소량은 숑도오 오덕디는 한양이오 빅아강은 구월산이라 ㅎ엿으나 나는 이 주셕이 그릇된 주셕이라 ㅎ노라 ③ 단군 시디의 강역이 흑룡강붓허 삼남??지니 신지씨가 엇지 이와갓치 좁은 판을 두고만 말ㅎ엿으리오 여하간 이 글을 보면 우리나라 디리 ㅅ샹이 일즉 발달됨을 증거홀 슈 잇도다.[38]

이 글은 1913년 2월 16일 『권업신문』에 실린 「단군시대의 시」이다. 『고려사』에 실린 신지씨의 네 구절을 소개하고 김위제의 의견과 더불어 저자의 견해를 밝히고 있다. 이는 단군시대의 강역에 관한 것으로 간단히 보아 넘길 내용이 아니다. 무엇보다 김위제 주장의 오류

---

37 김주현, 『신채호문학연구초』, 소명출판, 2012, 559면.
38 「단군 시디의 시」, 『권업신문』, 1913.2.16, 3면.

를 제시하고 자신의 견해를 밝혔기 때문이다. 그렇다면 신지씨의 글이 실렸다는 '고려사'는 무엇을 의미하는가?

又神誌秘詞曰, '如秤錘極器, 秤幹扶疎樑, 錘者五德地, 極器百牙岡, 朝降七十國, 賴德護神精, 首尾均平位, 興邦保太平, 若廢三諭地, 王業有衰傾.' 此以秤諭三京也. 極器者首也, 錘者尾也, 秤幹者提綱之處也. 松嶽爲扶疎, 以諭秤幹, 西京爲白牙岡, 以諭秤首, 三角山南爲五德丘, 以諭秤錘.[39]

이 부분은 정인지의 『고려사』 가운데 「김위제전」의 일부이다. 그러나 이 부분은 「단군시대의 시」 ①과 ②의 해석과 관련이 있다. 「단군시대의 시」에서는 「김위제전」의 '서경', 백아강을 구월산으로 설명했는데, 이는 조금 독특하다. 일반적으로 '서경'은 '평양'으로 제시했을 터인데, 그렇지 않기 때문이다. 서경을 구월산으로 언급하는 것은 일상적이지 않다. 이것을 단재 글과 연결시켜 보면 쉽게 이해가 된다. 단재는 『삼국유사』를 바탕으로 "檀君王朝는 太白山에서 起ᄒ야 第一次 妙香山으로 移ᄒ며 第二次 平壤으로 移ᄒ며 第三次 九月山으로 移ᄒ"였다고 말하였다.[40] 『삼국유사』에 언급된 『古記』의 내용 중 묘향산과 평양은 그대로인데, '白岳山 阿斯達'을 구월산으로 옮긴 것은 특이하다. 그러나 그것을 『고려사』의 "九月山 世傳, 阿斯達山"을 연결시켜 보면 쉽게 이해된다. 단재는 『고기』의 구절을 그대로 옮기면서 아사달을 구월산

---

39 「열전 34 김위제」, 『고려사 27』, 『국역 고려사』, 도서출판 민족문화, 2006, 506면.
40 「韓國民族 地理上 發展」, 『대한매일신보』, 1910.2.20, '논설'란. 단재는 『삼국유사』와 조금 다른 해석을 하였는데, 그것은 "太白山에서 起ᄒ야 第一次 妙香山으로 移ᄒ며"라는 부분이다. 그것의 원문은 "降於太伯山頂[卽太伯 今妙香山] 神壇樹下 謂之神市"인데, 단재는 태백산을 백두산으로 간주하였기에 그와 같은 해석이 나온 것이다.

으로 썼다. 당시만 하더라도 단군의 서울에 대해 적지 않은 혼란이 있었음을 엿볼 수 있다. 「김위제전」에는 서경을 '백아강'이라 하였지 다른 언급은 없다. 그런데도 백아강을 구월산으로 언급한 것은 아사달이 구월산이라는 정인지의 견해를 전제한 것이다. 당시 단재는 신지비사의 구절을 단군의 강역과 결부하여 인식했고, 다시 그것을 「고기」의 내용과 결부지어 해석했다. 궁극적으로 「단군시대의 시」에서 아사달=구월산이라는 정인지의 전제에 백아강=백악산 아사달이라는 도식을 대입해 서경=백아강=아사달=구월산이라 한 것이다.[41] 단군시대 서울과 관련한 글은 「꿈하늘」(1916)에서 보다 분명히 드러난다.

乙支文德이 해빗홀 안고 안저 神誌秘詞의 "우리나라는 져울과 갓다 扶蘇서울은 져울몸이오/百牙서울은 져울머리요 五德서울은 져울추로다 /모든 대적을 하로에 깨처 세 곳에 난워 서울을 하니/기울미 업서 나라 되리니 셋에 한아도 일치 말어라"를 외으더니 "그대가 이 글을 아는다?" 한놈이 "鄭麟趾가 지은 麗史 속에서 보앗나이다" 하니, 乙支文德이 갈오대 "그러하니라. 옛적에 檀君神祖께서 모든 敵國을 깨치고 그 짜를 난워서 서울을 세울새 첫 서울은 太白山 東南 朝鮮짜에 두니 갈온바 『扶蘇』요, 다음 서울은 太白山 西편 滿洲짜에 두니 갈온바 『百牙岡』이오, 셋재 서울은 太白山 東北 滿洲 밋 沿海州짜에 두니 갈온바 『五德』이라. 이 세 서울에 한아만 일흐면 後世子孫이 衰弱하리라 하사 그 豫言을 젹어 神志에게 주신 바어늘 오늘에 그 서울들이 어대인지 아는 이가 업슬 쑨더러 이 글까지 니젓도다. 鄭麟趾의 高歷史에 이를 쓰기는 하엿스나 術士의 말로 돌녓스니 그 잘못함이 한

---

41 단재는 「조선사」에서 "九月山을 阿斯達山으로 妄證"하였다고 하며, "哈爾濱에 完達山이 곳 阿期達"이라 했다. 신채호, 「조선사」, 『조선일보』, 1931.6.30.

아요. 高麗의 地志를 쪼차 檀君의 三京도 모다 大同江 以內로 말하얏스니 그 잘못함이 둘이니라."[42]

위의 내용은 신지비사에 대한 단재의 해석이다. 「신지비사」의 내용이 정인지의 『고려사』에 나온다는 것을 분명히 해주고 있다. 단재는 「꿈하늘」에서 "檀君의 三京도 모다 大同江 以內"에 있다 하여, 『고려사』의 해석을 '잘못'이라 비판했다. 이는 ② "부소량은 숑도오 오덕디는 한양이오 빅아강은 구월산이라 ㅎ엿으나 나는 이 주석이 그릇된 주석"이라고 한 말과 일치한다.[43] 단재의 고려사 비판을 엿볼 수

42   신채호, 「꿈하늘」, 김병민 편, 『신채호문학유고선집』, 연변대 출판사, 1994, 27~28면. 한편 단재는 「조선사」에서도 "高麗史 金謂磾傳에 神誌秘詞의 『如秤錘極器 秤幹扶蘇樑 錘者五德地 極器百牙岡 首尾均平位 興邦定太平 朝降七十國 賴德護神精 若廢三諭地 王業有衰傾』의 十句를 載하고, 扶蘇樑은 今 松都, 五德地는 今 漢陽, 百牙岡은 今 平壤으로 證하얏다. 그러나 松都 漢陽 平壤은 高麗의 三京이오, 大壇君의 三京은 一은 今 哈爾濱이니, 古史에 扶蘇岬 或은 非西岬 或 阿斯達로 記한 者며, 二는 今 海城 蓋平 等地니, 古史에 五德地 或 五備旨 或 安市忽 或 安市城으로 記한 者며, 三은 今 平壤이니, 古史에 百牙岡 或 樂浪 或 平原 或 平穰으로 記한 者"(『조선일보』, 1931.6.12)라고 썼다. 이 글에 이르러 단재는 고려사의 서경 곧 백아강을 평양으로 보았다. 그런데 「조선사」와 「꿈하늘」에서 내용상 차이점이 드러난다. 백아강이 '太白山 西편 滿洲짜'(「꿈하늘」)에 있다가 '평양'(「조선사」)으로 복귀한다. 그리고 부소량은 '太白山 東南 朝鮮짜에' 있다가 '哈爾濱'(「조선사」)로, 오덕지는 '太白山 東北 滿洲 및 沿海州짜'에 있다가 '安市城'(「조선사」)으로 바뀐다. 즉 부소량→오덕지, 오덕지→백아강, 백아강→부소량으로 위치가 다시 조정된다. 또한 『조선상고문화사』(『조선일보』, 1931.10.28)에서도 아사달을 구월산이라 한 데 대한 비판을 하였다. 그렇게 된 데에는 「고기」에 나타난 단군시대의 수도 천도, 그리고 역사 연구의 심화, 참고 서지의 부족 등 다양한 원인이 있었던 것으로 보인다. 「꿈하늘」에서는 단군의 수도로 부소(량)-백아강-오덕(지)의 순이지만, 고려사 원문은 부소량-오덕지-백아강 순이다. 당시 기억에 의지해 쓰느라 자료 내용에 혼선이 있었던 듯하며, 그것은 천도의 순서(태백산-평양성-백악산 아사달)와 연결되어 혼란이 가중된 것으로 보인다.

43   「단군시대의 시」에서 "김위뎨씨는 이 글에 주석ㅎ야 부소량은 숑도오 오덕디는 한양이오 빅아강은 구월산이라"하였다는 내용과 「꿈하늘」에서 "鄭麟趾의 高歷史에 이를 쓰기는 하엿으나 術士의 말로 돌녓스니 그 잘못함이 한아요, 高麗의 地志를 쪼차 檀君의 三京도 모다 大同江 以內로 말하얏스니"라는 부분이 주체가 다른 듯하나 그렇

있는 대목이다. 단재는 삼경을 태백산(백두산-인용자) 동남쪽 조선朝鮮, 태백산 서편 만주滿洲, 태백산 동북 만주滿洲 및 연해주沿海州에 둔 것으로 설명하였는데, 그것은 곧 ③"단군 시ᄃᆡ의 강역이 흑룡강붓허 삼남ᄭᆞ지"를 지칭하는 것이다. 삼경에 대한 『고려사』의 해석은 「단군시대의 시」가 더욱 분명하고, 단군시대 삼경은 「꿈하늘」이 더욱 분명하다.[44] 이 내용들은 서로 상보적인 관계에 놓여 있는데, 두 글을 같이 놓고 보면 의미가 잘 통한다. 그리고 단재는 1921년 『천고』에서 '神志'라는 필명으로 여러 편의 글을 썼다.[45] 여기에서 '神志'는 곧 ①

지는 않다. 「김위제전」에는 김위제가 그렇게 말한 것으로 나타나 전자처럼 쓴 것이고, 「꿈하늘」에서는 『고려사』에 그렇게 실려 있기 때문에 "정인지의 고려사에"라고 쓴 것이다. 실로 김위제가 그렇게 해석을 했는지, 정인지가 그렇게 주석을 단 것인지는 불분명하기에 후자처럼 쓴 것이 아닌가 한다. 한편 단재는 「독사신론」에서 김부식에 대한 비판에 이어 「대동역사」에서 "余가 此를 語及함에 鄭河東의 枯骨을 向하야 一唾를 加코져 하노라"라고 하여 정인지의 모화 사대적 사관을 비판했다. 신채호, 「대동역사」, 『동방학지』 162, 연세대 국학연구원, 2013.6, 329~330면.

44 한편 장도빈은 『조선역사요령』(고려관, 1924)에서 "檀君朝의 疆土는 東은 蒼海(日本海), 西는 灤下(中國 直隷省에 在함)요 北은 黑龍江으로 南은 朝鮮半島를 有하였고, 制度는 數多한 小部族의 國으로 分하여 部族 自治가 發達되었으며, 檀君의 世에 神誌氏라는 學者가 있어 神誌秘詞를 作하였다 하고"(118면)라고 언급했다. 그러나 1916년에 나온 『국사』에는 '신지비사'와 관련된 내용이 없으며, 또한 1923년 것도 구체적이지 않은 것으로 봐서 『고려사』 김위제전을 직접 본 것이 아니라 전해 들은 것으로 보인다. 위 내용을 보건대 단군의 영토를 『신지비사』의 구절에 따라 해석한 것이 아니라 아마도 단재의 해석을 추급한 것이 아닌가 한다. 박걸순은 "『神誌秘詞』를 역사서로 본 것은 신채호가 『조선상고사』에서 주장한 것과 같은 것"이라 설명한 것도 이러한 맥락이다. 박걸순, 『한국독립운동의 역사 34-국학운동』, 독립기념관 한국독립운동사연구소, 2009, 245면). 장도빈도 1912년 11월경 『권업신문』의 주필을 한 것으로 알려졌는데, 그의 역사서에도 신지비사, 사법명 등이 소개되고 있다. 그러나 그것은 나중에 나온 것들로 단재의 영향이 아닌가 한다.

45 단재는 처음 '志神'이라는 필명으로 「考古篇」(『천고』 창간호, 1921.1)을 쓴 후 「萬里長城」(2호), 「考古編」(3호)부터 '神志'라는 필명을 썼다. 원래 '지신'으로 하려다가 '신지'로 바꾼 것인지, 아니면 '지신'이 '신지'의 오류여서 바꾼 것인지는 확실하지 않다. 그리고 '神誌'에서 '神志'가 왔음은 "三韓古疆 聚訟紛如 而國史未編 神誌古記 秘藏掃地"(「고고편」, 『천고』 1호, 24면), "嗚呼使其間在神誌高興之倫 記其顚末 其野心之君主 辣腕之將相 忠義慷慨之將士 帷幄密勿之謀臣 可歌可舞可哭可驚之事 當有筆不勝收者"(「만리장

"단군 때의 사관 신지神誌씨"에서 왔음은 두말할 나위가 없다. 이는 「단군시대의 시」가 달리 단재의 글임을 여실히 보여준다.

한편 「단군시대의 시」와 나란히 「ᄉ법명의 무공」이 실려 있다. 이 글은 대단히 문제적이다.

> ① 남제ᄉ를 거ᄒᆞᆫ즉 ② 빅제 동성왕 시절에 즁국의 쳑발씨 나라에셔 대병 수십만 명을 들어 빅제를 침노ᄒᆞ거늘 빅제 대쟝 ᄉ법명(沙法名)이 대젼ᄒᆞ야 수십만 젹병을 모다 도륙ᄒᆞ엿다더라 이왕에 우리들이 을지문덕의 력ᄉ가 잔결흠을 한탄ᄒᆞ엿더니 ③ ᄉ법명은 삼국ᄉ 동국통감 등 력ᄉ에 그 일홈ᄭ지 빠져 지금ᄭ지 이 사름과 이 일이 잇ᄂᆞᆫ지도 몰으는 쟈 만ᄒᆞ니 오호라 우리 국민이여 션조의 큰 공덕을 엇지 이갓치 무졍ᄒᆞ게 니졋ᄂᆞ뇨 근세에 ④ 한진셔씨 히동역ᄉ에 비로소 ᄉ법명을 긔록ᄒᆞ엿으니 그 공이 또ᄒᆞᆫ 크도다[46]

위 글에서는 당시 우리나라 역사가들이 거의 언급하지 않던 '남제사'에 관한 구절①이 나온다. 곧 앞의 "고려사를 거한 즉"처럼 남제사를 인용했다는 말이다. 그렇다면 그것은 무엇인가?[47]

> 오직 支那南齊書(二十四史의 一)에 東城大帝의 國書 가온대 沙法名의 戰功을 찬미한 것을 記載하야 後世사람이 沙法名이 잇는 줄을 알게 되얏스니 비록 내 나라의 史筆 업심은 눈물날 만하나 또한 다행이라 할니로다. 한놈

성」, 『천고』 2호, 24~25면)에서 더욱 구체적으로 엿볼 수 있다. '神志'라고 쓴 글에 단군시대 사관인 '神誌'를 두 군데나 언급하였다.

46 「ᄉ법명의 무공」, 『권업신문』, 1913.2.16, 3면.

47 '남제사'는 단재의 「대동역사」에도 "惟 支那 南齊史에 駕洛國王이 遣使하얏다 하니라"(『동방학지』 162, 2013.6, 387면)라고 언급했다. 이 글에는 4240(1907)년과 4247(1913)년 등 두 개의 연도가 제시되어 「駕洛伽倻記」의 정확한 저작 시기를 알기 어렵다.

이여, 그대는 닛지 말지어다. 百濟는 우리 海上活動의 代表요, 沙法名은 또한 百濟人物의 代表니라.[48]

魏書에는 魏의 國恥를 諱하기 爲하야 이를 記치 안하얏스며, 三國史記는 百濟의 功業을 새암하야 그 事蹟을 削除한 新羅의 史筆을 因襲하얏음으로 이를 記치 못하얏고, 오즉 南齊書에 그 대개가 記載되얏섯으나, 그것도 唐太宗의 扯毀를 입어 그 大部分은 殘缺하고, 겨오 東城大王이 南齊에 보낸 國書가 남어잇어 그 事實의 片面을 알 수 잇을 뿐이다.[49]

남제사는 중국『남제서』를 의미한다. 이 사서는 문제적인데, 한국 근대 역사가들에게는 제대로 알려져 있지 않았다. 그런데 단재는 이 사서를 보았으며, 이를 통해 백제의 역사를 새롭게 인식했다. 그가 '사법명의 전공을 찬미한 것을 기재'했다거나 '동성대왕이 남제에 보낸 국서가 남어' 있다고 한 것은『남제서』를 자세히 보았다는 말이다. 특히『남제서』에는 열전 제39편「동남이」의 4면 15줄가량이 삭제되었는데, 단재는 이를 두고 "唐太宗의 扯毀를 입어 그 大部分은 殘缺"하였다고 했다.[50] 또한「사법명의 무공」과「꿈하늘」의 윗부분은 모두 인용+주해+

---

48 신채호,「꿈하늘」,『신채호문학유고선집』, 33면.
49 신채호,「조선사」,『조선일보』, 1931.8.9.
50 위의 글. 삭제된 것은 15줄 300여 자(글자 모두 꽉 찼을 경우 320자이겠지만, 문장 마무리를 통한 행갈이 등을 감안)로 고구려사 뒷부분과 백제사 앞부분에 해당되는데, 현재『남제서』1637년과 1656년 판본은 해당 부분을 가리고 등사하였고, 1739년 판본은 차하결문(此下缺文)이라 표시하였으며, 1874년 판본은 궐하(闕下)라 표시하여 삭제한 것으로 알려져 있다. 단재는 이에 대해 "唐太宗의 扯毀를 입어 그 大部分은 殘缺"이라 설명했다. 그가 무슨 판본을 보았는지는 알 수 없으나 "唐太宗의 扯毀" 설명 부분은 자료의 판본을 제대로 확인할 수 없어 빚어진 오류인 듯하다. 1637년 판본에서 해당 부분을 긁어내거나 가린 것을 보면, 그 이전 판본은 완전했던 것으로 보이며, 청태종(愛新覺羅皇太極, 1636~1643년 재위) 당시 1637년

평석이라는 글쓰기 방식을 취하고 있어 동일 저자 가능성을 높여준다. 그렇다면 남제사에 제시된 사법명 부분을 살피기로 한다.

是歲 魏虜又發騎數十萬 攻百濟入其界 牟大遣將沙法名贊首流 解禮昆木干
那 率衆襲擊虜軍 大破之 (…중략…) 去庚午年 獫狁弗悛 舉兵深逼 臣遣沙法
名等 領軍逆討 宵襲霆擊 匈梨張惶 崩若海蕩 乘奔追斬 僵尸丹野 由是摧其銳
氣 鯨暴韜凶 今邦宇謐靜 實名等之略 尋其功勳 宜在褒顯 今假沙法名 行征虜
將軍邁羅王[51]

이 글은 『남제서』의 일부로 사법명과 관련된 부분이다. 저자는 이를 근거로 ②"빅제 동성왕 시절에 중국의 척발씨 나라에서 대병 수십만 명을 들어 빅제를 침노ᄒ거늘 빅제 대쟝 스법명沙法名이 대젼ᄒ야 수십만 적병을 모다 도륙"한 사실을 기술하였다. 이것은 단재가 「전후삼한고」에서 "東城大王 째에 魏兵(拓跋氏) 累十萬을 깨친 名將 沙法名"이라 기술한 것과 같은 내용이다.[52] 그런데 그것은 간단한 기술

에 발간하면서 훼손한 것으로 보인다.

51 蕭子顯, 『南齊書』 卷五十八 「列傳」 第三十九 「東南夷」, 2면. 이 해에 위나라가 오랑캐가 또 수십 만 기병을 일으켜 백제 땅 안으로 쳐들어갔다. 백제 동성왕(牟大)이 장군 사법명, 찬수류, 해례곤, 목간나에게 군대를 이끌고 오랑캐 군대를 치게 하였다. 백제군이 위나라 군을 크게 무찔렀다 (…중략…) 지난 경오(庚午)년 때 험윤(獫狁, 북위)이 잘못을 뉘우치지 않고 군사를 일으켜 우리를 심하게 괴롭혔습니다. 신(臣)이 사법명(沙法名) 등에게 군사를 거느리고 (북위를) 맞받아치게 하였습니다. 밤에 북위군을 벼락처럼 치니 흉노 무리가 크게 놀라 바닷물이 들끓는 듯 무너졌습니다. 여세를 몰아 적을 쫓아가 베니 시체가 온 들판을 붉게 물들였습니다. 이로써 적의 날카로운 기세를 꺾으니 매우 사납던 적들이 흉포함을 감추었습니다. 지금 온 나라가 평화로운 것은 참으로 사법명 등이 낸 꾀 때문입니다. 사법명 등이 세운 공적을 살펴 세상에 널리 알리는 것이 마땅합니다. 이제 사법명은 임시로 행정로장군 매라왕에 봉합니다.

52 「전후삼한고」, 『단재신채호전집』 2, 285면. 한편 위 내용에서 "을지문덕의 력ᄉ가 잔결흠을 한탄ᄒ엿"다는 내용은 단재가 『을지문덕』을 지은 것과 관련이 있다. 단재는

에 불과하다. 단재는 「꿈하늘」에서 이를 더욱 상세하게 기술하였다. 앞부분에서는 '척발씨의 나라'라고 하였는데, 곧 위나라 효문제를 일 컫는다. 『남제서』 본문에는 '위오랑캐魏虜'로 되어 있다.

> 支那 北朝魏 孝文帝가 復讐軍 百萬명을 들어 배에 실고 吳(今 江蘇)의 海面 부터 遡流하야 가만히 齊의 丹野에 下陸하거늘 沙法名 어른이 安國將軍 贊 首流와 威將軍 禮昆을 식혀 要害를 웅거하야 갈우막어 처서 말가케 平定하 고 다시 廣威將軍 木干那를 식혀 海軍을 거늘여 壹舫을 음습하야 쩨게 하니 魏가 다시 머리를 들지 못하며 몃 해만에 浙江을 처서 차지하니 百濟의 功 德이 이에 더할 수 업섯나니[53]

이 부분은 단재가 「꿈하늘」에 쓴 부분이다. 『남제서』에는 백제 동 성왕이 사법명, 찬수류, 해례곤, 목간나로 하여금 위나라 기병을 크 게 격파했다고 했다. 단재는 사법명이 친 것으로 제시했는데, 그것은 비록 동성왕이 명령을 내렸지만, 사법명이 찬수류, 목간나, 해례곤 등을 거느리고 북위를 대파했기 때문에 그렇게 표현한 것이다.

그러나 사법명의 역사는 당시 일반 사람들뿐만 아니라 역사가마저 잘 알지 못했다.[54] 저자는 ③ "ᄉ법명은 삼국ᄉ 동국통감 등 력ᄉ에 그

"嗚呼 讀史者여, 乙支文德 歷史의 殘缺을 休恨ᄒ라"(『을지문덕』, 휘문관, 1908, 49면), "三國時代 乙支文德 金庚信諸公 歷ᄉ의 殘缺 흠은 一般 同慨ᄒᄂ 빈라"(「悲哉 韓國英雄의 歷ᄉ」, 『대한매일신보』, 1909.12.14) 하여 을지문덕의 역사가 잔결된 것을 마음 아파하 였으며, 그래서 『을지문덕』을 지었다.

53 신채호, 「꿈하늘」, 『신채호문학유고선집』, 33면.

54 근대 역사가 가운데 사법명을 언급한 이로 장도빈과 계봉우를 들 수 있다. 이들은 모두 『권업신문』에 관계한 사람이라 「사법명의 무공」의 저자가 아닌지 살필 필요가 있다. 먼저 장도빈은 1916년 발간된 『국사』에서 동성왕 10년(檀君紀元 二千八百二十一 年)에 "後魏가 二十萬兵으로 入寇하거늘 沙法名等을 命하여 擊退하였"(46면)다고 했는

일홈꾸지 빠져 지금꾸지 이 사름과 이 일이 잇는지도 몰으는 쟈 만ᄒ니 오호라 우리 국민이여 션조의 큰 공덕을 엇지 이갓치 무졍ᄒ게 니졋ᄂ뇨"라고 통탄해했다. 그것은 「꿈하늘」에서 "내 나라의 史筆 업심은 눈물날 만하"다는 맥락과 이어진다.

三國史記에 "百濟盛時 北據齊浙"이라 썼스나 어늬 時代의 일인지는 쓰지 안하며, 東國通鑑에 "東城王十年魏浮海伐百濟不利而還"이라 젹엇스나 어늬 地方의 일인지는 젹지 안하고, 沙法名 세 글자는 난 대가 업스니[55]

朝鮮의 자랑할 만한 事實로 三國史記나 高麗史에 쌔진 記事는 매양 缺頁

데, 『조선국사요령』(1923)과 『조선역사대전』(1928)에서는 "魏(中國北朝)가 二十萬兵으로 海를 越하여 入寇하거늘 沙法名等을 遣하여 擊退하"(142·258면)였다고 했으며, 『국사강의』(1952)에 와서야 "魏高祖가 數十萬兵을 보내 바다를 건너 百濟를 쳐들어오거늘 大王이 將軍 沙法名·贊首流·解禮昆·木干那 等을 보내 大軍으로 魏兵을 쳐서 크게 깨트리니 賊兵이 敗走하거늘 우리 軍士가 賊兵을 追擊하여 많이 죽이니 殘賊이 逃歸하니라"(417면)하고 언급했다. 이에서 알 수 있는 것은 일제 강점 당시 장도빈이 『남제서』를 보지 못했다는 것이다. 만일 보았다면 거기에는 사법명이 북위를 파한 것이 단기 4281(488)년이 아닌 "경오년", 즉 4283(450)년이 되어야 하며, 북위 군사도 이십만이 아닌 "수십만"이 되어야 할 것이다. 그러므로 "남제사에 거한 즉"이라는 내용을 볼 때 장도빈이 그 글의 저자가 될 수는 없다. 장도빈은 『국사강의』(1952)에서 그 내용이 좀 더 자세해진 것은 단재의 『조선상고사』(종로서원, 1948)를 참조할 수 있었기 때문으로 풀이된다. 한편 계봉우 역시 『조선역사』 권1 제2편에서 "그러나 魏軍은 百濟將軍 沙法名 等에게 敗歸하였다."라고 하여 사법명에 대해 한 줄 언급하고 있다. 윤병석은 이 저서가 "1937년 연해주에서 중앙아시아로 이주하던 봄에 시작하여 3년의 적공積功을 들인 끝에 현재 원고본으로 전하여 오는 『조선역사』 총 3권을 저술, 전 시대사를 체계화하였다"(윤병석, 『한국독립운동의 역사 16-1910년대 국외항일운동 I-만주·러시아』, 독립기념관 한국독립운동사연구소, 2009, 286면)고 했지만, 『조선역사』 권1 제1편에는 "1935년 저작"으로 기록되었다. 계봉우가 1935년경에 쓴 것이다. 계봉우는 1914년 6월 28일부터 8월 29일까지 9차례 걸쳐 『권업신문』에 '뒤바보'라는 필명으로 '새노래'를 9면 발표한 적이 있다. 계봉우 역시 『남제서』의 내용을 직접 확인하지 못한 것으로 보인다.

55 신채호, 「꿈하늘」, 『신채호문학유고선집』, 33면.

되어 南齊書에 적힌 東城大王과 沙法名의 戰史가 二頁이 缺하고 高麗圖經에
仙郎典故의 數頁이 缺하얏다.[56]

단재는 『삼국사기』, 『동국통감』에 사법명에 관한 기술이 없음을 「꿈
하늘」, 「평양패수고」 등에서 언급했다. 「사법명의 무공」 저자는 사법
명의 이름이 『삼국사기』, 『동국통감』에 빠졌지만, ④ "한진셔씨 히동
역스에 비로소 스법명을 긔록"하였다고 밝혔다. 이것은 단재의 글에 다
시 드러나 있다.

韓致奫의 海東繹史는 오직 支那 日本 等 書籍 중에 보인 本史에 關한 文字
를 蒐集하야 居然이 巨帙을 맨들엇슬 쑨 아니라 三國史에 쌔진 夫餘 渤海 駕
洛 肅愼 等도 모다 一篇의 世紀가 잇스며, 東國通鑑에 업는 姐瑾 沙法名 慧慈
王仁 等도 各其 幾行의 傳記가 잇스며[57]

위 내용에서 단재는 '사법명의 전기'가 한치윤의 『해동역사』에 실
렸음을 말했다. 이를 보면 단재의 사법명 관련 기술은 매우 일관되며
이를 통해 「사법명의 무공」의 저자가 단재라는 것은 의심할 나위가
없다. 그런데 사법명을 기술한 또 다른 글이 있다.

우리가 력스를 읽다가 을지문덕, 스법명, 강감찬, 리슌신 그이들도 뎌 졀
벽 위에 셩명 식인 이와 한가지ㅅ사름으로 싱각하는 이도 잇스리라만은

---

56 신채호, 「조선 일천년래 제일대사건」, 『단재신채호전집』 2, 독립기념관 한국독립운동
    사연구소, 2008, 320면.
57 신채호, 「조선사」, 『조선일보』, 1931.6.13.

그러나 그이들은 결코 그런 이가 안이니라.[58]

1912년 12월 말경 단재가 블라디보스토크에 머물렀음은 백원보의 편지(1913.1.21)를 통해서도 어느 정도 짐작해볼 수 있다. 그런데 이 시기 논설에 처음 사법명이 등장한다. 여기에서는 간단히 이름만 언급된 것이 1913년 2월 16일에는 더욱 자세하게 설명된 것이다. 1913년 2월 16일 자 「단군시대의 시」와 「사법명의 무공」이 단재의 것이 확실하고, 그것과 관련된 논설 「개인 신분상의 명예」도 단재의 글이 확실해 보인다.[59] 역사 관련 두 편이 단재의 저작이 확실한 이상 단재는 1912년 9월 이후에도 권업신문에 글을 썼고, 또한 1914년 2월에도 여전히 블라디보스토크에 머무른 것이 확실하다.

4. 주필의 삶과 글의 흔적들

글에는 저자의 흔적들이 남게 마련이다. 물론 그러한 흔적에는 다양한 것들이 있겠지만 저자의 삶이나 문체도 그러한 흔적 가운데 하나이다. 앞장에서 거론한 「단군시대의 시」・「사법명의 무공」과 같은 날짜에 실린 논설 「광무을사 이전의 본국 신문」에서도 저자의 흔적이 발견된다.

---

58 「개인 신분상의 명예」, 『권업신문』, 1912.12.29.
59 김주현, 『신채호문학연구초』, 97~99면 참조. 이 책에서 본 연구자는 1913년 1월 26일, 2월 9일, 16일, 3월 30일, 6월 8일, 15일, 22일의 논설도 단재의 작품으로 보았다.

황셩신문샤의 사무실에 들어가 보면 한심ᄒ 일이 한아둘이 안이라 수
삼 명의 ᄉ무원들은 아모 일도 안이ᄒ고 누어서 월급만 먹지만은 이들이
모다 독립협회의 녯늘 친구인 고로 인정에 ᄒᆯ 슈 업다 ᄒ야 그 시비를 말
ᄒᄂ 쟈가 업고 가지에 직졍관리에 그 사ᄅᆷ이 업서 돈푼이나 잇으면 ᄅᆡ일
신문은 못 박을지라도 술이며 ᄉᄉ일에 다 써바리고 (…중략…) 그러ᄒᆷ으
로 신문 긔쟈를 구비ᄒ게 둘 슈 업서 편즙실에ᄂ 론셜긔쟈 잡보긔쟈 도합
두 사ᄅᆷ만 잇고 곳 외국신문도 사볼 슈 업서 간신히 일본 신문 한 쟝이 몃
츨만큼 왓노니 희라 루소, 마신이의 리샹이며 입센, 똘스또이의 문쟝으로
도 문견이 좁고 신역이 번급ᄒ면 엇지 그 텬품의 직조를 발휘ᄒᆯ 슈 잇으
리오 고로 당시 신문은 손바닥만ᄒᆫ 조희에 츙고니부, 츙고외부(忠告內部,
忠告外部) 등의 되ᄉ줄 론셜과 남셔화직, 셔셔적경(南署火災, 西署賊警)
등의 두어 줄 잡보뿐이니 오호라 이갓흔 신문들로 무슴 됴흔 결과를 바리
엇더뇨.[60]

위 내용은 『황성신문』의 상황에 대해 자세히 말해주고 있다. 『황성
신문』에 참여한 사람이 아니고서는 사무원, 재정 관리, 기자 상황 등
내부 사정을 이렇게 자세하게 알기 어렵다. 단재는 1905년 7월경 황
성신문사에 입사해서 1907년 9월경에 퇴사한 것으로 보인다. 그러ᄆ르
로 이 내용을 두고 신채호를 떠올리는 것은 지극히 자연스럽다. 이 글
이 「단군시대의 시」・「사법명의 무공」과 같은 날짜에 실렸다는 것도
단재 저작 가능성을 높인다. 일본 문서에 1912년 11월 주필로 언급된
장도빈은 『황성신문』과는 무관하다. 그리고 권업신문사에 국내 신문,

---

60 「광무울ᄉ 이젼의 본국 신문」, 『권업신문』, 1913.2.16.

특히 『황성신문』의 상황을 이 정도로 소상히 알 만한 인물은 단재밖에 없었다.

> 내가 삼 년 전에 중국에 놀다가 북경성에 올나보고 한족의 오릭 망치 안 홀 줄을 알엇노라 북경성의 놉피가 열다섯 길이며 넓이가 열다섯 발이라 그 위에 병영을 짓고 그 위에 텰도도 노앗도다[61]

「발칸반도에 새로 흥하는 세 나라」에서 논설 저자는 3년 전, 즉 1910년에 북경에 다녀 왔음을 언급했다.[62] 단재는 1910년 러시아 입국 수속을 위해 북경 러시아 영사관에 들렀는데, 이때 북경에 잠시 체류했다.[63] 장도빈은 1912년 1월 연길로 가서 국자가 훈춘을 거쳐 노령으로 망명했다.[64] 그러므로 장도빈과 1910년 북경성 방문은 무관하다. 그리고 위 글에는 북경성을 계측한 내용이 나오는데, 그것은 단재가 광개토왕릉을 측척한 방식과 동일하다. '북경성의 놉피가 열다섯 길이며 넓이가 열다섯 발'이라는 말은 광개토대왕의 "王陵의 廣과 高를 발로 발버 身體로 견주어 測尺을 代"하니 "高 十丈 假量이요 下層의 周圍는 八十발"이라는 방식과 일치한다.[65] 또한 그 주변에 대한 묘사도 공통적으로 드

---

61 「빨칸반도에 식로 흥흐는 세 나라」, 『권업신문』, 1912.12.1.
62 원칙적으로 1909년으로 보이지만 1910년을 의미할 가능성이 크다. 그것은 일제 36년이라는 맥락과 통한다. 시간적으로는 35년이겠지만 시작된 해가 한 해 포함되고 끝난 해 역시 포함되기 때문이다. 이는 정인보(무창혁명을 한지 3년)의 방식과 동일하다.
63 이갑에 따르면, 북경 러시아 대사관을 거쳐 연대 러시아 영사관에서 입경증명서를 얻는 데 2주 이상이 걸렸다고 한다. 또한 단재는 일본 재판관의 심문에서 31세(1910)에 북경에 갔던 일을 인정하였다. 김주현, 『신채호문학연구초』, 소명출판, 2012, 91~92면 참조.
64 장도빈, 앞의 글, 288면.
65 신채호, 「조선사」, 『조선일보』, 1931.6.16.

러난다. 이 짧은 글에서도 자료를 찾아다니며 실증을 추구하는 역사가의 모습이 드러난다. 실증사학에서 고고학적 발굴은 대단히 중요하다. 단재는 "地中의 金石을 發掘하며 殘散의 古書를 搜集"하기 위해 백방으로 노력했다.[66] 이 논설에는 그러한 모습을 보여주는 구절이 있다.

① 고구려의 평양 토성이 잇지만은 남은 것은 흙덩이뿐이며 ② 천합소문의 천리 쟝척이 잇지만은 둔 곳은 남의 따이며 ③ 광긔토왕의 비문이 잇지만은 풀섭헤 쟝ᄉ하엿으며 ④ 을지문덕의 유상이 잇지만은 땅 속에 미안ᄒ엿으며 ⑤ 신라의 황룡ᄉ탑이 수천 척이지만은 무졍ᄒ 불에 긔부ᄒ엿으며 ⑥ 빅졔의 원유궁뎐이 굉쟝 화려ᄒ엿지만은 무도ᄒ 란리에 봉송ᄒ엿으며 ⑦ 단군 고긔의 귀즁ᄒ 문ᄌ를 휴지로 시힝하엿으며 ⑧ 화랑국션의 유비를 텰퇴로 마졋으며 ⑨ 숑도 만월딕가 고려왕궁의 터이라 ᄒ나 쥬추돌 한긔도 볼 슈 업으며 ⑩ 아모곳 아모곳이 발히 왕도의 ᄌ리라 ᄒ나 기와ᄉ쟝 한쪽도 얻지 못ᄒ겟도다 ⑪ 오호라 ᄉ천년 력딕 조샹의 피 흘니고 땀 흘니어 민들어둔 것을 부시고 녹이고 쓸고 헐어치운지라[67]

이 역시 「발칸반도에 새로 흥하는 세 나라」의 일부로 역사서를 수집하고 유물을 찾아다니는 역사가의 모습이 역력히 드러난다. ① "고구려의 평양 토성이 잇지만은 남은 것은 흙덩이뿐"이라는 것은 "余가 平壤에 遊ᄒ더니 居人이 相傳曰 本郡石多山下에 乙支文德勝戰碑가 有ᄒ더니 本朝 中葉에 此를 椎倒ᄒ야 地中에 埋ᄒ엿다 하니 然則 三國 以來 許多 ᄉ籍도 此碑와 同歸ᄒ야 若是히 無傳홈이 아닌가"와 관련이 있다.[68]

---

66 신채호, 「대동역사」, 『동방학지』 162, 연세대 국학연구원, 2013.6, 332면.
67 「빨칸반도에 시로 흥ᄒ는 세 나라」, 『권업신문』, 1912.12.1.

단재는 1909년 12월 이전에 평양의 유적을 답사한 것으로 보인다. ④ 을지문덕의 '유상'을 땅속에 '매안'하였다는 것은 "乙支文德의 遺碑를 摧하야 空山에 埋하고"에도 나온다.[69] 그리고 ② 연개소문의 천리장성이 남의 땅에 있다는 것은 "고구려 연개소문은 부여로부터 장성을 쌓아 남쪽으로 바다까지 이르렀는데 이것은 우리 역사상 가장 긴 성이라는 구절과 관련이 있다.[70] 단재는 그것을 다시 "北夫餘城으로부터 今 遼東 半島의 南端까지 千餘里의 長城"이라고 했다.[71] 단재는 영유왕 시절 연개소문이 쌓은 천리장성이 부여로부터 요동에 이르렀다고 했는데, 그것이 남의 땅이 되었음을 한탄했다. 그리고 광개토왕비를 "深深土中에셔 廣開土王의 碑"이라 언급하였는데,[72] 단재는 「韓國의 第一豪傑大王」 (『대한매일신보』, 1909.2.25 · 26)에서도 그러한 사실을 적고 있다.

그리고 ⑤의 황룡사탑은 "建築으로 거룩한 臨流閣, 皇陵寺"(「꿈하늘」)에서 잘 드러난다. 이에 대해서는 다음 구절을 살필 필요가 있다.

삼국유ᄉ에 왈 구층탑을 세우고 팔관회를 셜ᄒ면 중국 일본 등 아홉 나라이 와셔 항복ᄒ리라 함[73]

---

68 검심, 「國ᄉ의 逸事」, 『대한매일신보』, 1909.12.15.
69 신채호, 「대동역사」, 앞의 책, 331면. 한편 원래 유상(遺像)이라 하면 초상화를 의미하겠지만, 여기에서는 남긴 모습이 새겨진 비를 의미하는 것으로 보아야 한다. 만일 초상화라면 불태워졌다고 했을 것이다. 앞에서 광개토대왕의 비를 언급했기에 을지문덕의 유상이라는 비유로 대구한 것으로 보인다.
70 신지, 「만리장성」, 『천고』 2, 1921.2. 高勾麗蓋蘇文 自夫餘 築長城 南至海 凡千餘里 此國史上城之最長者也.
71 신채호, 「조선사」, 『조선일보』, 1931.9.3.
72 검심, 「고인」, 『대한매일신보』, 1909.12.19.
73 「몬데네크로 대왕 니꼴라쓰의 니야기」, 『권업신문』, 1913.1.26.

이 글은 앞의 「발칸반도에 새로 흥하는 세 나라」와 연결된 글로, 같은 저자가 연속적으로 쓴 글이다.[74] 여기에서 '황룡사'와 '구층탑'은 연결되며, 그것은 곧 『삼국유사』와 관계있음을 알 수 있다. 단재는 「國ㅅ의 逸事」(『대한매일신보』, 1909.12.15)에서도 "三國遺事에 鄕傳을 셔ᄒ야 曰"이라 하여 『삼국유사』를 언급하였는데, 이미 애국계몽기에 『삼국유사』를 접했음을 알 수 있다. 단재는 「꿈하늘」(1916)에서도 "三國遺事나 高句麗史나 廣史나 繹史 갓흔 속에서 參照하야 쓴 말"이라고 하여 『삼국유사』를 언급했다. 그 책에는 黃龍寺를 달리 黃隆寺로 칭하고 있는데, 「꿈하늘」과 「발칸반도에 새로 흥하는 세 나라」의 내용 모두 『삼국유사』에 기반하고 있다. 단재는 황룡사의 가치를 인정하였지만, 그것이 불타서 사라진 것을 매우 안타까워했는데, 이것이 두 글에 그대로 나타나 있다. 다음으로 백제 '원유궁전'에 관한 내용이다.

燕이 慕容熙 以來로 民力을 剝割하야 宮室과 苑囿가 非常히 壯大할 ᄯᅥ더러[75]

이에 크게 나라 사람을 동원해서 흙을 모아 성을 쌓고 궁실을 높이며 원유(苑囿)를 크게 하고[76]

백제의 '원유궁전'이 화려했다고 했는데, 그 구절만 보아서는 무슨

---

74 「몬데네크로 대왕 니꼴라쓰의 니야기」에는 "본보 뎨三十一호 二호 참고"로 되어 있고, "지면이 좁고 결론이 급ᄒ야 이 쟝은 다 이야기를 못ᄒ거니와 ᄉ실의 대략은 본보 뎨三十一호 三十二호에 잇ᄂ니 졔군은 이에 참고ᄒ기를 바라노라"라고 하였는데 두 편이 한 저자의 연속 글임을 알 수 있다.

75 신채호, 「조선사」, 『조선일보』, 1931.8.7.

76 안정복, 『동사강목(東史綱目)』 권2하, 慈悲王 35면. 於是大發國人 烝土築城 高宮室大苑囿.

내용인지 알기 어렵다. 그런데 단재는 「조선사」에서 연나라가 궁실과 원유를 장대하게 했다고 했다. 백제 역시 궁실과 원유를 장대하게 했음은 『동사강목』에서 언급하고 있다. ⑥은 『동사강목』에 근거하고 있는데, 단재는 "다만 東史綱目의 격힌 바에 의거하야 필경 傳記도 안이오, 論文도 안인 『四千載第一偉人乙支文德』이라 한 조고마한 冊子를 지어 世上에 發佈한 일이 잇섯더라"(「꿈하늘」, 25~26면)라고 하여 『을지문덕』(1908) 창작 때 이미 『동사강목』을 접했음을 언급했다. 그는 해외 망명을 떠나면서도 『동사강목』을 휴대했으며, 정인보는 1913년 상해에서 단재를 만났을 때 "白紙에 베낀 東史綱目이 끄내는 대로 연방 나오던 것"을 보았다고 했다.[77] 단재는 "安은 儒敎에 홀니여 그 지은 東史綱目에 歸化한 백성 箕子로 始祖를 삼음이 큰 妄發"(「꿈하늘」, 39면)이라고 비판하였는데, 위 구절 ⑥은 바로 『동사강목』을 토대로 쓰여졌다는 점에서 단재 글일 가능성을 보여준다. ⑦ 단군 『古記』의 멸실에 대해서는 단재가 누누이 한탄한 사항이다. 「꿈하늘」에서도 "古記며 仙史며 花郞世紀 갓흔 萬世 보배 되는 文獻을 업시하고",(38면) 「극웅에게」에서 "三韓 以前의 古記는 모두 掃蕩되고"라고 하였으며,[78] 이후 수많은 글에서도 반복해서 언급했다. 그리고 ⑧ '화랑 국선'에 대해서는 「동국 고대 선교고」(『대한매일신보』, 1910.3.11), 「꿈하늘」, 「고고편」(『천고』, 1921.1) 등에서 지속적으로 언급하여 따로 언급할 필요가 없을 것이다.

---

77 정인보, 「단재와 사학(상)」, 『동아일보』, 1936.2.26, 4면.
78 신채호, 「極熊에게」, 『단재신채호전집』 7, 독립기념관 한국독립운동사연구소, 2008, 752면.

滿月臺로 말하면 高麗 五百年 새이에 님금이 계시던 데요, 英雄의 밥던 데요, 詩人의 읇던 데요, 書籍의 쌔힌 데요, 萬姓의 울어보던 데라. 만일 李氏 王朝에서 그 몃 가지만 保全케 하얏더래도 古代 文明의 寫眞이 되며 後世 硏究家의 標本이 되어 國民의 進步心을 책질할지어늘 이제 **주초돌 한낫도 업시 부시여 업시하얏도다.** 이갓히 無情한 人間에게 옛 歷史를 차질 수 잇소리오?[79]

松都를 지나다가 滿月臺를 처다 보아라. 半片의 瓦가 씨쳣드냐? 一個 礎가 남엇더냐?[80]

⑨ 송도 만월대에 '쥬추돌 한기도 볼 슈 업'다는 말은 「꿈하늘」, 「조선사」에 여실히 나타난다. 심지어 '주춧돌 한 개'와 '주초돌 한낫'・'一個礎', '기왓장 한쪽'과 '半片의 瓦'는 그 어휘마저 한결같다. 그리고 이것은 다시 ①과 관련이 되며, 단재가 평양에서 토성을 찾은 것처럼 개성에서 만월대 등을 둘러보고 썼다는 것이다. ⑩ "아모곳 아모곳이 발히 왕도의 즈리라 하나 기와ㅅ장 한쪽도 얻지 못하겟도다"는 것 역시 '송도만월대'처럼 역사가적 모습을 보여준다. 이런 것들은 단순히 상상해서 쓴 것이 아니라 현장을 찾아다니며 발로 쓴 글이라는 사실이다. 단재는 "海外에 나오던 날부터 高句麗 渤海의 舊疆을 踏査하리라는 懷抱가 가장 깁헛엇다"고 하였으며,[81] 그리고 이윤재를 만났을 때 "내가 俄領方面과 滿洲方面에 있었을 때에는 우리의 史蹟을 찾기에 거의 專力을 다하다싶이 하였"다고 했다.[82] ⑩은 발해 역사의 흔적을

---

79 신채호, 「꿈하늘」, 『신채호문학유고선집』, 33면.
80 신채호, 「조선사」, 『조선일보』, 1931.6.14.
81 신채호, 「조선사」, 『조선일보』, 1931.6.17.
82 이윤재, 「북경시대의 단재」, 『조광』, 1936.4, 216면.

찾아다닌 모습이 역력한데, 역사가로서의 단재의 모습을 보여주는 것이 아니겠는가?[83]

> 彼가 自國을 卑視ᄒ고 他國을 崇拜ᄒ 結果로 我 先民의 偉大ᄒ 功跡을 蹂躪ᄒ야, 廣開土王의 本紀을 執ᄒ야 烈火에 投ᄒ며, 乙支文德의 遺碑를 椎하야 空山의 堆ᄒ고, 金角干의 唐兵坑殺훔을 諱ᄒ며, 崔都統의 明寇擊却훔을 削ᄒ고, [此ᄂ 猶吾輩가 他書에 傍證ᄒ야 得知ᄒ 바어니와 其外에 證古까지 失ᄒ 것이 何限이리오.] 其他 凡 我民族 對外競爭의 時에 流血의 忠과 却賊의 勇을 太半 塗抹ᄒ야 當時의 事實이 泯滅ᄒ얏스며[84]

마지막으로 ⑪ "력ᄃ 조상의 피 흘니고 땀 흘니어 민들어둔 것을 부시고 녹이고 쓸고 헐어치운" 것에 대한 회한이야말로 「대동제국사서언」에서도 마찬가지이다. 역사적 사실을 민멸시킨 것이 어디 하나둘이겠는가. 그러한 사실을 단재는 수많은 글에서 반복해서 주장하고 있다.[85] 이처럼 1913년 1월 이후 여러 논설에서 단재의 흔적들이 그대로 나타나는 것을 어떻게 설명할 수 있을까?

---

83 물론 당시 장도빈도 발해 고구려 유적지를 답사하였다. 장도빈은 1912년부터 "高句麗의 柵城遺址 또는 渤海의 東京遺址"를 확인하고, "그 후에도 고구려 발해 유적을 실지 답사하는 좋은 기회를 가져 국사 연구의 자료로 하였다"고 언급했다. 장도빈, 「암운 짙은 구한말」, 289면.

84 신채호, 「대동제국사서언」, 『무애산고』, 23면.

85 한편 「빨간반도에 ᄉ로 흥ᄒᄂ 세 나라」(1912.12.1)에서 제시한 리종휘의 고구려렬전, 류등공의 발히수, 한빅겸의 디리지, 안정복의 디리고, 류반계 뎡다산의 고ᄃ의 정치계도 연구, 박연암 박초뎡의 문학소 등은 「조선사」의 내용과 아주 밀접하다. 이 역시 「발칸반도에 새로 흥하는 세 나라」의 단재 집필 가능성을 잘 보여주지만, 『신채호문학연구초』, 88~89면에 자세히 논의하였으므로 여기서는 생략함.

5. 1913년 권업신문 주필은?

1913년 상반기 권업신문 주필은 누구인가? 다시 문제의 핵심으로 들어가 보기로 한다. 우선 문서에 주필이 드러난 상황을 보기로 하자.

〈표 1〉 권업신문 주필에 관한 정보

시기	권업신문 내용	일본 정보 내용
1911년 12월 19일 (러력 12월 6일)	서적부장 신채호	1912년 2월 신문부장 겸 주필 신채호, 총무 한형권, 부원 박동원 · 이근용
1912년 3월 13일(러력 2월 29일)	발행인 듀꼬프	1912년 5월 권업신문 주필 신채호[86]
1912년 5월 5일(러력 4월 22)~9월 8일(러력 8월 26일)	주필 신채호 9월 15일부터 '주필'란 및 주필 이름 빠짐	1912년 11월 신문부 총무 한형권, 주필 張斗彬, 부원 박동원 · 이근용
1913년 1월 12일 (러력 12월 30일)	신문부장 한형권	1913년 7월 주필 신채호
1913년 10월 19일 (러력 10월 6일)	신문사장 겸 주필 이상설	1913년 12월 오랫동안 비었던 주필에 이상설 취임, 5주전 사임
1914년 2월 1일 (러력 1월 19일)	신문사장 최병숙, 총무 윤해, 주필 김하구	1914년 8월 신문주간 출판부장 최동숙, 편집장 김하구, 사무간사 윤해[87]

위의 표를 보아도 여전히 해결되지 않는 것이 있다. 1912년 11월

---

86 「當地方 朝鮮人 同情報告」(1912.5.6), 『不逞團關係雜件─朝鮮人의 部─在西比利亞(4), 『단재신채호전집』 8, 438~439면.

87 「권업신문에 관한 보고」, 『한국독립운동사자료 34 러시아편 I』, 국사편찬위원회, 1997, 117면. 이 문서는 1913년 8월 30일 작성된 것으로 엠 노무라 영사가 연해주 군총독에게 보낸 비밀문서이다. 여기에서 주필은 崔秉淑을 崔東淑으로 잘못 표기한 것으로 보인다. 노무라는 1914년 8월 20일 「연해주의 군총독 각하께」라는 문서에서 권업신문의 발행 중지, 권업회 폐쇄, 반일성향 한인 지도자 추방 등을 요청하였고, 아울러 30일에는 『권업신문』의 반일적 성향을 들어 『권업신문』에 대한 '합당한 조치'를 촉구하였다. 이로 인해 권업신문은 발간이 중단되기에 이른다.

당시 주필이 장도빈이라는 것을 사실로 받아들인다고 하더라도 과연 그가 언제까지 글을 썼는가 하는 문제가 남는다. 일단 권업회의 연혁이나 『권업신문』에는 장도빈 주필설이 나오지 않는다. 그리고 1913년 7월 단재 주필설을 어떻게 받아들여야 하는가?

勸業會가 起하야 新韓村을 根據로 하고 勸業新聞을 發刊하매 申宋浩 金河球 兩氏가 서로 主筆이 되고[88]

『권업신문』 주필이던 단재 신채호・옥파 김하구 (…중략…) 보재(이상설)가 군중의 추천으로 『권업신문』의 주필로 되었다가 겨우 2장의 논설을 쓰고 인차 사면한 것은 무슨 까닭일까? 그에게는 그런 책임을 감당할 만한 학식도 없었다.[89]

나는 『勸業新聞』에 寄稿하여 發行 配付되었는데 露領, 間島, 上海, 北京, 新義州 各方面에 宣傳되었다.[90]

계봉우는 『권업신문』 주필로 신채호, 김하구를 언급하고, 이어 이상설이 잠시간 주필을 맡았다고 했다. 계봉우는 블라디보스토크에 머물며 『권업신문』에 많은 글을 발표했는데 그가 권업신문 주필로 세 사람만 들었다는 것에 주목할 필요가 있다.[91] 즉 장도빈을 언급하지 않았다는 사실이다. 만일 장도빈이 주필을 했다면 그의 이름도 언

---

88 뒤바보, 「아령실기 12」, 『독립신문』, 1920.4.8, 3면.
89 계봉우, 『꿈속의 꿈(상)』, 170~171면. 독립기념관 한국독립운동사정보시스템. 이 글은 언제 쓰여졌는지 잘 알 수 없지만, 자료 해제에는 1944년 쓴 것으로 되어 있다.
90 장도빈, 「암운 짙은 구한말」, 『사상계』, 1962.4, 289면.
91 계봉우는 '뒤바보'라는 필명으로 「시노리」를 『권업신문』 1914년 6월 28일부터 8월 29일까지 9차례 발표하였으며, 한편으로 러시아에서의 삶을 「아령실기」라는 이름으로 『독립신문』에 12회(1920.2.26~4.3)에 걸쳐 발표하였다.

급했을 것이다. 장도빈이 주필이 아니었음은 그 스스로 원고를 '기고하기로 승낙', '기고'했다고 말함으로써 증명해 보인 셈이다. 장도빈은 기고자로서 『권업신문』에 글을 발표했을 뿐이다.

그렇다면 단재는 주필란에 이름이 빠진 이후 논설을 쓰지 않았던 것일까? 단재의 이름은 1912년 9월 15일부터 주필란에서 빠져 있다. 그런데 백원보는 "勸業新聞 第22号 論說을 參覽하시면 申博士의 憂慮의 隱然한 發表를 確知하시오리다(1912.9.22, 백원보→안창호, 도산안창호전집 2, 182면)"라고 하여 제22호 논설 「공과 사를 잘 분간하여야 할 일」(1912. 9.22)이 단재의 글임을 분명히 했다. 곧 단재는 주필란에서 이름이 빠진 이후에도 여전히 논설을 썼다는 사실을 말해준다.[92] 더욱이 그가 창간호부터 발표했던 것으로 보이는 「중국혁명약사」는 1912년 10월 22일까지 발표되고 있다.[93] 이는 그의 이름이 주필란에 빠진 이후에도 지속적으로 『권업신문』에 글을 썼다는 사실을 말해준다.

아울러 1912년 9월 15일부터 단재의 이름만 빠진 것이 아니라 주필란이 아예 없어졌다. 달리 주필란에 이름이 없더라도 이상설, 김하구는 주필이었다는 점이다. 1912년 9월 중순부터 1913년 10월 중순까지 『권업신문』에 주필에 관한 언급이 일체 없다. 그 사이 신문부장 한형권의 이름만 보일 뿐이다. 그런데도 논설은 계속 실렸는데, 누군가가 논설을 썼다는 이야기이다. 단재는 백원보의 편지(1913.1.21, 백원보→안창호, 『도산안창호전집』 2, 198면)를 통해 1913년 1월 21일 당시에

---

92 반병률은 이 논설을 "공식 사임 전에 쓴 글"로 보았다. 그것은 주필란에서 이름이 빠진 후부터 단재가 신문에서 완전히 손을 뗀 것으로 보았기 때문이다. 반병률, 앞의 글, 18면.
93 이 글의 저자에 대해서는 김주현, 「중국혁명사략」의 저자 규명 및 창작 의의 연구」, 『한국독립운동사연구』 28, 독립기념관 한국독립운동사연구소, 2007.6, 177~202면 참조.

도 블라디보스토크에 머물렀음이 확인된다.

나는 新韓村에 도착한 즉시로 신채호씨의 居所를 찾아가서 신씨를 만나니 신씨가 매우 반가워 환영하여 (…중략…) 내가 이종호씨를 만나서 들은즉 방금 『권업신문』을 경영하게 되었으니 협력하여 주시기 바란다고 하고 그 신문의 발행은 신채호씨에게서도 들어 알았으며 나는 아직 그 신문에 기고하기를 승낙하였다. 나는 그날부터 신채호씨와 한 旅館에 留宿하여 수년간을 함께 있었다.[94]

中博士는 上海로 行ᄒ기를 決定ᄒ고도 薄情이 離發홀 수 無ᄒ야 아즉 新聞維持되는 時ᄭ지 執筆ᄒ려 ᄒ옵나이다.[95]

그렇다면 단재는 언제까지 블라디보스토크에 머물렀는가? 단재가 1913년 1월에 블라디보스토크에 머물고 있었음이 백원보의 편지(1913.1.21)를 통해, 그리고 1913년 8월 19일 상해에 도착한 것이 정원택의 일기를 통해 확인된다.[96] 그 사이 다른 자료에서 단재의 흔적들이 잘 확인되지 않는다. 다만 장도빈의 고백에서 흔적을 엿볼 수 있다. 장도빈은 1912년 4월 말경에 블라디보스토크에 도착하여 단재와 함께 머물렀으며, 1914년 봄 블라디보스토크를 떠났다.[97] 그러니까 2년 정도 머무른 셈이다.

94　장도빈, 앞의 글, 289면.
95　1912년 9월 22일 백원보가 안창호에게 보낸 편지, 『도산안창호전집』 2, 동양인쇄주식회사, 2000, 183면.
96　정원택, 홍순옥 역, 『志山外遊日誌』, 탐구당, 1983, 76면.
97　장도빈은 블라디보스토크에 가서 "이종호 씨를 만나서 들은즉 방금 『권업신문』을 경영하게 되었으니 협력하여 주시기 바란다"라고 하더라 했다. 『권업신문』 인가장이 접수된 것은 1912년 4월 20일(러력 4월 7일)이고 창간호가 나온 것은 1912년 5월 5일(러력

장도빈은 "신채호씨와 한 旅館에 留宿하여 수년간을 함께 있었다"고 증언
했다. 만일 단재가 1913년 1월에 떠났다면 9개월밖에 되지 않는데 '수년
간 함께 있었다'고 할 리 없다. 그리고 1913년 7월에 만든 일본의 『외교시
보』에 단재가 "블라디보스토크와 그 부근에 있는 자"라고 했다. "권업신문
주필"이라는 말에서 당시까지 단재가 블라디보스토크에 있었음을 확인
해주고 있다. 설령 「루령 거류 조선인의 문제」에 오류가 있다면 그 오류는
주필에 관한 것이지 노령 거주 자체는 아닐 것이다. 당시 단재가 블라디보
스토크에 머물지 않았다면, 그의 이름은 문서에 아예 빠졌을 것이다.

한편 백원보는 1912년 9월 편지에서 단재가 상해로 떠나려 하였지
만 박정히 떠날 수 없었으며, "新聞 維持되는 時까지 執筆하려" 한다
고 했다. 그는 다음날 편지에서도 신채호가 "당지 신문이 유지하는 경
우에 猝然이 박정치 못하야 姑留"한다고 했다. 단재가 신문으로 인해

4월 22일)이다. 장도빈은 1912년 5월 7일 안창호에게 보낸 서신에서 "弟前月自內地往墾
島到此了"(1912.5.7. 장도빈 → 안창호, 『도산안창호전집』 2, 536면)라 하여 자신이
지난달에 내지(한국)으로부터 간도에 갔다가 이곳에 이르렀다고 했다. 이곳은 '海港'이
라는 언급을 통해 블라디보스토크임을 알 수 있다. 또한 내용 중에 "此地鄭申諸丈皆穩過
了"라 하여 블라디보스토크에 있는 정재관 신채호 등이 모두 잘 지내고 있음을 말했다.
그러한 내용은 장도빈이 신한촌에 가자마자 신채호, 이종호, 이상설, 정재관을 만났다는
말과 일치한다. 아울러 백원보는 1912년 5월 12일 안창호에게 보낸 편지에서 "張基棻·
張道斌 兩氏를 布哇(하와이)로 薦去코져 ᄒ옵ᄂᆞ딕 (장)道斌氏는 桑港으로 行코져 ᄒᆞᄂᆞᆫ
中"(1912.5.12. 백원보 → 안창호, 『도산안창호전집』 2, 175면)이라 하여 장도빈이
당시 블라디보스토크에 있음을 언급했다. 이로 볼 때 장도빈은 1912년 4월 말에 블라디
보스토크에 도착한 것이다. 본 연구자는 이전에 장도빈이 "1912년 5월에"(『신채호문학
연구초』, 110면) 블라디보스토크에 온 것으로 설명하였으나, 그것은 잘못으로 여기에
서 바로잡는다. 참고로 장도빈의 편지(1912.5.7)를 『도산안창호전집』 2(536면)에서
는 '북간도'에서 보낸 것으로 소개했으나 내용상 블라디보스토크에서 보낸 것이 확실하
며, 백원보의 편지는 5월 12일이 러시아력이라 했으나 내용에 "신문 제일호 발간"(1912
년 5월 5일)이라는 내용으로 보아 서력(양력)이 확실하다. 건국(단군기원)을 쓴 백원보
의 다른 편지들도 날짜는 러시아력이 아니라 서력이다. 『권업신문』의 경우도 맨 앞면에
러시아력(俄曆 一千九百十二年 五月 十三日)을 썼지만, 2면에는 단군기원에다 서력(紀
元 四千二百四十五年 五月 二十六日)을, 3면에는 음력(陰曆 壬子 四月 初十日)을 썼다.

블라디보스토크에 계속 머문다는 것이다. 그의 편지는 1913년 1월 21일 것까지 있는데, 여전히 단재의 소식을 전하고 있다. 그리고 연구자들은 단재가 편당과 파벌 싸움 때문에 신문사를 그만두고 블라디보스토크를 떠났다고 하지만, 사실 편당과 파벌은 권업회 형성 당시에도 있었으며, 그러한 것은 일본의 문서나 장도빈, 백원보 등의 서신에서도 나타난다. 그래서 "申(채호)博士는 無味로 經過흠이 如前이오나氏의 所欲은 某人의 機關에든지 不入하고 獨行 自态홀 趣旨"(1912.7.22, 백원보→안창호, 『도산안창호전집』 2, 177면)로 불편부당하게 지냈다고 하질 않았는가. 어느 편당이나 파벌에 소속되지 않고 지냈다는 것이다. 그렇기에 오히려 편당과 파벌 싸움에 좀 더 의연하게 지냈을 것이다. 아울러 그는 「공과 사를 잘 분간하여야 할 일」이라는 자신의 논설에서 "공공흔 일이 ᄉᆞᆺ일보다 즁흔 줄 알기ᄂᆞ ᄒᆞ여야" 한다고 공언하면서 사사일 때문에 신문에 글쓰기를 그만두었겠는가.[98]

백원보의 논리에 따르면, 1913년 1월 21일에도 신문이 유지되었기에 단재는 블라디보스토크에 머물렀을 것이며, 그 이후에도 신문은 유지되었으므로 단재가 블라디보스토크에 머무는 동안 신문에 참여했을 것이다. "申(채호)씨는 아즉까지 弟와 最信"한다는 내용으로 보아 백원보는 어느 누구보다 단재의 심정을 잘 알았을 것이다. 백원보는 단재가 신문이 유지되는 날까지는 집필하려 한다고 했다. 1913년 상반기 여러 편의 논설이 단재의 저작으로 확인된다. 이는 단재가 블라디보스토크에 머무르는 동안 신문에 참여했음을 반증해 주는 것이 아닌가. 그리고 논설을 썼다면 아마도 주필의 자리를 유지했을 것이다. 여기에서 당시

---

98 「공과 ᄉᆞ를 잘 분간ᄒᆞ여야 홀 일」, 『권업신문』, 1912.9.22.

단재가 얼마의 논설을 썼느냐 하는 것은 그 다음의 문제이다. 신문을 통해 그 부분은 더욱 정확하게 검증될 필요가 있다.

신채호와 『가정잡지』 활동

1. 서론

『가정잡지』는 애국계몽기 여성들을 위한 대중 계몽 및 교양잡지이다. 이것은 순한글 잡지로 제2기부터 단재가 편집 겸 발행을 맡아 발간했다. 단재의 연보에도 이러한 사실을 적고 있으며, 또한 단재신채호전집간행위원회에서는 『가정잡지』 제2년 창간호 및 제7호에 실린 몇 작품을 단재의 글로 간주하여 전집에 실었다. 그러나 그 작품들은 이제까지 제대로 논의되지 못했다. 그것은 일차적으로 『가정잡지』의 제2년 가운데 적지 않은 호수가 유실되었을 뿐 아니라 남아 있는 호수에 단재의 글이 많지 않고, 또한 중요한 작품은 중도 분실 및 미완인 상태로 남아 있기 때문이다.

이장우는 제2년 『가정잡지』가 1908년 1월부터 그해 8월까지 모두 7호까지 발간된 것으로 설명했다.[1] 그는 『가정잡지』 제2년 제1호와 제7호가 존재하며, 그 가운데 제1호는 "완본을 찾을 수 없었"다고 했는

---

1 이장우, 「대한제국기 『가뎡잡지』에 대한 일고찰―애국계몽운동의 일단면」, 『서지학연구』 4, 서지학회, 1989.12, 259면.

데, 제1호 완본은 현재 국회도서관에 소장하고 있다. 제7호는 그의 말처럼 '아단문화기획실'에 소장하고 있으며, 제3호는 연세대 귀중본 도서실에 있음을 확인할 수 있었다. 그리고 이장우는 "제2년 7호를 간행한 후에 폐간되었는지, 아니면 계속 간행되었는지에 대해서는 현재로서는 확인할 수 없다"고 말했다. 그는 다만 "신채호의 가정소설 「익모초」가 미완인 채로 끝난 것으로 보아 계속해서 간행하고자 했던" 것으로 보았다. 그에 비해 박정규는 "현재까지 발견되어 소개된 잡지 현황을 보면 신채호가 1908년 7월까지 발간하다 폐간한 것으로 추정된다"고 말했다.[2]

이 글은 신채호가 편집 및 발행한 『가정잡지』에 대해 살펴보려고 한다. 이 잡지는 한글로 발간된 최초 월간 교양잡지로 평가받고 있으며, 제2기부터 신채호가 편집 및 발행을 맡으면서 이 잡지에서 신채호의 비중은 대단히 커졌다. 그러나 이제까지 신채호 연구에서 『가정잡지』와 관련해 자세한 고찰은 없는 실정이다. 그리고 『가정잡지』에 대한 연구에서도 단재의 역할은 언급되었지만, 단재의 글에 대한 고찰은 전무한 실정이다. 그것은 무엇보다 잡지의 유실과 자료의 미비성 때문일 것이다. 그러나 최근 이 잡지에 발표된 「익모초」의 전체가 발굴되었으며,[3] 또한 『가정잡지』에 무서명으로 발표된 글 가운데 단재의 글이 적지 않기 때문에 이에 대한 본격적인 연구가 필요한 실정이다. 그래서 이 글에서는 신채호와 『가정잡지』의 문필 활동에 대해 다뤄보려고 한다.

---

2   박정규, 「해제-신채호가 편집하고 발행한 가뎡잡지」, 『가정잡지』 2(1), 영인본.
3   강현조, 「근대 초기 단편소설 선집 『천리경』 연구」, 『어문론총』 62, 한국문학언어학회, 2014.12, 356~370면.

2. 『가정잡지』와 단재의 글쓰기

『가정잡지』는 1906년 6월에 첫 창간호가 나왔다. 이때 사장은 유성준, 총무 겸 편집은 류일선, 보조원은 주시경·김병헌, 회계는 유진태·전덕기 등이 맡았다. 그러나 제2년 1908년 들어 사장은 민준호, 편집 겸 발행인은 신채호, 교보원 주시경, 총무 김상만, 회계는 유명혁이 맡았다. 현재 이 잡지는 현재 제2년 제1호(1908.1.5), 제3호(1908.3.?), 제7호(1908.8.25) 등이 남아 있으며, 이 잡지에 신채호는 실명으로, 또는 무서명으로 여러 편의 글을 발표했다.

1) 서명 작품의 상황

먼저 신채호의 이름이 드러난 글은 아래와 같다.

제2년 제1호(1908.1)

신채호, 「새해축사」

신채호, 「슈원 리싱원」—'백과강화'란

신채호, 「주락 조씨의 부인」, 「한씨 부인의 자선」, 「계씨 문중의 학교」—
  '잡보'란

제2년 제7호(1908.8)

신채호, 「한 집의 경제를 한 사람이 못할 일」—'가정경제'란

신채호, 「익모초(益母草)」—'가정소설'란

일찍이 단재신채호전집간행위원회에서는 『가정잡지』 제1호의 「새

해축사」, 「슈원 리싱원」, 「주락 조씨의 부인」, 「한씨 부인의 자선」, 「계씨 문중의 학교」 등과 제7호의 「한 집의 경제를 한 사람이 못할 일」, 「익모초」 등을 소개했다.[4] 이 작품들은 신채호의 이름으로 발표되어 저자를 확인하는 데 큰 어려움이 없다. 단재는 「슈원 리싱원」에서 "아들 공부를 독실히 시"킨 이생원의 이야기를 통해 가정교육의 중요성을 역설했다. 그리고 「주락 조씨의 부인」에서는 남편의 무죄를 설원한 부인의 열성을, 「한씨 부인의 자선」에서는 병화를 당한 이웃들을 위해 행랑채를 헐어준 부인의 자선심을, 「계씨 문중의 학교」에서는 계씨 문중과 동리 사람들이 힘을 합쳐 학교를 세운 일을 소개했다.

리씨가 집에 돌아와 그 아들에게 일러 왈 내가 디톄 나즌 연고로 남에게 쳔뒤와 구박이 간 뒤마다 ᄌ심ᄒ니 너의들이 커셔 부뒤 내 셜치 ᄒ라 ᄒ고 아들들이 공부를 잘 ᄒ지 안는 것을 보면 마당에 자리를 ᄭᆯ고 비러 왈 돌엿님 네 덕분에 량반 좀 되어 봅시다 ᄒ며 쏘 혹 ᄌᄀᆡ의 종아리도 치더니 정성소도에 금셕도 ᄯᅮᆯ는 법이라 과연 그 아들 숨형뎨가 후에 다 과거 ᄒ여 대신이 되고 권셔방은 그 허교도 안이ᄒ려던 리즁뒤의 아들 손에 쵸ᄉᆞᄒ여 원ᄉᆡ지 ᄒ니 그 쵸ᄉᆞ와 원은 다 리즁뒤가 원망을 은혜로 갑는 격으로 그 아들에게 부탁ᄒ여 식힌 바러라

긔자 왈 리싱원의 평ᄉᆡᆼ 욕심이 량반됨에 매쳣으니 루ᄒ도다 만은 일심 졍력을 들여 긔어히 그 아들 공부를 독실히 식혀 셜치를 ᄒ엿으니 또ᄒᆞᆫ 굿세도다 그러나 지금은 예젼 시뒤와 달나 총리대신을 홀지라도 남의 나

4   『개정판 단재신채호전집』 하권(1977)에서는 제7호의 「한 집의 경제를 한 사람이 못할 일」, 「익모초」 등도 제2년 제1호("以上 一九〇八年 一月 五日 『가정잡지』")의 작품으로 소개하였지만, 이는 오류이다. 이 두 작품은 1908년 7월호에 실렸다.

라에 평민보다 귀흘 것이 업스니 아들 두고 공부 식이는 동포들은 집 지체 이약이는 고만두시고 나라 디쳬 싱각ᄒ심을 바라노라.[5]

「슈원 리싱원」은 "뎡묘조 시절에 슈원 사는 리즁ᄃᆡ라 ᄒ는 이"에 대한 이야기이다. 이즁대의 노력으로 "아들 슴형뎨가 후에 다 과거ᄒ여 대신이 되"었다는 전형적인 출세담이다. '정묘조正廟朝' 시절 이즁대의 일화를 서술한 것으로 보인다. 그런데 이 작품은 자신을 무시했던 권서방의 자식들이 초사에서 원까지 하는, 말하자면 "원망을 은혜로 갑는" 훈훈한 미담이다. 단재는 사평을 통해 "리싱원의 평싱 욕심이 량반됨에 매쳣으니 루ᄒ도다"라고 하면서도 "일심 정력을 들여 긔어히 그 아들 공부를 독실히 식"힌 것을 높이 평가하였다. 신분 상승(량반)에 혈안이 된 이생원도, 그리고 허세 부리는 양반 권서방도 동시에 비판하며, 그들의 화해를 통해 새로운 시대의 모습을 설계했다. 그리고 무엇보다 이제 "아들 두고 공부 식이는 동포들은 집 지쳬 이약이는 고만두시고 나라 디쳬 싱각"하라고 당부했다. 곧 집안 부흥에 힘쓸 것이 아니라 국가 독립에 힘써달라는 것이다.

그런데 이 이야기는 두 가지 측면에서 의미가 있다. 하나는 이것이 '백과강화'란에 실렸다는 점이다. 그것은 각종 지식들을 쉽게 풀어서 이야기하거나 또는 그런 이야기를 뜻한다. 단재는 이전에 '해이서', '해이총서'를 여러 군데 언급했다. 그것은 남을 웃게 하거나 감복시키는 이야기를 의미한다. '백과강화'란은 지식의 체계를 이야기의 형태로 전달한다는 점에서 의미가 있는데, 그것은 주로 충효라는 주제와 관련이

---

5   신채호, 「슈원 리싱원」, 『가정잡지』 2(1), 1908.1, 36~37면.

있다. '백과강화'란에는 이 밖에도 '산술', '리과', '국문' 등이 제시되어 있다. 사실 이것들이 '백과강화'에 가깝다면 「슈원 리싱원」은 별종이다. 단재는 이야기를 통해 교훈과 감계를 주기 위해 '백화강화'란을 둔 것이다.[6] 그런데 이러한 별종은 『파수록』, 『명엽지해』, 『춘담해이』, 『동패낙송』 등 단재가 언급했던 일종의 '해이서'의 글쓰기 방식이었던 것이다. 단재는 이전 '해이서'의 형태를 '백과강화'란에 실현해 보여주고 있다. 그런데 이러한 글쓰기는 이후 대한매일신보 '담총'란을 통해 제대로 실현된다. 그것은 한글 제목이 '편편기담'인데, 단재는 다양한 일화들을 '강화'의 형태로 제시하여 독자들애게 교훈과 감계를 주고자 하였다.

다음으로, 박건회는 「슈원 리싱원」을 『천리경』에 가정소설로 소개하였다.[7] 그러니까 이 작품을 소설로 인식하였다는 점이다. 단재는 「익모초」를 '가정소설'이라는 이름 아래 발표했다. 단재가 그것을 소설로 규정한 것은 나름대로 형상화 측면을 염두에 두었기 때문으로 보인다. 그러나 '백화강화'로 분류한 「슈원 리싱원」을 소설로 규정한 것은 무엇 때문인가. 그것은 「슈원 리싱원」 역시 가정을 배경으로 한 이야기라는 점 때문일 것이다. 특히 「익모초」가 그러한데, 이는 한편으로 「슈원 리싱원」에서 「익모초」로 나아가는, 즉 설화에서 소설로 진전되어가는 과정을 잘 보여준다.

한편 「익모초」는 제2권 제3호인 3월호에 첫회분이 실렸다. 3월호에는 「익모초」의 저자를 밝히지 않았지만, 7월호에 '신채호'라고 기명이 되었기에 저자를 분명히 알 수 있다. 전집간행위원회에서는 7월호에 실린 「익모초(속)」를 단재전집에 수록했다. 「익모초」는 단재의 첫

---

6   7호에는 력스, 디지, 가뎡교육의 목덕, 교육의 효력, 국문 등이 '백화강화'란에 실렸다.
7   박건회, 『千里鏡』, 조선서관, 1911.

소설에 해당된다. 「익모초」는 사평식 글쓰기를 보여주는데, 그러한 것은 대한매일신보의 '담총'란 글과 별반 다르지 않다. '가정소설'로 분류된 「익모초」는 설화적 형식에 효 의식을 일깨운 작품인데, 단순히 형식이나 주제적인 측면에서 보면 다소 고전적이다. 이 작품은 현재 남아 있는 『가정잡지』로는 전체상을 확인할 수 없지만, 최근 한 연구자에 의해 작품의 전모가 밝혀졌다. 「익모초」가 「김장하와 최완길」이란 이름으로 『천리경』(조선서관, 1912)에 실려 있다. 이 작품은 단재의 글쓰기의 면모를 자세히 살필 수 있다는 측면에서 중요한 작품이다.

2) 무서명 작품의 발굴

단재신채호전집간행위원회에서는 신채호의 이름이 글에 직접 드러나지 않은 제1호 '논설'란의 「우리 잡지를 이어 발간하는 일로 보시는 이에게 고하는 말씀」을 단재의 글로 규정하였다. 논설은 일반적으로 편집자의 몫이고, 혹여 다른 사람이 썼다고 한다면 저자명을 제시하는 것이 관례였다. 그리고 "이어 발간하는 일로 보시는 이에게 고"한다는 제목에서 글을 쓰는 주체가 발행인이라는 것을 분명히 하였다는 점에서 이 논설은 단재의 글로 보아 무방할 것이다. 또한 〈그림 2〉처럼 「우리 잡지를 이어 발간하는 일로 보시는 이에게 고하는 말씀」은 「새해축사」에 이어져 있다. 1호는 저자를 충실히 밝혀놓았는데, 목차를 보면 단재가 논설을 썼을 것으로 충분히 짐작된다. 제2년 제1호는 속간이지만, 새로운 편집 및 발행인이었던 신채호로 보면 창간호나 마찬가지였기에, 당연히 그가 논설을 썼을 것이다. 그러한 이유로 단재전집 간행위원회에서도 이 논설을 단재전집에 포함시킨 것이다. 그것은 「신대한 창간사」, 「천고 창간사」도 마찬가지이다.

〈그림 1〉 제1호 앞표지

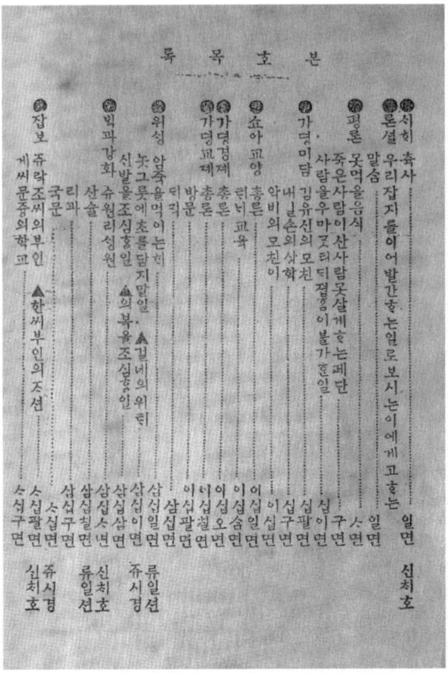

〈그림 2〉 제1호 목차

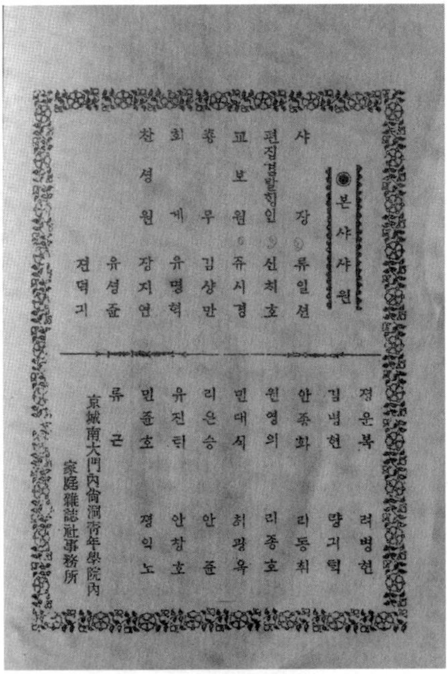

〈그림 3〉 제1호 뒷표지

사람마다 말ᄒ기를 나라가 태평ᄒ여야 빅셩이 힝복을 누린다고 ᄒ나 나라가 싱긴 근본을 궁구ᄒ면 여러 집이 모여 한 마을이 되고 여러 마을이 모여 한 면이 되고 여러 면이 모여 한 고을이 되고 여러 고을이 모여 한 도가 되고 여러 도가 모여 한 나라가 된지라 그런고로 집마다 다ᄉ리면 나라는 저절로 다ᄉ려지고 집마다 평안ᄒ면 나라는 저절로 평안ᄒ여지고 집마다 부요ᄒ면 나라는 저절로 부요ᄒ여질 것이요 집마다 다ᄉ리지 못ᄒ고 평안ᄒ지 못ᄒ고 부요ᄒ지 못ᄒ면 나라가 아모리 다ᄉ리고자 ᄒ고 평안ᄒ고자 ᄒ고 부요ᄒ고자 흔들 엇지 되기를 바라리오 이런고로 우리 잡지의 목뎍은 전국 동포의 가뎡에 묵은 습관을 고쳐 문명ᄒ 풍긔를 바다드리기로 직분을 삼ᄉ오니 그 목적의 큼은 엇더ᄒ오며[8]

위의 글에서 가정 및 가정교육의 중요성을 언급하였다. 단재의 「歷史와 愛國心의 關係」, 「國家는 卽 一家族」, 「身家國 觀念의 變遷」, 「家族敎育의 前途」 등은 가족이 국가이고, 국가는 대가족이라는 전제를 바탕으로 하고 있다. 「우리 잡지를 이어 발간하는 일로 보시는 이에게 고하는 말씀」은 그런 관점에서 형성되었다. 즉 가정의 중요성을 강조한 것이다. 영웅 호걸 역시 가정에서 태어나 가정교육을 받은 후에 영웅 사업을 하기에 가정은 더없이 중요하다는 것이다.

1호에는 평론으로 「못 먹을 음식」, 「죽은 사람이 산 사람을 못 살게 하는 폐단」, 「사람을 우마같이 대접함이 불가한 일」 등 세 편이 연속으로 실렸는데, 이 모두 단재의 글로 보인다.[9] 단재는 1907년 무렵

8　「우리 잡지를 이어 발간하는 일로 보시는 이에게 고하는 말씀」, 『가정잡지』 2(1), 1908.1, 2~3면.
9　이러한 입장에서 박정규는 「못 먹는('먹을'의 오식) 음식」, 이 외에도 가정미담, 가정경제, 가정교제 등의 무서명 글을 단재가 집필한 것으로 보았다. 제목의 나열에서 그러한

할아버지 상을 당했고, 상중에 유두분면한 여자에게 술을 얻어 마시고 돈을 잃어버린 일이 있다.[10] 술을 「못 먹을 음식」으로 간주한 것은 그러한 경험의 소산으로 보이기 때문이다. 아울러 「죽은 사람이 산 사람을 못 살게 하는 폐단」 역시 단재가 할아버지 상을 치르면서 경험한 사실을 솔직히 적은 것으로 보인다.[11] 마지막으로 「사람을 우마같이 대접함이 불가한 일」 역시 단재 특유의 반복법과 영탄법이 드러나는가 하면 내용 중에 "우리나라 신라 고구려 백제시대 사기를 상고하건대", "긔자는 이르되" 등 고증적 사평적 글쓰기가 나타나는 것으로 보아 단재의 글로 보인다.

그리고 '가정미담'란에는 김유신의 모친, 넬슨의 부친, 악비의 모친 등 동서양 가정미담을 제시하였다.

김유신은 신라 명경무력의 후손이요 용장셔현의 아들이라 그 모친의 일홈은 만명이니 틕긔 잇은지 이십삭만의 유신을 나아 어릴 째 만명이 유신을 가르치되 심히 엄흐여 친구를 망령되히 사귀지 못흐게 흐더니 하로는 유신이 기싱의 집에셔 자고 온지라 모친 만명이 크게 노흐여 가르듸 너가

가능성은 충분히 나타난다. 「새해축사」 이후 논설 평론, 가정미담, 소아교양, 가정경제, 가정교제 모두 단재가 직접 작성했을 가능성이 크다. 목차를 보면, '위생'란의 「암죽을 먹이는 해」와 「놋그릇을 초에 담지 말 일」은 류일선이, 그리고 「걸레의 위태」, 「의복을 조심할 일」은 주시경이 쓴 사실을 밝힌 데서도 드러난다. '백과강화'란의 경우 「슈원리싱원」은 신채호가, 「산술」과 「리과」는 류일선이, 그리고 「국문」은 주시경이 썼다. 목차에서 제목 아래 저자가 빈 것은 글을 이어썼다는 것을 말해 주는 것이다. 그러한 것은 마지막 '잡보'란에 「주락 조씨의 부인」, 「한씨 부인의 자선」, 「계씨 문중의 학교」에서도 신채호의 이름만 있는데, 신채호가 모두 썼다는 사실을 알려준다.

10 점하생, 「신단재와 홍색내의」, 『동아일보』, 1936.4.12.

11 단재는 신광식(1849년 출생)의 나이 38세이던 1886년 3월 8일 아버지 상을 당했고, 또한 1899년 형 재호의 상을 당한 것으로 보인다. 특히 1886년 단재 아버지의 죽음은 단재의 가족에게 경제적으로 더욱 큰 어려움을 가져다 준 것으로 보인다.

장성흔 후에 큰 공명을 세워 나라에 빗나기를 날로 바라더니 이제 너가 청루방이나 술집에만 단니는냐 흐며 목을 노코 운디[12]

김유신과 천관의 사랑은『삼국사기』나『삼국유사』에는 등장하지 않지만, 이인로의『파한집』이나『東國輿地勝覽』,『星湖全集』,『三溟詩集』,『洛下生集』등에 등장한다.[13] 이 이야기를 단재가『동국여지승람』에서 가져온 것이 아닌가 한다.[14] 그리고 그 이야기는 해이서인『실사총담』2권 45화와『청야담수』182화에도 나타난다.[15] 단재가 이 글을 썼을 것으로 보는 까닭은 우선 표지와의 상관성 때문이다. 단재가 편집 발행한『가정잡지』1호 표지에는 김유신이 읍참마속泣斬馬謖하는 그림이 실려 있다. 그런데 이 이야기가 표지에 온 까닭은 내용 가운데서 확인할 수 있다. 가정미담에「김유신의 모친」만명 부인 이야기를 실었다. 김유신의 모친 만명 부인은 김유신이 청루방이나 술집에 다니자 목을 놓고 울었으며, 이로 인해 김유신은 다시는 기생집에 가지 않겠다고 맹세를 한다. 그러나 하루는 친구 집에서 술을 마시고 말을 탔

---

12 「김유신의 모친」,『가정잡지』2(1), 19면.
13 이익(李瀷, 1681~1763)의『星湖全集』卷之七 海東樂府의「天官怨」과 강준흠(姜浚欽, 1768~1833)의『三溟詩集』四編 海東樂府「天官女」, 그리고 이학규(李學逵, 1770~1835)의『洛下生集』冊六 嶺南樂府「天官女」에 김유신과 천관의 이야기가 전한다. 한국고전번역DB 참조.
14 김유신의 이야기는『東國輿地勝覽』21, 29면 경주 '천관사' 항에 있다. 단재는『을지문덕』에서 "安州 淸川江은 乙支文德이 隋兵을 追흐야 大破흔 處라"(『을지문덕』, 65면)고 하였는데, 이는『동국여지승람』52권 안주 '청천강' 항에 나온다. 노수신 편저, 영인본『동국여지승람』, 명문당, 1959.
15 김동욱은『靑野談藪』가 현토 필사본으로 현토 활자본인 1918년『東廂記纂』(1918)보다 약간 앞서거나 비슷한 시기인 20세기 초에 필사되었을 것으로 보았다. 김동욱, 「청야담수에 대하여」,『국역 청야담수』3, 보고사, 2004. 그렇다면 단재가 글을 쓸 때에는『靑野談藪』가 미처 나오지 않았을 때일 수 있다. 아울러『실사총담』은 최영년이 편해서 1918년 조선문예사에서 발간한 것으로「김유신의 모친」의 원천과는 무관하다.

는데, 말이 기생의 집으로 가자 정신을 차리고 칼을 빼어 말머리를 베었다는 이야기이다. 「김유신의 모친」 이야기를 표지에도 내세운 것인데, 이는 술이 「못 먹을 음식」이라는 이야기와 잘못된 버릇은 읍참마속하듯 잘라내야 한다는 이야기가 혼합되어 의미를 형성한다. 이 이야기는 술이 「못 먹을 음식」이라는 내용과 직결되어 있다. 단재가 유두분면한 여자에게 혹해서 돈을 잃은 자신을 경계하기에 적절한 예화이다. 단재가 김유신의 참마 광경을 표지 삽화로 제시한 의미가 충분해 보인다. 이 작품은『파한집』,『성호전집』, 그리고『실사총담』 등 단재가 읽었다고 하는 저서 속에 들어 있다. 단재는 대한매일신보 '담총'란에서 다양한 역사 일화들을 싣고 있는데, 이 역시 그러한 일종이다.

「넬손의 상학」은 명예를 중히 하라는 넬슨 아버지의 교훈이 담긴 글이다.

> 영국 명장 넬손이 십일세가 되을 째에 하로는 그 종형과 ㄱ티 학교에 상학ᄒ러 가더니 바롬이 크게 불어 눈을 쓸 수 업고 눈이 비 오듯이 퍼부어 길 갈 수 업는지라 부득이ᄒ여 그 종형과 함게 집으로 도로온디 그 부친이 보고 ᄒ는 말이 학교에 가고 안 가는 일은 네 형데의 ㅈ유라 내가 말ᄒ 것은 업스나 조고만 눈바롬을 못 익이여 하로 학과를 폐지ᄒ는 디경에 이르니 너의 명예심(名譽心)이 부쪽홈을 가히 알찌니 참 가셕ᄒ도다[16]

이 내용은 Robert Southey(1774~1843)의 *Life of Nelson*(1813)과 Alfred Thayer Mahan(1840~1914)의 *The Life of Nelson: The Embodiment of the Sea Power of Great Britain*(1897)의 첫장에 모두 소개되었다. 넬슨전은 일본에

---

16 「넬손의 상학」,『가정잡지』 2(1), 19~20면.

서 인기리에 번역 및 창작이 되었으며,[17] 중국에도 소개 전파되었다.[18] 또한 그것은 우리나라 독자들에게도 애독되었다고 한다.[19] 그런데 단재는 "喃利孫 卑斯麥과 千秋에 爭光ᄒᆞ야 獨立基礎를 整頓홀 日이 不遠ᄒᆞ거늘"(『을지문덕』, 전집 4권, 487면)이라 하여 넬슨을 언급했고, 또한 "歷史를 讀閱ᄒᆞᄂᆞ 者ㅣ 必也 乃利孫傳 壹卷을 口ᄒᆞ고"(「이순신전」, 1908.8.18)라고 하여 『넬슨전』을 언급하면서 이순신과 넬슨의 공통점과 차이점을 여러 지면에 걸쳐 상세히 소개하였다.[20] 이는 단재가 『넬슨전』을 읽었다는 것을 의미하는데, 『넬슨전』에서 소년기 일화를 뽑은 것이 「넬손의 상학」이다. 당시 이 저서가 한국에는 그리 흔치 않았을 것으로 보이는데, 단재는 그것을 읽고 명예를 중시한 넬슨의 행동을 널리 소개한 것이다.

무목왕 악비는 지나 송 고종째에 뎨일 명쟝이라 금나라와 싸화서 여러 번 이기더니 간신 진희가 그 직조를 시긔ᄒᆞ여 님군쯰 역적질 ᄒᆞᆫ다 참쇼ᄒᆞ

---

17 島田文之助, 『寧耳遜』, 東京 : 博文館, 1899; Alfred Thayer Mahan, 大島貞益 譯, 『ネルソン傳 : 英國水師提督』, 博文館, 1906. 한편 구니키다 돗포(国木田独步, 1871~1908)는 『무사시노』에서 1896년 9월 9일 "나는 지금 이 한거에 홀로 앉아 넬슨전을 번역하고 있다"고 하였는데, 이는 당시 일본에서 『넬슨전』에 대한 관심을 보여주는 대목이다. 龜井秀雄, 김춘미 역, 『메이지문학사』, 고려대 출판부, 2006, 203면에서 재인용.

18 Robert Southey, 日本譯書匯編社 編輯翻譯, 『訥尔遜傳』, 日本譯書匯編社藏版, 1903; 島田文之助, 金匱侯士綰 譯, 『海軍第一偉人(納尔遜傳)』, 文明書局, 1903; 中村佐美 譯, 何震彝 編, 『納尔遜傳』, 上海商務印書館, 1903; 國民叢書社 譯, 『英國海軍名將寧尔遜』, 上海新民譯印書局, 1903.

19 조윤제는 갑오경장을 전후하여 일반 독서계에 애독되었던 서적 가운데 『喃爾遜傳』을 언급하였다. 그리고 초창기 서적들이 주로 중국을 거쳐 들어와 한문으로 읽혀 왔으나 차츰 조선말로 번역되어 읽혔다고 하였다. 조윤제, 『국문학사』, 동국문화사, 1949, 432면. 당시 우리말로 번역된 『넬슨전』은 아직까지 확인되지 않고 있다. 아마도 중국에서 유입된 한문 『喃爾遜傳』을 그대로 독서하였을 가능성이 큰 것으로 보인다. 단재는 "只今 我國人이 項羽나 닐손의 武功은 紙墨으로 歌ᄒᆞ되"(『대한매일신보』, 1910.1.21, '담총'란)라고 언급하였는데, 현재로서는 넬슨을 소개한 글마저 확인하기 어려운 실정이다.

20 금협산인, 「이순신전」, 『대한매일신보』, 1908.8.14~18, '위인유적'란.

여 죽일새 악비 죽을 새에 웃스며 왈 밝으신 하늘이 이 마음을 아신다 ㅎ고
그 등어리를 내여 보이는디 진츙보국(盡忠輔國)이란 네 글ㄷ를 삭여더라
셜악젼셔라 ㅎ는 쇼셜칙에 악비의 등어리 삭인 ㅅ젹을 말ㅎ엿스되 악비의
모친이 악비 어렷슬 째부터 나라 위홀 도리를 말하여[21]

세 번째 소개한 것은 「악비의 모친」이다. 그 내용 가운데 "셜악젼
셔라 ㅎ는 쇼셜칙에 악비의 등어리 삭인 ㅅ젹을 말ㅎ엿스되"라고 하
여 인용의 출처를 『說岳全傳』으로 분명히 밝히고 있는데, 단재는 다
른 수많은 글에서도 그러한 글쓰기를 하였다.[22] 이러한 내용들은 동
서양의 역사 일화 가운데 가정 미담들을 소개한 것인데, 단재가 '담
총'란에서 한 글쓰기와 같은 모습을 보여준다는 점에서 단재의 글로
보아도 무방할 것이다. 특히 〈그림 2〉에서 보듯 제목의 배치를 통해
그 저자가 단재임을 목차에서도 보여주고 있다.

다음으로 제3호의 '가정미담'란에도 「조뎡암과 김모의 부인」, 「무
명 방빅의 부인」, 「가리발디의 부인 마리타」 등 세 편이 실려 있는데,
역시 저자는 밝혀져 있지 않다. 이미 제1호에서 단재가 '가정미담'란
의 글을 썼다는 측면에서 이 역시 단재가 썼을 가능성을 높인다. 첫
번째 「조뎡암과 김모의 부인」은 「철인의 면목」이라는 이름으로 『대
한매일신보』(1909.11.30) '담총'란에도 실려 있다.

정암 션싱 죠광조씨가 ᄋ히 째부터 쥰수ㅎ고 령특ㅎ며 몸을 례법으로 닥

---

21   「악비의 모친」, 『가정잡지』 2(1), 20면.
22   錢彩, 『說岳全傳』, 臺灣: 河洛圖書出版社, 1980. 이 책의 제1권 제22회 "刺精忠岳母訓
      子"에 위의 내용이 나온다.

가 동류 ᄋ히들이 감히 희롱ᄒ는 말을 못ᄒ더라 하로밤은 달이 낫ᄀ티 밝
고 인격은 고요ᄒ되 션싱이 혼자 마루 우에 안자 글을 닑으니 그 소리 쳥렬
ᄒ기 단산에 봉이 우는 듯ᄒ더라 무릅을 치며 칙장을 넝기더니

홀연 그 아페 그림자가 언뜻ᄒ며 한 미녀ᄌ가 삽분 안쩌늘 션싱이 살펴
본즉 당홍치마에 초록 적우리 입고 머리는 싸져 궁둥이에 치렁치렁 나리
오고 얼골은 달ᄀ티 둥굴고 옥ᄀ튼데 나는 열대여셜쯤 되어 보이더라[23]

操修 趙靜庵(光祖)先生이 年이 十六에 春夜의 月色을 乘ᄒ야 書를 讀ᄒ더니
隣家 一少女가 墙外에셔 竊聽ᄒ다가 뉴亮ᄒ 讀聲에 其春懷를 不勝ᄒ야 墻을
踰ᄒ야 來ᄒ거날 先生이 色을 止ᄒ야 女子 修身의 道로 諄諄히 諭ᄒ며 曰 窬墻穿
穴은 禽獸의 行이니 汝가 罪를 悔ᄒ거던 我의 撻楚를 受ᄒ라 ᄒ고 桑枝를 折ᄒ야
其脚을 撻ᄒ엿더니 該女子가 出嫁後에 淑女가 되야 閨範으로 聞ᄒ더라.[24]

이 이야기는 야담집 『동패』(『한국야담자료집성』 4권, 253~254면)와 『동
패낙송』,[25] 그리고 『청야담수』(『한국야담자료집성』 4권, 272면) 등에 실린
것이다. 아마도 단재가 『동패낙송』을 읽었을 가능성이 크다. 단재는
여러 군데서 '해이서'를 언급하였는데, 아마도 해이서에서 그 내용을
본 것으로 보인다.[26] 「조뎡암과 김모의 부인」은 조정암의 일화를 아
주 구체적으로 형상화하여 실은 것이라면, 「철인의 면목」은 그 내용
가운데 앞부분을 요약하여 실었다. 단재는 「철인의 면목」에서 조광

23　「조뎡암과 김모의 부인」, 『가정잡지』 2(3), 1908.3, 10~11면.
24　검심, 「철인의 면목」, 『대한매일신보』, 1909.11.30.
25　『동패낙송』(천리대본) 제95화, 『파수록』(연대본) 13, 『동패』(정명기본) 20화에
　　실려 있다. 정명기, 『한국 야담문학 연구』, 보고사, 1996, 317면.
26　한편 최영년의 『실사총담』에서는 어떤 연유에선지 이 일화가 김안국의 이야기로
　　나온다. 최영년, 김동욱 역, 『실사총담』 2, 보고사, 2009, 224면.

조의 일화와 더불어 이황이 이웃집 오얏나무 열매를 담장 밖으로 던진 일화를 제시했다. 그런데 이 자료는 그리 흔한 것이 아니다. 단재는 「철인의 면목」이 나오기 이전에 이미 "倫理 修身에 靜庵 退溪의 言行을 撰載하"자고 했는데,[27] 그가 조광조의 일화를 분명히 보았으며, 그렇다면 두 글의 상관성은 보다 직접적이다. 단재는 해이서에서 본 내용을 먼저 『가정잡지』에 소개하고, 이후 『대한매일신보』에도 기록한 것으로 보인다. 다음으로 「무명 방빅의 부인」이라는 작품이다. 이 작품의 저자 및 「백세 노승의 미인담」과의 관계에 대해서는 이미 논의한 적이 있다.[28]

무명씨 한 분이 엇던 친구와 경산절에서 글을 읽는데 그 친구는 부쟈 사람이요 무명씨는 가난흔 집 사람이더라 (…중략…) 우리 부인이 외양도 절등훌 쑨더러 침션 방덕이며, 각종 음식ᄒ는 것까지 참 절등ᄒ지요.[29]

그쟈 왈 이약이는 ᄒ이셔라는 칰에 다만 고려 말년이라 ᄒ고 관찰ᄉ의 셩명이 누구라 부인의 셩명이 누구라 도젹놈의 셩명이 누구라 쓰지 안이ᄒ엿스나 부인의 지혜가 출즁ᄒ여 한번 들을 만흔 이약인 고로 이에 긔록ᄒ노라[30]

단재는 「세계삼괴물서」, 「이순신전」에서 '해이서'를, 그리고 ③ 「문예계 청년의 참고를 구함」에서는 '해이총서'를 언급했다. 이 이야기는

---

27 「舊書刊行論」, 『대한매일신보』, 1908.12.20.
28 김주현, 「「백세 노승의 미인담」의 텍스트 형성에 관한 고찰」, 『현대소설연구』 53, 한국현대소설학회, 2013.8.
29 「무명 방빅의 부인」, 『가정잡지』 2(3), 1908.3, 15~16면.
30 위의 글, 21면.

『삽교만록』, 『동패낙송』, 『기관』[31] 및 『동야휘집』 등에 실렸다.[32] 『삽교 만록』, 『동야휘집』에 실린 것과는 조금 거리가 있으며, 『기관』과 『동패 낙송』에 실린 것과 가장 유사한데, 아마도 『동패낙송』을 저본으로 하여 쓴 것 같다.[33] 저자는 "희이셔(解頤書)를 번역흠"이라고 밝혔는데, 그 것은 곧 『동패낙송』을 의미하는 것으로 보인다. 이전 연구에서 단재는 『명엽지해』, 『파수록』과 같은 해이서를 두루 보았음을 밝혔다. 단재는 『동패』, 또는 『동패낙송』 등도 보았음을 짐작할 수 있다. 「무명 방빅의 부인」은 해이서에 실린 작품이라는 측면에서 단재 글일 가능성을 높인 다. 아울러 「무명 방빅의 부인」은 사평식의 글쓰기를 보여주고 있는데, 단재는 이 시기 『대한매일신보』 '담총'란에 그러한 글쓰기를 많이 하였 다. 그러한 측면에서 단재의 글로 규정해도 무리가 없을 듯하다. 그러 한 가능성을 더욱 높이는 것은 함께 제시된 마지막 글 「가리발디의 부 인 마리타」이다.

　　㉠ 하로는 미국 슈군경이 가리발디 장군을 차자왓는데 해가 져도 등잔불 을 켜지 안커든 슈군경이 괴히 역여 물은딕 장군이 답왈 귀국 정부에셔 나 의 일용을 대어주기로 언약ᄒ엿는딕 내가 등잔불 켜는 돈은 이즌 고로 청 구ᄒ지 못ᄒ엿으매 공이 오셧으되 불을 켜지 못ᄒ노라 그러나 공이 이제 나를 보러 오심은 마음으로 이약이 ᄒ자 흠이오 얼골 보자 흠은 안이니 불 업는 것은 하관가 ᄒ니 슈군경이 그 말에 숙연히 놀라 공경ᄒ고 돌아가 정

31　『기관』(규장각본), 1冊(110張); 25.5×23cm, 서울대 규장각도서관, 등록번호: 10900270250, 청구기호:古 3472 6. 국내 유일본으로 희귀자료이다.
32　이것은 「戀盜」라는 작품으로 연세대본 『동패낙송』 44, 이화여대본 『동패낙송』 제4화에 실렸다. 김동욱, 「『동패낙송』에 대하여」, 『국역 동패낙송』 2, 보고사, 2013.
33　『삽교만록』에 실린 「戀盜」는 『李朝漢文短篇集 上』(이우성·임형택 편역, 일조각, 1996, 277~279면)에 번역되어 실려 있다.

부에 말하여 일용 돈을 몃십환씩 더 주는지라 가리발디 쟝군이 다 돌려보
내고 기름 살 돈 몃원만 남기어 부인에게 주며 왈 이것을 두엇다가 아모 째
라도 슈군경이 오거든 등잔불이나 켜게 ᄒ라 ᄒ더라[34]

(ㄱ) 一日은 法國 水軍提督이 將軍의 高義를 慕仰ᄒ야 過門求謁ᄒ즉, 數椽
敗屋이 風雨를 不蔽ᄒ고 時日이 向夕에 燭火도 不擧라 提督이 恠而問之ᄒᄃᆡ
將軍이 徐答曰 僕이 共和政府와 相約ᄒ야 日用所需를 供給ᄒᄂᆫᄃᆡ 偶然 蠟燭
의 費를 遺忘ᄒ지라 是以로 不能擧燭이언이와 足下가 辱臨에 將以談心이니
何必吾面ᄒ리오 提督이 聞之ᄒ고 肅然起敬ᄒ더니 歸語軍務卿ᄒ야 百金으
로 贈遺ᄒᄂᆫ지라 彼가 死事者遺族의계 分給ᄒ고 市蠟費 幾金만 留置ᄒ며 顧
謂 夫人曰 提督再來時의 所用이나 豫備ᄒ라 ᄒ더라.[35]

(ㄴ) 쟝군이 로마성에셔 법국 군ᄉ와 싸호다가 패진ᄒ고 달아나는ᄃᆡ 부인
이 아ᄒᆡ 밴 몸으로 천신만고를 ᄉ양치 안이ᄒ고 좃더니 몸은 졈졈 피곤ᄒ
고 졍신은 졈졈 아득ᄒ고 열 발ᄭᅡ락은 다 모릭밧에셔 씨어져셔 촌보를 옴
기지 못ᄒ는지라 가리발디 쟝군 억개를 의지ᄒ고 기푼 슈플속으로 들어가
셔 죽은 ᄋᆞᄒᆡ 한아를 희산ᄒ고 죽으니
전장에 털억이 셰어 탄환이 비 오듯 ᄒ야도 조곰도 겁이 안이 나고 여러
번 옥속에셔 죽을 디경을 지내며 무도ᄒᆫ 형벌에 그 고싱ᄒ여도 눈물 한 방
울 흘이지 안이ᄒ던 영웅이 목을 노코 우니 목을 노코 우는 것은 내외의 졍
의로 우는 것이 안이라 한 덩얼이 익국심으로 우는 것이더라[36]

---

34 「가리발디 부인 마리타」, 『가정잡지』 2(3), 1908.3, 22~23면.
35 신채호 역술, 『이태리건국삼결젼』, 휘문관, 1907, 27면.
36 「가리발디 부인 마리타」, 앞의 책, 23면.

(ㄴ) 將軍의 美洲戰役時에 夫人이 無不相從贊畫이러니 及 羅馬國難之起에 夫人이 有娠ᄒᆞᆫ 지 己八月인뒤 猶且 運械轉餉之事에 汲汲盡瘁ᄒᆞ거늘 (…중략…) 將軍의 肩을 倚ᄒᆞ고 一小林으로 逃入ᄒᆞ야 一死兒를 分娩ᄒᆞ고 一時頃을 氣絶ᄒᆞ더니 僅僅히 猩紅의 淚眼을 開ᄒᆞ며 蠟黃의 笑臉을 啓ᄒᆞ고 將軍의 手를 撫ᄒᆞ며 爲國自愛ᄒᆞ오 ᄒᆞ더니 惔然長瞑ᄒᆞ니 嗚呼라, 十萬敵陣에도 曾不撩亂ᄒᆞ던 英雄의 心緖오 終日拷訊에도 曾無點滴ᄒᆞ던 英雄의 壯淚로셔 至是에ᄂᆞᆫ 亦腸如結而涕如傾矣러라.[37]

「가리발디의 부인 마리타」는 1908년 3월에 발표된 글이고, 『이태리건국삼걸전』은 1907년 10월 25일 발간된 책이다. 그렇다면 위의 내용은 분명해진다. 즉 『이태리건국삼걸전』의 제5절과 제8절의 '馬尼他' 이야기를 가져와 「가리발디의 부인 마리타」를 쓴 것이다. 물론 분량의 제한으로 인해 『가정잡지』의 글이 많이 축약되었음을 알 수 있다. 단재는 『이태리건국삼걸전』에서 가리발디의 부인이 언급된 부분을 발췌하여 「가리발디의 부인 마리타」를 썼다. 이를 통해 세 이야기는 단재가 기존 이야기를 각색한 것임을 확인할 수 있다. 이들 작품에 굳이 저자를 내세우지 않은 것은 저자가 잡지사 인물임을 보여준다. 단재는 편집과 발행을 책임지고 있었기에 이 잡지에 다양한 글을 발표할 수 있었다. 오히려 외부 인물이었다면 저자를 명시하였을 것이다.

---

37   신채호 역술, 『이태리건국삼걸전』, 40~41면.

3. 『가정잡지』에서 단재 글쓰기의 의미

『가정잡지』에서 확인할 수 있는 것은 단재의 다양한 글쓰기 방식이다. 우선 단재의 두 작품이 서로 관련된 모습을 살필 수 있다. 그것은 「조령암과 김모의 부인」(『가정잡지』, 1908.3) - 「철인의 면목」(『대한매일신보』, 1909.11.30)과 『이태리건국삼걸전』(1907.10) - 「가리발디의 부인 마리타」(『가정잡지』, 1908.3)의 관계 양상이다. 전자는 『가정잡지』에 먼저 실렸다가 이후에 아주 축약되어 『대한매일신보』에 실렸으며, 후자는 『이태리건국삼걸전』에 나온 내용을 가리발디 부인 부분만 발췌 축약하여 실은 것이다. 이는 전자가 더욱 구체적이고 자세한데, 이후 다시 소개하면서 간략히 소개한 것이다. 아마도 소개지의 성격과 지면 등의 요소가 작용한 것으로 보인다. 이러한 것들은 단재의 글쓰기가 서로 중첩되면서 변화하는 모습을 잘 보여준다.

다음으로 인용의 글쓰기 방식이다. 앞에서 살펴본 것처럼 단재의 글은 이미 있던 이야기를 소개하는 입장에서 제시한 것이 많다. 그것을 살펴보면 아래와 같다.

『넬슨전』 → 「넬손의 상학」
『이태리건국삼걸전』 → 「가리발디의 부인 마리타」
『說岳全傳』 → 「악비의 모친」

이를 통해 단재는 독서물 가운데 다양한 내용들을 자신의 글에 가져왔다는 것을 알 수 있다. 이것들은 그야말로 인용의 글쓰기를 말해준다. 각각의 이야기가 어디에 근원하고 있는지를 말해주며, 중요한 것은 전체 이야기에 있는 것이 아니라 인용자가 필요에 따라 내용을 가져온 것이다. 이것들은 동서양 주요 위인들의 일화에서 가져온 것이다.

『여지승람』의 천관 일화 → 「김유신의 모친」
『동패낙송』의 조광조 일화 → 「조뎡암과 김모의 부인」
『동패낙송』의 「戀盜」 → 「무명 방빅의 부인」

다음으로 우리나라의 책에서 가져온 이야기를 들 수 있다. 위 내용들도 역사서에 실리지 않은 개인 일화들이다. 그런데 이 이야기들은 단순 인용에서 벗어나 있다. 차례대로 「김유신의 모친」은 원 이야기는 그대로이지만, "삼국을 통일ᄒ고 말갈을 물이치니 어릴 쌔 모친의 가ᄅ치신 힘이 만터라" 하여 천관 중심의 이야기(천관사 연기 설화)에서 김유신 모친 중심 이야기로 탈바꿈하였다. 그리고 「조뎡암과 김모의 부인」은 원래의 이야기를 더욱 사실적으로 형상화하였다. 원래 이야기는 아주 간단하며, 그것은 오히려 「철인의 면목」에 가깝다.

靜庵趙光祖先生 未冠刻苦讀書 達夜不掇讀書 解淸亮如出金石 人家處女聞其 解音貼墻潛聽 不勝艶慕 踰墻而來開窓闖入 擬坐床邊 先生讀罷謂處女曰出外拾 木枝而來[38]

정암 션ᄉᆞᆼ 죠광조씨가 ᄋᆞ히째부터 쥰수ᄒ고 령특ᄒ며 몸을 례법으로 닥가 동류 아히들이 감히 희롱ᄒ는 말을 못ᄒ더라 하로밤은 달이 낫ᄀ티 밝

---

38   정명기 편, 『한국야담자료집성』 1, 고전문헌연구회, 1987, 253면.

고 인격은 고요ᄒᆞᆫᄃᆡ 션싱이 혼자 마루 우에 안자 글을 닑으니 그 소ᄅᆡ 쳥렬
ᄒᆞ기 단산에 봉이 우는 듯ᄒᆞ더라 무릅을 치며 칙쟝을 넝기더니

홀연 그 아페 그림자가 언뜻ᄒᆞ며 한 미 녀ᄌᆞ가 삽분 안쩌늘 션싱이 살펴
본즉 당홍치마에 초록 적우리 입고 머리는 싸셔 궁둥이에 치렁치렁 나리
오고 얼골은 달ᄀᆞ티 둥굴고 옥ᄀᆞᄐᆞᆫ데 나는 열대여셜쯤 되어 보이더라

션싱이 물어왈 남녀가 유별ᄒᆞᆫᄃᆡ 너 엇던 집 녀ᄌᆞ로서 이다지 무례히 와
안잣ᄂᆞᇇ뇨[39]

전자는 『동패』에 실린 내용이고, 후자는 단재가 쓴 내용이다. 무엇
보다 원래의 내용을 그대로 가져온 것이 아니라 형상화의 측면을 엿
볼 수 있다. 정암의 책 읽는 모습과 이웃집 처녀의 모습이 더욱 사실
감과 생동감 있게 그려졌다. 이것은 단재가 이야기를 자신의 방식으
로 형상화하고 있음을 말해준다. 그것은 「무명 방빅의 부인」에서도
마찬가지이다.

옛날에 두 선비가 있었다. 나라에서 경사가 있어서 실시하는 과거인 별
시가 열리게 되었는데, 이를 앞두고 선비들이 북한사라는 절에서 동숙하
며 글공부를 하였다. 그 중 한 선비는 몹시 가난해 보였으나, 입성이나 가
져다 먹는 음식이 남다른 것이 거의 부귀한 집에 가까울 정도였다. 다른 한
선비가 그 까닭을 물었으나 몇 번을 물은 뒤에야 대답하기를 "내 아내는 재
주와 지혜가 출중해서 맨손으로 집안을 꾸려가는데도 음식조리에 힘쓰지
않는 데가 없지. 우리나라에선 그런 사람이 둘도 없을 걸게. 그래서 지아

39 「조뎡암과 김모의 부인」, 『가정잡지』 2(3), 1908.3, 10~11면.

비인 내게 이렇게 해준다네" 하는 것이었다. 그의 말을 들은 선비는 먼 산을 바라보며 묵묵히 말이 없었다. 잠시 후에 그는 지레 과거 공부를 그만두고 집으로 돌아갔다.[40]

무명씨 한 분이 엇던 친구와 경산절에서 글을 읽는데 그 친구는 부쟈 사람이요 무명씨는 가난흔 집 사람이더라 그러나 그 친구는 암만 릉라금슈로 흐여 닙엇으나 도로여 무명씨의 무명옷만 못흐여 보이고 그 친구는 암만 류찬에 소치에 기타 별 음식을 다흐여 다 먹으되 무명씨의 집에서 오는 콩나물 한 졉시만 맛이 못흐더라

그 친구가 무명씨드려 물어 왈 형의 콩나물이 내 집 고기보다 낫고 형의 입은 무명옷이 내 비단 두루막이보다 나 보이니 그것이 대뎌 무슴 일이요

무명씨 왈 예 그것이 이상흔 일이 안이오이다 내가 돈도 형ㄱ티 만치 못흐고 쌀도 형ㄱ티 흔흐지 못흐고 논도 여러 빅셕직이 되던 못흐고 집도 형ㄱ티 여러 수빅간 되던 못흐나 단지 한 가지 난 것이 잇소

난 것은 다른 것 안이라 아마 득비 좀 잘흔 것이갑오

우리 부인이 외양도 졀등흘 쓴더러 침션 방덕이며 각종 음식흐는 것까지 참 졀등흐지요 연고로 형의 비단옷이 내 무명옷만 못흐며 형의 고기 반찬이 내 집 콩나물만 못흠이지요

그리 말흐고 한번 웃고 말엇더니 그 이튼날 그 친구가 칙 짐을 싸는지라 무명씨가 그 까닭을 물은디 다만 집에 무슴 연고 잇다고 디답흐고 가더라[41]

단재는 "히이셔(解頤書)를 번역흠"이라고 말했지만, 단순히 번역한 것

40 노명흠, 「戀盜」, 김동욱 역, 『국역 동패락송』 2, 보고사, 2013, 87~88면.
41 「무명 방빅의 부인」, 위의 책, 15~16면.

이 아니라 문학적 형상화를 하고 있다. 원작보다 구체적이고 생생하게 그린 것이다. 단재는 일화와 같은 작품을 자신의 입장에서 새롭게 각색하여 보여주었다. 「연도」가 단순히 방백 부인의 계교와 기지에 초점이 있다면, 「무명 방빅의 부인」은 마지막에 "부인 フ트신 이가 만일 사나의 되었더면 큰 영웅이 되어쓸 번ㅎ엿다"라는 방백의 말을 넣음으로써 남성 중심의 사회에서 부인의 출중한 능력이 제대로 쓰임을 받지 못함을 한탄했다. 단재가 주제 자체를 조금 변화시켰는데, 이러한 주제는 이후 「백세 노승의 미인담」의 엽분이의 성격화로 이어진다. 「조뎡암과 김모 부인」, 「무명 방빅의 부인」은 일화를 토대로 형성된 이야기이다. 둘 다 '가정미담'란에 소개하고 있지만 그것은 단순히 소개의 차원을 넘어 작가의 창작의식을 담고 있다. 그러한 의식을 더욱 분명히 보여주는 것이 「익모초」이다.[42] 이 작품은 작품 속에 또 다른 일화가 들어 있다.

오리 리원익(梧里 李元翼)씨가 황희감사 되야쓸 써에 한 빅셩이 송스를 들엇ᄂᆞ되 그 송스ᄂᆞ 무슴 송사인고 ᄒᆞ니 아비가 졔 ᄌᆞ식흔틔 맞고 졔 아달 죄 다실여 달나ᄂᆞ 송스라 오리가 그 원피고를 다 불너 세우고 원고다려 문왈 네 ᄌᆞ식이 과연 너를 쌔리더냐 답왈 과연이오이다 오리가 다시 피고다려 문왈 네가 과연 네 아비를 써련나냐 답왈 과연이오이다 오리 왈 네가 네 아비 치던 형용을 ᄒᆞ여라 피고가 그 말을 듯더니 제 아비 썀을 졀격 우리며 왈 이러케 첫슴이다 오리가 그 모양을 보고 즉시 싱각ᄒᆞ여 왈 뎌 빅셩이 만일 마음이 흉악ᄒᆞ야 제 아비를 첫슬진듸 졔 집에셔ᄂᆞ 암만 첫슬지라도 관

42 「익모초」에 대한 연구로는 김현주와 강현조의 논의를 들 수 있다. 김현주, 「신채호 소설의 근대 국민국가 기획에 관한 연구―「류화전(柳花傳)」과 「익모초(益母草)」를 중심으로」, 『한민족어문학』 57, 한민족어문학회, 2010.12.

정에 들어와서는 아니 쳣다고 흘지어날 뎌 빅셩의 ᄒᆞᄂᆞᆫ 모양을 본즉 아비ᄂᆞᆫ 의례히 칠 것으로 아ᄂᆞᆫ 것 ᄀᆞᆺᄒᆞ니 참 이상ᄒᆞᆫ 일이라 내가 친근ᄒᆞ여 무러 보ᄂᆞᆫ 것이 가ᄒᆞ다 ᄒᆞ고 원고를 불너 올여 가만히 무러 왈 네 ᄌᆞ식이 너를 치기 시작ᄒᆞᆫ 지가 아마 여러 ᄒᆡ 되얏지 원고 왈 과연 그러ᄒᆞ오이다 오리 왈 몃 살부터 시작ᄒᆞ여 아비를 쳣나냐 답왈 뎌것이 뎨 만싱독ᄌᆞ인 고로 항상 사랑ᄒᆞ고 귀ᄒᆞ야 십여년을 무릅 우에서 키웟난듸 무릅 우에서 쉬염 쏩고 쌤치던 버릇이 장셩ᄒᆞᆫ 후에도 굿엇나이다 오리가 그 말을 들은 후에 그 원고를 물너가라 ᄒᆞ고 피고를 불너 문왈 네가 오늘 죽ᄂᆞᆫ 줄을 아ᄂᆞᆫ가 피고가 깜짝 놀ᄂᆡ여 왈 의신이 무슴 죄로 죽난이잇가 오리 왈 부모 치ᄂᆞᆫ 놈은 죽ᄂᆞᆫ 법이니라 피고 왈 부모ᄂᆞᆫ 무엇이완듸 부모를 치면 죄가 죽ᄂᆞᆫ 듸 이르난잇 가 오리가 이에 부모의 소중ᄒᆞᆫ 이약이를 한참 ᄒᆞᆫ즉 피고가 눈물이 벌억벌 억 쏘다디며 왈 의신이 과연 부모가 무엇인지 모르고 이런 죄를 지엇스니 살여 주시면 ᄌᆞ금 니후에ᄂᆞᆫ 다시 이런 죄를 범치 아니ᄒᆞ리이다 오리 왈 빅 셩을 가라치지 안코 죄 주ᄂᆞᆫ 것은 불가ᄒᆞ다 효유ᄒᆞ여 보내더니 그 사름이 드듸여 회기ᄒᆞ여 효ᄌᆞ로 세상에 들이니라[43]

「익모초」는 두 개의 일화를 통해 작품의 의미를 분명히 하고 있다. 먼저 이원익이 효를 일깨운 이야기가 삽화로 제시되었다. 그렇다면 김장하와 최완길은 바깥 이야기가 된다. 속 이야기는 오리 이원익의 일화로 부모를 때리는 아이에게 효를 일깨우는 것이다. 그 바깥 이야 기는 김장하 가족이 최완길을 효유하는 것이다. 이러한 구조는 「백세 노승의 미인담」과 다르지 않다. 「백세 노승의 미인담」의 속 이야기는

---

43   박건회 편, 『천리경』, 조선서관, 1911, 23~24면.

엽분의 이야기이며, 바깥 이야기는 노승의 이이기이다. 「익모초」는 효를 가르치는 이야기로 이원익의 일화를 중심으로 김장하와 최완길의 이야기가 존재한다. 그것은 곧 일화를 확대하여 소설을 형상화한 것이다. 이미 이 이야기는 '가정소설'로 분류되어 있다. 단재는 일화를 수용하여 서사적으로 형상화한 것이다.

긔쟈왈 지나 청국 문종황뎨 써에 법국 군ᄉ가 원명원을 불사르고 청인을 다수히 사로잡어다가 역ᄉ를 식이ᄂ딕 오라 ᄒ면 오고 가라 ᄒ면 가고 써리면 맛고 ᄭ지즈면 밧ᄂ지라 법국 사람이 써ᄒ되 셰계에 노예셩 만은 쟈ᄂ 청국 사람 갓흔 쟈가 업스며 셰계에 나라 사랑홀 줄 모로ᄂ 쟈도 청국인 갓흔 쟈가 업스며 셰계에 부려먹기 쉬운 쟈도 청국인 갓흔 쟈가 업다 ᄒ엿더니 ᄒ로ᄂ 법국 사람이 청국인을 딕ᄒ야 너의 부모가 소와 말 갓다고 욕을 ᄒᆫ즉 청국 사람들이 일졔히 역ᄉ하던 독긔를 덜고 일어나 싸호코자 ᄒ거늘 법국 사람이 그 모양을 보고 탄식ᄒ여 왈 닉가 청국인은 준준ᄒᆫ 동물과 갓치 익국심이 업ᄂ 쟈인 줄 아랏써니 이졔 이것을 본즉 청국인이 엇지 익국심이 업스리오 다만 가족 사랑ᄒᄂ 마암에 나라사랑이 쎄낀 바가 됨이로다 ᄒ엿도다

슯푸다 청국인이 익국심 업슴이 아니라 가족 싱각에 나라 사랑ᄒᄂ 마암을 이졋고 최완길이 부모 사랑ᄒᄂ 마암이 업슴이 아니라 가라치지 아니ᄒᆫ 고로 부모 사랑ᄒᄂ 방법을 모룸이로다[44]

최완길은 쳔진니라 능히 도라슴이 여ᄎ히 신속ᄒ엿스니 셰상에 졔일 돌

44 신채호, 「익모초」, 『가정잡지』 2(7), 1908.8, 45~46면.

리기 어려운 즈는 제가 스사로 만반 사물을 안다 즈랑ᄒ는 스람이라 제 허물을 알고도 감초고즈 ᄒ야 졸연이 곳치지 못ᄒ느니 보시는 이는 져기 감동이 될진져[45]

「익모초」에는 또 하나 청국인의 일화가 실려 있다. 첫 번째 인용문이 그것인데, 일종의 사평적 글쓰기를 보여준다. 이는 작가의 말에 해당된다. 그리고 두 번째 인용문 역시 작품의 마무리에서 작가가 독자에게 전하는 말이다.[46] 전자는 이야기의 중간에 실렸으며, 후자는 서사가 끝난 뒤에 작가가 전하는 말이다. 그런데 단재는 전자에서 청국인의 예를 끌어와서 가족 사랑에 그치지 않고 국가 사랑으로 이어지길 바라는 마음을 전했다. 그리고 마지막에는 세상에 지식인들이 스스로 안다 하며 제 허물을 고치지 않음을 경계했다. 궁극적으로 단재는 효를 통해서 충으로 나아가고, 자신의 무지를 깨우쳐서 지로 나아가 실천하는 모습을 강조하였다. 이를 통해 작가의식의 과도한 틈입을 보여준다.

단재가 「익모초」를 '가정소설'로 인식했다는 것은 여러 가지 점에서 시사적이다. 단재는 일화를 끌어와서 형상화하였는데, 거기에는 작가의식이 노출되어 있다. 「김유신의 모친」에서도 김유신의 각성에 초점

---

45 박건회 편, 『천리경』, 조선서관, 1911, 27면.
46 현재 『가정잡지』가 제2년 7호까지 발간되었을 것으로 추정하는 연구자들이 있다. 실물이 7호까지밖에 남아 있지 않기 때문이다. 그렇게 된다면 마지막 1회분 정도(두번째 작가의 말 포함)가 박건회에 의해 가필되었을 가능성이 남게 된다. 그러나 본 연구자 역시 강현조처럼 그 가능성은 아주 희박하다고 본다. 내용의 흐름이나 문체 등이 자연스러우며, 이미 7호에서 서사는 마무리로 가고 있고, 만일 박건회가 덧대었다면 그 흔적이 날 텐데 그렇지 않다는 점 때문이다. 오히려 「김장하와 최완길」로 볼 때 『가정잡지』는 적어도 8호까지 발간되었음을 역으로 추정할 수 있다.

을 맞춘 것이 아니라 어머니의 교육 및 훈계의 중요성을 강조함으로써 위인에게 어머니의 역할이 중요함을 드러냈다. 「무명 방빅의 부인」에서도 '기자왈'이라 하여 작가의식을 분명히 하였는데, 그것은 "부인의 지혜가 출중ᄒ여 한번 들을 만ᄒ 이약인 고로 이에 긔록"(21면)한다는 것이다. 단재의 소설 가운데 「익모초」의 계보를 잇는 작품이 「백세 노승의 미인담」이다. 이 작품은 이전에 밝힌 것처럼 「무명 방빅의 부인」, 「후안무치」, 그리고 「허생」 등이 바탕이 되었다.[47] 이처럼 단재는 기존 이야기를 통해 소설을 형상화하였다. 특히 「백세 노승의 미인담」은 엽분이의 출중한 지혜를 내세움으로써 「무명 방빅의 부인」을 포섭하는 양상을 보여준다. 이는 단재의 서사들이 서로 연결되어 있음을 말해준다. 그것은 한편으로 역사와 이야기의 결합 양상을 보여주는 것이며, 다른 한편으로 서사 양식의 실험을 통해 소설로 나아가는 모습을 보여준다. 이 작품들을 통해 역사담에 대한 단재의 창작화 양상을 엿볼 수 있다. 「익모초」, 「슈원 리싱원」, 그리고 「조뎡암과 김모의 부인」, 「무명 방빅의 부인」, 「가리발디의 부인 마리타」 등을 통해 단재는 애국계몽기에도 역사 이야기를 서사화하였다는 것을 알 수 있다.

4. 마무리

단재는 『가정잡지』의 편집 발행을 주도하면서 자신의 글들을 적지 않게 썼다는 것을 확인할 수 있다. 아마도 결호들이 발굴된다면 보다

---

47   김주현, 「「백세 노승의 미인담」의 텍스트 형성에 관한 고찰」 참조.

많은 단재의 작품들이 모습을 드러낼 것으로 보인다.[48] 그는 아동 및 부녀 교육에 관심을 갖고 있었다. 그래서 끊임없이 그들을 교화하고 계몽하려 노력하였다. 특히 부인과 관련된 이야기를 많이 실은 것은 부인들이 가정의 모범이 됨으로써 국가 사회에 이바지할 수 있다고 보았기 때문이다.

『가정잡지』를 통해서 단재의 한글 글쓰기의 모습을 확인할 수 있다. 『가정잡지』는 주로 부녀들을 대상으로 순한글로 발행되었다. 단재는 이 잡지에 여러 편의 글을 싣고 있는데, 이 시기 국문체도 능숙하게 구사했음을 알 수 있다. 그리고 이 잡지에 「슈원 리싱원」, 「무명 방빅의 부인」 등 단재의 서사물과 더불어 소설 「익모초」가 실렸다. 그것은 애국계몽기 창작된 단재의 첫 소설이라는 점에서 유념해볼 필요가 있다. 「슈원 리싱원」은 하나의 설화를 소개하는데 그친 것이라면, 「익모초」는 '가정소설'로 분류한 만큼 나름 형상화의 의미를 갖고 있다. 그러므로 이 잡지는 단재 문학의 또 다른 원점을 보여주는 것으로 평가된다. 단재의 서사문학의 계보는 크게 아래와 같이 설명할 수 있다.

①『을지문덕』 → 「이순신전」 → 「최도통전」 → 「류화전」

---

48 강현조는『천리경』에 실린 소설 가운데 발표지를 제대로 확인하기 어려운 세 번째 「싱쥐 벼락 맛던 이약이」와 네 번째 「학자 이약이」가『가정잡지』유실분에 수록되었을 가능성과 그 작품들이 신채호의 저작일 가능성을 제기했다. 다행히 최근『가정잡지』 제2년 제2・4~6호 등이 발굴되었다. 「싱쥐 벼락 맛던 이야기」는『가정잡지』 2-4(1908.5)에 실렸으며, 「학자 이야기」는『가정잡지』(1908.6)에 각각 실렸다. 그러나 작가는 따로 기록되지 않았다. 강현조, 앞의 논문, 341~342면; 임상석, 「근대 지식과 전통 가치의 공존, 가정학의 번역과 야담의 번안 및 개작―『가뎡잡지』결호의 발굴」, 『코기토』 79, 부산대 인문학연구소, 2016.2, 81~82면.

② 「슈원 리싱원」・「무명 방빅의 부인」→「익모초」→「백세 노승의 미인 담」 등

③ 「디구셩미릭몽」→「꿈하늘」→「용과 용의 대격전」

제1계열은 애국계몽의 특성을 잘 보여주는 역사 전기물이며, 제2계열은 일화와 같은 역사적 전승을 통해 형상화한 이야기의 형태이고, 제3계열은 꿈과 같은 환상적 현실을 추구하는 알레고리이다. 『가정잡지』에 실린 서사들은 제2계열의 형성 및 전개를 제대로 보여준다는 점에서 그 의미가 있다. 그것을 세부적으로 살펴보면, 「슈원 리싱원」, 「조뎡암과 김모의 부인」, 「무명 방빅의 부인」 등 설화를 소개하는 수준에 그친 작품도 있지만, 「익모초」에 이르러 소설적 형상화로 나아가고 있다. 그러한 모습을 더욱 여실히 실현한 작품이 일제강점기에 쓴 「백세 노승의 미인담」이라 할 것이다. 그것은 설화를 소설화 하는 과정을 잘 보여준다. 『가정잡지』 작품들은 단재의 한글 글쓰기를 잘 보여줄 뿐만 아니라 단재 서사 문학의 계보와 흐름을 보여주는 귀중한 자료들이다.[49]

---

49   최근 『가정잡지』 제2년 제2·4~6호 등이 발굴되었다. 그래서 더 많은 단재의 글이 발굴되었다. 임상석, 「근대 지식과 전통 가치의 공존, 가정학의 번역과 야담의 번안 및 개작-『가뎡잡지』 결호의 발굴」, 『코기토』 79, 부산대 인문학연구소, 2016.2.

제3부 재구와 복원

01 「백세 노승의 미인담」의 재구와 복원
02 「꿈하늘」의 다시 읽기
03 「용과 용의 대격전」의 다시 읽기
04 「천희당시화」의 의미

「백세 노승의 미인담」의 재구와 복원

1. 들어가는 말

단재는 글을 함부로 쓰지 않고, 또한 썼다 하더라도 마음에 들지 않으면 과감히 없애버리는 염결성을 갖고 있었다. 그래서 그가 쓴 것에 비해 남아 있는 것은 형편없이 적다. 홍명희는 단재의 글이 사라지는 것을 누구보다도 아쉬워했다.

> 丹齋는 自己의 苦心 硏究한 것을 草하다가 갑작이 업새버리는 버릇이 잇스니, 이것은 다름이 아니라 草한 것을 다시 살펴보고 不滿을 늣기는 까닭일 것이다.[1]

남아 있는 단재의 글이라도 제대로 수습하고, 또한 복원하는 것은 필요한 일이다. 그것은 얼마 남지 않은 단재 글이라도 제대로 활용하자는 것이고, 또한 단재의 글을 재구하여 가능하면 단재의 글쓰기 전반을 복원하자는 것이다. 홍명희도 "그 尋常한 珠玉으로 比치 못할 丹齋의 硏究를

---

1   홍명희, 「서문」, 『조선사연구초』, 조선도서주식회사, 1929, 1~2면.

一端이라도 埋沒치 아니 하랴고"『조선사연구초』를 발간했던 것이다.

이 글에서는 「백세 노승의 미인담」을 재구해 보려고 한다. 이제까지 이 작품은 제대로 주목받지 못했다. 그것은 무엇보다 미완성 작품이기 때문이다. 그리고 자필 유고가 편집된 채로 간행되어 본래 모습을 제대로 알기 어려웠기 때문일 것이다.

그러나 이 작품은 인물의 성격론리가 결여된 약점이 있으며 역시 미완성 작품으로 그 전모를 알 수 없는 것이 유감이라 하겠다.[2]

「백세 노승의 미인담」은 단재 문학 텍스트 중 가장 많이 변형된 작품으로 앞으로 더 자세히 점검할 필요가 있다.[3]

이 작품은 발굴과 더불어 "매우 가치있는 작품"[4] 또는 "구성이 비교적 잘 째여졌을 뿐만 아니라 슈제트의 첨예화와 갈등의 예리성이 사건 전개의 극성과 잘 맞물리여 나간 형상적 특성을 보여주"[5]는 작품으로 평가받았다. 그리고 남한에도 소개되어 "거의 완전한 구성의 역사소설로거의 완전한 구성의 역사소설로 특히 주제의 첨예화와 등장인물의 예리한 성격의 갈등 묘사에 있어서 단재 문학의 성공작단재문학의 성공작"[6]이라는 긍정적인 평가와 더불어 "완결된 작품이 아니기 때

2 김병민 편, 『신채호문학유고선집』, 연변대 출판사, 1994, 90면.
3 최옥산, 「문학자 단재 신채호론」, 인하대 박사논문, 2003.8, 76면.
4 주룡걸, 「탁월한 작가 신채호의 문학에 대하여 — 최근에 발굴된 그의 창작 유고를 중심으로」, 『문학신문』, 1964.10.20, 3면.
5 안함광, 「해제」, 『룡과 룡의 대격전』, 조선문학예술총동맹출판사, 1966, 13면.
6 임중빈, 「단재문학의 영웅상과 민중상」, 『단재신채호와 민족사관』, 형설출판사, 1980, 641면. 이영신 역시 "미완성 작품이지만 만들어진 내용만 가지고서도 훌륭

문에 역사전기소설에 비해 이야기에 대한 논평적 작가의식 및 세계관
을 개진해 보여주는 평결 양식이 생략되어 작품의 주제적 기능은 약
화"되었다는 부정적인 평가를 받기도 했다. 「백세 노승의 미인담」은
김병민의 언급처럼 "성격 론리가 결여된 약점"을 갖는 등 미완성이기
에 나름 한계를 지녔고, 최옥산의 지적처럼 가장 많이 변형된 작품이
기 때문에 문제점을 안고 있다. 이제까지의 연구에서 이 작품에 대한
불만과 비판은 무엇보다 미완성이라는 데서 비롯되었고, 긍정적 평가
역시 잘못된 텍스트에 기인한 경우가 적지 않다. 북한에서 선집을 내
면서 「백세 노승의 미인담」을 상당 부분 편집하였고, 남한본 역시 그
것을 수용했다. 이 작품은 비록 미완성이라고는 하지만 어느 정도 복
원이 가능하다. 이 논의에서는 잘못된 텍스트를 바로잡는 것은 물론
이고, 미완성 부분을 재구하여 텍스트를 보다 완전한 형태로 복원하
고자 한다. 그것은 단재의 미완성 작품들을 복원하고, 나아가 신채호
의 글쓰기 전반를 복원하는 데 하나의 실마리가 될 수 있다.

2. 텍스트의 문제 ― 두 텍스트의 비교

「백세 노승의 미인담」은 신채호의 자필 유고로 존재했다. 단재의 유
고들은 단재가 수감된 후 중국 천진에 있던 박용태가 보관하다가 해방
이후 북한으로 넘어간 것으로 보인다. 그런데 1960년대 초 평양의 국

한 작품"이라는 긍정적 평가를 내렸다. 이영신, 「단재 신채호의 문학 연구」, 성균관
　　대 박사논문, 2000.2, 60면.
7　　성현자, 「허구적 인물의 역사적 해석(II)」, 『개신어문연구』 13, 개신어문학회, 1996.12,
　　316면.

립중앙도서관에서 단재의 유고들이 발견되자 안함광, 주룡걸 등이 정리 작업을 착수하여 1964년『룡과 룡의 대격전』이라는 선집을 발행했다.[8]「백세 노승의 미인담」은 유고 속에서 발견되어 북한선집에 실렸다. 한편 김병민은 자신이 필사한「백세 노승의 미인담」을 1994년『신채호 문학유고 선집』에 소개했는데, 이로써 두 텍스트의 차이가 보다 확연하게 드러났다.

원래「백세 노승의 미인담」은 자필 유고이지만, 현재 북한 당국이 소장하고 있어 확인할 수 없는 상황이다.[9] 1982년 북한의 국립중앙도서관이 인민대학습당으로 흡수되면서 현재 이 자료는 인민대학습당에 보관 중인 것으로 알려졌다. 자필 유고본을 중심으로 시간적 순서로 보면,『룡과 룡의 대격전』에 실린 북한본,『단재 신채호전집』에 실린 남한본, 그리고 유고를 필사하여 간행한 김병민본이 있다. 사실 북한본은 단재의 유고를 편집하였으며, 남한본은 북한본(국문체)을 가져와 문체만 국한문체로 바꾼 것에 불과하다. 자필 유고가 국문으로 되어 있음에도 불구하고 일부 표현을 국한문체로 표기한 남한본은 원 텍스트와 상당한 거리가 있기 마련이다. 그러므로 텍스트 복원에 남한본은 포함시키지 않아도 될 것으로 보인다. 연구 대상으로 가장 적합한 것은 원텍스트, 즉 단재의 자필 유고가 되겠지만, 현재는 그것을 직접 확인할 방법이 없기에 유고를 필사하여 간행한 김병민본과 유고의 최초 편집본

---

8 김병민,「신채호 문학유고에 대한 자료적 고찰」, 김병민 편,『신채호문학유고선집』, 연변대 출판사, 1994, 2면.
9 본 연구자는 2006년 '단재신채호전집편찬위원회' 위원으로 활동하면서 북한 당국에서 보내준 신채호 유고 목록을 확인할 수 있었다. 현재에도 단재의 유고는 북한에 잘 보관되어 있는 것으로 보인다. 그 문서에서「百歲 老僧의 美人談」은 16번째 소개되었으며, "페이지:99면, 구분:자필, 분류:국문"으로 되어 있다. 총 면수 99면의 한글 작품임을 확인할 수 있다.

장번호	김병민본(1994)	북한본(1966)	장번호
1 도입부	· 남이 장군이 아내 자랑을 한다. · 두 동무도 다투어 아내를 자랑한다. · 로승이 아내 자랑 다툼에 끼어든다. · 일행이 로승을 치려 하자 로승이 사과한다. · 로승이 미인 아내 때문에 중 된 이야기를 한다.	· 남이와 동무들이 아내 자랑을 한다. · 로승이 이야기에 끼어든다. · 일행이 로승을 치려 하자 로승이 사과한다. · 로승이 미인 아내 때문에 중 된 이야기를 한다. · 로승은 송도 시절 부귀하고 부하를 거느린 장군이었다. · 17세에 아비의 주선으로 황씨 딸과 결혼한다. · 행복한 신혼생활을 한다. · 귀주수정장에 임명되어 몽고 방어를 하게 된다. · 몽고가 침입하였지만, 엽쁜이의 계책으로 몽고병을 물리친다. · 아내는 로승의 승리를 위해 밤낮으로 기도한다. · 로승은 자신의 승리가 아내탓으로 여긴다. · 로승이 아내를 빼앗긴다. · 아내는 슬피 울며 떠났지만 엽쁜이는 천연히 떠난다. · 아내를 빼앗긴 후 나라를 지키지 못한 치욕과 통한의 아픔을 느끼며 후회한다. · 아내를 빼앗아 간 놈을 찔러 죽이고자 재산을 팔아 북경으로 향한다.	1 도입부 노승의 과거
2 노승이 된 이야기 (1)	· 로승이 고려 부귀가의 아들로 황씨 딸과 결혼한다. · 몽고의 고려 침입으로 고려가 망한다. · 몽고가 정치에 간섭하고 여자를 약탈한다. · 로승도 예쁜 아내를 빼앗길까 노심초사한다.		
3 노승이 된 이야기(2)	· 재산을 팔아 북경에 이른다. · 1년 동안 북경에 체류하며 탐문하였지만 아내의 거처를 알지 못한다.	· 1년 동안 북경에 체류하며 탐문하였지만 아내의 거처를 알지 못한다.	
4 노승이 된 이야기(3)	· 눈이 내리는 날 남여 탄 여자를 만난다. · 그녀는 여종 엽분으로 로승의 아내가 차손다의 장군의 아내 된 이야기를 한다. · 로승은 아내를 만나겠다고 하자 엽분은 귀국하라고 한다. · 그래도 아내를 만나겠다 하니 일장 수죄를 하고 가버린다. · 여관에 돌아와 거처를 옮긴다.	· 눈이 내리는 날 람여 탄 여자를 만난다. · 그녀는 여종 엽쁜으로 로승의 아내가 차손다 장군의 아내 된 이야기를 한다. · 로승은 아내를 만나겠다고 하자 엽쁜이는 귀국하라고 한다. · 그래도 아내를 만나겠다 하니 일장 수죄를 하고 가버린다. · 여관에 돌아와 거처를 옮긴다. · 로승은 차손다의 하인을 매수하여 장군의 임직 날 아내의 침방에 간다. · 아내에 의해 협실에 갇힌다. · 차손다가 출직된다.	2 노승이 된 이야기(1)
5 노승이 된 이야기(4)	· 로승은 황금으로 차손다의 하인을 매수하여 장군의 임직 날 아내의 침방에 간다. · 아내에 의해 협실에 갇힌다. · 장군이 출직되자 아내는 그에게 본부(로승)를 협실에 가둔 사실을 알린다. · 차손다는 로승을 빈방에 가두고 로승에게 쇠사슬을 얽어놓게 한다.	· 아내는 장군에게 본부(로승)를 협실에 가둔 사실을 알린다. · 차손다는 로승을 빈방에 가두고 쇠사슬을 얽어놓게 한다.	3 노승이 된 이야기(2)
6 노승이 된 이야기(5)	· 밤늦게 엽분이가 음식을 넣어주고자 물쇠를 열어 로승을 방면시켜 준다. · 침방에 들어가 차손다와 아내를 차례로 죽인다.	· 밤늦게 엽쁜이가 음식을 넣어주고자 물쇠를 열어 로승을 방면시켜 준다. · 침방에 들어가 차손다와 아내를 차례로 죽인다. · 엽쁜의 도움으로 탈출한다.	

장번호	김병민본(1994)	북한본(1966)	장번호
	· 엽분의 도움으로 탈출한다. · 엽분은 목을 찔러 자결한다.	· 엽쁜은 목을 찔러 자결한다.	
7 엽분의 사적	· 로승의 아비가 어느 흉년 길거리에 서 어미 송장에 매달리어 우는 계집 아이를 데려온다. · 엽분이라 이름짓고 로승과 함께 글 을 가르친다. · 로승 아비가 매양 의심나는 일을 엽 분에게 묻는다. · 고려가 몽고의 위협으로부터 벗어 날 계책을 묻자 엽분은 '4대급무'를 말한다. · 로승의 아비가 4대급무를 실행할 적임자를 묻자 엽분은 자신에게 국 정을 맡기라고 한다. · 로승의 아비가 엽분을 여개소문이 라 칭한다. · 로승의 어미는 엽분이가 로승의 아 내 되는 것을 반대한다.(중간 누락) · 엽분은 죽을 때까지 처녀였다.	· 로승의 아비가 어느 흉년 길거리에서 어미 송 장에 매달리어 우는 계집 아이를 데려온다. · 엽쁜이라 이름짓고 로승과 함께 글을 가르친 다. · 로승 아비가 매양 의심나는 일을 엽쁜에게 묻 는다. · 고려가 몽고의 위협으로부터 벗어날 계책을 묻자 엽쁜은 '4대 급무'를 말한다. · 로승의 아비가 4대 급무를 실행할 적임자를 묻 자 엽쁜은 자신에게 국정을 맡기라고 한다. · 로승의 아비가 엽쁜을 여개소문이라 칭한다. · 로승의 어미는 엽쁜이가 로승의 아내 되는 것을 반대한다.(중간 누락) · 엽쁜은 죽을 때까지 처녀였다.	4 엽쁜이의 사적 및 노승이 된 이야기(3)
8 노승이 된 이야기(6)	· 로승은 여관에 돌아와 밤을 샌 후 이 튿날 새벽 북경성 남문을 나온다. · 대명산 대명사에 보조화상을 찾아갔 으나 스님은 세상을 떠난 후였다. · 대명사에서 하루를 묵고 고려영에 와 서 여관에 든다. · 아침에 여관을 나오다가 나졸에게 포 박된다. · 로승은 나졸이 전쟁통에 아내를 몽고 에 빼앗긴 고려인이라는 것을 듣자 그 에게 도움을 청한다. · 나졸의 집에 가서 그의 동생으로 위장 하여 은신한다. · 나졸이 번을 들어가고 열흘을 나졸집 에서 지낸다.	· 로승은 여관에 돌아와 밤을 샌 후 이튿날 새벽 북경성 남문을 나온다. (이하 중략)	
9 노승이 된 이야기(7) -미완	· 열흘 만에 나졸이 집으로 돌아온다. · 북경 성안과 성밖에(이하 중단됨).		
10?			

인 북한본을 토대로 텍스트 재구 및 복원 문제를 살피기로 한다. 우선 김병민본과 북한본의 서사를 나열해보면 아래 표와 같다.

위 표에서 보듯 김병민본은 총 9장으로, 북한본은 총 4장으로 이뤄져 있다. 그리고 김병민본에서 강조한 내용은 북한본에 빠진 부분이고, 또한 북한본에서 강조한 곳은 김병민본에는 없는, 즉 북한에서 재구 및 복원한 부분에 해당한다. 이 글에서는 먼저 북한본의 텍스트 재구 및 복원이 갖는 문제를 살펴보고, 그리고 김병민본을 토대로 하여 「백세 노승의 미인담」의 재구 및 복원을 도모해보고, 그것이 갖는 의미를 궁구해보고자 한다.

3. 북한의 텍스트 재구 및 복원

북한본의 문제는 이미 김병민이 지적한 적이 있다. 그리고 본 연구자도 지적한 바 있다.

> 「백세 노승의 미인담」은 모두 9개 부분으로 되었는데 편집자는 4개 부분으로 재구성하였으며, 1만 7,000자 좌우되는 소설을 1만 5,000자 좌우의 소설로 줄였다. 여기에는 편집자의 삭제와 더불어 재구성 의식이 짙게 반영되었다.[10]

김병민은 북한본이 2,000자 정도, 즉 200자 원고지 10장 분량이 삭

---

10   김병민, 「신채호 문학유고에 대한 자료적 고찰」, 김병민 편, 앞의 책, 6면.

제되었다고 했다. 그러나 그것은 단순히 분량만으로 이야기하기 어렵다. 실제로 조사를 해보니 김병민본은 18,200여 글자(공백 포함, 미포함시 13,700여 자), 200자 원고지 환산하면 91매 정도가 된다. 그리고 북한본은 13,600여 글자(공백 포함, 미포함시 10,300여 자)로 68매가량이다. 여기에서 북한본은 2,600여 글자(공백 포함, 미포함시 1,900여 자) 13매가량을 추가했으며, 유고본의 11,100여 자(공백 포함, 미포함시 8,300여 자) 56매가량을 그대로 가져오는가 하면, 7,000여 자(공백 포함, 미포함시 5,200여 자) 35매가량을 제외했음을 알 수 있었다.[11] 그런데 그것은 단순히 분량만으로 이야기하기 어렵다. 삭제된 부분이 있는가 하면, 또 새롭게 추가된 부분도 적지 않기 때문이다. 최옥산은 "편집자는 이런 윤색 과정을 거쳐 유고의 미완성 혹은 결여된 부분을 보충함으로써 독자들에게 보다 완벽한 작품을 선보이고자 하였"다고 평가했다.[12] 여기에서는 우선 새롭게 추가된 모습을 통해 텍스트 복원이라는 문제를 살피기로 한다.

　　녀자의 어여쁘고 미운 것을 고를 지각이 넉넉한 때입니다. 결혼한 뒤에 매양 안해를 대하면 "아! 우리 아버지가 어떻게 이렇게 내 마음에 반가운 녀자를 얻어 주셨노?" 하며 고마운 마음이 한정이 없었습니다. 내가 안해를 사랑할 뿐만 아니라 안해도 나를 사랑하여 단꿀 같은 꿈속에 세월을 보냈습니다. 아, 사람의 화복은 측량할 수 없는 것입니다.
　　북방의 몽고국이 강성하여 국경의 방어가 날로 급하여 로승이 귀주 수정장이 되어 오천 명 군사를 거느리고 부임할새 안해 황씨와 녀종 엽쁜이 도

11　북한본에서는 유고의 1장 3곳, 2장, 2곳, 3장·4장·5장·6장이 각각 1곳, 7장 2곳, 8장·9장 각각 1곳을 뺐는데, 특히 2장과 3장, 8장과 9장은 거의 대부분을 제외했다.
12　최옥산, 앞의 글, 76면.

합 세 가속이 같이 떠났습니다. 겨우 부임한 지 삼 삭만에 몽고병 수만 명이 쳐들어 왔습니다. 엽쁜이 로승더러 "오천 명 군사 중에 노예군 잡류군이 오 분의 사나 되며 또 이것들이 가장 용감하나 매양 노예라 잡류라 하는 이름 을 싫어하여 힘을 다하지 아니하오니 이 위급한 때를 당하여 명분만 지키려 다가는 나라의 강토를 잃고 부로의 치욕을 면하지 못할지니 먼저 ① **노예와 잡류의 문건을 불사르고 싸움을 이긴 뒤에 동등의 대우를 한다는 명령**을 내 리시소서. 이것이 오늘의 국경을 보존하는 다시 더 없는 방법이올시다" 하 기에 로승이 그 말을 들어 그대로 군중에 령을 내리었더니 노예와 잡류들이 가로 뛰며 세로 뛰며 우리가 인제야 나라를 위하여 죽을 때라 하고 사람마 다 죽음을 무릅쓰고 삼일을 혈전하여 다섯 갑절이나 되는 몽고병을 물리치 었습니다.

안해 황씨는 이 싸움이 끝나기 전까지 밤낮없이 부처님 앞에서 "우리 내 외를 도우사 이 싸움을 이기게 하옵소서" 하고 기도를 드리였다 합니다. 개선가를 부르고 전군을 호상한 뒤에 내아에 들어가 안해의 위로를 받으 니 몽고를 물리치기보다도 몇 갑절이나 마음이 쾌락하며 해가 져 초'불을 켜고 황씨가 옥같은 손으로 친히 술을 들어 축수하는데 로승은 백만 생각 이 다 사라지고 다만 "이번에 싸움을 졌더면 몽고병이 성중에 들어와 우리 안해를 잡아 갔을 것이 아니냐?"는 생각이 와라 일어나며

"아! 부처님이 우리 내외를 돌보시사 이 싸움을 이기였고나" 하였습니다. 이 싸움의 공로를 치면 엽쁜이가 제일이 될 것이올시다. 그러나 이때에 엽 쁜의 공은 생각이 아니 나고 오직 황씨의 지성으로 부처님께 기도한 것을 감 사하였습니다……[13]

13 신채호, 「백세 로승의 미인담」, 『룡과 룡의 대격전』, 조선문학예술총동맹출판사, 1966, 63∼64면. 이 글에서 「백세 로승의 미인담」의 인용은 인용 구절 뒤 괄호 속

위 부분은 북한의 선집에서 서사를 추가한 내용이다. 여기에는 첫 번째, 노승과 황씨의 행복한 생활이 제시된다. 결혼 부분까지는 김병민본에 나타나고 있지만, 이후 행복한 생활은 북한본에 추가된 내용이다. 아울러 전쟁 중에 아내가 열성적으로 노승의 승리를 위해 기도했다는 내용이나 노승이 전승의 공을 아내에게 돌렸다는 것은 아내와의 행복한 삶, 아내밖에 모르는 노승의 아둔함을 드러낸다. 이 부분은 없어도 그만이지만, 이후 전쟁의 패배가 가져올 비참한 운명을 극대화하고, 또한 남들이 당했던 치욕에 무심했던 노승의 이기주의적 모습을 드러내는 데 일조를 한다. 두 번째, 노승이 귀주수정장이 되어 몽고군을 물리친 이력이 추가되어 있다. 특히 여기에서 ①부분 "노예와 잡류의 문건을 불사르고 싸움을 이긴 뒤에 동등의 대우를 한다는 명령을 내리"라는 예쁜이의 전략으로 싸움에서 승리한 사실이 강조되었다. 이 명령은 예쁜이가 노승의 아비에게 건의한 제1급무에 해당한다. 북한본에서 "노예문서를 없이하여 노예라도 공만 이루거든 높은 벼슬을 줄 것"을 직접 시행했더니 전쟁에서 5배나 되는 적병을 물리쳤다는 내용을 넣은 것이다. 이로 말미암아 "예쁜이의 형상은 노예해방을 주장하는 민중적 성격의 체현자"라는 긍적적인 평가를 얻기도 했다.[14] 이는 예쁜이의 지략이라는 뒷 서사가 앞 내용의 재구에 영향을 미친 사례이다. 그렇게 함으로써 민중의 전형인 예쁜이의 지략이 뛰어남을 드러낸 것이다.[15]

한편 김병민본에서 노승은 "전답도 많고 다른 재산도 상당하게 가

에 면수만 기입함. 그리고 고딕은 강조를 위해 인용자가 하였으며, 이하 동일함.

14 조석하, 『민족주의문학에 대한 주체적 시각』, 문예사, 1999, 48면.

15 한편 최옥산은 "수많은 계략 중 병사들의 노예신분을 폐지하는 부분만 뽑아서 그것이 싸움의 승리를 이끄는 것으로 만들어 놓은 것은 그것이 가지는 진보적 의미를 한층 강조하고 천민 대표인 엽분이의 형상을 더욱 두드러지게 부각하려는 시도"라고 평가했다. 최옥산, 앞의 논문, 82면.

졌던 고려 때 부귀가의 아들"이었지만, 북한본에서 "일등 부귀를 누리고 수하에 몇 천 명 군대도 거느리여 본 장군"으로 바뀐다. 그것은 몽고와의 싸움에서 1차 승리라는 노승의 서사를 합리화시켜주는 요소로 작용한다. 여기에서 텍스트 복원에 따른 문제가 발생한다. 곧 재산도 상당하고 몇 천 명이나 되는 군대를 거느렸던, 그리고 귀주수정장으로서 전승을 거뒀던 노승이 두서없이 아내를 몽고 사신(?)에게 빼앗겼다는 것은 설득력을 잃고 있다.

적국이 내 나라에 침입하면, 칼 들고 활 메고 전장에 나가서 적병을 물리치고 개선가를 부르며 돌아오거든, 그의 아내는 낯에 봄빛을 띠고 나아가 맞게 하거나, 그렇지 못하면 차라리 전장에 싸우다가 죽어 버리어 울긋불긋한 피두루마기 입은 송장으로 돌아오거든, 그의 아내가 눈물을 뿌리며 나아가 맞게 하는 것이 사나이의 일이 아닙니까? 적국의 정복을 받아 죽도 사도 못한 몸이야 제 계집이나 빼앗기지 않으려고 깊이깊이 도장 속에 가두어 놓고 그 속에서 부처의 행복을 누리려 하였으니, 네가 무슨 사나이냐?
② 계집이 그렇게 아깝거든 계집을 빼앗길 때에 당장에 칼을 빼어 계집 빼앗아서 가는 놈의 목을 찌르거나, 그렇지 못하면 그 칼에 자살함이 사나이의 일이거늘 '인제 가면, 언제 볼까?' 가련한 노래나 부르고, 그 아까운 계집을 남의 품안에 들어가도록 하였으니, 네가 무슨 사나이냐?(64면)

"예! 담을 넘어 들어왔습니다."
"아참 몇해를 같이 살았지만, 영감의 근력이 그처럼 대단한지는 몰랐습니다. 그러나 나 시키는 대로 하여야 살지, 그렇지 않으면 목숨이 위태합니다."(68면)

위 두 부분은 김병민본과 북한본에 모두 나오는 것으로 원래부터 단재의 유고에 있었던 내용으로 짐작할 수 있다. 그런데 앞의 내용이 이 부분과 관련해 서사에 문제가 발생한다. 즉, 노승이 몽고와의 싸움에서 이겼다면 "적국이 내 나라에 침입하면, 칼 들고 활 메고 전장에 나가서 적병을 물리치고 (…중략…) 전장에 싸우다가 죽어버리어 울긋불긋한 피두루마기 입은 송장으로 돌아오거든"이라는 부분은 필요 없다. 북한 본에서는 노승의 승리 사실을 적시하면서도 예쁜이가 노승에게 수죄한 내용, 특히 "계집을 빼앗길 때에 당장에 칼을 빼어 계집 빼앗아서 가는 놈의 목을 찌르거나, 그렇지 못하면 그 칼에 자살함이 사나이의 일"이라는 ②부분을 그대로 두어 문제가 발생하고 있다. 또한 아내가 "몇 해를 같이 살았지만 영감의 근력이 그처럼 대단한지는 몰랐습니다"라는 내용으로 보아 노승은 비록 부귀가의 아들이었지만, 소심하기 그지없는 사내였다는 점을 알 수 있다. 그것은 5천 명의 부하들을 거느리고 다섯 배나 되는 몽고병을 물리친 기개 있고 용맹한 장군상(북한본)과는 거리가 있다. 오히려 노승은 승리한 사실이 전혀 없는 소심한 사내의 모습을 하고 있다. 노승은 "제 계집이나 빼앗기지 아니하려고 깊이깊이 도장 속에 가두어놓고 그 속에서 부처의 행복을 누리려"(66면) 했던 인물이 아닌가. 그러므로 북한본에서 노승이 몽고와의 전쟁에서 승리한 사실을 추가했지만, 그것은 오히려 이후 서사와 어울리지 않는 결과를 낳고 말았다.

오늘날 로승이 두수 없이 계집을 빼앗기였습니다……

…황 씨가 떠날 때에 눈물을 가리우고 "내가 죽거든 내 주검이나 찾아다가 고국 강산에 묻어 주오" 하는 목맺힌 소리가 아주 죽어 작별하는 말과

같았습니다. 엽쁜이도 황씨와 같이 갔지만 그 얼굴에 도무지 슬퍼하거나 분히 여기는 빛이 없이 천연히 나섭디다.

그때에 보는 이마다 "아, 천인(賤人)이라는 것은 다른 것이로곤, 고국을 떠나며 눈물도 한방울 없는가" 합니다…

사람이란 것은 참 우스운 물건입니다. 꼭 제 발등에 불이 떨어져야 뜨거운 줄을 압니다. 전날에도 몽고 사신이 남의 딸이나 안해를 빼앗아 간 일이 없지 안하였지만 그때에는 너무 격렬한 사람을 보면 "우리가 아무리 분하여도 월왕구천과 같이 수십 년 양병하여 기회를 기다려 생사를 판단하고 싸울 것이요, 오늘의 칼을 빼내는 것은 무익한 일이라"고 대답하였습니다.

그러던 것이 제 계집을 빼앗기고 나니 아주 생각이 달라집디다.

③ …고려 사람도 사람이냐? 북방 오랑캐 놈에게 온갖 욕을 다 보면서 살아 있는 고려 놈도 사람이냐? 절령(岊嶺) 이북의 천여 리 땅을 빼앗아 가거나 제주도를 빼앗아 몽고인의 목마장을 만들거나 대신을 구류하거나 내 임금을 잡아 마락이 쓴 황제에게 절하게 하거나 말래에 계집까지 빼앗기는 말 못할 치욕을 당하거나 다 불고하고 오직 굴속에서 구차한 생명을 보전할 수만 있으면 이것을 세상으로 살아있는 고려 놈도 사람이냐? 하며 뜨거운 피가 머리 속을 콱콱 찌릅디다. 칼을 빼여 들고……

"모두 나아가 싸우자 싸우다가 이기면 다행이요, 죽어도 영광이다. 남녀로소 할 것 없이 다 나아가 싸우자" 웨치고 싶지만 그러나 이때야 쓸데 있는 말입니까. 누가 보든지 "아이고, 저 놈이 미쳤고나, 제 계집을 잃더니…" 할 뿐입니다. 이때에야 꿈 같은 월왕 구천을 꾀어 죽으려는 사람들을 말린 것이 후회도 됩니다.

그리하여 밥도 먹을 생각을 잊고 종일 문을 닫고 "어찌하면 좋을가"를 짐작하여 보았습니다. 그대로 살아 볼가?

불쌍한 안해도 못 잊으려니와 문밖에 나서는 때에 "저 계집 빼앗아 간 놈…" 하는 손가락질에 어찌하랴? 자살하여 죽어버리랴? 계집 잃은 놈이 그대로 앉아 자살하면 못난 놈의 일이 아니냐? 이렇게 로승의 묻는 말에 대답하여 가며 생각하다가 아, 다 쓸데 있는 소리냐? ④ 내 계집 빼앗아 간 놈을 찔러 죽이고 내가 죽지, 어찌 가련한 자살이야 할 것이냐? 하고 얼마의 재산을 팔아 이천 량의 금을 사서 가지고 북경으로 향하였습니다.(64면)

위 인용 부분 역시 북한본에 추가한 것으로 노승이 아내를 빼앗길 당시 상황을 보여주는 내용이다. 북한본에서는 이별 당시 아내는 슬픔을 건디지 못했지만, 예쁜이는 무표정하게 떠나갔다는 사실을 서술하고, 직접 아내를 빼앗기고 보니 생각에 변화가 왔다는 것을 적시했다. 노승은 아내를 잃고 비로소 민족주체성에 눈을 뜬다. 그리하여 아내를 찾으러 북경으로 떠난다. 이 부분은 전체 서사 맥락상 아내와의 이별과 그로 말미암아 노승이 아내를 찾으러 떠나게 되는 과정을 서술한 내용이다. 이것은 김병민본에는 없는 것이지만, 서사 흐름을 더욱 완결되게 해준다는 측면에서 필요한 부분이라 생각된다.

그런데 '고려 사람도 사람이냐'라는 ③부분은 실상 "네가 무슨 사나이냐?"라는 본문 내용을 변용하여 표현한 것이다. 아울러 ④"내 계집 빼앗아 간 놈을 찔러 죽이고 내가 죽지, 어찌 가련한 자살이야 할 것이냐" 하며 북경으로 향하는데, 이 구절은 "계집이 그렇게 아깝거든 계집을 빼앗길 때에 당장에 칼을 빼어 계집 빼앗아서 가는 놈의 목을 찌르거나, 그렇지 못하면 그 칼에 자살함이 사나이의 일"(66면)이라는 예쁜이의 말에서 재문맥화한 것이다. 이 역시 뒷 서사가 앞 내용의 재구에 영향을 준 사례이다. 노승은 예쁜이를 만나 "황천으로 돌아갈지라도 아씨를 만나보고야 돌아가겠다"고 말했는데, 사실 그는 아내를 만나 본국으로 데리고 올 심산이었다. 그리고 아내를 만나서도 "아이고 목숨이 다 무엇입니까. 우리 부처가 만나보았으면 그만이지요"라고 말한다. 그러나 협실에 갇히는 바람에 아내를 데려가려던 애초의 계획이 수포로 돌아가고, 심지어 자신이 살해당할 위기에 처하자 차손다다와 아내를 살해한 것이지 처음부터 차손다다를 살해하려 했던 것은 아니다. 그러므로 애초부터 '내 계집 **빼앗아** 간 놈을 찔러 죽이'려고 북경에 갔다는 것(북한본)은 뒤 내용을 마구 가져와 재구한 탓인데, 오히려 문제가 발생한 것이다.

김병민본은 2장의 뒷부분에서 "아무의 아내는 절대 미인이란 소문이 불길같이 올라왔습니다……"라고 하여 생략표가 붙어 있다. 단재의 유고가 원래 그렇게 되었는지, 또는 썼다가 지워서 내용을 제대로 해독하기 어려워 그렇게 했는지 정확히 알기는 어렵다.[16] 어쨌든 서사의 내용이 이 부분에 이르러 생략 또는 실종되었음을 알 수 있다. 그러한 측면에서 북한본은 생략 또는 실종된 부분의 서사를 복원하였지만 적지 않은 문제점을 갖고 있다. 그리고 북한본의 국문체를 국한문체로 문체만 바꾼 남한본 역시 그러한 문제점을 노정하고 있다. 특히 많은 연구자들이 민족주체성을 강조한 ③부분을 인용하고 있는데, 그것은 북한본의 의도를 충실히 반영한 결과이다.

마지막으로 북한본은 노승이 북경 남문을 나온 이후가 생략되어 있다. 북한본에서는 "(이하 략—편집부)"이라 하여 그 사실을 분명히 했다. 노승의 북경 탈출 및 고려 귀국 기록이 **빠져** 있다는 측면에서,

---

16 단재의 유고에서도 썼다가 붓으로 지운 흔적을 볼 수 있었다. 그러한 부분은 「前後三韓考」(『단재신채호전집』 중권, 형설출판사, 1977)에서도 여러 군데 확인할 수 있다.

'노승 된 이야기'의 일부가 빠진 셈이다. 최옥산은 "그것이 앞의 이야기와는 거의 연관이 없는 하나의 독립된 이야기이고, 또 어차피 미완이기 때문에 굳이 필요한 것이 아니라고 생각했던"것으로 설명했다.[17] 만일 예쁜이의 이야기만 중요하다면, 역사 일화처럼 제7장 "예쁜이의 사적" 부분만 제시해도 무방하다. 그런데 소설적 형식을 빈 작품에서, 그것도 전체 주제의식과 밀접한 부분을 삭제함으로써 커다란 문제점을 노정하고 있다. 북한본은 예쁜이를 서사의 중심에 두고 정리한 것이며, 그래서 노승과 관련된 많은 부분이 삭제되었다. 텍스트에서 중요한 역할을 하는 노승의 북경 탈출 및 '고려영'에 대한 이야기가 빠져 있다는 측면에서 북한의 원본 재구는 반쪽에 그친 감이 있다.[18] 특히 '고려영'은 세 번이나 반복적으로 제시되었는데, 그것은 서사에 중요한 요소로 작용하기 때문이다. 노승은 고려영에 이르러 "아 옛적의 고려는 싸움하러 이곳에 왔었는데, 오늘의 고려는 도망하다가 이곳에 왔구나!"[19]라고 탄식하는데, 그것은 민족적 주체 자각의 또 다른 표지로 작용하는 것이다.

---

17 최옥산, 앞의 글, 78면.
18 여기에서는 북한의 편집자들이 김병민본에서 뺀 부분들은 따로 언급하지 않았다. 뺀 부분들은 남녀의 치정처럼 "인민들의 인격 수양에 전혀 도움이 안 되고 오히려 저속한 취미에 빠질 수" 있거나 "예쁜이의 형상에 손상이 간다고 판단되는 것" 등으로 설명될 수 있다. 여기에서는 큰 틀에서 논의한 것으로 작은 부분들은 생략했음을 밝힌다. 위의 글, 79~80면.
19 김병민 편, 앞의 책, 85면.

4. 텍스트의 서사 복원

이 작품은 앞에서 제시했듯 미완성 작품이다. 그렇기에 충분한 논의가 못 이뤄지기도 했다. 게다가 기존 논의들이 대부분 북한의 편집본을 국한문체로 바꾼 단재전집을 텍스트로 해서 이뤄진 연구라는 데 문제가 있다. 김병민본 「백세 노승의 미인담」이 국내에 소개된 이후에도 상당수 연구자들은 단재전집간행위원회에서 간행한 전집본 「백세 노승의 미인담」을 토대로 연구를 진행했다. 그래서 앞에서 지적했던 것처럼 '평결 양식이 생략되어 작품의 주제적 기능은 약화'되었다거나 "이 미완, 혹은 탈락을 소재·인물 설정과 관련한 서사화 원리에 있어 작가의 한계"[20]로 지적하는 상황이 발생하고 있다. 만일 김병민본을 토대로 삼을 경우 그러한 미완 내지 탈락 부분은 상당히 극복되며, 아울러 전체 텍스트의 복원에 이를 수 있다.

현재 북한에서 소장하고 있는 단재의 유고본 「백세 노승의 미인담」은 총 99면으로 알려져 있다. 김병민본 「백세 노승의 미인담」은 18,200여 글자, 원고매수 101매 정도가 된다. 그리고 유고본 「용과 용의 대격전」은 총 94면, 16,400여 자, 원고매수 90매 정도가 된다.[21] 「백세 노승의 미인담」은 장당 184 글자 정도, 「용과 용의 대격전」 장당 174 글자 정도가 된다. 실재 단재의 유고 「용과 용의 대격전」은 다른 원고보다 조금 큰 글씨로 성글게 썼음을 확인할 수 있다. 그렇다면 김병민본이 유고의

---

20 최수정, 앞의 글, 89면.
21 「신채호 유고 목록」은 박걸순의 「"단재신채호전집" 편찬의 의의와 과제」(『한국독립운동사연구』 30, 독립기념관 한국독립운동사연구소, 2008.6, 18~19면)에도 실려 있다. 그리고 북한이 보내온 자료 사진에 「백세 노승의 미인담」은 없었지만, 「용과 용의 대격전」은 첫 면이 들어있어 확인을 할 수 있었다.

대부분을 베꼈다는 말이 된다. 그런데 김병민본이 필사에 주력을 하였지만 몇 군데 고려해야 할 부분이 있다.

> 2장 마지막 부분 : 아모의 안해는 절대 미인이란 소문이 불길갓히 올나왓습니다……
>
> 7장 중간 부분 : 네가 엽분을 며느리를……(이하 인멸됨)…………
>
> 9장 마지막 부분 : 북경 성내 성외에 관리와 몽고인의 집을 쎄여 노코는 그박게는 수(이하 중단됨)

2장 마지막 부분은 3장의 내용으로 보아 일부 내용이 생략되었음을 알 수 있다. 다만 7장과 9장에서는 '인멸', '중단' 등의 내용을 통해 실상을 바르게 알 수 있는 반면, 2장 부분은 작가가 그렇게 말줄임표를 했는지, 아니면 필사자(김병민)가 그렇게 했는지, 원래 내용이 더 있는지, 아니면 그것이 전부인지 알기 어렵다.[22] 그러나 분명한 것은 일부 서사 내용이 생략되었다는 것이다. 북한본은 이 점에 착안하여 노승과 예쁜이의 결혼-행복한 생활-몽고병 침입-전투에서 승리-아내와 헤어짐-아내 찾아 북경으로 감이라는 서사를 채워 넣었다. 그것은 서사에서 생략된 부분을 채워 넣었다는 점에서 의미가 있지만, 앞에서 살펴본 것처럼

---

22 참고로 이 작품에는 이 외에도 "로승이 황씨를 죽인 뒤에 비록 말은 하지 안하얏스나 속마음으로 "오냐 당초에 잘못이다. 엽분과 부처 되얏더면 내가 이 디경이 되얏겟느냐? 이번에는 돌아가 문벌이니 무엇이니 하는 것은 아조 집어바리고 엽분을 정실을 삼아 다리고 살으리라."하얏습니다……엽분이도 그런 눈치를 의례히 채울 지혜가 잇지만 그러나 이것도 저것도 다 실타고 자살하고 말앗습니다.", "그래서 잡히여 북경으로 향하더니 그 라졸이 홀연히 한숨을 지며 내가 잡기는 올케 잡엇다마는 쇠가 쇠를 먹는다고 내 손으로 너를 잡다니……하며 눈물을 흘님듸다." 등 두 군데 말줄임표가 있다. 이 두 부분은 문중에 있다는 것도 그렇고 또한 서사의 전개상 내용의 일부가 생략된 것 같지는 않다.

문제 또한 적지 않다. 그리고 둘째 부분은 북한본에서도 "네가 엽쁜을 며느리를……(이하 중간이 루락됨-편집부)"로 소개했다. 북한본도 있는 그 대로 사실을 알리고 따로 재구성하지 않았다. '인멸' 또는 '누락'된 부분은 길지 않은 것으로 보인다. 그것은 노승 어미의 반대로 노승과 예쁜이의 혼사가 좌절된 사연일 것이다. 그리고 아내 황씨와의 결혼은 2장으로 이어지니 별다른 문제가 없다. 노승과 예쁜이와의 혼사 좌절은 이미 전체 내용 속에 포함되어 있어 비록 없더라도 서사상 쉽게 복원이 되어 별로 문제되지 않는다. 아마도 '인멸' 또는 '루락'으로 쓴 것으로 보아 단재가 써놓은 것이 떨어져 나간 것이 아닌가 추측된다.

제일 문제가 되는 것은 마지막 부분이다. 아마도 "중단"이라는 내용으로 보아 단재가 더 이상 기술하지 않았을 것으로 보인다. 물론 "북경 성내 성외에 관리와 몽고인의 집을 빼놓고는 그 밖에는 수"가 99면의 마지막에 위치해 있다면 이후 면수가 떨어져 나갔을 가능성도 있다. 문장이 마무리되지 않았다는 것은 계속 썼거나 쓰려고 했으며, 그것만으로는 서사의 완성이 아니라는 사실을 말해준다. 어떤 연유에선지는 모르나 이 작품은 미처 완성되지 못했다. 그렇다면 복원의 가능성과 필요성은 없는가? 앞(7장)에서도 '인멸' 또는 '누락'된 부분이 전체 서사를 통해 재구가 가능하다는 것을 볼 수 있었다. 여기에서는 복원의 가능성을 통해 미완된 부분을 재구해 보기로 한다.

본 연구자는 이미 「중국혁명사략」에 대해 복원을 시도해본 적이 있다. 그 작품은 신문의 유실로 앞부분의 내용이 없지만, 이어지는 내용과 단재의 다른 글들을 통해 전체 틀을 재구해낼 수 있었다.[23]

---

23   김주현, 「「중국혁명약사」의 저자 규명 및 저술 의의」, 『신채호문학연구초』, 소명출판, 2012, 540~542면.

「백세 노승의 미인담」은 9장에서 중단되었지만, 그 내용의 일부를 보여주고 있다는 점에서 복원을 시작할 것이다.

단재의 작품 가운데 10장으로 완결된 작품이 적지 않다.

「조선 역사 일천년래 제1대 사건」

一. 緖論, 二. 郎儒佛 三家의 源流, 三. 郎儒佛 三敎의 政治上 鬪爭, 四. 睿宗과 尹瓘의 對女眞戰爭, 五. 妙淸과 尹彦頤의 稱帝北伐論의 發生, 六. 妙淸의 狂妄한 擧動―西京의 擧兵, 七. 妙淸의 敗亡과 尹彦臣頁의 末路, 八. 本戰役後 三國史記 編撰, 九. 三國史記가 唯一한 古史된 原因, 十. 結論

「용과 용의 대격전」

一. 미리님의 나리심, 二. 天宮의 太平宴, 叛逆에 對한 걱정, 三. 미리님이 按出한 鎭壓策, 四. 復活할 수 업도록 慘死한 耶蘇, 五. 미리와 드래곤의 同生異性, 六. 地國의 建設과 天國의 恐慌, 七. 미리의 出戰과 上帝의 憂慮, 八. 天國의 大亂 上帝의 飛去, 九. 天使의 行乞과 道士의 神占, 十(✕✕✕)

전자는 사론으로, 후자는 소설로 각기 완결된 형식을 지니고 있다. 이 작품들은 모두 단재의 글로 서론-결론 또는 발단-결말에 이르는 매우 안정된 형식을 보여준다. 「백세 노승의 미인담」 역시 이러한 10장 체제로 이뤄졌으리라는 점을 가정할 수 있다. 그것은 이들 작품이 비슷한 시기에 나왔으며, 일반적으로 10이라는 숫자는 그 자체로 완결을 의미하고, 단재를 비롯한 많은 사람들이 10장 체제의 글을 선호하고 있기 때문이다. 단재가 다른 글에서도 그러한 구성법을 쓰고 있다는 측면에서 「백세 노승의 미인담」은 10장 구성의 글로 보아 큰 무

	구성	작중화자/주인물	내용	비고
1장	도입부-액자-외화	남이	노승의 이야기를 듣게 된 배경	
2-6장 7장 8-9장	중심부-본서사-내화	노승 노승/예쁜이 노승	노승이 중이 된 이야기(1-5) 예쁜이 사적 노승이 중이 된 이야기(6-7)	7장은 작중 내화
10장?	결말부-액자-외화	남이?	노승의 이야기를 들은 후 남이의 변화	

리가 없을 것이다. 10장 구성의 글에서 제1장은 서론 내지 발단, 그리고 제10장은 결론 내지 마무리의 장이 된다.

「백세 노승의 미인담」은 현재 9장 일부가 나와 있지만 그러한 예를 따르고 있다. 그것의 체계를 보면 위의 표와 같다.

이제까지 연구자들은 이 작품을 미완결 구조로 인식해 왔다. 그것은 4장으로 구성된 북한본이나 남한본을 대상으로 판단한 결과이다. 그러나 김병민본을 중심에 두면 달리 생각할 수 있다. 여기에서는 전체 이야기의 맥락 속에서 제9장과 제10장의 복원에 나서기로 한다.

이미 작가는 "용서하시면 로승이 미인의 안해 까닭에 중 된 니야기를 하겠습니다"라는 부분에서 본서사의 내용을 암시했다. 본서사는 노승이 '중이 된 이야기'를 중심으로 구성된다. 2장에서 9장까지는 그러한 이야기에 해당된다. 7장 예쁜이의 사적도 하나의 삽화이지만 궁극적으로 '중이 된 이야기'라는 서사에 포괄된다. 예쁜이의 일대기이기도 한 이 내용은 독립적이 아니라 노승이 중이 된 이야기와 관련 속에서 전개되기 때문이다. 본서사는 노승의 결혼과 아내를 빼앗김, 아내 찾아 북경으로 감, 아내를 찾아 살해 등으로 이어지다가 북경 탈출 부분에서 중단된다. 그렇다면 9장은 무엇이 빠져 있으며, 어떻게 완성되어야 하는가?

이에 대한 해답은 지극히 간단하다. 작중 화자가 승려, 즉 오공화상이 된 이야기가 되어야 한다. 그런데 작품에 승려가 된 과정에 대한 이야기가 없다. 9장에는 북경을 탈출해서 고려에 귀국하고 승려가 되기까지의 과정이 빠져 있기 때문이다. 9장에서 "열흘만에 라졸이 나오니 들을 니야기가 참으로 만흡듸다. 북경 성내 성외에 관리와 몽고인의 집을 쎼여 노코는 그박게는 수"로 중단되었다. 8장에서는 노승이 나졸의 동생으로 위장하여 나졸집에 은신한 것으로 나온다. 나졸은 출직하였다가 10여 일만에 돌아와 자신이 번에서 보고 들었던 이야기를 노승에게 들려준다. 그 이야기는 "북경 성내 성외에 관리와 몽고인의 집을 쎼여 노코는 그박게는 수……"로 전개된다. 이는 전후 맥락으로 보아 북경성 안팎에서 관리 및 몽고인의 집을 제외하고는 수많은 나졸들이 집집마다 뒤지는 등 당국에서 차손다다의 살해범을 잡기 위해 혈안이 되어있다는 내용일 것이다.[24] 이어 노승이 나졸의 도움을 받아 삼엄한 경계를 뚫고 북경을 탈출하여 고려에 귀국하기까지의 이야기가 전개되어야 한다. 그리고 승려(오공화상)가 되어 호국사에 머물게 된 이야기로 9장은 마무리될 것이다. 9장의 미완결된 부분은 북경 탈출과 고려 귀국, 그리고 승려가 된 이야기가 될 것이다.

특히 노승은 여말의 혼란한 상황에서 호국 활동을 시도했을 것으로 보인다. 그는 남이(1441~1468)를 만나기 60여 년 전부터 호국사에서 지냈다고 하였는데, 그것은 대략 1392년 이성계에 의해 조선이 건국된 시기라 할 수 있다. 그렇다면 노승의 귀국 후(여말) 행적은 알수 없지만, 그가 북경에서 국가 잃은 설움을 겪었다는 측면에서 북벌

---

24 '수……'는 단재의 용법으로 볼 때 '수많은' 이 외에도 '수천의', '수만의' 등이 될 수 있다.

에 대해 관심을 가졌을 것으로 판단된다. 단재는 「최도통전」에서 최도통의 북벌을 도왔던 현린에 대해 서술하면서, "玄麟은 聖賢中 豪傑이며 豪傑中 聖賢인져. 雲收雨霽에 其去가 飄然ㅎ고 時危事棘에 其來가 倏然ㅎ니, 風耶아 鶴耶아 斯 果何人고 崔都統과 合傳흠이 實로 無愧ㅎ도다만은 惜乎라. 其 歷史가 殘缺ㅎ야 其人의 全體를 模寫홀 道가 無ㅎ도다"라고 찬했다. 노승 역시 중국에서 탈출하여 여말 시기 북벌에 참여했던 현린이나 승군과 같은 호국승으로 형상화되었을 가능성이 있다.[25]

그렇다면 이 이야기는 9장으로 완결된 것이 아닌가? 그렇지 않다. 김병민본을 자세히 보면 남이의 이야기는 1장에서 미처 완결되지 않았음을 알 수 있다.

> "두만강 물에 말을 씻고 백두산 돌에 칼을 갈어 적군을 토평하리라"의 호기로운 노래를 불우던 남이(南怡)장군은 그 안해 권씨가 얼골과 자태만 절대 미인일 쑨더러 쏘한 장군에게 지지 안할 총명과 지혜를 가진 부인이라 남이장군이 매오 사랑하얏다. 장군이 언제는 니웃의 동무 두 사람과 함씌 서울 동대문박 호국사란 절에 놀러 나아가 니야기가 자기의 안해자랑에 밋처 (…중략…) 남이장군은 서걱서걱한 호반의 자데라. 그 말을 듯고 두 사람을 달내고 로승의 언권(言權)을 허락하얏다. 그리하야 제 신셰를 진술하는 짓헤 력사상에 쌔아진 송도 말년의 조선 몽고 중국 세 민족의 이목을 놀내던 대사건이 로승의 입부터 다시 알게 되얏다.[26]

---

25 김주현, 「「백세 노승의 미인담」의 텍스트 형성에 관한 고찰」, 『현대소설연구』 53, 현대소설학회, 2013.8, 105~108면.
26 김병민 편, 『신채호문학유고선집』, 연변대 출판사, 1994, 69~70면.

1장의 서술자이자 중심인물인 남이는 동무 두 사람을 달래어 노승의 이야기를 듣는다. 남이는 노승에게 언권을 허락하고 '세 민족의 이목을 놀내던 대사건'을 알게 되었다. 그렇다면 그것으로 이야기는 종결되는가? 첫부분 도입부 이야기는 단순히 제시하는 것만으로 마무리되지 않는다. 본서사는 예쁜이의 애국주의 사상이 중심이 되지만, 도입부는 오공화상의 호국정신이 중심이 된다. 그것은 배경이 '호국사'라는 절이란 점, 그리고 남이의 한시 「북정北征」의 일부가 제시되었다는 점에서 그러하다. 단재는 남이의 「북정」을 이 작품 외에도 여러 작품에서 언급하였다. 그것은 국토를 개척하려는 남이의 호국 정신을 잘 보여준다. 이 작품의 내화와 외화를 이어주는 교량 역할을 하는 것은 노승과 남이의 연결축이다. 왜 하필 남이인가? 단재는 남이의 「북정」에서도 보여주듯 남이가 아내 사랑에서 나라 사랑(호국)으로 나아가게 되는 지점에 노승을 배치하고 있다. 그러므로 이야기는 당연히 "력사상에 쌔아진 송도 말년의 조선 몽고 중국 세 민족의 이목을 놀내던 대사건"을 듣고 난 후 남이가 역사와 호국에 대해 새롭게 인식하고 고토를 회복하려는 의지를 갖게 된 것으로 마무리될 것이다. 도입부 액자에 남이를 배치했으면 마무리 액자에도 남이를 등장시키는 것이 마땅하다. 그것은 「용과 용의 대격전」에서 서두/종결이 미리의 출현/퇴거로 마무리되는 것과 다를 바 없다. 그러므로 제10장은 액자로서 제1장과 직결될 수밖에 없다. 이 작품을 전체 맥락에 놓고 보면 외화와 내화, 그리고 내화와 외화가 서로 깊은 관련성을 맺고 진행되었음을 파악할 수 있다.

5. 텍스트 복원이 갖는 의미

텍스트 복원은 쉽지 않은 작업이다. 북한본의 재구에서도 알 수 있듯이 자칫하면 적지 않은 문제점을 내포하게 된다. 이 논의에서는 성글게나마 「백세 노승의 미인담」의 전체를 재구하여 보았다. 특히 미완성된 제9장과 제10장을 서사의 전체 맥락 속에서 복원을 시도했다. 그것은 한편으로 북한본의 잘못된 복원을 바로잡는 의미가 있다. 잘못된 텍스트는 잘못된 연구를 낳기 때문에 텍스트의 오류를 바로잡아야 한다. 다음으로는 사라진, 미완의 부분을 보완하는 의미가 있다. 어차피 현재의 텍스트는 불완전하기 때문에 다소나마 완전한 텍스트로 재구할 필요가 있다.

텍스트의 복원을 통해서 보다 분명해진 것이 있다. 하나는 노승-호국사-고려영으로 연결되는 고리이다. 노승은 고려영에서 '오늘의 고려는 도망하다가 이곳에 왔구나'라고 탄식하였는데, 그곳은 그 옛날 연개소문의 유적지가 아니던가. 그것은 연개소문-여개소문으로 이어지는 예쁜이의 성격화에서도 드러난다. 한편 노승이 떠돌던 지역은 망국의 슬픔을 안고 단재가 떠돌던 곳이었다. 다음으로 단재의 다른 글들과 관련해 보면 『을지문덕』・「최영전」과 「조선 일천년래 제1대사건」 사이에 「백세 노승의 미인담」이 자리한다. 즉 을지문덕-연개소문-묘청-최영-남이로 이어지는 역사의식 속에 「백세 노승의 미인담」이 위치해 있다. 「연개소문전」은 단재가 창작하려 했던 것이다. 그리고 그는 고려 말 최영과 함께 한 현린선사에 대한 전기도 쓰고 싶어 했다.

노승이 비록 역사상 실재했던 인물은 아니지만 단재는 허구적 인물을 통해서 북방 고토의 회복 및 북벌에 대한 관심을 제고했다. 단재는 묘청-현린-노승-남이와 같은 인물들을 연결시켜 새로운 역사의식을 전개했다. 「백세 노승의 미인담」을 온전히 재구할 때 단재가 전하려고 했던 메시지는 분명히 드러난다. 묘청, 최영, 그리고 남이의 꿈은 좌절되었다. 그러나 그들이 지녔던 역사의식과 북방 고토 회복에 대한 염원을 단재는 작품을 통해 제시해주고 있다. 그런 측면에서 몽고란에 아내를 잃고 떠돌던 노승은 일제강점기 독립을 위해 고군분투하며 이역을 떠돌던 단재의 모습과 다르지 않다. 그래서 몽고란 속에 일제 강점으로 인한 망국의 설움과 슬픔이 겹쳐지는 것은 단순히 우연이라 하기 어려울 것이다. 단재는 망국의 슬픔과 조국의 강토 회복을 바라는 염원으로 「백세 노승의 미인담」을 창작한 것이다.

「꿈하늘」의 다시 읽기

02

1. 들어가는 말

「꿈하늘」은 신채호의 유고 작품이다. 이 작품은 1975년 『단재신채호전집』 보유편에 소개되면서 국내에 알려졌다. 그리고 김병민이 편한 『신채호문학유고선집』이 1995년 한국문화사에서 영인되어 소개되었다. 그러면서 텍스트에 대한 논란이 일어났다.

일례로 『전집』(하권)에 수록된 소설 「꿈하늘」을 보면 제2장은 "異族에 對한 인후는 망하게 하는 原因이 될 뿐이니라"란 구절로 끝났는데, 원본 유고 「꿈하늘」을 보면 상기 구절 뒤에 약 4,000자 좌우가 삭제되었다 (…중략…) 또한 제 3장 첫머리를 보면 탈락이라 쓰고 5행의 글밖에 없다. 실제 원본 유고에서 보면 이 5행줄 앞에 약 10,000자 가량의 내용이 있다.[1]

김병민은 북한에서 필사한 단재의 유고들을 연변대 출판사에서 발

---

1 김병민, 「신채호의 문학유고에 대한 자료적 고찰」, 『신채호문학유고선집』, 연변대 출판사, 1994, 4면.

간했다. 그는 『신채호문학유고선집』에서 첫 작품으로 「꿈하늘」을 제시했다. 그리고 단재전집에 수록된 「꿈하늘」은 14,000자가량이 탈락되어 있다고 했다. 그가 제시한 「꿈하늘」은 200자 원고지 260여 매가량이다. 그러나 북한에서 편한 『룡과 룡의 대격전』과 그것을 바탕으로 한 형설출판사 『단재신채호전집』의 「꿈하늘」은 190매가량으로 김병민의 선집 「꿈하늘」보다 70여 매가량이 적다.[2] 곧 70여 매가량이 탈락되었다는 것이다.

그동안 「꿈하늘」을 대상으로 민족주의, 낭가사상, 환상성, 알레고리, 탈식민성 등이 집중 논의되었다.[3] 그런데 대부분의 연구자들은

---

2 실제로 「꿈하늘」은 20면 가까이(134~153면) 누락되어 있다. 김주현 편, 『백세 노승의 미인담(외)』, 범우사, 2004. 한편 현재 남아 있는 「꿈하늘」도 완전한 것은 아니다. 그것은 6장 일부까지 남아 있다. 이 원고가 처음 소개된 『문학신문』 원고 말미에는 "수고에 의하면 여기서 끝났는데, 그 이후 부분은 어떻게 되었는지 알 수 없다"고 했으며, 『룡과 룡의 대격전』에는 "(미완성 유고- 편집부)"가 적혀 있지만, 『신채호문학유고선집』에는 아무런 설명이 없다. 김병민은 "이 소설은 모두 6개장으로 되어 있는데, 결말 부분이 없어 미완성작으로 볼지도 모르나 사건 전개로 보아 기본상 끝났다고 할 수 있지 않은가"하는 의견을 피력했다. 현재로서는 북한의 유고에서도 6장 일부 내용까지만 전하고 있어, 원래 미완이었는지, 아니면 그 이하 부분이 사라졌는지는 알 수 없다.

3 이 작품은 일찍부터 이선영, 송재소, 이경선, 신춘자 등에 의해 민족사관, 민족주의 등이 논의되었고, 이동순에 의해 '낭가사상'이 논의되었다. 그리고 최수정과 한명섭에 의해 '환상성'이, 김진옥과 홍경표, 박중렬에 의해 '알레고리'가, 최현주에 의해 '탈식민성'이 논의되었으며, 현재에도 논의가 이러한 범주에서 벗어나지 못하고 있다. 이선영, 「민족사관과 민족문학 — 신채호의 「꿈하늘」에 대하여」, 『세계의 문학』 2, 1976.12; 송재소, 「민족과 민중」, 단재신채호선생기념사업회 편, 『단재 신채호와 민족사관』, 형설출판사, 1980; 신춘자, 「신채호의 소설연구 I – 「꿈하늘」을 중심으로」, 『국어국문학』 93, 1985.5; 이동순, 「단재 소설에 나타난 낭가사상」, 『어문론총』 12, 경북대 국어국문학과, 1978.12; 최수정, 「신채호의 「꿈하늘」, 「龍과 龍의 大激戰」 연구」, 『한국언어문화』 19, 한국언어문화학회, 2001.6; 한명섭, 「신채호문학의 탈식민성 연구」, 경원대 박사논문, 2008.8; 김진옥, 「신채호 문학 연구」, 서울대 석사논문, 1993.2; 홍경표, 「단재(丹齋) 소설의 우의」, 『배달말』 32, 배달말학회, 2003.6; 박중렬, 「단재의 「꿈하늘」과 「龍과 龍의 대격전」 재론—환몽적 알레고리를 통한 역사 다시 쓰기」, 『한국문학이론과 비평』 33, 한국문학이론과 비평학회, 2006.12; 최현주, 「신채호 문학의 탈식민성

개정판 『단재신채호전집』의 텍스트를 중심으로 연구하였다.[4] 현재
『룡과 룡의 대격전』, 『신채호문학유고선집』의 국내 유입으로 텍스트
들 간의 차이와 그 문제점을 쉽게 파악할 수 있다.[5] 북한의 편집자들
이 서사에 불필요한 부분으로 인식하여 적지 않은 역사담론을 탈락
시켰는데, 연구자들도 탈락된 부분의 중요성을 제대로 인식하지 못
하고 있다. 과연 탈락된 것은 군더더기이거나 없어도 무방한 부분인
가? 서사 구성에서 그 부분은 별로 중요한 역할을 하지 않는가? 현재
편집된 텍스트만으로도 「꿈하늘」의 의미는 충분한가? 탈락 부분에
대한 연구, 또는 복원의 필요성은 없는가? 이 글에서는 단재의 유고
「꿈하늘」에서 빠진 부분을 검토함으로써 「꿈하늘」을 새롭게 조명해
보려고 한다.

2. 서언과 글쓰기 방법론

단재는 「꿈하늘」 서문에 작품의 창작 배경과 방법 등을 제시했다.
특히 이 작품에서 아래 대목은 중요성을 더한다.

고찰」, 『한국문학이론과 비평』 20, 한국문학이론과 비평학회, 2003.9.

4 비교적 최근 박사논문 가운데에서 최옥산, 김현주는 김병민의 선집에 실린 「꿈하늘」을
   대상으로 논의하지만, 여전히 텍스트의 탈락된 부분에 대해서 제대로 주목하지 않았다.
   최옥산, 「문학자 단재 신채호론」, 인하대 박사논문, 2003.8; 김현주, 「丹齋 申采浩 小說研
   究−근대・탈근대 移行 양상을 중심으로」, 영남대 박사논문, 2011.2.

5 2008년 단재전집간행위원회가 편찬한 『단재신채호전집』 제7권(독립기념관 독립
   운동사연구소)에는 북한에서 편한 『룡과 룡의 대격전』뿐만 아니라 김병민이 편한
   『신채호문학유고선집』도 함께 영인되어 실렸다.

自由 못하는 몸이니 붓이나 自由하자고 마음대로 놀아 이 글 속에 美人보다 향내나는 꽃과도 니야기하며 평시에 사모하던 옛적 聖賢과 英雄들도 만나보며 올혼팔이 왼팔도 되야 보며 한놈이 여들 놈도 되여 너무 事實에 각갑지 안한 詩的 神話도 잇지만 그 가온대 들어 말한 歷史上 일은 낫낫이 古記나 三國史記나 三國遺事나 高麗史나 廣史나 繹史 갓흔 속애서 參照하야 쓴 말이니 讀者 여러분이시여 셕지 말고 갈녀 보시소서[6]

이 구절은 「꿈하늘」의 서사와 관련된 내용이다. 작가는 이 작품이 ① 꽃송이와의 대화, ② 옛날 성현/영웅과의 만남, ③ 오른팔이 왼팔이 되고 한놈이 여들놈이 됨 등 '事實에 각갑지 안한 詩的 神話'를 지녔다고 했다. 그리고 이 작품에 언급한 "歷史上 일은 낫낫이 古記나 三國史記나 三國遺事나 高麗史나 廣史나 繹史 갓흔 속애서 參照하야 쓴 말"이니 갈라 보라고 했다. 즉 역사상의 일은 『삼국사기』나 『삼국유사』, 『고려사』 등 수많은 역사서를 참조했음을 밝힌 것이다. 단재는 소설이란 "傳說, 神話, 俚諺, 童謠 風俗 등 雜調를 마음대로 통용"한다고 했다.[7] 그는 「꿈하늘」에서도 이러한 傳說, 神話, 俚諺 등을 활용했던 것이다.

한놈이 항샹 써압흐도록 몃 가지 잇스니 (一) 檀君神祖께서 敎와 政治를 세우사 우리의 始祖가 되시고 疆域은 南北이 萬里가 되며 萬代에 밋첫사오나 그러나 엇지해 當時의 記錄은 神志秘詞 여들짝 밧게 傳치 못하얏던가

---

6   한놈, 「꿈하늘」, 김병민 편, 『신채호문학유고선집』, 연변대 출판사, 1994, 18면. 이 글에서 「꿈하늘」의 인용은 인용 구절 뒤 괄호 속에 『신채호문학유고선집』의 면수만 기입함. 한편 '高麗史'는 원문에는 '高句麗史'로 되어 있지만 내용상 '高麗史'가 옳으므로 '高麗史'로 고쳤음. 북한의 선집에도 '고려사'로 표기함.
7   신채호, 「高句麗三傑傳 서문」, 김병민 편, 『신채호문학유고선집』, 연변대 출판사, 1994, 248면.

(…중략…) (十) 創業의 굉장함은 渤海를 세힐지라. 新羅의 위염이 암새와 갓흐며 唐國의 强盛함이 덜 닌 째 안이건만 大祚榮 一個 亡命으로 高句麗의 나문 무리를 모와 찬바람과 싸우며 모진 눈과 싸워 天門嶺을 넘고 唐將을 쇠여들여 독안의 쥐잡 듯하며 번개 치듯 우레 울듯 神速한 兵略으로 일흔 쌍을 모다 찻고 大震 太祖古皇帝자리에 올으니 그 多勿한 功烈은 歷史 안에 비길 나라가 업스며, 그 第二世 大武藝가 뭇흐로 幽州를 치며 바다로 登州를 홀여 堂堂한 復讐軍이 唐國君臣의 넋을 나게 하얏거늘 이제 三國史記 東國通鑑 等 책자에다 渤海를 쎄엿스니 그 자세한 歷史를 어대 가 차질가.(33~34면)

작가는 누구보다 우리 역사(조상의 일)에 관심이 많으며, 그래서 "쑴에라도 우리 先代의 큰 사람 한번 만나고자 그리던 마음"(26면)이 있었다고 했다. 단재는 우리 역사에서 10가지 의문을 제기했다. 그러므로 이 작품은 그러한 의문에 답을 찾아가는 방식을 취하고 있다. 역사에 대한 의혹이 곧 이 작품의 창작 요인으로 자리한다. 또한 이 작품은 꿈이라는 장치를 통해 서사가 전개되었다. 그가 "이 글을 쑴꾸고 지은 줄 아시지 말으시고 곳 쑴이 지은 줄로 아시압소서."라고 말하는 것도 역사적 인물과의 만남이 현실적으로 불가능했기에 꿈의 장치를 활용한 것이다. 곧 역사성과 환상성이 혼재해 있다.

단재는 잘못된 역사의식을 비판하고 참된 역사의식을 추구하고자 했다. 그것은 역사적인 내용인데, 『삼국사기』, 『삼국유사』, 『고려사』, 『광사』, 『해동역사』 등의 역사물을 토대로 형성된 것이다. 그러므로 이 작품은 실증주의적 역사가로서 단재 특유의 주석적 글쓰기를 보여준다. 참조적/주석적 글쓰기에서 해석은 그러한 참조 대상을 바탕으로 이뤄져야 한다. 이 논의에서는 「꿈하늘」에서 탈락된 역사담론을 중심으로 작품에 대한 맥락적 독해를 통해 그의 글쓰기의 근원을 밝히고 작품의 의미를 궁구해보고자 한다.

3. 잃어버린 고대 강역 탐구

1) 『신지비사』와 단군 강역

단재는 역사가로서 고대의 역사에 관심을 가졌고, 그래서 역사서에 남다른 관심을 보였다. 그는 신지의 역사서, 『신지비사神誌秘詞』에 대해 자주 언급했다.

> 겻혜는 乙支文德이 해빗흘 안고 안저 神誌秘詞의
> "우리나라는 져울과 갓다 扶蘇서울은 져울몸이오 百牙서울은 져울머리요 五德서울은 져울추로다 모든 대적을 하로에 쌔처 세 곳에 난워 서울을 하니 기울미 업서 나라 되리니 셋에 한아도 일치 말어라"
> 를 외으더니 한놈을 돌아보며 갈오대
> "그대가 이 글을 아는다?"
> 한놈이 "鄭麟趾가 지은 麗史 속에서 보앗나이다" 하니(27~28면)

이것은 「꿈하늘」의 부분이다. "우리나라는 (…중략…) 일치 말어라"는 『신지비사』의 구절로 "鄭麟趾가 지은 麗史"에 있다는 말이다. 정인지의 『고려사』에는 아래와 같은 내용이 있다.

> 又神誌秘詞曰, '如秤錘極器, 秤幹扶疎樑, 錘者五德地, 極器百牙岡, 朝降七

十國, 賴德護神. 精首尾均平位, 興邦保太平, 若廢三諭地, 王業有衰傾.’ 此以秤
諭三京也. 極器者首也, 錘者尾也, 秤幹者提綱之處也. 松嶽爲扶疎, 以諭秤幹,
西京爲白牙岡, 以諭秤首, 三角山南爲五德丘, 以諭秤錘. 松嶽爲扶疎, 以諭秤
幹, 西京爲白牙岡, 以諭秤首, 三角山南爲五德丘, 以諭秤錘. 五德者, 中有面嶽
爲圓形, 土德也, 北有紺嶽爲曲形, 水德也, 南有冠嶽尖銳, 火德也, 東有楊州南
行山直形, 木德也, 西有樹州北嶽方形, 金德也. 此亦合於道詵三京之意也[8]

단재는 1913년 「단군시대의 시」라는 글에서 『고려사』에 나온 “如
秤錘極器, 秤幹扶疎樑, 錘者五德地, 極器百牙岡”이라는 구절을 언급
했다.[9] 그는 또한 “김위뎨씨는 이 글에 주석ᄒᆞ야 부소량은 숑도오 오
덕디는 한양이오 빅아강은 구월산이라 ᄒᆞ엿으나 나는 이 주석이 그
릇된 주석이라”고 말했다. 곧 “단군 시ᄃᆡ의 강역이 흑룡강붓허 삼남
ᄭᅡ지니 신지씨가 엇지 이와 갓치 좁은 판을 두고만 말ᄒᆞ엿으리오”라
고 했다. 그런데 「꿈하늘」에서 다시 이 부분을 구체적으로 해석하였
다. 그것은 정인지의 「김위제전」과 비교했을 때 더욱 잘 드러난다.

엿적에 檀君神祖께서 모든 敵國을 쌔치고 그 짜를 난워서 서울을 세울새
첫 서울은 太白山 東南 朝鮮짜에 두니 갈온바 『扶蘇』요, 다음 서울은 太白山
西편 滿洲짜에 두니 갈온바 『百牙岡』이오, 셋재 서울은 太白山 東北 滿洲 밋
沿海州짜에 두니 갈온바 『五德』이라. 이 세 서울에 한아만 일흐면 後世子孫
이 衰弱하리라 하사 그 豫言을 적어 神志에게 주신 바어늘 오늘에 그 서울
들이 어대인지 아는 이가 업슬 ᄲᅳᆫ더러 이 글까지 니젓도다. 鄭麟趾의 高歷

8   정인지, 「김위제(金謂磾)」, 『고려사』 122, 「열전 권35」, 2~3면.
9   「단군 시ᄃᆡ의 시」, 『권업신문』, 1913.2.16.

史에 이를 쓰기는 하엿스나 術士의 말로 돌넛스니 그 잘못함이 한아요. 高麗의 地志를 쪼차 檀君의 三京도 모다 大同江 以內로 말하얏스니 그 잘못함이 둘이니라.(28면)

단재는 단군시대의 강역에 대해 『고려사』의 기술이 잘못되었다고 지적했다. 『고려사』에서는 송악을 부소로, 서경을 백아강으로, 삼각산 남쪽을 오덕으로 설명했다. 단재는 「꿈하늘」에서 부소는 '朝鮮싸', 백아강은 '滿洲싸', 오덕은 '滿洲 밋 沿海州싸'이라고 새롭게 주해했다.[10] 그리고 정인지가 『고려사』에서 신지의 비사를 기록하였으나 술사(곧 도선국사)의 말로 돌렸으니 그 잘못이 하나요, 또한 단군의 삼경 해석을 고려시대의 강역에 맞춰 '모다 大同江 以內'로 말하였으니 두 번째 잘못이라고 했다.[11] 또한 단재는 "若廢三諭地"라는 구절도 "이 세 서울에 한아만 일흐면"으로 해석하여 신지비사의 예언적 성격을 더욱 분명히 했다.[12]

이익 역시 「고려비기」(『성호사설』)에서 "『신지비사』라는 것은 어느 사람이 지은 것인지 모르겠으나 역시 우리 성조聖朝의 문명지치文明之治를 예견했으니 이상하다 하겠다"라고 했다.[13] 정인지나 이익이 단군 3경을 '대동강 이내'로 언급한 것은 당대의 지리에 맞게 해석했기 때문이다. 단재는 "檀君 一千六百餘年頃에 우리 朝鮮이 齊桓公의 組織 支那

---

10 이에 대해서는 본 연구자가 이미 언급한 바 있다. 김주현, 「단재 신채호의 『권업신문』 활동 시기에 대한 재검토」, 『한국독립운동사연구』 51, 독립기념관 한국독립운동사연구소, 2015.8, 5~44면.

11 신채호의 「평양패수고」, 「전후삼한고」 등에는 이전의 평양 해석의 오류를 비판하였다. 신채호, 『조선사연구초』, 조선도서주식회사, 1929.

12 동아대 석당학술원에서는 『고려사열전』의 이 부분을 "가르쳐 준 세 곳에 도읍하지 않는다면"으로, 동방미디어에서 제공하는 번역에서는 "만약 삼유(三諭)의 땅을 폐하면"으로 해석하였다.

13 이익, 「고려비기」, 『성호사설(星湖僿說)』 2 천지문(天地門), 한국고전번역DB 참조.

聯合軍에게 패하야 그 前에 차지하얏던 令支, 孤竹, 卑離(今 直隷 山西 等 省) 等地를 바렷슴은 管子와 文獻備考에 보앗"(34면)다고 했다. 단군의 영토가 광활했음을 중국의 서적에서도 확인한 것이다. 그래서 단재는 「꿈하늘」에서 "檀君이 처음 나라를 세우실새 地理는 南北은 鳥嶺부터 黑龍江에 일으고 東西는 內蒙古와 直隷 等地부터 東海에"(41면) 이른다고 했던 것이다.

> 大壇君의 三京은 一은 今 哈爾濱이니, 古史에 扶蘇岬 或은 非西岬 或 阿斯達로 記한 者며, 二는 今 海城 蓋平 等地니, 古史에 五德地 或 五備旨 或 安市忽 或 安市城으로 記한 者며, 三은 今 平壤이니, 古史에 百牙岡 或 樂浪 或 平原 或 平穰으로 記한 者니, 史讀文의 讀法에 扶蘇 非西 阿斯는 ㅇ스로 讀하며, 五德 五備 安地 安市는 아리로 讀하며, 百牙岡 樂浪 平原 平穰은 펴라로 讀한 것이니, 右의 秘詞 十句는 史讀文의 神誌를 漢詩로 譯出한 것이니[14]

이후 단재는 역사적 고증을 통해 「꿈하늘」에서 제기했던 주장을 수정한다. 곧 부소를 '朝鮮싸'에서 하얼빈으로, 오덕는 '滿洲 밋 沿海州싸'에서 안시성으로, 백아강은 '滿洲싸'에서 평양으로 수정하여 단군의 강역을 더욱 분명히 한 것이다. 그런데 단재는 단군 후손들이 광활한 강역에서 삼경 중 두 군데를 잃고 그 영토가 반도 내로 줄어든 것을 한탄했다. 그것은 "여날 우리 全盛할 쌔에 / 이 곳헤 구경가니 곳송이가 크기도 하더라 / 한 엽흔 黃海渤海를 건너 大陸을 덥고 / 쏘 한 엽흔 滿洲를 지나 우수리에 늘어짓더니 / 어이해 오날날은 /

---

14   신채호, 「조선사」, 『조선일보』, 1931.6.30.

곷이 이다지 여웻느냐"(22면)라는 노래 구절에 여실하다.

2) 『남제서』와 백제 강역

또 하나 단재는 이 작품에서 백제의 사법명을 호출하고 있다. 그 까닭은 "百濟 古爾大王 東城大帝의 海上活動이 더러텃 偉大하건만 알 것은 그림자쑨"(34면)이라는 구절에 드러난다. 단재는 "대개 三國史記 가운데 本記와 列傳의 가장 殘缺한 者는 百濟史"고 했다.[15] 그래서 그 는 「조선상고사」 등에서도 사법명을 비중 있게 내세웠다.

오직 支那 南齊書(二十四史의 一)에 東城大帝의 國書 가온대 沙法名의 戰功 을 찬미한 것을 記載하야 後世사람이 沙法名이 잇는 줄을 알게 되얏스니 비록 내 나라의 史筆 업심은 눈물날 만하나 쏘한 다행이라 할니로다.(33면)

단재는 『삼국사기』나 『동국통감』 등 우리의 역사서 가운데 사법명 을 제대로 기술한 곳이 없고, 다만 "근셰에 한진셔씨 히동역수에 비 로소 ㅅ법명을 긔록ㅎ엿"다고 했다.[16] 그것은 "韓致奫의 海東繹史 는……姐瑾 沙法名 慧慈 王仁 等도 各其 幾行의 傳記가 잇스며"라는 구절에도 나온다.[17] 그러나 『해동역사』에 실린 사법명 기록은 중국 『남제서』를 옮긴 것에 불과하다.

이 어른은 檀君 二千八百二十年頃의 百濟 征虜將軍 邁羅王 兼 沙法名이신

---

15   신채호, 「平壤浿水考」, 『조선사연구초』, 조선도서주식회사, 1929, 29면.
16   「ㅅ법명의 무공」, 『권업신문』, 1913.2.16.
17   신채호, 「조선사」, 『조선일보』, 1931.6.13.

이라. 어른이 일즉 百濟 東城大帝를 슴겨 兵官佐平이 되니 이째 百濟가 高句麗 長壽王에게 패하야 文周帝가 亂中에서 돌아가 都城이 殘破한 지가 멧 해 못된 째 어른이 東城大帝의 쯧을 밧어 안으로 陸軍을 擴張하야 高句麗를 막고 밧그로 海軍 擴張하야 支那大陸에 勢力을 세울새 八年이 못되여 高句麗의 군사가 雉壤城을 지나지 못하며 支那의 齊(今日 山東省) 遼(今 遼東) 蘇(今 北京 等地)를 쳐서 쎄더니 支那 北朝 魏 孝文帝가 復讐軍 百萬명을 들어 배에 실고 吳(今 江蘇)의 海面부터 遡流하야 가만히 齊의 丹野에 下陸하거늘 沙法名 어른이 安國將軍 贊首流와 威將軍 禮昆을 식혀 要害를 웅거하야 갈우막어 쳐서 말가케 平定하고 다시 廣威將軍 木干那를 식혀 海軍을 거늘여 壹舫을 음습하야 쎄게 하니 魏가 다시 머리를 들지 못하며 멧 해만에 浙江을 쳐서 차지하니(32~33면)

동성왕 시절 사법명의 전공은 『남제서』에 나온다. 단재는 동성왕의 표문에 나온 내용을 근거로 사법명의 공적을 위와 같이 기술했다. 곧 사법명이 중국 대륙에 세력을 뻗혀 산동, 요동, 북경 등지를 빼앗았으며, 심지어 절강을 차지했다는 것이다. 사실 이 내용은 백제의 강역과 관련하여 논란을 일으키는 부분이다.

是歲 魏虜又發騎數十萬 攻百濟入其界 牟大遣將沙法名贊首流 解禮昆木干那 率衆襲擊虜軍 大破之……去庚午年 獫狁弗悛 擧兵深逼 臣遣沙法名等 領軍逆討 宵襲霆擊 匈梨張惶 崩若海蕩 乘奔追斬 僵尸丹野 由是摧其銳氣 鯨暴韜凶[18]

---

18 蕭子顯, 『南齊書』 卷五十八 「列傳」 第三十九 「東南夷」, 2면.

남졔스를 거흔즉 빅졔 동셩왕 시졀에 즁국의 쳑발씨 나라에셔 대병 수십만 명을 들어 빅졔를 침노ᄒ거ᄂᆞᆯ 빅졔 대쟝 ᄉ법명(沙法名)이 대젼ᄒᆞ야 수십만 젹병을 모다 도륙ᄒ엿다더라[19]

단재는 처음 『남제서』의 사법명을 언급할 때 이처럼 "빅졔 대쟝 ᄉ법명(沙法名)이 대젼ᄒᆞ야 수십만 젹병을 모다 도륙"하였다고 간단히 기술했다. 그러나 「꿈하늘」에서는 "支那의 齊(今日 山東省) 遼(今 遼東) 蘇(今 北京 等地)를 쳐서 쌔더니"라 하여 더욱 자세히 기술하였는데, 이것은 현재 남아 있는 『남제서』에 나타나지 않는 부분이다. 물론 그것은 북위와 백제의 전쟁 사실을 더욱 구체적으로 설명해준다는 점에서 필요한 부분이라 할 수 있지만, 「꿈하늘」에서는 그것의 원천에 대해 자세하지 않다.

(가)

南齊書 百濟傳의 二葉 殘缺이 或 百濟盛時의 "北據遼薊齊魯南侵吳越" 하던 海外 發展의 實錄을 唐 太宗이 削去함이 아니냐? 隋書에 적은 東洋 古史上 未曾有의 大戰爭의 記錄이 그 가치 模糊함도 或 唐 太宗의 塗抹 或 改竄이 아니냐?[20]

(나)

姐瑾과 沙法名의 功績을 贊揚한 南齊書 가운데에 東城王의 國書로 보면, 東城王 쌔에 拓跋 魏의 累十萬 大兵을 戰勝하야 國勢에 매우 強盛하엿거늘,

19 「ᄉ법명의 무공」, 『권업신문』, 1913.2.16.
20 신채호, 「平壤浿水考」, 『조선사연구초』, 26면.

東城王 記 中의 百濟는 엇지 그리 微弱하며 宋書의 "百濟略有遼西晋平"으로 보면 어느 째 百濟의 海外 發展이 今 永平府 等까지 미첫거늘, 兩王의 本記에는 그런 記錄이 업스며[21]

(다)

魏書에는 魏의 國恥를 諱하기 爲하야 이를 記치 안하얏스며, 三國史記는 百濟의 功業을 새암하야 그 事蹟을 削除한 新羅의 史筆을 因襲하얏음으로 이를 記치 못하얏고, 오즉 南齊書에 그 대개가 記載되얏섯으나, 그것도 唐 太宗의 扯毀를 입어 그 大部分은 殘缺하고, 겨오 東城大王이 南齊에 보낸 國書가 남어 잇어 그 事實의 片面을 알 수 잇을 뿐이다.[22]

(라)

崔致遠의 일은 바 "高句麗 百濟盛時 强兵百萬 北擾幽薊齊魯 南侵吳越" 슨즉[23]

단재는 1912년경 『남제서』를 본 것으로 보인다.[24] 그런데 그가 주

---

21 신채호, 「平壤浿水考」, 『조선사연구초』, 29~30면.
22 신채호, 「조선사」, 『조선일보』, 1931.8.9.
23 신채호, 「조선사」, 『조선일보』, 1931.9.19.
24 『남제서』에 대한 언급은 『권업신문』 1913년 2월 16일에 나오지만, 그 이전 권업신문의 「개인신분 상의 명예」(1912.12.29)라는 논설에서 '사법명'이 언급된다. 그러나 애국계몽기 단재의 글에서는 '사법명'이나 '남제서'에 대한 언급을 찾기 어렵다. 다만 최근에 발굴된 『대동역사』에 "駕洛의 史는 內外史 中에 惟 支那 南齊史에 伽羅國 王이 遣使하얏다 하니라."하여 『남제서』가 언급된다. 『대동역사』에는 총론 끝에 "4240年에 쓰노라"라는 구절과 책의 말미에 "紀元 四千二百四十七年", 곧 1914년을 표시해 놓았다. 이를 두고 김종복, 박준형은 1907년은 집필시점, 1914년은 필사시점으로 추정하면서도 여전히 집필 완료시점이 1914년일 가능성을 열어놓았다. 『대동역사』의 서언 및 일부 내용이 1907년도에 쓰여졌겠지만, 「駕洛伽耶記」 등은 『남제서』를 본 1912년 이후에 쓰여졌을 가능성이 크다. 왜냐하면 단재가 해외 망명하기 이전에 쓴 글에서 '사법명'과 '남제서'에 관한 언급이 전혀 없으며, 단재가

목을 했던 것은 바로 "南齊書 百濟傳의 二葉 殘缺" 부분이었다. 그는 다른 글에서도 "南齊書에 적힌 東城大王과 沙法名의 戰史가 二頁이 缺하"였다고 했다.[25] 아울러 그는 잔결된 2면의 백제사 부분을 복원하기 위해 우리 역사서를 참조하였다. 그것이 "三國史記에 '百濟盛時 北據齊浙'", "東國通鑑에 '東城王十年魏浮海伐百濟不利而還'"이라는 부분이다. 우선 『삼국사기』에서 "百濟盛時 北據齊浙"은 (가)의 "『北據遼薊齊魯南侵吳越』"과 연결되며, 다시 그것은 (라)의 "최치원의 일은 바"라는 것이다.

『삼국사기』 최치원전에는 "고(구)려 백제가 전성할 때 강병이 백만이어서 남으로는 오월을 침공하고 북으로는 유 연 제 노나라를 흔들었다"라는 구절이 있다.[26] 백제가 전성기에 오월을 침공하고 북으로는 유 연 제 노나라를 흔들었다는 사실을 통해 "支那의 齊(今日 山東省) 遼(今 遼東) 蘇(今 北京 等地)를 쳐서 쌔"앗았다고 기술했다. 또한 단재는 "宋書의 '百濟略有遼西晋平'으로 보면 어느 째 百濟의 海外 發展이 今 永平府 等까지 미첫"다는 것을 알 수 있다고 했다.[27]

한편 단재는 "魏書에는 魏의 國恥를 諱하기 爲하야 이를 記치 안하얏스며, 三國史記는 百濟의 功業을 새암하야 그 事蹟을 削除한 新羅의 史筆을 因襲하얏음으로 이를 記치 못하얏고", 『남제서』에는 기록

1912년 이후 『남제서』와 사법명을 본격 언급한다는 점 때문이다. 김종복 · 박준형, 「『大東歷史(古代史)』를 통해 본 신채호의 초기 역사학」, 『동방학지』 162, 연세대 국학연구원, 2013.6, 283~322면.

25 신채호, 「조선 역사상 일천년래 제일대사건」, 『조선사연구초』, 67면.

26 김부식, 「최치원」, 『삼국사기』 46 「열전 제6」. 高麗百濟全盛之時 强兵百萬 南侵吳越 北撓幽燕齊魯.

27 한편 『문헌비고』에는 "文獻通考曰唐時高句麗旣略有遼東 百濟亦略有遼西晋平"이라 하여 이 내용이 『文獻通考』에 나오는 것으로 제시했다. 朴容大 등, 『增補文獻備考』 제14권 「輿地考」, 3면. http://www.nl.go.kr/nl/search/

하였으나 2면이 사라졌다고 했다.[28] 한치윤 역시 2면이 삭제된 『남제
서』를 보았고, 그래서 『해동역사』에서 그것을 "原本 缺"이라고 표시
했다. 또한 단재는 "安鼎福은 終身을 歷史 一門에 努力한 五百年來 唯
一한 史學 專門家라 할지나 (…중략…) 支那 書籍 中에도 參考에 必
要한 魏略이나 南齊書 갓흔 것에 存在함을 몰나서 孤陋한 言句가 적
지 안으며"라고 하여 『남제서』를 매우 중요하게 평가하였다.[29] 곧 『남
제서』에는 『삼국사기』, 『동국통감』 등에 빠진 백제사가 언급되었기
때문이다.

단재는 『삼국사기』, 『동국통감』, 『송서』 등의 기록을 통해 백제의
강역이 중국 본토에 광대하게 펼쳐있었음을 이야기하고 있다. 곧 사
법명의 호명을 통해 잃어버린 백제사를 복원하고, 아울러 우리의 지
리적 강역을 분명히 제시한 것이다.

4. 주체적 민족정신의 계통화와 '순국順局' 회복

1) 진단구변국도의 현재성

다음으로 단재는 「진단구변국도」를 내세웠다. 그는 "神誌의 震壇
圖"를 언급했는데, 이 역시 단군시대의 역사서로 알려져 있다.

어대 震壇九變局圖가 잇단 말슴임닛가. 만일 人間興亡이 이와 갓히 定한 運

---

[28] 단재는 당 태종이 『남제서』를 도말한 것으로 보았으나, 본 연구자는 그것이 1637
   년 청 태종에 의해 훼손된 것으로 밝혔다. 김주현, 앞의 논문, 21면, 주 50번 참조.
[29] 신채호, 「조선사」, 『조선일보』, 1931.6.13.

命이 잇슬진대 압허도 뛰지 말며 슯허도 울지 말며 죽어도 살랴 하지 말미 올치 안함니가. 그러면 알는다고 약 먹을 것 잇스며 곱흐다고 밥 먹을 것 잇슴 닛가. 그러면 넘어지는 나무를 치는 이가 슬금한 사람이오, 망하는 나라를 붓잡으랴는 이가 어리석은 제 아비란 말임닛가. 한놈도 일즉 書雲觀에 震壇 九變局圖가 잇는 말을 들엇스니 이는 대개 李太祖가 억지로 高麗 王氏의 자리 를 쌔앗고 民心(본문은 居心으로 오식 – 인용자)이 不服할가 하야 震壇圖이니 鄭堪旅錄이니 하는 책자들을 맨들어 李朝 五百年은 옛 聖賢도 미리 말삼한 天定 한 運數라고 百姓을 쇠김이거늘 선배님도 이것을 미드심닛가?(40면)

작가는 "秘訣의 迷信이라면 힘 자라는 대까지 排斥하는 한놈"이라고 하면서도 「진단구변국도」에 대한 관심을 버리지 않는다. 「꿈하늘」에 는 "한놈도 일즉 書雲觀에 震壇九變局圖가 잇는 말을 들엇"다는 말만 제시될 뿐 그것이 어디에 근거하는지 명확하게 제시되지 않았다. 그러 면 그것은 대체 어디에 근거하는가?

神誌의 것이라고는 참 것인지 거짓 것인지도 몰를 震檀九變圖란 이름이 大東韻海에 보이며[30]

『韻玉』에 가로대, 神誌가 震檀九變局圖를 지어 後世의 일을 豫言하얏다 하니, 『神誌』는 檀君 쌔의 史官이니[31]

단재는 『조선사연구초』에서 '진단구변도'가 『대동운해』에 나온다 고 했으며, 「조선상고문화사」에서 『운옥』에 근거한다고 했다. 그가 말

---

30   신채호, 「전후삼한고」, 『조선사연구초』, 조선도서주식회사, 1929, 34면.
31   신채호, 「조선상고문화사」, 『조선일보』, 1931.10.20.

하는『대동운해』라는 책은 찾을 수 없으며, 이후『운옥』을 언급한 사실을 볼 때『대동운옥大東韻玉』을 지칭한 것으로 보인다.『대동운옥』에는 "진단구변"과 관련하여 다음과 같은 설명을 찾을 수 있다.

九變震檀 : 書雲觀祕記有九變震檀之圖 朝鮮即震壇之說 出自數千載之前 由今乃驗(桓祖碑序)[32]

먼저 '구변진단'과 관련한 구절이다. 권문해는 구변진단에 대한 설명에서 "서운관의 비기에 '구변진단지도'가 있는데 조선이 곧 진단이라는 말로 수천 년 전부터 있었는데 이제야 특별히 징험되었다"고 했다. 그리고 그것이 「환조비서桓祖碑序」에 나온다고 했다. 그러나 그것은 '환조비서'가 아니라 「태조비서太祖碑序」이다. 권근은 태조의 신도비명에서 "서운관에 예전부터 비장하여 오는 비기 구변진단도에 '나무를 세워 아들을 얻는다(建木得子)'는 말이 있었다. 조선을 진단이라고 하는 말은 수천 년 전부터 떠돌았는데 이제야 징험되었다"라고 했다.[33] 권문해는 「태조비서」를 옮기면서 '건목득자'를 빠트리고, 또한 인용한 곳도 '환조비서'라고 잘못 적었다. 아마도 '득자' 때문에 그것을 태조의 아버지(환조)의 이야기로 오해한 것 같다. 단재가 "한놈도 일즉 書雲觀에 震壇九變局圖가 잇는 말을 들엇"다고 했는데, 이 구절을 언급한 것이다. 그런데 권문해는 이 주석에 "또한 국을 보라又見局"라고 덧붙여 놓았다.

---

32 권문해,『大東韻府群玉』四卷, 刊寫者 : 權進洛, 1836, 57면. 국립중앙도서관 청구기호 古朝41-31. 온라인 원문.
33 권근, 「健元陵神道碑銘」,『陽村先生文集』卷之三十六, 碑銘類. 書雲觀舊藏祕記 有九變震檀之圖 建木得子 朝鮮即震檀之說 出自數千載之前 由今乃驗.

九變局：九變之局 豈是人意 註九變圖局 檀君時神誌所撰 圖讖之名 言東國
歷代定都 凡九變其局 并言本朝受命建都之事(御天歌)[34]

九變之局 豈是人意：局 圖局也 九變圖局 神誌所撰 圖讖之名也 言東國歷代
定都 凡九變其局 並言本朝受命建都之事[35]

　　권문해는 구변도국이 단군시대 신지가 지은 도참서의 이름임을 밝
혔다. 그것은 「용비어천가」의 주석에 따른 것이다. 단재는 「용비어천
가」의 주석도 보았던 것으로 보인다. 「용비어천가」의 '구변의 국이
어찌 사람의 뜻이겠는가'라는 주석에 "구변도국은 단군 시절 신지가
찬술한 도참서의 이름으로 동국 역대의 도읍 정하는 것을 말했는데,
무릇 구변국은 조선조에 명을 받아 도읍을 정한 일을 함께 말했다"고
했다. 그런 점에서 진단구변국도는 하나의 예언서이다. 아울러 단재
의 말처럼 신지비사와 더불어 '시적 신화' 담론이다. 단재는 신지의
글과 관련하여 아래와 같이 썼다.

　　'神誌'氏가 그 歷史 지은 박게 預言이 만흐니, 그 한아는 『震檀九變局圖』요
그 다음은 『朝鮮秘錄』이라. '圖'는 萬世 未來의 變局을 그림한 것이오 秘錄은
대강 그 그림을 푸리하야 말한 것이라. 그 속에 歷代의 政局 變更을 말하엿을
쁜더러 朝名과 人名도 말한지라. 高麗의 '虎頭宰相 崔瑩'도 秘錄의 奇驗을 놀
내엿으며, 『龍飛御天歌』 註에도 神誌의 李氏 得國을 預言함을 嘆服하엿스니,
만일 預言이 잇고 預言者가 잇다 하면 '神誌' 가튼 巨匠박게 업슬 것이로다.[36]

---

34 권문해, 『大東韻府群玉』 十八卷, 刊寫者：權進洛, 1836, 60면. 국립중앙도서관 청구
　　기호 古朝41-31. 온라인 원문.
35 권제, 『影印本 龍飛御天歌』 卷第三, 대제각, 1973, 14면. 국립중앙도서관 청구기호
　　한古朝48-35. 온라인 원문.

단재는 '진단구변국도'를 신지가 지은 예언 가운데 하나라고 하였다. 그는 신지가 '震檀九變局圖'를 그리고, '朝鮮秘錄'을 지었다고 했다. 전자는 '萬世 末來의 變局'을 그림으로 그린 것이요, 후자는 그 그림을 풀이한 것이라는 것이다. 그런데 '진단구변국도'는 이름만 전할 뿐이었다.[37] 그래서 그는 '구변국'을 최대한 해석을 하려고 했다.

대개 神誌九變局에 발서 지난 變局이 셋인대 順變局이 한번이고 逆變局이 한번이오, 順逆 새이의 變局이 또 한번이니, 檀君이 처음 나라를 세우실새 地理는 南北은 鳥嶺부터 黑龍江에 일으고 東西는 内蒙古와 直隷 等地부터 東海에 일으며, 宗敎는 三神五帝를 위하며, 倫理는 三符五戒로 세우며, 政區 三京五部에 난우며, 治制는 三于五加로 행하여 萬世의 터를 잡으신 뒤로 우리 子孫된 쟈가 모다 이를 조차 國粹로 나라를 하여 간 고로 그 새이에 歸化한 箕子도 오직 夫婁가 夏禹에게 傳하신 五行說을 되가지고 오실 샏이니 이 二千餘年 동안이 처음 變한 順局이 (…중략…) 째가 위로 하늘서 비롯하야 알로 쌍에 일호니 그 새이에 變치 안인 것이 업도록 國粹가 문어지니 所謂 朝鮮사람은 일홈샏이오, 그 실샹은 모다 朝鮮에 써난 사람이라. 이와 갓히 朝鮮사람 업는 朝鮮으로 오다가 마참내 半萬年 神器를 하니안은 島醜에게 내여주니 대개 三千三百餘年(원문은 一千三百餘年으로 오식:인용자)부터 차차 變한 無順唯逆局이니라. 震檀九變局에 三變은 이러케 지나갓고, 五變은 아직 올 째가 아니나 一變은 現在에 그대와의 拜世한 國民이 當한 바니라. (41~43면)

---

36 신채호, 「조선상고문화사」, 『조선일보』, 1931.10.29.
37 단재가 "神誌의 것이라고는 참 것인지 거짓 것인지도 몰를 震檀九變圖란 이름이 大東韻海에 보이며"(『조선사연구초』, 34면)라고 언급한 것도 실체가 없고, 이름만 있기 때문이었을 것이다.

단재는 을지문덕의 입을 빌어 구변국 가운데 순변국, 순역 사이의 변국, 역변국 등 세 번의 변국이 지나갔다고 했다. 그에 따르면 단군―기자시대 '二千餘年 동안'이 1변국(順國)인데, 우리 자손된 자가 모두 "國粹로 나라를 하여 간 고로"로 '처음 變한 順局'이라는 것이다. 이 시기에 귀화한 기자도 부루의 '오행설'을 되가지고 와서 '국수國粹'로 나라를 다스렸다는 것이다. 그리고 부여, 삼국 및 남북국시대, 곧 단군 2100년부터 3300년까지 '一千二百年 동안'이 제2변국(半順半逆의 局)이며, 이 시기는 '국수'와 '외화外化'가 서로 싸우는 변인데, 발해 멸망(926)과 고려 성종(981~997)이 나자 '半順半逆의 局'이 끝났다는 것이다. 고려 성종은 유교를 확립하였던 군주이다. 그의 시대에 거란이 침공하자 서경 이북을 내어주자는 화친론이 대두된다. 그리고 단재는 '檀君 三千三百餘年 뒤는 왼 바닥이 모다 변한 大變局'으로 '無順唯逆'의 제3변국이라 했다. 이 시기에 단재가 '조선 일천년래 제일대사건'이라 부르는 사건이 일어난다.

　事大派는 崔致遠이 끼친 主義를 주서 삼가 中國을 사괴고 鴨綠江 西편은 아조 니짐이 올타 하니 이 派는 金富軾이 수두되어 서로 싸오던 結果에 妙淸이 金富軾의 손에 패하여 죽으매 金富軾이 드대여 妙淸黨 鄭知常이 지은 歷史를 불질으고 쏘 古代에 傳하여 오던 神誌詩史며 古記며 仙史며 花郎世紀 갓흔 萬世 보배 되는 文獻을 업시하고 그 事大思想으로 結晶된 三國史記를 刊行하니 이것이 우리 歷史의 첫 란리요.(38면)

단재는 제3변국을 국수주의가 무너진 변국이라 했다. 김부식 일파의 승리로 사대주의가 만연하여 '조선 사람 없는 조선'이 되었다는 것이다. 단재는 고려 후기에 몽고의 침입으로 나라가 몽고에 복속된 것도 사대파의 득세에 따른 결과이며, 그래서 그것을 역국으로 간주했다.

> 님 나신 지 三千五百年頃부터 하늘이 날마다 풀은 빗혼 날고 보얀 빗히 시쟉터니 한 해 지나 두 해 지나 밋 四千二百四十餘年 오날에 와서는 거의 풀은 빗혼 다 업서지고 소경눈갓히 보얏케 되얏다. 그런즉 대개 七百年 동안의 난 變이오.(61면)

단재가 언급한 세 번째 변은 기원 '三千五百年頃부터 四千二百四十餘 年'에 이르는 700년간의 변이다. 시기적으로 고려 17대 인종(1122~1146) 이후이다. 묘청의 서경천도 운동의 실패로 사대주의가 팽배해지고, 이어 18대 의종(1146~1170) 때에는 정중부의 무신정변이 일어난다. 그리고 이어진 최씨 무신정권과 몽고의 6차례 침입(1231~1259)으로 고려는 속국의 상태로 지내다가 결국 망한다. 조선에 들어서도 여전히 사대주의가 득세하며, 임진왜란(1592~1598), 정묘호란(1627), 병자호란(1636) 등으로 국토가 유린되었다. 이후 을사늑약(1905)과 강제합방조약(1910)으로 조선의 국권은 침탈당한다. 단재는 서경천도 실패 이후로 우리의 역사가 보얗게 되었다고 했다. 그래서 四千二百四十餘年에는 거의 푸른빛을 잃게 되었다고 했다. 제3변국은 서경천도의 좌절부터 '半萬年 神器를 하치 안은 島醜에게 내여'준 때까지이다. 700년의 세월 동안 나약해질 대로 나약해진 조선은 반만년 지켜온 신기(국가권력)을 도추(일본)에 빼앗기게 된다. 그리고 네 번째 변국은 1910년대 당시의 시기이다. 그는 당대에 도래한 제4변국을 희망적으로 보았다.

"이는 님이 잠으신 잠을쇠라. 내가 가비여히 말하기 어려우니 ㅆㅗㅏ한 深奧한 것은 말할 것 업고 눈 압헤 보이는 現狀으로 말하자. 아직 國祖의 魂이 完全히 돌아오지는 못하얏스나 그러나 조고마치라도 나라를 위한다 하는 이면 오날이 檀君 紀元 몃 해인지는 알며, 一方面에 外國에 同化되는 劣種도 업지 안하나 그러나 얼마큼 사람탈을 쓰난 쟈라면 우리말 우리글이 尊重한지는 알며 仙人과 花郎의 遺訓을 외우는 이는 아직도 볼 수 업스나 國史의 硏究가 차차 盛할사록 古道가 다시 밝을지며, 三國과 南北國의 武神이 아직도 살어오지는 안하얏으나 苦痛을 깁흠을 쌀어 근본으로 돌아가게 되나니, 이는 차첨차첨 國粹主義로 돌아오는 順局이라. 샹금에는 몃백 년 나려온 逆局의 餘孽이 잇서서 싸우는 가온대지만"(43면)

단재는 1900년대의 변국을 "샹금에는 몃백 년 나려온 逆局의 餘孽이 잇서서 싸우는 가온대" 있지만, "차첨차첨 國粹主義로 돌아오는 順局"으로 풀이했다. 그것은 '國祖의 魂'이 돌아오고, '仙人과 花郎의 遺訓'을 알며, '國史의 硏究'가 활발해지면 '三國과 南北國의 武神'이 살아 돌아오는 '국수주의의 순국'을 맞이할 것이라는 것이다. 곧 국수주의의 회복을 통해 순국으로 돌이킬 수 있다는 진단구변도의 비결을 제시한 것이다. 단재가 이 작품에서 국어학자 주시경(1876~1914)과 이토를 암살한 안중근(1879~1910), 그리고 한말 구국운동에 나선 의병장 이강년(1858~1908), 허위(1854~1908), 전해산(1878~1910), 채응언(1883~1915) 등 당대의 인물들을 거명한 것도 '역국의 여얼'에 맞서 차츰 국수주의로 돌아오는 순국을 말해주기 위함일 것이다. 단재는 국수주의를 달성하는 데 '仙人과 花郎', '三國과 南北國의 武神'이 자리한다고 강조했다. 역사의 변국에서 단재가 지향하는 새로운 변국의 세계는 '선인과 화랑'을 통해 더욱 분명해진다. 곧 단재는 역사적 성찰을 통해 당시 일제강점기 난국을 타개할 수 있는 정신으로 낭가사상을 제시한 것이다.

2) 화랑의 계통 확립과 자주국가 실현

단재는 「꿈하늘」에서 "新羅 眞興大王은 中古의 第一 理想家이라. 위로 檀君의 宗統을 니으며 아래로 萬世의 心源을 열어 花郎의 道를 세웟것만 그 글도 업서지고 그 道를 傳한 이 업스니 엇지하면 그 靈光을 다시 發揮할가"(34면)라고 하였다. 그는 화랑의 역사가 잔결한 데 대해 가슴 아파했다. 그래서 화랑의 역사를 세우고자 했다.

을지문덕은 한놈에게 자신을 '선배'라고 부르라 했다. 선배는 곧 고구려의 무사를 뜻한다. 「꿈하늘」에서 작가는 을지문덕의 입을 빌어 단군의 종교적 무사혼이 삼국시대에 이르러 만개하였으며, 고구려에는 先人으로, 신라에는 도령으로, 백제에는 수두로 나타났다고 했다. 단재가 을지문덕을 내세운 의도가 여기에서 더욱 분명해진다. 그 하나는 신지비사에서 보듯 을지문덕은 우리의 옛강역을 지킨 인물이자 고구려의 대표적인 무사라는 점이다. 아울러 그를 통해 고조선과 고구려의 역사적 계통을 분명히 하고 있다. 그는 『삼국사기』, 『삼국유사』를 통해 先人, 蘇塗, 仙郎의 존재를 발견하고 이를 종교적 무사혼과 연결지었다. 곧 을지문덕은 선배, 사법명은 수두의 예이다. 나머지 하나는 신라의 선랑, 화랑이 그것이다.

대개 도령은 新羅의 花郎을 일음이라. 三國史記 樂志에 薛原郎이 지엇다는 徒領노래가 곳 花郎의 노래니 徒領은 도령의 音譯이오 花郎은 그 意譯인대 花郎의 처음은 新羅째에 된 것이 안이라 곳 檀君神祖가 太白山에 나려오

실 째에 三郎과 三千徒를 거나림이 花郎의 비롯이오. 天王 卽 解慕漱가 徒者
數百을 거나리고 熊心山에 모힘도 쏘한 花郎의 놀음이오 高句麗의 先人은
곳 花郎의 別名인대 東盟은 쏘 先人의 天祭이며, 百濟의 蘇塗도 花郎의 別名
인대 天君은 쏘 蘇塗祭의 神名이라. 名號난 時代를 쌀어 變하엿스나 精神은
한가지로 傳하여 冒險이며 尙武며 歌舞며 學識이며 愛情이며 團結이며 熱
誠이며 勇敢으로 서로 引導하야 古代에 이로써 宗敎的 尙武精神을 일워 직
히면 익이고 싸우면 물니처 크게 國光을 發揮한 것이라. 新羅의 眞興大王
더욱 큰 理想과 널흔 排鋪로 弊될 것을 덜고 美와 굳셈을 더 보태여 花郎史
의 新紀元을 연 고로 永郎, 南郎의 敎育이 四海에 퍼지고 斯多含, 金歆運 等
少年의 피꽂히 歷史에 빗내엿나니 비록 拜華奴의 金富軾으로도 花郎 二百
의 芳名美事를 讚嘆함이라.(64면)

단재는 "神誌의 詩史나 居柒夫의 仙史나 金大問의 花郎世紀 갓흔
책이 업서짐으로 그 源流를 알 수 업서 짝업는 遺恨을 삼엇"(64면)다
고 했다. 그러므로 단재는 도령(화랑)의 원류를 찾고자 했다. 그는 화
랑이 단군시대에 비롯되었으며, 고구려 백제 신라에 각기 선인, 수두,
화랑으로 존재했다고 그 계통을 밝혔다.

그 뒤에 文獻이 殘缺됨으로 엇더케 衰하고 엇더케 업서짐을 자세히 알 수
업스나 그러나 高麗(원문에는 高句麗로 오식 – 인용자)史에 보매 顯宗째 契丹
이 數十萬 大兵으로 우리에게 덤비매 李知白이 써하되 花郎을 막을 精神이 잇
스리라 하며, 睿宗이 詔書로 南郎, 永郎 等 모든 花郎의 자최를 보전하라 하며,
毅宗도 八關會의 花郎을 쏩아 古風을 쓰칠 쯧을 가젓엇나니 이째쩌지도 도령
군 곳 花郎의 道가 中國에 한 자리 가젓던 일을 볼지나 이 뒤로난 엇더케 되엿

나 외우며 생각하고 생각하며 외우더니 하늘이 다시 소리하기를 "네가 歷史 속에 잇는 것을 어려히 생각한다만은 다만 한가지 쏘 잇다. 高麗 崔瑩傳에 崔瑩이 明太祖 朱元璋과 싸우랴 할새 써하되 高句麗가 僧軍 三萬으로 唐兵 百萬을 깨첫스나 이졔도 僧軍을 쏟으리라 하얏는대 그 일은바 高句麗 僧軍은 곳 先人軍이니 마치 新羅의 花郎 갓흔 것이라. 그 婚姻을 멀니하고 家事를 돌보지 안함이 僧과 갓흔 고로 古代에도 혹 그 일홈을 僧軍이라고도 하며 崔瑩은 더욱 先人이나 花郎의 制度를 恢復할 수 업서 僧으로 대신하랴 하며 참말로 僧家의 僧을 씁음이나 만일 崔瑩이 죽지 안코 高麗가 망치 안하얏더면 님의 세우신 花郎의 道가 五百年前에 발서 中興하얏스리라" 하시거늘(64~65면)

단재는 「조선사연구초」에서 "내가 일즉 高麗圖經을 閱한즉, 그 目錄에 『仙郎』이 잇거늘 매우 반갑게 그 篇을 披覽하니, 全部가 一字도 업시 缺頁이 되고 말앗다"고 했다.[38] 곧 "高麗圖經에 仙郎典故의 數頁이 缺하얏다"는 것이다.[39] 단재는 고려사를 통해 '선랑'의 복원에 나섰다. 곧 화랑의 무사도 정신이 고려 현종과 예종, 심지어 여말 최영까지도 계승되었음을 강조했다. 그리고 최영이 죽지 않고 고려가 망하지 않았다면 화랑의 도가 500년전에 중흥했으리라고 했다. 단군에서 고려까지 도령의 정신이 이어졌다는 것은 우리 역사속에서 종교적 무사혼이 이어져왔다는 것을 말하는 것이다. 단재는 곧 도령의 정신이 우리 고유의 주체적 정신으로 이어졌음을 강조했다.

---

38 신채호, 『조선사연구초』, 67면. 현재 『고려도경』 '징강본(澂江本)', '지부족재본(知不足齋本)', '사고전서본(四庫全書本)' 등 세 가지 판본에는 제목에 '仙郎'이 표시된 것이 없을 뿐만 아니라 당연히 그 내용도 없다. 『고려도경』의 판본들을 조사한 성균관대박물관 김대식 학예사는 "19세기 무렵 다수의 필사와 새로운 형태의 저술 등의 과정에서 나온 필사본을 단재가 본 게 아닌가 생각"된다고 하는 의견을 보내왔다.
39 신채호, 같은 책, 같은 곳.

단재는『선사仙史』,『화랑세기花郞世紀』같은 문헌이 없어진 것을 안타까이 여기고, 아울러 "神誌의 詩史나 居柒夫의 仙史나 金大問의 花郞世紀"의 사라진 부분을 복원하려 했다. 그것은『삼국사기』,『동국통감』에서 빠진 백제사 부분을『남제사』를 통해 복원하고, 또한『남제사』의 사라진 부분을『동국통감』,『삼국사기』,『송사』등을 통해 복원하려는 의식과 다를 바 없다. 비록 단군시대 신지의『고기』, 신라 거칠부의『선사』, 김대문의『화랑세기』등이 사라졌지만,『삼국사기』,『삼국유사』를 통해서 어느 정도 살려내고, 아울러『고려사』등을 통해 그러한 정신이 어떻게 계승되었는지 밝혀내는 것이다.[40] 단재는 역사적으로 사라진 강토와 우리 민족의 주체적 정신을 수많은 역사서를 통해 찾아내고 계통화 하였다.[41]

단재는 한놈이라는 인물이 화랑들의 놀이터인 도령군놀음곳에 이르는 것으로 서사를 구성했다. 한놈의 도령군놀음곳은 어떤 의미를 지니

---

[40] 단재는 1910년 「東國古代仙敎考」(『대한매일신보』, 1910.3.11)를 시작으로 「考古編」(『천고』 1, 1921.1)과『仙郞史通論』(?) 등을 집필하였다. 김병민은 북한에 단재의 유고로『仙郞史通論』이 있으며, 이는 "第一章 緖論, 第二章 花郞의 名義, 第三章 花郞興廢, 第四章 花郞의 信條, 第五章 花郞의 實踐, 第六章 結論"으로 이뤄졌다고 했다. 한편 박걸순에 따르면, 북한에는 단재의 유고 가운데 「仙郞史 通編의 原稿本」 56면, 「仙郞史 通編」 62면, 「仙郞史 正編」 113면 등이 보관되어 있다고 한다. 이는 단재가 선랑사의 재구를 위해 적지 않은 노력을 기울였다는 것을 보여준다. 김병민, 앞의 글, 8~9면; 박걸순, 「『단재 신채호 전집』 편찬의 의의와 과제─「역사편」을 중심으로」, 『한국독립운동사연구』 30, 독립기념관 한국독립운동사연구소, 2008.6, 18~19면.

[41] 「꿈하늘」에서 단재가 참조한 역사 관련 서적으로는『고려사』,『고려도경』,『광사』,『대동운옥』,『동국통감』,『동사』,『동사강목』,『문헌비고』,『발해고』,『삼국사기』,『삼국유사』,『정감록』,『해동역사』등 국내 서적과 더불어『管子』,『南齊書』,『唐書』,『吳越春秋』,『魏略』등의 중국 서적들이 있다. 물론 이 외에도 적지 않은 국내 역사서가 포함되었으며, 또한 "支那 二十一史"(『史記』,『漢書』,『後漢書』,『三國志』,『晉書』,『宋書』,『南齊書』,『梁書』,『陳書』,『魏書』,『北齊書』,『周書』,『隋書』,『南史』,『北史』,『新唐書』,『新五代史』,『宋史』,『遼史』,『金史』,『元史』) 등 수많은 중국 사서를 참고한 것으로 보인다.

는가? 한놈은 네 번째 변국, 즉 "몇 백 년 나려온 逆局의 餘孼이 잇서서 싸우는 가온대" 잇지만, 국수주의로 돌아오는 순국에 있다. '역국의 여얼'에 맞서는 것은 '선인仙人과 화랑花郎', '삼국三國과 남북국南北國의 무신武神'의 계승과 회복에 있다. 한놈이 도령군놀음곳을 찾아가는 것은 화랑 정신의 계승과 수용을 말하는 것이다. 그것은 시대를 거슬러 올라가 역사를 통찰하고, 그러한 역사의식을 바탕으로 미래를 개척하는 데 있다. 진단구변도를 통한 미래 설계와 역사 통찰을 통한 화랑정신의 계승과 실천, 이것이 역국의 여얼을 걷어내는 것이고, 일제로부터 빼앗긴 강토를 회복하여 자주국가를 실현하는 길이다. 그러므로 도령군놀음곳에 다다르기 위해 필요한 것은 "英雄의 시원한 눈물 / 烈士의 매운 피물 / 사발로 박아치로 동의로 가저오너라 / 내 너무 목말으다"(23면)에서 언급한 것처럼 민족을 위한 눈물이며, 민족의 독립을 위해 흘리는 영웅의 눈물과 열사의 핏물이다. 단재는 영웅의 눈물과 열사의 피로 이 역사가 이룩되어 왔음을 말하고, 현재의 난국을 깨치는 데도 그러한 눈물과 피가 필요함을 역설한 것이다.

5. 마무리

단재는 「꿈하늘」에서 우리나라의 지리적 강역을 분명히 하고, 주체적 민족정신의 계통화를 추구했다. 그는 『신지비사』와 『남제서』를 통해 고조선과 백제의 강역을 분명히 했다. 그것은 사라지거나 잊혀진 우리의 강역을 분명히 했다는 점에서 의미가 있다. 아울러 그는 우리 역사에서 자주적 낭가사상을 강조했고, 화랑의 역사적 계통을 밝혔다. 그러므로 현재 탈락된 역사 담론 부분은 작품 구성에 있어서 또 다른 축이며, 남아 있는 작품의 서사를 구체화할 뿐만 아니라 작품의 주제의식을 강화하고 더욱 분명히 해준다는 점에서 결코 무시하거나 배제해선 안 된다. 오히려 「꿈하늘」 유고를 있는 그대로 제시하는 것이 바람직하다. 하물며 단재는 자신의 원고에 함부로 손대는 것에 대해 누구보다 강하게 반발하고 싫어했던 인물이 아닌가.

한편 이 작품은 진단구변국도라는 비결과 깊은 관련이 있다. 단재는 「꿈하늘」에서 진단구변국도에 대한 자신의 해석을 덧붙였다. 바로 오늘날이 제4변국이며, 사대주의자들의 득세로 수백 년 이어져온 역국의 여얼이 남아 있지만 곧 국수주의의 순국이 전개될 것이라는 것이다. 그리고 그러한 국수주의는 종교적 무사혼을 통해 달성되리라 했다. 한놈이 도령군놀음곳을 찾아가는 것도 그러한 정신의 반영이다. 「꿈하늘」에서는 현실적 맥락에서 1900년대를 살아가는 한놈이라는 인물이 꿈의 장치를 통해 역사 속 인물인 을지문덕과 강감찬 등을 만나 4000여 년의 우리 역사를 종단하며, 연해주와 북만주 그리고 한반도 공간을 횡단하는 말하자면 거대 민족사를 펼친 것이다. 한놈은 하나의 개인 주체이지만 역사와 만나서 민족 주체로 거듭난다.

「꿈하늘」은 1916년 쓰여진 이후 묻혀 있다가 1964년 세상에 빛을 보았다. 단재는 「꿈하늘」에서 비결을 통해 국민들이 국수주의를 이룩하면 자연히 순국이 열릴 것이라고 말했다. 지금도 단재의 표현처럼 역국의 여얼이 남아 있다. 그러므로 오롯이 민족주의(국수주의)를 통해 순국을 맞이할 수 있다는 단재의 말은 100년이 지난 오늘에도 여전히 유효하다.

「용과 용의 대격전」의 다시 읽기

1. 들어가는 말

작품은 그냥 태어나지 않는다. 그것은 사회문화적, 역사적 맥락 속에서 의미가 형성된다. 신채호는 「용과龍 용龍의 대격전大激戰」에서 미리와 드래곤의 차이를 적시하였는데, 동일한 용이지만 동양과 서양에서 그 의미가 크게 다름을 드러낸 것이다. 그리고 안국선은 「금수회의록」에서 까마귀의 이미지가 옛날과 지금이 크게 다름을 언급했다. 동일한 기표라 하더라도 시대, 사회에 따라 달라질 수 있다. 하나의 언표나 구절을 이해하기 위해 성서해석학자들이 했던 것처럼 공시적이고 통시적인 접근이 요구된다. 그러므로 텍스트에 대해 제대로 이해하려면 맥락적contextual 이해와 주해Exegesis의 방법이 필요하다.

신채호의 작품들은 독해에 어려움이 있다. 그의 글쓰기는 바로 맥락 속에서 의미를 형성하고 있기 때문이다. 그러므로 단재의 「용과 용의 대격전」은 그의 다른 작품들은 물론이고 독서물과의 관계 속에서 살필 필요가 있다. 작품은 전체 글쓰기 속에 하나의 부분으로서 의미를 갖는다. 단재는 문학 작품뿐만 아니라 역사, 정론 등 다양한 글쓰기를 했다. 그의 텍스트는 사회적 문화적 맥락 속에 자리하고 있으며, 작가 개인으로 보면 앞뒤 텍스트의 맥락과 연결되어 있다.

이 글에서는 「용과 용의 대격전」에 대해 분석해 보고자 한다. 이제까지 이 작품은 내용 또는 사상적인 측면에서 아나키즘을 드러내는 작품으로, 그리고 형식적인 측면에서는 알레고리 또는 환상적인 작품으로 논의되었다.[1] 그런데 이 작품이 아나키즘을 대표하는 작품으로 규정되면서 그밖의 다른 중요한 특성들이 간과된 측면이 있다. 여기에서는 주해적 방법과 맥락적 독해를 통해 이 작품을 새롭게 독해해보려고 한다.

2. 무진년과 '드래곤의 출현'

「용과 용의 대격전」에서 작품의 시작 부분은 중요한 의미를 갖는다. 신채호는 작품의 서두에서 아래와 같이 '신년 무진'을 강조하고 있다.

---

1 「용과 용의 대격전」에 대한 그동안의 논의 가운데 주요한 것은 다음과 같다.
송재소, 「민족과 민중-「꿈하늘」과 「龍과 龍의 大激戰」에 나타난 단재 사상의 변모」, 단재신채호기념사업회 편, 『단재 신채호와 민족 사관』, 형설출판사, 1980; 김진옥, 「신채호 문학 연구」, 서울대 석사논문, 1993.2; 권희돈, 「신채호의 「용과 용의 대격전」 연구」, 『새국어교육』 52, 한국국어교육학회, 1996.1; 최수정, 「「龍과 龍의 大激戰」의 환상성 연구」, 『한양어문』 15, 한양어문학회, 1997.12; 김창현, 「신채호 소설의 미학적 특성과 알레고리-「용과 용의 대격전」을 중심으로」, 『고전문학연구』 27, 한국고전문학회, 2005.6; 박중렬, 「단재의 「꿈하늘」과 「龍과 龍의 大激戰」 재론-환몽적 알레고리를 통한 역사 다시쓰기」, 『한국문학이론과 비평』 33, 한국문학이론과비평학회, 2006.12; 서은선·윤일·남송우·손동주, 「신채호 아나키즘의 문학적 형상화-하늘 (天)과 용(龍) 이미지의 전도(顚倒)」, 『韓國文學論叢』, 48, 한국문학회, 2008.4; 서형범, 「傳統 知識人 丹齋 申采浩의 省察의 主體로서의 글쓰기 의식-「龍과 龍의 大激戰」을 통해 본 丹齋 晩年의 내면풍경」, 『대동한문학』 33, 대동한문학회, 2010.12; 김현주, 『단재 신채호 소설 연구』, 소명출판, 2015; 김승환, 「단재 신채호의 텍스트와 콘텍스트」, 『현대문학이론연구』 67, 한국현대문학이론학회, 2016.12.

나리신다, 나리신다, 미리(龍)님이 나리신다. 新年이 왔다고, 新年 戊辰이 왔다고, 미리님이 東方 亞細亞에 나리신다.[2]

'무진년'은 이 작품을 이해하는 데 아주 중요한 단어이다. 그것은 이 작품을 성립시키는 주요한 근거이자, 아울러 작품의 화두로 자리하고 있기 때문이다. 그렇다면 '무진년'은 신채호에게 어떤 의미를 갖는가? 이를 파악하기 위해 거의 같은 시기에 쓰여진 「예언가가 본 무진」에 주의해볼 필요가 있다.

鄭鑑錄에도 "辰巳聖人出"의 一句가 記載되엇스나 그러나 이 韻이 神誌秘詞와 마할 쑨 아니라 쏘 同一한 五言詩이니 이는 秘詞의 句를 該錄에서 紀錄한 것임이 明白하다. 그럼으로 나는 鄭鑑錄은 秘訣 外로 驅逐하고 古秘訣의 辰巳聖人出을 밋고저 한다.[3]

단재는 무진년을 맞아 '진사성인출辰巳聖人出'이라는 옛 비결을 제시했다. 그리고 자신은 그 비결을 믿고자 한다고 했다. '진사성인출'은 무진년을 맞는 단재의 소망이자 신념이라고 할 수 있다. 그렇다면 이 구절을 단재가 언급하게 된 맥락을 살펴보기로 한다.

子丑猶未定 寅卯事方知 辰巳聖人出 午未樂堂堂[4]

---

2 燕市夢人, 「龍과 龍의 大激戰」, 김병민 편, 『신채호문학유고선집』, 연변대 출판사, 1994, 119면. 이 글에서 「용과 용의 대격전」의 인용은 인용 구절 뒤 괄호 속에 이 책의 면수만 기입함.

3 신채호, 「豫言家가 본 戊辰」, 『조선일보』, 1928.1.1, 13면.

4 김용주 편, 『정감록』, 한성도서주식회사, 1923, 104면.

먼저 이 구절은『정감록』에 기재된 내용이다. 이 구절에 자축년과 인묘년 진사년 오미년의 비결이 제시되어 있다. 진사년에 성인이 나타나고 오미년에는 즐거움이 가득하리라는 것이다. 그런데 단재는 "鄭鑑錄은 秘訣 外로 驅逐"한다고 하면서도 '진사성인출'을 믿고자 했다. 그것은 무엇보다 형식적인 측면에서 '진사성인출'의 운이 '신지비사'와 맞고 아울러 동일한 오언시이기 때문이다. 여기에서 '신지비사'라는 것은『고려사』「김위제전」의 일부를 말한다.[5] 단재는 '운'과 '오언'이라는 측면에서 '진사성인출'이『신지비사』에서 나왔을 것으로 확신했다. 그러므로 '고비결'은 '신지비사神誌秘詞'를 뜻한다.

朝鮮 最古의 史籍을 神誌라 한다. 神誌를 或은 人名이라 하며 或은 書名이라 하나 拙見으로는 神誌는 本來 古代의 官名, 三韓史의 臣智 곳 '신치'니 歷代 '신치'의 신수두 祭日의 致語를 모은 것이 잇섯든가 하니, 그 全書가 남아 잇스면 或 朝鮮의 '호머' 詩篇이 될는지도 몰를 것이나, 不幸히 神誌의 것이라고는 참 것인지 거짓 것인지도 몰를 震檀九變圖란 이름이 大東韻海에 보이며, 秘詞 十句가 高麗史에 보이며, 그 밧게는 流落된 三句가 전할 뿐이요.[6]

단재가『신지비사』의 글로 제시한 것은 '진단구변도', '비사 10구', 그 나머지 '유락된 3구'이다. 흥미롭게도 단재는 「꿈하늘」(1916)에서『고려사』의 「김위제전」의 '비사 10구'와 '진단구변국도'에 대해서 언급했다.[7]

---

5 『고려사』에는 "又神誌秘詞曰 如秤錘極器, 秤幹扶疎樑, 錘者五德地, 極器百牙岡, 朝降七十國, 賴德護神精, 首尾均平位, 興邦保太平, 若廢三諭地, 王業有衰傾"이 나온다. 정인지, 「김위제(金謂磾)」,『고려사』122, 「열전 권35」, 2~3면.
6 신채호, 「전후삼한고」,『조선사연구초』, 조선도서주식회사, 1929, 34면.

『西郭雜錄』에 '神誌'의 '秘詞'라고 揭載한 바 잇스니, 辰巳聖人出 午未樂堂堂의 一句가 잇나니, 『西郭雜錄』이 비록 信史가 아니나, 그러나 檀君이 '戊辰' 卽位하야 '乙未'에 唐藏에 移都하얏다 한즉 '辰巳 午未'가 마즈며 '堂堂'은 興地勝覽에 '唐藏坪'을 一名 '庄庄'坪이라 하니, 堂堂庄庄이 거의 同音인즉 或 唐藏을 堂堂이라 함이니, 兩句도 神誌史의 씨침이라 하노라.[8]

그런데 단재는 『신지비사』의 "辰巳聖人出 午未樂堂堂"이라는 구절이 『서곽잡록』에 실렸다고 언급하였다.[9] 그는 『서곽잡록』이 비록 믿을 만한 역사는 아니나 '진사성인출'은 단군이 무진년에 즉위한 것을, '오미락당당'은 을미년에 '당장唐藏' 곧 '당당堂堂'에 도읍을 옮긴 사실을 기록한 『신지비사』에서 왔을 것으로 간주했다. '진사성인출'과 '오미락당당'을 내용적인 측면에서 『신지비사』와 관련이 있음을 언급한 것이다. 곧 『서곽잡록』의 이 구절이 『신지비사』로부터 유래하였으며, 그렇다면 그것은 『신지비사』의 '유락된 3구' 가운데 일부에 해당된다. 단재가 『신지비사』를 얼마나 소중하게 여겼는지를 알 수 있다. 단재는 『고려사』 「김위제전」에 실린 신지 '비사의 10구'와 『대동군부운옥』에 실린 '진단구변국도'를 「꿈하늘」에서 자세히 분석하였고, '유락된 3구'

---

7   김주현, 「『꿈하늘』의 새로운 읽기—역사담론을 중심으로」, 『한국근현대사연구』 79, 한국근현대사학회, 2016.12.

8   신채호, 「조선상고문화사」, 『조선일보』, 1931.10.28.

9   현재 남아 있는 『서곽잡록』은 두 가지 형태이다. 하나는 『패림』 제8집(탐구당, 1969, 112~123면)에 실린 이문홍의 「서곽잡록」이며, 다른 하나는 이의천(李倚泉)의 『서곽잡록』으로 원문은 일본 경도대학도서관에 소장되어 있으며 국립중앙도서관에 마이크로필름(國立中央圖書館, M古3-2000-7)으로 소장하고 있다. 그러나 두 판본에서는 '辰巳聖人出 午未樂堂堂'이라고 언급한 부분을 찾을 수 없다. 제3의 『서곽잡록』이 있거나 또는 오류일 가능성도 배제할 수 없다. 『정감록』에는 두 구절이 실려 있고, 단재가 「예언가가 본 무진」에서는 『정감록』을 언급한 것으로 보아 『정감록』을 『서곽잡록』과 혼동했을 수 있다.

에 대해 다시 「예언가가 본 무진」에서 해석했다.

「예언가가 본 무진」에서 단재는 '진사성인출'에 대해 자신만의 해석을 내놓았다. 무진년의 예언은 "진사성인출辰巳聖人出"이라는 다섯 글자이다. 곧 진사년에 성인이 나타난다는 뜻이다. '진사'는 "무진 기사" 양년을 가리키며, '성인'은 궁예, 왕건, 이성계, 정여립 등과 같은 인물을 말한다. 단재는 1928년 무진년이 "조선의 신운명을 개척하는 길년吉年"이며, 무진년에 "새로운 운명을 개척하는 중심 사업"이 이뤄질 것이라 했다. 말하자면 궁예나 왕건, 이태조와 같은 새로운 나라를 건설할 인물이 나오거나 정여립과 같은 혁명가가 나타나리라는 것이다.

> "드래곤이 왔다, 드래곤이 왔다, 인제는 天國의 末日이다."

그러면 단재의 예언은 「용과 용의 대격전」과 무슨 상관이 있는가? 「예언가가 본 무진」은 「용과 용의 대격전」, 「선언」 등과 거의 같은 시기에 연속적으로 쓰여졌다. 그런 점에서 「용과 용의 대격전」을 그것들과 맥락적 관점에서 살펴볼 필요가 있다. 이 작품에는 미리와 더불어 드래곤이 출현한다. 단재는 드래곤을 강조했다. 드래곤의 출현, 그것은 단재가 말하는 '진사성인출'로서의 의미를 갖는다.

> 드래곤은 늘 希臘 羅馬 等地에 滯在하야 드대여 西洋의 龍이 되야 늘 叛逆者, 革命者들과 交流하야 '革命', '破壞' 等 惡戲를 질기어 宗敎나 道德의 굴네를 밧지 안는 고로 西洋史에 매양 叛黨과 亂賊들을 드래곤이라 別命하야 왓섯다. 근세에 와서는 드래곤이 또 虛無主義에 深感하야 더욱 激烈한 革命行爲를 가지더니 마참내 耶蘇 基督을 慘殺할 凶犯이 된 것이다 (127면)

아―殘惡, 陰慘, 不德한 野獸的 强盜--强盜的 野獸 ― 이 野獸의 蹂躪 밋테서 苦痛과 悲慘을 바더오는 우리 民衆도 참다 못하야 견듸다 못하야 이에 저 野獸들을 退治하랴는 撲滅하랴는--在來의 政治며 法律이며 道德이며 倫理이며 其他 一切 文具를 否認하자는 軍隊며 警察이며 皇室이며 政府며 銀行이며 會社며 其他 모든 勢力을 破壞하자는 憤怒的 絶叫 '革命'이라는 소리가 大地上 一般의 耳膜을 울니엇다.[10]

단재에게 성인이란 궁예, 왕건, 이성계, 정여립과 같은 인물들로 국가 건설을 꿈꾼 사람들이다. 그러나 그들은 건설 이전에 파괴자이다. 드래곤은 혁명과 파괴를 즐기는 반역자·혁명자이다. 달리 드래곤은 진사년에 출현할 '성인'과 마찬가지이다. 그러면 그것은 다시 「선언」과의 관련 속에서 의미를 읽을 수 있다. 드래곤은 모든 세력을 파괴하자는 '혁명가'인 것이다. 드래곤의 출현은 바로 혁명의 선언이요, 혁명가의 출현을 이야기한다. 단재가 「예언가가 본 무진」에서 1928년 '성인의 출현'을 예고한 것처럼, 「용과 용의 대격전」에서 '드래곤의 출현'을 언급했다.

3. '×××', '×××'와 고문 악형의 고발

단재는 미리의 횡포 때문에 민중 혁명이 일어난 것으로 제시했다. 미리는 총독으로 온갖 횡포를 일삼는데, 그것은 일제의 조선 통치의 참상

---

10 신채호, 「宣言」, 김병민 편, 『신채호문학유고선집』, 연변대 출판사, 1994, 192면.

을 보여준다. 일본은 19세기 말부터 한국 침략을 노골화하였으며, 아울러 각종 이권의 침탈에 나선다.

> ㉠鐵道, 鑛山, 漁場, 森林, 良田, 沃畓, 商業, 工業…모든 權利와 利益을 다 쌔앗스며 稅納과 賭租를 작구 더 바더 몸서리나는 搾取를 行하면서도 것흐로 "너의들의 生存 安寧을 保障하여 주노라"고 써들면 속음니다. ㉡革鞭 鐵椎 竹針질, 단근질, 電氣씀질, 甚至於 口頭에 올니기도 慘惡한 '×××', '×××' 갓흔 刑罰을 行하면서도 ㉢軍隊를 出動하야 婦女를 씨저 죽인다, 小兒를 산 채로 뭇는다, 全村을 屠戮한다, 穀粟가리에 放火한다……하는 戰慄한 手段을 行하면서도 ㉣한두 新聞社의 設立이나 許可하고 "文化政治의 惠澤을 바드라"고 소리하면 속음니다.(122~123면)

단재는 미리의 입을 통해서 일제의 식민지 통치 현실을 적나라하게 고발하였다. 위 부분은 그러한 현실을 그린 것이다. ㉠은 이권 침탈을 통한 강제 보호조약에 이르는 과정을, ㉡은 일본의 고문 실태를, ㉢은 만행의 실상을 보여주고, ㉣은 유화정책의 기만적인 모습을 드러낸다. 곧 일제의 수탈을 통한 강점(1900년대), 고문과 만행의 무단통치(1910년대), 문화정치(1920년대)의 실상을 그대로 보여주고 있다. 그러면 이러한 부분들을 다시 단재 글의 맥락 속에서 살피고자 한다.[11]

---

11 이제까지 단재의 글을 맥락적인 관점에서 살핀 연구는 거의 없는 실정이다. 최근 김승환은 「용과 용의 대격전」을 '콘텍스트'의 관점에서 살폈다. 그리고 본 연구자 역시 그러한 관점에서 「꿈하늘」을 고찰한 바 있다. 김승환, 「단재 신채호의 텍스트와 콘텍스트」, 『현대문학이론연구』 67, 한국현대문학이론학회, 2016; 김주현, 「「꿈하늘」의 새로운 읽기-역사담론을 중심으로」, 『한국근현대사연구』 79, 한국근현대사학회, 2016.12.

⑦′ 一親日而五條가 立矣며 再親日而七約이 定矣오 三親日而軍隊가 解散
矣며 四親日而韓國늬 殖民案이 出矣오 電線銕道도 亦以親日而許之矣며 森林
鑛山도 亦以親日而讓之矣니[12]

⑦″ 强盜 日本이 우리의 國號를 없이하며 우리의 政權을 빼앗으며 우리
의 生存的 必要條件을 剝奪하엿다 經濟의 生命인 山林·川澤·鐵道·鑛
山·漁場……乃至 小工業 原料까지 다 빼앗어 一切의 生産機能을 칼로 버이
며 독기로 끊고 土地稅·家屋稅·人口稅·家畜稅·百一稅·地方稅·酒草
稅·肥料稅·種子稅·營業稅·淸潔稅·所得稅……其他 各種 雜稅가 逐日
增加하야 血液은 있는대로 다 빨아가고[13]

단재는 1908년 ⑦′「여우인절교서」에서 일제에 의해 을사늑약(5조
약)과 정미7조약이 체결되고, 군대가 해산되며, 식민안이 제출되는 조
선 식민지화 과정을 언급했다. 일본이 전선, 철도, 산림, 광산 등을 다양
한 이권을 침탈하고, 식민지화하려는 상황을 고발한 것이다. 그리고
⑦″「조선혁명선언」에서 "山林·川澤·鐵道·鑛山"을 빼앗고, 심지어
토지세, 인구세, 가축세 등 각종 세금으로 조선 인민들의 삶을 유린하
는 광경을 구체적으로 서술했다. 「조선혁명선언」(1923)의 이러한 실상
은 ⑦「용과 용의 대격전」에서 "鐵道, 鑛山, 漁場, 森林, 良田, 沃畓, 商
業, 工業…모든 權利와 利益을 다 쌔앗스며 稅納과 賭租를 작구 더 바더
몸서리나는 搾取를 行하"는 것으로 기술했다. 일제는 그렇게 하여 보호

---

12 錦頰山人, 「與友人絶交書」, 『대한매일신보』, 1908.4.14.
13 「조선혁명선언」, 1면. 독립기념관 전시 자료 : 자료번호: 5-000770-000. http://se
    arch.i815.or.kr/ImageViewer/ImageViewer.jsp?tid=ex&id=5-000770-000.

와 안녕을 내세워 한국을 병탄하기에 이른다. 그런 점에서 「용과 용의 대격전」은 일제의 침탈과 착취의 현실을 전면화한 「조선혁명선언」과 밀접한 관련을 갖고 있다.

한편 ⓛ에서는 각종 고문과 악형을 그대로 보여주고 있다. 단재는 3·1 운동 이후 일제에 의해 자행된 고문의 실상을 여지없이 폭로하였다.

ⓛ′ 연전에 음모사건에 연루되어 수개월 옥에 갇혀 있다가 석방되어 나온 사람이 있었는데, 나는 그에게 형을 받을 때의 상황과 형의 종류를 물었다. 그는 한탄하며 말하길 지금 내가 다 기억할 수는 없지만, 첫째 봉으로 때리기, 둘째 주리 틀기, 셋째 사지를 단근질하기, 넷째 죽침으로 손가락(손톱밑) 찌르기, 다섯째는 양손을 묶어 높은 시렁(高架)에 매달기, 여섯째 쇠시렁(鐵架) 아래에 세워 놓고 좌우로 흔들어 쇠못에 찔리게 하기, 일곱째 물을 코에 부어 질식시키기, 여덟째 낮고 좁은 (지하) 감옥에 가둬넣고 수삼일을 먹지 못하게 하고, 또한 새로운 공기도 전혀 못 마시게 하기, 아홉째 종이로 심지를 만들어 양경의 가운데로 출입 진퇴시키기, 열번째 달군 쇠판이나 가시밭 위를 걷게 하기가 있는데, 대개 이러한 형벌은 칠십여 종에 이르렀다.[14]

ⓛ″ '陰謀事件'의 名稱下에 監獄에 拘留되야 周牢·枷鎖·단금질·챗직질·電氣질·바늘로 손톱 밑·발톱 밑을 쑤시는·手足을 달아매는·코구

---

14 大弓, 「見聞雜感」, 『天鼓』 2호, 천고사, 1921.2, 27면. 年前有以陰謀事件 繫獄數朔放出者 余問其被刑時情況 及刑之種類 其人悵然曰 今不能盡記也 棒打一也 周牢二也 炮烙四肢三也 竹針針手指四也 縛兩手縣之高架五也 立於鐵架之下左右動 必有鐵釘刺之六也 以水灌鼻使窒息七也 鎮之湫隘之室中旣三數日不得食 又不能吸一點之新空氣八也 以紙爲炷進退出入之于陽莖之中九也 使之行走於煮鐵或叢刺之上十也 此等之刑蓋至於七十餘種.

멍에 물 붓는 · 生殖器에 심지를 박는 모든 惡刑 곧 野蠻專制國의 刑律辭典에도 없는 가진 惡刑을 다 당하고 죽거나 僥倖히 살아서 獄門에 나온대야 終身 不具의 廢疾者가 될 뿐이라[15]

단재는 1921년 ⓛ´「견문잡감」에서 봉으로 때리기, 주뢰, 단근질, 바늘로 손톱 밑 쑤시기, 수족을 매달기, 쇠못에 찔리게 하기, 코구멍에 물 붓기, 좁은 감옥에 가두고 굶기기, 생식기에 심지 박기 등 일제에 의해 자행된 고문의 실상을 열거했다. 그것은 음모사건에 연루되어 옥살이를 하다가 석방된 사람으로부터 들은 것이며, 그는 그러한 고문이 70여종에 이른다고 했다. 그러한 것들은 ⓛ″「조선혁명선언」에 그대로 제시되었다. 사실 「견문잡감」은 「조선혁명선언」과 서로 연결되어 있는데, 특히 ⓛ´"음모사건에 연루되어 수개월 옥에 갇혀 있다가"는 ⓛ‴"'陰謀事件'의 名稱下에 監獄에 拘留되야"라는 구절에 그대로 드러난다. 「조선혁명선언」에서 제시한 고문은 "周牢 · 枷鎖 · 단금질 · 챗직질 · 電氣질 · 바늘로 손톱 밑 · 발톱 밑을 쑤시는 · 手足을 달아매는 · 코구멍에 물 붓는 · 生殖器에 심지를 박는 모든 惡刑" 등이다. 그러한 것들이 「용과 용의 대격전」에서는 ⓛ″"革鞭 鐵椎 竹針질, 단근질, 電氣씀질, 甚至於 口頭에 올니기도 慘惡한 'XXX', 'XX' 갓흔 刑罰"로 제시된다. 「조선혁명선언」에서 제시한 9가지 고문이 「용과 용의 대격전」에서는 6가지로 집약되어 있다. 그런데 여기에서 "'XXX', 'XXX' 갓흔 刑罰"은 무엇인지 자세히 알기 어렵다. 그래서 단재의 맥락적 방법을 통해서 접근할 필요가 있다.

---

15 「조선혁명선언」, 3면.

심지어 구두(口頭)에 올리기도 참악한 'ㅅ심지' 'ㅅ주리' 같은 형벌

— 『조선문학』, 1964.8, 48면

심지어 구두(口頭)에 올리기도 참악한…(6자 략함—편집부)…와 같은 형벌

— 『룡과 룡의 대격전』, 20면

甚至於 口頭에 올리기도 慘愕한 'ㅅㅅㅅ' 'ㅅㅅㅅ' 갓혼 刑罰

— 『신채호문학유고선집』, 123면

여기에서 'ㅅㅅㅅ', 'ㅅㅅㅅ'이 '심지어 구두에 올리기도 참악'하다는 것으로 보아 앞에 열거한 고문과는 다르다는 것을 짐작할 수 있다. 북한의 『룡과 룡의 대격전』에는 그 부분을 아예 표시하지 않고, "6자 략함—편집부"로 제시해 놓았고, 이것을 수용한 『단재신채호전집』에서는 "六字略함—편집자"라 하여 실체를 알기 어렵다. 그런데 이 작품을 처음 소개했던 『조선문학』에서는 "'ㅅ심지', 'ㅅ주리'"라 하여 6글자 가운데 4글자가 드러나고 있다. 그렇다면 그것은 무엇인가? 'ㅅ심지'라는 부분을 「조선혁명선언」과 비교해보면 "生殖器에 심지를 박는 모든 惡刑"과 관련됨을 알 수 있다. 그리고 '심지'와 관련해 「견문잡감」의 "아홉째 종이로 심지를 만들어 양경陽莖의 가운데로 출입 진퇴시키기"라는 구절이 단서를 제시한다. 'ㅅ'는 "양경", 곧 남자의 성기를 비속하게 이르는 말로, 'ㅅ심지'는 남자의 성기 가운데에 종이 심지를 쑤셔 넣고 출입 진퇴시키는 성고문을 말한다. 그렇다면 'ㅅ주리'는 무엇인가?

ⓒ′ 서북간도의 참상을 들으니 이보다 지나치다. 어린아이들이 무지하

다고 손바닥 가운데를 뚫어 끄는가 하면, 부인들이 겁약하다고 채찍을 가져와서는 항상 때리며 간음을 하였다. 또한 사람을 죽일 때는 서서히 큰소리로 부르짖는 것을 보고자 하여 먼저 수족을 자르는 것을 즐거이 하고 그다음 가슴과 배를 가르며, 다음으로 그 머리와 목에 잘랐다. 한 사람의 몸을 대여섯 토막으로 나누었다. 그리고 화풀이로 아무런 잘못 없는 집들도 불 지르고 태워버렸다. 아울러 산 사람들이 살아갈 집을 없애버렸으니 그 참상이 매우 심했다.[16]

ⓒ˝最近 三一運動 以後 水原·宣川…… 等의 國內 各地부터 北間島·西間島·露領 沿海州 各處까지 到處에 居民을 屠戮한다 村落을 燒火한다 財産을 掠奪한다 婦女를 汚辱한다 목을 끊는다 산 채로 묻는다 불에 살은다 一身을 두 동가리 세 동가리에 내여 죽인다 兒童을 惡刑한다 婦女의 生殖器를 破壞한다 하야 할 수 있는 대까지 慘酷한 手段을 쓰어서 恐怖와 戰慄로 우리 民族을 壓迫하야 人間을 '산송장'을 맨들랴 하는도다[17]

단재는 ⓒ˝「견문잡감」에서 일제가 서북간도에서 행한 '어린아이들을 손바닥을 뚫는가 하면, 부인들을 간음하고 심지어 사지를 찢고 가옥을 불태우는' 등의 만행을 폭로했다. 그리고 ⓒ˝「조선혁명선언」에서는 "水原·宣川…… 等의 國內 各地부터 北間島·西間島·露領 沿海州 各處"에 이르기까지 "到處에 居民을 屠戮한다 村落을 燒火한다

---

16 大弓, 「見聞雜感」, 27면. 聞西北墾之慘狀 又有過焉 兒童之無知也 而貫掌心而曳之 婦人之怯弱也 而鞭笞備至 時復加之以姦淫 殺人之際又欲觀其宛轉呼號 以爲樂先斷其手足 次割其胸腹 次及其頭項 一人之身分而爲五爲六 遷怒其無辜之房屋 亦放火燒之 幷使生者 無樓活之所 甚矣其慘也.
17 「조선혁명선언」, 4~5면.

財産을 掠奪한다 婦女를 汚辱한다 목을 끊는다 산 채로 묻는다 불에 살은다 一身을 두 동가리 세 동가리에 내여 죽인다 兒童을 惡刑한다 婦女의 生殖器를 破壞한다"등 일본 군대에 의해 자행된 만행을 열거하였다. 그는 일제가 국내외 한인들에게 다양한 고문과 만행을 저질렀음을 「조선혁명선언」에 적시함으로써 혁명의 당위성과 필요성을 강조하였다. 단재는 「견문잡감」과 「조선혁명선언」에서 제시한 '참혹한 수단'을 ⓒ「용과 용의 대격전」에서 "軍隊를 出動하야 婦女를 씨저 죽인다, 小兒를 산 채로 뭇는다, 全村을 屠殺한다, 穀栗가리에 放火한다……하는"등 '戰慄한 手段을 行하'였다고 했다. 국내외 각지에서 행해진 일제의 참혹하고 전율할 만한 수단을 그대로 열거한 것이다.

아울러 그러한 맥락 속에서 'X주리'를 해명할 단서를 찾을 수 있다. 곧 「조선혁명선언」에 "婦女의 生殖器를 破壞한다"라는 구절이 그것이다. 이를 'X주리'와 연결해보면, 'X'는 부녀의 생식기, 곧 여성 성기를 비속하게 이르는 말임을 알 수 있다. "'X심지'. 'X주리'"에서 X는 비속한 말이니 차마 그대로 쓰기는 어려웠을 것이다. 이를 통해 단재는 남성기에 심지를 박고, 여성기에 주리를 트는 성고문의 실태를 고발한 것이다.[18]

ⓔ은 3·1운동 이후 일본이 조선에 시행한 문화정치의 실상을 보여주고 있다. 일제는 무단통치에서 표면적으로 유화정책으로 돌아섰지만, 단재는 ⓔ"한두 新聞社의 設立이나 許可하고 '文化政治의 惠澤을 바드라'고 소리"한다고 말함으로써 그것이 일종의 기만임을 제시했다.

---

18 김주현, 『계몽과 혁명―신채호의 삶과 문학』, 소명출판, 2015, 452~453면.

ⓔ´이 野獸世界 强盜社會에 '正義니' '眞理니'가 다 무슨 방귀이며 '文明이
니' '文化니'가 다 무삼 똥물이냐? 우리 民衆은 알엇다. 깨달엇다. 彼等 野獸
들이 아모리 악을 쓴들, 아모리 요망을 피운들 이믜 모든 것을 否認한, 모
든 것을 破壞하랴는 大界를 울니는 革命의 북소리가 엇지 遽然히 까닭업시
멋칠소냐.[19]

단재는 문화정치를 통한 우민화와 기만 정책을 여지없이 폭로했
다. 일본이 3·1운동 이후 문화정책을 펴자 국내에 있는 지식인 일부
가 동조하고 나섰는데, 단재는 「조선혁명선언」에서도 일제 강도 정
치 아래에서 문화정책은 허상일 뿐이며, 아울러 그에 부화뇌동하는
자들을 '우리의 적'이라고 규정했다. 또한 그는 ⓔ´「선언문」(1928)에
서 "이 野獸世界 强盜社會에 '正義니' '眞理니'가 다 무슨 방귀이며
'文明이니' '文化니'가 다 무삼 똥물이냐?"라고 말함으로써 제국주의
자들이 외치는 문명과 문화 등은 아무런 쓸모가 없으며, 오로지 혁명
만이 그들의 기만과 선동을 깰 수 있는 유일한 방법임을 천명했다.

4. '기독 참살'과 혁명의 주문

「용과 용의 대격전」에서는 드래곤의 선동에 의해 기독이 참살되는
상황이 벌어진다.

---

19 신채호, 「宣言」, 『신채호문학유고선집』, 192면.

劈頭에 特號大字로 上帝의 외아들님 耶蘇 基督의 慘死라 쓰고 그 겻헤 二號大字로 "드래곤의 煽動이라" 쓰고 記事를 아래와 갓히 썻다.(124면)

드래곤의 기독 참살은 이 작품을 아나키즘이라고 규정하거나 단재와 일본의 아나키스트 행덕추수幸德秋水와의 관련성을 보여주는 중요한 근거로 작용한다. 이미 단재와 행덕추수의 관련성은 여러 차례 논의되었다. 우선 이 둘의 관련을 살피기로 한다.

한편 申采浩는 廣東과 上海에서 아나키즘 運動을 정력적으로 펴고 있던 劉思復의 論說들을 탐독했으며 日本아나키즘의 元祖 幸德秋水의 『基督抹殺論』에 깊이 共鳴한 바 있었다.[20]

中國新聞 『晨報』에 기고한 그의 글에서 '日本에 오직 行德秋水 한 사람만 있을 따름'이라고 쓰면서 行德秋水의 『기독말살론』을 漢譯해서 소개했다.[21]

1927년 또한 幸德秋水를 높이 평가하고 『基督抹殺論』을 한역, 중국의 아나키즘 잡지 『晨報』에 게재.[22]

『한국아나키즘운동사』에는 단재가 『기독말살론』에 깊이 공명했다는 언급이 나온다. 신일철은 신채호가 행덕추수의 『기독말살론』을 『신보晨報』에 한역하여 실었다고 했지만 그것이 언제인지 분명하게

---

20 무정부주의운동사편찬위원회 편, 『한국아나키즘운동사』, 형설출판사, 1978, 142면.
21 신일철, 『신채호의 역사사상 연구』, 고려대 출판부, 1983, 173~174면.
22 http://members3.jcom.home.ne.jp/anarchism/shinjitentext.html

밝히지 않았다. 한편 일본 『아나키즘운동인명사전』에서는 신채호가 1927년 중국의 아나키즘 잡지 『신보』에 『기독말살론』을 한역해 실었다고 했다. 신일철과 『아나키즘운동인명사전』에서는 단재가 『기독말살론』을 한역한 것으로 나온다.

그럼에도 추산할 수 있는 시기보다 훨씬 뒤인 1928년에 차이가 보이는 것은, 신채호가 『晨報』에 『기독말살론』을 한역해서 실은 것은 차치하고 『기독말살론』을 읽은 시기가 1927년경이기 때문에 「용과 용의 대격전」을 중심으로 차이가 있다고 생각된다.[23]

권문경은 단재가 1927년 『기독말살론』을 번역했으며, 「용과 용의 대격전」을 바탕으로 기독교에 대한 단재의 사상적 변화가 1927년경에 있었다고 주장했다. 과연 단재가 『신보』에 『기독말살론』을 한역한 것인가? 『신보』는 북경北平 신보사晨報社에서 1918년부터 1948년까지 발간된 것으로 나와 있다. 이 시기에 발간된 것으로 현재 남아 있는 『신보』는 그것이 유일하다. 본 연구자는 중국국가도서관에서 1923년 12월 1일부터 1928년 1월 10일까지 『신보』 마이크로필름 총 20개를 살폈지만 단재가 번역했다는 『기독말살론』을 찾을 수 없었다. 그리고 당시 『신보』라는 신문의 특성상 그런 작품을 장기간 번역해서 연재하는 것은 어려웠을 것으로 보인다. 그렇다면 다른 신문이나 잡지에 번역했을 가능성은 없는가? 이를 위해서는 중국에서의 『기독말살론』 번역 상황을 살피는 것이 필요할 듯하다.

23　권문경, 「고토쿠 슈스이(幸德秋水)의 『基督抹殺論』 신채호의 아나키즘—기독교관을 중심으로」, 『일본어문학』 58, 일본어문학회, 2012.8, 136면.

幸德秋水, 貍弔疋 譯, 『基督抹殺論』, 北京大學出版部, 1924.12.

『기독말살론』은 행덕추수가 1910년 6월 대역사건大逆事件으로 검거
된 후 옥중에서 집필해 그해 11월 탈고한 글이다. 그가 1911년 1월에
사형당하고, 2월에 『기독말살론』이 간행된다. 그리고 일본에서 그 책
은 발간되자마자 7~8천 부 팔릴 정도로 굉장한 반향을 일으킨다.[24] 그
것이 중국에 소개 번역된 것은 1924년의 일이다. 리조필貍弔疋이 번역
한 『기독말살론』이 1924년 북경대학출판부에서 발간되었다. 그리고
이듬해(1925) 1월 5일 『북경대학일간北京大學日刊』에 『기독말살론』의 광
고가 실린다.[25] 이 책이 발간되자 중국 학자들 사이에 엄청난 논란거리
가 된다.

沈嗣莊, 張仕章, 彭長琳, 張孝候(張盎坊), 『評基督抹殺論』, 義利印刷公司,
1925.5.
英格利斯, 晶紹經 譯, 『闢基督抹殺論』, 上海廣學會, 1925.12.

『기독말살론』이 나온 이듬해 『評基督抹殺論』이 나왔다. 이것은 沈嗣
莊, 張仕章, 彭長琳, 張孝候 등 4명의 저자가 『기독말살론』에 반박해 쓴
글들을 묶은 것이다. 그리고 『闢基督抹殺論』은 James W. Inglis의 글로
이 역시 『기독말살론』을 부정하는 저서이다. 책이 나온 지 1년 만에 두
권의 저서가 나왔다는 것은 그만큼 『기독말살론』의 반향이 컸다는 것

---

24 윤일·남송우·손동주·서은선, 「고토쿠 슈스이의 『基督抹殺論』 비판─사회진화
론을 중심으로」, 『일본어문학』 41, 일본어문학회, 2008.5, 337~338면.
25 「基督抹殺論」, 『北京大學日刊』, 1925.1.5, 제1판.

을 보여준다. 아울러 이 저서들에 대한 소개나 비평도 줄을 잇는다.

　○『基督抹殺論』
　雲台,「耕心齋筆記二則 基督抹殺論」,『聶氏家言旬刊』 제81기, 1926.1.25, 2～3면.
　○『評基督抹殺論』
　記者,「評基督抹殺論」,『時兆月報』 제20권 제7기, 1925, 29면.
　「附錄：評基督抹殺論－爲基督敎辯護的著作」,『廣濟醫刊』 제2권 제6기, 1925, 131～132면.
　繆秋笙,「批評評基督抹殺論」,『中華基督敎文社月刊』 제1권 제1기, 1925, 60～61면.
　○『闢基督抹殺論』
　頌羔,「闢基督抹殺論」,『中華基督敎 文社月刊』 제1권 제4기, 1926, 75면.

이는 당시 중국 학계 및 교단에서 『기독말살론』이 논란의 대상이 되었음을 말해준다. 그런데 당시 다른 사람이 『기독말살론』을 번역했다는 정보는 찾기 어렵다. 만일 리조필이 단재의 필명이라면 『기독말살론』의 번역자로서 그 의미가 분명하다. 그런데 리조필은 그동안 누구인지 불확실하였으나, 최근에 북경대학 교수였던 유문전劉文典의 필명으로 밝혀졌다.[26] 1924년 책으로 번역이 되었고, 또한 1925년 1926년 중국 학계에 논란이 많았던 책을 1927년에 다시 번역한다는 것은 사리에 맞지 않다. 아무래도 신채호가 1927년 『기독말살론』을 번역했다는 것은 사실이 아닌 듯하다. 그는 1928년 법정 신문에서 『황성신

26　李長銀,「幸德秋水『基督抹殺論』在近代中國的傳播和影響」,『中南大學學報(社會科學版)』 22(1), 2016.2, 222면.

문』시절 행덕추수의『장광설』을 읽고 무정부주의에 공명하였으며 자신을 아나키스트로 내세우고 있다는 점,[27] 1929년 법정에서도 "행덕의 저서가 가장 합리한 줄을 알았다"고 언급한 점[28]으로 미루어 볼 때 그는 행덕추수의 저서를 어느 정도 읽었을 것으로 보인다.

행덕추수는 일본 형법 제 73조, 즉 천황 시해를 모의한 죄로 체포되었으며, 감옥에서 최후에 쓴 글이『기독말살론』이 아니던가. 무정부주의운동사편찬위원회에서 단재가 "幸德秋水의『基督抹殺論』에 깊이 共鳴한 바 있었다"고 언급하는 점도 단재가『기독말살론』을 읽었음을 말해 주는 표지이다. 신일철이 "'日本에 오직 行德秋水 한 사람만 있을 따름'이라고 쓰면서 行德秋水의『기독말살론』을 漢譯해서 소개"했다고 하는 것은 와전으로 보이지만, 단재가 그만큼『기독말살론』의 영향을 받았음을 말해 주는 징표가 아닐까 생각된다. 아울러「용과 용의 대격전」의 "붓과 칼로써 죽은 基督을 더 죽이니 從今 以後의 基督은 다시 復活할 수 업도록 아조 永永慘死한 基督이라"(125면)는 구절 역시 그러한 가능성을 더욱 분명히 한다. 1925~1926년 북경 문단에서『기독말살론』이 논란의 와중에 있었다는 사실을 볼 때 단재가 그 무렵『기독말살론』을 읽었을 것으로 추정된다.[29] 그리고 그 책은 단재에게 적지 않은

---

27 「皇城新聞 째부터 나는 無政府主義者」,『조선일보』, 1928.12.28.
28 「日本 印度 中國 等 東方同志가 結託 강령규약과 회수속은 업다」,『동아일보』, 1929.10.7.
29 단재의 1927년『기독말살론』독서설은 큰 의미가 없는 것으로 보인다. 단재가『기독교말살론』을 읽고 기독교관이 변화하게 되었다는 권문경의 주장은 충분히 수긍할 만하다. 그러나 단재가 1927년『기독말살론』을 번역한 것이 아니라면 그것에 대한 독서는 1925~1927년 사이 자유로울 수 있다. 1925년 1월 2일「낭객의 신년만필」 이후 1928년 1월 1일「예언가가 본 무진」 사이에「고구려와 신라의 건국 연대에 대하야」(『시대일보』, 1926.5.20~25) 외에 다른 글들이 발견되지 않는다. 달리 1927년을 특정할 근거를 찾기 어렵다. 그러므로 1925~1926년쯤『기독말살론』을 보았을 것으로 판단하는 것이 자연스럽다.

영향을 준 것으로 보인다.

㉠ 기독교도는 기독이 역사상 인물이고 그의 전기는 역사적 사실이라고 생각하는데, 이는 실로 미망이며 허위이다. 미망은 진보를 저해하고 허위는 세도에 해롭다. 단연 불가피하게 허락하려면 그 가면을 벗기고 그 분장을 없애고 그 진상과 실체를 폭로하여 바라건대 세계 역사상으로부터 그것을 말살해 버릴 것을 선언한다.[30]

㉡ 釋迦놈과 耶蘇놈을 식혀 "너희들이 남에게 苦痛을 밧을지라도 이것을 反抗 업시 安過하면 죽어서 너희의 靈魂이 天國으로 蓮花臺로 가리라"고 속이엇다. 이러한 魔醉藥들이 쏘 어대 잇겟느냐? 二千年 동안이나 크게 그 藥效를 보앗더니 至今에는 그 藥力도 다하야 고놈들이 점점 自覺하야 叛逆이니 革命이니 하고 써드는고나. (121면)

위의 구절 ㉠은 『기독말살론』의 마지막 부분으로 기독교에 대한 행덕추수의 입장이 여지없이 제시되어 있다. 『기독말살론』의 골자는 성서는 조작僞作일 뿐이며, 아울러 기독은 역사상의 실제 인물이 아니라는 것이다. 단재는 석가, 예수 등을 민중을 속이는 마취약으로 간주했다. 많은 연구자들은 기독교에 대한 단재의 관점이 ㉡「용과 용의 대격전」에서 많이 변화되었음을 지적한다. 단재는 기독을 어떻게 인식하고 있는가?

---

30 幸德秋水, 貍弔정 譯, 『基督抹殺論』, 北京大學出版部, 1924, 154면. 基督教徒以基督爲史的人物 以其傳記爲史的事實 實迷妄也 虛僞也. 迷妄阻礙進步 虛僞有害世道 斷不可許之 則剝其面具 褫其扮粧 曝露其眞相實體 自世界歷史上抹殺去之 謹此宣言.

耶蘇 基督은 그 聖父인 上帝를 쎄쏘듯한 奸譎險惡한 性質을 골고루 가지신 聖子이엿섯다. 그 出生 後에 '聖父의 道'를 펴랴다가 겨오 三十이 넘어 예루살렘에서 猶太人의 凶手에 걸니엇섯다. 그러나 그째의 猶太人은 너무 얼쩐 百姓이엿던 째문에 다 잡히엿던 耶蘇를 다시 놋쳐 十字架를 진 채로 逃亡하야 '復活'하다 自稱하고 歐洲 人民을 쇠기시사 모다 그 校旗下에 들게 하섯다. 十字軍 그 뒤에 '十字軍東征', '三十年戰爭' 갓혼 大戰爭을 誘發하야 一般民衆에게 사람이 사람 잡는 術法을 가라쳐 주엇스며 늘 "苦痛者가 福 밧는다. 逼迫者가 福 밧는다."는 거진말로 亡國民衆과 無産民衆을 거룩하게 속이사 實際의 敵을 닛고 虛妄한 天國을 꿈꾸게 하야 모든 强權者와 支配者의 便宜를 주엇스니 그 聖德神功은 萬古歷史에 쓰고도 남을 것이다.(125면)

上帝가 잇다면 죽은 上帝이다. 죽은 上帝는 산 쥐색기만도 못하다. 말하자면 上帝도 滅亡하여야 올치--其實 내나 네나 上帝가 모다 上古 民衆의 一時 迷信의 造作이 아이엿더냐.

民衆의 造作으로서 얼마나 민중의 害를 끼처왔느냐?(136면)

단재는 예수교를 역사적인 관점과 종교적인 관점에서 비판한다. 그는 기독이 부활했다 속이고, 거짓말로 민중들을 속였으며, 허망한 천국을 꿈꾸게 했다고 강하게 비판했다. '기독 참살'은 행덕추수의 '기독 말살'과 상통한다. 행덕추수는 『기독말살론』에서 기독의 진상과 실체를 폭로하여 말살해버릴 것을 선언하였는데, 「용과 용의 대격전」에는 바로 그러한 입장을 수용하고 있다. 단재가 『기독말살론』의 영향을 입었음은 분명한 사실로 보인다. 한 논자는 신채호가 "고토쿠 슈스이가 『기독말살론』에서 말하고자 하는 바를 정확히 취하고 있다"고 하며, 단재가 행덕추수의 논지를 제대로 수용했음을 언급했다.[31] 한편 단재는 상제 역시 미신의 조작, 민중의 조작이라 했다. 상제를 기독과 같은 관점에서 본 것이다. 단재는 내세적 천국 구원보다는 현세적 낙원 건설을 강조했다. 단재의 의도가 기독 참살에서 끝나는 것은 아니다. 그는 상제의 아들로 알려진 기독의 참살을 통해 종교적 구원의 불가능성을 제기하고 민중혁명에 직접 나설 것을 주문했다.

5. '건지둔괘乾之遯卦'와 참언

「용과 용의 대격전」은 예언적 성격을 담은 작품이다.[32] 그것은 「예언가가 본 무진」을 놓고 보면 더욱 분명해진다. 그러나 연구자들은 그 부분에 별로 주목하지 않았다. 이 작품 역시 무진년을 맞아 썼으며, 아울러 단재의 예언을 드러내는 것이라는 점에서 중요하다.

　㉠

　"왔다, 왔다, 드래곤이 왔다, 인제는 天國의 末日이다"란 소리가 또 天宮을 振動한다.(126면)

　"왔다 왔다 드래곤이 왔다…"의 소리만 四方에서 닐고 드래곤의 正體는

---

31 권문경, 앞의 논문, 144면.

32 한 연구자는 일찍부터 「용과 용의 대격전」이 "단재 신채호가 독자들에게 남겨준 예언적인 발언"이라고 하여 그 작품적 성격을 분명히 하였으나 이후 논자들은 그러한 면에 전혀 주목하지 않았다. 권희돈, 「신채호의 「용과 용의 대격전」 연구」, 『새국어교육』 52, 한국국어교육학회, 1996.1, 452면.

그림자도 보이지 안는다. (126면)

⑑

또 귀신 하나가 궁중에 들어오더니 큰 소리로 부르짖기를, "백제는 망한다
(百濟亡). 백제는 망한다" 하다가 이내 땅속으로 들어갔다. 왕은 이상히 여겨
사람을 시켜 땅을 파게 하니 석자 깊이에 거북 한 마리가 있는데, 그 등에 글이
씌어 있었다. "백제는 둥근 달 같고, 신라는 새 달과 같네.(百濟同月輪. 新羅如
新月)"[33]

단재는 드래곤의 출현으로 '천국의 말일'이 도래한다고 했다. 「용
과 용의 대격전」에서 "왔다, 왔다, 드래곤이 왔다, 인제는 天國의 末日
이다"라는 구절은 모두 7군데 나올 정도로 강조되어 있다. 그 구절을
단재가 직접 읽었고, 또한 유사한 상황을 그린 『삼국유사』의 위 부분
⑑과 비교해볼 필요가 있다. 『삼국유사』에는 백제 말 의자왕義慈王 때
귀신이 대궐에 나타나 '백제는 망한다'는 참언을 하고 땅속으로 들어
갔다고 했다. 그것은 「용과 용의 대격전」　에서 천궁을 진동시킨 '인
제는 천국의 말일이다'라는 말과 유사하다. 백제가 망한다(百濟亡)는
것은 백제가 보름달(百濟同月輪)이라는 말과 같다. 무당은 "둥근 달이라
는 것은 가득 찬 것이니, 차면 기우는 것입니다圓月輪者滿也 滿則虧"이라
하여 백제의 멸망을 점쳤다. 그의 예견대로 백제는 멸망하고 말았다.
'왔다 왔다 드래곤이 왔다'는 말은 천궁을 뒤흔드는데, 이는 '천국의
말일'을 뜻하는 참언이며, 한 국가의 흥망을 예언하는 말이다.

33　일연, 이민수 역, 『삼국유사』, 을유문화사, 1983, 99면.

ⓒ 數學上의 '0'은 자리만 잇고 實物은 업지만 드래곤의 '0'은 총도, 칼도, 불도, 베락도, 其他 모든 '테로'가 될 수 잇다. 今日에는 드래곤이 '0'으로 表現되지만 明日에는 드래곤의 對象의 敵이 '0'으로 消滅되야 帝國도 '0', 天國도 '0', 其他 모든 支配勢力이 '0'될 것이다. 모든 支配勢力이 '0' 되는 째에는 드래곤이 正體的 建設이 우리의 눈에 보일 것이다(126~127면)

ⓓ 彼等의 勢力은 우리 多大數 民衆의 否認하며 破壞하는 날이 곳 彼等이 그 存在를 일른 날이며 彼等의 存在를 일른 날이 곳 우리 民衆이 熱望하는 自由平等의 生存을 어더 無産階級의 眞正한 解放을 일우는 날이다. 곳 凱旋의 날이니 우리 民衆의 生存할 길이 여긔 이 革命에 잇슬 쓴이다.(193면)

단재는 드래곤의 정체가 '0'으로 표현된다고 했다. 그렇다면 '드래곤이 왔다'는 것은 '0'이 왔다는 것이다. 단재는 그것만으로 부족했던지 "今日에는 드래곤이 '0'으로 表現되지만 明日에는 드래곤의 對象의 敵이 '0'으로 消滅되야 帝國도 '0', 天國도 '0', 其他 모든 支配勢力이 '0'될 것"이라고 부연했다. 천국과 0의 관계는 백제와 보름달의 관계처럼 비유적이다. 이를 제대로 이해하기 위해 다시 ⓓ「선언」을 살필 필요가 있다. 단재는 「선언」에서 그들(彼等)의 세력을 민중들이 부인하고 파괴할 때 그들의 존재를 잃을 것이라 했다. 여기에서 '그들'은 민중들의 적을 말한다. 그들이 존재를 잃는 날이 민중이 자유평등의 생존을 얻고 진정한 해방을 이루는 날이라고 했다. 단재는 ⓒ「용과 용의 대격전」에서 제국이나 천국, 그리고 모든 지배 권력이 0이 되면 드래곤의 '정체적 건설'이 보일 것이라고 했다. 드래곤은 파괴와 혁명을 일삼는 반당과 난적이다. 그러므로 '0'은 파괴와 혁명을 뜻한다. 단재는 드래곤의 출현으로 말미암아 제국이나 천국, 그리고 모든 지배 권력이 끝나게 될 것이라 했다.

　　하고 占筒을 흔드니 乾之遯卦가 나온다. 道士가 大驚하야
　　"아--어--乾은 天이니 上帝요, 遯은 逃亡이니, 당신이 上典을 찾는 奴子가 안이라 逃亡한 上帝를 찾는 天使인가 봅니다"
　　天使가 이 말에 놀내지 안할 수 업다. 그래서 두 무릅을 쓸고 공손이
　　"上帝의 게신 곳을 가라쳐 달나"
　　하니 道士가 풀어 갈오대
　　"乾卦初爻의 '子'가 遯卦初爻의 '辰'으로 變하고 '辰'이 回頭하야 '子'를 克하야습니다. 辰은 龍이오, 子는 쥐니 上帝가 龍(드래곤)의 亂에 逃亡하야 쥐구녕으로 들어갓습니다. 古語에 '天開於子'라 하더니 오늘은 '天閉於子' 올시다. 쥐구녁에 가서 上帝를 차지시오"(135면)

　　건괘는 64괘 가운데 첫 번째 괘이며, 둔괘는 33번째 괘이다. '자子'가 '진辰'으로 변하고 진이 머리를 돌려 자를 이겼다는 것은 곧 상제가 용의 난을 피해 도망을 갔다는 것이다. 여기에서 상제가 천궁을 버리고 쥐구멍으로 도망을 갔다는 것은 그가 바가지 구걸을 청하는 것과 마찬가지로 그로테스크하게 희화화된 모습이다. '건지둔괘乾之遯卦'는 비록 거북의 등에 쓰여진 것이 아니라 점쟁이의 점괘에서 나온 것이긴 하지만 참언으로서의 의미를 갖는다. 그것은 '상제의 도망', 곧 상제의 패배를 뜻하는 것으로 정리된다. '건'을 천天, 곧 상제로 해석하였다는 것은 천제, 즉 일본 천황을 비유한 것으로 보인다.[34] 일본 천황을 '天孫'이라고 하지 않았던가. 미리는 총독으로 그가 한

통치 방법은 일본 총독이 조선에서 행한 통치 방법을 말한다. 그러므로 미리를 조선 총독, 상제를 일본 천황으로 놓고 보면 작품의 의미는 더욱 분명해진다.

「용과 용의 대격전」은 드래곤의 출현으로 천국의 말일이 도래했다고 했다. 천국의 반란과 상제의 몰락을 염두에 둘 때 성인은 정여립과 같은 존재, 즉 당대의 안중근이나 행덕추수, 의열단원 김지섭, 또는 아나키스트 박열, 심지어 단재 자신이 될 수도 있다. 단재는 1928년 드래곤이 나타나 자각된 민중들과 더불어 반란과 혁명을 꾀함으로써 천국(일본)이 패망할 것이라고 하는 서사를 완성했다. 나아가 천국이 망하면 드래곤의 정체적 건설이 드러날 것이라 했는데, 그것은 민중들에 의해 한국의 독립(지민국)이 실현될 것이라는 것이다. 단재는 「용과 용의 대격전」과 동방부정부주의동맹의 「선언」을 작성하고 과감하게 혁명에 나섰다.

---

34 단재는 "太陽을 崇拜홈은 上古 野蠻時代의 事라 (…중략…) 其國號를 作ᄒ엿던 者는 尙今 신지 不改ᄒ니 野蠻의 風習을 尙未免홈이 아닌가", 또는 "태양을 숭배하여 휘장에 사용하는 것은 아주 오랜 옛날 야만의 풍습이다. 그러나 저들은 오히려 그것을 국기로 삼았다. 여러 신을 섬겨 제사하는데 신이 직사(職司)의 직분이 있고, 형제 자손과 관계가 있다고 여기는데 신대의 야만스런 풍속이다. 저들은 그것을 국교로 삼고 개혁하지 않았다. 또한 한 가문의 왕을 존경하고 숭배한 것이 2천년에 이르렀지만 한 차례도 성을 바꾸는 일(역성혁명)이 일어나지 않았으니 그 국민의 노예성이 지극히 부끄러워할 만하다(崇拜太陽 用諸徽章 上古野蠻之習也 而彼尙以之爲國旗矣 尊祀羣神 以爲神有職司之分 兄弟子孫之關係 神代草昧之風也 而彼且以之爲國敎 而未革矣 而彼且以之爲國敎 而未革矣 尊奉一系之君 至於二千年 無一次革姓之事 其國民之奴性 至可恥也)"라고 하여 일본의 천신 숭배주의와 일본 신사, 왕실을 비판하였다. 劍心, 「日」, 『대한매일신보』, 1910.4.3; 鐵椎, 「論日本之有罪惡而無功德」, 『天鼓』 1, 1921.1, 19~20면.

6. 마무리

「용과 용의 대격전」은 단재의 마지막 소설로 당시 현실에 대한 예언적이고 참언적인 성격을 띠고 있으며, 아울러 단재의 이후 행보를 예시해 주는 작품이다. 그동안 이 작품의 예언적 성격, 비유적 의미가 제대로 해명되지 않았다. 이 논의에서는 단재가 작품에 제시한 비유의 의미를 풀어보았다. 「용과 용의 대격전」은 이전 작품으로 「꿈하늘」(1916), 「견문잡감」(1921), 「조선혁명선언」(1923), 그리고 당대 작품으로는 「예언가가 본 무진」(1928), 「선언」(1928)과 밀접한 관계에 놓여 있다. 아울러 그것은 행덕추수의 『기독말살론』과도 밀접하다.

단재는 「예언가가 본 무진」에서 역사를 통해 무진의 의미를 추적하였으며, 아울러 1928년이 '조선 성년의 해'가 될 것으로 믿었다. '조선 성년의 해'는 「선언」의 '모든 것을 부인한 모든 것을 파괴하라는 대계大界를 울니는 혁명의 북소리'라는 구절과 연결된다. 또한 「용과 용의 대격전」의 드래곤의 "正體的 建設"이 이뤄지는 날은 「선언」의 "無産階級의 眞正한 解放을 일우는 날"이다. 단재는 제국에 대한 파괴와 혁명을 통해 민중이 진정한 해방을 이룰 것이라고 했다.

이처럼 「용과 용의 대격전」은 「예언가가 본 무진」, 「선언」 등과 텍스트적 관련성을 갖고 있으며, 그러므로 맥락적 읽기를 통해 그 작품이 지닌 비유적 성격과 예언의 의미가 제대로 드러난다. 「예언가가 본 무진」이 예언의 영역이라면, 「선언」에서는 직접 혁명을 촉구하고 있다. 이 사이에 놓인 「용과 용의 대격전」은 예언과 혁명을 동시에 의미하는 참언으로서의 성격을 지니고 있다. 단재는 「용과 용의 대격전」에서 1928년 드래곤이 나타나 자각된 민중들과 함께 반란과 혁명을 꾀함으로써 천국은 멸망할 것이라 했다. 그것은 곧 제국 일본 멸망을 예고하는 참언이다.

「천희당시화」의 의미

1. 「천희당시화」의 저자

「천희당시화天喜堂詩話」는 애국계몽기 가장 중요한 비평문으로『대한매일신보』(1909.11.9~12.4) '문단'란에 무서명으로 발표되었다. 이 시화는 1970년대 신수범에 의해 발굴되었으며,[1] 그 전문이 임중빈의 주석 및 해제와 함께『한국문학』(1977.9)에 수록되었다.[2] 임중빈은 이 시화의 '내용 및 문체 감정에 의해 단재의 글'로 규정하였고, 단재신채호전집간행위원회는 이 시화를『단재신채호전집-별집』(1977)에 실었다.

이 시화는 이후 저자 논란에 휩싸이게 되는데, 그것을 세 시기로 나눠볼 수 있다. 첫 번째 시기는 전집에 실린 이후부터 1984년까지이다. 신용하는 단재가 '천희당'이라는 당호를 사용한 사실이 밝혀질 때까지 「천희당시화」를 타인의 글로 간주하겠다고 했다.[3] 이동순은 시화의 게재지면, 내용과 문체의 측면에서 단재의 작품이 확증된다고 밝혔다.[4]

---

1 「신채호 선생의 문학론-「천희당시화」 발굴」,『동아일보』, 1977.7.30, 5면.
2 임중빈, 「단재의 상황문학론」,『한국문학』 5(9), 1977.9.
3 신용하, 「신채호의 애국계몽운동(하)」,『한국학보』 20, 일지사, 1980.9, 114면, 주 254번 참조.
4 이동순, 「단재 신채호의 「천희당시화」에 대하여」,『개신어문연구』 1, 충북대 국어교육

임형택은 '필치나 내용으로 미루어 어떤 결정적인 증거가 발견되지 않는 한 단재의 저작으로 인정하는 것이 타당'하다고 언급했다.[5] 그는 신용하와 반대되는 주장을 한 것이다.

그런데 1985년 주승택에 의해 '천희당'이 윤상현의 필명이라는 사실이 밝혀지면서[6] 저자 논란은 더욱 복잡하게 전개된다. 그때부터 2004년까지를 두 번째 시기로 잡을 수 있다. 이 시기에 「천희당시화」를 단재의 저작으로 간주한 경우, 단재의 글에서 배제 또는 저자를 유보하는 경우, 그리고 윤상현의 글로 보는 경우가 있었다. 첫번째에 해당하는 연구자로 김영철, 권오만, 곽동훈, 김윤재, 이영선, 한형구 등을 들 수 있다.[7] 두 번째 해당자로 김동수, 김진옥, 황재문 등을 들 수 있다.[8] 마지막 해당자로 김윤식, 김복순, 정순진, 이명재 등이 있다.[9] 마지막 해당자들은 윤상현의 글과 「천희당시화」를 비교해서 내린 결론이 아니라 주승택의

학과, 1981.12.

5　임형택, 「'동국시계혁명'과 그 역사적 의의」, 『한국문학사의 시각』, 창작과비평사, 1984.

6　주승택, 「개화기 한문학의 변이양상」, 『관악어문연구』 10, 서울대 국어국문학과, 1985.12.

7　김영철, 「개화기 시가비평의 형성 과정」, 『한국학보』 13-2, 일지사, 1987.6; 권오만, 『개화기시가연구』, 새문사, 1989; 곽동훈, 「단재 시론과 시의 값」, 『한국문학논총』 13, 한국문학회, 1992.10; 김윤재, 「신채호 문학관─서양문화의 수용의 한 양상」, 『한국어문학연구』 6, 한국외대 한국어교육학과, 1994.12; 이영신, 「단재 신채호의 문학 연구」, 성균관대 박사논문, 2000.2; 한형구, 「신채호 언설의 비평사적 의의와 특질」, 대전대 지역협력연구원 편, 『단재 신채호의 현대적 조명』, 다운샘, 2003. 한편 조동일은 『한국문학통사』 제4권에서 "「천희당시화」의 내용이나 문체로 보아 (그 저자가) 신채호가 아닌가 하는 견해가 유력"(제1판, 지식산업사, 1986, 200면)하다고 하였으며, 개정판에서는 "신채호일 가능성이 있다"(제4판, 지식산업사, 2005, 220면)라고 했다.

8　김동수, 『일제 침략기 민족시가 연구』, 인문당, 1988; 김진옥, 「신채호 문학 연구」, 서울대 석사논문, 1993.2; 황재문, 「장지연 신채호 이광수의 문학사상 비교 연구」, 서울대 박사논문, 2004.2.

9　김윤식, 「단재사상의 앞서감에 대하여」, 『신채호의 사상과 민족독립운동』, 형설출판사, 1986; 김복순, 「근대문학 비평의 여명기」, 감태준 외, 『한국 현대문학사』, 현대문학, 1989, 49면; 정순진, 『글의 무늬 읽기』, 새미, 1995; 이명재, 『통일시대 문학의 길찾기』, 새미, 2002.

주장을 그대로 수용한 경우이다.

마지막 시기는 2005년 본 연구자가 「천희당시화」의 저자 확정을 시도한 논문이 나온 이후이다.[10] 본 연구자는 저자 확정 논의와 더불어 「천희당시화」의 성격과 위상을 논의하였으며, 시화에 대한 주석을 제시하기도 했다.[11] 최형욱, 손해연, 김준 등은 본 연구자가 제시한 저자 확정 논의를 수용하여 「천희당시화」를 단재의 글로 간주했다.[12] 이후 현재까지 저자에 대해 또 다른 논란은 없는 것으로 보인다.

2. 「천희당시화」에 이르는 과정

여기에서는 단재의 글을 중심으로 「천희당시화」에 이르는 과정을 살펴보려고 한다.[13] 「천희당시화」에서 저자가 강조하는 것은 국시 개

---

10 김주현, 「국문 창제 요의설(了義說)을 통한 「천희당시화」의 저자 규명」, 『어문학』 87, 한국어문학회, 2005.3; 김주현, 「'천희당시화'의 저자 문제」, 『우리말글』 33, 우리말글학회, 2005.4.

11 김주현, 「「천희당시화」의 성격과 위상」, 『어문학』 91, 한국어문학회, 2006.3; 김주현, 「「천희당시화」와 그 주석」, 『어문론총』 56, 한국문학언어학회, 2012.6. 한편 이 글에 나온 일부 내용은 「「천희당시화」의 성격과 위상」에서 가져 왔음을 밝혀둔다.

12 최형욱, 「梁啓超의 詩界革命論이 개화기 한국 시론에 미친 영향─「飮氷室詩話」와 「天喜堂詩話」의 비교를 중심으로」, 『한국언어문화』 38, 한국언어문화학회, 2009.4; 손해연, 「「천희당시화」 연구─양계초의 시계혁명론과의 비교를 중심으로」, 서울시립대 석사논문, 2011.2; 김준, 「「천희당시화」 연구─국시론의 양상과 의미 분석을 중심으로」, 연세대 석사논문, 2014.8.

13 여기에서는 『황성신문』의 「警告律社觀者」(1906.4.18), 「詔勅已下而協律社何不革罷」(1906.4.30)과 『대한매일신보』의 「近今國文小說著者의 注意」(1908.7.8), 「論學校用歌」(1908.7.11), 「劇界改良論」(1908.7.12), 「演劇界之李人稙」(1908.11.8), 「小說家의 趨勢」(1909.12.2) 등을 포함한다. 이 가운데 세 번째와 마지막 글은 단재전집에 수록되었으며, 나머지에 대해서도 본 연구자가 저자 확정을 한 바 있다. 김주현, 「계몽기 연극개량론과 단재 신채호」, 『어문학』 103, 한국어문학회, 2009.3.

량론이다. 이는 넓은 의미에서 문학 개혁론이다. 단재는 문학 개혁에 대한 주장을 지속적으로 제기해 왔다.

大抵 歌란 者는 人의 感情을 刺ᄒ며 義氣를 皷ᄒ야 興起奮發케ᄒᄂ 者인 즉 其辭ᄂ 簡明易曉로 爲主ᄒ며 其意ᄂ 直切痛快로 爲務ᄒ여야 其歌를 隨ᄒ 야 其感奮이 불ᄒ올지어늘 今에 한字를 多用하고 國字로 補助ᄒ며 俗語ᄂ 抹 殺ᄒ고 雅語만 趨重하야 畢竟**其意가 晦甚홈**에 至ᄒ니 此ᄂ 不察의 甚흔 者 인져 余가 又壹感이 有ᄒ니 卽彼學校에 未入흔 巷間兒童이 學徒의 唱歌가 自然耳에 熟ᄒ야 每花朝月夜에 愛國歌運動歌等을 聯袂並唱ᄒ니 萬壹歌曲의 **意義가 淺近**ᄒ야 解키 易하면 幾月을 不過ᄒ야 坊曲中謠 俚雜歌가 自然絶跡 되고 擧國兒童이 皆此学校用歌를 解唱ᄒ리니 然則其此觀感이 旣久에 遊惰 者가 修學思想도 起홀지며 冷淡者가 愛國感念도 作홀지어늘 惜乎라 今日學 校用歌의 意晦홈이여 此亦不可汲汲改良홀 者로다[14]

단재의 글에서 문학 개량이 처음 등장하는 것은 위의 「논학교용가」 이다. 이 글에서 가사는 간단명료해서 깨우치기 쉬워야 하고, 또한 그 뜻은 바르고 엄격하며 통쾌해야 한다고 했다. 현재의 가사는 그 뜻이 매우 불분명한데, 그것은 한자를 많이 쓰고 국문을 보조로 쓰며, 속어 (구어)를 말살하고 우아한 말(문어)에 치중했기 때문이라는 것이다. 그래 서 교가(학교 용가)를 빨리 개량해야 한다고 했다. 그리고 개량의 방법을 제시했다. 그것은 국문을 주로 쓰고 속어를 중요하게 추구하라는 것이 다. 이러한 주장은 가사가 "人의 感情을 刺ᄒ며 義氣를 皷ᄒ야 興起奮發

---

14 「論學校用歌」, 『대한매일신보』, 1908.7.11.

케 ᄒᄂᆫ"것이라는 의식을 바탕으로 한다. 그것은 가사뿐만 아니라 소
설에서도 마찬가지이다.

委靡淫蕩的 小說이 多ᄒ면 其國民도 此의 感化ᄅᆞᆯ 受ᄒᆯ지며 俠情慷慨的 小
說이 多ᄒ면 其國民이 此의 感化ᄅᆞᆯ 受ᄒᆯ지니 西儒의 云ᄒᆫ바 "小說은 國民의
魂"이라ᄒᆷ이 誠然ᄒ도다 韓國에 傳來ᄒᄂᆫ 小說이 太半桑間박上의 淫談과
崇佛乞福의 怪話라 此亦人心風俗을 敗壞케 ᄒᄂᆫ 壹端이니 各種新小說을 著
出하야 此ᄅᆞᆯ 壹掃ᄒᆷ이 亦汲汲ᄒ다 云ᄒᆯ지로다[15]

그런데 동일한 논조의 소설 개혁론이 이보다 며칠 앞서 발표되었다.
단재는 소설이 "婦孺走卒等 下等社會로 始ᄒᆞ야 人心轉移ᄒᄂᆫ 能力을
具ᄒᆫ 者"이며, 그래서 "悲悽ᄒᆫ 事를 讀ᄒᄆᆡ 淚의 滂타ᄅᆞᆯ 不覺하며 壯快
ᄒᆫ 事를 讀ᄒᄆᆡ 氣의 噴湧을 不禁ᄒ고 其薰陶浸染의 旣久에 自然 其德
性도 感化ᄅᆞᆯ 被"할 것이라 하였다. 사실 이 글에 '개량' 운운하는 말이
없다. 그러나 단재는 이 글에서 한국에 전래하는 소설이 '음담'과 '괴
화'로, 인심 풍속을 무너뜨리는 하나의 단서가 된다고 지적했다. 그래
서 위미음탕한 음담과 괴화를 시급히 소멸하고 '奇妙瑩潔ᄒᆫ 新小說',
'협정강개한 소설'을 많이 써야 한다는 것이다. 그는 '협정강개', '장
쾌', '기묘형결'한 소설로의 개량을 외쳤다. 소설에서의 개량은 「소설
가의 추세」(『대한매일신보』, 1909.12.2)로 이어진다.

大抵 壹場에 悲극을 演ᄒᆞ야 英雄豪傑의 淋漓壯快ᄒᆫ 往蹟을 觀ᄒᆞ면 비록 庸夫

---

15 「近今國文小說著者의 注意」, 『대한매일신보』, 1908.7.8.

懦兒라도 此에셔 感興 이며 忠臣烈士의 凄凉貞烈 遺標를 觀 면 비록 蠢奴
劣僕이라도 此에서 奮起 지니 歷史에 如何 偉人을 傳 던지 但只 其言行과
事實을 記錄 거니와 극에 至 야 不然 야 千古以上의 人物이라도 其容顔
을 接 듯 咳唾를 聽 듯 야 十分精神에 七分을 可得이라 今에 假令 成
忠 階伯 朴堤上 諸公을 演 면 其瑩潔 狀態가 腦에 印하며 崔瑩 尹관 鄭夢周
諸賢을 演 면 其忠壯 實跡이 眼에 照 야 畢竟 心往神移 야 高尙純潔
心思가 自生 지니 所以로 극을 可貴라 이어 乃者 今日 國內에 存在 극
은 只是 有害無益의 극이오 壹個可觀의 극이 無하니 此亦人民의 恥로다

然이나 今後에 苟或 극界 改良에 留意 者ㅣ 有 거던 惟 彼悲극에 從
事하야 國民의 心理와 感情을 陶鑄 지어다[16]

또한 단재는 교가의 개량을 주장한 다음 날 연극계의 개량을 주문
했다. 그는 협률사 단성사 등이 '許多 淫蕩의 演戲'를 공연하고 있다
고 비판했다.[17] 단재는 위 글에서 '英雄豪傑의 淋漓壯快 往蹟'과 '忠
臣烈士의 凄凉貞烈 遺標'를 공연할 것을 주장했다. 구체적으로 '成
忠 階伯 朴堤上 諸公'과 '崔瑩 尹관 鄭夢周 諸賢'의 공연을 주문한 것
이다. 단재는 소설, 가사, 희곡 등 문예계 전반에 걸쳐 개량을 주장했
다. 그러한 주장은 「천희당시화」에 집약되기에 이른다.

詩란 者 國民言語의 精華라. 故로 强武 國民은 其詩부터 强武 며 文

---

16 「劇界改良論」, 『대한매일신보』, 1908.7.12.
17 이전에도 그는 협률사가 "淫說雜戲之場"(「警告律社觀者」, 『황성신문』, 1906.4.18)한
    다고 경고하였다. 그리고 이어서 "其忠臣烈婦의 毅節卓行이 可以爲模範萬世者나 或其艸
    昧故代에 奇聞異蹟之可以垂示後民者를 象型推演"(「詔勅已下而協律社何不革罷」, 『황성
    신문』, 1906.4.30)할 것을 제안한 것이다. 김주현, 「계몽기 연극개량론과 단재 신채호」,
    『어문학』 103, 한국어문학회, 2009.3.

弱흔 國民은 其詩부터 文弱ㅎ나니 一國의 盛衰治亂은 大抵其國詩에셔 可驗
홀지 오 又其國의 文弱을 回ㅎ야 强武에 入코즈홀진딘 不可不其文弱흔 國詩
부터 改良홀지라 余가 近世 我國에 流行ㅎᄂ 詩歌를 觀ㅎ건딘 太半 流靡淫
蕩ㅎ야 風俗의 腐敗만 釀홀지니 世道에 關心ㅎᄂ 者가 汲汲히 其改良을 謀
홈이 可ㅎ며 又其中에셔 特히 民俗에 有益홀만흔 詩歌를 募集ㅎ야 詩界의
國粹를 保全홈이 可홀지나 古ㅅ가 殘缺ㅎ야 三國時代 眞正 强武흔 詩歌는
得見키 難ㅎ니 惜哉로다.[18]

시 개량론은 어느 날 갑자기 나온 것이 아니다. 단재는 이미 여러 논
설을 통해 문학 개량에 대한 견해를 피력했다. 소설, 시가, 희곡 등의
개량을 주장해왔고, 그러한 과정에서 「천희당시화」가 나온 것이다. 단
재는 「천희당시화」에서 '强武흔 國民은 其詩부터 强武ㅎ며 文弱흔 國
民은 其詩부터 文弱ㅎ'다고 강조하고 문약한 국시를 강무한 국시로 개
량하자고 주장했다. 이러한 그의 논리는 다시 「小說家의 趨勢」에서
"小說이 國民을 强흔 데로 導ㅎ면 國民이 强ㅎ며 小說이 國民을 弱흔
데로 導ㅎ면 國民이 弱ㅎ며 正흔 데로 導ㅎ면 正ㅎ며 邪흔 데로 導ㅎ
면 邪ㅎ나니 小說家된 者ㅣ 맛당히 自愼홀 빅"라는 주장으로 이어진
다.[19] 궁극적으로 그는 당대의 시가 및 소설, 희곡 등이 '委靡淫蕩'하다
는 점을 들어, 강무하고 장쾌한 문학으로 개혁하자고 했다.

18　「천희당시화」, 『대한매일신보』, 1909.11.11. 이 글에서 「천희당시화」의 인용은 인용
　　구절 뒤 괄호 속에 신문의 게재 날짜만 기입함.
19　「小說家의 趨勢」, 『대한매일신보』, 1909.12.2.

3. 「천희당시화」의 내용

　「천희당시화」는 시화이자 시론이며, 또한 시학의 성격마저 띠고 있다. 「천희당시화」는 『대한매일신보』에 총 17회에 걸쳐 연재되었는데, 시와 동국시의 정의, 시의 효용, 국시 개량 등 다양한 내용을 담고 있다. 언급한 작품도 고대 시에서부터 당대 시에 이르기까지, 장르 면에서는 한시, 시조, 민요, 잡가, 산문 등 다양하다. 여기에서는 시화의 내용을 다음 몇 개의 항으로 정리 분석하고자 한다.

1) 시의 개념과 정의

　본 연구자는 이전에 「천희당시화」의 성격으로 '만족주체성과 국시 인식', '우리 가락에 대한 인식', '시계혁명과 국시 인식', '시도와 국가의 관계', '시의 능력' 등으로 논의한 바 있다. 여기에서는 「천희당시화」에 제시된 저자의 의식과 주장을 바탕으로 내용을 분석해 보려고 한다.

> 詩란 者는 國民言語의 精華라(1909.11.11)
>
> 漢詩는 漢文과 共히 我國에 輸入ᄒ야 一種 文學을 成ᄒ 者라(1909.11.13)
>
> 詩歌는 人의 感情을 陶融홈으로 目的ᄒ나니(1909.11.16)
>
> 詩란 자는 即此歡呼, 憤叫, 凄凉灑泣, 呻吟狂奔 等의 靜態로 結成ᄒ 文言이니(1909.11.23)

　단재의 문학관은 「천희당시화」에 새로운 것은 아니다. 그는 앞선 글에서 "婦孺走卒 等 下等社會로 始ᄒ야 人心轉移ᄒᄂ 能力을 具ᄒ 者는 小說"(1908.7.8), "歌란 者는 人의 感情을 刺ᄒ며 義氣를 皷ᄒ야 興起奮發

케ᄒᆞᆫ 者"·"氣質을 變化ᄒᆞ며 心志를 轉移ᄒᆞᆫ 大能力을 具有ᄒᆞᆫ 者"(1908.7.10), "悲극이 人心風俗에 有益홈"(1908.7.12) 등으로 설명했다. 소설, 시가, 비극을 국민 계몽에 유용한 도구로 인식한 것이다. 그는 「천희당시화」에서 시란 '국민언어의 정화'라고 규정하고, 아울러 "聲音의 道가 人을 感홈", "詩歌ᄂᆞᆫ 人의 感情을 陶融홈", "詩가 人情을 感發홈"이라고 했다. 시 또는 시가가 사람에게 많은 영향을 미치니 이를 통해 사람들을 감화 내지 교화해야 한다는 것이다. 이것은 조선시대 지식인들의 '載道之器' 문학관과 다르지 않다. 그러나 단재는 시의 가치를 "任情率意"에 두었는데, 이는 개인의 자유로운 감정이나 정서의 표현을 중시했다는 것을 알 수 있다. 도구로서의 문학에 머물지 않고 서정시, 자유시의 가치를 고평했다는 것이다. 그래서 그는 시를 '歡呼, 憤呌, 凄凉灑泣, 呻吟狂奔' 등의 감정을 '結成ᄒᆞᆫ 文言'으로 파악했다.

2) 우리말, 우리 가락의 중요성

「천희당시화」에서 단재는 시를 '국민언어의 정화'라고 규정하고, 이를 한시와 (동)국시로 대별했다. 한시는 '한문으로 문학을 이룬 것'이며, 동국시는 동국언, 동국문, 동국음으로 이룬 시라는 것이다.

詩歌ᄂᆞᆫ 人의 感情을 陶融홈으로 目的ᄒᆞ나니 宜乎 國字를 多用ᄒᆞ고 國語로 成句ᄒᆞ야 婦人幼兒도 一讀에 皆曉ᄒᆞ도록 注意ᄒᆞ여야 國民智識普及에 效力이 乃有ᄒᆞᆯ지어날 近日에 各學校用歌를 聞ᄒᆞᆫ즉 漢字를 雜用홈이 太多ᄒᆞ야 唱ᄒᆞᆫ 學童이 其趣味를 不悟ᄒᆞ며 聽ᄒᆞᆫ 行人이 其語意를 不知ᄒᆞ니 是가 何等 效益이 有ᄒᆞ리오(1909.11.16)

단재는 시가를 '國字를 多用ᄒ고 國語로 成句'하여야 한다고 강조했다. 그렇다면 '국자', '국어'는 무엇을 의미하는가? 이 시화에서 언급한 「애국음」의 구절 "제 몸은 사랑컨만, 나라사랑 왜 못ᄒ노"로 보면 그것은 뚜렷해진다. 몸, 사랑, 나라사랑은 身, 愛, 愛國의 國字이며, '은', '컨만', '왜 못하노'는 국어로 구절을 이룬(成句) 것이다. 단재가 시가를 국어와 국자로 지어야 한다고 한 것은 부인 유아도 한번 읽고 알 수 있기 때문이다. 부인 유아도 쉽게 알아야 국민 지식 보급에 효과가 있게 마련이다. 그러나 논지를 더 따라가 보면 그것만이 전부가 아니다.

> 英國詩ᄂ 英國詩의 音節이 自有ᄒ며, 俄國詩ᄂ 俄國詩의 音節이 自有ᄒ며, 其他 各國詩가 皆然ᄒ나니(1909.11.17)[20]

단재는 영국의 시는 영국의 음절, 러시아 시는 러시아의 음절이 있으며, 모든 나라의 시에는 각각 그 나라의 음절이 있다고 했다. 당연히 우리나라에는 우리나라의 음절이 있다. 그러므로 우리 시는 우리의 음절로 표현해야 한다는 것이다. 그리고 "甲國의 詩로 乙國의 音節을 效ᄒ면 是ᄂ 鶴膝을 鳧脚으로 換ᄒ며 狗尾를 黃貂로 續홈"이라 하였는데, 다른 나라의 음절을 사용한 것은 학의 무릎을 오리 다리에 연결하고, 개꼬리를 노랑담비로 이음과 같다고 했다. 이것은 김만중이 "지금 우리나라의 시문은 자기 말을 버려두고 다른 나라말을 배워

---

20 동일한 논리가 "漢文은 漢文文法이 有ᄒ며 英文은 英文文法이 有ᄒ고 其他俄法德伊等文이 莫不其文法이 自有하니"라는 대목에서 발견된다. 신채호, 「文法을 宜統一」, 『畿湖興學會月報』 5, 1908.12.

서 표현한 것이니 설사 아주 비슷하다 하더라도 이는 단지 앵무새가 사람의 말을 하는 것"[21]이라는 말과 다를 바 없다. 김만중은 학사대부들의 시부보다 우리말로 이루어진 민중들의 노래가 더 가치 있음을 주장한 바 있다.

東國詩가 何오 ᄒ면 東國言, 東國文, 東國音으로 製ᄒ 者가 是오(1909.11.20)

단재는 우리나라(東國) 시는 동국언東國言, 동국문東國文, 동국음東國音으로 지은 것이라 했다. 우리나라의 언어와 문자, 음절로 지은 것이라는 것이다. 그는 우리 언어와 문자, 그리고 우리의 음절을 중시하는 민족어문학을 내세웠다. 그리고 이를 바탕으로 개량론을 추구하였다.

3) 국시 개량의 필요성과 방법

단재는 「천희당시화」에서 계몽적 관점에서, 그리고 주체적 입장에서 우리 시의 과거와 현재를 서술하고, 시 개량론을 내세웠다.

其後에 許多 詩學士가 輩出ᄒ엿스나 皆 李 杜 韓 蘇의 唾餘를 拾ᄒ야 戰事를 悲觀ᄒ고 苟安을 謳歌ᄒ야 事大主義만 鼓吹ᄒᆯ 샏이오 能히 眼光을 大放ᄒ야 東國尙武的 精神을 發揮ᄒᆯ 者ㅣ 無ᄒ니 嗚乎라 外語 外文의 國魂을 移奪ᄒᆯ 魔力이 果然 如此ᄒ지 余가 勝朝 及 本朝 千餘年間 漢詩家 人物을 歷數ᄒ미 歆歔를 不堪ᄒᄂᆫ 비로다(1909.11.13)

---

21   전규태 역, 『사씨남정기·서포만필』, 범우사, 2001, 264~265면.

古代에 儒賢長者가 皆國詩와 鄕歌를 喜ᄒ야 典重活潑ᄒ 著作이 多ᄒ며
又 花朝月夕朋儕會集의 除에 往往長吟短唱으로 有餘ᄒ야 其풍流를 可想인
ᄃᆡ 邇來百餘年間은 此 一道가 但只 蕩子淫妓에 歸ᄒᆯ쑨이오 萬一 上等 社會調
修ᄒᄂ 士子이면 國詩 一句를 能製치 못ᄒ며 鄕歌 一節을 解吟치 못ᄒᆷ으로
시가ᄂ 愈愈히 淫靡의 方에 츄ᄒ고 人士ᄂ 悠悠히 愉快의 道가 絶ᄒ니 國民
萎敗의 故가 비록 多端ᄒ나 此도 ᄯᅩᄒ 一端이 될진져.(1909.12.2)

단재는 우리 한시가들이 많이 나왔지만 이백이나 두보, 한유나 소식
을 이어받아 일시적인 안일만을 탐하는 노래를 하여 사대주의만 고취
했다고 했다. 특히 한어漢語(외어外語)와 한문漢文(외문外文)의 사용으로 인
해 국혼이 이탈되었다고 했다. 그리고 고대에는 유현 장자들이 국시와
향가를 즐겨하여 활발하게 지었으나 근래 100여 년간은 국시 향가를
제대로 짓거나 읊지 못함으로 인해 시가는 '음미'한 방향으로 떨어지고
국민들이 쇠미하게 되었다는 것이다. 그래서 한시는 사대주의를 고취
하고, 국시는 음미하게 되었다고 했다.

故로 强武ᄒ 國民은 其詩부터 强武ᄒ며 文弱ᄒ 國民은 其詩부터 文弱ᄒ나
니 一國의 盛衰治亂은 大抵其國詩에셔 可驗ᄒᆯ지오 又其國의 文弱을 回ᄒ야
强武에 入코ᄌ ᄒᆯ진ᄃᆡ 不可不其文弱ᄒ 國詩부터 改良ᄒᆯ지라(1909.11.10)

余가 近世 我國에 流行ᄒᄂ 詩歌를 觀ᄒ건ᄃᆡ 太半 流靡淫蕩ᄒ야 風俗의 腐
敗만 釀ᄒᆯ지니 世道에 關心ᄒᄂ 者가 汲汲히 其改良을 謀ᄒᆷ이 可ᄒ며 又其
中에셔 特히 民俗에 有益ᄒᆯ만ᄒ 詩歌를 募集ᄒ야 詩界의 國粹를 保全ᄒᆷ이
可ᄒᆯ지나 古ᄉ가 殘缺ᄒ야 三國時代 眞正 强武ᄒ 詩歌는 得見키 難ᄒ니 惜

哉로다.(1909.11.11)

단재는 문약한 백성이 그 시부터 문약하기 때문에 강무한 국가가 되려면 국시부터 개량해야 한다고 했다. 이것은 궁극적으로 나라가 문약에 빠진 것은 시가 문약하기 때문이라는 것이다. 단재는 근세에 유행하는 시가들이 대부분 위미음탕하기 때문에 시급히 개량할 필요가 있다고 역설했다. 그는 당대 국가의 쇠약함이 시문과 관계있음을 지적하고, 문인들의 각성을 촉구한 것이다.

詩가 盛ㅎ면 國도 亦盛ㅎ며 詩가 衰ㅎ며 國도 亦衰ㅎ며 詩가 存ㅎ면 國도 亦存하며 詩가 凸ㅎ면 國도 亦凸흔다(1909.11.23)

其詩가 武烈ㅎ면 全國이 武烈홀지며 其詩가 淫蕩ㅎ면 全國이 淫蕩홀지며 其詩가 雄建ㅎ면 全國이 雄建홀지며 其詩가 柔弱ㅎ면 全國이 柔弱홀지며 其他 勇悍猖狂猛奮纖劣 或善或惡 或美或醜가 無非詩歌의 支配力을 受ㅎ는 바인듸(1909.11.24)

이것은 '시도와 국가의 관계'를 기술한 것이다. 곧 시와 나라의 관계가 밀접하며, 쇠약한 나라를 강무한 국가로 돌리기 위해 시의 개량이 필요하다는 입장이다. 시는 용한勇悍, 창광猖狂, 맹분猛奮, 섬열纖劣, 혹선或善, 혹악或惡, 혹미或美, 혹추或醜를 좌우하는 엄청난 영향력을 갖고 있다. 그러기에 시가의 개량을 통해 강성한 나라를 건설하자고 했다. 그렇다면 무엇을 어떻게 개량한다는 말인가?

帝國新聞에 일즉 國字韻 (날발갈, 닝징싱等)을 懸호고 國文七字詩를 購賞호
엿스니 此七字詩도 或 一種 新國詩體가 될가. 曰 否라 不可호다. 英國詩는 英國
詩의 音節이 自有호며, 俄國詩는 俄國詩의 音節이 自有호며, 其他 各國詩가 皆
然호나니 萬一 甲國의 詩로 乙國의 音節을 效호면 是는 鶴膝을 鳧脚으로 換호
며 狗尾를 黃貂로 續홈이니, 其孰長孰短 孰善孰惡은 姑舍호고 狀態의 不類가
엇지 可笑치 아니리오. 試호야 此 國文七字詩를 一讀호라. 其 難삽홈이 果然
何如호뇨. 且 堂堂 獨립한 國詩가 自有호거늘 何必 支那律體를 依倣호야 龍鐘
崎嶇의 態를 作호리오. 又或 近日 各學校에셔 日本 音節을 效호야 十一字歌를
製호는자―間有호니 此亦 國文七字詩를 製호는 類인져(1909.11.17)

客이 漢詩 數首를 携호고 余를 示호는디 句句에 新名詞를 참入호야 成호
지라 其中 萬壑芳菲平等秀 격林禽鳥自由鳴 이라 云호 一聯을 指호여 曰 此兩
句는 東國詩界革命이라 可稱홀 빈라 하고 怡然히 自得의 色이 有호거는 余
曰 吾子의 用心이 良苦호도다만은 此는 支那詩界의 革命이라 홈은 可커니와
東國詩界의 革命이라 云홈은 不可호니 盖 東國詩가 何오 호면 東國語 東國文
東國音으로 製훈 者가 是오 東國革命家가 誰오 호면 詩中에 新手眼을 放호
는 者가 是라 홀지어날 今에 子가 漢字詩를 作호고 貿然히 自信호여 曰 我가
東國詩界革命家라 호니 抑亦 愚悖홈이 아닌가(1909.11.20)

단재는 당대 시 개량의 문제점을 지적했다. 먼저 국문7자시, 국문풍
월에 대해 비판하였다. 당시 국문풍월은『태극학보』,『제국신문』등 신
문 잡지에서 시도되었다.『제국신문』에는 '날 발 갈'을 운자로 현상공
모한 국문풍월이 실려있다. 일등 작품은 12세 여자아이 이희순의 "미
운 바룸 치운 날/옥을 갈아 쌕린 듯/쓸에 가득찬 눈발/씌싯ㅎ다 힌 빗

갈"이다.[22] 이 밖에도 『제국신문』에는 '닝 징 싱'을 운자로 국문풍월을 공모한 것으로 보인다. 이는 한시 7언절구를 우리말로 바꾼 것에 불과하다. 그러므로 한시의 운을 국문시에 적용한 것인데, 이것이 우리나라(동국)의 음률이 아니기 때문에 적합하지 않다는 것이다. 그리고 일본 시의 음절을 모방한 11자 노래 역시 지나 율체를 모방한 국문풍월과 다를 바 없다는 것이다.[23] 다른 나라 율체를 본뜬 것은 우리의 국시체가 될 수 없기 때문이다. 또한 '萬壑芳菲平等秀 격林禽鳥自由鳴'이라는 한시 역시 비판하였다. 이것은 '평등', '자유' 등 새로운 명사가 들어간 7언 '한시'이기 때문에 우리나라 시계혁명이라고는 할 수 없다는 것이다. 이처럼 단재는 당대 시 개량의 방법과 태도를 모두 비판했다.

吾子가 萬一 詩界革命者가 되고져 홀진딕 彼 阿羅郎 寧邊東臺 等 國歌界에 向ᄒ야 其頑陋를 改革하고 新思想을 輸入홀지어다 如此ᄒ여야 婦女가 皆吾子의 詩를 讀ᄒ며 兒童이 皆吾子의 詩를 誦ᄒ야 全國의 感情과 風俗이 丕變되야 吾子가 詩界革命家 始祖가 되려니와 苟或 漢字詩를 將ᄒ야 此로 國人의 感念을 興起코즈 ᄒ랴다가ᄂ 비록 索士比亞(英國大詩人)의 神筆을 揮홀지라도 是ᄂ 幾個人의 閒坐諷詠홈에 供홀 而已니 何故로 云然고 ᄒ면 即 彼가 東國語 東國文으로 組織혼 東國詩가 아닌 故니 吾子와 用心은 良苦하다만은 其計가 實誤로다(1909.11.21)

단재는 시의 언어 및 형식의 측면에서 우리 시를 규정했다. 곧 우

---

22 이희순, 「국문풍월-날,발,갈」, 『제국신문』, 1908.1.1.
23 11자 노래는 6·5조의 창가를 뜻하는 것으로 보인다. 널리 알려진 것으로 "학도야 학도야 청년 학도야"로 시작하는 「학도가」가 있다. 아울러 『소년』(1908.12)에는 6·5조 창가로 무서명의 「우리의 운동장」과 「벌」(『소년』, 1908.12)이 실려 있다.

리 시는 "東國語 東國文 東國音으로 製훈" 것이라는 것이다. 그래서 한시에 '자유'와 '평등'과 같은 '신어구'를 넣었다고 해서 우리 시의 혁명이 될 수 없다는 것이다. 시의 개량 내지 혁명은 언어적인 측면에서 우리 언어여야 하며, 형식적인 측면에서 우리의 형식을 통해 이뤄져야 한다. 그래서 "國字를 多用후고 國語로 成句"해야 한다고 했다. 또한 "阿羅郎 寧邊東臺 等 國歌界에 向후야 其頑陋를 改革하고 新思想을 輸入홀지어다"라고 했다. 그것은 형식적 측면에서 아리랑, 영변동대의 완루를 개혁하고, 내용적 측면에서 신사상을 수입하자는 것이다.[24] 여기에서 신사상의 수입은 양계초가 말하는 '신의경'과 결부하여 설명할 수 있다. 양계초에 따르면 '신의경'은 '서구의 정신과 사상'을 일컫는 것으로, 시의 주지와 관련이 깊다. 그는 '옛 풍격에 새로운 의경을 담아야' 시계혁명의 내실을 거둘 수 있다고 했다. 곧 '옛 풍격'을 그대로 유지하되, 신의경을 담아내자는 의미이다.[25] 그는 옛 풍격의 계승 및 유지를 강조하였는데, 단재의 주장은 그보다 더 혁신적이다. 그것은 "阿羅郎 寧邊東臺 等" 민요의 "頑陋를 改革"하자는 것이다. 형식의 유지보다는 '개혁'에 방점을 두고 있다. 이것은 전통시가에서 새로운 시 형태로, 내용뿐만 아니라 형식의 측면에서도 개혁을 주장한 것으로 볼 수 있다.

---

24 단재는 시(문학)의 성격을 강무/문약, 성/쇠, 치/란, 존/망, 무열/음탕, 웅건/유약, 용한/창광, 맹분/섬열, 선/악, 미/추, 상무정신/무비음탕, 국수보전/풍속부패 등으로 나누고, 전자를 지향할 것을 권고했다. 단재의 국시 개량론은 내용적인 측면에서 상무정신, 애국주의와 결부되어 있다.

25 梁啓超, 「詩話」, 『飮氷室合集 5』 中華書局, 1936, 41면. 한편 최형욱은 이 대목을 단순히 '형식을 소홀히 한다'는 것으로 읽어서는 안 된다고 경계했다. 그는 양계초가 '신어구 및 구어 속어의 운용', '민가적 요소의 수용', '장편시의 채택', '시와 음악의 결합' 등 언어 및 형식과 관련해 네 가지 측면에서 요구했음을 제시했다. 최형욱, 앞의 글, 438면.

4. 「천희당시화」의 의의

본 연구자는 이전 글에서 「천희당시화」의 위상에 대해 논의하였다. 「천희당시화」를 전대 시화와의 관계 속에서 위상을 살핀 것이다. 그러나 전대뿐만 아니라 당대 또는 후대 시론과의 관계 속에서 파악해야 그 의의가 제대로 드러난다.

1) 국시(국문학)의 개념 정립

「천희당시화」에서 국시 및 국문학에 대한 개념을 내세우고 있다.

余의 見ᄒᆞᆫ 바 國詩 中에 其流傳 最舊ᄒᆞᆫ 者를 擧ᄒᆞ면 高僧 了義가 國文을 始創ᄒᆞ고 佛敎를 讚美ᄒᆞᆫ 眞言이 是라 ᄒᆞᆯ지나 然이나 此ᄂᆞᆫ 梵詩를 音譯ᄒᆞᆫ 者라 國詩로 冒稱홈이 不可ᄒᆞ고 其次ᄂᆞᆫ 崔都統 鄭圃隱의 단心歌가 될지라. 崔都統의 詩ᄂᆞᆫ 前段에 已錄ᄒᆞᆫ지라 今에 圃隱 시 全篇을 錄ᄌᆞᆨᄒᆞ노라.(1909.11.12)

東國詩가 何오 ᄒᆞ면 東國言, 東國文, 東國音으로 製ᄒᆞᆫ 者가 是오(1909.11.20)

위의 예문에서 볼 수 있는 것은 '국시', 내지 '동국시'에 대한 개념 정립이다. 단재는 국시의 성립을 국문의 창제 이후로 보고 있다. 여기에는 요의의 국문 창제설이 중요한 계기로 작용한다. 그러나 그는 요의라는 인물에 대해 잘못 이해했다.[26] 그는 국문으로 기술된 최영과 정몽주의 시조를 국시로 간주했다. 그것은 '동국시가 동국언, 동

---

26 김주현, 「국문 창제 요의설(了義說)을 통한 「천희당시화」의 저자 규명」, 『어문학』 87, 한국어문학회, 2005.3.

국문, 동국음'으로 제작된 것이기 때문이다. 이러한 국시의 인식은 이후 이광수의 「문학이란 하오」(1916)에 드러난다.

朝鮮文學이라 하면 毋論 朝鮮人이 朝鮮文으로 作한 文學을 指稱할 것이라. 然이나 三國 以前은 邈矣라 물론하고, 三國時代에 入하여 薛聰이 吏讀를 作하였다. 吏讀는 文字는 漢字로되 朝鮮文으로 看做함이 當然하다. 當時 文化程度의 高를 觀하건대 此 吏讀로 作한 文學이 應當 瞻當하였을지나 爾來 千餘年의 數多한 變亂에 전혀 喪失하고 當時 文學으로 至今 可見할 者는 三國遺事에 載한 十餘首의 歌뿐이라, 此 歌도 아직 讀法과 意味를 解치 못하니 此를 解하면 此를 通하여 不充分하나마 當時 文學의 狀態와 思想을 窺知하리로다. 以後 高麗로부터 李朝 世宗에 至하기까지 朝鮮文學이라 稱할 자 無하다. 但 太宗과 鄭圃隱이 唱和한 二首歌가 有하니 此도 漢字로 記하였으나 文格語調가 朝鮮式이라 하겠고, 世宗朝에 國文이 成하고 龍飛御天歌가 作하니 此가 眞正한 意味로 朝鮮文學의 嚆矢요, 爾來로 歷代 君主와 臣民이 此文을 用하여 作한 詩文이 頻多하려니와 漢文의 奴隷가 되어 旺盛치 못하였도다.[27]

이광수는 조선문학을 우리나라 사람이 '조선문으로 쓴 문학'이라 규정했다.[28] 이후 「조선문학의 개념」에서도 "朝鮮文學이란 무엇이뇨? 朝

---

27 춘원, 「문학이란 하오」, 『매일신보』, 1916.11.22.
28 이광수는 1926년에 들어와 "文學은 決코 그 作者의 國籍을 따라 어느 國文學에 屬하는 것이 아니요, 오직 쓰이어진 文學을 따라 어느 國籍에 屬하는 것이다. 말하자면 文學의 國籍은 屬地가 아니요, 屬人(作者)도 아니요, 屬文(國文)이다."라고 하여 속문주의를 강조한다. 그에 따르면 한문으로 된 우리 선조들의 문학은 우리 문학이 아니지만, 우리 말로 번역한 문학은 우리 문학이 된다고 했다. 이광수, 「조선문학의 개념」, 『신생』, 1929.1; 『이광수전집』 10, 삼중당, 1973, 449~451면. 이 부분은 단재와 확연히 구별되

鮮文으로 쓴 文學이다"라고 하였다.[29] 이것은 단재의 동국시 규정과 다를 바 없다. 최남선 역시 "詩의 本體가 朝鮮國土 朝鮮人 朝鮮心 朝鮮語 朝鮮音律을 通하야 表現한 必然的 一樣式"이라 하여 조선 문학, 곧 조선시를 규정했다.[30] 단재는 최영과 정몽주의 시조를 우리 문학에 가장 오랜 것으로 규정한 데 반해, 이광수는 「용비어천가」를 효시로 보았다. 춘원이 「단심가」와 「하여가」를 한자로 기록된 것으로 간주했기 때문에 한글 창제 이후 나온 「용비어천가」를 효시로 본 것이다.

그렇다면 이두로 쓴 향가에 대한 입장은 어떠한가? 단재는 "古代에는 儒賢長者가 皆 國詩와 鄕歌를 喜ㅎ야 典重活潑흔 著作이 多흔"(1909.12.2)다고 지적하고, 아울러 "大宗敎家가 敎를 布홈에 爲先 詩歌에 從事ㅎ야 此로써 人心을 移改ㅎ나니 三國時代 佛敎徒의 鄕歌"(1909.12.4)도 그러하다고 했다. 향가를 우리의 시가로 인정하고 있으나 자세한 기술은 하지 않았다. 그것은 애국계몽기만 하더라도 향가가 제대로 해독되지 않았기 때문으로 풀이된다. 이광수 역시 『삼국유사』에 실린 향가 10여 수에 대해 언급하지만, 독법과 의미를 알지 못해 일단 차치해두고 있다.

> 三國遺事에 新羅의 詩歌(吏讀로 記한 者)를 替하야 갈오대 "永才가 歌를 作하야 賊을 化하며 盲兒가 歌를 作하야 眼을 得하며 信忠이 歌를 粘하야 栢 樹를 枯하며 處容이 歌를 秦하야 疫神을 退하얏다" "往往 天地와 鬼神을 感 動하얏다"하야 그 詩歌에 對한 讚歎은 이 가트나 다만 그 적은 詩歌가 겨우

는 지점이다. 단재는 비록 우리말로 되었을지라도 '佛敎를 讚美흔 眞言'의 경우 그것이 "梵詩를 音譯흔 者라 國詩로 冒稱홈이 不可ㅎ"(11.13)다고 하였다. 단재는 번역 문학을 우리 문학으로 간주하지 않았음을 알 수 있다.

29 이광수, 「조선문학의 개념」, 『신생』, 1929.1; 전집 10, 451면. 이하 이 글에서 『이광수전집』의 인용 시, 글명과 전집 권수, 면수만 표기함.

30 최남선, 「조선국민문학으로서의 시조」, 『조선문단』, 1926.5, 4면.

十餘首(三國遺事를 본 지가 오래임으로 그 實數를 記憶하지 못함) 쑌이오
十餘首도 數百年來 吏讀文(儒胥必知에 보인 漢文토로 쓴 吏讀文은 除하고)
의 解讀者가 업서 그 詩歌의 意義를 모르는 同時에 그 內容의 價値如何를 거
의 알 길이 슨어졋스니 엇지 千萬遺憾이 아니뇨.[31]

　吏讀로 記錄된 新羅의 鄕歌 數十篇과 正音으로 記錄된 時調 千餘篇은 實로
朝鮮文學의 淵源이요 本體다. 形式, 韻律, 思想, 情調, 生活—진실로 이것은
우리에게 남겨진 朝鮮魂의 唯一한 記錄이요 聖典이다.[32]

　단재는 「조선 고래의 시가와 문학의 변천」(1924)이라는 글에서 "吏
讀文은 三國 東北國 高麗 等 歷代의 國文"이라는 입장을 견지한다. 이
는 그가 역사 연구를 통해 내린 결론이다. 아울러 그는 「처용가」를
아주 정확하게 해독함으로써 향가 연구의 초석을 놓았다고 할 수 있
다. 그는 향가를 "吏讀로 쓴 國歌와 國詩", "三國時代의 國歌와 國詩"
라고 했다. 한편 1924년 당시도 "解讀者가 업서 그 詩歌의 意義를 모
르는 同時에 그 內容의 價値如何를 거의 알 길"이 없다고 했다. 그러
나 이광수는 「조선문학의 개념」(1935)에서 "吏讀로 記錄된 新羅의 鄕
歌 數十篇과 正音으로 記錄된 時調 千餘篇은 實로 朝鮮文學의 淵源이
요 本體"라고 하였다. 그의 주장은 소창진평小倉進平의 『향가 및 이두
연구鄕歌及び吏讀の硏究』(1929)에 영향을 받았다고 할 수 있다.[33] 그의 향
가 연구로 인해 향가의 상당 부분이 해독되었기 때문이다.

31　신채호, 「朝鮮 古來의 文字와 詩歌의 變遷」, 『동아일보』, 1924.1.1.
32　이광수, 「조선문학의 개념」, 『이광수전집』 10, 451면.
33　小倉進平, 『鄕歌及び吏讀の硏究』, 京城帝國大學, 1929.

五百年來 文學家 案上에 但只 漢詩만 堆積ᄒᆞ야 馬上寒食途中暮春이 童孺의 初等小學이 되며, 洛城一別胡騎長驅가 敎塾의 專門敎科가 되고, 國詩에 至ᄒᆞ야ᄂᆞᆫ 芭籬邊에 閑棄ᄒᆞᆫ지 幾百年이니 嗚呼라. 此亦國粹衰落의 一原因인져. (1909.11.11)

朝鮮에서ᄂᆞᆫ 古來로 漢文이 아니면 文이 아인 줄로 思ᄒᆞ얏스며 文卽 文學으로 思ᄒᆞ얏나니 此가 文學의 發達을 沮害한 大障碍러라.[34]

한편으로 단재는 한시 숭상으로 인해 국시가 소홀히 되었다고 했다. 그는 우리나라에서 "許多 詩學士가 輩出ᄒᆞ엿스나 皆 李 杜 韓 蘇의 唾餘를 拾ᄒᆞ야 戰事를 悲觀ᄒᆞ고 苟安을 謳歌ᄒᆞ야 事大主義만 鼓吹"(11.13)하였다고 한 것이다. 단재는 1920년대에도 "世宗大王의 正音字母는 吏讀에 比하면 그 音과 形이 完美할 ᄲᅮᆫ더러 그 學習이 더옥 便利하야 우리 文學의 勃興할 利器를 주엇스나 다만 漢文學의 征服을 바더 各種 글월을 모다 漢文으로 記하고 漢文만 文字로 알아 國文學 發達의 前路를 막엇섯스며"라고 했다.[35] 그는 이처럼 국문을 경시하고 한문을 중시함으로 사대주의적 한문학이 발달하고, 상대적으로 국문학 발달을 막았다고 했다.

이광수 역시 한문이 '文學의 發達을 沮害한 大障碍'라고 하였다. 그는 "漢文을 廢ᄒᆞ고 諺文을 使用ᄒᆞ얏던들 優秀ᄒᆞᆫ 朝鮮文學이 만히 生ᄒᆞ얏슬 것"이나 우리 문학이 "漢文의 奴隸가 되여 旺盛치 못ᄒᆞ얏"(1916.11.13)다고 하였다. 국문학 발달을 국문과 한문의 관계 속에서 파악한 것이다. 그는 심지어 우리 선조들이 "外國文을 崇尙하기 때문에 五流·六流의

---

34 춘원, 「문학이란 하오」, 『매일신보』, 1916.11.19.
35 신채호, 「朝鮮 古來의 文字와 詩歌의 變遷」, 『동아일보』, 1924.1.1.

中國文學 幾十卷을 남기고 마는 가엾은 꼴을 보게 된 것"[36]이라 하였다. 한문의 노예가 되어 한문을 숭상함으로써 (국)문학 발달을 저해했다는 입장을 피력했다. 단재는 국문과 한문, 국시와 한시의 관계를 통해 우리의 문학사를 주체적으로 인식하였는데, 그러한 인식이 이광수에게도 그대로 이어진 사실을 확인할 수 있다.

2) 시가개량론의 형성

「천희당시화」에서 중요한 것은 국시 개량론을 외친 것이다. 단재는 당시 시가개량의 문제점을 지적하고 아래와 같이 주장했다.

> 吾子가 萬一 詩界革命者가 되고져 홀진딕 彼 阿羅郞 寧邊東臺 等 國歌界에 向ᄒ야 其頑陋를 改革하고 新思想을 輸入홀지어다(1909.11.21)

> 우리는 우리 민요ㅅ속에서 우리 민족에게 특별히 맞는 리즘을 발견하는 동시에 우리 민족의 감정의 흐르는 모양(이것이 소리로 나타나면 리즘이다)과 생각이 움지기는 방법을 볼 수가 잇다. 새로운 문학을 지으러 하는 우리는 우리의 민요와 전설(니야기)에서 이것을 찾는 것이 절대로 필요하다.[37]

단재는 시 분야 혁명가가 되려고 하면 "阿羅郞 寧邊東臺 等 國歌界에 向ᄒ야 其頑陋를 改革하고 新思想을 輸入홀" 것을 제안했다. 즉 아리랑이나 영변가 같은 민요의 완루함을 개혁하라고 한 것이다. 그는 "民俗에 有益홀 만흔 詩歌를 募集ᄒ야 詩界의 國粹를 保全"할 것을 주장했다.

---

36 이광수, 「조선문학의 개념」, 『이광수전집』 10, 451면.
37 이광수, 「民謠小考」, 『조선문단』, 1924.12, 31면.

그가 시화에 언급한 독도날탕패 노래, 전봉준 노래, 대원군 노래 등은 '국자國字'와 '속어俗語'를 위주로 한 노래로서, 이를 통해 국수의 보전을 주장한 것이다. 이러한 인식은 이광수에게도 엿보인다. 춘원은 각 나라의 시가가 그 나라 민요에 뿌리를 두고 발달했기 때문에 "민요는 더욱 민족적 작품"[38]이며, 새로운 시가를 지으려면 '민요'에서 찾을 것을 주장했다. 곧 민요를 통한 신시의 가능성을 제기한 것이다. 단재가 민요의 개혁과 신사상 수입을 주장한 것은 김억이나 김소월 등을 두고 볼 때 상당히 선견지명이 있었다고 판단된다. 이광수 역시 그러한 연장선상에 있었던 것이다.

其國의 文弱을 回ㅎ야 强武에 入코ㅈ 홀진딘 不可不其文弱혼 國詩부터 改良홀지라 余가 近世 我國에 流行ㅎ눈 詩歌를 觀ㅎ건딘 太半 流靡淫蕩ㅎ야 風俗의 腐敗만 釀홀지니, 世道에 關心ㅎ눈 者가 汲汲히 其改良을 謀홈이 可ㅎ며, 又 其中에서 特히 民俗에 有益홀 만혼 詩歌를 募集ㅎ야 詩界의 國粹를 保全홈이 可홀지나(1909.11.10)

朝鮮의 詩는 朝鮮人의 詩는 아모 것보담도 몬저 무엇보담도 더 朝鮮人의 思想感情, 苦惱希願, 美醜哀樂을 正直하게 明白하게 永嘆賞味한 것이래야 하며 그런데 第一條件, 根本條件으로 무엇으로든지 '朝鮮스러움'이래야 할 것이다.[39]
朝鮮의 國民文學(民族文學)으로의 時調를 좀 더 밝은 데로 끌어내고 힘있게 만들고 막다른 골에 길을 터서 새로운 生命을 집어너흐려 함에 남과 갓치 多少의 熱情을 가질 뿐이었다.[40]

---

38 위의 글, 28면.
39 최남선, 「朝鮮國民文學으로의 時調」, 『조선문단』, 1926.5, 6면.

단재에게 민요뿐만 아니라 시조 역시 개량의 대상이 된다. 그에게 국시는 최영과 정몽주의 시조에서 비롯된다.[41] 그는 국시(시조)가 '한담', '광망', '음탕', '염퇴'의 내용으로, "詩歌는 愈愈히 淫靡의 方에 츄ᄒ고", 그래서 "國民이 萎敗"하게 되었다고 했다. 그러므로 우리의 시가에 "國字를 多用ᄒ고 國語로 成句"하고, '신사상을 수입'할 것을 주장한 것이다. 최남선은 "時調는 朝鮮人의 손으로 人類의 音律界에 提出된 一詩形"이라는 입장에서 출발한다. 그는 시조를 조선인의 시, 곧 '국풍'이라 했다. 시조는 "朝鮮人의 思想感情, 苦惱希願, 美醜哀樂을 正直하게 明白하게 永嘆賞味한 것"이어야 하며, 그래서 '조선스러움'을 가져야 한다고 했다. 그는 시조를 '좀 더 밝은 데로 끌어내고 힘있게 만들고 막다른 골에 길을 터서 새로운 生命을 집어녀흐려' 했다. 시조를 우리의 국민문학(민족문학)으로 간주하고 부흥에 힘을 쏟은 것이다. 한편 단재가 시가개량의 일례로 제시한 「애국음愛國調」(「대한매일신보」, 1908.12.5), 「장부음」(『대한매일신보』, 1908.12.3)에서 시조 개량의 모습을 볼 수 있다. 단재는 1908년 11월 29일부터 '사조詞藻'란을 통해 남들보다 먼저 시조의 개량운동을 전개했다.[42] 그러므로 단재의 국시 개량운동과 1920년대 시조부흥운동을 분리해서 바라볼 수 없다. 궁극적으로 「천희당시화」의 시가개량론은 최남선, 이광수에게도 적지 않은 영향을 미친 것으로 보인다.

---

40 위의 글, 7면.
41 「천희당시화」에서 최영, 정몽주의 「단심가」, 김상헌, 성혼, 장만 등의 시조 작품을 '국시'로, 퇴계, 김유기, 윤선도의 시조 작품을 '단가'로 언급했다. 그리고 김종서의 「삭풍가」, 남이의 「장검곡」, 김광욱, 이유의 시조는 그냥 '시'라는 명칭으로 제시했다.
42 변영만은 "그 所吟 '國詩'인즉 屈子九歌의 亞流이며"라고 했는데, 여기에서 국시는 '시조'를 의미하는 것으로 볼 수 있다. 단재가 시조를 창작하였음은 그가 남긴 유작시에서도 확인되는 바이지만, 여기에서 변영만이 언급하고 있는 것은 단재가 '사조'란에 실험한 시조를 말하는 것으로 보인다. 「애국음」, 「장부음」은 『대한매일신보』 사조란에 실린 시조이다. 菿竃生, 「신단재의 윤곽」, 『조선일보』, 1931.6.12.

5. 마무리

임중빈은 「천희당시화」가 사르트르의 상황문학론보다 40년 앞선 인 도주의적 참여문학론임을 강조했고, 조종업은 『한국시화총편』 14권에 「천희당시화」를 포함하여 그 중요성을 인정하였다.[43] 그리고 『현대시사 상』 창간호(1988.9)에서는 「천희당시화」의 '시의 능력', '시도와 국가의 관계' 등을 소개하는 등 「천희당시화」의 중요성을 높이 샀다. 임형택은 양계초의 시계혁명과 비교해 「천희당시화」의 시계혁명이 "국제적인 시 야에서 확실히 보다 적극적·발전적인 문학운동"이라고 의미를 부여했 으며,[44] 김영철은 「천희당시화」가 "이론비평의 선구적인 모습을 보여줌 으로써 비평 장르 형성에 커다란 주춧돌을 마련해 주었다"고 평가했다.[45]

단재는 전대 시화의 정신을 계승하고, 당대의 양계초의 문학론을 수 용하면서 새로운 시화를 이룩했다. 그의 시화는 멀리는 이규보의 주체 적 민족의식을 잇고 있으며, 가까이는 조선조 실학자들의 시론을 이어 받고 있다. 우리 것에 대한 가치를 강조한 실학자들의 정신과 그들의 국풍론, 조선시론, 게다가 여항의 민요 가락의 소중함을 인식한 가집 편찬자들의 의식, 양계초의 문학 개혁론 등을 종합하여 자신의 시화를 만들어낸 것이다. 단재는 양계초의 영향을 받았지만 그와는 다른 시론 을 전개했던 것은 우리의 문학적 전통에 대한 탁월한 식견과 현실에 대 한 투철한 인식이 있었기 때문이다.

단재의 시화는 이광수와 최남선의 문학론에 영향을 준 것으로 보인

---

43 조종업 편, 『한국시화총편』, 태학사, 1996.
44 임형택, 「'동국시계혁명'과 그 역사적 의의」, 『한국문학사의 시각』, 창작과비평사, 1984, 274면.
45 김영철, 「개화기 시가비평의 형성 과정」, 『한국학보』 13(2), 일지사, 1987.6, 19면.

다. 특히 그는 동국시의 개념을 정립하였으며, 그것은 이후 국문학 개념 정립에 이바지한다. 아울러 단재가 외친 시 개량론은 시뿐만 아니라 문학 전반에 걸친 개량론으로서 의미가 있다. 특히 민요와 시조에 대한 인식은 놀라우며, 1920년대 민요조 서정시가 창작되고, 시조 부흥 운동이 전개되었다는 점에서 상당히 선견지명이 있었다고 판단된다. 최남선, 이광수 등이 주장한 신시 운동 시조부흥운동은 단재의 국시 개량론과 결부되어 있다고 할 수 있다. 단재는 시조를 직접 창작하였으며, 최남선, 이광수도 창작을 통해 시조 개량 내지 부흥 운동에 동참했다.

단재는 「고려영」, 「현량사 불상을 보고」, 「나비를 보고」 등의 시조 창작과 「한나라 생각」, 「너의 것」, 「매암의 노래」, 「새벽의 별」 등 민요, 자유시 형태 등 수많은 국문 시가를 시도했다. 또한 양계초가 『청의보淸議報』, 『신민총보新民叢報』에서 '시계조음집詩界潮音集'란을 마련해 시계혁명을 추구한 것처럼, 단재는 『대한매일신보』에서 '시사평론', '사조'란을 통해 다양한 시가 형태의 실험을 추구했다.[46] 특히 새로운 가사, 시조의 형식을 실험함으로써 이들이 당대의 대표적 시가로 자리잡게 되었다. 그는 작가로써, 그리고 편집자로써 시가개량운동을 실천한 것이다. 이러한 것들은 시가개량의 실천적 국면이며, 이를 새롭게 논의해 볼 필요가 있다.

---

[46] 단재는 『대한매일신보』 '시사평론'란에 1908년 11월 29일부터, '사조'란에 1908년 11월 29일부터 그가 망명을 떠나는 1910년 5월까지 가사, 시조에서 타령, 육자배기, 민요 등에 이르기까지 다양한 시가의 형식을 실었다. 이것은 「천희당시화」에서 언급한 국시 개량론의 일환이었음을 짐작할 수 있다. 임형택, 「'동국시계혁명'과 그 역사적 의의」, 『한국문학사의 시각』, 창작과비평사, 1984, 239~74면. 참고로 임형택은 '시사만평'란이라고 불렀는데, 『대한매일신보』 국한문판에는 난의 이름이 따로 있지 않으며, 국문판에는 '시사평론'란에 이들 시가가 번역되어 실렸다. 이 가사들은 일반적으로 '사회등가사'로 불린다.

제4부 논란과 확정

01 「신단공안」의 저자 규명
02 신채호의 서찰로 알려진 한시의 진위 고증
03 신채호 유묵으로 알려진 서예의 진위 고증

「신단공안」의 저자 규명

1. 들어가는 말

「신단공안神斷公案」은 1906년 5월 19일부터 같은 해 12월 31일까지 『황성신문』에 연재된 소설이다. 이름처럼 공안류 소설로, 무서명으로 발표되었기에 저자를 제대로 알 수 없었다. 연구자들은 작품의 원천과 해석에 집중하느라 작가에 대해서는 제대로 주목하지 못했다. 그러나 쓰여진 모든 작품은 저자가 있다. 「몽조」의 저자 '반아'가 석진형으로 밝혀져 그 작품의 의의를 분명히 할 수 있게 된 것처럼[1] 「신단공안」의 저자도 밝혀낼 필요가 있다.

『신단공안』이 고문과 백화를 넘나드는 한문적 소양이 없고서는 집필하기 힘든 작품이라는 것과 평자 '계항패사씨(桂巷稗史氏)'의 '계항'을 근거로 당시 '계동(桂洞)'에 살았던 현채(玄采, 1956~1925)를 떠올려본다. 현채는 한어역관(漢語譯官) 출신으로 중국어에 능통했다. 아들 현공렴(玄公廉)은 1907년부터 계몽서적과 소설을 비롯한 각종 서적 간행에 주력했다. 현

---

1   최원식, 『한국계몽주의문학사론』, 소명출판, 2002, 286~309면.

채는 자신의 초기 역술서『중동전기(中東戰記)』를 황성신문사에서 발간했으며,『황성신문』논설란을 통해 '국민의 민지개발을 위한 외국서적의 번역'을 역설하기도 했다.[2]

2000년대 들어와 이 작품이 번역 집성되었고, 번역자들은「신단공안」저자가 현채일 가능성을 제시했다. 현채가 저자로 부각된 것은 ① 고문과 백화를 넘나드는 한문적 소양을 지닌 점, ② 계동에 살았던 점, ③ 황성신문사에 관여한 점, ④ 국민의 민지개발을 위한 외국서적의 번역을 역설한 점 때문이다. 그들의 언급 이후 아직 저자에 대한 새로운 주장이나 진전된 논의는 나오지 않았다.

이 글에서는「신단공안」의 저자에 대해 규명해보고자 한다. 이 작품이 애국계몽기 매우 주요한 소설이라는 것은 두말할 필요가 없다. 그래서 필명과 번역 능력, 원천, 언어, 문체, 평비, 형상화 방법 등 다방면에 걸친 고증을 통해 저자 규명에 나설 것이다.

2. 필명 '계항'의 탐색

「신단공안」에는 '계항패사'가 등장한다. 이것이 저자의 목소리임은 아래 내용을 통해서 확인할 수 있다.

桂巷稗史氏曰 此는 金鳳本傳也라 文凡三十六回에 其奇事奇蹟은 多不勝枚

---

2   한기형·정환국,「해제」, 한기형·정환국 편,『역주 신단공안』, 창비, 2007, 17면.

라 因其中에 有斷獄一事ᄒ야 刪削太半ᄒ고 遂攝人公案之第 四回ᄒ니 自與前
後篇文勢로 有不相類者라 觀者ᄂ 詳之어다(1906.8.18)[3]

이 내용은 제4화 끝부분에 들어 있다. 김봉의 '기이한 일들이 많아
다 기술할 수 없어서 태반은 삭제'했다는 것은 저자의 말로, 궁극적으로
저자가 '계항패사'라는 말이다. 『신단공안』의 역주자들도 이와 같은 점
에 주목, 그 저자를 '계동'에 살던 '현채'일 가능성을 제시한 것이다.

距今百餘年前에 桂巷逸民魏伯陽이 經世學大家로 歷代政治變革을 硏究ᄒ
바 其時務에 通達ᄒ 言論이 甚多ᄒ며 又所著萬國通考ᄂ 足히 瀛寰志畧海國
圖志에 比肩홀만ᄒ며[4]

위 논설 「告湖南學會」에는 "桂巷逸民 魏伯陽"이라는 구절이 나온다.
'시무에 통달한 언론', '만국통론' 등의 표현으로 보아 '魏伯陽'은 魏伯珪
(1727~1798)의 오식임을 알 수 있다. 위백규는 시무에 통달한 『정현신
보』를 썼고, 『영환지략』, 『해국도지』에 비견할 『환영지』를 남겼다. 그
는 존재存齋, 계항桂巷, 계항일민桂巷逸民, 계항거사桂巷居士 등의 호를 썼
다. 그런데 이 논설은 신채호가 쓴 것으로 보인다. 이 논설이 실린 1908
년 7월 『대한매일신보』의 주필은 신채호였다. 또한 「신단공안」 연재 당
시 『황성신문』 주필도 신채호였다. 그렇다면 계항은 우연의 일치인가?

---

3 「신단공안」, 『황성신문』, 1906.8.18. 이 글에서 「신단공안」의 인용은 인용 구절 뒤
   괄호 속에 『황성신문』의 게재 날짜만 기입함.
4 「告湖南學會」, 『대한매일신보』, 1908.7.19.

桂巷古史略에 日 兀央快란 者는 我東의 古代에 最大蠻酋라. 弓矢와 槍劍을
作하야 我民과 雌雄을 決할새 檀君이 遼東의 野에서 此를 討하야 數十年의
力으로 乃克한 故로 我國人이 胡虜를 兀央快라 稱함이 此에 由함이라 하니
(其 全文은 載치 못하고 其 大義만 姑擇함) 此가 何書를 略함인지 未知라. 此
에 如載하야 異聞을 備하노라.[5]

2013년 연세대 도서관에서 발견된 신채호의 『대동역사』에는 '계항
고사'라는 언급이 나온다. 이는 위백규가 쓴 역사의 부분을 말하는 것
으로 보인다.[6] 신채호는 '계항'이라는 표현을 썼는데, 그렇다면 과연
'계항패사'는 단재의 필명인가? 단재는 『천고』에서 단군시대의 사관
이라는 '神誌'를 따서 '神志'라는 필명을 썼고, 또한 '南溟'이라는 필명
을 썼다. 후자는 조식曺植, 1501~1572의 호 '南冥'에서 가져왔음은 의심할
여지가 없다. 위백규는 장흥 관촌면 방촌리 계항산 아래 기거하며 학문
을 쌓았는데, 그래서 호를 '계항'이라고 했다. 단재는 위백규를 대단히
높이 평가하였다.

계항패사는 '계항'에서 왔으며, '稗史'라는 말은 '古史'라는 말을 견
주어보면 그 의미는 분명해진다. 그것은 '패관稗官이 소설 형식으로 꾸
며 쓴 역사 이야기'라는 말로 '여항의 이야기를 채록하는 자'로서의 의
미를 갖는다. 말하자면 「김봉본전金鳳本傳」과 같은 이야기를 수집하여

---

5 신채호, 『대동역사』 필사본, 연세대도서관 소장, 26면.
6 위백규의 『영환지』에는 "兀良哈 蒙古 笛人 女子十歲即 構竹樓處於野外以誘馬郞 仲春
   吹蘆笙和歌相謔 爲之跳月 有合意者 馬卽輒負而去 *馬卽 男子 未娶子"라는 구절이 있
   다. 『존재집』에도 오랑캐 관련 구절이 많지만 단재가 말한 위 구절을 찾지는 못했
   다. 단재도 "其 全文은 載치 못하고 其 大義만 姑擇함"이라는 구절로 보아 정확히 어
   느 구절에서 가져온 것 같지는 않다. 그리고 어쩌면 그것이 위백규의 글 가운데서
   가져오지 않았을 수도 있다.

기록하는 사람이라는 뜻으로 사용한 것이다. 단재는 『대동역사』에서 "正史뿐 아니라, 或 可信할 境遇에는 口碑도 採하"였으며, 「최도통전」 에서 "朝野의 乀乘을 搜ㅎ며, 閭巷의 口碑를 採ㅎ"였다고 했다. 여기에 서 단재는 '閭巷의 口碑를 採ㅎ'는 패사로서의 모습을 분명히 했다. 그 는 여러 작품에서 패사의 모습을 보여주고 있다.[7](이에 대해서 '원천 탐색'에 서 자세히 다룬다.) 단재의 입장에서 보면 계항패사의 유래는 분명하다.

聽五齋評曰 (…중략…) 嘗聞人間秘語天聞若雷 暗室虧心神目如電 可信哉 可畏哉[8]

聽泉子曰 暗室欺人에 神目이 如電ㅎㄴ니 孰謂惡之可爲오 甚哉라 爲惡之禍 여 始禍他人ㅎ고 旋及自己ㅎㄴ니 嗚乎라 可不戒哉아(1906.12.31)

그러면 '청천자'라는 호는 어디서 왔는가? 그것은 제목과 관련이 있 다. 「신단공안」 제1화와 제2화는 『新評龍圖神斷公案』의 첫 두 편을 가 져온 것이다.[9] 『新評龍圖神斷公案』에는 제1화와 제2화가 실린 후 '聽

---

7 단재는 「고구려삼걸전」에서 "神話, 傳說, 俚諺 등을 倂用"하였다고 했으며, 『대동역 사』에서도 "太宗의 東征이 東萊人의 口碑로 傳하"고 "廣開土王의 捷倭가 義州人의 口 碑로 傳"한다고 언급했다. 「조선사」에서 '갓쉰동전」을 채록한다거나 「박상희」에서 "전설을 그대로 적어" 두었다. 아울러 「수원 이생원」, 「이괄」, 「一目大王의 鐵椎」, 「一耳僧」, 「○○○府院君으로 犬子」, 「柳花傳」 등은 모두 패사로서의 단재의 모습을 역력히 보여준다.

8 刊寫者 未詳, 『新評龍圖神斷公案』, 刊寫年 未詳, 서울대 중앙도서관 소장 자료(3477 20A) 卷之一, 12면.

9 『新評龍圖神斷公案』은 원래 모두 10권 100편으로 구성되었으며, 경희대, 계명대, 서울대 도서관에 소장 중이다. 서울대 도서관에는 모두 12책으로 묶여 있고, 50개 에 이르는 '청오재'의 평이 실려 있다. 경희대 도서관의 경우 10권 6책(권1-10, 古 294 신894)으로, 이 책의 출판연대를 "嘉慶十四年(1809)"으로 밝혔다. 한편 계명 대 도서관의 경우 필사본으로 仁, 義, 禮, 智 등 8권 4책(권1-8)이 소장되어 있으며, 여기에 모두 50편에 11개의 '청오재' 평이 수록되어 있다. 이는 작품집의 일부를

五齋'의 평이 실려 있다. 그 가운데 "일찍이 듣기로 인간들의 비밀스런 말을 하늘은 천둥소리처럼 듣고, 암실에서 하는 부끄러운 일들을 신의 눈에는 번개같이 본다는데, 가히 믿겠는가, 두려워하겠는가"라는 내용이 있다. 그런데 「신단공안」 제7화 끝에 청천자 평에서 "암실에서 사람을 속이는 것이 신의 눈에는 번개같이 보나니 누가 악을 행할 수 있다고 하겠는가……오호라 가히 경계하지 않겠는가"라고 했다. 청천자의 평이 청오재의 평에서 나왔음을 알 수 있다. 이러한 것은 제3화의 청천자 평도 마찬가지이다. 「신단공안」의 평은『新評龍圖神斷公案』의 형식과 내용을 빌려 새롭게 구성한 것이다.(더 자세한 것은 이중 평어에서 다룬다.) 그러므로 '聽泉子'는 '청오재'의 평을 변용하였다. 그것은 소설 내용을 각색한 것과 다를 바 없다. 그렇다면 왜 '청천자'인가?『신평용도신단공안』은『包公案』또는『龍圖公案』으로 불리는데, 그것은 포증包拯, 별칭 포용도包龍圖, 곧 포청천包靑天의 고사를 엮었기 때문이다. 그래서 저자는 '聽五齋'와 '包靑天'의 음가를 결합해 '聽泉子'로 삼은 것이다. 원작의 색채를 지우기 위해 그렇게 썼겠지만, 그래도 연상하여 이해할 수 있는 가능성을 열어놓은 것이다.

3. 번역 능력

「신단공안」은 모두 7편의 소설로 구성되었다. 이 소설들은 중국 작품을 수용하여 번안하거나 우리의 '패담'을 새롭게 각색하여 쓴 것들이다.

필사해서 묶었으며, 그 평도 일부만 가져왔음을 알 수 있다. 이 소설집은『포공안』, 『용도공안』으로도 불리며, 그런 작품집에는 따로 평이 없다.

제1화 美人竟拚一命 貞男誓不再娶(6회) 「阿彌陀佛講和」(『龍圖公案』) 번안

제2화 老大郞君遊學 慈悲觀音托夢(12회) 「觀音菩薩托夢」(『龍圖公案』) 번안

제3화 慈母泣斷孝女頭 惡僧難逃明官手(16회) 「三寶殿」(『龍圖公案』) 번안

제4화 仁鴻變瑞鳳 浪士勝明官(45회) 「知奸飾愚」 개작[10]

제5화 妖經客設齋成奸 能獄吏具棺招供(21회) 「西山觀設錄度亡魂 開封府
備棺追活命」(『拍案驚奇』, 또는 『續今古奇觀』) 번안

제6화 踐私約頑童逞凶 借神語明官捉奸(20회) 「子産知奸」(『棠陰比事』) 개작

제7화 癡生員驅家葬龍宮 孽奴兒倚樓驚惡夢(70회) 「外愚內凶」, 「寡女藥癡
漢」 개작[11]

7편의 소설 가운데 제1화, 제2화, 제3화는 공안소설 『신평용도신
단공안』에서 왔고, 제5화와 제6화는 『박안경기』(또는 『속금고기관』) 내
지 『당음비사棠陰比事』를 번안 내지 개작한 것이다. 그러므로 저자는
한문 내지 백화문에 대한 번역 능력이 충분했음을 알 수 있다.

「讀越南亡國史」(『황성신문』 '논설'란, 1906.8.28~1906.9.5)

신채호, 『伊太利建國三傑傳』, 광학서포, 1907

단재는 한문에 능했다. 그는 성균관 박사로 『황성신문』에 한문에
가까운 논설들을 썼고, 양계초의 『越南亡國史』, 『意大利建國三傑傳』

---

10 최원식은 일찍부터 「知奸飾愚」와 제4화의 관련성을 언급했다. 한편 반재유는 이 작
    품 외에도 「欺人取物」, 「楊州一廉姓者」와의 관련성을 들었다. 최원식, 「봉이형 건달
    의 문학사적 의미」, 『한국근대소설사론』, 창작사, 1986, 191면; 반재유, 「『황성신
    문』 소재 서사문학연구」, 연세대 박사논문, 2017.8, 85~89면.
11 반재유는 이 밖에도 「險漢逞憾」, 「三物俱失」 등을 들었다. 위의 논문, 93~96면.

등을 번역했다.[12] 그는 "庚戌政變 後로 海外에 亡命하야 至今仒지 支那新聞社에 잇섯"으며,[13] 아울러 "中國에서 가장 權威 있는 中華報의 社說"을 썼다.[14] 그리고 중국에서 한문 잡지 『天鼓』를 발행하며 수많은 글을 썼다. 그는 중국의 수많은 저서들을 섭렵할 정도로 한문에 해박했고, 한문으로 논설 따위를 저술하는 데 능했다. 그에게 『용도공안』이나 『박안경기』의 번역은 그리 어려운 일이 아니다. 물론 황성신문사에 관여했던 현채나 장지연도 그것을 번역하는 데는 전혀 무리가 없었을 것이다. 이런 이유로 한문보다는 이두 표현에 주목할 필요가 있고, 번역보다는 소설의 형상화 능력을 살펴볼 필요가 있다.

4. 원천 탐색

「신단공안」의 제1~3화, 제5~6화는 『용도공안』, 『박안경기』(또는 『속금고기관』)와 같은 중국 소설을 번안한 것이다. 그렇다면 단재도 그러한 작품들을 읽었는가?

　三國誌 水滸志 等을 何人이 小說인줄 不知하리오(「독사신론」, 전집 3권, 327면)[15]

12　김주현, 「『월남망국사』와 『의대리건국삼걸전』의 첫 번역자」, 『한국현대문학연구』 29, 한국현대문학회, 2009.12.
13　「대세의 회운─신대한 주필 신채호 선생」, 『혁신공보』 50, 1919.12.25.
14　신석우, 「단재와 〈의〉자」, 『신동아』, 1936.4.
15　신채호, 「독사신론」, 단재신채호전집편찬위원회 편, 『단재신채호전집』 3, 독립기념관 독립운동연구소, 2007, 327면. 이 글에서 이 전집의 인용은 인용 구절 뒤 괄호 속에 전집 권수, 인용 면수를 기입함.

玉塵叢談에나 今古奇觀에 同一한 記錄이 잇스되(「조선 고래의 문자와 시가의 변천」, 전집 6권, 575면)

단재는 『삼국지』, 『수호지』와 같은 중국 소설을 읽었을 뿐만 아니라 『금고기관』, 그리고 『진여塵餘』 등도 읽었다. 「신단공안」 제5화의 원천인 「西山觀設輦度亡魂 開封府備棺迫活命」은 『박안경기』뿐만 아니라 『속금고기관』에도 실려 있다. 비록 『용도공안』과 『당음비사』가 직접 언급되지 않았지만, 단재가 12,3세에 "벌서 三國志 水滸傳 等을 愛讀하엿다"는 것을 보면[16] 그런 소설책을 충분히 보았을 것으로 짐작된다. 그리고 「신단공안」은 위 소설들의 번안에 그친 것이 아니라 중국역사와 인물들의 이야기를 토대로 형상화된 것이다. 그러므로 작품에 바탕이 된 다양한 원천들을 살필 필요가 있다. 「신단공안」에는 『맹자』, 『논어』 등의 사서나 『시경』, 『서경』, 『주역』 등의 삼경, 그리고 두보나 이백의 시를 비롯하여 『서상기』, 『수호지』, 심지어 『사기史記』, 『십팔사략十八史略』, 『전국책戰國策』 등 수많은 책으로부터 인용되었다.[17]

故로 書籍을 購置ᄒᆞᄂᆞᆫ 者ㅣ 彼三經四書ᄂᆞᆫ 姑舍ᄒᆞ고도 歷史를 購置면 馬史 漢書 隋書 唐書 南史 北史 宋史 明史가 是며 詩集을 購하면 杜詩 李白長篇 全唐詩 宋元律 王漁洋集이 是며 小說을 購ᄒᆞ면 三國誌 水湖誌 西遊記 金瓶梅 원鷰影이 是오 滿架牙籤에 充斥ᄒᆞᆫ 者ㅣ 此等 쑨이니[18]

---

16 신영우, 「朝鮮의 歷史大家 丹齋 獄中會見記」, 『조선일보』, 1931.12.27.
17 이 부분은 우선 한기형・정환국의 번역서의 주석을 참조했다.
18 「구시모집의 필요」, 『대한매일신보』, 1908.12.18.

단재가 쓴 글로 보이는 이 논설에 사서삼경을 비롯해 중국의 각종 역사서, 시집, 소설이 언급되어 있다. 『단재신채호전집』에는 『논어』, 『대학』, 『맹자』 등의 사서와 『시경』, 『서경』(「경고유림동포」)뿐만 아니라 『사기』, 『한서』, 『후한서』, 『위서』, 『남제서』, 『구당서』, 『신당서』 등 무수한 역사서, 그리고 "戰國策"(「요동」, 전집 6권, 546면)도 언급되었다. 단재는 「꿈하늘」에서 "支那 歷代 二十一代史를 펴고 그 가온대 所謂 朝鮮列傳 三韓列傳 等을 보면"(전집 7권, 522면)이라고 하였는데,[19] 그가 수많은 중국역사서를 보았음을 알 수 있다.[20]

한편 「신단공안」 제4화와 제7화에는 다양한 우리 야담이 수용되었다. 「지간식우」(4화)는 『교수잡사』에, 「외우내흉外愚內凶」(7화)은 『성수패설』에, 「과녀약치한寡女藥痴漢」(7화)은 『어면순』에 수록된 것이다. 이 이야기들은 함께 『고금소총』에 묶이기도 했다. 「신단공안」 저자가 우리의 '패담'에 관심을 갖고 읽었다는 말이다. 단재는 이를 '해이서解頤書'라고 불렀다.

解頤書(我東稗談)에 載ᄒ야 曰 "一少年이 方夜獨行터니 一怪鬼가 突至ᄒ는디 髮은 丈餘나 披ᄒ며, 口로 沙石을 吐ᄒ고 (…중략…) 鬼呵呵笑ᄒ며 遂退라"(전집 7권, 757면)

"江山如此好, 無罪義慈王"을 지은 이가 李무엇이던지 解頤叢書에서 그 姓

<hr />

19 "二十一代史"는 "二十四史"의 오식인 듯하다. 단재는 "南齊書(二十四史의 一)"이라고 했기 때문이다. "二十一史"는 『史記』, 『漢書』, 『後漢書』, 『三國志』, 『晉書』, 『宋書』, 『南齊書』, 『梁書』, 『陳書』, 『魏書』, 『北齊書』, 『周書』, 『隋書』, 『南史』, 『北史』, 『新唐書』, 『新五代史』, 『宋史』, 『遼史』, 『金史』, 『元史』 등을 말한다. 여기에 『舊唐書』, 『舊五代史』, 『明史』 3책이 더해지면 24사가 된다.

20 단재가 중국역사에 밝았음은 이미 애국계몽기에 쓴 「최도통전」에 원나라 말기 몽고군들의 활약상 기술이나 북한에 있는 유고 『乾隆皇帝의 꿈』에서 더욱 분명히 드러난다.

名을 알앗더니 이제 그 姓만 記憶되도다. (전집 7권, 646면)

단재는 「세계삼괴물서」에 해이서解頤書를 우리의 야담我東稗談이라고
하며 귀신 이야기를, 「이순신전」에 '해이서' 소재 이순신의 일화를 각
각 소개했다. 그리고 「문예계 청년에 참고를 구함」에서는 "江山如此好,
無罪義慈王"이 "해이총서解頤叢書"에 실린 것으로 언급했는데, 이는 『명
엽지해』에 나오는 「수기부시羞妓賦詩」를 말한다. 또한 「이순신전」에서
『명엽지해』의 「우장도도右丈都都」를, 「천희당시화」에는 『어우야담』 등
의 「자린고비」 설화를 인용했다. 「신단공안」에서도 「자린고비」가 언
급되지 않았던가.[21] 그리고 「백세 노승의 미인담」에서는 『파수록』의
「후안무치」를 가져왔다. 「신단공안」의 원천인 『교수잡사』, 『성수패
설』, 『어면순』은 『고금소총』의 부류로서, 단재 작품들의 원천인 『명엽
지해』, 『아우야담』, 『파수록』과 같은 '해이서(패담)'이다. 달리 「신단공
안」의 저자가 '해이서(패담)'에서 적지 않은 작품을 수용하였는데, 단재
역시 그러한 모습을 보이고 있다.

한 논자는 제4화를 논의하면서 '구비전승의 채록'이라는 측면을
높이 평가하였다.[22] 「신단공안」의 저자는 제4화와 제7화에서 기록
'패담'뿐만 아니라 구전 '패담'도 수용하였다. 스스로 '계항패사'라고
일컬음도 그러한 측면을 드러낸 것이다. 단재는 「이순신전」에서 이
순신의 일화를 소개했고, 「백세 노승의 미인담」에서 「지하국대적퇴
치 설화」의 내용을 가져온 것으로 보인다.[23] 그리고 민요나 시가 등

---

21 『가정잡지』 2(3)에 실린 「무명 방백의 부인」 역시 『동패낙송』에 실린 「연도(戀盜)」를
    형상화한 것이다. 이 작품은 『삽교만록』에도 실렸지만 『동패낙송』 것과 조금 차이가
    있다.
22 최원식, 앞의 논문, 185~213면.

다양한 구비전승을 직접 채록하여 실었다.(이에 대해서 '시가 인용' 부분에서 자세히 다룬다.)

5. 언어 표현

1) 순우리말 표현

『황성신문』은 국한문체, 그 가운데도 한주국종의 문체였는데, 「신단공안」의 저자도 그러한 글쓰기를 했다. 여기에는 다양한 언어 표현이 나타난다. 먼저 한문을 쓰면서도 우리말을 많이 사용하고 있다.

> 但得世間에 風魔子(바람동이)稱號리오흔딕(1906.6.28)
>
> 沙底에 鯊魚와(모릭모지) 鱒鰣(쥰치)(1906.7.10)
>
> 且仁鴻은 冊床退物(칙상물임)이라(1906.7.11)
>
> 便作鍾路的丐兒(거지)ㅎ리니(1906.7.14) 丐兒(싹정의 解)(1906.10.20)
>
> 應飽盡數十年不托(쩍국)이거늘(1906.8.3)

위의 예들은 모두 제4화에 나온 것들인데, 이 작품은 단재식 표현으로 '解頤書'를 통해 형성된 소설이다. 제4화에는 이 외에도 酒戶(술양)(1906. 6.29), 珠盤(수판)(7.13), 鍾唾(가릭침)(8.4) 등이 나타난다. 제6화에는 "糠餅(기쩍)"·"犬脛(기종아리)"(1906.9.26), "忤作(옥쇄장)·行人(샤령)"(10.5), "手項(손목)(10.8)"과 같은 것이 등장하고, 제7화에는 "桶烟(담바)(1906.10.11), 搶

---

23 박상석, 「신채호 소설 「百歲老僧의 美人談」의 근원설화와 변개양상」, 『국어국문학』 150, 국어국문학회, 2008.

白(핀잔)(10.15), 孝巾(두건)(10.17), 鎖鐵(잠을쇠)・開鐵(렬쇠)・松肪(광솔)(11.2), 門廊(문시방)(11.30) 등이 나온다. 이는 우리말을 한자로 표기한 것으로 한주국종의 문체에서 불가피하게 사용한 방식이다. 이러한 것은 『고금소총』에 나타나는 것으로 독자를 배려한 글쓰기이다.[24]

단재는 우리말, 우리글을 강조했다. 애국계몽기에 한문체, 국한문체, 국문체의 글을 모두 썼으며, 일제강점기에 주로 국문체, 또는 국주한종의 문체를 썼는데, 후자에서도 한문 독자를 위한 배려를 잊지 않았다. 일제강점기 글에는 괄호 속에 한문이 들어가는 모습을 보이는데, 그 예는 아래와 같다.

　「꿈하늘」-피엽슬음 한 머리(大白頭山), 불고스음 고흔 아참(朝鮮), 가비
　　　(鬼神), 살물(薩水), 골(腦), 님나라(神國), 엿닷치(開闢), 님
　　　(神), 가비(魔), 님나라(天國)
　「용과 용의 대격전」-미리(龍), 배(腹), 비가비(雨神), 바람가비(風神),
　　　(드래곤)

---

24 『고금소총』에서는 우리말을 한자로 쓰고 거기에 설명을 달았다. 그 일부를 들면 아래와 같다. 주지:住之(住之盖伶人假形爲戲者也)(『어면순』), 쇠스랑:蘇侍郎(蘇侍郎 鐵器名 有三枝內向 便於拏物者)・노가주:老櫃子(老櫃子 香木俗名也)・와갈:臥葛(臥葛 大鳥俗名也)・연장:緣裝(俗語稱兵器爲緣裝)・행차:行次(俗語在下者號尊者之行)・연장:緣裝(俗語稱陽物亦爲緣裝)(『속어면순』), 물고:勿古(勿古 方言唧之之釋也)・영감:令監(令監 俗語官吏稱倅之辭)・성주:城主(城主 卽俗語土主之稱) 몽둥이:蒙同(蒙同者圓鐵長柄用於冶石者也)・행수기생:行首妓(首妓之俗稱)・부엉:浮黃(卽俗音鵂鶹之聲也)・분토:分土(分土大靴之俗名)・작두:斫刀(俗名剉馬草也)・주근깨:黚黸(黚黸 俗語死㾕也)(『명엽지해』)・둥주리:斗應注里(斗應注里 俗語以藁造結人所坐乘者也)・부담:負擔(負擔 俗語駄卜上坐乘者也)・두룽다리:頭弄達伊(頭弄達伊 俗語老媼所戴大帽也)・열회:列灰(列草燒田 俗稱之列灰)(『명엽지해』) 등. 시귀선・류화수・이월영 역주, 『고금소총』, 한국문화사, 1998; 정용수, 『고금소총 명엽지해』, 국학자료원, 1998.

「꿈하늘」, 「용과 용의 대격전」에 이르면 순우리말이 나오고, 괄호 속에 한문이 들어간다. 아울러 「신단공안」처럼 '열쇠'·'잠을쇠'(전집 7권, 570면)가 나온다. 단재는 가능하면 사실적인 표현들을 많이 썼고, 구어체를 그대로 기술했다. 순우리말 표현이 많이 나타나는 것도 그러한 까닭이다. 「신단공안」의 저자 역시 비록 한주국종의 문체에서도 우리말을 전달하려고 애쓴 모습이 역력한데, 그것은 단재의 글쓰기 방식과 무관하지 않아 보인다.

2) 이두식 표현

「신단공안」에는 이두식 표현이 적지 않게 나타난다. 이두가 소설에, 그것도 한두 개가 아니고 이렇게 많이 나타나는 것은 매우 예외적인 일이다.

仍曰 矣身이 但聞宋生言內에 某日當過此寺오(1906.6.6)
平壤城西門外某坊內某屋子幾許問을 買得于李三丈爲去乎(ᄒ거온) 每朔買錢은 三錢五分에 折價이고(1906.7.6)
我且暫往了某進賜(나리)家ᄒ야(1906.10.11)

이것은 본문에 나타난 몇 가지 사례를 든 것이다. 우선 '矣身'(17군데)은 우리말 표기가 따로 되어있지 않지만 이두식 표현이다. 원래는 자신을 낮추어 이르는 말이지만, 여기에서는 '죄인이 취조관取調官에 대해서 또는 하인이 상전에 대해서 자기를 지칭하는 말'로 쓰인 것이다. 그런데 단재의 공안소설 「익모초」에도 "피고가 깜짝 놀ᄂᆡ여 왈, 의신이 무슴 죄로 죽난이잇가?"·"의신이 과연 부모가 무엇인지 모르고" 등 2군데 나온다.[25] 다음으로는 '爲去乎(ㅎ거온)'이라는 표현이다.

(一) 吏讀文은 "進賜 白是 爲良結 望良白去乎 敎是臥乎在亦 岐等如使內如乎"의 等이니 이는 儒胥必知 吏讀彙編에 揭載한 바 그 讀法은 이러하저 (一)나아리 (二)삷이 (三)하올아저 (四)바라올거온 (五)이시누온견이여 (六)가로려바라다온』이러라.[26] (전집 6권, 569면)

이것은 단재가 「조선 고래의 문자와 시가의 변천」에서 이두의 용례로 제시한 것이다. 「이두휘편」(『유서필지』)의 용례를 가져온 것인데, 단재가 그 책을 보았다는 말이다. 「이두휘편」에서 2글자류의 맨앞에 '進賜'가 나오고, 다음이 '白是', 그리고 네 번째에 '矣身'이 나온다. '하거온' 역시 이 책의 3자류로서 첫 번째 제시된 것이다. 앞의 「신단공안」 두 번째 인용문은 가옥 임대 문서의 일부이다. 조선조 관청이나 민간의 많은 문서들이 이두로 작성된 사실을 보면 이 문서는 오히려 사실성을 더하고 있다. 그런데 단재의 위 글에서 보면 '爲(하) 去乎(거온)'으로 바로 설명이 된다. 이러한 이두 방식은 「이두휘편」을 통해 충분히 해결되고, 아울러 그 책에서 가져와도 가능한 것이다. 그런데 「신단공안」에는 보다 많은 이두식 표현이 발견된다.

生灑羽(싱쥴우) 交下時에ᄂᆞᆫ 無臟無證的良民도 盜賊으로(1906.8.13)

一個ᄂᆞᆫ 道好快事(줄쾌산이)러고 觀景에ᄂᆞᆫ 成狂이여(1906.11.5)

---

25 신채호, 「익모초」, 김주현, 『단재 신채호 문학 주해』, 경북대 출판부, 2018, 27~28면.

26 신채호, 「朝鮮古來의 文字와 詩歌의 變遷」, 『동아일보』, 1924.1.1.

'生灑羽(싱줄우)'에서 첫 자와 마지막 자는 음차를, 중간자는 물이 '줄줄' 흐른다는 의미에서 훈차를 한 것으로 보인다. '生灑羽交下時'라는 말은 '생주리를 틀 때'라는 말이다. 「흥부전」에는 왈패들이 돌아가며 놀부에게 생주리를 트는 내용이 나온다. 그리고 '好快事'(줄괘산이=잘코사니)는 첫 글자 '好'에서 훈차를, 나머지는 음차를 한 것으로 보인다. 이것은 이두식 표기 방식을 활용한 것으로 볼 수 있다. 달리 이두를 잘 알아야 가능한 표현이다.

> 最後 二句의 "本矣吾下是如馬隱"과 "奪叱良乙何如爲理古"는 譯이 업스니……本듸 내해언만 쎄앗긴 것을 엇지할고(전집 6권, 574면)

> 熊津은 廣開太王의 碑文에 古模那羅니, 兩者가 '곰나루'로 讀할 것이니 前者는 義로 쓴 吏讀字요 後者는 音으로 쓴 吏讀字이니, 今 公州가 當時의 '곰나루'니라.(「조선사」, 전집 1권, 740면)

단재는 이두로 쓰여진 「처용가」의 마지막 두 구절을 정확하게 해석해냈다. 그것은 궁극적으로 음차와 훈차를 분리하여 독해해낼 수 있었기에 가능한 일이었다. 그러한 모습은 '곰나루'에 대한 해석에서 여실히 드러난다. '古模那羅'와 '熊津'은 모두 '곰나루'로 말하는데, 전자는 음차이고, 후자는 훈차라는 것이다. 이러한 논의는 역사 연구에서도 나타나는데, 단재는 "弓忽은 吏讀文의 『궁골』노 讀"해야 하며, 그러므로 "궁골山을 九月山"이라 한 것은 '와전(訛傳)'이며, 아울러 "九月山을 阿斯達山"이라 한 것은 '망증(妄證)'(「조선사」, 전집 1권, 643면)이라 했다.

이 밖에도 「신단공안」에서 轎軸(조군치)(1906.9.27), 不菩薩(아닌보

샬)(1906.10.25), 笑胞(우숨보)(1906.10.29) 鎖鐵(잠을쇠)·門環(문골이)·開鐵
(럴쇠)(1906.11.2) 등은 음차와 훈차가 결합된 이두식 표현이다. 아울러
鎖喉(목수여)(1906.7.14),   含骨(쎼무러)(1906.10.16),   面紅(낫불커)(1906.10.21)
등도 음차와 훈차로 이뤄졌는데, 이 역시 '생주리'처럼 한글을 한문
으로 표현하기 위해 '이두식' 용법을 활용한 것으로 보인다. 한편 「신
단공안」에는 "金鳳翅(주리)"가 나오는데, 전자는 '쇠주리'일터, 그렇다
면 '鳳翅'(1906.6.18)가 '주리'인데, 이는 어떤 용법인지 알기 어렵다.
「삼보전」 원문에는 "주리를 틀다(夾起)"로 나온다. 단재의 「용과 용의
대격전」에는 '周牢', '주리'가 등장한다.

> 便作鍾路的丐兒(거지)ᄒ리니(1906.7.14)
> 他鄕의 빌엉거지(「용과 용의 대격전」, 전집 7권, 603면)

　「신단공안」에서 '丐兒'은 단재의 글로 보아 '빌엉'을 의미하는 이
두식 표기임을 알 수 있다. 곧 '비렁거지'가 되는 것이다. 그런데 '비
렁'은 박지원의 「광문자전」 첫머리 "廣文者 丐者也. 嘗行乞鍾樓市 道
中群丐 推文作牌頭 使守窠"에 나온다.[27] 단재는 「용과 용의 대격전」
에서 '빌엉거지', '乞아지', '거지' 등을 썼는데, 이 역시 「광문자전」
과 무관하지 않은 것으로 보인다. 또한 「신단공안」에는 "丐兒(싁장의
觧)"(1906.10.20)로 나오는데, 이는 깍정이가 원래 "서울 청계천과 마포
등지의 조산造山에서 기거하며 구걸을 하거나. 무덤을 옮겨 장사지낼
때 방상시方相氏 같은 행동을 하던 무뢰배無賴輩들"을 일컬었다는 점에

27　이우성·임형택 편역, 『이조한문단편집』 4, 창비, 2018, 510면.

서 의미를 찾을 수 있다.[28] 「신단공안」 저자는 한문뿐만 아니라 이두 사용에 익숙한 사람이다. 단재는 이두의 해석 및 활용에도 능했다.[29] 「신단공안」의 저자가 이두를 능숙하게 사용하는 것으로 보아 이는 단재일 가능성을 시사한다.

3) 의성어 의태어

「신단공안」에는 의성어 의태어가 비교적 많이 나타난다. 그 가운데 한문으로 표현한 것도 있지만, 또 어떤 것들은 한글을 병기했다.

砧聲也搗搗ᄒ고 風聲也叟叟ᄒ고……撞撞撞ᄒ니 似是叩門聲이오 戛戛戛ᄒ니 似是劃墻聲이오 畫畫畫ᄒ니 似是人嘯聲이라(1906.10.23)
織席的石子響(달그락달그락)으로 捧了空空的兩囊에 恨恨歸了ᄒ고
(1906.7.16)

첫 번째 예문에서 '쉬쉬', '땅땅땅', '직직직', '휙휙휙' 등을 한자로 표현한 것이다. 이어서 고드레돌 소리는 한글로 '달그락 달그락'으로 표현했다. 이러한 표현으로 "喔喔(쇠기요)"(1906.7.27), "發聲(旣是狗也니 發聲則必콩콩)"(1906.12.14) 등이 있다.

삼척 비봉면 봉리장(飛鳳面鳳來市) 압산 봉황산(鳳凰山) 봉오리에 검은 구름 한 장이 써 들어오며 텬동소리가 우루루 쌍쌍 ᄒ더니 소락비 흔줄기

---

28 네이버 오픈사전(https://ko.dict.naver.com/user.nhn?docid).
29 단재의 이두 활용 능력은 그가 어릴 때 지었다는 시 "朝出負而氏 論去地多起"에 여실히 드러난다. 여기에서 '論去'는 '논을 가니'라는 말로 이두식 표현이다. 임중빈, 『단재 신채호 전기』, 丹齋申采浩先生追慕事業會, 1980, 43면.

에 왼 장군들이 산지사방으로 흐터진다.(「익모초」, 전집 7권, 726면)

秋풍嶺 고기우에 속빈 古木나무가 오늘 밤에도 우루루ᄒ며 뇌일 밤에도 우루루ᄒ야 밤마다 우루루 소리가 쯧치지 안ᄂᆞᆫ지라 이 소리에 겁이 나셔 동절 춘절 다 지뇌고 보리가 눌웃눌웃ᄒ도록 고기 넘ㅅ기ᄂᆞᆫ 姑舍ᄒ고 아릭 묵에 쏙 드러안져 門밧게도 나셔지 못ᄒᆞ니라.(전집 6권, 518면)

단재의 작품에도 의태어 의성어가 많다. 첫 번째 「익모초」에서 '우루루 땅땅이라든가, 「鹽商躊躇」에서 '우루루', '눌웃눌웃' 등이 그러하다. 단재는 「꿈하늘」 제1장에서 '뭉을뭉을', '비글비글', '들먹들먹' 등을 쓰는가 하면, 「용과 용의 대격전」에서는 "柱礎를 부신다 하야 쑥-싹-쫭-꽉-왈으르-울으르-"(전집 7권, 615면)라고 하여 주추 무너지는 소리를 생생하게 묘사하였다.

黃經이 朦朧着兩眼走來ᄒᆞ야 開了窓跳下來러니 牙剌(아챠)一聲에 一隻右脚이 早踏在糞缸內라(1906.8.29)

忽然一人이 過去ᄒᆞᄂᆞᆫ듸 却是兩眼은 淨淨地(말가케) 雖存ᄒᆞ나 鼻子ᄂᆞᆫ 盡被人啖去也沒有(1906.10.11)

한놈이 칼을 집지 못하여 맨손으로 엇질 수 업서서 三十六計의 上策을 차지랴다가 발이 쑥 믹그러지며 "아챠" 한 마듸에 어대로 써러져 나려가는지 千길을 나려가는지 萬丈을 내려가는지 한참만에 平地를 얻은지라.(전집 7권, 545면)

沙法名 어른이 安國將軍 贊首流와 威將軍 禮昆을 식혀 要害를 웅거하야 갈우막어 쳐서 말가케 平定하고(「꿈하늘」, 전집 7권, 526면)

한편 「신단공안」의 저자는 '황경이 몽롱히 눈을 뜨고 걸어서 창문을 열고 뛰어내리더니 '아차!' 한 마디 하고 오른쪽 다리가 똥통에 빠졌다'고 했다. 단재는 한놈이 도망가다가 미끄러져 '아차!' 한 마디 하고 나락으로 떨어졌다고 했다. 두 작품 모두 동일한 상황에 '아차!'라는 의성어를 사용했다. 그리고 「신단공안」의 저자는 '말가케'라는 표현을 썼는데, 단재 역시 그러한 표현을 쓰고 있다. 동일한 맥락에서 동일한 표현을 여러 차례 썼다는 것은 둘 사이의 밀접성을 드러낸다.[30] 「신단공안」에는 이 밖에도 "溫溫熱熱(ᄯ근ᄯ근)"(1906.7.21), "朝天(발죽)·晦氣(우중충)(1906.9.26) 등이 나타난다.

4) 속어 비어

「신단공안」에는 적지 않은 욕설, 상말들이 나온다. 특히 인간을 '개', '돼지', '쥐' 등에 비유한 상말을 그대로 쓰고 있다.

狗和尙아(1906.5.21), 類狗彘라(1906.5.22) 黃氏怒罵道狗女아 (1906.6.22) 狗子아(1906.10.15) 狗喪主아(1906.10.19) 狗雜漢아 犢癡漢아 (1906.10.25)

狗奴輩(「죄도통전」), 人身이 狗彘로 墮落(「낭객의…」), 走狗(「용과…」), 개갓히 맨드나니·개야지地獄·도야지地獄·개소리(「꿈하늘」)

唐國皇帝를 狗彘갓치 罵하아(「국한문의…」), 薛仁貴ᄂ 狗彘의 富貴를 貪

---

30 한편 「신단공안」의 저자는 "連口道險些兒(ㅎ마트면)忘了로다"(6화 1906.10.1)라고 했다. "險些兒"이 'ㅎ마트면'으로, "하마터면 잊어먹을 뻔했구나!"라는 것인데, 이는 「용과 용의 대격전」의 "내가 聰明치 못하야 하마트면 너 갓흔 賢臣을 죽일 번하얏고나."라는 구절과 동일한 맥락에서 사용된 것이다.

하야(「허다죄인…」)

각각을 우리말로 옮기면 '개화상아', '개돼지라', '개×아', '개새끼야', '개상주야', '개잡놈아, 소새끼야' 정도가 된다. '개' 자를 매우 부정적인 의미로 사용하여 일종의 상말 내지 욕설이 된다. 그러한 방식은 단재의 서술에서도 드러난다. '개노예들', '개돼지', '주구' 등이 그러하다. 마지막 '개소리'도 마찬가지이다. 그리고 「신단공안」에는 "鼠雛漢아", "狗麤漢아"(1906.10.25)라고 썼다. 단재는 쥐 역시 비하하는 의미로 쥐구녕(617면), 쥐색기(618면)를 썼다. 그리고 『을지문덕』에서 "孤雛腐鼠"라고 했는데, 그것은 '외로운 병아리와 썩은 쥐'으로 '鼠雛'의 원말로 보인다.

또한 「신단공안」에는 똥통(糞缸), 오줌통(溺桶), 똥(糞穢) 등의 언어를 통해 권위를 희화화하고 있다.

一隻右脚이 早踏在糞缸內라 慌忙中跳跳的上來라가 蟲倒在溺桶內ᄒ야 忙抽脚起來ᄒ더니 那時에 着了慌ᄒ야 連缸桶幷倒了ᄒ고 一交跌去ᄒ니 糞溺가 汚了半身ᄒ고 脣嘴也도 並缺破了라(1906.8.29)

쏭통 쓴 皇帝이며 쇠가죽 두룬 大元師며(「용과 용의 대격전」, 전집 7권, 604면)
미리야 네가 東洋에 '쏭쑥'인가 무엇이 되야(전집 7권, 609면)

위 대목은 황경이 과부인 윤씨와 사통하고 몰래 도망가다가 똥통에 빠진 모습을 묘사한 부분이다. 이 장면은 북곽 선생이 과부인 동리자와 사통하다 들켜 도망가다가 똥통에 빠진 「호질」의 마지막 장면을 연상시킨다. 단재는 "朴燕巖의 虎叱文"이라 하여 「호질」을 언급했다.[31] 단재는 「용과 용의 대격전」에서 '쏭통 쓴 皇帝'라고 했고, 총독을 '똥뚝'이라 표현했다. 여기에서 「흥부전」에 마지막 박을 타다가 똥벼락을 맞은 놀부의 모습을 떠올릴 수 있다. '똥통에 빠진 황경'이나 '똥통을 쓴 황제'라고 하는 부분은 똥으로 인해 희화화된 모습을 드러낸다. 이것은 언어 유희를 넘어 풍자의 효과를 지닌다. 단재의 작품에는 '똥'과 관련해 「꿈하늘」만 하더라도 쏭집·쏭물(전집 7권, 548면)이 나오고, 「용과 용의 대격전」에는 '똥뚝'을 포함하여 쏭통(전집 7권, 603면), 쏭작대기(613면), 쏭쌀(616면) 등이 나온다.

5) 언어 유희

한편 「신단공안」에는 화자의 말꼬리를 잡아 언어 놀이를 하는 모습을 보여준다.

那客○그릭셔(評曰 以上에 然ᄒ얏섯지、然ᄒ얏셔지 ᄒᄂ 幾句ᄂ 其情이 緩ᄒ고 以下에 그릭셔、그릭셔 ᄒᄂ 幾句ᄂ 其情이 急)(1906.10.23)

(評曰 以上에 그릭셔、그릭셔 ᄒᄂ 幾句ᄂ 心方疑而情轉急也오 至此에 但曰無語則疑已去而心方怒也)(1906.10.24)

「신단공안」에는 대화에서 '그릭셔''가 5차례 반복되는데, 위의 것은 첫 번째 등장한 이후 설명이고, 아래 것은 5번째 이후의 설명이다.

---

31 신채호, 「낭객의 신년만필」, 『동아일보』, 1925.1.2.

'그래서', '그래서'하는 말은 그 마음이 조급하고, 또한 한편으로는 의심을 하며 조급해하는 모습을 드러낸다는 것이다. 단재의 「익모초」에도 그러한 서술이 나타난다.

요? 요라니? 네가 비혼 말이 요쌴이란 말이냐? 아히요? 요라니? ᄒ고 칙망ᄒ는듸, 그 총각은 고기를 숙이고 듯기만 ᄒ다.(「익모초」, 18면)

예 그럿소[최]

어른이 무르면 그러소이다 ᄒ고 듸답ᄒ는 법이오, 그럿쇼 ᄒ는 법은 업ᄂᆞ이라[김]

예 잘못ᄒᆞ엿소[최]

김장하씨가 최완길의 듸답에 그럿소 ᄒ는 솟ᄌᆞ토가 어른 압혜 ᄒ는 말토가 안닌 고로 그 그릇ᄒᆞᆫ 것을 씌우쳐 쥬랴고 칙망ᄒᆞ는 중인듸 쪼 그 듸답에 솟ᄌᆞ 잘못ᄒᆞ얏소 ᄒᆞᆫ 솟자로 다ᄂᆞ 것을 보고 혼자 속말노 ᄒᆞ되 오냐 너의 세 살부터 구둔 혀를 엇지 잠깐 ᄉᆞ이에 곤치리오.(「익모초」, 24면)

위 내용은 「익모초」에 나온 것이다. 첫 번째 내용은 나이 어린 최완길이 노인인 김장하에게 '아해요'라고 말하자 그 아들인 김지완이 최완길의 말버릇을 책망한 것이고, 아래 내용은 최완길이 '그럿소'라고 하자 책망한 것이다. '소' 자가 어른한테 하는 말투가 아니기에 그러한 것을 깨우쳐 주려고 그랬다는 서술자의 설명이 부연되어 있다. 말하자면 등장인물의 말에 대한 서술자(저자)의 편집자적 해설이 붙은 것이다. 이러한 모습은 좀 더 광범위하게 나타난다.[32]

---

32 「신단공안」에서는 "牡牛一隻(수쇼 ᄒᆞᆫ 마리)"와 "秫一斗(수수 ᄒᆞᆫ 말이)"(7화 1906.10. 31), '굶주렸다'라는 의미의 '飢腸'과 '斷色念爲飢'(1906.6.12)이라는 언어 유희에 따

6. 문체 특성

1) 속담 차용

「신단공안」에는 속담이나 관용구가 여러 군데 나타나 있다. 이것
들이 매우 빈번하다는 점에서 이 소설의 특징적인 모습을 보여준다.

> 諺에 曰 借我一宿에 長城을 爲築이라 ᄒᆞ니(1906.6.2)
>
> 鄙諺에도 亦云ᄒᆞ되 功歸干功이오 罪歸于罪라 하니(1906.6.23)
>
> 鄙諺에 有云ᄒᆞ되 終夜痛哭에 不知何姑娘的喪事라 ᄒᆞ더니(1906.7.14)
>
> 又曰諺에 云易測十丈水深이오 難窺一尺人心이라 ᄒᆞ얏스나(1906.8.8)

이것들은 「신단공안」에 나온 것들이다. 「신단공안」에는 이 밖에도
"諺에 曰 長病에 無孝子라"(1906.6.9), "里諺에도 亦云ᄒᆞ되 男子ᄂᆞᆫ 動物
이라"(1906.6.30), "俗諺에 大鬪閧을 謂之赤壁戰"(1906.10.22) 등 '諺', '里
諺', '鄙諺', '俗諺'이라고 하여 속담을 언급하고 있다.[33] 작품에 속담
과 같은 것들을 적절하게 사용한 것이다. 그러한 면모는 단재의 작품
에서도 드러난다.

> 諺에 曰 天下不如意事가 拾常八九라(「이순신전」, 전집 4권, 522면)

른 서술자의 설명이 나타나고, 단재의 「지구성미래몽」에서 '셜마', '아니 된다', '할
수 없다', 그리고 「백세 노승의 미인담」에서 "내가 무삼 산아희냐?"와 같은 반복을
통한 언어 유희가 나타난다.

33 이 밖에도 "諺에도 云ᄒᆞ되 却是人生錢生이오 不是錢生人生이라"(1906.7.28), "諺所
謂作罪的人이 常懷戰懼的心이라"(8.17) "俗諺에 云ᄒᆞ되 南村宰相이 遇了北村宰相ᄒᆞ
면 猶然換却了腸子ᄒᆞ나니"(11.20) 등과 같은 것이 있다. 그리고 "喪狗貌搽으
로"(11.5)처럼 '諺', '里諺', '俗諺'과 같은 지시가 없이 문면에 등장하기도 한다.

諺에 云함과 갓치 牛도 可憑의 岸이 有한 然後에야 起한다(「대한의 희
망」, 전집 6권, 494면)

諺에 曰 三日不食ᄒ면 賊心이 必生이라(「배금국」, 전집 6권, 534면)

이는 俗談에 이른바 "무덤마다 저 죽은 핑계는 다 있다"는 격이니(「전훈
편지」, 전집 7권, 755면)

원수를 외나무다리에서 만난 한놈이(「꿈하늘」, 전집 7권, 545면)

단재 역시 "諺에 曰"이라는 표현을 통해 그러한 속담들을 제시했다.
그러한 것은 「이순신전」, 『을지문덕』을 포함하여 「대한의 희망」, 「○○
○府院君으로 犬子」 등 광범위하게 나타난다.[34] 민간에서 사용되는 속담
들을 작품 속에 그대로 인용한 것이다. 애국계몽기는 '諺', '俗語' 등을
통해 제시하였지만, 일제강점기에는 「꿈하늘」(위)이나 「조선혁명선언」
의 "'외나무다리 위'에 선 줄"처럼 문중에 그대로 언급하기도 한다. 단재는
「신단공안」의 저자와 마찬가지로 속담을 광범위하게 차용했던 것이다.

2) 시가 활용

「신단공안」에는 시가가 적지 않게 나온다. 먼저 제5화부터 살피기
로 한다.

---

34 또한 "諺에 云ᄒ바 "其父가 甘醴로 晚境의 頤養을 資ᄒ민 其子ᄂ 飮酒行悖를 事業으로
知ᄒ고, 其父가 某局으로 長夏의 消日을 樂ᄒ민 其子ᄂ 博奕賭錢으로 家産을 傾覆ᄒ다"
ᄒ이 眞個是拳拳服膺홀 格言이로다"(『을지문덕』), "西諺에 云ᄒ바(羅馬난 一日의 羅馬
가 아니라)"(「성력과 공업」), "俗語에 有曰 "나라에셔 하신 말슴 나라에셔 ᄒ실 일"이라"
(『대한매일신보』, 1910.1.29, '담총'란), "儒者로 稱ᄒᄂ 者ㅣ 山곳치 積ᄒ야 "家家程朱"
란 俗語가 有홈"(『대한매일신보』, 1910.4.7, '담총'란) 등이 있으며, 아울러 "獨立軍을
쏘아 죽이는 "쇠가 쇠 먹는" 殺風景"(「今日에 쏘 避亂할 十勝地를 찻는 사람들」, 『獨立新
聞』, 1923.9.1)과 "속담에 일렀거니와 사람 나고 돈 났지 돈 나고 사람 났나"(「○○○府院
君으로 犬子」, 『룡과 룡의 대격전』, 조선문학예술총동맹출판사, 1966, 161면) 등이 있다.

口中唱著「浪淘沙」. 詞雲：稽首大羅天, 法眷姻緣. 如花玉貌正當年, 帳冷帏空孤枕畔, 枉自熬煎. 爲此建齋筵, 追薦心虔. 亡魂超度意無牽. 急到藍橋來解渴, 同做神仙.[35]

제5화는 알려진 것처럼 「西山觀設錄度亡魂 開封府備棺追活命」를 번안한 작품이다. 인용한 것은 원작의 내용으로, '「낭도사」를 지어 노래했는데, 그 가사는 이러하다'는 것이다. 그런데 이 부분은 「신단공안」에서 아래와 같이 바뀌었다.

該曲에 云ㅎ얏스되 魂兮魂兮아 早歸來ㅎ오 玉貌ㄴ 日瘦ㅎ고 空房에 獨宿ㅎ니 錦衾也冷 ㅎ고 燈火也殘ㅎ되 一身輾轉不成 寐ㅎ나니 魂兮早歸來同作伴ㅎ야 一次觧渴ㅎ오(1906.8.22)

「신단공안」 저자는 「낭도사」 대신에 「초혼가」를 썼다. 그는 송옥의 「초혼가」를 가져와 초혼 형식의 노래로 바꾼 것이다. 단재는 「역사와 애국심의 관계」에서 "宋玉의 招魂歌를 製ㅎ야 魂兮歸來ㅎ라 魂兮歸來ㅎ라"라고 하여 「초혼가」 구절을 읊었다. 단재는 「초혼가」를 잘 알고 있었던 것이다.

知觀聽得, 不勝之喜, 不覺手之舞之, 足之蹈之. 那裏還管甚麽『靈寶道經』, 『紫霄秘錄』, 一心只念的是『風月機關』, 『洞房春意』.[36]
黃經이 不勝興高心蕩에 把玉樞經龍王經等ㅎ야 都是錯字錯句ㅎ고 只念得

---

35 凌濛初 撰, 劉本棟 校訂, 繆天華 校閱, 『拍案驚奇』, 臺北:三民書局, 1979, 177면.
36 위의 책, 177면.

風月機關과 洞房春意ᄒ나(1906.8.22)

　이 부분은 「낭도사」에 이어진 내용이다. 지관은 과부 오씨가 자신에게 마음이 있다는 것을 깨닫고 기뻐서 어쩔 줄 몰라 한다. 그래서 '『영보도경』, 『자소비록』을 어디다 두었는지 마음은 오로지 풍월을 누리고 침실에서 춘흥을 즐길 생각만' 한다. 그런데 「신단공안」의 저자는 『영보경』, 『자소비록』 대신에 『옥추경』과 『용왕경』을 내세웠다. 전자가 당시 독자들에게 생경하기 때문에 그런 것이겠지만, 『옥추경』을 썼다는 것은 심상치 않다. 단재는 「세계삼괴물서」에서도 "玉樞를 三復ᄒ야도 猶逼하며"(전집 7권, 757면)라 하여 『옥추경』을 언급하였다. 그것은 「國民大韓 兩魔頭上 各一棒」(『대한매일신보』, 1909.5.23)에서 보여주듯 "兩마乎여 速退ᄒ라 (唵)急急如律令(娑婆)"라고 하는 축사의식을 행하는 경전이다. 이를 통해 「신단공안」 저자와 단재의 친연성은 더욱 두드러진다.
　또한 「신단공안」에는 우리의 민요가 드러난다.

　　高高的唱一個曲兒道 遊兮遊兮여 少年時候에 遊ᄒ리로다 老大ᄒ면 豈得홀가 ᄒ고(1906.9.17)
　　故로 古歌에 曰 "가자 가자 어셔 가자 오늘에 아니가면 다시ᄂ 갈날 업다" 云云홈이 便是 吾人 競爭界에 優勝劣敗의 公理를 指明혼 一天書로다.(『을지문덕』, 전집 4권, 474면)

　위 노래는 '노세 노세 젊어서 노세 늙어지면 못 노나니'로 널리 알려진 민요이다. 저자는 우리 민요를 작중에 인용한 것이다. 그러한 모습은 단재의 작품에도 나타난다. 단재는 『을지문덕』에서 고가古歌 (「수궁가」 한 대목의 변형인 듯) 한 소절을 인용했으며, 아울러 「용과 용의 대격전」에서도 "天皇堂 압뒤뜰이 문어진들 엇더하리--萬壽山 두령 측이 엉키진들 엇더하리"(전집 7권, 605면)라고 하여 이방원의 「하여가」 변형을 언급했다. 그는 「천희당시화」에서 "식야식야 八王(全字 破字)식 야"(전집 6권, 736면)라고 하여 구전하는 「파랑새요」를 채록하기도 했 다. 우리 노래를 중시하는 단재의 의식을 잘 보여주는 것들이다. 아 울러 「신단공안」에는 여러 편의 시가가 실려 있다.

> 勇猛은 西楚覇王項籍이오
> 智略은 漢丞相諸葛亮이라
> 英雄이 雖多ㅎ고 豪傑이 不少ㅎ나
> 아마도 我東方間氣人物은 이 아니 魚先生인가
>
> —『황성신문』, 1906.11.9

> 새가 되었으면 날아나 볼 것을
> 짐승이 되었으면 뛰어나 볼 것을
> 어찌하여 날도 뛰도 못하는
> 사람의 그물에 떨어를저 아……
>
> —「일이승」, 『룡과 룡의 대격전』, 96면

위의 것은 「신단공안」에서 어복손이 자신의 뛰어남을 항우 제갈량 에 비겨 노래한 것이다. 어복손이 자만심에 빠져 우쭐대는 심사를 보 여준다. 아래 것은 단재의 「일이승」에서 정을진이 자신의 신세를 새와 짐승에 비겨 노래한 것이다. 신분의 한계에 부딪힌 서얼 정을진의 비통한 심사를 보여준다. 「신단공안」처럼 단재 역시 인물의 감회를 읊은 노래를 서사에 삽입한 것이다. 아울러 「신단공안」에는 「백주柏舟」를 포함하여 『시경』의 시 구절과 이백의 「장진주」, 두보의 시 등이 여러 군데 언급되어 있다.[37] 단재는 「꿈하늘」에서 태백산가, 칼부름 노래, 가갸풀이 노래 등 창작 시가 8편, 최영의 시조 1편 등 총 9편의 시가를 제시했다. 『을지문덕』에도 을지문덕과 조준의 시, 「이순신전」에는 충무공과 남이의 시, 『최도통전』에서는 최영의 시조, 그리고 「일이승」에는 일이승과 정을진의 노래를 각각 제시했다. 그가 시에 대한 조예가 깊었다는 사실은 「천희당시화」에서 여실히 드러난다. 「신단공안」 저자가 「초혼가」 형태의 시가와 「어복손요」 등을 썼다거나 『시경』 등의 다양한 시를 제시한 것은 시에 대한 능력과 안목을 보여준다. 단재는 그런 능력과 안목을 갖춘 뛰어난 시인이었다.

3) 독자 호명

「신단공안」에는 저자가 독자를 직접 문중에 호명하기도 한다. 저자가 독자를 서사에 불러내 '가상의 독자'와 직접 소통하는 형식을 취한 것이다.

> (讀者至此에 愼無作笑어다 千古腐儒에 誤解經訓이 往往類此)(1906.10.25)
>
> 讀者到此에 休問那宰相之結局ᄒ고 且看魚福孫之契遇哉어다(1906.11.12)

---

[37] 단재가 시에 밝았던 것은 해객의 회고담에도 나온다. 그는 "詩學으로 말하여도 丹齋는 唐詩 數千首는 늘 외고 있"었으며, 또한 "詩에 對하여서는 누가 지은 詩든지 듣기만 하면 문득 記憶하여 언제든지 외인 듯싶은 것을 筆者가 目睹하였"다고 했다. 海客, 「丹齋 故友를 追憶함」, 『신동아』, 1936.4, 106면.

讀者는 仔細着眼的어다(1906.11.20)

　이것은 「신단공안」에서 '독자'를 문중에 불러낸 경우이다. 이 작품에는 13군데에 걸쳐 이러한 독자 호명이 일어난다. 고전소설이든 근대소설이든 그렇게 흔한 방식은 아니다. 이는 작가의 지나친 개입으로, 단재의 작품에서 자주 볼 수 있는 방식이다.

　　讀者는 眼을 着ㅎ야 再來혼 李統制의 手腕을 觀홀지어다.(전집 4권, 493면)

　　讀者에 囑하노니, 此 簡單寂寞혼 崔都統의 前半生 歷史에 着眼홀지어다. (전집 4권, 544면)

　　讀者 여러분이시여, 이 글을 볼 째에 압뒤가 맛지 안는다, 위아래가 文體가 달다 그런 말은 말으소서(전집 7권, 513면)

　이것은 차례로 「이순신전」, 「최도통전」, 그리고 「꿈하늘」의 내용이다. 「이순신전」의 경우 서두와 본문에 각각 한 군데, 그리고 「최도통전」은 본문에 두 군데, 마지막으로 「꿈하늘」의 경우 서두에 모두 다섯 군데 '독자'가 제시되어 있다. 단재는 「독사신론」에서도 1회, 「문법을 의통일」 1회, 「국문연구회위원 제씨에게 권고함」에서 2회, 「조선 고래의 문자와 시가의 변천」에서 1회 등 독자를 호명했다. 이는 저자가 독자들과 직접 소통하고 계몽하기 위한 것으로 독자 지향의 글쓰기를 보여준다.

7. 협비 평어

1) 객관적 설명

「신단공안」에는 괄호 속에 수많은 설명들을 달고 있다. 우선 그 가운데 객관적 설명을 붙인 것들을 살펴보면 아래과 같다.

> 宋道令(方言에 稱長年総角之號)이라(1906.5.26)
> 人又喚做他小高飛라(高飛는 本朝忠州人이니 富翁吝嗇者)(1906.7.6)
> 恰似越裳(越裳은 今之安南)使者가 初到成周로 一般이거니(1906.7.24)
> 藥城(忠州古號)(1906.10.10)

첫 번째 것은 '도령'에 대한 설명이다. 도령은 '나이든 총각'을 말한다.[38] 이러한 협비는 주 24)에서 보듯『고금소총』과 같은 방식이다. 『고금소총』에는 독자의 이해를 필요로 하는 구절에 괄호 주를 달았는데, 「신단공안」도 그러한 방식을 그대로 쓰고 있다. 그런데 그러한 방식은 단재의 글에 아주 흔하다.

> 수두(蘇塗)時代, 聰以方言讀(음두), 蒙古字(高麗史에 畏吾兒字), 三國遺事에 新羅의 詩歌(史讀로 記한 者)(「조선 고래의 문자와 시가의 변천」, 『동아일보』, 1924.1.1)

단재는 '수두', '몽고자', '신라 시가'에 대해 설명을 달았다. 단재가

---

38 한편 『고금소총』에도 '도령은 결혼하지 않은 사람'(都令卽未娶者之稱)이라 했다. 시귀선 외, 앞의 책, 357면.

독자들의 이해를 위해 괄호 속에 객관적 설명을 붙인 것이다. 그러한 예는 「최도통전」의 "多勿(故語에 疆土 恢復을 曰 多勿)", 「천희당시화」의 "八王(全字 破字)", 「조선 고래의 문자와 시가의 변천」의 "薯童(武王의 小名)", 「낭객의 신년만필」의 "雜類(雜類는 商工階級의 總稱인 듯)" 등 무수하다.

다음으로 '고비'에 대한 설명이다. 단재는 「천희당시화」에서도 '잘은고비'를 언급하였다.

> 其他 藏書家들은 凡一般 셔籍을 忠州 잘은고비의 錢米를 吝惜홈과 如ᄒ니 何處에 從ᄒ야 此를 得見ᄒ리오.(전집 7권, 732면)

충주 '자린고비' 설화는 『어우야담』, 『태평한화골계전』 등을 통해 널리 알려졌다. 단재는 그러한 사실을 알고 '충주 자린고비'를 언급했다. 동일한 맥락에서 동일한 이야기를 언급하고 있는데, 두 언급 모두 단재가 주필로 있을 때 나타난 것이다.

한편 「신단공안」에는 '월상'과 '예성'이 나온다. 월상 사신이 주나라를 방문하여 흰꿩을 바친 사례를 언급하였는데 이 이야기는 널리 알려졌지만, 월상이 안남이라는 것은 잘 알려지지 않았다. 이 모든 내용이 제대로 기록된 것은 이수광의 『지봉집』(1634), 이덕무의 『청장관전서』(1795), 이규경의 『오주연문장전산고』(1850년대) 등이다. 그리고 충주가 '예성'이라는 것도 『세종지리지』(1454), 『연려실기술』(1776?) 등을 통해 제대로 알 수 있다. 이러한 기술들은 저자가 근대 이전 역사 및 지리에 아주 밝았다는 것을 말해준다. 단재는 역사 연구를 통해 지리에도 밝았다.

淸川江(卽 薩水)를 下俯ᄒ고(전집 4권, 482면)

第一次 方國珍이 台州(今 淸 浙江省 台州府)에 起ᄒ며(전집 4권, 544면)

支那의 齊(今日 山東省) 遼(今 遼東) 蘇(今 北京 等地)를 쳐서 쌔더니 支那 北朝魏 孝文帝가 復讐軍 百萬명을 들어 배에 실고 吳(今 江蘇)의 海面부터 遡流하야(전집 7권, 526면)

이는 단재가 고대사를 연구하면서 밝혀낸 내용이다. 곧 '청천'이 옛 '살수'이며, 태주台州는 절강성의 태주부이고, 제나라는 산동성, 요나라는 요동에 각각 위치했다는 것이다. 그는 우리의 고대 역사뿐만 아니라 중국 등 이웃나라의 역사에 대해 연구한 결과 위와 같이 쓸 수 있었다. 「신단공안」의 위 언급들은 아무나 쉽게 쓰기는 어려운 내용이다. 단재는 역사와 지리에 밝았기에 그런 것들을 충분히 집필할 수 있었다.

2) 작가 관여적 협비

「신단공안」에는 작가 관여적 협비가 등장한다. 그것은 저자가 독자의 이해를 돕기 위해 자신의 설명을 덧붙인 것을 말한다.

摘得了初試一窠ᄒ야 以爲吾子吾孫的宅號(遐鄕之人은 有初試宅號)ᄒ면 (1906.6.28)

母令外人窺視어다(元來婚房에 不許人窺視)(1906.8.23)

老婆가 遠行홈이 筋力이 困疲ᄒ야 歇脚次入來(媒婆慣用的口嘴)ᄒ얏샤오니 萬望恕容ᄒ라 ᄒ거날(1906.9.19)

雖是對面爲賊的輩童(杜詩에 南村羣童이 欺我老無力ᄒ야 忍能對面爲盜賊)(1906.10.19)

위의 것들은 「신단공안」의 괄호 속 내용 가운데 일부를 제시한 것이다. 첫번째는 '택호'에 관한 것으로 '지방 사람들은 초시에 택호가 있었다'는 것이다. 그리고 '다리도 쉴 겸 들렀다'는 것이 매파들의 관용적인 말이라든가, '바깥사람들에게 보지 못하게 하라'는 것은 결국 '원래 신방에 외인들이 엿보는 것은 허락되지 않는다'고 하여 앞선 서술에 저자의 부연 설명을 달았다. 마지막 협비는 '대놓고 도적이 된다(對面爲賊)'는 것이 두보의 시구에서 왔음을 설명한 것이다. 이러한 협비는 저자 자신의 설명을 보탠 것인데 「신단공안」에 많이 나타난다.

> 但 其諸將을 指揮ᄒ야 要害만 據守케 ᄒ며(卽 上章에 己現흔 遼水遼城의 據守를 指흠)(전집 4권, 480면)
> 天下名將으로 仰ᄒ며 經天緯地의 才와 補天浴日의 手라 讚美ᄒ야(陳璘이 宣廟朝에 上書ᄒ야 曰 李舜臣은 經天緯地 云云)(전집 4권, 522면)
> 東明聖帝(東明聖帝ᄂ 高朱蒙에 諡니 麗代에 東明聖帝祠를 立흠)(전집 6권, 522면)
> 詞를 俚語(吏讀文으로 記한 故로 俚語라 함)(전집 6권, 574면)

이것들은 단재의 작품 가운데 괄호 속 협비를 제시한 것이다. 단재는 특정한 표현이나 내용에 대해 설명을 달았다. '요해지 거수'나 '경천위지의 재능'. '동명성제', '이어'에 대해 자신의 구체적인 설명을 달았다. 특히 '경천위지'가 진린이 올린 글에서 왔다는 것은 '대면위적'이 두보 시구에서 왔다는 것과 같은 설명 방식이다. 「신단공안」에서 저자는 자신의 다양한 주석을 첨부했다. 이는 주석적 글쓰기로 단재가 흔히 사용하던 방식이다.

3) '평왈'의 삽입

「신단공안」에는 평왈評曰이 62군데, 평자왈評者曰이 1군데 나타난다. 이 가운데 49군데가 제7화에 나온다. 사실 이러한 것은 상당히 이례적이다.

詩云 戰戰兢兢ᄒᆞ야 如臨深淵ᄒᆞ며 如履薄冰이라ᄒᆞᄂᆞ니라(評曰 馬夫가 豈曾讀經來리오 可笑癡生이 喜用文字로다)(1906.10.11)

(評曰 柳生이 得之矣로다 雖然이나 明知魚福孫之不可視以奴兒ᄒᆞ고 (…중략…) 即柳氏도 不能無責於其間焉耳로다)(1906.11.29)

「신단공안」에 '평왈'은 서너 글자에 불과한 것도 있지만, 서너 줄에 달할 만큼 긴 것도 있다. 첫 번째는 『시경』의 구절을 언급한 것에 대해 어리석은 인간이 문자 쓰기를 좋아하니 가소롭다는 것이다. 그리고 두 번째 것은 유생이 어복손의 잔꾀를 파악하는 현명함을 지녔지만, 결국 오진사가 망가진 데 대한 책임을 면할 수 없다고 비판했다. 저자가 서사에 개입하여 서술상황을 알려주기도 하고, 인물이나 사건에 대해 비판하거나 풍자하기도 한다.

評曰 죠고마흔 艱難에 겁을 늬여 勇斷치 못ᄒᆞᄂᆞ 者는 이 소곰쟝사 아니될 者가 드무니라.(『대한매일신보』, 1909.11.24)

評曰 戰爭홈에 人을 殺ᄒᆞ기 城에 盈ᄒᆞ며 弱國을 呑ᄒᆞ야 (…중략…) 此 食國의 蠻은 비록 眞個의 手足을 斷ᄒᆞ야도 能히 悔改케ᄒᆞ기 難홀진저.(『대한매일신보』, 1909.11.25)

위의 것들은 모두 '담총'란에 제시된 '평왈'이다. '담총'란에는 '평왈'의 형태로 모두 5개의 평이 있는데 그 가운데 2개가 위의 것이다. 첫 번째는 어려움에 용단을 내리지 못하면 겁먹고 문밖에 못 나오는 소금장사가 될 뿐이며, 두번째는 약한 나라를 먹는 강국은 식인의 야만보다 더하며, 교화하기 어렵다고 평한 것이다. 이처럼 단재(검심)는 하나의 이야기를 제시하고 자신의 평을 달았다. 「신단공안」의 저자처럼 단재 역시 작중 인물과 객관적 거리를 갖고 그들을 비판 풍자하였다.

方今은 況是蒙喪(評曰 吳進士蒙喪을 從那客口中補出하니 省筆)中이라 (1906.10.15)

(其全文은 載치 못하고 其大義만 姑擇함)[39]
(本題는 경제문제오 도덕문제가 아닌 고로 친척과 친구간 돈 가지고 교제하는 것이 어떠하여야 옳고 어떠하여야 글타 하는 등 말은 하지 아니함)[40]

「신단공안」의 저자는 오진사가 상중에 있다는 말이 손님의 입에서 나왔으니 여기서는 생략하겠다고 했다. 저자는 '성필省筆', '성문省文'의 형태로 서술을 생략하는 것에 대해 설명을 달았다. 두 번째 것은 단재의 『대동역사』에 나오는 것으로 대강의 뜻만 적겠다는 것이고, 마지막 것은 『가정잡지』에 실린 단재 글로 돈 사용의 시비는 논하지 않겠다는 말이다. 「신단공안」의 저자와 단재는 모두 자신의 서술과

---

39 신채호, 『대동역사』, 26면.
40 신채호, 「석금의 필요」, 임상석, 「근대 지식과 전통 가치의 공존, 가정학의 번역과 야담의 번안 및 개작─『가뎡잡지』 결호의 발굴」, 『코기토』 79, 부산대 인문학연구소, 2016.2, 77~78면.

관련된 협비를 달았다는 점에서 공통성을 지닌다. 한편 「신단공안」에도 '평왈'이 있는 평과 '평왈'이 없는 평이 혼재해 있는데, '패사'의 글쓰기 모습을 보여준다. 단재 역시 '평왈'의 구조로 평을 달다가 '평왈' 없이 평을 달기도 하였다.

4) 평어 제시

「신단공안」의 제7화는 서두에 평이 등장한다. 이는 조금 독특한 모습을 보인다.

> 桂巷稗史氏曰 宇宙가 廣大에 無變不有로다 癡人이 從古何限이리오 만은 若吳永煥의 驅全家入龍宮은 是今古第一等癡夢人이오 黜兒가 從古何限이리오만은 若魚福孫의 逞頑心覆主人은 是今古無對的奇 慘事니 悲夫라 雖然이나 斯豈魚福 孫의 黜哉아 乃吳永煥의 癡也로다 余往年에 遊藥城(忠州古號)之古江村ᄒ니 其村人이 往往說魚福 孫事라 聽未半에 不覺鬚髮이 皆立ᄒ더라(1906.10.10)

> 悲夫라, 我韓 數百年來 對外의 歷史여. 東方에 一流寇만 入ᄒ야도 擧國이 蒼黃ᄒ고, 西隣에 一嚊言만 來ᄒ야도 盈庭이 瞠惶ᄒ야 依違苟活에 恥辱이 紛加ᄒ니, 我民族의 劣弱은 果天性이라 不可變歟아. 無涯生이 曰 否否라 不然ᄒ다. 余ㅣ가 高句麗 大臣 乙支文德의 歷史를 讀ᄒ다가 氣旺旺ᄒ며 膽躍躍ᄒ야 卽仰天叫曰, 然歟然歟아. 我民族의 性質이 乃如是歟아. (『을지문덕』, 전집 4권, 467면)

세7화에는 서두 부분에 계항패사가 작품의 동기, 작중 인물에 대한 평 등을 직접 제시했다. 이것은 여항의 이야기를 소개하고 전달하는 야담집 저자의 머리말과 다르지 않다. 아래는 『을지문덕』의 서론인데, 무애생이 창작 동기를 서술한 것이다. 단재가 스스로를 '무애생'이라 하여 작품 속에 모습을 드러내고 있는데, 이는 저자 스스로를 계항패사라고 드러낸 「신단공안」과 다르지 않다. 단재는 「이순신전」, 「최도통전」에도 '緖論'을 두어 독자에게 작품을 소개하는 방식을 취하고 있다. 그러한 방식은 소설 「꿈하늘」과 패담 형식인 「이괄」, 「박상희」에도 이어진다.

또한 작품의 마지막에도 작가의 평이 들어갔다. 그것은 사평의 형식을 띠고 있으며, 열전이나 역사 및 패담 기술에 뒤따르는 것이다.[41]

桂巷稗史氏曰 河氏之全節也와 許生之全義也여 可謂婦烈夫貞에 兩盡其道
로다 彼李琯은 何人也오 國史姓譜에 其名이 俱佚不載ᄒ니 惜哉라
(1906.5.25)

긔자 왈 리싱원의 평싱 욕심이 량반됨에 매쳣으니 구ᄒ도다 만은 일심
졍력을 들여 긔어히 그 아들 공부를 독실히 식히여 셜치를 ᄒ엿으니 또ᄒ
굿셰도다 그러나 지금은 예전 시디와 달나 춍리대신을 홀지라도 남의 나
라에 평민보다 귀홀 것이 업스니 아들 두고 공부식이는 동포들은 집 지쳬
이약이는 고만 두시고 나라 디쳬 싱각ᄒ심을 바라노라.(「수원 이생원」, 전
집 6권, 492면)

---

41 단재가 '해이서'라고 말한 패담에서도 '서'와 '발'의 형태로 작가의 말이 들어있다.
    『명엽지해』, 『어면순』에서는 서문과 발문이 존재하며, 『동국골계전』, 『촌담해이』,
    『파수록』, 『태평한화골계전』 등에는 서문이 수록되어 있다.

無涯生 曰 當時 高句麗가 비록 强大ᄒᆞ나, 其侵掠所得으로 擁有ᄒᆞᆫ 土地 人民을 除ᄒᆞ고, 內地 幅員을 統計ᄒᆞ면 現今 京畿 平安 江原 咸鏡 等道 及 忠淸 等道에 在ᄒᆞᆫ 數十郡이니 (⋯중략⋯) 其國 國民의 勇悃優劣은 專혀 其國의 一二先覺 英雄에 鼓舞激勵의 如何를 視ᄒᆞ야 進退ᄒᆞᄂᆞᆫ 바로다.(『을지문덕』, 전집 4권, 488면)

차례로 「신단공안」 제1화, 「수원 이생원」, 『을지문덕』의 끝부분에 첨부된 평어이다. 저자의 말을 덧붙인 것인데, 이는 이야기에 대한 총평에 해당한다. 단재는 「이순신전」의 '결론'에서도 "新史氏 曰 余가 리舜臣傳을 讀ᄒᆞ다가 案을 拍하고 大呌 흠을 不覺호라"(531면)라는 작가의 말을 덧붙였다. 여기에서 '신사씨' 운운하는 것은 『이태리건국삼걸전』의 양계초가 "新史氏 曰 伊太利建國이 發軔으로 始ᄒᆞ야"(전집 4권, 616면)라고 하는 부분을 수용하여 그렇게 된 것으로 보인다. 「신단공안」의 마무리에서도 평어를 싣고 있는데, 그것은 『신평용도신단공안』의 형식을 그대로 수용한 것이다. 그것은 사평적 글쓰기와 다르지 않으며, 신채호는 야담이나 전기에서도 그러한 형식을 활용했다.

5) 이중 평어 사용

「신단공안」에는 특이하게도 이중 평어가 들어있다. 이는 독특한 형태로 진작부터 연구자들의 주목을 받았다. 『신평용도신단공안』에는 제1화와 2화가 끝나고 아래와 같이 청오재의 평이 실려 있다. 그리고 이를 번안한 「신단공안」 역시 제1화와 2화가 끝난 지점에 계항패사와 청천자의 평이 실려 있다.

聽五齋評曰 (…중략…) 僧明修殺淑玉于樓頭後 遇鬼神啼哭 便念阿彌陀佛解
圍 僧性慧盖丁日中于鐘下 其妻鄧氏痛切默禱觀音菩薩救苦 畢竟以不善感諸佛
終不與講和 以善感諸菩薩卽托夢 然則佛菩薩亦自有主張 若無分善不善而一槪
示現 亦不成其位佛菩薩矣 凡一切誦經報應亦復如是 嘗聞人間秘語天聞若雷 暗
室虧心神目如電 可信哉 可畏哉[42]

桂巷稗史氏曰 奇哉라 李氏之才여 激成郞君於年長失學之後ᄒ고 全節不辱
於虎口不可測之地ᄒ니 使其生爲男子러면 可以托六尺之孤ᄒ고 寄百里之命
者ㅣ非斯人歟아 (…중략…) 其時巡使ᄂᆞᆫ 憑諸野乘에 多以兪公拓基로 稱之어
늘 或曰 非也라 李公宗誠이 嘗以巡察로 過裕安이라ᄒ더라(1906.6.8)

聽泉子曰 甚哉라 聽獄之難也여 (…중략…) 或謂李公之鬼差嚇僧은 固出於
自己神斷이로ᄃᆡ 今此慧明之罪ᄂᆞᆫ 非金童이 托夢이면 烏能得其情哉리오ᄒ나
니 噫라 不然ᄒ다 精神之極이라야 鬼神이 通之라 聽獄者ㅣ心存公正ᄒ면 物
人神天이 皆助我公正ᄒ고 心不存公正ᄒ면 塵沙土石이 皆蔽我公正ᄒ나니 非
平日淸明之在躬이면 其夢에 爲蝴爲蝶이거나 爲雀爲鹿이거나 夢得珠玉커나
夢得酒食이니 何以夢金童哉리오 雖然이나 慧明之惡이 尤有甚於悟性이로다
(1906.6.8)

『신평용도신단공안』에서 청오재는 두 작품을 실은 후 '필경 불선
으로써 모든 부처에 감응하려면 종내 강화하지 않고 선으로써 모든
보살에게 감응한즉 탁몽하였다'는 평어를 달았다. 그런데 「신단공
안」의 저자는 두 작품을 번안한 후 '정신이 지극하면 귀신과 통'하고,

42　刊寫者 未詳, 『新評龍圖神斷公案』 卷之一, 12면.

'마음이 공정하면 물인物人과 신천神天이 다 공정함을 돕고, 마음이 공정하지 않으면 티끌塵沙과 흑덩이土石도 공정함을 덮어버린다'는 청천자의 평을 제시했다. 비록 고통에 빠진 사람이 옥사를 처리하는 사람聽獄者으로 바뀌었지만, 선과 불선, 공정과 불공정 가운데 선과 공정이 승리하는 권선징악의 주제를 강조하였다.

곧 「신단공안」의 저자가 청오재의 평을 청천자의 평으로 변환하여 제시한 것이다. 그리고 그 저자는 다시 계항패사라는 이름으로 자신의 평을 달았다. 계항패사가 『신평용도신단공안』을 번안하면서 청오재의 평을 번안하고, 거기에 자신의 평을 더한 것이다. 그래서 원래의 작품+평어의 구조(『신평용도신단공안』)가 번안을 통해 다시 작품(본문+평어)+평어의 구조(「신단공안」)가 되면서 이중 평어가 형성된 것이다. 결국 이중 평어는 번역 내지 번안이라는 독특한 상황에서 형성된 것이다. 이러한 형식은 『이태리건국삼걸전』의 번역에서도 드러난다.

新史氏 曰 伊太利建國이 發軔으로 始ㅎ야 告成에 至ㅎ미, 中間 凡 五十餘年인ᄃᆡ 大波折者 六次오 小波折者 十餘次라. 其 危機가 往往一髮에 至ㅎ야 (…중략…) 祖國이 安得不湧現이며 祖國安得不突出일오, 觀於此에 厭世의 妄念을 可一破며 欲速의 謬見을 可一洗로다. (『이태리건국삼걸전』, 전집 4권, 616면)

無涯生이 曰 吾讀 伊太利三傑傳ㅎ다가 吾身이 若聳ㅎ며 吾腦가 若刺ㅎ니, 吾其歌之也ㅣ 可乎아, 吾其哭之也ㅣ 可乎아, 舞之也ㅣ 可乎아, 躍之也ㅣ 可乎아, 吁彼 三傑여 (…중략…) 有三傑之始祖然後에 可以造三傑이오 有三傑之卒徒然後에 三傑이 可以爲三傑이니 讀我伊太利之三傑傳者여 毋恤禍福ㅎ며 毋願榮辱ㅎ고 惟以血誠으로 頂天而立ㅎ면 將來 此國을 由君得救ㅎ리니

是所望於讀者也로다.(『이태리건국삼걸전』, 전집 4권, 616면)

단재는 양계초의 『의대리건국삼걸전』을 역술하였다. 그런데 양계초는 그 작품의 원저자가 아니라 번역자였다.[43] 그는 번역을 하면서 "신사씨 왈"이라는 자신의 평을 달았다. 단재는 양계초의 텍스트를 역술하면서 양계초 평의 일부도 소개하였다. 그리고 다시 자신의 평을 달다 보니 자연스럽게 이중 평어의 구조가 된 것이다. 「신단공안」의 이중 평어도 원전(『신평용도신단공안』)의 편자(청오재)의 평을 소개하는 과정에서 자연스럽게 생긴 것이며, 그렇게 형성된 '청천자'는 이후 작품 속에서 허구화되어 평자의 목소리로 계속 자리하게 된 것이다.

8. 형상화 방식

제3장과 제4장에서 「신단공안」의 원천에 대해 설명했다. 제1화, 제2화, 제3화는 『용도공안』의 번안이며, 제5화 제6화 역시 『박안경기』 등 중국 작품의 번안이다. 그리고 제4화와 제7화는 우리나라 야담들을 바탕으로 창작한 것이다. 이로 볼 때 저자는 원작품을 수용해 형상화하는 능력이 뛰어난 사람인 것이다.

---

43 『이태리건국삼걸전』의 원작은 John Arthur Ransome Marriott의 The Makers of Modern Italy(1889)이다. 이 책은 히라타 히사시(平田久, 1871~1923)에 의해『伊太利建國三傑』(1892)로 번역되었다. 양계초는 平田久의『伊太利建國三傑』(1892), 松村介石의「カミロ, カブール」(1900), 岸崎昌의『ガリバルヂー』(1900) 등 3권을 저본으로 『의대리건국삼걸전』을 역술한 것으로 알려져 있다. 손성준, 「영웅서사의 동아시아 수용과 중역의 원본성−서구 텍스트의 한국적 재맥락화를 중심으로」, 성균관대 박사논문, 2012.8, 55면.

이원익 일화 → 「익모초」

「후안무치」 → 「백세 노승의 미인담」

신채호의 이름으로 발표된 첫소설이라 할 수 있는 「익모초」는 이
원익의 일화를 통해 형상화한 것이다. 단재는 친절하게도 작품 가운
데 황해감사 시절 이원익의 공안 사건을 직접 제시하기도 했다. 그리
고 「백세 노승의 미인담」에서 단재는 「후안무치」라는 짧은 이야기를
새로이 확장 재구성하였는데, 그래서 이 작품은 개작을 넘어 창작에
가까운 면모를 보여준다.[44]

일을터면 五百年來의 諺文小說 中 좀 나흔 作物을 春香傳 놀보傳 토기傳
等을 數하나 그러나 春香傳은 高句麗의 韓珠를 演述한 것이오 놀보傳은 新
羅의 房色을 演述한 것이오 토기傳은 高句麗의 龜兎談을 演述한 것이니 다
創作 아님이 明白하며 만일 名文傑作을 차즈면 漢文作家에는 或 幾篇이 잇
다 하련이와 諺文에는 絶無하니 世宗大王의 制作한 恩德을 辜負함이 쏘한
甚하도다 아으. (「조선 고래의 문자와 시가의 변천」, 전집 4권, 578면)

단재는 「춘향전」, 「놀보전」, 「토끼전」 등을 '연술'한 작품이라 하
였다. 「춘향전」은 '한주 이야기', 「놀부전」은 '방색(방이) 이야기', 그
리고 「토끼전」은 '구토담'을 연술했다고 주장했다. 이 작품들은 근원
설화를 부연 확장하여 소설로 만든 것들이다. 단재는 이 작품들이 원

---

44 「신단공안」 제1화는 전체 스토리에서 원작과 별 차이가 없는데, 그것은 「수원 이생
원」, 「무명 방백의 부인」, 「윤판서 후취 부인」 등과 다를 바 없다. 뒤의 2편은 『가정
잡지』에 무서명으로 게재되었다.

천을 갖고 있고, 그것을 번안 내지 개작하였다는 점에서 '창작'이 아니라고 했다. 「신단공안」 제1-3화, 제5-6화 역시 중국의 소설을 번안하여 연술한 것들이다. 앞서 언급한 단재의 작품들도 「신단공안」처럼 연술의 방법으로 창작된 것이다.

한편 제4화와 제7화는 '해이서'의 삽화들을 가져왔다. 제4화는 「지간식우」를 포함하여 다양한 이야기들을 포섭하고 있고,[45] 제7화는 「외우내흉」, 「교녀약치한」 이 외에도 많은 이야기들을 습합했다. 기록된 야담을 포함하여 구비전승까지 포섭하는 양상을 보이고 있다. 그리고 「신단공안」은 중국의 역사와 인물을 바탕으로 서술되었으며, 다양한 시가를 수용하기도 했다.

　　小說은 當代의 一件事實을 目的物로 定하고 此를 穿鑿附演하며 搜羅澄明하야 事件의 主人을 主角으로 定하고 角本을 새로 맨다러 무대의 演出함이니 傳說, 神話, 俚諺, 童謠, 風俗 등 雜調를 마음대로 統用하며 山川景槪 人物善惡 是非 苦難 富貴 등 市景袁濱을 作者의 취미대로 文藝學術의 微妙를 極히 하야 讀者의 관심을 엇게 하는 者이라.[46]

단재는 "傳說, 神話, 俚諺, 童謠, 風俗 등 雜調를 마음대로 統用"하여 소설을 쓴다고 했다. 다양한 화소들을 습합하여 하나의 작품을 완성한다는 것이다. 이러한 주장은 그의 소설에 역력히 드러난다.

45　최원식은 「신단공안」 제4화가 허구적 창작이 아니라 기존의 전승을 소설화한 것이라고 하였다. 그는 이 작품이 백문선 전승을 비롯하여 「지간식우」, 자린고비 전승, 「허생전」 등과 유사성이 있다고 언급하였다. 이 작품이 구비전승을 포함하여 기존의 다양한 야담들로부터 나왔다는 것은 충분히 설득력이 있다.

46　신채호, 「고구려삼걸전 서문」, 『신채호문학유고선집』, 연변대 출판사, 1994, 248면.

「백세 노승의 미인담」←「후안무치」, 「지하국대적퇴치 설화」, 「허생전」

「꿈하늘」←「동명왕편」, 불경(『십팔지옥경(十八地獄經)』 등), 각종 사서
　　　　　(삼국사기, 삼국유사, 고려사, 광사, 해동역사, 구당서 신당
　　　　　서, 남제서)

「용과 용의 대격전」←「놀부전」, 『주역』

　「백세 노승의 미인담」에서는 「후안무치」 이 외에도 「지하국대적퇴치 설화」, 그리고 몽고를 물리칠 계책 부분에서 「허생전」의 화소도 가져온 것으로 보인다. 「꿈하늘」의 경우 푸른 기와 붉은 기의 싸움 부분에서 「동명왕편」의 하백과 해모수의 싸움 이야기를 변용하고, 지옥 이야기에서 불교의 지옥 이야기를 변용하며, 그밖에도 "古記나 三國史記나 三國遺事나 高句麗史나 廣史나 繹史 갓흔 속에서 參照"(전집 7권, 513~514면)하였다. 「용과 용의 대격전」에서는 놀부가 박타는 「놀부전」의 삽화가 수용되고, 『주역』의 괘 풀이가 수용된다. 아울러 다양한 시가를 포섭하고 있다. 곧 단재의 작품들이 습합의 방식을 통해 형성되었음을 보여준다.

　「신단공안」의 창작 방식을 흔히들 번안, 개작, 각색, 재구성이라고 말하는데, 이는 연술과 습합의 창작 방식을 말해준다. 단재는 이러한 것을 자신의 창작방법을 제시하기도 했고, 실제 창작에 활용하기도 했다. 작품 형상화의 방법 측면에서 「신단공안」이 단재의 손에서 나왔을 가능성을 강하게 시사한다.

9. 게재지 측면

「신단공안」은 『황성신문』에 7개월 넘게 190회에 걸쳐 '소설'란에 연재되었다. 게재지는 저자의 범주를 집약해볼 수 있는 준거가 된다. 기존 논자가 현채와 황성신문사의 관련을 언급한 것도 그러한 이유 때문이다. 『황성신문』과 전혀 무관한 제3자가 그러한 연작 장편을 발표하기는 어렵다. 그리고 사외 인물이 투고한 경우는 필명을 싣는 것이 관례였다. 단재는 1904, 1905년부터 1907년 10월경까지 『황성신문』 주필을 맡아 신문을 발행했다.[47] 주필이 편집을 맡았던 당시 상황에 비추어 보면, 「신단공안」의 저자는 단재와 밀접한 사람이었을 것으로 추측된다.

사장 발행 편집 : 류근	회계 : 김재완
기자 : 류근	탐보 : 성선경, 현석구
사무원 : 최장집, 김태선, 정완구	인쇄 : 김병주
채자 : 김구용[48]	

이것은 1908년 『황성신문』의 상황을 보여주는 문서이다. 류근이 사장 및 기자로서 신문을 전반적으로 관리 운영했음을 알 수 있다. 1906년의 신문사 상황은 문서가 남아 있지 않아 제대로 알 수 없지

---

47 이에 대해서는 「宣傳無政府主義之鮮人逮捕詳報」(『臺灣日日申報』, 1928.5.12; 전집 8 권, 905면)와 「警秘第十七號」(『통감부문서』 4권, 국사편찬위원회, 1999, 329면)에 잘 드러나 있다.

48 이현종, 「구한말 정치·사회·학회·언론단체 조사자료」, 『아세아학보』 2, 아세아 학술연구회, 1966.

만, 1908년의 상황과 별반 다르지 않았을 것으로 보인다. 그런데 단재가 쓴 것으로 보이는 『권업신문』 논설에는 황성신문사에 "수삼명의 사무원들은 아무 일도 아니하고", 또한 "신문기자를 구비하게 둘 수 없어 편집실에는 논설기자 잡보기자도 한두 사람만 있"었다고 했다.[49] 1906년에도 기자가 제대로 없어서 단재가 주필로 편집 및 발행을 도맡아 했을 것이다.

그렇다면 단재는 『황성신문』에서 첫 '소설'란을 만들었고, 그 소설란에 「신단공안」을 연재했을 것이다.[50] 이름을 「신단공안」으로 한 것을 보면 저자는 『신평용도신단공안』의 소설 두어 편을 번안하려고 했던 것인데, 독자들의 호응이 뒤따르자 우리 야담을 토대로 제4화 「김봉전」을 쓰고, 이어 중국 소설 두 편을 더 번안하고, 마지막으로 제7화 「어복손전」을 창작한 것으로 보인다. 이 작품의 발표는 단재와 무관하게 진행될 수 없었고, 연재의 흐름상 단재가 직접 관여했을 것으로 보인다. 단재가 단순히 '소설'란을 만들고 신문사내 제3의 인물의 작품을 실어준 것이라면 당시 신문과 연재 상황을 제대로 설명해낼 수 없다. 당시 황성신문사 내에는 그런 소설을 쓸 만한 인물이 없었고, 만일 그런 인물이 있었다면 이후 소설가로서 명망을 얻었을 것이다.

49　「광무을사 이전의 본국신문」, 『권업신문』, 1913.2.16.
50　이러한 상황은 단재가 대한매일신보 주필로 활동하던 시기와 비교해도 좋을 것 같다. 단재는 1907년 11월 6일 대한매일신보사 주필로 입사하여 1910년 5월 신문사를 그만둘 때까지 '위인유적'란을 만들어 「이순신전」(1908.5.2~8.18), 「최도통전」(1909.12.5~1910.5.27)을 '錦頰山人'의 이름으로 발표했고, '문단'란을 만들어 「독사신론」(1908.8.30~1908.12.13)을 '壹片丹生'으로, 「천희당시화」(1909.11.9~12.13)를 무서명으로 발표했다. 아울러 '담총'란을 만들어 1909년 11일 20일부터 1910년 4월 7일까지 「한국의 서적」 등 수많은 글을 '劍心'이라는 이름으로 발표하는가 하면, 1907년 12월 18일부터 '가사'란을, 1909년 11월 17일부터 1910년 5월 24일까지 '사회등'란을 만들어 무서명으로 많은 가사 작품을 실었다. 그가 주필로 있던 시기 신문의 편집을 일신하고 아울러 자신의 글을 끊임없이 발표했던 것이다.

10. 마무리

이제까지 「신단공안」의 저자를 다양한 표지들을 통해 추적했다. 저자로 거론되었던 현채의 경우 원천과 형상화의 측면에서 저자로부터 멀어진다. 이 글에서는 ① 단재가 주필로 있는 동안 「신단공안」이 연재된 점, ② 「신단공안」이 무서명으로 장기간 연재된 점, ③ 당시 사내 인물로 단재 이외에 이러한 소설을 쓸 만한 사람은 없었다는 점 등 매체의 측면에서 「신단공안」의 단재 저작 가능성을 언급했고, ④ 단재는 '계항'(곧 위백규)을 언급했고, 자신이 존경하는 사람의 호에서 필명을 가져왔다는 점, ⑤ 아울러 '패사'로서의 글쓰기를 수행한 점 등 저자의 측면에서 단재의 저작 가능성을 제시했다.

아울러 ⑥ 단재는 한문 및 백화문에 대한 해독 능력뿐만 아니라 번안 및 창작 능력도 갖추었다는 점, ⑦ 「신단공안」에 나오는 우리말 병기 방식, 이두, 의성어 의태어, 언어 유희, 비속어의 사용, 속담 노래 차용, 협비, 이중 평어 등 언어 문체가 단재의 작품과 동일하다는 점, ⑧ 「신단공안」은 연술과 습합의 소설인데 단재는 그러한 창작 능력을 갖춘 문필가였다는 점 등 텍스트의 측면을 통해 「신단공안」이 단재의 저작일 것으로 추론했다.

이 밖에도 「신단공안」의 단재 저술 가능성을 드러내는 요소는 더욱 많다. 여기에서는 논문의 지면상 이 정도로 마무리한다. 아무쪼록 이 논의가 「신단공안」의 저자 논란을 종식시키거나, 또는 논의를 새롭게 촉발하는 계기가 되길 기대한다.

단재는 『황성신문』의 '주필기자'로 활동하면서 '대동고사'란에 역사 관련 글도 썼다. 그리고 1907년부터 『대한매일신보』에 주필로, 1908년부터 『가정잡지』에 편집자로 활동하면서 다양한 글을 썼다. 「신단공안」에 언급된 "鎭安邑附近地에 有一山曰馬耳라 山頂에 有雙石이 兀然秀拔ㅎ야 其形이 酷似馬耳ㅎ니 相傳我太宗微時에 遊幸至此라가 馬耳로 名之라"(『황성신문』, 1906.5.28)가 '대동고사'란의 "馬耳山은 在鎭安縣南ㅎ니 雙石峯이 聳立奇異ㅎ야 俗稱聳出山이라 (…중략…) 我太宗이 巡駐此山下ㅎ야 遣官致祭ㅎ시고 以其形似로 命名馬耳ㅎ시니라"(『황성신문』, 1906.9.18)로 「마이산설화」가 이어지며, 「신단공안」에서 '계항패사'가 "唯蘭雪軒許氏之字景燚者ㅣ見於尢侗之外國竹枝詞"(『황성신문』, 1906.6.8)라고 논평하였는데, 한남여사의 「축대한매일신보」에 대해 '기자'는 "師姙堂ㅈㅎ 女範과 蘭雪軒ㅈㅎ 문詞"(『대한매일신보』, 1908.2.29)라고 논평하는 등 '허난설헌'이 이어진다. 이는 『황성신문』과 『대한매일신보』, 그리고 논설과 역사, 소설의 연관성을 보여주는 것이다. 애국계몽기 단재는 『가정잡지』에서도 소설 「익모초」를 발표하는 등 논설과 역사 이야기, 소설 등 장르는 넘나드는 글쓰기를 하였다. 이러한 사실들이 입체적으로 밝혀질 때 「신단공안」의 저자도 더욱 분명해질 것이다. 앞으로 「신단공안」에 대한 저자 논의가 뒤따랐으면 한다.

신채호의 서찰로 알려진 한시의 진위 고증

1. 들어가는 말

2006년 한 학술대회에서 단재의 한시가 공개되었다.[1] 기존에 서찰로 알려진 자료가 오언배율의 한시로 밝혀진 것이다. 그리고 이후 『단재신채호전집 제7권』(2008)과 『단재신채호시전집』(2013)에 실렸다.[2] 그렇지만 이 작품에 대한 본격적인 논의는 나오지 않았다. 그런데 "이 한시를 지은 것이 사실이라면 종래의 연보가 정확하지 않을지도 모른다. 연보에 따르면 1898년 가을에 성균관에 입학한 것으로 되어 있으나 이에 대한 고증도 검토되어야 할 것"이라는 주장이 제기되었다.[3] 그것은 성균관 입학과 한시 내용이 서로 충돌하는 부분이 있기 때문이다.

이 글에서는 이 '서찰'이 과연 단재의 것인지를 고증할 것이다. 단재의 서찰 또는 한시라는 것은 두 가지 의미를 띤다. 하나는 저자와

---

1 박정규, 「신채호의 국내에서 쓴 글에 대한 고찰」, 『단재 순국 70주기 추모학술대회
－단재 신채호 연구의 재조명』, 2006.2.17.
2 단재신채호전집편찬위원회 편, 『단재신채호전집』 7, 독립기념관 한국독립운동사연구소,
2008, 박정규 편, 『단재신채호시전집』, 기별미디어, 2013.
3 박정규, 앞의 글, 67면.

관련된 것이고, 다른 하나는 서예(유묵)와 관련된 것이다. 그래서 먼저 이것이 단재가 지은 한시인지 살피고, 또한 단재가 쓴 글씨인지를 살필 것이다. 곧 이 서찰의 창작 여부와 필사 여부를 함께 살필 필요가 있다. 단재가 직접 지어서 준 시를 누군가 필사했거나, 반대로 다른 사람의 한시를 단재가 필사했을 수도 있기 때문이다. 그래서 이 한시의 내용과 형식, 그리고 서체 등 다양한 측면에서 진위 여부를 고증하고자 한다.[4]

2. 자료의 입수 및 전파 경위

현재 독립기념관에는 '신채호의 서찰'이라는 자료 한 점이 보관되어 있다. 그것은 자료번호 1-000702-000이며, '신채호 서찰, 한문, 신채호申采浩가 1901년 2월 7일에 쓴 편지'로 소개되었다. 아울러 '수신인은 미상'이며, '집안 대고모의 팔순을 축하한다는 내용'이라는 설명이 부기되어 있다.[5] 그것은 〈그림 1〉의 자료이다.

〈그림 1〉을 옮기면 아래와 같다.

光武五年 辛丑 2月 7日 申采浩拜

我來子午谷知是幷州鄉在昔 / 上舍公待我置諸傍吾宗大姑母八耋奉高堂玉樹

謝家寶令我 / 授詞章所愧爲人師不能引誘詳情若一家厚寢食四星霜居然人 / 事

---

4   본 연구자는 단재신채호전집 편찬위원으로 『단재신채호전집』 7에 이 한시를 포함했지만, 이제야 본격적인 연구를 통해 과거의 오류를 시정하고자 한다.

5   독립기념관 (http://search.i815.or.kr/subCollection.do)

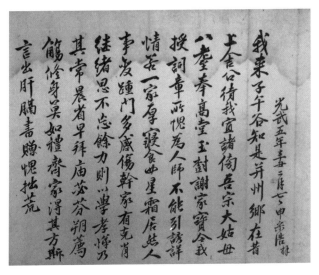

〈그림 1〉 독립기념관 서찰

變踵門多感傷幹家有克肖繼諸思不忘餘力則以學孝悌乃 / 其常晨省早拜廟芯芬

朔薦觴修身莫如禮齊家得其方斯 / 言出肝膈書贈愧拙荒

이것은 1984년 한 소장가가 독립기념관에 기증한 것이다. 그가 기
증한 자료는 모두 33점으로, 이 자료는 그러한 자료들에 끼여 한동안
잘 알려지지 않았다.[6] 그런데 2006년 2월 17일 단재 순국 70주기 추

---

6 이 서찰은 한 소장가가 독립기념관에 기증한 것이다. 그는 1984년, 1986년, 1987
년 3차례에 걸쳐 상소문 서한문 유묵 등 33점의 자료를 독립기념관에 기증했다. 그
것들을 차례로 언급하면 「곽종석 구국문」, 「최익현 상소문」, 「김좌진 편지」, 「김복
한 서찰」, 「류인석 서찰」, 「한용운이 청송 진보 현감에게 보낸 편지」, 「신채호 서
찰」, 「노백린 간찰」, 「홍범식 유묵」, 「홍승목 유묵」, 「김가진 서찰」, 「이시언의 칠
언율시 유묵」, 「의병통문」, 「유길준 유묵」, 「박세화 편지」, 「민영환 간찰」, 「강원형
간찰」, 「이상재 유묵」, 「이승훈 편지」, 「이준 유묵과 오세창 시」, 「김옥균 간찰」,
「황현 간찰」, 「서광범 유묵」, 「신규식 간찰」, 「김덕명 간찰」, 「김익중 간찰」, 「신황
간찰」, 「장면 간찰」, 「백용성 간찰」, 「민긍호 상소문」, 「김경태 간찰」, 「최시형 시
문」, 「이종일 간찰」 등이다. 근대 독립운동가 내지 문인들의 글이 대부분이다.

모학술대회에서 이 자료가 소개되면서 널리 알려지게 되었다.

　　신채호의 새로운 한시의 한 수를 찾아냈다. 한 장의 종이에 써 내려간 단
재 이름의 문장을 주목해오지 않았던 것 같다. 이 문서는 현재 독립기념관
에 소장되어있는 것으로 이 글이 오언배율의 한시라는 것도 잘 알려지지
않았으며, 학계에서도 전혀 논의된 바 없었다. 이 문서는 신채호를 소개하
는 백과사전의 항목에서 사진으로 실었으나 해석해서 학계에 발표한 사람
이 없었다.[7]

　박정규의 언급처럼 당시까지만 해도 이 자료에 대해 제대로 관심
을 갖고 살핀 사람이 없었으며, 그래서 그것이 오언배율의 한시인지
조차 알려지지 않았다. 그렇지만 백과사전에는 이것이 신채호의 글
씨로 소개되었다.[8] 이 한시가 소개되자 언론에서 주목했다.

　　단재 연구가 박정규씨는 이날(2006.2.17 - 인용자) 단재 신채호 선생이
1901년 2월 7일 지은 오언배율(五言排律) 형식의 한시 1편과 번역본을 공
개했다 (…중략…) 박씨는 "시가 담긴 문서는 오래전에 책을 통해 소개됐
지만 글로만 여겨졌을 뿐 한시로 해석된 적이 없었다"며 "좀 더 많은 고증
이 필요하겠지만 새로운 한시 발굴로 단재가 지닌 시인으로서의 면모를
엿볼 수 있다"고 밝혔다.[9]

7　박정규, 앞의 글, 65면.
8　현재에도 『한국민족문화대백과사전』에 이 자료는 "신채호 친필 조선 말기. 일제강
　점기의 독립운동가인 신채호(1880-1936)의 글씨. 독립기념관 소장. (ⓒ한국학중
　앙연구원.유남해)"으로 소개되고 있다.
9　유태관, 「단재 신채호 한시 공개」, 『시사포커스』, 2006.2.18.

이 한시는 『시사포커스』, 『조선일보』 뉴스란에 소개되었으며,[10] 또한 『주간동아』에도 '신채호의 친필'로 소개된다.[11] 단순히 서찰로 알려졌던 이 자료가 오언배율의 한시로 내용 전체가 번역되어 알려진 것이다. 그리고 이 한시는 2010년 8월 11일부터 11월 18일까지 충남대박물관 전시회에서 일반에 공개되었다. 당시 『천지일보』, 『대전시티저널』, 『아시아경제』 등은 한결같이 이 한시를 '단재가 이관구에게 보낸 편지'로 보도했다.[12] 그런데 어떤 연유로 그것이 단재가 이관구에게 보낸 편지인지 어디에도 설명이 없었다. 그것은 행사를 주관한 충남대박물관이나 대전시청 쪽에서 준 '보도자료'에 따른 것으로 보인다. 이를 확인하려고 충남대박물관과 대전시 문화재과에 연락했지만, 사실관계를 확인할 수는 없었다. 당시 전시회에 단재가 이관구에게 준 한시(칠언율시)도 함께 전시되었는데, 두 자료가 혼선을 일으키면서 이 편지(오언배율)의 수신자가 이관구로 와전된 것이 아닌가 한다.

한편 이 자료는 2019년 3·1운동 및 대한민국임시정부 수립 100주년을 맞아 서대문형무소역사관에 전시된다. 2019년 2월 19일부터 4월 21일까지 '문화재에 깃든 100년전 그날展'이라는 기획전에 전시된 것이다. 여기에서도 이 한시는 '신채호 선생의 친필 서한'으로 소개되었다. 아울러 이 자료는 현재 충청북도 청원군에 있는 단재사당에도 사본이 전시되어있다. 모두 신채호의 저작이자 유묵으로 인식되고 있다. 그래서 그 자료의 진위 고증이 더욱 필요하다.

10 유석재, 「단재 한시·'항일가사집' 첫 공개」, 『조선일보』, 2006.2.27.
11 강명관, 「영어 원서 읽으면서도 우리 책에 무한 애정」, 『주간동아』, 2007.5.2.
12 강수경, 「단재 신채호가 쓴 기사·서신 한자리에」, 『천지일보』, 2010.8.10; 김선호, 「단재 신채호 특별전 세기의 귀향」, 『대전시티저널』, 2010.8.10; 왕성상, 「100년만의 귀향, 대전 출신 '단재 신채호 특별전'」, 『아시아경제』, 2010.8.12.

3. 한시의 내용

1) 성균관 학생과 숙사塾師

이 자료의 발굴로 인해 몇 가지 의문이 제기되었다. 바로 "스승 되는 것도 부끄러운데 (…중략…) 침식을 함께한 지 4개년이 지났지(所愧爲人師…寢食四星霜)"라는 구절 때문이다. 그래서 당시 언론에서 '단재가 10대 때 훈장으로 4년간 남의 집에 기거하며 글을 가르친 사실이 담겨있'다고 보도했다. 말하자면 단재가 10대에 숙사를 했다는 것이다.

이 한시는 광무 5년 즉 1901년 2월 7일 쓴 것으로 단재 나이 22세 때의 일이다. 1898년 가을에 성균관을 입학했다면 수업 연한이 3년이었으므로 성균관 경학과에 재학중이 아니었는가 한다 (…중략…) 이 한 수의 한시를 통하여 단재 연보도 고쳐질 가능성이 있다고 하겠다.[13]

단재가 10대 때 숙사를 했다면 1898년 성균관 입학을 어떻게 볼 것인가? 이 한시의 발굴로 단재 연보를 수정해야 할 가능성이 제기되었다. 우선 자오곡, 대고모 등과 관련된 숙사생활과 단재의 관련성이 전혀 드러나지 않았다. 그리고 이전 연보에 단재가 1898년 가을 성균관에 입학하였는데, 이는 오언배율의 '4년 숙사했다'는 내용과 상충하는 면이 있다.

丹齋는 二十歲 頃에 그 祖父와 가티 上京하야 判書 申箕善氏의 恩寵을 바

---

13 박정규, 앞의 글, 66~67면.

더서 成均館에서 工夫하는 동안 그 才名은 當代 長安에 높히 쓸지엇고[14]

嘗與余同留成均館, 前後可六年. 乙巳五條約成, 與許旺山, 入嶺東倡義[15]

신영우는 단재가 20세(1899)쯤에 성균관에 들어간 것으로 언급했으며, 신백우는 단재가 "二十歲 前 光武年間에 成均館에 居齋"했다고 하여 20세 전에 성균관에 입교한 것으로 언급했다.[16] 단재는 「몽김연성」에서 김연성이 '일찍 자신과 함께 성균관에서 전후 6년을 같이 지냈으며, 을사(1905) 오조약이 체결되자 그는 허왕산과 함께 영동으로 들어가 의병을 일으켰다"고 했다. 김연성이 언제 성균관에 입교했는지는 알 수 없지만, 『승정원일기』에 따르면, 그는 1904년 4월 10일 성균관박사에 임명되고, 그해 5월 10일 면관되었다고 한다.[17] 이러한 사실에 비추어 보면 '1898년 가을 성균관에 입교'하였다는 것은 어느 정도 사실과 부합하는 것으로 보인다.[18]

第一條 成均館은 勅令 第一百三十六號에 依ᄒ야 學生으로 ᄒ야곰 經學을 肄習ᄒ고 德行을 修飭ᄒ야 文明ᄒ 進步에 注意ᄒ을 要旨로 홈.

第二款 學科 及程度.

第二條 成均館經學科學生의 課ᄒ 學科目은 三經四書(幷諺解) 史書(左傳 史記 綱目 續綱目 明史 等) 本國史 本國地誌 萬國地理 歷史 作文 算術로 홈. 但

---

14 신영우, 「朝鮮의 歷史大家 丹齋 獄中會見記」, 『조선일보』, 1931.12.30; 단재신채호전집 편찬위원회 편, 『단재신채호전집』 9, 독립기념관 한국독립운동사연구소, 2008, 251면.
15 「夢金演性」, 『단재신채호전집』 7, 226면.
16 신백우, 「丹齋 申采浩 略傳」, 『畊夫申伯雨』, 畊夫申伯雨記念事業會, 1973; 『단재신채호전집』 9, 390면.
17 http://sjw.history.go.kr/id/SJW-K41040100-00300
18 「연보」, 『단재신채호전집』 9, 427면.

時宜를 因ᄒᆞ야 他經傳 及史文을 肄習홈도 可홈.

　第三條 學生修業年限은 年終試驗 及第로 爲準홈.

　第四條 學生은 館中에 留宿ᄒᆞ야 課程을 勤篤홈.[19]

　이것은 1896년 7월 16일 학부령 제4호로 공표된 「成均館經學科規則」으로 1895년 8월 9일 공표된 학부령 제2호 「成均館經學科規則」을 개정한 것이다. 1895년에는 수업 연한이 3년이었으나, 1896년에는 '年終試驗 及第로 爲準홈'으로 바뀌었고, 학과목에서도 '他經傳 及史文을 肄習홈도 可홈'이 추가된다.[20] 당시 입교 연령은 20세 이상이었으며, 입교한 학생들은 기숙사(館中)에 생활하며 과정을 공부하는 것으로 되어 있다. 그런데 입학 연령 20세는 조금의 융통성은 있었던 것으로 보인다.[21]

　단재가 1898년 입교했다면 학부령 제4호의 규칙을 따랐을 것이다. 곧 수업 연한 3년 규정은 사라지고, 연종 시험에 급제해야 졸업을 하는 상황이었다. 단재는 1905년 3월 31일 성균관을 졸업하고, 4월 4일 '성균관박사' 및 '판임관 6등'에 서임된 것도 그러한 가능성을 보여준다. 단재는 독립협회에 관여했고, 인쇄물과 집회 등으로 1898년

19　국사편찬위원회 한국사데이터베이스(http://db.history.go.kr/item/level.do?setId=2&itemId=mh&synonym=off&chinessChar=on&page=1&pre_page=1&brokerPagingInfo=&position=1&levelId=mh_002_0070_0010_0040_0110)

20　이밖에도 "第六條 學年을 分ᄒᆞ야 前後 二學期로 ᄒᆞ되 前期ᄂᆞᆫ 七月 二十一日로 始ᄒᆞ야 十二月 二十五日에 終ᄒᆞ며 後期ᄂᆞᆫ 正月 十六日로 始ᄒᆞ야 六月 十五日에 終홈, 第七條 授業日數ᄂᆞᆫ 每年 四十二週오 授業時間은 每週 二十八時間 以內로 홈"은 "第六條 學生이 他學校例를 依ᄒᆞ야 冬夏兩期에 放學ᄒᆞ되 或 學業에 銳意精進코ᄌᆞ ᄒᆞ야 放學을 願치 아니ᄒᆞᄂᆞᆫ 者ᄂᆞᆫ 其願을 依ᄒᆞ야 一年長課홈도 可홈, 第七條 授業時間細則은 館長이 量宜ᄒᆞ야 定홈"으로 바뀐다. 이전의 수업 연한, 하기 구분, 수업 시간 등을 탄력적으로 운영하도록 한 것이나.

21　조소앙은 1887년생이나 16세의 나이인 1902년에 성균관에 입교했다고 한다. 삼균학회 편, 『소앙선생문집』(하), 햇불사, 1979, 483면.

11월 5일에 경위원警衛院 별순검別巡檢에 붙잡혔다고 하는데,[22] 그는 1898년 가을 이후 서울에 머물렀던 것으로 보인다.

그렇다면 단재는 1898년부터 1901년 사이에 숙사를 할 수 없었다. 그가 숙사할 수 있는 시기로 1893-1897년을 가정할 수 있다. 그런데 단재는 1895년 16세에는 풍양조씨와 결혼했고, 17세에는 신영우의 집을 찾아와 그의 조부 신승구와 시를 주고받았다고 한다. 신영우는 어릴 적부터 단재를 잘 알았고, 그래서 단재의 삶을 자세하게 소개했지만, 그 어디에도 숙사 활동에 대한 언급은 없다. 그는 다만 "丹齋가 天才的 才質에 또 그 祖父의 嚴格한 敎育을 바더 十五六歲에는 이미 大人으로써 成熟된 感이 잇섯"으며, 17세(1896)에는 "漢學의 修養이 깁헛고 才質이 쒸여"났다고 언급했다.[23] 이러한 것들을 종합해 볼 때 단재는 1883-1897년 무렵 숙사를 한 것이 아니라 할아버지(신성우)와 석헌 신승구의 가르침을 받으며 학문적 역량을 키웠을 것으로 판단된다.

2) 단재 가계와 대고모

다음으로 한시의 시적 화자가 상사공의 집에 4년간 머물며 가르쳤는데, 그 집은 대고모네 집이었다. 대고모가 상사공의 어머니였기 때문이다. "우리 종중의 대고모님께서는 팔순의 나이에 시부모를 모셨지吾宗大姑母 八耋奉高堂"라는 구절에서 당시 대고모가 80세에 이르렀다는 사실을 확인할 수 있다. 여기에서 시적 화자를 단재로 볼 경우 몇 가지 사실 확인이 필요하다. 상사공은 대고모의 아들, 시적 화자에게

---

22 「獨立協會沿歷署」, 『단재신채호전집』 8, 22면.
23 신영우, 앞의 글, 『단재신채호전집』 9, 250면.

는 내종숙이 된다. 그렇다면 단재의 가계를 살펴보기로 한다.

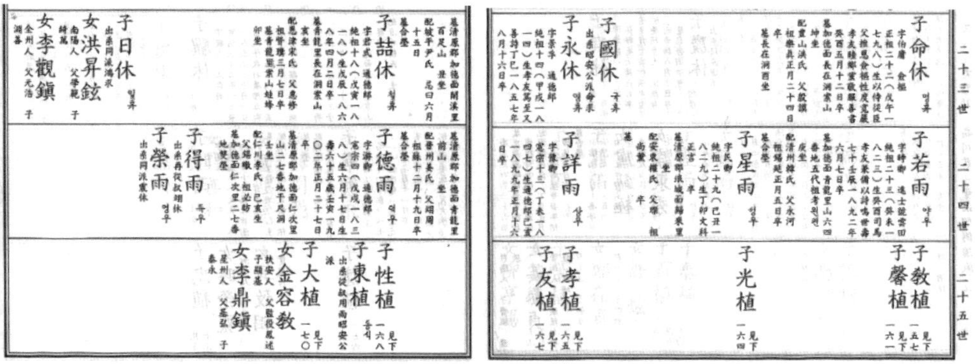

<그림 2> 고령신씨세보[24]

단재에게 대고모는 증조 신명휴의 딸이자, 할아버지 신성우의 누이가 된다. 『고령신씨세보』에는 단재의 고조 신상구商求, 1781~1821의 경우 아들 다섯(명휴, 국휴, 영휴, 철휴, 일휴)과 딸 둘의 배우자(홍승현, 이관진)의 이름이 올라 있다. 그리고 신명휴命休, 1798~1873의 아들로 신약우若雨, 1823~1892와 신성우星雨, 1829~?만 나올 뿐, 딸은 기록에 없다. 당시 딸은 족보에 오르지 않았지만, 딸의 남편(배우자) 이름이 등재되었다. 신성우의 8촌인 신시우도 4명의 누이가 있었는데, 각각의 배우자 이름이 등재되어 있다.[25] 이를 통해 신채호의 할아버지인 신성우는 누이가 따로 없었으며, 그래서 단재에게는 대고모가 존재하지 않았다. 그러므로 오언배율은 단재의 가계와 다른 내용을 담고 있다.

24　고령신씨세보편찬위원회, 『고령신씨세보』 권3, 농경출판사, 1995, 50~51면. 아울러 신성우의 아들로는 신광식이 있었으며, 그의 아들로 신재호(1872~?), 신채호(1880 ~1936)가 있었다. 같은 책, 164~165면.
25　위의 책, 52~53면.

3) 경험시간과 서술시간의 간극

이제까지 단재의 삶의 정황만 보더라도 오언배율은 단재의 작품과 멀다고 할 수 있다. 그래도 내용 전반을 통해 단재의 창작 또는 서예 여부를 보다 심충적으로 살펴보려고 한다. 이 오언배율은 모두 5언 24행으로 되어있다. 이를 다시 제1행부터 12행까지의 전반부와 13행부터 24행까지의 후반부로 나눌 수 있다. 이를 번역과 함께 살피기로 한다.

我來子午谷	나 이제 자오곡에 와서 보니
知是幷州鄉	여기가 제2의 고향임을 알겠네.
在昔上舍公	옛적에 상사공께서
待我置諸傍	나를 곁에 두시고 대우해 주셨고
吾宗大姑母	우리 종중의 대고모님께서는
八耋奉高堂	팔순의 나이에 시부모를 모셨지
玉樹謝家寶	명문가의 보배 같은 자제들에게
令我授詞章	나로 하여금 글을 가르치게 하셨지만
所愧爲人師	스승 되는 것도 부끄러운데
不能引誘詳	자상하게 이끌어주지 못하였네
情若一家厚	정은 한집안 식구처럼 후하였으며
寢食四星霜	침식을 함께한 지 4개년이 지났지

이것은 이 시의 전반부에 해당하는데, 굳이 전후반부로 나눈 것은 시제 및 화제가 제13행을 중심으로 바뀌고 있기 때문이다. 이 한시는 하나의 서사 구조를 이루고 있다. 제1행은 서사적 현재로서 시적 화자(나)가 자오곡에 다시 들렀음을 서술했다. 이는 다시 제13-24행과

연결된다. 제3행부터 과거의 이야기로 들어가며 회상의 형식을 띤다. 그것은 제12행에서 '4년 동안 침식을 같이했다'는 구절과 연관된다. 내용을 종합하면 내가 이전에 상사공 집에 4년 동안 거주하며 그 집안 아이들을 가르쳤다는 것이다. 그러므로 제3-12행은 제2행 '자오곡이 제2의 고향'인 이유를 설명해준다. 상사공 식구들과 한가족처럼 지냈기에 그 마을에 대해 정이 많이 들었다는 것이다. 그것은 다시 14행 상사공의 집에 들렀을 때 마음이 많이 아프게 된 원인이 된다.

여기에서 제3행 과거(在昔) 경험시간은 시적 화자의 현재 서술시간과 상당한 시간적 거리가 존재한다. '在昔'은 일반적으로 '往昔'과 같은 의미로 쓰이며, '옛적', 또는 '이미 많은 세월이 지난, 오래전'을 의미한다. 이것이 막연한 시간을 일컫는 말이라 숫자로 한정하기는 어렵지만, 짧지 않은 시간을 의미한다는 것은 분명하다.

　　昔金庾信將伐高句麗.[26]

　　昔者 勝朝(高麗) 以前에 東方이 固是强國으로 著名ㅎ아[27]

　　昔者에 安順庵이 李星湖를 보러가아 목이 말너 初更부터 물을 請하얏스나 차차 써오마는 回答만 잇고 實際 써오지는 안하얏다.[28]

　　그러나 二十年 前 昔日의 "四十 以上을 다 죽이여야 하겟다"와 二十年 後 今日의 "四十 以上을 다 죽이여야 하겟다"가 彼此로 한아도 다름업는 쪽갓흔 말이지만 그 內容의 意味는 天壤의 懸殊가 잇나니[29]

　　然이나 往昔에 在ㅎ야는 列强의 貿易政策勢力이 軍事政策勢力보다 猶少

26　신채호, 「愚公移山論」, 『普專親睦會報』, 1907.11; 『단재신채호전집』 6, 490면.
27　「舊書蒐集의 必要」, 『대한매일신보』, 1908.6.16; 『단재신채호전집』 6, 637면.
28　신채호, 「朝鮮의 志士」, 김병민 편, 『신채호문학유고선집』, 연변대 출판사, 1994, 171면.
29　震公, 「四十以上은 盡殺」, 『獨立新聞』, 1923.9.19; 『단재신채호전집』 6, 565면.

ㅎ더니 挽近으로는 貿易政策의 必要를 愈感ㅎ야 甲國이 乙國에 對ㅎ미 반다시 經濟의 競爭을 先ㅎ며[30]

　여기에서 단재가 '昔'을 어떤 의미로 썼는지, 일반적으로 어떻게 쓰이는지를 살필 필요가 있다. '昔'은 주로 '옛날에'라는 의미로 사용되었다. 이 경우는 대개 이전 시대, 곧 자신이 태어나기 이전 먼 시대를 의미한다. 그것은 "昔金庾信將伐高句麗", "昔者 勝朝(高麗) 以前", "昔者에 安順庵이 李星湖를 보러" 등이 해당할 것이다. 그래도 시간이 현재와 가까운 것은 '이십 년 전 昔日, 이십 년 후 今日', '往昔에 在하야는, 挽近으로는' 등에서 보인다. 단재는 "我畿湖가 昔日에도 學이 有ㅎ얏거늘 今日에는 何를 學ㅎ건딕"라고 하는가 하면,[31] "昔日에 風, 雨, 雷, 霆의 造化를 부리던 '미리'가 안이오"라고 언급하기도 했다.[32] 여기에서 '昔'은 '今', 또는 '挽近'과 대비되는 지나간 시간, 이전 시간을 드러내는 말이다. 단재가 언급한 구절 가운데 그래도 시간적 거리가 분명한 것이 "二十年前 昔日"일 것이다. 그것은 일상적으로 10년은 지나야 쓰는 표현일 것이다. 그렇다면 화자는 10여년 이전 '4년간' 숙사를 했다는 말이 된다.

居然人事變　　어느덧 인간사가 변해서

踵門多感傷　　다시 그 집에 이르니 마음만 아프네

幹家有克肖　　집안을 꾸려갈 어진 자손이 있어

30　「二十世紀新國民」, 『대한매일신보』, 1910.2.27; 『단재신채호전집』 6, 741면.

31　신채호, 「畿湖興學會는 何由로 起ㅎ얏는가」, 『기호흥학회월보』, 1908.8; 『단재신채호전집』 6, 510면.

32　신채호, 「꿈하늘」, 『단재신채호전집』 7, 618면.

繼諸思不忘	선업을 잊지 않고 이어가는구나
餘力則以學	틈만 나면 학문을 배우고 닦으며
孝悌乃其常	효도와 우애는 평소의 습관이네
晨省早拜廟	아침에 문안드린 후 사당에 절하고
苾芬朔薦觴	향긋한 제물 갖춰 초하루면 잔을 올리네
修身莫如禮	수신함에 예의만 한 것이 없었고
齊家得其方	제가에는 그 방법을 터득하였네
斯言出肝膈	이 말은 마음속에서 나온 것이지만
書贈愧拙荒	써주자니 어설프고 거칠어 부끄럽구나.[33]

제13행에서는 다시 현재의 시점으로 복귀한다. 제3행에서 12행까지가 과거 자오곡에서 숙사로서의 삶에 대한 진술이지만, 제13행부터는 현재 시점에서 화자의 진술이 전개된다. 그것을 알려주는 표지가 '어느덧 인간사가 변해서(居然人事變)'이다. 여기에서 '居然'은 과거(昔)에서 현재(今)에 이르는 과정과 시간을 의미한다. 대체로 '어느 사이 시간이 흘러'라는 의미이다.

後來 十五歲 十六歲를 過호면 一退步호고 廿歲 三十歲를 過호면 再退步호야 居然 孟賁烏獲의 姿質은 全變호고 塞郊痺島의 吟病이 頻煩호나니[34]
新羅 末葉에 崔朴諸氏가 雕虫小技를 抱하고 唐朝에 登第호야 唐衣를 衣호며 唐土에 食호더니 居然 自己生長혼 祖國을 全忘호고[35]

---

33 「오언배율」, 전집 9, 708~709면. 오언배율의 번역은 박정규 교수의 번역에 본 연구자와 경북대 이규필, 정우락 교수의 번역을 더했다.
34 「德智體 三育에 體育이 最急」, 『대한매일신보』, 1908.2.9; 『단재신채호전집』 6, 625면.
35 「許多古人之罪惡審判」, 『대한매일신보』, 1908.8.8; 『단재신채호전집』 6, 644면.

上等社會에는 漢文만 尊尚ㅎ야 讀習ㅎᄂ 바도 此에 在ㅎ며 著作하ᄂ 바를
此로 以하더니 居然 時代의 思潮가 壹變ㅎ야 彼 佶屈贅牙흔 漢文으로ᄂ 國民
知識 均啓흠이 難흠을 大覺ㅎ며[36]

애국계몽기 단재의 글로 알려진 「德智體 三育에 體育이 最急」에서
10대에서 20-30대로 가는 사이를 '거연'으로 표현했다. 단재는 「許
多古人之罪惡審判」에서 최치원, 박인범 등이 당나라에 들어간 이후
어느 사이 신라를 망각했으며, 「文法을 宜統一」에서는 한문만 숭상하
다가 어느덧 시대가 변해 그것으로는 지식을 고루 계몽하기가 어렵
게 되었다고 했다. '居然 孟賁烏獲의 姿質은 全變', '居然 時代의 思潮
가 壹變' 등은 '居然人事變'처럼 하루아침의 변화가 아니라 상당한
시간의 경과를 전제하고 있다.

한시의 화자는 자신도 미처 못 느끼는 사이 시간이 흘러 인사가 변
했다고 했다. 그것은 대고모의 시부모와 대고모가 타계했을 가능성
을 시사한다. 그래서 '다시 그 집에 이르니 마음만 아프네'라고 했던
것이다. 여기에서 옛적과 현재의 변화된 모습을 볼 수 있다.[37] 그러므
로 지난날(昔)과 현재(今)의 시간적 흐름(居然)을 적어도 10여년 정도로
상정해볼 수 있다. 곧 화자는 10여년이 세월이 흐른 후 과거 4년간
침식을 했던 자오곡 상사공의 집에 다시 온 것이다. 그러므로 오언배
율에서 시를 쓰는 서술적 현재(1901)에서 10년의 시간 경과를 고려하

---

36 신채호, 「文法을 宜統一」, 『기호흥학회월보』 5, 1908.12; 『단재신채호전집』 6, 511면.
37 오언배율에서 현재의 시간은 1,2행-13,14행-15,16행-17,18행-19,20행-21,22
    행-23,24행으로 이어지며, 나와 상사공 자제의 시간으로 이뤄진다. 그리고 과거의
    시간은 3,4행-5,6행-7,8행-9,10행-11,12행으로 이어지며, 나와 상사공, 대고모
    와 함께한 시간이며, 4년간 지속되었다.

더라도 자오곡에서의 삶은 1880년대 후반이 된다. 이를 단재의 삶과 결부하면 10살도 안 된 단재가 숙사를 했다는 말이 된다.

4) 수신 제가와 대아 애국의 문학

한편 다시 자오곡에 이른 화자는 상사공의 자제들이 선업을 잘 이어받고 있는 모습을 보고 기쁨을 느낀다. 선업이란 제17행부터 22행에 이르는 것으로, 수신과 제가라는 유교적 가치의 실현이다.

餘力則以學 孝悌乃其常 晨省早拜廟 苾芬朔薦觴 修身莫如禮 齊家得其方

곧 학문에 힘을 쏟고, 효제를 생활화하며, 사당에 참배하는 등 수신과 제가라는 유교적 덕목을 강조한 것이다. 이는 한편으로 시적 화자(숙사)가 그들에게 가르친 내용일 것이다. 그런데 이 시기 단재가 유교를 어떻게 인식했는지 정확히 알기 어렵지만, 이후의 행동을 통해 추정할 수 있다.

其身은 비록 二十世紀에 坐ᄒ엿스나 其精神은 數百年 數千年前 時代에 坐ᄒ엿스며 其身은 歐美 文明 揮揚의 時代를 際ᄒ엿스나 其精神은 唐漢三代와 詩曰賦曰에 在할 ᄲ이며 其身은 五大人種 交通의 時代를 際ᄒ엿스나 其精神은 程子朱子와 退溪栗谷을 追逐홀 ᄲ이니 此 輩人은 卽 今日人物이 아니오 古代人物이라[38]

吾人은 孔子로 先生을 作홀까 耶蘇로 先生을 作홀까 痲哈麥으로 先生을 作홀까 曰 皆否否라 오즉 眞理로 선생을 作ᄒ리라. 故로 孔子 耶蘇 痲哈麥의

---

[38] 劍心, 「古代의 人物」, 『대한매일신보』, 1910.1.6; 『단재신채호전집』 6, 541~542면.

行ᄒᆞ바라도 眞理에 合ᄒᆞ면 恭承敎ᄒᆞ려니와 만일 眞理에 不合ᄒᆞᆫ 者면 吾人
은 頭가 碎ᄒᆞ더라도 決斷코 反抗을 作ᄒᆞ야 我 眞理先生을 惟從ᄒᆞ리라.[39]

단재는 위 글에서 20세기에 살고 있으면서 주자 정자를 쫓는 사람
을 '고대의 인물'이라 하였다. 한마디로 시대착오적 인물이라는 것이
다. 그리고 이 글보다 먼저 발표된 「구서간행론」에서 "朱子ㅣ 云云커
던 我도 云云ᄒᆞ며", 그래서 "口가 我口언만 惟古人의 言만 是言ᄒᆞ며
腦가 我腦언만 惟古人의 思만 是思ᄒᆞ야 末乃 我의 言語 行動 手髮 膚
肉이 古人의 影子와 彷彿ᄒᆞ면 士林이 稱曰先生이라 ᄒᆞ며 後世에 尊曰
儒賢이라 ᄒᆞ야 第壹等 奴隸資格을 養成ᄒᆞ면 第壹等 待遇를 得ᄒᆞ나니"
라고 하여 주자 숭배자를 노예로 언급했다.[40] 아울러 단재는 공자나
석가를 스승으로 모실 것이 아니라 진리를 스승으로 모시겠다고 했
다. 1900년대에 단재는 주체적 사상을 강조하였으며, 공자나 주자
등을 모방하거나 뒤쫓는 무리를 '노예'로 간주했던 것이다. 심지어
"儒敎가 入ᄒᆞ민 韓國的 儒敎가 되지 못ᄒᆞ고 儒敎的 韓國이 되야 害만
有하고 益은 無ᄒᆞ엿"다고 언급하기도 했다.[41] 이러한 것들은 단재가
유교를 어떻게 보는지를 잘 보여준다. 그래서 정인보는 단재가 "儒學
을 항상 排斥하기는 하되 거긔 對한 智識은 또한 一家의 見을 가젓다"
고 언급했다.[42]

---

39 劍心, 「惟眞理」, 『대한매일신보』, 1910.1.7; 『단재신채호전집』 6, 542면.
40 「舊書刊行論」, 『대한매일신보』, 1908.12.19; 『단재신채호전집』 6, 658면.
41 劍心, 「三國以後의 韓國은 其國性이」, 『대한매일신보』, 1909.12.22; 『단재신채호전집』 6, 537면.
42 정인보, 「丹齋와 史學」, 『동아일보』, 1936.2.28; 『단재신채호전집』 9, 259면.

흐로는 법국 사람이 청국인을 딕흐야 너의 부모가 소와 말 갓다고 욕을 흔즉, 청국 사람들이 일졔히 역스흐던 독긔를 덜고 일어나 싸호코쟈 흐거늘, 법국 사람이 그 모양을 보고 탄식흐여 왈, 늬가 청국인은 준준흔 동물과 갓치 익국심이 업눈 쟈인 줄 아러써니, 이졔 이것을 본즉 청국인이 엇지 익국심이 업스리오. 다만 가족 사랑흐눈 마암에 나라사랑이 쎅씬 바가 됨이로다 흐엿도다.[43]

한시에는 '효제', '수신', '제가'를 주요한 덕목으로 제시했다. 단재는 「익모초」에서 효를 강조했다. 그런데 그는 청국인의 예를 들어 '가족을 사랑하는 마음'의 문제점을 경고했다. 효도 중요하지만, 국가 사랑하는 마음, 곧 충으로 나아가야 함을 주장한 것이다. 그것은 그가 「대아와 소아」에서 강조했던 '대아적 삶'이기도 하다.[44] 곧 단재는 수신과 제가를 바탕으로 하는 위가지학爲家之學보다는 대아적 삶을 실천하는 위국지학爲國之學을 중시했다.

4. 한시의 형식

1) 증시 또는 서신의 형식

앞의 작품이 서찰로 알려진 것은 "光武五年 辛丑 2月 7日 申采浩拜"이라는 구절 때문이다. 이 작품에 글을 쓴 시간과 발신자가 제시되었다. 이것은 비록 '증시贈詩'이지만, 서신의 형태를 띠고 있다. 그

43 신채호, 「益母草」, 『가정잡지』, 1908.7; 『단재신채호전집』 7, 730면.
44 신채호, 「大我와 小我」, 『대한협회보』, 1908.8.; 『단재신채호전집』 6, 507~510면.

경우 날짜와 저자는 마지막에 오는 것이 일반적이다. 여기에서는 서신을 포함하여 단재가 다른 사람에게 주는 글의 형식을 살펴보기로 한다.

서신－岳兄 보시압, 極熊에게, 車兄惠鑑, 朴慈惠氏鑒[45]
한시－贈妓生蓮玉, 贈別期堂安泰國

시로 보면 제목에 속할 터이고, 편지로 보면 수신자에 해당하는 부분이 단재의 글에 모두 있는 것은 아니다. 단재가 안창호에게 보낸 두 편지에는 모두 맨 앞부분에 수신자를 기입하지 않고 본 내용이 시작된다. 이 경우 이미 봉투에 수신자가 나오기 때문에 아니 써도 전혀 문제될 것이 없다. 그런데 한기악이나 차형, 극웅, 그리고 아내한테 보낸 편지에는 위에서 보듯 '○○ 보라', '○○에게' 등 수신자가 제시되고 편지 내용이 시작된다. 아울러 시의 경우도 제목에 '○○에게 주다'라고 하여 수신자가 제시되었다.

다음으로 글 쓴 날짜와 글쓴이를 밝히는 대목이다.

隆熙二年三月一日 무어生은 叙ᄒ노라.(「세계삼계물서」, 1908)
聖天子隆熙二年孟夏高靈申采浩書于三洞精舍(「몽견제갈량서」, 1908)
4244.9.8 弟 申采浩 拜上(「안창호한테 보낸 편지」, 1911)
四千二百四十五年 十一月一日 弟申采浩 拜上(「안창호한테 보낸 편지」, 1912)
檀君4249년 3월 18일 한놈씀(「꿈하늘」, 1916)

<hr />

45 차례로 『단재신채호전집』 7, 750 · 752 · 756면에서 가져왔으며, 「박자혜씨람」은 『동아일보』(1928.12.13)를 참조했다.

四千二百五十八年 申采浩 씀(「張德震君의 遺書와 日誌叙」, 1925)

乙丑八月十六日 申采浩(『전후삼한고』, 1925)

위의 것들은 단재의 작품에서 글 쓴 날짜와 글쓴이를 밝힌 것들을 뽑은 것이다. 이것들이 모두 작품 끝에 제시되었다는 것은 전혀 이상할 것이 없다. 그리고 여기에서 단재가 연호를 쓰는 데 나름의 변화가 있었다는 것을 알 수 있다. 먼저 1908년 쓰여진 서문에는 융희 연도가 제시되어 있다. 이는 대한제국의 연호를 써서 자주성을 드러낸 것이다. 그리고 1910년 강제 합방 이후에는 단군 연호를 썼으며, 예외적으로 국내에 보낸 「전후삼한고」에는 을축년으로 기록하고 있다. 이를 통해 단재가 1901년에 글을 썼다면 대한제국의 연호인 '광무'를 썼을 가능성을 보여준다. 그런데 '광무5년'과 '辛丑'을 같이 표기한 것은 연도를 더욱 분명하게 하기 위한 조치로 풀이되지만, 단재의 연호 표기 방식과는 다르다.

마지막으로 단재는 안창호와 홍명희, 차형에게 보낸 편지에서 모두 자신을 드러내는 '아우弟'라는 단어를 썼다. 안창호[1878~1933]는 단재보다 2년 연상이고, 홍명희[1888~1968]는 8살 아래이며, 차형은 누구인지, 생몰연대를 알 수 없다. 이들에게 단재가 '弟'라고 한 것은 수신자의 관계를 드러내는데, 자신을 겸칭한 것이다. 만일 단재가 써준 작품이라면 이처럼 이름 앞에 수신자와의 관계를 적었을 가능성이 있다. 그런데 오언배율에는 그러한 것이 없다.

2) 시적 형식 – 오언과 칠언, 그리고 율시와 배율

단재가 시에 능함은 널리 알려진 바이다. 그는 여섯 살에 한시를 짓고,[46] 변영만에게는 '一分間의 傑詩'를 써주는 등 시적 소질이 뛰어났다.[47] 그래서 '漢詩에 天才'라는 평가를 얻기도 했다.[48] 그가 10대에 지은 시로 17세(1896)에 신승구와 주고받은 시, 18세(1897)에 신풍구 회갑에 지은 시 등이 현재 남아 있는데, 두 편 모두 칠언율시이다. 10대에도 시작에 능했다는 것을 알 수 있다. 현재 남아 있는 단재 한시 가운데 오언시는 1편(오언율시)에 불과하고, 나머지는 모두 칠언시이다.[49] 그런데 율시라는 것은 완결된 시적 구성을 지향하며, 배율보다는 시적 응축이나 완성도가 있다. 그런데 앞의 오언배율은 6운 12구의 배율이 2배로 확장된 12운 24구의 모습을 보인다. 그만큼 시가 내용적 측면에서 늘어난 모습을 보인다.

我來子午谷 / 知是幷州鄉 / 在昔上舍公 / 待我置諸傍

了過六旬有一年　어느덧 육순이 된지 일년이 지나서
蒼顏素髮兩飄然　파리한 얼굴 흰머리 모두 덧없구나
樂湛常棣開花後　형제 모인 잔치에 즐거움이 가득하고
氣靄阿蘭舞彩前　마음 고운 아란이 무늬옷 입고 춤추네[50]

---

46 이선근, 「丹齋先生과 나」, 『花郎道研究』, 海東文化社, 1948; 『단재신채호전집』 9, 351면.
47 변영만, 「『실루에트』 二 三」, 『中央』, 1936.6; 『단재신채호전집』 9, 328~329면.
48 변수주, 「丹齋先生 逸話片片」, 『조선일보』, 1960.2.20; 『단재신채호전집』 9, 328~329면.
49 단재의 한시는 모두 21편 정도가 남아 있다. 그것을 형식에 따라 분류하면 다음과 같다. 5언율시-1편 : 「북경우음」, 7언절구-6편 : 「서분」, 「백두산도중」(이는 절구 2편이나 율시 1편으로 볼 수도 있다), 「증기생연옥」, 「독사」, 「영오」, 7언율시-14편 : 「무제」, 「용파수연시」, 「구력세제 봉우회」, 「추야술회」, 「증별기당안태국」, 「술회1」, 「술회2」, 「증별이화사」, 「임술추작」, 「故園」, 「계해십월초이일」, 「가형기일」, 「몽김연성」, 「무제2」 등.
50 신채호, 「龍坡壽宴詩」, 『단재신채호전집』 7, 707면.

전자는 오언배율의 제1-4행으로 시의 시작 부분에 해당한다. 후자는 「龍坡壽宴詩」로 단재가 1898년 신풍구 회갑잔치에서 쓴 칠언율시의 전반부이다. 오언배율은 객관적 상황 서술에 초점을 맞춘 반면, 단재의 칠언시는 회갑잔치에 자신의 감상을 곁들여 칠언에 잘 응집해내고 있다. 그래서 이 오언배율은 평이하고 느슨한 구조인데, 칠언율시는 시적 구성이 정교하고 치밀하다. 정인보는 단재가 "漢詩에 있어서는 자못 玲瓏 駘蕩한 境界가 있어서 비록 率爾한 著作이라도 辭致가 다른 사람과 달랐다"고 했다.[51] 단재가 창작 재능이 뛰어났으며, 특별한 언어 정취를 갖고 있었다는 것이다. 그런데 두 한시를 비교해 보면 서로 정취가 다름을 알 수 있다.

修身莫如禮 / 齊家得其方 / 斯言出肝膈 / 書贈愧拙荒

鄉愁越鳥方成夢　향수 어린 월나라 새는 바야흐로 꿈을 꾸고,
詩意吳蠶正入眠　시심 어린 오나라 누에는 막 잠에 드는구나.
吟罷讀叢兼話橘　읊기를 마치고 읽을 것을 모아 이야깃거리로 삼으니,
閒人趣味信悠然　한가한 사람의 취미가 참으로 유유하다네.[52]

전자는 오언배율의 제21-24행으로 시의 마무리 부분이고, 후자는 「無題」로 단재가 신승구를 만나서 쓴 칠언율시의 후반부이다. 서예에 서체가 있듯 시문에는 문체가 있다. 그것은 창작자의 세계관을 잘 대변해준다. 전자가 1901년의 시인데, 후자는 1896년의 지은 시이

51　위당, 「殘憶의 數片」, 『新東亞』, 1936.4; 『단재신채호전집』 9, 292면.
52　신채호, 「無題」, 『단재신채호전집』 7, 706면.

니 5년 정도의 차이가 있다. 전자는 교조적이고 예교적인 모습이 확연하며, 후자는 자유롭고 호방한 분위기를 보여준다. 후자에서 단재의 인생관 세계관을 엿볼 수 있다. 이러한 모습을 두고 변영만은 단재가 "君一流의 滉漾 浩蕩 幻怪의 境地가 따로 開拓되여잇"다고 언급했을 것이다.[53] 후자는 전자와는 구별되며, 그래서 한 사람의 시적 태도라고 하기는 어렵다.

> 寂寂挑燈坐 적적한 밤 등 아래서 불 돋우고 앉은 것은
> 非爲守六庚 여섯 庚申 밤새는 것 그 때문은 아니라네
> 石才慚後死 재주 없어 후손 노릇 못하는 것 부끄러워
> 無漏悟前生 잡념이 없었더면 전생일을 깨달을 걸[54]

이 시는 단재가 북경에서 읊은 오언율시의 전반부이다. 현재 남아있는 유일한 단재의 오언시로, 앞의 오언배율과 같은 오언 형식이다. 이 시에서 단재는 자신의 회포를 읊고 있다. 자신의 과거를 회고하면서 '재주 없어 후손 노릇 못하는' 부끄러운 현실을 느낀다. 오언배율에는 전반부 9행에 과거의 부끄러움(愧)-14행 현재의 마음 아픔(多感傷)-24행 현재의 부끄러움(愧)으로 구성되어 있다. 두 시의 부끄러움 사이에는 커다란 차이가 있다. 참慚은 스스로 부끄러움을 아는 것으로 남처럼 하지 못하는 것에 대한 부끄러움이다. 이에 비해 괴愧는 남 부끄러움을 아는 것으로 자신의 잘못을 부끄러워하고, 남이 비난할 것을 두려워하는 것이다. 단재는 "二十世紀 今日 此時에 生혼 我輩가

---

53 蘇篁生, 「申丹齋의 輪廓」, 『조선일보』, 1931.6.12; 『단재신채호전집』 9, 241면.
54 신채호, 「北京偶吟」, 『단재신채호전집』 7, 717면.

進ᄒᆞ야 外國人을 對ᄒᆞ미 韓國人이라 稱ᄒᆞ기 無愧ᄒᆞ며 退ᄒᆞ야 內外同胞를 對ᄒᆞ미 畿湖人이라 稱ᄒᆞ기 無愧ᄒᆞ야 恢恢廣大ᄒᆞᆫ 天地에 我의 面目과 我의 手足으로 我가 自立自行ᄒᆞ며 自由自主ᄒᆞᆯ 浩願을 抱ᄒᆞ고 於是乎 我興學會를 組織ᄒᆞ니라"고 하여 '남부끄러움 없는(無愧)' 삶을 주장했다.[55] 이처럼 부끄러움은 삶의 가치관이나 태도를 잘 보여준다. 곧 오언배율의 시적 화자와 단재 삶의 태도에 있어서 차이가 있다.

> 風雨淒淒海上春　비바람 싸늘할사 上海의 봄꽃
> 芳姿偏萎路傍塵　고운 모습 길가에서 시드는구나
> 羅裙猶帶朝鮮色　어여쁜 저 아가씨 조선 여자라
> 不吊英雄吊義人　영웅을 울지 않고 의인을 우네[56]

이 시는 단재가 기생 연옥에게 준 시로, '증시'라는 점에서 오언배율과 동일하다. 이 시에서 단재는 연옥이 기생으로 살아가지만 의義를 추구하는 모습을 그렸다. 그래서 한 논자는 단재가 "기생연옥에게 준 시에서도 강인한 의지를 담아내었지 지분기나 염태를 전혀 드러내지 않았다"고 평가했다.[57] 이는 단재의 시가 부끄러움과 자성의 시

55　신채호, 「畿湖興學會는 何由로 起ᄒᆞ얏는가」, 『기호흥학회월보』 1, 1908.8; 『단재신채호전집』 6, 551면. 한편 단재는 「조선사」에서 "이어서 數十 學生의 請求에 依하야 支那式의 演義를 본밧은 非歷史 非小說인 『大東四千年史』란 것을 짓다가 兩役이 다 事故로 因하여 中止하고 말하엿섯다. 그 論評의 獨斷임과 行動의 大膽임을 至今까지 自愧하거니와 그 以後 얼마큼 奮勉한 적도 업지 안으나 나아간 것이 寸步쯤도 못된 原因을 오늘에 國內一般 讀史界에 仰訴코저 하노라"(전집 1권, 613면)라고 했다. 이전에 지은 자신의 역사서가 '논평의 독단', '행동이 대담'이어서 '자괴'했다는 것이다. 그러한 부끄러움은 오히려 스스로 분발 노력하는 데 일조하였다는 것이다.
56　신채호, 「贈妓生蓮玉」, 『단재신채호전집』 7, 714면.
57　심경호, 「단재 신채호의 한시」, 『국학연구』 1, 한국국학진흥원, 2002.12, 12면.

가 아니라 강인한 기상이나 의지를 바탕으로 하고 있음을 말해준다. 특히 그러한 모습은 「癸亥 十月 初二日」, 「贈別期堂安泰國」, 「白頭山 途中」, 「丹齋箴」 등에서 역력하다. 정인보가 단재를 "雄奇 淵雅의 致 를 다하야 우리네의 造詣로는 到底히 그 蘊奧를 엿보기 어려울 만한 大家"라고 평가한 것도 그러한 측면을 높이 평가한 것이다.[58] 이처럼 단재의 시문은 웅혼한 운치를 지녔는데, 오언배율에서는 그러한 운 치가 전혀 드러나지 않는다.

3) 용사와 신채

오언배율은 사실 시이기는 하나 산문적 교훈을 담고 있으며, 그 내 용도 고전의 문장을 거의 그대로 가져온 것이 있다. 아래의 구절이 그러하다.

餘力則以學 / 孝悌乃其常
修身莫如禮 / 齊家得其方

이 부분은 오언배율 제17-18행과 제 21-22행으로 유교적 덕목을 강조한 것이다. 그런데 이 부분은 『논어』의 '학이편'의 내용을 거의 그대로 가져온 것임을 알 수 있다.

子曰 弟子 入則**孝** 出則**悌** 謹而信 汎愛衆 而親仁 行有**餘力** **則以學**文(『논어』)

所謂**齊其家**在修其身者(『대학』) 身修而后**家齊家齊**而后國治國治而后天下平

(『대학』)

---

58 위당, 앞의 글, 292면.

昏定而**晨省**(『예기』)

오언배율을 『논어』, 『대학』, 『예기』의 내용과 비교해 보면, 유교의 덕목을 그대로 수용하여 문장을 이룬 모습을 볼 수 있다. 특히 '餘力 則以學'이라는 구절은 『논어』의 '行有餘力 則以學文'을 거의 그대로 가져온 것이다. 아울러 효제, 신성, 배묘, 천상 등의 어휘들을 가져와 교조적 유가 사유를 대변해주고 있다.

정인보는 단재가 "尋常한 書札이라도 一種의 筆意가 있었으며 가끔 科體行詩를 작난삼아 지어놓고 혼자 웃고 보다가 찢어바리고 마는데 그런 것까지도 붓이 가고 神采가 돌지 아니하는 것은 없었다"고 말했다.[59] 단재의 붓이 가는 곳마다 '神采'가 돌았다는 것이다. 그는 「무제1」(1897)에서 월조, 오잠, 「서분」에서 복생, 「추야술회」에서 '天戈', '鱸膾', 「증별기당안태국」에 '형경', '왕건', 「독사」의 '盜刺' 등의 고사와 어휘를 가져왔다. 그렇지만 그것은 단순 인용에 그친 것이 아니라 단재 특유의 맥락을 통해 '신채'를 이룩하였다.

5. 한시의 서체

1) 서명 서체

위의 그림은 1912년 단재가 안창호에게 보낸 서신이다. 조금 날려 쓴 듯하지만, 필체 속에 기백이 느껴진다. 사실 서체로 보면 뛰어나

---

59 위의 글, 292면.

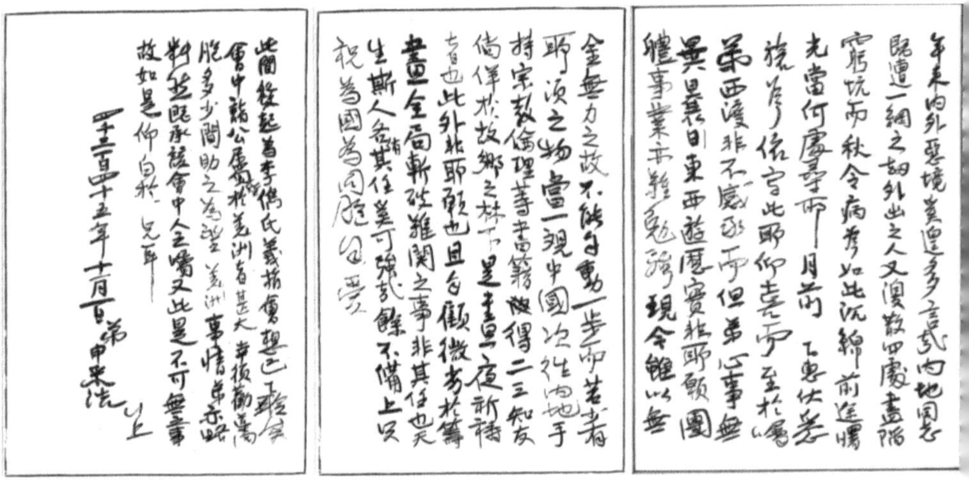

〈그림 3〉 안창호에게 보낸 단재 편지

다고 하기 어렵다. 그래서 단재 "先生의 글씨는 어린아이의 처음 배우는 글씨와 같다"거나[60] "書字가 極히 拙하야 어떤 때 보면 千字짜리의 習字같기도" 하다는 평가를 받기도 했다.[61] 이 필체는 10년의 시차가 있는 『전후삼한고』(1925)와 거의 차이가 없다. 달리 서체는 시간의 변화에도 골격이나 근간이 유지된다는 사실을 말해준다. 그래서 1901년에 나왔다고 하는 오언배율과 시간적으로 가장 가까운 위 서신의 서체를 비교하기로 한다.

오언배율의 '신채호申采浩' 서명에서 '申'은 별다른 차이를 보이지 않는다. '采'의 경우 마지막 두 획(7,8획)이 오언배율에서는 이이 형태를 띤다. 곧 6획 수직 'ㅣ'자를 중심으로 양쪽에 균형을 이루면서 아래로 말린 형태이다. 마지막 2획은 좌향, 우향이 아니라 6획의 중심

---

60 이극로, 「西間島時代의 先生」, 『朝光』, 1936.4; 『단재신채호전집』 9, 310면.
61 위당, 앞의 글, 292면.

구분	오언배율 -1901	단재편지(1) -1911	단재편지(2) -1912	전후삼한고 -1925	단재편지(3) -1928	단재편지(4) -1931
서명						

<표 1> 신채호 서명 비교[62]

을 감싸듯 마무리했다. 그러나 단재의 편지와『전후삼한고』에서는 모두 팔八자처럼 좌우로 내리뻗은 모습이다. 그리고 마지막 글자 '浩'를 보면, 오언배율에서는 첫 삼획 물수변(氵)은 1자처럼 한 획으로 처리된 반면, 단재의 서체에서는 모두 윗점(丶)과 아래 일(1)자 두 획으로 처리되었으며, 그리고 그 일(1)자는 수필 방법이 역갈고리 치침의 형태를 보인다. 이를 통해 두 서체의 차이를 발견할 수 있다. 그러나 이것만으로는 글자수도 많지 않고 그 특성을 제대로 논하기 어렵다.

2) 각자 서체

여기에서는 신채호의 서명에 이어 각개 글자의 서체를 단재 편지와 비교해보기로 한다.

오언배율과 단재 편지에서 겹치는 글자는 30자 정도이다.[63] 그것들을 위처럼 같은 글자끼리 대비시켜 보았다. 그 가운데에는 비슷한 글자를 찾기는 어렵다. 비록 비슷해 보인다고 할 수 있는 '其' 자를 보면, 비

---

62 편지 (1)과 (2)는 각각 1911년과 1912년에 단재가 안창호한테 보낸 것이며, (3)은 1928년 12월 28일『조선일보』6면에 실린 단재 편지(수신자 불명)이고, 편지 (4)는 단재가 신영우에게 보낸 편지(『조선일보』, 1931.12.30, 3면)이다.

63 한편 '拜'도 오언배율과 단재 편지에 모두 나오지만, 서체가 서로 달라(단재 편지에는 초서체) 제외했다. 아울러 위 표에서 글자의 색깔이 조금 다른 것은 동일한 텍스트를 찍은 여러 장의 사진에서 좀 더 선명한 글자를 가져왔기 때문임을 밝힌다.

구분	來	知	是	鄉	上	公	諸	宗
오언배율	來	知	是	鄉	上	公	諸	宗
단재편지	來	知	是	鄉	上	公	諸	宗

구분	大	令	所	爲	人	不	能	若
오언배율	大	令	所	爲	人	不	能	若
단재편지	大	令	所	爲	人	不	能	若

구분	四	然	事	多	感	有	餘	力
오언배율	四	然	事	多	感	有	餘	力
단재편지	四	然	事	多	感	有	餘	力

구분	以	其	斯	言	書	비고
오언배율	以	其	斯	言	書	
단재편지	以	其	斯	言	書	

록 가로획은 좌저 우고의 비슷한 모습을 보이나, 세로획이 전자는 수직이나 후자는 좌에서 우로 기운 모습이다. 게다가 마지막 두 획을 보면 오언배율은 중간으로 모이는 형이지만, 단재 서체에서는 앞의 채来에서 보듯 좌우로 내리뻗는 모습이다. 인人의 마지막 획이 오언배율의 경우 마지막에서 붓에 힘을 줘 마무리하는 모습이나, 편지에서는 붓에 힘을 줄이면서 붓끝을 들어 올리는 모습을 하고 있다. 그래서 전자는 가는 데에서 굵은 데로, 후자는 굵은 데서 가는 데로 마무리된다. 이런 방식은 공公의 1, 2획, 불不의 2, 4획도 마찬가지이다. 외형적으로는 유사하나 용필법이 다르다. 그리고 시是, 소所, 위爲, 약若, 연然 등의 서체도 확연히 구별된다. 오언배율은 아담하고 정연한 서체로, 질박하지만 힘이 느껴지는 단재의 서체와 다르다. 그래서 오언배율과 단재 편지가 동일인에 의해 쓰여졌다고 보기 어렵다.[64] 특히 단재 자신이 지은 글이 아닌데 단재가 쓸 까닭은 더욱 없는 것이다.

6. 마무리

이제까지 단재의 서찰로 알려진 오언배율이 단재의 저작인지, 그리고 단재의 서예인지를 몇 가지 측면에서 살펴보았다. 우선 이 시에 나온 '4년간 숙사'를 단재의 삶과 비교하여 살펴보았다. 그리고 대고모

---

64 서예에 조예가 깊은 김남형 문화재전문위원은 이 편지가 단재의 원고(안창호에게 보낸 편지, 「전후삼한고」 등)와는 다른 서체로 판단했다. 김남형 전문위원의 서체 비교는 2020년 1월 31일과 6월 26일 합천군 가야면 해인사 인근 자택에서 진행되었다. 박정규 교수도 이 한시의 "글씨체가 단재의 것과는 다르다는 지적이 적지 않다"고 언급했다. 박정규 외편, 『단재신채호』, 단재문화예술제전추진위원회, 2001, 119면.

와 관련해 단재의 숙사 가능성을 살펴보았다. 단재의 연보에서 4년간 숙사 생활이 가능한 시간은 성균관 입교(1898) 이전인 1893-1897년을 고려해볼 수 있으나 그 기간 단재는 결혼(1895), 신승구댁 방문과 화답시(1896), 신풍구 회갑연 참석 시(1897) 등을 남겼는데, 형편상 숙사를 했을 가능성은 희박하다. 다음으로 한시에 등장하는 대고모를 단재의 가계에서 찾아본 결과 단재에게는 대고모가 존재하지 않았다.

한시의 내용을 정밀하게 분석하면 시적 화자가 적어도 10년 이전의 경험을 그려낸 것이다. 그렇게 보면 1880년대 후반 숙사를 한 것인데, 이는 10살도 안 된 단재가 숙사를 했다는 말이 된다. 그리고 오언배율은 수신제가를 중시하며, 이는 애국을 중시하는 단재의 문학관과 거리가 있다. 형식의 측면에서도 단재의 증시, 서신의 형식과 다르고, 칠언시를 위주로 하는 단재의 시적 형식과도 거리가 있다. 그리고 시적 화자의 태도, 인용 방식, 서체 등에서도 현저한 차이를 드러내고 있다.

이런 점들을 종합해 보면, 오언배율은 단재가 지은 작품이 아니라는 결론에 이른다. 신채호의 이름을 가진 또 다른 신채호의 작품이거나, 또는 다른 사람의 글에다가 단재 '신채호'의 이름을 갖다 붙인, 그래서 위조한 가짜일 가능성이 크다. 그러므로 이 한시를 단재의 작품으로 규정해서는 안 된다. 백과사전에서도 단재의 서체로 규정해서는 아니 되며, 또한 단재사당에서도 이것을 제거해야 한다. 단재의 이름을 내건 가짜들이 횡행하는 것을 절대 용납해서는 안 되며, 단재의 정신 훼손을 막기 위해서라도 철저히 가려내어 척결해야 한다.

신채호 유묵으로 알려진 서예의 진위 고증

1. 들어가는 말

이 글에서는 단재의 유묵으로 알려진 서예 작품들의 진위를 고증하려고 한다. 단재의 유묵으로 알려진 서예 작품은 여러 점이 있다. 하나는 2009년 서원대 박물관에 전시되었던 8폭 병풍이고, 또 하나는 2019년 만해기념관에 전시되었던 10폭 족자, 그리고 인터넷에 올라온 서예 1점 등이다. 아울러 현재 독립기념관에 소장 중인 서찰도 함께 살필 것이다. 이제까지 이에 대한 조사나 연구가 이뤄지지 않았다.

만일 위의 작품들이 단재의 유묵이라면 그만한 대우를 받을 필요가 있지만, 그렇지 않다면 단재의 유묵이라고 해서는 안 된다. 곧 단재의 친필이라면 그것들을 원전으로 확정해 연구할 필요가 있으며, 단재의 친필이 아니라면 그에 합당한 조처가 있어야 한다. 이 글에서는 이들 서예 작품이 과연 단재의 친필인지를 규명할 것이다.[1]

---

[1] 국내에서는 서예 작품에 대한 진위 고증은 별반 이뤄지지 않았다. 최근 이 분야에 이동천이 주목할 만한 성과를 제시했다. 그의 연구는 서예보다는 서화에 중점이 있다. 아울러 국문학계에서 필체를 근거로 육필 원고의 저자를 규명한 논문도 진위 고증의 성과로 들 수 있다. 김주현, 「이상 '육필 원고'의 진위 여부 고증―「오감도」를 중심으로」, 『한국현대문학연구』 58, 한국현대문학회, 2019.8; 김주현, 「이상 '육필 원고'의 진위 여부 고증―편지를

이 글에서는 두 가지 측면에서 접근하려고 한다. 우선 내용에 대한 분석이다. 사실 10폭 족자의 경우 그것이 「주자십훈」이라는 것이 알려졌지만, 8폭 병풍은 단재의 글로 알려졌으며, 5언 두 구절은 누구의 작품인지도 알려지지 않았다. 그래서 그 서예 작품들이 단재 자신의 창작품인지, 아니면 다른 사람의 작품인지 우선 원저자를 밝힐 것이다. 다음으로 그것들이 단재의 친필인지를 밝힐 것이다. 그러기 위해 출처, 사상, 서체, 낙관 등 고증학적 방법을 통해 접근해 들어갈 것이다.

2. 8폭 병풍과 10폭 족자, 5언 시구의 저자

2009년 서원대 박물관에 단재의 자료가 전시되어 세간의 관심을 끌었다. 거기에 '8폭 병풍(〈그림 1〉)'이 전시되면서 당시 언론도 주목했다.

청주 서원대 한국교육자료박물관과 단재문화예술제전추진위원회는 29일부터 내년 3월 말까지 이 박물관에서 항일 독립운동가이자 역사학자인 단재 신채호(1880~1936) 선생 관련 자료 전시회를 열 예정이라고 28일 밝혔다.
이 전시회에는 단재 선생이 1928년 1월 쓴 '8폭 병풍'과 선생이 1901년 신규식 선생 등과 함께 세운 문동학교(文東學校) 진급 증서 등 단재 관련 자료 70점이 일반에 공개된다.[2]

중심으로」, 『어문론총』 81, 한국문학언어학회, 2019.9; 이동천, 『진상 미술품 진위 감정의 비밀』, 동아일보사, 2008; 김주현, 『미술품 감정비책』, 라의눈, 2016.

〈그림 1〉 8폭 병풍 사진

〈그림 2〉 8폭 병풍

　전시에는 단재 연구가 박정규(64) 씨와 독립운동가들의 글씨 등을 수집
해 온 석한남(51) 씨 등이 소장하고 있던 단재 관련 자료 70점이 선보이고
있다 (…중략…) 1912년 미국에 있던 안창호 선생에게 보낸 편지 등 희귀
자료가 망라돼 있다.[3]

2　　윤우용, 「서원대 29일부터 단재 신채호 전시회」, 『연합뉴스』, 2009.12.28.
3　　오윤주, 「'단재의 혼' 글씨로 느껴보세요」, 『한겨레』, 2009.12.30.

연합뉴스, YTN, 한겨레 등 각종 언론 매체들은 일제히 '8폭 병풍' 을 단재가 쓴 희귀한 자료로 보도했다. 그러면 그것이 어떠한 자료인지 살펴보기로 한다.

〈그림 1〉은 2009년 12월 29일부터 2010년 3월 30일까지 서원대 박물관에서 기획한 '단재 신채호전'에 전시되었던 병풍이다. 이것을 단재의 작품으로 간주한 데에는 무엇보다 "戊辰元月丹齋"라는 관지와 '단재', '신채호'라는 인장이 있었기 때문이다. 여기에서 '戊辰'은 무진년, 곧 1928년을 뜻하는 것으로 보인다. 그래서 연합뉴스에서도 "단재 선생이 일제에 체포되기 직전인 1928년 1월 쓴 '8폭 병풍'"이라고 언급했다.

〈그림 2〉는 〈그림 1〉과 동일한 것으로 현재 미술백과에 신채호의 서예 작품으로 소개되고 있다.[4] 그렇다면 그 내용부터 살펴보기로 한다.

其言遨遊燕樂耀潤其身皆爲

乃祖乃父之勤勞刻苦飮芳泉

而不知其源飯香黍而不知其

由一朝皆異事殊失其古態則

士焉而學之未及農焉而勞之

不堪工焉而巧之不素商焉而

4   https://terms.naver.com/entry.nhn?docId=1566305&cid=46706&categoryId=46706

資之不給當是時窘之於寒暑

艱之於衣食妻垢其面子聾其形

雖殘盃冷炙吃之不惱穿衣破

履服之無恥闇然難振者皆昔

日之所爲有以致此而然也吾見

房杜平生勤苦僅能立門戶

值不肖子弟蕩覆殆盡斯可鑑

矣見河南馬氏恃其富貴驕奢

淫佚子孫亦爲燕樂而已人間事

業百不識一當時號謂酒囊飯袋

及世變運衰餓死於溝壑不可

數計此又其大戒也爲人孫者當

巧爲其商業者必就其積資如此則

於身不棄於人無媿祖父之不失

貽謀子孫不倫於艱難永保

其身不亦宜乎

한 줄 삭제

戊辰元月丹齋

이 문장은 '후손들을 경계하는 내용'으로 단재가 직접 쓴 것으로 소개되었다.[5] 그러나 이것은 단재의 저작이 아니라 기존 문장의 일부를 옮겨 쓴 것이다. 원문을 제시하면 아래와 같다.

今名卿士大夫之子孫, 華其身, 甘其食, 諛其言, 傲其物, 遨遊燕樂, 不知身之所以耀潤者, 皆乃祖乃父勤勞刻苦也. 飮芳泉而不知其源, 飯香黍而不知其由, 一朝時異事殊, 失其故態士焉而學之不及, 農焉而勞之不堪, 工焉而巧之不素, 商焉而資之不給. 當是時也, 窘之以寒暑, 艱之以衣食, 妻垢其面, 子黧其形. 雖殘杯冷炙, 吃之而不慚, 穿衣破履, 服之而無恥, 黯然而莫振者, 皆昔日之所爲有以致之然也.

吾見房杜平生勤苦, 僅能立門戶, 遭不肖子弟蕩覆殆盡, 斯可鑑矣. 又見河南馬氏倚其富貴, 驕奢淫佚, 子孫爲之燕樂而已, 人間事業百不識一, 當時號爲酒囊飯袋. 及世變運衰, 餓死於溝壑不可數計, 此又其大戒也.

爲人孫者, 當思祖德之勤勞, 爲人子者, 當念父功之刻苦, 孜孜汲汲, 以成其事, 兢兢業業, 以立其志. 人皆趨彼, 我獨守此, 人皆遷之, 我獨不移. 士其業者, 必至於登名, 農其業者, 必至於積粟, 工其業者, 必至於作巧, 商其業者, 必至於盈賮. 若是則於身不棄, 於人無媿, 永保其身, 不亦宜乎 永保其身, 不亦宜乎![6]

이것은 「不自棄文」 후반부이다.[7] 여기에서 강조한 부분이 8폭 병풍에

---

5   이성우, 「단재 신채호 전시회」, YTN, 2010.1.10.
6   기대승 편, 박경래·최두남 역, 『(국역) 朱子文錄─人』, 고봉선생선양위원회, 2014, 199~200면.
7   「부자기문」은 청대 각본 『주자문집대전편(朱子文集大全類編)』 제8책 21권 '정훈(政訓)' 중에 실려있다. 중국 학계에서는 "주자의 「부자기문」의 진위를 두고 논란이 있지만, 청대에 주자의 「부자기문」이 전해지고 있는 것은 진위를 불문하고 사실"이며, 그래서 중국 백과사전(百度百科)에서도 주자의 글로 간주했다. https://baike.baidu.c

나온 내용이다. 이것을 보면 '其言' 앞에 '諛' 자가 빠져 있고, 또한 세 번째 단락에는 '當思祖德之勤勞'의 '思'부터 '必至於作巧'의 '作'까지 75자가 빠져 있다. 병풍의 한 폭이 36~38자인 점을 감안하면 6폭과 7폭 사이에 두 폭 정도가 사라진 것이다. 그리고 제1폭에도 '諛'가 빠진 것을 보면 그 앞에 1폭 이상 더 있었을 것으로 보인다. 원래 이 병풍 글씨는 12폭 정도였을 것으로 추정된다. 위의 글을 번역하면 아래와 같다.

지금 이름난 정승과 사대부 자손들은 자신의 몸을 화려하게 꾸미고 달고 맛있는 음식을 먹으며 말을 번지르르 잘하고 물건을 남용하며 잔치를 베풀고 즐기지만 자신의 몸을 빛나게 하고 화려하게 꾸미는 물건이 모두 자신의 조상과 부모가 뼈를 깎는 노력으로 얻었다는 **것을 모른다**. 또 좋은 샘물을 마시면서도 그 근원을 알지 못하고 향기로운 기장밥을 먹으면서도 그 연유를 모르다가 하루 아침에 그때와 사태가 달라져 지난날의 모습을 잃게 된다면 선비가 되려고 해도 배움을 따라 갈 수 없고, 농사를 지으려 하나 수고를 감당하지 못할 것이며, 공인工人이 되려하나 재주가 본래부터 없었고, 상인이 되려고 해도 자본이 넉넉하지 못할 것이다. 이런 때를 당한다면 추위와 더위에 지내기도 옹색하고 옷과 음식을 잇기도 곤란하여 아내는 얼굴에 떼가 끼고 자식들은 안색에 불만을 나타내며 비록 마시다 남은 술과 다 식은 고기로 푸대접을 받더라도 부끄러워할 줄 모르고, 헤진 옷에 떨어진 신을 신고도 수치를 모르고 기가 죽어도 떨고 일어나지 못하는 것은 모두 지난날 소행이 부른 결과이다.
　나는 방현령(房玄齡) 두여회(杜如晦)가 평생 갖은 고생을 한 끝에 겨우

om/item/ 「부자기문」이 주자문집에 포함된 것은 그 내용이 주자의 사상을 담고 있기 때문일 것이다.

가문을 일으켜 세웠으나 불초한 자제를 만나 가산을 거의 탕진하였으니 이런 사실은 거울로 삼을 만하다. 또 하남 마씨(馬氏)는 자신의 부귀함을 믿고 교만과 사치와 방탕을 일삼자 자손들이 하는 일이란 잔치를 베풀고 즐길 뿐이었다. 사람이 힘써야 할 사업에 대해 백에 하나도 모르자 당시 사람들은 그를 호칭하기를 술포대, 밥자루라 하였다. 마침내 세상이 바뀌고 운수가 쇠하여 산골짜기 개울가에서 굶주리다 죽음을 맞이할지 헤아리지 못하였으니 이런 일도 또한 크게 경계로 삼아야 한다.

사람의 자손이 되어서는 마땅히 **조상이** 근로로 이룬 덕을 생각해야 하고, 자식이 되어서는 마땅히 부모가 **뼈를** 깎는 고생으로 이룩한 공을 생각하여 부지런하고 정성을 다해 서두르며 부모님이 하시던 일을 이루며 조심하고 두려워하며 뜻을 세워 남들은 모두 세속을 따라가도 나는 홀로 이것을 지키고 사람들은 모두 마음을 바꾸더라도 나는 오직 변하지 말아야 한다.

선비가 해야 할 일은 반드시 명예를 얻는 것이며, 농부가 힘써야 할 일은 곳간에 곡식을 가득 쌓는 일이고, 공인이 할 일은 반드시 교묘한 **작품을 만들어야 하고** 상인이 할 일은 반드시 자금을 넉넉히 만드는 것이다. 이렇게 한다면 일생동안 남에게 버림을 당하지 않고 부끄러움이 없을 것이다. 조상과 부모가 남겨준 교훈을 잊지 않고 자손이 심한 모욕을 당하는 일에 **빠지지** 않으며 길이 그 몸을 보존함이 또한 옳지 않겠는가?[8]

위의 글에서 강조한 부분의 한문 원문이 병풍에서 **빠져있다.** 곧 '지금'부터 '남용하며'까지, 그리고 '조상이'부터 '만들어야 하고'까지 상당 부분이 사라졌으며, 그래서 의미도 제대로 전달되지 않게 되었다.

---

8 기대승 편, 앞의 책, 289~291면.

〈그림 3〉 10폭 족자 사진

또한 만해기념관에서 3 · 1운동 100주년 기념 특별기획전이 2019년 8월 1일부터 31일까지 한달 동안 열렸다. 이때 "신일호 선생께서 소장했던 독립운동가 친필 유묵 작품들을 선보"였는데, 신채호의 서예 작품이라는 10폭 족자가 전시되었다.[9] 그것은 아래와 같다.

〈그림 3〉은 전시회에 나왔던 10폭 족자의 모습이다. 이것은 이미 알려진 것처럼 「주자십훈」을 서예한 것이다. 그런데 「주자십훈」의 내용 순서와 다른데, 위 족자를 왼쪽부터 차례로 ①부터 ⑩까지 순서를 붙이면, 원래 「주자십훈」은 ②, ④, ③, ①, ⑤, ⑥, ⑦, ⑨, ⑧, ⑩ 순서로 되어 있다. 그리고 위에서 아래로, 그리고 우에서 좌로 써 내려간 한문 서예이므로 이를 전시할 때는 그 역순으로 전시하는 것이 바람직하다. 현대인들이 읽기 쉽도록 하기 위해 위처럼 좌에서 우로 전시한 것으로 보인다. 이 서예 작품은 기념관에서 발간한 도록에도 실렸다.[10] 그곳에는 우에서 좌로 제대로 배치되어 있지만, 순서는 역

---

9   「독립운동가 친필 작품 소장 스토리전 개최」, 『불교포커스』, 2019.8.1.
10   유정애 · 전보삼 편, 『故 화산 신일호 선생의 독립운동가 친필 작품 소장 스토리』, 만

시 오류이다. 내용의 순서를 바로잡아 제시하면 아래와 같다.

不孝父母死後悔

不親家族疏後悔

少不勤學老後悔

安不思難敗後悔

富不儉用貧後悔

春不耕種秋後悔

不治垣墻盜後悔

色不謹愼病後悔

醉中妄言醒後悔

不接賓客去後悔 丹齋

아울러 이 내용을 번역하면 다음과 같다.

부모님이 살아 계실 때 효도하지 못하면, 돌아가신 뒤에 후회한다.

가족들과 화목하게 지내지 못하면, 멀어진 뒤에 후회한다.

젊어서 부지런히 배우지 않으면, 늙어서 후회한다.

편안할 때 어려움을 생각하지 않으면, 실패하고 후회한다.

여유로울 때 아껴 쓰지 않으면, 가난하게 된 뒤에 후회한다.

봄에 밭 갈고, 씨 뿌리지 않으면, 가을에 후회한다.

담장을 제대로 고치지 않으면, 도둑을 맞고 나서 후회한다.

해기념관, 2019, 33면. 여기에서는 10폭을 두 단으로 나누어 윗단에 1~5폭까지, 아랫단에 6~10폭까지 실었으며, 전시 때와는 달리 우에서 좌로 순서를 배치했다.

여색을 삼가지 않으면, 병든 후에 후회한다.

술기운에 망령된 말을 하면, 깨고 나서 후회한다.

손님을 잘 대접하지 않으면, 떠난 뒤에 후회한다. 단재

　이것은 10가지 삶의 교훈을 담은 주자의 가르침이다. 우리가 살아
가면서 주의해야 할 10가지 사항을 알고 후회 없이 살라는 것이다.
곧 모든 것은 때가 있으니 때를 놓치지 말아야 한다는 것을 강조한
것이다.

　한편 2017년 인터넷에는 단재의 친필로 보이는 서예 작품 1편〈그
림 4〉가 올라왔다.[11] 바로 아래에 제시한 것으로 "버들꽃은 길 위에
휘날리고 회화나무 푸른 잎은 해자를 덮네楊花飛上路/槐色蔭通溝"라는 내
용이다. 이 작품의 출전을 제시하면 아래와 같다.

萬國仰宗周

衣冠拜冕旒.

玉乘迎大客

金節送諸侯.

祖席傾三省

襄帷向九州.

楊花飛上路

槐色蔭通溝.

來預釣天樂

歸分漢主憂.

宸章類河漢

垂象滿中州.[12]

이것은 왕유의 「임금께서 지으신 시를 받들어 화답하며-저문 봄 고을로 돌아가는 朝集使를 보내며(奉和聖製暮春送朝集使歸郡應制 - 暮春送朝集使歸郡)」(이하 왕유시)라는 시이다. 이 시는 모두 12구이며, 서예는 강조한 제7,8구를 초서체로 쓴 것이다. 맨 뒤에 '갑자甲子 추일秋日'에 '단재가 쓰다丹齋書'라는 구절과 함께 '단재', '신채호'의 낙관이 찍혀 있다. 이 서예의 진위도 살펴볼 필요가 있다.

3. 주자 문과 왕유 시 서예의 출처

8폭 병풍과 10폭 족자, 그리고 왕유시 서예의 경우 모두 단재 신채호의 낙관이 있다. 말하자면 단재의 친필이라는 것이다. 자료의 진위를 판가름하는 데 무엇보다 기원과 출처의 명확성이 요구된다. 그래서 이러한 서예 작품들이 어떻게 전해졌는지 전래 및 입수 경위를 살필 필요가 있다.

단재 선생이 후손들을 훈계하는 내용의 '8폭 병풍'은 석모(51)씨가 10년 전 전국 각지를 돌면서 수집한 희귀 자료다.[13]

---

12 왕유, 박삼수 역, 『왕유시전집』 4, 지식을 만드는 지식, 2017, 961~962면.
13 윤우용, 「청주서 열린 '신채호 展」, 『연합뉴스』, 2009.12.29.

석모씨는 '10년전', 그러니까 2000년경에 병풍 서예를 수집했다고 한다. 그런데 '전국 각지를 돌면서 수집'했다고 하여 정확한 출처를 밝히지 않았다. 그래서 그것이 누구로부터 어떻게 입수되었는지는 불확실하다. 이 글이 쓰여진 시점은 무진(1928)년 1월이며, 70년이 지난 시점에서 그것을 수집했다면 그것만으로도 엄청난 일이다. '희귀 자료'일수록 더욱 출처가 분명해야 한다. 1928년 1월 단재는 북경에 머물고 있었다. 만일 당시에 단재가 그것을 썼다면 어떻게 국내로 들여왔을까? 1920년대 북경 시절 단재는 글을 주로 미농 인찰지, 갱지 등에 쓴 것으로 보인다.[14] 그런데 병풍 글씨는 가로세로 32cm×82cm의 매우 큰 한지에 쓰여져 있다. 남아 있는 것이 8폭이지만, 그것은 12폭 정도였을 것으로 추정된다. 단재가 일제강점기에 어떻게 그렇게 큰 한지에, 그것도 여러 장에 썼을까? 그것이 어떤 경로를 거쳐 국내에 들어왔을까? 그리고 누구를 거쳐 현 소장자에게 갔는지 등도 모호하다.

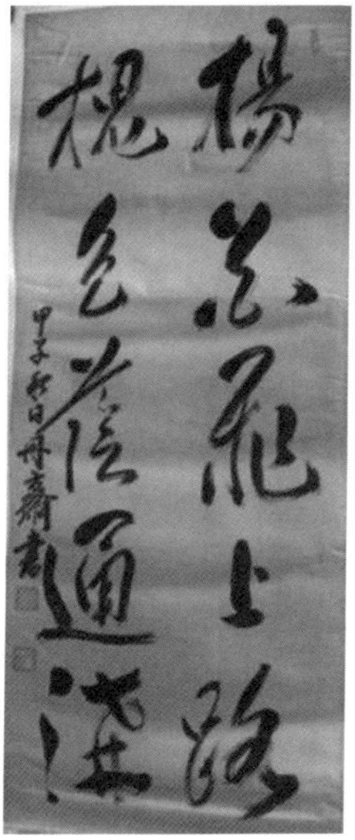

〈그림 4〉 5언 서예 사진

> 단재 신채호 선생의 10폭 병풍(족자:인용자) 서체 1질은 본인께서 성균관에 계실 때 쓰신 주자 10회훈 서체로서 외아드님이신 신수범 조카를 통해서 입수했다고 하시면서……[15]

---

14 「전후삼한고」(1925)의 경우 서문은 9줄 인찰지, 본문은 8줄 인찰지에 기록되었으며, 「부원군으로 견자」(1923년경) 8줄, 「나의 1,2,3,4,5,6,7」(1924) 10줄, 「문예계 청년의 참고를 구」(1923년경)는 10줄 인찰지에 기록되었다. 다만 「용과 용의 대격전」(1928)은 선이 없는 갱지에 적혀 있다.

15 신석수, 「독립운동가 친필 소장 스토리」, 『故 화산 신일호 선생의 독립운동가 친필 작품 소장 스토리』, 10면.

한편 10폭 족자의 소장자였던 신일호는 '외아드님이신 신수범[1921~1991] 조카'를 통해서 입수했다고 한다. 현재 소장자는 이것이 단재가 1905년 성균관 졸업기념으로 쓴 것이라 한다. 그렇다면 이 글씨를 쓴 시점과 신수범의 출생 시점(1921)과는 16년의 시간 공백이 존재한다. 신일호가 단재를 처음 만나러 여순감옥을 방문했던 시기가 1931년이라고 한 점에서 볼 때 족자 서예를 구한 시점은 그 이후가 될 것이다.[16] 그런데 신일호가 10폭 족자를 '해방 이후' 입수했다고 한다. 곧 1905년에 쓴 작품이 청주의 고령신씨 집안 누군가에게 전해졌다가 신수범한테 전달되었으며, 신일호는 해방 이후 신수범으로부터 입수했다는 것이다. 누가 그 작품을 보관했었는지는 들을 수 없었다.[17]

단재는 1910년 5월 하순경 해외로 망명을 떠났고, 1936년 여순감옥에서 옥사했다. 신수범은 1921년 북경에서 태어나 1922년 어머니 박자혜와 서울에 들어와 생활하다가 1928년 초에 북경에 가서 단재와 1개월가량 함께 지냈다. 이후 1936년 여순감옥으로 가서 단재의 유골과 유품을 안고 귀국했다.[18] 그는 1938년 3월 한성상업학교를 졸업하고, 그해 3월부터 1941년 6월까지 麻田金融組合 斗日支所에 근무했고, 1941년 9월 만주로 건너가 安東商事株式會社에서 1943년까지 근무했으며, 1943년 8월부터 1945년 8월까지 남만주 일대를 유랑하였다. 해방 소식을 듣고 북한으로 들어갔으며, 1946년 4월부터 평양에서 三光세멘트蓮瓦工場을 경영하다가 1950년 12월 6.25 전란

---

16 위의 글, 8면.
17 본 연구자는 2019년 12월 28일 '독립운동가 친필 작품 소장 스토리전'을 기획한 만해기념관 전보삼 관장을 찾아가 당일 11시 40분부터 1시간여에 걸쳐 면담을 가졌으며, 그때 위와 같은 말을 전해 들었다.
18 신수범, 「아버지 단재」, 『단재신채호전집』 9, 380~386면.

중 월남했다.[19]

신수범이 고령신씨 집안 누군가로부터 서예 작품을 건네받았다면 1928년부터 1939년 사이 또는 1950년 이후가 될 것이다. 만일 신수범이 1939년 이전에 글씨를 받았다면 그것을 들고 중국에 갔다가 다시 북한을 거쳐 남한으로 가져왔다는 말이 된다. 그것은 당시 상황으로 볼 때 어려웠을 것으로 보인다. 신수범이 누군가로부터 서예를 받았다면 1950년 12월 남한에 내려온 이후가 유력하고, 신일호에게 그것을 전했다면 그것 역시 그 이후 시점이 될 것이다. 그것은 1945년 '해방 이후' 작품을 받았다는 것과 시점상 차이가 있다. 왜냐하면 해방 공간에 신수범은 국내에 없었기 때문이다. 그리고 1950년 전쟁 이후에 받았다면 사변 후에 받았다고 하지 해방 후에 받았다고 하지 않는다.

만약 단재의 서예 작품이 1905년 무렵 고령신씨 집안 누군가에게 전해졌다면, 신수범은 반세기 가까이 소중하게 보관해오던 것을 받은 것이 된다. 신수범은 6.25때 급히 피난 오느라 단재의 유품을 가져오지 못한 것을 후회했는데, 그런 그가 단재의 서예를 받았다면 다른 무엇보다 소중히 여겼을 것이다. 그런데 그 작품을 신일호에게 그냥 넘겨주었을까?[20] 그리고 단재는 글을 쓰면 작품 끝에 글 쓴 시기를

19 이것은 신수범이 직접 작성한 이력서의 일부이다. 이 이력서 원본은 광복회에서 보관하고 있으며, 사본을 이덕남 여사로부터 입수하였다. 이후 신수범은 1952년 1월부터 1956년 4월까지 人事通信社 총무부장으로 근무했고, 1956년 6월부터 1959년 3월까지 凡文印刷社를 경영하였으며, 1959년 11월부터 1961년 7월까지 순국선열유족회발기 설립, 理事 文化總務部長을 역임했다. 이후 제일은행, 광복회, 한국신탁은행, 단재신채호선생기념사업회 등에서 일했으며, 1991년 5월 10일 타계했다.

20 신채호의 며느리이자 신수범의 아내인 이덕남 여사에 따르면, 신일호는 단재와 같은 고령신씨 고천군파이며, 1970년대 초반부터 알고 지냈다고 한다. 신일호는 인사동에서 서각사를 운영했고, 신수범을 도와 단재선생기념사업에도 참여하여 서로 왕래가 잦았다고 한다. 1970년대 단재신채호선생기념사업회에서 전집을 간행할 당시 단재의 자료를 광범하게 수집할 때 서예는 없었다고 한다. 신수범은 생전에

적는데, 이 작품에는 그것마저 없다.[21]

　　글씨에 단재로 되어 있고 낙관에도 단재란 글씨가 있습니다. 단재 신채
　　호 선생님의 글씨가 맞는지 궁금합니다. 혹시 단재 신채호 선생님의 글씨
　　가 맞다면 그 확인을 받을 수 있는 곳이 별도로 있는지 또한 궁금합니다.[22]

　마지막으로 한 소장자는 '네이버 지식iN' 사이트에 자신이 갖고 있
는 왕유시 서예가 신채호의 작품인지 질문했다. 올린 내용으로 봐서
는 그 자료를 어떻게 입수했는지 알 수 없다. 아마도 소장자가 그것
을 누구의 글인지 잘 모른 채 입수해서 단재의 낙관이 있으니까 단재
의 글인지 전문가의 확인을 구한 것으로 보인다. 소장자가 이 서예
작품을 단재와 밀접한 사람으로부터 구했다면 그렇게 질문하지 않았
을 것이다. 그러므로 이 서예 작품도 그 출처가 불분명하다. 아울러

　　단재의 서예 존재에 대해 한번도 언급한 적이 없으며, 신일호 역시 단재 서예를 갖
　　고 있다는 말을 한번도 한 적이 없다고 한다. 한편 이 여사를 통해 '단재' '신채호'
　　의 낙관이 찍힌 또 다른 서예 사본을 볼 수 있었다. 이 서예는 가로세로 18㎝×95
　　㎝ 크기로 "丹光出洞如明月"이 적힌 7자 서예였다. '단재', 또는 '신채호'라는 글씨
　　는 따로 없으며, 서예 아래에 1986년 11월 11일 배용일 교수가 신수범한테 서체와
　　낙관이 과연 단재의 것인지 묻는 편지 내용이 있었다. '안동권씨 집안에서 나왔다'
　　고 하는 이 서예가 단재 친필이 맞는지 신수범에게 자문을 구한 것이다. 당시 신수
　　범 선생은 단재가 그런 서예를 쓴 적이 없고, 그렇게 낙관을 한 적도 없다고 분명하
　　게 말했다고 한다. 이덕남 여사는 단재가 글을 쓴 뒤에 수결을 했지, 낙관은 하지
　　않았다고 한다. 그러므로 서예에 낙관을 했다는 것 자체가 신채호의 것이 아니라는
　　것을 말해준다고 강조했다. 이덕남 여사와의 면담은 2020년 8월 6일 서울 단재신
　　채호선생기념사업회 사무실에서 여러 시간에 걸쳐 이뤄졌다.
21　단재는 「세계삼괴물서」(隆熙二年三月一日), 「몽견제갈량서」(隆熙二年孟夏), 「안창
　　호에게 보낸 편지1」(4244.9.8), 「안창호에게 보낸 편지2」(四千二百四十五年十一月
　　一日), 「장덕진 군의 유서와 일지서」(四千二百五十八年), 「꿈하늘서」(檀君 4249년
　　3월 18일), 「전후삼한고」(乙丑八月十六日) 등에서 자신이 글을 쓴 시기를 밝혔다.
22　https://kin.naver.com/qna/detail.nhn?&dirId=111001&docId=271238826

이 서예는 갑자년, 단재로 보면 1924년 가을날秋日에 쓰여졌다. 만일 이 글을 단재가 누군가에게 써주었다면 그 사람을 통해서 현재의 소장자에게 넘어갔을 것이다. 또는 단재가 이 시기 써둔 글이 우여곡절 끝에 현재의 소장자에게 넘어갔을 가능성도 있다.

> 先生의 入獄 後에 그 藏書 全部가 天津 某氏에게 任置되어 있다 하니 그 原稿도 아마 그 속에 있을 것 같이 생각된다.[23]

> 인장 1개; 상아제(象牙製) 4각형인데, 유맹원(劉孟源)이라고 새겨 있었다. 국제 위체 위조에 사용되었던 가명이다. 수첩 2권 : 단시(短時) 등이 많이 적혀 있었다 (…중략…) 서한 십여 통 : 북경에 계실 때의 서적과 미발표, 미정리 원고의 보관에 관하여 박용태(朴龍泰)씨와 교신한 것인데, 곧 북경 주소로 연락하였으나 「차인고퇴(此人故退)」라 하여 서신이 반송되어 왔다.
> 유물이라야 이 몇 가지밖에 없었다. 옥중에서도 집필을 하셨을 터인데 원고지조차도 보이지 않았다. 얼마 안 되는 유물이지만, 그나마 후일 북녘 땅에 둔 채 못 가져온 것이 크나큰 한이다.[24]

단재는 1928년 초에 부인, 신수범과 1개월가량 함께 보낸 후 무정부주의 활동에 몰두했다. 그는 그해 4월 북경 및 천진에서 개최된 무정부주의 동방연맹 대회에 참가하고, 5월 일본을 거쳐 대만에 상륙하였다가 체포되었다. 만일 단재가 당시 왕유시(1924년 가을)나 「부자기

---

23   이윤재, 「북경시대의 단재」, 『조광』, 1936.4; 『단재신채호전집』 9, 86면 참조.
24   신수범, 「아버님 단재」, 『나라사랑』 3, 1971; 『단재신채호전집』 9, 384면 참조.

문」(1928.1) 서예를 갖고 있었다면 두 가지 가능성이 있다. 아들 신수범을 통해서 국내로 들여보내거나, 미처 들여보내지 못해 중국에 유고로 남아 있었을 가능성이다. 그런데 아들 신수범이 국내로 들어왔을 가능성은 희박하다. 신수범은 1928년 북경에 가서 아버지를 만났고, 또한 1936년 여순에 가서 단재의 수첩, 서한 등의 유품을 가져왔다. 그런데 어디에도 서예 작품을 보았다는 언급은 없다. 그리고 단재가 수중에 지니고 있었던 원고들은 단재가 체포된 후 박용태가 보관하고 있다가 해방 이후 북한으로 넘어갔으며, 1960년대 초 북한 국립중앙도서관에서 발견되었다. 그 글의 대부분은 여전히 북한에 있으며, 최근 들어온 일부 원고를 제외하면 국내로는 들어오지 않았다.[25]

4. 단재와 주자, 그리고 왕유와의 사상적 거리

단재가 지인에게 직접 써준 작품이 몇 편 있다. 변영만에게 준 시(「영오시」), 안태국과 작별하며 준 시(「증별기당안태국」), 기생 연옥에게 준 시(「증기생연옥」) 등이 그러한 것이다. 이러한 것들은 모두 시 형식이며, 단재가 창작한 것이다. 그는 당장에 붓을 들어 글을 쓸(卽刻立書) 정도로 창작에 능했다.[26] 그러므로 단재가 누군가에게 전하려고 했다면 직접 창

---

25 최근 「나의 一, 二, 三, 四, 五, 六, 七」, 「文藝界 靑年의 參考를 求」 등 일부 단재 유고가 국내에 유입되었다. 박걸순, 「北韓 소장 申采浩 遺稿 原典의 분석과 誤謬의 校勘 ─인민대학습당 유출 원전을 중심으로」, 『한국독립운동사연구』 66, 한국독립운동사연구소, 2019.5, 123~157면.

26 蘆篁生, 「申丹齋의 輪廓」, 『조선일보』, 1931.6.12. 변영만은 "내가 付託한 某文字를 他體로 讀作하야 가지고 나와 不在中 來傳하다가 舍弟의 提醒을 바든 뒤에도 其文을 仍置하고 가면서 謝過의 意味로 卽刻立書한 것이다"(蘆篁生, 「申丹齋의 輪廓」, 『조선

작한 것을 주었을 가능성이 크다. 그리고 모필로 정성을 다하여 글씨를 써서 남에게 주려는 경우 자신이 존경하는 사람의, 그리고 후세에 귀감이 될 만한 글을 써주었을 것이다. 단재가 주자의 글을 써서 남겼다면 그가 주자를 존숭했다는 뜻이 된다. 과연 그러한가?

(가) 其身은 비록 二十世紀에 坐ᄒ엿스나 其精神은 數百年 數千年前 時代에 坐ᄒ엿스며 其身은 歐美 文明 揮揚의 時代를 際ᄒ엿스나 其精神은 唐漢 三代와 詩曰賦曰에 在할 ᄯ이며 其身은 五大人種 交通의 時代를 際ᄒ엿스나 其精神은 程子朱子와 退溪栗谷을 追逐ᄒᆯ ᄯ이니 此 輩人은 卽 今日人物이 아니오 古代人物이라[27]

(나) 周文王이 紂에게 잡히여 羑里獄에 갓치어 自己의 愛子의 고기로 ᄭ린 국까지 먹고 僥倖히 살아나왓섯는대 이에 唐의 韓愈란 文士가 지은 羑里操에 "臣罪當誅兮天王聖明"의 句가 잇다. 宋의 朱子가 그 句를 贊하야 갈오대 "이는 文王의 心事를 그리여낸 글"이라 하얏다. 사람이고야 엇지 自己의 愛子를 살머 국을 ᄭ리어 준 紂을 「聖明하신 天王」이라 頌德할 心事가 잇스리오.

이 글을 지은 韓愈도 狂妄하건이와 이 글을 칭찬한 朱子도 얼마나 怪僻하뇨? 朱子 平生의 論法이 모다 이러한대 朝鮮에서 朱子學을 崇尙하얏슴으로 城內의 咀呪性이 倒消滅하고 頌德風이 熾盛함이 안이냐?[28]

일보」, 1931.6.12)라고 하여 단재가 즉석에서 시 한 수를 지어주었음을 언급했다.
27 劍心, 「古代의 人物」, 『대한매일신보』, 1910.1.6; 『단재신채호전집』 6, 541~542면.
28 신채호, 「金錢, 鐵砲, 咀呪」, 김병민 편, 『신채호문학유고선집』, 연변대 출판사, 1994, 188면.

(가), (나) 모두 단재가 주자를 어떻게 인식하였는지를 잘 보여준다. 단재는 (가)에서 20세기에 살고 있으면서 주자 정자를 추종하는 사람을 '고대의 인물'이라 하였다. 한마디로 시대착오적 인물이라는 것이다. 그리고 (가)보다 먼저 발표된 「구서간행론」에서도 "朱子] 云云커던 我도 云云ᄒ며", 그래서 "ロ가 我口언만 惟古人의 言만 是言ᄒ며 腦가 我腦언만 惟古人의 思만 是思ᄒ야 末乃 我의 言語 行動 手髮 膚肉이 古人의 影子와 彷彿ᄒ면 士林이 稱曰先生이라 ᄒ며 後世에 尊曰儒賢이라 ᄒ야 第壹等 奴隷資格을 養成ᄒ면 第壹等 待遇를 得ᄒ나니"라고 하여 주자 숭배자를 노예로 언급했다.[29] 1900년대에 단재는 주체적 사상을 강조하였으며, 주자나 정자를 모방하거나 뒤쫓는 무리를 '노예'로 간주했던 것이다. 이러한 면모를 통해 볼 때 「주자십훈」이 그 글들보다 3년 정도 앞서 나왔다고는 하나 단재가 썼을 가능성은 희박해 보인다.

한편 (나)는 「금전, 철포, 저주」로 1927년말 1928년초에 쓴 글로 추정된다. 내용상 동방무정부주의연맹의 「선언」(1928)과 매우 밀접하기 때문이다. 그런 측면에서 8폭 병풍 「부자기문」과 거의 같은 시기에 쓰여진 작품이라 할 수 있다. 여기에서 단재는 '광망'한 한유를 칭찬한 주자를 '괴벽'한 인물로 규정하고, 주자 평생의 논법이 모두 그러하다고 비판했다. 또한 그는 1928년 1월경에 쓴 「용과 용의 대격전」에서 "地國民衆들이 耶蘇를 죽인 뒤 未久에 孔子, 釋迦, 마호멧도…等 宗敎 道德家 等을 다 째리여 죽이고 政治, 法律, 學校, 敎科書 等 모든 支配者의 權利擁護한 書籍을 불질으고 敎堂, 政府, 官廳, 公

---

29 「구서간행론」, 『대한매일신보』, 1908.12.19; 『단재신채호전집』 6, 658면.

廨, 銀行, 社會……等 建物을 破壊하"는 혁명을 주창했다.[30] 이 작품에서 민중들이 나서서 예수, 공자, 석가를 모두 죽이고, 그들의 가르침을 적은 서적들도 불태웠다고 했다. 그리고 그가 남긴 「단재잠」에서 "성인(聖)과 범인(凡), 모두 헛되어 / 그 먼지 온 세상에 나부끼리 / 오로지 붉은 열정만이 영원토록 / 하늘의 바른 길을 환히 비추리(聖凡皆空/塵飛六洲/惟丹不滅/光燭天衢)"라고 노래했다.[31] 그는 성인과 보통 사람이 마찬가지로 세상에 먼지를 날릴 뿐이며, 오히려 열정(丹)을 가진 사람이 세상을 빛낼 것이라고 했다. 그래서 성인을 추종할 이유도 없으며, 자신의 열정을 좇는 것이 중요하다는 경계를 남긴 것이다. 「부자기문」은 스스로를 경계하는 글이자 자손들에게 경계로 삼도록 하는 글로 주자주의가 들어있다. 그런데 1928년 당시 단재는 주자를 비난하고 비판하였다. 철저하게 '반주자주의자'였던 단재가 주자의 글로 알려진 「부자기문」을 베껴 써주었다는 것은 사리에 닿지 않는다.

> 萬國이 周의 수도를 우러러 따른 것과 같이
> 唐의 조정에 전국에서 의관을 갖춘 자가 와서 천자를 배알하네
> 천자가 탄 차는 각국의 빈객을 정중히 맞고
> 朝見이 끝나면 황금으로 된 符節을 주어 송별하네
> 송별연은 성대해서 중앙관청의 고관들 모두 참석하였으니
> 使節들은 전국으로 행해 가서 지방정치 힘쓸 것이네
> (7,8구절)
> 연회를 참석해서 균천광악 음률을 편안히 듣지만

---

30 燕市夢人, 「龍과 龍의 大激戰」, 『신채호문학유고선집』, 128면.
31 신채호, 「丹齋箴」, 『단재신채호전집』 7, 724~725면.

돌아가서는 천자의 근심도 함께 나누어야 한다네

천자가 지은 시문은 은하같이 아름답게 빛나고

천자가 내리는 덕은 온 천지에 가득차 있네[32]

詩學으로 말하여도 丹齋는 唐詩 數千首는 늘 외고 있다. 그럼으로 다른 事物에는 等閑하야 아모 記憶性이 없는 것 같으나 詩에 對하여서는 누가 지은 詩든지 듣기만 하면 문득 記憶하여 언제든지 외인 듯 싶은 것을 筆者가 目睹하였으니 무엇이나 精力이 專一하면 그와 같이 될 줄을 丹齋로 因緣하야 깨달를 수 있겠다.[33]

단재가 왕유에 대해 직접 언급한 구절은 발견되지 않는다. 그런데 단재는 (가)에서 보듯 "其精神은 唐漢三代와 詩曰賦曰에 在"한 사람을 고대 인물이라 비난했다. 그리고 "詩集을 購하면 杜詩 李白장篇 全唐詩 宋元律 王漁洋集"만 구하는 것을 '支那崇拜主義'로 간주했다.[34] 이처럼 단재는 애국계몽기 사대주의 및 중화주의를 배척하고 비난했다. 그리고 1924년 단재는 경제적으로 어려워 절에 들어가서 승려로 지내기도 했다.[35] 그해 가을이면 절에서 나와 우리 역사 연구에 몰두하며 주체의식

---

32 https://blog.naver.com/juntonggahun/221446581396

33 海 客, 「丹齋故友를 追憶함」, 『新東亞』, 1936.4; 전집 9, 296면.

34 「구서간행론」, 앞의 책, 같은 면.

35 단재는 경제적 어려움으로 1924년 3월 10일 절에 들어가 61일만에 배례를 마쳤다 (「육십일일계단의 회고」)고 했다. 그는 한편 「무제」에서 갑자년(1924) 5월 단오(6월 6일)에도 절에서 예불을 올렸다고 했다. 한편 류자명은 단재가 의열단선언서 (1923)를 쓴 이후 북경에 돌아와 역사 저술에 몰두하다가 '출가'하였다는 소식을 듣고 북경에 가서 그를 찾아보니 절에 들어갔다가 나온 이후였다고 했다. 당시 단재가 경제적 어려움 때문에 절에 들어갔고, 또한 나온 이후 역사 저술에 몰두했지만 경제적 어려움은 지속되었다.

을 앙양했던 시기이다. 왕유는 철저히 유가사상을 지녔으며, 「임금께서 지으신 시를 받들어 화답하며-저문 봄 고을로 돌아가는 朝集使를 보내며」에서 충군애국의 왕도정치를 노래했다. 첫구절 '萬國이 周의 수도를 우러러 따른 것과 같이'에서 마지막 구절 '천자가 내리는 덕은 온 천지에 가득차 있네'에 이르기까지 중화사상을 바탕으로 천자의 덕을 칭송하고 있다. 단재는 당시唐詩 수천 수를 외울 정도로 해박했다고 한다. 그렇다면 단재가 이 시를 모를 리가 없는데, 민족주의자였던 단재가 이 시구를 써주었을 가능성은 희박하다.

5. 단재 필적과 주자, 왕유 시문의 서체

단재가 직접 쓴 것으로 알려진 자료는 현재 여러 점이 있다. ㉠〈그림 5〉(「광무오언시」, 1901), ㉡〈그림 6〉(안창호한테 보낸 편지, 1912), ㉢〈그림 7〉(「전후삼한고」, 1925), 그리고 ㉣ 2000년대 북한에서 넘어온 유고 일부 등이 있다. 서체를 비교하기 위해 일단 단재 서체부터 확정해야 한다. 우선 ㉢은 139면에 이르는 원고로 「이 책을 바드시는 이에게」라는 단재의 당부 글과 가필 첨삭이 들어 있어 단재의 서체로 규정해도 문제가 없다. 다음으로 ㉡ 안창호에게 보낸 한문 편지(1912)는 수신자인 안창호가 보관하고 있던 것으로 출처가 분명하다. 다만 ㉠의 경우 1986년 한 소장가가 독립기념관에 기증한 것으로, 그 서체가 "단재의 것과는 다르다는 지적이 적지 않"았다.[36]

---

36 박정규 외 편, 『단재 신채호』, 단재문화예술제전추진위원회, 2006, 119면. 여기에 "光武五年 辛丑二月七日 申采浩拜"가 적혀 있는데, 신채호가 1901년 2월 7일에 쓴

〈그림 5〉 ㉠ 5언배율

것이라는 것이다.

〈그림 6〉 ㉡ 단재 편지

㉠은 한눈에 보기에도 ㉡, ㉢
과 서체가 다르다. 필기도구
(붓, 펜 등), 필사 시기(20대, 30대
등), 그리고 흘려쓰기(정서, 날림
체 등)에 따라 조금 다를 수 있지
만, 자형 자체는 잘 안 바뀐다
고 한다. ㉡과 ㉢은 쓴 시기가
10여년의 차이가 있지만, 자형
자체는 거의 그대로인 것을 볼
수 있다. 필사 도구, 필사 시기,
그리고 흘려쓰기를 감안하더
라도 ㉠과 ㉡, ㉢을 한 사람이
쓴 것으로 볼 수 없다.[37] 곧 단재
의 글로 보기 어렵다는 것이다.
그리고 편지의 경우 수신자가
베껴 보관하는 경우도 종종 있
다고 한다. 그래서 여기에서 ㉠

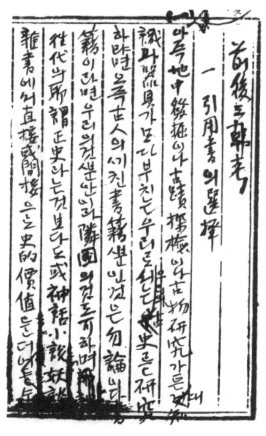

〈그림 7〉 ㉢ 전후삼한고 원고

은 제외하고, 원천과 서체가 분명한 ㉡, ㉢을 단재 서체로 확정하여 이를
바탕으로 단재의 유묵으로 알려진 서예를 살펴보기로 한다.

그러면 우선 「광무오언시」, 안창호에게 보낸 편지, 「전후삼한고」, 병
풍 서예, 족자 서예, 왕유시 서예에 대해 구할 수 있는 정보를 표로 제시

---

37 서예에 조예가 깊은 김남형 문화재전문위원은 이 오언배율이 단재의 원고(안창호
에게 보낸 편지, 「전후삼한고」 등)와는 다른 서체로 판단했다. 이들 작품에 대한 김
남형 전문위원의 서체 비교는 2020년 1월 31일과 6월 26일 합천군 가야면 해인사
인근 자택에서 두 차례, 서너 시간에 걸쳐 진행되었다.

해보기로 한다.

〈표 1〉 유묵의 특성 비교

비교	광무오언시 (1901)	편지 (1912)	전후삼한고 (1925)	병풍 (1928)	족자 (1905?)	왕유시 서예 (1924)
종이 재질	한지	양지	미농지	한지	한지	한지
크기(㎝) 가로×세로	36.4×29	18.7×29.8	미확인	32×82	33×140	미확인
저자 표기	申采浩	申采浩	丹齋申采浩	丹齋	丹齋	丹齋
필기 도구	모필	잔붓	경필	모필	모필(행서)	모필(초서)
필사 시기	光武五年辛 丑二月七日	四千二百四 十五年十一 月一日	乙丑八月十 六日	戊辰元月	표시 없음	甲子秋日
낙관 유무	없음	없음	없음	丹齋 申采浩	丹齋 申采浩	丹齋 申采浩

여기에서 「광무오언시」를 함께 제시한 것은 단재의 서체(편지, 「전후
삼한고」)와의 차이를 보여주기 위함이다.[38] 이 부분은 일단 차치해두
고, 단재의 서체와 「부자기문」, 「주자십훈」의 서체를 비교해보기로
한다.[39] 먼저 其의 경우 단재의 글자는 왼쪽으로 조금 기울어 있으며,

---

[38] 여기에서 그 차이를 소상하게 논의할 필요는 없을 것 같다. 다만 「광무오언시」와 단
재 텍스트에서 겹치는 글씨, 이를테면 其, 爲, 事人, 不, 所 등의 서체에서 차이는 뚜
렷하다. 이에 대해서는 앞으로 더욱 세밀하게 논의할 필요가 있다. 그리고 「전후삼
한고」(『단재신채호전집 2-조선사연구초』(2007)에서 其는 차례대로 15-6(면-
행), 29-6, 29-7, 此는 6-9, 33-6, 84-1, 爲는 24-6, 29-4, 136-7, 是는 29-4,
39-7, 134-5, 題는 27-3, 事는 23-6, 43-2, 43-6, 之는 29-6, 29-6, 29-7, 人은
12-1, 14-5, 17-8, 無는 9-5, 62-4, 120-3, 不 은 29-5, 31-6, 60-4, 弟는 120-4,
第는 18-2, 所는 15-7, 24-8, 120-8, 言은 70-8, 135-4, 134-5, 後는 14-1, 15-1.
15-5에서 각각 가져왔음을 밝힌다. 題와 第는 비교를 위해 유사 글자를 가져온 것이
다. 대체로 차례로 글자를 가져왔지만, 어떤 것은 같은 면에서 여러 글자를 가져오기
도 했다.

[39] 서예의 표현기법은 첫째 용필(선을 긋는 방법), 둘째 결구(구성하는 방법-자형),
셋째 장법(배치하는 방법-크기나 위치) 등이다. 서예를 연구할 때 일점 일획 등 용
필의 구석구석을 따지고 분석하는 것도 중요하지만, 전체가 주는 인상이나 짜임새
를 명확하게 파악하는 일이 보다 중요하다고 한다. 곧 용필(획), 결구(글자), 그리
고 장법(글자 배치)을 함께 보아야 한다. 물론 이 하나하나가 중요하지만, 이 3자의

	광무오언시	단재 편지	전후삼한고	부자기문	주자십훈	비고
其	其其	其其	其其其	其其其	×	
此	×	此此此	此此此	此此此	×	
爲	爲	爲爲爲爲	爲爲爲	爲爲爲	×	
是	是	是是是	是是是題	是	×	
事	事	事事事	事事事	事事	×	
之	×	之之之	之之之	之之之	×	
人	人人	人人人	人人人	人人人	×	
無	×	無無無	無無無	無望	×	
不	不不	不不不	不不不	不不不	不不不	
弟	弟	弟弟弟弟	弟第	弟	×	
所	所	所所所	所所所	所	×	
言	言	言	言言言	言	言	
後	×	×	後後後	×	後後後	

글자의 수평도 대체로 좌저 우고의 형태이다. 그런데 「부자기문」의 경우 가로획은 수평, 세로획은 수직의 형태를 띠고 있으며, 아울러 가로(제6)획은 생략된 모습이다.[40] 다음으로 此의 세로 3획을 보면 단

인과관계를 얽고 있는 법칙이 더 근원적이고 중요하다. 일반적으로 개성을 토대로 線質-字形-章法라는 계열이 성립되고, 그것을 토대로 하여 서풍(書風)이 탄생한다. 한국서획연구회 편, 「九成宮醴泉銘의 筆法」, 『書藝講座⑤─楷書』, 한림출판사, 1982, 6~11면.

재의 경우 두 번째, 세 번째 획이 높고 첫 번째 획이 낮지만, 「부자기 문」은 첫 번째, 세 번째 획이 높고, 두 번째 획이 낮다. 爲는 기필(첫획 쓰기)과 마지막 수필(끝획 마무리)의 방식이 다르며, 是는 받침의 형태 가 다르다. 단재는 갈지(之)의 형태지만, 「부자기문」은 리을(ㄹ)의 형 태로 그 길이에서도 장단의 차이가 있다. 之의 끝획도 용필이 달라 단재는 삐침에 가까우나 「부자기문」은 꺾임이 보이고, 不은 끝획이 단재의 경우 수평에 가까운 삐침이지만, 「부자기문」에서는 초승달 삐침, 또는 점의 형태이다. 無, 弟, 所의 서체도 확연히 다르다. 이밖 에도 여기에 제시하지 않았지만 서체 차이는 수없이 드러난다. 특히 然자는 단재의 서신에서 ��, 「전후삼한고」에서 ��이나, 「부자기문」 에서 ��,��으로 나타나 그 차이가 확연하다. 그리고 鑑 자는 「전후 삼한고」에서는 ��,��으로, 「부자기문」에서 ��으로 형태가 다르다.[41] 대체로 단재의 자형은 가로 그은 획의 후반부에 힘이 들어가서 오른 쪽 부분이 올라갔지만, 「부자기문」의 자형은 수평과 수직이 균형감 과 안정감을 지녀 확연히 다르다는 것을 알 수 있다.

다음으로 위의 표에서 단재 편지와 「주자십훈」에 공통적으로 나타 난 글자는 不과 言이다. 여기에서 不의 차이는 분명하다. 단재는 가

---

40 여기에서 필법에 대한 설명은 영자 8법(永字八法)을 활용하기로 한다. 그것은 점, 가로획, 세로획, 긴 치침, 짧은 치침, 긴 삐침, 짧은 삐침, 꺾임(파임이라고도 한다) 등이다. '永' 자로 보면 제1필이 점, 제2필이 가로획, 제3필이 세로획, 제4필이 짧은 (갈고리) 치침, 제5필이 긴 치침, 제6필이 긴 삐침, 제7필이 짧은 삐침, 제8필이 꺾 임에 해당한다. 이러한 필법은 다시 길이(長短), 굵기(細太), 기울기(斜直), 방향(正 反) 등에 따라 다양하게 나타난다. 그리고 하나의 획은 起筆-運筆-收筆로 이뤄지는 데, '一' 자로 보면 처음이 기필(起筆), 중간이 운필(運筆), 마지막이 수필(收筆)에 해당한다. 위의 책, 6~8면.
41 然자는 안창호에게 보낸 편지와 전집 2권의 23-1(면-행)에서, 鑑자는 전집 2권의 21-1과 44-1에서 가져왔다.

로획과 삐침(첫 2획)을 'ㄱ'처럼 한번에 썼으며, 제3획은 수직으로 내리그었다. 그리고 두 번째, 네번째 필획에서 힘이 느껴진다. 그러나 「주자십훈」은 제1획과 제2획을 분리했으며, 3획은 'S'자형으로 다소 기교를 부린 흔적이 역력하다. 마지막(제4) 획의 경우 단재는 앞에서 언급한 것처럼 좌에서 우로 선을 긋듯이 그었지만, 「주자십훈」의 경우 가볍게 점을 찍는 것으로 마무리했다. 여기에서 의 1획과 3획은 형태적인 측면에서 곡선을 통한 부드러움과 유연함이 느껴진다. 後도 단재의 서체에서는 직선형으로 필획에 힘이 느껴지나, 「주자십훈」에서는 부드럽고 유연하다. 이것이 단순히 필기도구의 차이만으로는 설명하기 어려우며, 두 유묵의 용필법이 다르다는 것, 곧 서예자가 다르다는 것을 말해준다.

마지막으로 왕유시 서예는 초서이다. 그런데 현존하는 단재의 유묵에 초서는 없다. 비록 날린 글씨지만 「전후삼한고」에서 上, 路, 通 (/) 등의 글자를 왕유시 서예와 비교해보면 그 자형이 다르다.[42] 왕유시 서예의 자형은 상당히 정제되어 「주자십훈」보다 원만하고 노련미가 있지만, 직선적이고 강한 힘이 느껴지는 단재의 서체와는 다른 느낌을 준다.[43] 그러나 동일한 초서가 아니기에 그것만

---

42 「전후삼한고」, 『단재신채호전집』 2, 21·93·106면. 「전후삼한고」에서 세 글자를 무작위로 뽑아서 제시한 것이다. 上자는 수평획이 좌저 우고의 형태로 그어졌으며, 路자는 '足'자의 자획이 많이 생략되었고, 通자는 'ⅈ'이 'ㄴ' 형태로 나타난다. 이러한 것은 다른 글자들도 대부분 그렇다.

43 병풍 글씨 「부자기문」은 「전후삼한고」와 별로 유사한 게 없다. 단재의 글씨는 수평이 오른쪽으로 조금 올라가고 아래쪽에 힘이 들어가는 서체이나, 병풍 글씨는 위가 기운이 세고 아래가 약하다. 그래서 두 글에 공통적으로 나오는 之나 좌부방 글자를 비교해보면 병풍 글씨는 단재의 글씨와 자체가 다르다. 그리고 왕유시는 뛰어난 서예가의 글씨는 아니나 붓글씨를 많이 써본 사람이 쓴 능숙한 글씨인 데 비해, 「주자십훈」은 서예가의 글씨가 아닐 뿐만 아니라 능숙한 글씨도 아니다. 그리고 「주자십훈」이나 왕유시는 글씨의 품격 자체가 단재와는 다르다. 김남형 문화재전문위원

비교하는 것은 불충분하다. 그래서 왕유 시 끝에 써놓은 '단재'는 해서에 가깝기에 다음 장에서 분석하기로 한다.

6. 호와 낙관, 기타

여기에서는 낙관(필서 '단재'와 인장 '단재', '신채호' 등)을 살펴보려고 한다. 대개 작품의 끝부분에 이름이나 호를 쓰고 인장을 찍는 것은 작자를 분명히 하기 위한 것이다. 1905년경 썼다고 하는 10폭 족자에는 신채호의 호 '丹齋'가 쓰여져 있다. 신채호는 "처음에 포은 정몽주 선생의 노래 구절 속에 있는 말을 흠모하여 '一片丹生'이라고 불렀다가 후에 필요 없이 긴 것을 꺼리어 단생丹生이라고 했다"고 하는데,[44] 거기에서 '단재'가 나온 것이다. 곧 '일편단생' → '단생' → '단재'로 변했다는 말이다. 그러면 신채호가 1905년경 단재라는 호(필명)를 썼는가? 단재는 애국계몽기 無涯生(1907.10) 無涯生 申采浩(1907.11), 무이生(1908.3), 無涯生(1908.5)을 썼고,[45] 그밖에도 『대한매일신보』에서는 壹片丹生(1908.8), 錦鋏山人(1908.4), 劍心(1909.11), 丹齋(1910.2.13) 등의 필명을 썼다.[46] 본명으로는 『가정잡지』에 신치호(1908)로 표기하였으

은 병풍글씨, 주자십훈, 왕유시는 모두 단재의 서체와는 다르다고 판단했다.

44 변영만, 「단재전」, 『단재신채호전집』 9, 341면.

45 차례로 언급하면, 「서문」(『친목』, 1907.10), 『이태리건국삼걸전』(휘문관, 1907.10), 「우공이산론」(『친목』, 1907.11), 「세계삼괴물서」(『세계삼괴물』, 광학서포, 1908.3), 『을지문덕』(휘문관, 1908.5) 등이다.

46 차례로 일편단생은 「독사신론」(『대한매일신보』, 1908.8.27~12.23), 금협산인은 「수군 제일위인 이순신」(1908.5.2~8.18), 「동국거걸 최도통」(1909.12.5~1910.5.27), 「여우인절교서」(1908.4.12~14), 그리고 검심은 『대한매일신보』 담총란(1909.11.20 ~1910.4.7) 등에서 사용되었다. 한편 최남선은 「독사신론」을 「국사신론」이라는 이름

표 3) 서명과 인장의 비교

유형	전후삼한고	북한자료	①병풍(1928)	②족자(1905)	③서예(1924)	비고
서명						
두인	없음	없음	없음	平山申氏	和氣致祥	
인장	없음	없음				

며, 『대한협회회보』에 申寀浩(1908), 『기호흥학회월보』에 申采浩(1908) 등을 썼다. 그리고 『을지문덕』(1908)의 서문에서 변영만은 신채호를 '無涯生'이라 했고, 이기찬도 「서」에서 '余友無涯生'이라 했으며, 안 창호 역시 「서」에서 '無涯生 申君采浩'라 했다. 그 책의 본문 첫머리 에 신채호는 "無涯生 申采浩 著"라고 언급했다. 1908년까지만 하더 라도 신채호는 자신을 '무애생'으로 일컬었으며, 다른 사람들에게도 그렇게 알려졌다는 말이다. 그리고 단재라는 호가 처음 나타난 곳은 「舊曆歲除 逢友述懷」(『대한매일신보』, 1910.2.13)이다. 단재가 1908년에 '일편단생'을 쓴 것으로 보아 '단재'는 그 이후 사용하였으며, 1910 년 이후 일반화된 것이 아닌가 한다. 1905년 이전의 글이라면 단재 는 '신채호'라는 이름을 썼을 가능성이 크고, 만일 필명을 썼다면 '무 애생'을 썼을 가능성이 있으며, '단재'라는 필명을 썼을 가능성은 희 박해 보인다.

그리고 '단재'라는 호의 서체 문제이다. 신채호의 「전후삼한고」에 '단재'라는 호가 보인다.[47] 그곳에서는 '단재'를 썼다가 덧칠을 하여 지

으로 개제(改題)하여 『소년』(1910.8)에 실으면서 저자를 '금협산인'으로 소개했다.
47 丹齋는 「전후삼한고」(『단재신채호전집』 2)의 6면 1행에서, 그리고 북한 유고 「나

운 자국이 있지만, 그래도 어느 정도 원 모습을 볼 수 있다. 그것은 최근 유입된 북한 유고 속의 글자와도 닮았다. 그런데 신채호의 서체를 병풍, 족자, 왕유시 서예의 서체와 비교해보면 그 차이가 드러난다. '단' 자의 경우 신채호는 점(제4획)을 '1'처럼 가볍게 내리눌러 'ㅗ'의 모습을 보이나, ①은 왼쪽에서 오른쪽 아래로 비낀 형태의 점을 찍었으며, ②는 세로획처럼 가로획 아래까지 길게 내렸으며, ③은 가로획처럼 평행으로 그어 'ㅡ'의 형태를 보인다. 가로(제3)획 'ㅡ' 자의 경우 단재는 좌가 낮고 우가 조금 높아 오른쪽 부분이 조금 올라갔는데, ①은 그 기울기가 더욱 크며, ②와 ③은 거의 수평에 가깝다. '齋'는 「전후삼한고」에는 덧칠을 해서 분명치 않으나 그 원고 속에 '百濟'가 무수히 나오며, 그 서체는 북한 유입 자료와 다르지 않다. 그것을 바탕으로 齋를 복원할 수 있다. '齋'의 첫획의 경우 단재와 ③은 옆으로 또는 수평으로 살짝 점을 찍은 모습이며, ①과 ②는 수직으로 점과 선을 그었다. 중간 부분(刀丫氏)의 획들은 글자에서 보듯 단재와 1,2,3의 자형이 제각각이다. 마지막 획의 경우 단재는 가볍게 내리그었으나, ①은 수직으로 내려오다가 왼쪽으로 마는 형태를, ②는 수직으로 내려오다가 뚝 끊는 형태를, ③은 끝부분을 갈고리 치침의 형태(J)를 취했다. 사실 일점 일획뿐만 아니라 전반적으로 글자의 조형적 특징이 서로 다르다. 곧 「전후삼한고」, 8폭 병풍, 10폭 족자, 왕유시 서예의 자형은 제각각이며, 그래서 서체가 다르다고 할 수 있다.

다음으로 인장의 문제이다. 먼저 두인부터 살피기로 한다. 족자(②)에는 '平山申氏', 그리고 왕유시 서예(③)에는 '和氣致祥'이라는 두인이

의 一, 二, 三, 四, 五, 六, 七의 1면 3행과 「文藝界 靑年의 參考를 求」의 11면 2행에서 각각 가져왔다.

있다. 본관과 이름, 호가 같이 나오는 작품의 경우 글의 마지막 부분에 본관, 호, 이름 순서로 나오는 것이 일반적이라 한다.[48] ②로 보았을 때 단재의 본관은 '평산'으로 '평산신씨'가 된다. 그러나 단재는 '고령신씨'이며, 당대의 신기선이 '평산신씨'로 알려져 있다. 이것을 단재가 직접 찍었다고 하면 단재는 자신의 본관도 모르는 사람이 되며, 다른 사람이 찍었다고 하면 그것은 위조하려고 했던 것이다. 왜냐하면 서예 작품은 붓으로 쓴 내용만이 아니라 두인, 낙관까지 오롯이 작가의 것이기 때문이다. 여기에서 단재가 이 글을 써서 집안사람에 주었다고 하는 것 자체가 모순임이 드러난다. 받은 사람이 단재를 평산신씨로 알았다면, 달리 단재는 자신을 잘 모르는 사람에게 글을 써주었고, 수신자가 두인을 찍었다면 그것은 단재의 글씨가 아니라는 것을 말해 주는 증표이기 때문이다. 수신자가 단재의 본관도 모른 채 '평산신씨'라는 두인을 만들어 찍었다면 그가 '단재 신채호'의 인장까지 만들어 찍었을 가능성이 크며, 그렇다면 그것은 단재의 서예가 아닐 가능성을 보여준다.

그리고 병풍과 족자, 그리고 왕유시 서예 모두 호 '단재'라는 필서 아래에 '단재', '신채호'라는 인장이 찍혀 있다. 단재는 한기악에게 보낸 편지(1925)에서 "弟는 없었으나 弟의 圖章이 있으므로 돈을 찾아왔었노라."고 했다.[49] 당시 단재는 자신의 도장이 있었다. 그리고 그가 여순감옥에서 남긴 유품 중에 '상아제象牙製 4각형' 인장이 하나 있었다고 한다. 그것은 '유맹원劉孟源'이라 새긴 것으로, 단재가 국제

---

48 두인의 경우 서예가가 "자신의 인생철학이나 좌우명 등을 함축적으로 담고 있는 글귀"를 주로 직사각형 모양의 도장으로 새겨 글의 시작 부분에 찍는다. 도장업에 오래 종사해온 문건필(010-9460-○○○○) 씨에 따르면 본관을 두인으로 하는 경우는 일상적이지 않다고 한다. 김남형 문화재전문위원도 단재의 글에 낙관이 있다는 것은 오히려 단재답지 않으며, 그러므로 그것이 단재의 글이 아닐 가능성이 있다고 언급했다.

49 신채호, 「韓基岳氏에게」, 『단재신채호전집』 7, 750면.

위체에 사용하기 위해 만든 것이었다. 그런데 이제까지 남아 있는 단재의 글에 인장이 찍힌 것은 없다. 단재는 자신의 글에 이름이나 필명을 쓰는 것으로 충분했지 굳이 인장을 찍을 필요가 없었던 것이다. 회화나 서예에서 낙관은 작자를 드러내는 방식이기도 하지만, 반대로 작자를 위조하는 방식이기도 하다. 곧 낙관을 함으로써 "진작眞作처럼 보이게 작가의 작품을 위조하는"것이다.[50] 이는 단재의 낙관을 두고 볼 때 더욱 그러하다. 단재의 유묵에 인장이 없는 것이 오히려 단재의 글로 보이게 하며, 인장의 흔적은 단재의 작품일 가능성을 떨어트린다.

특히 1905년이면 단재가 성균관 유생시절인데 인장을 찍어 자신을 드러내고자 했을 가능성은 적어 보인다. 그리고 더욱 흥미로운 것은 족자와 왕유시 서예에 찍힌 '단재', '신채호'의 두 인장을 겹쳐놓으면 그대로 포개진다는 사실이다. 형태로 볼 때 어느 한쪽의 인장을 모방하여 다른 쪽의 인장을 만든 것이 아니라 두 인장이 같다는 것을 말해준다. 곧 서체는 다른데 동일한 인장이 찍혔다는 것은 무얼 의미하는가? 하나는 1905년에 썼다고 하고, 다른 하나는 1924년에 썼다고 하는데 이를 어떻게 설명할 것인가? 이는 같은 인장을 두 서예에 모두 찍었다는 것을 말해준다. 그리고 1905년 인장은 연도가 따로 없으니까 일단 차치하고, 1924년 가을과 1928년 1월의 인장을 비교해보면 같은 것이 아니다. 두 인장이 서로 다르다는 것은 둘 중에 하나, 또는 둘 다 위조되었을 가능성을 시사한다.

마지막으로 「부자기문」 병풍에 관련된 것이다. 이 자료를 전시했

---

50   이동천, 『진상 미술품 진위 감정의 비밀』, 320면.

던 허원 관장은 이 병풍과 같은 서체로 쓰여진 또 다른 「부자기문」을 보았다고 증언했다. 그는 2010년 한 수집가가 소장하고 있는 수많은 근대 문인들의 서화를 보았다고 한다. 그 가운데 단재의 「부자기문」은 한지 두루마리에 적혀 있었고, 아직 병풍으로 만들어지지 않은 상태였다고 했다. 그리고 그 작품에는 전시된 병풍에서는 잘려나간 마지막 한 줄도 그대로 있었다고 한다.[51] 결과적으로 '단재'의 또 다른 「부자기문」이 존재한다는 것인데, 이는 단재가 아닌 다른 사람이 썼을 가능성을 더욱 분명히 한다. 단재가 변영만이나 안태국에게 시를 써주고, 또한 안창호나 홍명희 등과 서신을 주고받았지만, 다른 사람의 글을 서예로 써주었다는 얘기는 없었다. 그는 글씨가 형편없어서 남의 글을 서예로 써준다는 것이 오히려 이상하다.[52] 단재는 무수한 원고를 남겼고, 또한 「단재잠」이라는 경계도 남겼다. 그런데 이런 것들은 모두 단재의 창작들이다. 시적 재능이 뛰어난 단재가 굳이 남의 글을 써줄 이유가 없었던 것이다.

---

51 2009~2010년 당시 서원대 허원 박물관장은 '고사(古史)'라는 호를 가진 사람이 '단재 신채호 전시회'를 관람하러 왔으며, 자신에게도 자료가 있으니 보러 가자고 했다 한다. 그를 따라 서울 마포구 서교동에 가서 조선시대 왕의 글씨를 비롯하여 한국 근대 수많은 문인들의 서화를 보았으며, 그 가운데 단재의 병풍과 동일한 작품도 있었다고 한다. 본 연구자는 2010년부터 2017년까지 허원 전 관장과 8폭 병풍에 대해 여러 차례 논의하였으며, 최근(2020.1.8, 1.14)에도 수십 분간 통화하며 이러한 사실을 거듭 확인했다.

52 그래서 정인보는 단재의 "書字가 極히 拙하야 어떤 때 보면 千字짜리의 習字같기도" 하다고 했고, 이극로는 "先生의 글씨는 어린아이의 처음 배우는 글씨와 같다"고 평가했다. 위당, 「殘憶의 數片」, 『新東亞』, 1936.4; 『단재신채호전집』 9, 292면; 이극로, 「西間島 時代의 先生」, 『朝光』, 1936.4; 『단재신채호전집』 9, 310면.

7. 마무리

　단재는 누군가에게 글을 건넬 때 자신이 직접 쓴 글을 전했다. 변영만, 안태국, 연옥 등에게 직접 시를 써주었으며, 「단재잠」을 남기기도 했다. 그리고 안창호를 비롯하여 홍명희, 차형에게도 편지를 보냈는데 '弟 申采浩', '申丹齋' 등 자신의 이름이나 호를 남겼다. 아울러 「전후삼한고」에서는 '丹齋 申采浩'를 남겼고, 「장덕진군의 유서와 일지서」에는 '申采浩 씀'이라고 했다. 그가 남긴 자필 원고 가운데 '단재'만 쓰고 낙관을 찍은 글은 보이지 않는다. 「부자기문」, 「주자십훈」, 왕유시 서예에는 글의 말미에 '단재'와 낙관이 있다는 것은 오히려 단재답지 않다.

　1905년경 「주자십훈」 서예에 미처 알려지지도 않은 호 '단재'를 글의 말미에 남기고, 게다가 낙관까지 찍었다는 것은 실재 단재의 모습과는 상당히 거리가 있다. 만일 단재라면 남의 글을 베끼지 않고 자신이 직접 지은 글을 남겼을 터이고, 그렇게 호화롭고 큰 종이가 아니라 작은 종이에 썼을 것이고, 글의 말미에 글을 쓴 시기와 이름 '신채호'를 부기했을 것이다. 아울러 이 족자 서예는 부드럽고 유연하며, 단재와 같은 직선형의 강한 필치가 느껴지지 않는다.

　왕유의 시 서예는 1924년 가을에 쓴 것으로 나온다. 그런데 이 작품이 유가사상, 중화주의를 지녔다는 점, 1905년에 썼다고 하는 「주자십훈」과 동일한 낙관이 있다는 점, 그리고 단재가 남에게 자신이 직접 쓴 시를 주었지만, 남의 시를 써주지는 않았다는 점, 무엇보다 단재의 서체와는 다르다는 점 등을 볼 때 단재의 서예라고 하는 것은 무리이다.

　그리고 1928년 시점에 단재가 자신의 사상과도 배치되는 「부자기문」과 같은 글을 남에게 써주었다고 보기 어렵다. 만일 누군가에게 경계가 되는 글을 주었다면 그것은 자신이 직접 글을 지어서 주었을 것이다. 심지어 졸필에 가까운 그가 장문의 글을 써주었을 가능성은 희박하다.

궁극적으로 이들 서예 작품은 단재의 글이 아니며 단재의 글처럼 보이게 조작한 것일 뿐이다. 그것이 조작이라고 할 수밖에 없는 것은 족자 작품은 서체가 단재와 다르며, 왕유시는 베껴 쓸 하등의 이유가 없을 뿐만 아니라 병풍 작품은 맥락도 연결되지 않기 때문이다. 시에 조예가 깊고, 한학에 밝은, 그리고 무엇보다 주체성이 강한 단재가 남의 글들을 그렇게 베껴 쓰지는 않았을 것이다. 그러므로 8폭 병풍, 10폭 족자, 왕유시는 단재의 이름을 빌려 조작한 가품假品으로 볼 수밖에 없다.

참고문헌

기본자료

『국민보』,『권업신문』,『대한매일신보』,『동아일보』,『신대한』,『신한민보』,『자유신문』,『제국신문』,『조선일보』,『황성신문』

『가정잡지』,『기호흥학회월보』,『대한협회회보』,『동아일보』,『새벽』,『서북학회월보』,『소년』,『조광』,『조선일보』,『중앙』,『진단』,『천고』,『친목』

『고려도경』,『동국여지승람』,『동사강목』,『삼국사기』,『삼국유사』,『승정원일기』,『해동역사』,『고금소총』,『기관』,『낙하생집』,『대동야승』『동국골계전』,『동문선』,『동패』,『동패낙송』,『동야휘집』,『명엽지해』,『삼명시집』,『삽교만록』,『서곽잡록』,『성호사설』,『성호전집』,『실사통담』,『어면순』,『증보문헌비고』,『청야담수』,『촌담해이』,『태평한화골계전』,『파수록』,『파한집』,『北京日報』,『北京中華新報』,『中華新報』,『舊唐書』,『南齊書』,『史記列傳』,『新唐書』,『十八史略』,『論語』,『韓非子』

김병민 편,『신채호문학유고선집』, 연변대 출판사, 1994.
단재신채호전집간행위원회 편,『개정판 단재신채호전집』(전4권), 형설출판사, 1977.
단재신채호전집간행위원회 편,『단재신채호전집』(전10권), 독립기념관 한국독립운동사연구소, 2007~2008.
신채호 역술,『이태리건국삼걸전』, 휘문관, 1907.
신채호,『대동역사』필사본, 연세대 소장.
신채호,『조선사연구초』, 조선도서주식회사, 1929.
신채호,『룡과 룡의 대격전』, 조선문학예술총동맹출판사, 1966.
최광식 역주,『단재 신채호의 천고』, 아연출판부, 2004.

단행본

고미숙,『비평기계』, 소명출판, 2000.
국사편찬위원회 편,『한국사료총서 제2—기려수필』, 국사편찬위원회, 1971.
국사편찬위원회 편,『매천야록』, 신지사, 1955.
경상북도독립운동기념관 편,『추강 김지섭』, 경상북도독립운동기념관, 2014.
권제,『影印本 龍飛御天歌 卷第三』, 대제각, 1973.
권문해,『大東韻府群玉』十八卷, 刊寫者: 權進洛, 1836.
권오만,『개화기 시가 연구』, 새문사, 1989.
기대승 편, 박경래・최두남 역,『(국역) 朱子文錄-人』, 고봉선생선양위원회, 2014.
김기승,『조소앙이 꿈꾼 세계』, 지영사, 2003.
김동수,『일제 침략기 민족시가 연구』, 인문당, 1988.
김병민,『신채호 문학 연구』, 아침, 1988.

김병철,『한국 근대 번역문학사 연구』, 을유문화사, 1975.

김부식, 이병도 역주,『삼국사기』(상), 을유문화사, 1999.

김영민,『문학제도 및 민족어의 형성과 한국 근대문학(1980~1945)-제도, 언어, 양식의 지형도 연구』, 소명출판, 2012.

김용달,『김지섭』, 지식산업사, 2011.

김용주,『정감록』, 한성도서주식회사, 1923.

김윤식,『한국 근대문예 비평사 연구』, 일지사, 1976.

김정설,『화랑외사』, 이문사, 1981.

김주현 편,『백세 노승의 미인담(외)』, 범우사, 2004.

김주현,『신채호문학연구초』, 소명출판, 2012.

김주현,『계몽과 혁명-신채호의 삶과 문학』, 소명출판, 2015.

김현주,『단재 신채호 소설 연구』, 소명출판, 2015.

노명흠, 김동욱 역,『국역 동패락송』2, 보고사, 2013.

대전대 지역협력연구원 편,『단재 신채호의 현대적 조명』, 다운샘, 2003.

도산안창호선생전집편찬위원회 편,『도산안창호선생전집 제2권 서한I』, 동양인쇄주식회사, 2000.

무정부주의운동사편찬위원회 편,『한국아나키즘운동사』, 형설출판사, 1978.

박건회,『千里鏡』, 조선서관, 1911.

박재연 교주,『포공연의』, 선문대 중한번역문헌연구소, 1999.

박정규 편,『단재 신채호 시집』, 단재문화예술제전추진위원회, 1999.

박정규 외편,『단재 신채호』, 단재문화예술제전추진위원회, 2006.

박정규 편,『단재신채호시전집』, 기별미디어, 2013.

배용일,『박은식과 신채호 사상의 비교연구』, 경인문화사, 2002.

변영만,『山康齋文鈔』, 용계서당, 1957.

산운학술문화재단 편,『산운 장도빈의 생애와 사상』, 산운학술문화재단, 1988.

삼균학회 편,『소앙선생문집하』, 횃불사, 1979.

성균관유도회,『추강 김지섭의사 추모학술강연회』, 한빛, 2001.

성균관대 대동문화연구원 편,『심산유고』, 국역심산유고간행위원회, 1979.

송상도,『한국사료총서 기이-기려수필』, 한국사학회, 1985.

송우혜,『윤동주평전』, 열음사, 1992.

시귀선·류화수·이월영 역주,『고금소총』, 한국문화사, 1998.

申寬雨 편,『高靈申氏世譜』, 高靈申氏世譜編纂委員會, 1995.

신일철,『신채호의 역사사상 연구』, 고려대 출판부, 1993.

왕신영 외,『윤동주 자필 시고전집』, 민음사, 1999.

우강양기탁선생전집편창찬위원회 편,『우강양기탁전집 제3권 공판기록』, 동방미디어, 2002.

위백규,『存齋全書』, 경인문화사, 1974.

유정애·전보삼 편,『故 화산 신일호 선생의 독립운동가 친필 작품 소장 스토리』, 만해기념관, 2019.

이동천,『진상 미술품 진위 감정의 비밀』, 동아일보사, 2008.

이동천,『미술품 감정비책』, 라의눈, 2016.

이만열,『단재 신채호의 역사학 연구』, 문학과지성사, 1990.

이명재,『통일시대 문학의 길찾기』, 새미, 2002.

이우성·임형택 편역,『李朝漢文短篇集』(上), 일조각, 1996.

이호룡,『한국의 아나키즘-사상편』, 지식산업사, 2001.

이호룡,『신채호 다시 읽기-민족주의자에서 아나키스트로』, 돌베개, 2013.

일연, 이민수 역,『삼국유사』, 을유문화사, 1983.

임중빈,『단재 신채호 전기』, 丹齋申采浩先生追慕事業會, 1980.

장도빈,『조선역사요령』, 고려관, 1924.

전규태 역,『사씨남정기·서포만필』, 범우사, 2001.

정명기 편,『한국야담자료집성』1, 고전문헌연구회, 1987.

정명기,『한국야담문학연구』, 보고사, 1996.

정선태,『심연을 탐사하는 고래의 눈』, 소명출판, 2003.

정순진,『글의 무늬 읽기』, 새미, 1995.

정용수,『고금소총 명엽지해』, 국학자료원, 1998.

정원택,『지산외유일지』, 탐구당, 1983.

정진석,『역사와 언론인』, 커뮤니케이션북스, 2001.

조동일,『한국문학통사』(제4권) 제1판, 지식산업사, 1986.

조석하,『민족주의문학에 대한 주체적 시각』, 문학예술종합, 1999.

조윤제,『국문학사』, 동국문화사, 1949.

조종업 편,『한국시화총편』, 태학사, 1996.

최기영,『식민지 시기 민족지성과 문화운동』, 한울아카데미, 2003.

최수일,『개벽 연구』, 소명출판, 2008.

최영년, 김동욱 역,『실사총담』2, 보고사, 2009.

최원식,『한국근대소설사론』, 창작사, 1986.

최원식,『한국 계몽주의 문학사론』, 소명출판, 2002.

최홍규,『단재신채호』, 태극출판사, 1979.

한국서획연구회 편,『書藝講座⑤-楷書』, 한림출판사, 1982.

한기형·정환국,『역주 신단공안』, 창비, 2007.

홍명희,『조선사연구초』, 조선도서주식회사, 1929.

홍성암,『한국역사소설』, 한국문학도서관, 1989.

桂萬榮, 박소현·박계화·홍성화 역,『당음비사(棠陰比事)』, 세창출판사, 2013.

龜井秀雄, 김춘미 역,『메이지문학사』, 고려대 출판부, 2006.

司馬遷, 정범진 외 역,『사기열전(상)』, 까치, 1995

王維, 박삼수 역,『왕유시전집4』, 지식을 만드는 지식, 2017.

曾先之, 진기환 역주,『十八史略 中卷(下)』, 명문당, 2013.

Barthes, Roland, 김희영 역, 『텍스트의 즐거움』, 동문선, 1997.
Bernheim, Ernst, 박광순 역, 『역사학입문』, 범우사, 1985.

刊寫者 未詳, 『新評龍圖神斷公案』, 刊寫年 未詳, 서울대 중앙도서관 소장 자료.
國學整理社 編, 『諸子集成』(全8卷), 北京: 中華書局, 1996.
凌濛初 撰, 劉本棟 校訂, 繆天華 校閱, 『拍案驚奇』, 臺北: 三民書局, 1979.
蕭子顯, 『南齊書』 卷五十八 列傳 第三十九 東南夷.
小倉進平, 『鄕歌及び吏讀の硏究』, 京城帝國大學, 1929.
安旗 主編, 『李白全集編年注釋(上)』, 成都: 巴蜀書社, 1990.
梁啓超, 『飮氷室合集』(전12권), 上海: 中華書局, 1936.
錢 彩, 『說岳全傳』, 臺灣:河洛圖書出版社, 1980.
幸德秋水, 狸弔疋 譯, 『基督抹殺論』, 北京大學出版部, 1924.

논문

강명관, 「장지연 시세계의 변모와 사상」, 『한국한문학연구』 9・10, 한국한문학회, 1987.12.
강명관, 「영어 원서 읽으면서도 우리 책에 무한 애정」, 『주간동아』, 2007.5.2.
강수경, 「단재 신채호가 쓴 기사・서신 한자리에」, 『천지일보』, 2010.8.10.
강현조, 「근대 초기단편소설선집 『천리경』 연구」, 『어문론총』, 62, 한국문학언어학회, 2014.12.
국우함, 「韓國開化期新聞小說 「神斷公案」에 미친 『龍圖公案』의 影響」, 광운대 석사논문, 2014.2.
권두연, 「청년학우회 활동과 참여인물」, 『현대문학의 연구』 48, 한국문학연구학회, 2012.10.
권문경, 「고토쿠 슈스이(幸德秋水)의 『基督抹殺論』과 신채호의 아나키즘―기독교관을 중심으로」,
　　『일본어문학』 58, 일본어문학회, 2012.8.
곽동훈, 「단재 시론과 시의 값」, 『한국문학논총』 13, 한국문학회, 1992.10.
권화돈, 「신채호의 「용과 용의 대격전」 연구」, 『새국어교육』 52, 한국국어교육학회, 1996.1.
김경용, 「갑오경장 이후 성균관경학과와 경의문대(經義問對) 연구」, 『교육사학연구』 21-1, 교육사
　　학회, 2011.6.
김권동, 「이상화의 '빼앗긴 들에도 봄은 오는가'에 대한 문학적 해석의 재고」, 『어문학』 93, 한국어문
　　학회, 2006.9.
김동욱, 「청야담수에 대하여」, 『국역 청야담수』 3, 보고사, 2004.
김병민, 「신채호의 문학유고에 대한 자료적 고찰」, 『신채호문학유고선집』, 연변대 출판사, 1994.
김복순, 「근대문학비평의 여명기」, 감태준 외, 『한국현대문학사』, 현대문학, 1989.
김선호, 「단재 신채호 특별전 세기의 귀향」, 『대전시티저널』, 2010.8.10.
김승환, 「단재 신채호의 텍스트와 콘텍스트」, 『현대문학이론연구』 67, 한국현대문학이론학회, 2016.12.
김영호, 「단재의 생애와 활동」, 『나라사랑』 3, 외솔회, 1971.7.
김영철, 「개화기 시가비평의 형성 과정」, 『한국학보』 13-2, 일지사, 1987.6.
김윤식, 「단재사상의 앞서감에 대하여」, 『신채호의 사상과 민족독립운동』, 형설출판사, 1986.
김윤재, 「신채호 문학관―서양문화의 수용의 한 양상」, 『한국어문학연구』 6, 한국외대 한국어교육학

과, 1994.12.

김종복·박준형, 「『大東歷史(古代史)』를 통해 본 신채호의 초기 역사학」, 『동방학지』 162, 연세대 국학연구원, 2013.6.

김주현, 「개화기 토론체 양식 연구」, 서울대 석사논문, 1989.8.

김주현, 「문학작품의 원전 오독과 오류에 대한 비판적 해독」, 『안동어문학』 8, 안동어문학회, 2003.12.

김주현, 「신채호의 작품 발굴 및 원전 확정을 위한 연구−『권업신문』을 중심으로」, 『우리말글』 39, 우리말글학회, 2007.4.

김주현, 「단재 신채호의 문학과 정전의 문제」, 『현대소설연구』 36, 현대소설학회, 2007.12.

김주현, 「『황성신문』 논설과 단재 신채호」, 『어문학』 101, 한국어문학회, 2008.9.

김주현, 「계몽기 연극개량론과 단재 신채호」, 『어문학』 103, 한국어문학회, 2009.3.

김주현, 「중국신문 소재 신채호 논설의 발굴 연구」, 『중원문화연구』 15, 충북대 중원문화연구소, 2010.12.

김주현, 「『중화보』 소재 신채호 논설의 발굴 연구 보론」, 『한국근현대사연구』 60, 한국근현대사학회, 2012.3.

김주현, 「「백세 노승의 미인담」의 텍스트 형성에 관한 고찰」, 『현대소설연구』 53, 한국현대소설학회, 2013.8.

김주현, 「단재 신채호의 『권업신문』 활동 시기에 대한 재검토」, 『한국독립운동사연구』 51, 독립기념관 한국독립운동사연구소, 2015.8.

김주현, 「「꿈하늘」의 새로운 읽기−역사담론을 중심으로」, 『한국근현대사연구』 79, 한국근현대사학회, 2016.12.

김주현, 「이상 '육필 원고'의 진위 여부 고증−「오감도」를 중심으로」, 『한국현대문학연구』 58, 한국현대문학회, 2019.8.

김주현, 「이상 '육필 원고'의 진위 여부 고증−편지를 중심으로」, 『어문론총』 81, 한국문학언어학회, 2019.9.

김준, 「「천희당시화」 연구−국시론의 양상과 의미 분석을 중심으로」, 연세대 석사논문, 2014.8.

김진옥, 「신채호 문학 연구」, 서울대 석사논문, 1993.2.

김찬기, 「근대계몽기 전(傳) 양식의 근대적 성격−「神斷公案」의 제4화와 제7화를 중심으로」, 『상허학보』 10, 상허학회, 2003.2.

김창현, 「신채호 소설의 미학적 특성과 알레고리−「용과 용의 대격전」을 중심으로」, 『고전문학연구』 27, 한국고전문학회, 2005.6.

김현주, 「丹齋 申采浩 小說研究−근대·탈근대 移行 양상을 중심으로」, 영남대 박사논문, 2011.2.

김현주, 「신채호 소설의 근대국민국가 기획에 관한 연구−「류화전(柳花傳)」과 「익모초(益母草)」를 중심으로」, 『한민족어문학』 57, 한민족어문학회, 2010.12.

도상범, 「양계초의 사론에 관한 연구」, 충남대 박사논문, 1992.8.

박걸순, 「『단재 신채호 전집』 편찬의 의의와 과제−「역사편」을 중심으로」, 『한국독립운동사연구』 30, 독립기념관 한국독립운동사연구소, 2008.6.

박걸순, 「北韓 소장 申采浩 遺稿 原典의 분석과 誤謬의 校勘−인민대학습당 유출 원전을 중심으로」,

『한국독립운동사연구』 66, 독립기념관 한국독립운동사연구소, 2019.5.

박상석, 「신채호 소설 「百歲老僧의 美人談」의 근원설화와 변개양상」, 『국어국문학』 150, 국어국 문학회, 2008.12.

박정규, 「『대한매일신보』의 참여인물과 언론 활동」, 『대한매일신보연구』, 커뮤니케이션북스, 2004.

박정규, 「국내에서의 신채호 연보와 쓴 글에 대한 고찰」, 『단재신채호연구의 재조명』, 단재문화예술 제전추진위원회, 2006.2.17.

박정규, 「단재 신채호의 시가의 발굴과 검증」, 『제15회 단재문화예술제전 학술세미나─단재 신채 호의 시』, 단재문화예술제전추진위원회, 2010.11.

박정규, 「해제─신채호가 편집하고 발행한 가뎡잡지」, 『가뎡잡지』 제2년 제1호 영인본, 1908.2.

박중렬, 「단재의 「꿈하늘」과 「龍과 龍의 대격전」 재론─환몽적 알레고리를 통한 역사 다시 쓰기」, 『한국문학이론과비평』 33, 한국문학이론과비평학회, 2006.12.

박환, 「『권업신문』에 대한 일고찰」, 『사학연구』 46, 한국사학회, 1993.5.

박태규, 「이인직의 연극개량 의지와 『은세계』에 미친 일본연극의 영향에 관한 연구」, 『일본학보』 47, 한국일본학회, 2001.6.

박희병, 「신채호와 근대민족문학」, 『관악어문연구』 22, 서울대 국어국문학과, 1997.12.

반병률, 「단재 신채호의 러시아 연해주 독립운동과 유적지 현황」, 『단재 신채호의 국내외 독립운동과 유적지 현황』 II, 2014년 단재학술심포지엄 자료집, 단재문화예술추진위원회, 2014.11.26.

반재유, 「『황성신문』 소재 서사문학 연구」, 연세대 박사논문, 2017.8.

서은선·윤일·남송우·손동주, 「신채호 아나키즘의 문학적 형상화─하늘(天)과 용(龍) 이미지 의 전도(顚倒)」, 『韓國文學論叢』, 48, 한국문학회, 2008.4.

서형범, 「傳統 知識人 丹齋 申采浩의 省察的 主體로서의 글쓰기 의식─「龍과 龍의 大激戰」을 통해 본 丹齋 晚年의 내면풍경」, 『대동한문학』 33, 대동한문학회, 2010.12.

성현자, 「허구적 인물의 역사적 해석(II)」, 『개신어문연구』 13, 개신어문학회, 1996.12.

손병국, 「韓國古典小說에 미친 明代話本小說의 影響─특히 "三言"과 "二拍"을 中心으로」, 동국대 박사논문, 1990.8.

손성준, 「영웅서사의 동아시아 수용과 중역의 원본성─서구 텍스트의 한국적 재맥락화를 중심으 로」, 성균관대 박사논문, 2012.8.

손해연, 「「천희당시화」 연구─양계초의 시계혁명론과의 비교를 중심으로」, 서울시립대 석사논문, 2011.2.

송우혜, 「「대한독립선언서」(세칭 「무오독립선언서」)의 실체─발표시기의 규명과 내용 분석」, 『역사비평』 3, 역사비평사, 1988.6.

송재소, 「민족과 민중─「꿈하늘」과 「龍과 龍의 大激戰」에 나타난 단재 사상의 변모」, 단재신채호 선생기념사업회 편, 『단재 신채호와 민족사관』, 형설출판사, 1980.

신용하, 「신채호의 애국계몽운동(하)」, 『한국학보』 20, 일지사, 1980.9.

신운용, 「「대한독립선언서」의 발표시기와 서명자에 대한 분석」, 『국학연구』 22, 국학연구소, 2018.12.

신채호, 「朝鮮 古來의 文字와 詩歌의 變遷」, 『동아일보』, 1924.1.1.

신채호, 「전후삼한고」, 『조선사연구초』, 조선도서주식회사, 1929.

신채호, 「대동역사」, 『동방학지』 162, 연세대 국학연구원, 2013.6.

신춘자, 「신채호의 소설연구Ⅰ-「꿈하늘」을 중심으로」, 『국어국문학』 93, 국어국문학회, 1985.5.

심경호, 「단재 신채호의 한시」, 『국학연구』 창간호, 한국국학진흥원, 2002.12.

아프잘 아흐메드 칸, 「신채호와 쁘렘짠드 소설의 비교 연구」, 경북대 석사논문, 2011.8.

안종묵, 「황성신문의 애국계몽운동에 관한 연구」, 한국외대 박사논문, 1997.8.

안함광, 「신채호와 그의 문학」, 『조선문학』 210, 조선작가동맹중앙위원회, 1965.2.

안함광, 「해제」, 『룡과 룡의 대격전』, 조선문학예술총동맹출판사, 1966.

양진오, 「영웅의 호출과 민족의 상상-망명 이후 신채호의 소설을 중심으로」, 『현대소설연구』 38, 현대소설학회, 2008.8.

양진오, 「영웅 개념의 주체적 모색과 신채호 문학」, 『어문론총』 55, 한국문학언어학회, 2011.12.

오세창, 「신채호의 해외 언론 활동」, 『단재신채호 선생 순국 50주년 추모논총』, 형설출판사, 1986.

오윤주, 「'단재의 혼' 글씨로 느껴보세요」, 『한겨레』, 2009.12.30.

왕성산, 「100년 만의 귀향, 대전 출신 '단재 신채호 특별전'」, 『아시아경제』, 2010.8.12.

유석재, 「단재 한시·'항일가사집' 첫 공개」, 『조선일보』, 2006.2.27.

유태관, 「단재 신채호 한시 공개」, 『시사포커스』, 2006.2.18.

육근웅, 「「빼앗긴 들에도 봄은 오는가」에 대한 한 이해」, 『한민족문화연구』 3, 한민족문화학회, 1998.8.

윤일·남송우·손동주·서은선, 「고토쿠 슈스이의 『基督抹殺論』 비판-사회진화론을 중심으로」, 『일본어문학』 41, 일본어문학회, 2008.5.

윤병석, 「권업회의 성립과 권업신문의 간행」, 『천관우 선생 환력(還曆) 기념 한국사학논총』, 정음문화사. 1985.

윤우용, 「서원대 29일부터 단재 신채호 전시회」, 『연합뉴스』, 2009.12.28.

윤우용, 「청주서 열린 〈신채호 展〉」, 『연합뉴스』, 2009.12.29.

이경선, 「단재 신채호의 문학」, 단재신채호선생기념사업회 편, 『신채호의 사상과 민족독립운동』, 형설출판사, 1986.

이광린, 「『황성신문』 연구」, 『동방학지』 53, 연세대 국학연구원, 1986.12.

이광수, 「문학이란 하오」, 『매일신보』, 1916.11.22.

이광수, 「民謠小考」, 『조선문단』, 1924.12.

이광수, 「조선문학의 개념」, 『신생』, 1929.1.

이광수, 「脫出 途中의 丹齋 印象」, 『조광』, 1936.4.

이동순, 「단재 소설에 나타난 낭가사상」, 『어문론총』 12, 경북대 국어국문학과, 1978.12.

이동순, 「단재 신채호의 「천희당시화」에 대하여」, 『개신어문연구』 1, 충북대 국어교육학과, 1981.

이만열, 「한말 기독교 사조의 양면성 시고」, 『한국기독교와 민족의식』, 지식산업사, 1991.

이선영, 「민족사관과 민족문학-신채호의 「꿈하늘」에 대하여」, 『세계의문학』 2, 민음사, 1976.12.

이성우, 「단재 신채호 전시회」, YTN, 2010.1.10.

이영신, 「단재 신채호의 문학 연구」, 성균관대 박사논문, 2000.2.

이장우, 「대한제국기 『가뎡잡지』에 대한 일고찰-애국계몽운동의 일단면」, 『서지학연구』 4, 서지학회, 1989.12.

이정석, 「신채호 소설의 전도적 상상력과 그 서사적 효과-「백세 노승의 미인담」과 「용과 용의 대격전」을 중심으로」, 『한국문학이론과비평』 46, 한국문학이론과비평학회, 2010.3.

이현종, 「구한말 정치·사회·학회·회산·언론단체 조사자료」, 『아세아학보』 2, 아세아학술연구회, 1966.10.

임상석, 「근대계몽기 신채호의 글쓰기 방식-한문의 그늘 아래 모색된 새로운 논리와 사상」, 고려대 석사논문, 2002.2.

임상석, 「신채호 연구의 잃어버린 한 고리-「대동제국사서언」의 발견」, 『민족문화연구』 38, 고려대 민족문화연구원, 2003.6.

임상석, 「근대 지식과 전통 가치의 공존, 가정학의 번역과 야담의 번안 및 개작-『가뎡잡지』 결호의 발굴」, 『코기토』 79, 부산대 인문학연구소, 2016.2.

임중빈, 「단재의 상황문학론」, 『한국문학』 5(9), 1977.9.

임중빈, 「연보」, 『개정판 단재신채호전집』(하), 형설출판사, 1977.

임중빈, 「단재문학의 영웅상과 민중상」, 『단재신채호와 민족사관』, 형설출판사, 1980.

임형택, 「'동국시계혁명'과 그 역사적 의의」, 『한국문학사의 시각』, 창작과비평사, 1984.

장도빈, 「암운 짙은 구한말」, 『사상계』, 1962.4.

장예준, 「「신단공안(神斷公案)」 평어(評語) 양상과 가치 지향」, 『어문론총』 70, 한국문학언어학회, 2016.12.

田尻浩幸, 「李人稙의 演劇改良과 日本 演劇改良-『佐倉義民傳』과 『銀世界』를 중심으로」, 『민족문화연구』 34, 고려대 민족문화연구원, 2001.6.

점하생, 「신단재와 홍색내의」, 『동아일보』, 1936.4.12.

정길수, 「지향 잃은 자유인의 초상-金鳳論」, 『고소설연구』 38, 한국고소설학회, 2014.12.

정은경, 「開化期 玄采家의 著·譯述 및 發行書에 관한 硏究」, 이화여대 석사논문, 1995.8.

정인보, 「단재와 사학」, 『동아일보』, 1936.2.26~28.

정환국, 「『神斷公安』 제7화 「魚福孫傳」 연구」, 성균관대 석사논문, 1995.2.

조동걸, 「단재 신채호의 삶과 유훈」, 『한국사학사학보』 3, 한국사학사학회, 2001.3.

조항래, 「대한독립선언서 발표시기와 경위」, 『삼균주의연구논집』 13, 삼균학회, 1993.2.

주룡걸, 「탁월한 작가 신채호의 문학에 대하여-최근에 발굴된 그의 창작 유고를 중심으로」, 『문학신문』, 1964.10.20.

주승택, 「개화기 한문학의 변이양상」, 『관악어문연구』 10, 서울대 국어국문학과, 1985.12.

曾天富, 「韓國小說의 明代擬話本小說 受容의 一考察」, 부산대 석사논문, 1988.2.

曾天富, 「韓國小說의 明代話本小說 受容 硏究」, 부산대 박사논문, 1995.8.

채백, 「『황성신문』 경영 연구」, 『한국언론학보』 43-3, 한국언론학회, 1999.4.

최경숙, 「황성신문 논설에 나타난 시대 인식에 관한 연구」, 『고고역사학지』 9, 동아대 박물관, 1993.4.

최기영, 「『皇城新聞』의 역사 관련 기사에 대한 검토」, 『한국근현대사연구』 2, 한국근현대사학회,

1995.2.

최기영, 「단재 신채호의 독립운동」, 『단재 신채호 순국 72주년 기념 심포지엄 자료집-단재 신채호의 삶과 투쟁, 그리고 현재적 의의』, 한국언론재단 및 독립기념관 한국독립운동사연구소, 2008.4.10.

최기영, 「일제 강점기 申采浩의 언론활동」 『한국사학사학보』 3, 한국사학사학회, 2001.3

최남선, 「朝鮮國民文學으로의 時調」, 『조선문단』, 1926.5,

최남선, 「진실정신」, 『국민보』, 1955.7.6.

최남선, 「진실정신」, 『새벽』, 1954.6.

최수정, 「「龍과 龍의 大激戰」의 환상성 연구」, 『한양어문』 15, 한양어문학회, 1997.12.

최수정, 「신채호의 「꿈하늘」, 「龍과 龍의 大激戰」 연구」, 『한국언어문화』 19, 한국언어문화학회, 2001.6.

최수정, 「신채호 서사문학 연구」, 한양대 박사논문, 2003.8.

최옥산, 「문학자 단재 신채호론」, 인하대 박사논문, 2003.8.

최현주, 「신채호 문학의 탈식민성 고찰」, 『한국문학이론과비평』 20, 한국문학이론과비평학회, 2003.9.

최형욱, 「梁啓超의 詩界革命論이 개화기 한국 시론에 미친 영향-「飲氷室詩話」와 「天喜堂詩話」의 비교를 중심으로」, 『한국언어문화』 38, 한국언어문화학회, 2009.4.

布袋敏博, 「일제 말기 일본어 소설 연구」, 서울대 석사논문, 1996.2.

한명섭, 「신채호문학의 탈식민성 연구」, 경원대 박사논문, 2008.8.

허원, 「피눈물 선연한 단재의 망명길 발자국 따라」, 『신대한뉴스』, 2013.1.2.

홍경표, 「단재(丹齋) 소설의 우의」, 『배달말』 32, 배달말학회, 2003.6.

홍명희, 「上海時代의 丹齋」, 『조광』, 1936.4.

황재문, 「장지연 신채호 이광수의 문학사상 비교 연구」, 서울대 박사논문, 2004.2.

황재문, 「'선금술'의 의의와 몇 가지 문제」, 『민족문학사연구』 50, 민족문학사연구소, 2012.12.

大庭景秋, 「露領在住朝鮮人問題」, 『外交時報』 210, 東京 : 外交時報社, 1913.8.1.

梁啓超, 「中國歷史研究法(補編)」, 『飲氷室合集 12』, 上海 : 中華書局, 1936.

肖伊緋, 「劉文典首譯 『基督抹殺論』」 『中華讀書報』, 2016.3.30.

Karlgren, Bernhard, "The Authenticity of Ancient Chinese Texts", *The Museum of Far Eastern Antiquities*, Stockholm : Museum of Far Eastern Antiquities, 1929.